論饒宗頤

啟功題簽

論饒宗頤

鄭煒明　編

三聯書店（香港）有限公司

封扉題字：啟　功

責任編輯：胡從經
裝幀設計：洪清淇

書　　　名	**論饒宗頤**
編　　　者	鄭煒明
出版發行	三聯書店（香港）有限公司
	香港域多利皇后街九號
	JOINT PUBLISHING (H.K.) CO., LTD.
	9 Queen Victoria Street, Hong Kong
印　　　刷	陽光印刷製本廠
	香港柴灣安業街三號七樓
版　　　次	1995年11月香港第一版第一次印刷
規　　　格	大32開 (143×210 mm) 536面
國際書號	ISBN 962·04·1300·8

©1995 Joint Publishing (H.K.) Co., Ltd.

Published & Printed in Hong Kong

一九九〇年攝於威尼斯

一九九三年攝於柘林風吹嶺

目　錄

一　敦煌學

三　楚辭學

四　詞學

敦煌學

今日之敦煌學

——饒先生與《敦煌書法叢刊》

池田　溫

　　饒先生在這次的新疆烏魯木齊中國敦煌吐魯番學術討論會非常活躍，他是第一位對本討論會發言的學者，他講演了關於編纂敦煌寫本目錄的困難與及研究的經驗，也講了非注意將存留下來繁雜的內容加以標題不可，各個考古、藝術、文學、歷史的討論會，饒先生更不吝將其心得講述，真不愧爲本學會多方面精通的唯一獨特學者，只要看過他編纂的《敦煌書法叢刊》，對於其選擇，解說之精闢，再加印刷之傳真，無不承認那是有絕有價值的參考書，但由於該書在日本刊行，中國除了少數獲贈者之外，還未十分知識，實在很可惜，但是具有真實價值的作品，遲早一定得到廣泛認識，關心書道者，也會逐漸知所注意，若再加以中國文字作解，以中國版本發行，本叢刊更形需要而更予各界廣泛認識機會。

　　（刊一九八五年十二月十一日《出版ダイジエスト》（東京）第一一四八號。）

《敦煌曲》評介

蘇瑩輝

　　本書布面精裝一厚册（闊二十四公分、高三十三公分），封面法文書名爲 Airs de Touen－Houang（《敦煌曲》），次行法文爲 Textes à chanter des Ⅷ ᵉ－Ⅹ ᵉ siècles（八至十世紀唱本）；再次爲 Introduction par Jao Tsong-yi（饒宗頤撰〔中文〕序論）。

　　内葉在法文書名下，Jao Tsong-yi Professeur à l'Université de Singapore 後，增列 Adaptée en français avec la traduction de quelques Textes d'Airs 及 par Paul Demiéville（由戴密微譯述，並附曲子選譯）兩行。戴氏爲法蘭西學院榮譽教授（Professeur honoraire au Collège de France ）及 Membre de l'Institut 。末行爲出版機構（國立科學研究院，Centre National de la Recherche Scientifique ）及出版時（一九七一）地（ 15, quai Anatole‐France, Paris Ⅶ ᵉ ）。定價每册爲二百一十五法郎。

　　内葉背面，又有法文注語 Dans la même collection, l. Pen Tsi King（ Livre de Terme Originel ）及 Introduction par Wu Chi-yu（一九六〇）三行，意謂在本叢書（巴黎所藏伯希和敦煌資料）内之第一種《本際經》的緒言，係吳其昱氏於一九六〇年所撰述。而此本《敦煌曲》則爲該叢書之第二種，故本書封面上冠有 II 字。本書的封底印有中文的《敦煌曲》（集自敦煌寫經字）三大字。

　　本書分用中、法兩種語文撰述，包括"序論"、"曲子選譯"、"法國國立圖書館藏卷描述"、"中文法文詞語索引"四個部分。"序論"（中文）由現任新加坡大學中文系主任饒宗頤教授撰寫；由法蘭西學院戴密微教授擇要譯成法文，並加注有關資料。曲子法文選譯出自戴氏手。另法京國立圖書館所藏卷子之詳細描述，則由 Hélène Vetch 小姐執筆。

　　全書（包含中、法文）共計三百七十頁，外敦煌曲圖版五十八頁；每頁影印的卷（冊）數量不等，但均標注原件的尺寸及入藏登錄之號碼。本文評介的對象，只限於此書的中文部分（頁一至一八二，亦即總頁碼：一八五至三六六）。

目錄及凡例簡介

　　本書首列《引論》，分上篇（敦煌曲之探究）、中篇（詞與佛曲之關係）、下篇（詞之異名及長短句之成立）三部分。下篇後爲結語，附"詞與樂府關係之演變表"及"敦煌曲繫年"。"繫年"後始爲《本編》。

　　《本編》計分：甲、新增曲子資料；乙、《雲謠集雜曲子》及其他英法所藏雜曲卷子；丙、新獲之佛曲及歌詞；丁、聯章佛曲集目。末附敦煌曲韻譜及詞韻資料舉要。

　　《本編》後附有索引兩種：一爲《詞調卷號索引》，首列卷號，次列詞調名並各摘錄其首句，再次爲在本書的頁數及圖版頁數；一爲《詞調字劃索引》，首列字劃，次列詞調名，再次爲卷號。撰者於兩種索引後自加說明云："一爲卷號索引，二爲詞調筆畫索引，均以本編所收錄者爲限。前者以卷號爲主，依照本編所見先後爲序，兼標出每篇之首句；至所見圖版號數及本書葉數，一併注明，用備尋檢。其複見他卷者，詳第二'筆畫索引'，不復注出。後者以詞調爲主，按其筆畫先後，注各詞調所見之原卷號數，俾可檢知某一詞調見於敦煌何卷，餘不復列。"

《索引》以後，頁一七八至一七九（總頁數爲三六二至三六三）爲全書圖版的法文目錄，但每目之下均附中文詞調。頁一八〇至一八二（總三六四至三六六）爲《敦煌曲》中文目錄。

《敦煌曲》圖版凡佔五十八葉（由 I—LⅧ），由右向左看；每葉著錄曲子寫本（卷子或册頁）二至三段（葉）不等。大小合計，共有圖版一一五枚。

本書所著錄的敦煌曲圖版，除了蘇俄所藏的一、二寫本（其中 1465 爲《還京洛》，且係首次刊佈，最爲珍貴）外，雖皆法京藏卷，但饒氏序論（《引論》及《本編》）所徵引的曲子資料，則包括了倫敦不列顛博物院、北京國立北平圖書館、列寧格勒蘇聯科學院的藏品以及中、日兩國的私人藏卷。

筆者按：本書所引述之各卷，均係饒氏一九六五至一九六六年間應法國國立科學研究院邀請訪法時，就巴黎藏卷逐件描錄，然後付印者。故此等資料，實可謂爲第一手材料，與前此各家著述之輾轉抄述者，迥乎不同，此點亦爲本書的特色之一。

各篇內容摘述

本書《引論》的弁言說，除對敦煌曲在中國文學史上之重要貢獻加以闡揚外，並就民間曲子作品的流佈情形、與其如何保存於寺院中的實際狀況，以及詞之起源與佛曲的關聯問題，在敦煌曲中獲致答案的迹象，作進一步之研究。《引論》爲欲揭示敦煌曲與詞之起源，所佔的篇幅相當多，留待以後再介紹。現在先就《本編》部分摘要評述如次：

《本編》分甲"新增曲子資料"、乙"《雲謠集雜曲子》及其他英法所藏雜曲卷子"、丙"新獲之佛曲及歌詞"、丁"聯章佛曲集目"四大部分，不但爲本書的中心節目，也是撰者的精心結撰之作。爲了節省篇幅計，在介紹《本編》内容時，不得不力求簡約。

甲章所列舉之 P.2748, S.4359, L.1465, L.1369, S.1497, P.3718, S.4508 七個敦煌寫卷，除了糾正劉銘恕所編《斯坦因目》（S.4359《開于闐》）的缺失之外，並揭櫫下列各節：

① P.2748 《怨春閨》，爲敦煌曲子中偶見的抒情之作。其疊字技巧尤勝，已開散曲之先河。

② L.1369 《長安詞》，此詞已刊於列寧格勒出版之影印《敦煌讚文》，爲七言四句體。代宗時有謝良輔等作《憶長安》長短句，此《長安詞》則爲齊言。

③ S.1497 《曲子喜秋天》，此當爲《五更轉》之一格，而調寄《喜秋天》者。敦煌所出《五更轉》句式不一，多爲佛讚，未見標明所寄之詞調名，若《五台山曲子》之記明"寄在《蘇幕遮》"之例也；唯此題曰《喜秋天》，亦屬罕見。

④在唐末詞型未固定以前，同一詞調，用韻及句式極爲自由，非如後人之言詞律爲嚴格之分體。

乙章除首列《雲謠集雜曲子》三十首（以 P.2838，S.1441 兩卷綴合），並詳加斠證外，另列舉 P.3994, 3836, 3137, 3333, 3128, 3821, 3271, 3093, 3360, 2809, 4692, 3911, 3251, S.2607, P.2702, S.1589, 4578, P.4017, 2506, S.5540, 4332, P.3319V°, S.5643, 5852 二十四個有雜曲的卷子，將每首曲詞一一照錄；並分別予以校勘比證，使讀者可以觸類而旁通，這確實是石室寫本發現以後關於敦煌曲的一部空前鉅製。

本章尤爲《本編》的中心節目，具見撰者文學修養之淵深，其細緻的描寫與精闢的見解，時流露於字裏行間。姑舉數事如次：

P.3128 之《望江南》，第五句"目斷望墀"望下脫"龍"字，饒氏因 P.2809 作"目斷龍墀"（脫"望"字），遂據 P.3911 卷校定爲"目斷望龍墀"。此類例子，幾乎每首皆有，不勝枚舉。

《五台曲子》，敦煌卷所見不一。例如 S.2080 與 S.4012 二殘卷，皆白棉紙，正楷書，饒氏以其字體相同，知原爲一紙斷作二片，嗣在倫敦曾將之綴合。最可貴者爲紙尾題："天成四年……孫（冰？）書"一行，可定其年代。此外，經饒氏綴合的曲子寫卷尚有數種，不復縷舉。

撰者不僅邃於丁部之學，且精八法，凡遇字體特優的寫本，往往加以讚揚，例如：P.3994 爲蝴蝶裝册子，散葉共三紙，兩面書。饒氏云："字作歐體，剛健可愛；敦煌曲子詞卷書法，以此爲最佳。"又於 P.3360《大唐五台曲子》五首"寄在《蘇莫遮》"下云："此卷爲行書，字體近李北海一路。"筆者按：此雖藝事，亦可説明唐自太宗以來，朝野之重視書學，實非偶然。

S.2607 之《浣溪沙》（四首），饒氏於第一首下注云："原題失調，作《浣溪沙》，誤。"又第二首末句"在五湖中"下注云："五湖句，原卷'在'字側注一'五'字，各家皆忽略。"又第四首第二句"船車撩亂滿江津"下注云："'車'字甚明，各家均作'船中'，非是。"凡此可見撰者之治學態度，認真不苟，且富抉擇與判斷的能力。

敦煌一般中文卷軸之字體，優劣不等，其書法工整（無別字、俗寫）韶秀者固多，而潦草拙劣者亦復不少。曲子鈔本，自不例外，爲之校讎寫定，實非易事。今本編所錄各曲，每首皆經撰者援引衆本，捨短取長，加以校正。姑錄 S.2607 之《西江月》一首，示例於下：

雲散金波初吐，煙迷沙薆（渚）沉沉（沈沈）。棹歌驚起亂西（栖）禽，女伴各歸南補（浦）〔注：原卷誤作"補"〕。船押（狎）波光遙野，虞（攄）〔注："野虞"二字相接，但無✓號，王《集》作"野歡"，不當。〕歡不覺更深。楚詞哀怨出江心。塹匱（正值）明月當南午〔注："午"字細看不是"干"

字〕。

其中“䵩”、“疃”二字，如對敦煌卷子未嘗涉獵者，即無從確定爲“正”、“値”二字。凡此足徵撰者對於敦煌曲子研習之勤。

S.5643（《曲子送征衣》）及 S.5852（《生查子》）兩殘葉，前一葉王重民《敦煌詞集》只錄《送征衣》一首，尚有三首失調，撰者特將此葉存字全部摹出，並試爲句讀，頗愜人意。後一葉紙已污黑，存六行，與 P.3994《魚美人》筆迹類似，撰者疑此首詞調爲《生查子》，王氏新本《曲子集》錄入，未加句讀。饒氏以其用入聲韻極分明，又爲之句讀，亦頗恰當。

本章於 P.3128《望江南》各首引任二北説，及 P.3360 卷下關涉沙州張、曹二氏處，容有可商，略述於下：

P.3128 之《望江南》第一首（起二句爲“曹公德，爲國託西關！”），王重民、任二北二氏皆謂係六戎來歸之百姓歌頌曹議金功德者，其説大致可信。按：議金在莫高、榆林二窟供養題名的結銜，均有“託（不從言）西大王”之稱，《五代史》亦謂其唐莊宗時加檢校太尉兼中書令託西大王。故“西關”之“關”既似失韻（任氏説），自以從饒氏所引 S.5556 卷作“拓邊西”爲是。第二首（有“敦煌郡，四面六蕃圍……目斷望龍墀。新恩降，草木總光輝”句）之“六蕃”與第一首之“六戎”，蓋猶第三首之“諸蕃”，“六”字在此爲多數的泛稱，並非確數。此首任氏初以爲曹元忠於開運元年（944）獻忠“大朝”之作，繼又謂作於曹議金（後晉開運）時代；實皆無稽之談。竊考開運時，議金已前卒（約在九三六年）。若云此首爲議金獻忠大朝之作，亦當在後梁貞明中，而不得遲至晉出帝時。我以爲“新恩降”之“新”字，或指朱梁新篡立而言。容俟續考。第三首有“大朝宣差中外使，今因絕塞暫經過”句，任氏據高居誨使于闐事，假定其作辭時代在後晉天福三年（938），並疑前後兩片或有錯簡。我覺得前後兩片的內容可以銜接，未必有錯簡。至於作辭時代，似乎不應更在開運（944）以後。容當專文論之。第四首有"邊塞苦！……背蕃歸漢經數歲……太傅化，永保更延齡！"（見 P.3128 卷）等句，王有三氏以爲作於歸義軍張氏統治時代，任氏則謂"此辭之'太傅化'，十九指曹元忠而言"。饒氏注云："太傅化之'傅'，S.5556 作'保'。"筆者按：瓜沙曹氏自議金以後，元深、元忠、延恭均有"檢校太傅"之稱，其授"檢校太保"者，只延祿、宗壽二人。如依 S 卷（假定此首與前三首不相連接）作"太保"，再就"背蕃歸漢經數歲"句觀之，此太保當指張義潮，而非曹氏子孫。如依 P.3128 卷（假定此首與前三首連接）作"太傅"，則此太傅應爲議金，而非元忠。議金的"太傅"結銜，雖在二窟題名中尚未發現，但其"司空"、"太師"、"太尉"、"中書令"等銜名不僅習見兩窟題記，且亦載於正史。然則議金在加授檢校太尉之前曾授檢校太傅，似亦未嘗不可能。

　　P.3128，3821 兩卷，各鈔《感皇恩》二首，但內容則一，任二北氏認爲可能是大曲之辭，並謂可能出於玄宗朝。筆者就曲辭觀之，疑是宣宗時作品，容俟續考。

　　P.3360 卷背面寫曲子詞，正面又雜寫"十四十五上戰場"等句二行，及"歸義軍節度使"與《大唐五台曲子五首》（題目）。饒氏謂可推知張議潮時代所鈔錄，不知有無其他依據？若無他證，竊以爲唐代在議潮以後任歸義軍節度使者，尚有張淮深、索勳、張承奉三人，五代時有曹義金、曹元德、元深、元忠四人，宋初有曹延恭、延祿、宗壽，賢順四人，共計十二人。在未得到確證以前，似不宜貿定爲議潮時寫本。

本章末附載羅振玉和日人藏本之曲子及《雲謠集》板本資料

（十二種），並摘述其內容，頗便研習曲子詞者之參考。筆者按：第十種唐圭璋之《雲謠集雜曲子校釋》一文下，漏列「國立中央大學《文史哲季刊》一卷一期」一行，補述於此。

丙章錄新獲之佛曲及歌詞（有《行路難》、《五更轉》、《黃昏無常偈》、《禪門十二時》、《歎百歲詩》、《押座文》、《十二月歌（詩）》、《詠九九詩》、《寄冠（鼓）子》、《記從地涌出銘》等篇），凡十五個卷子。其值得注視之曲詞內容如下：

S.4781《黃昏無常偈》，此五時無常偈，七言、五言互用，當是別偈之類。又此偈不增和聲，而以七言、五言雜用，仍是唐人歌詩之法。最堪注意者，爲《黃昏偈》之七言八句，其用韻及句法，與《蝶戀花》合。《蝶戀花》爲唐教坊曲，調見南唐李煜詞，敦煌曲子未見，此則尤堪注意者。饒氏於此偈下並附論《五更轉》之別格及偈之體裁，均極詳盡。

S.1588，P.3361《歎百歲詩》，S 卷的字體近草，風格與《押座文》相近。中間一段，越寫越佳，字近後來倪雲林一路。饒氏並揭示百歲詩之作法有三特點云。

S.6208 背書《十二月歌》（擬題），應爲南朝樂府《西曲十二月折楊柳歌》之遺響。詞中「二月」、「四月」兩作「也〈也〈」，自是和聲，如古樂府「賀賀賀，何何何」之類。道家《步虛詞》之「何下〈〈」亦有同然。

S.6171《寄冠子》（饒氏疑"冠"爲鼓字）卷前段缺，文體似宮詞，共四十九行。撰者因詞中有「銀台門外多車馬」句，考知爲五代後梁時作品。並據薛史《梁太祖紀》「開平二年，司天台奏今（八）月廿七日平明前，東南……老人星見」一事，認爲即是詞中「坐上司天封狀入，南方初見老人星」句所詠者；而「降誕宮中呼萬歲」句所指，即謂梁帝生辰。凡此具見撰者運用文史互證的識力獨到處。

S.6228，此卷首題全文爲「蕭關鎮去乾六年十二月廿九日進上銘記，其記從地涌出」。中有「三六王，十八子…

…佛法成，換天地……"云云，撰者考知"唐懿宗迎佛骨"、"僖宗時地震、水災頻仍……"等史實與銘文內容相符。並謂此銘蓋預言之類，因係韻語，且作長短句，雖非倚聲之體，以有裨於考史，故併存之。

丁章所收聯章佛曲集目，相當完備。惟持與日人金岡照光氏所編最近由東洋文庫出版之《敦煌出土文學文獻分類目錄（附解說）》相校，尚不免一二遺漏處。至本章所錄而爲金岡氏《目》所未列者，竟達十餘卷之多。茲略述數事如次：

本章所集聯章曲目，約分《百歲篇》、《十二時》、《行路難》、《五更轉》、《悉談章（頌）》、《散花樂》、《觀音偈》等類。金岡氏《目》的分類，與此間有出入，例如：S.619卷之《讀史編年詩》，金岡《目》則入"雜詩賦（文）類"。S.6631卷背原題作"維摩五更轉十二時"，而金《目》定格聯章類"十二時"之屬收 S.2454（1）"維摩問疾十二時"殘卷（存八行）一，另以 S.2454（2）"維摩五更轉"入於同類"五更轉"之屬。又本章未錄 S.6208《十二月相思》（擬題）十六行，但於丙章"新獲之佛曲及歌詞"內列有 P.3812《十二月詩》數首（有"乾寧二年"一行，並謂可與 S.6208 卷比勘。又《散花樂》諸首，金《目》則入"讚文佛曲類"的"和聲聯章"之屬。

本章著錄之 P.2483, 3083, 3065, 2963, 2270, 2976, S.6077, 5529, 6631, 1497, L.1363 各卷，均爲金《目》"定格聯章"類所無。

金《目》"定格聯章"類之 S.6103（1）"失題十二時曲"殘卷，任氏《敦煌曲校錄》及本章似均失載。又金《目》於 S.5549 "《百歲篇》三篇"下，分爲：a.《緇門百歲篇》（存十七行）；b.《丈夫百歲篇》（廿四行）；c.《女人百歲篇》（廿九行）。本章於 S.5549 下云："乃《丈夫百歲篇》、《女人百歲篇》之合抄本。"撰者似只以 b、c 兩篇爲合鈔本，漏列 a（《緇門百歲篇》）一篇。

本章集録敦煌以外之《五更轉》調曲及北京、英、法、蘇各地所藏敦煌《五更轉》的寫卷，頗爲詳盡。最後並附列《五更轉》句式，示學者以津梁。

金岡氏《目》於"定格聯章"類所收《五更轉》佛曲並不多，然較本章多 S.4654（10）及 P.3386（2）兩殘卷，S 卷所鈔，係在 S.4654（5）《舜子變》一卷後書寫。P 卷所鈔，則在 P.3386（1）《季布罵陣詞文》後接寫。豈饒氏不以"楊滿山詠《孝經》"（即 P.3386 之 2）一曲屬之聯章歟？又按：北京之周字七十號，許國霖擬題爲《五更調》（劉復《敦煌掇瑣》三八題作"南宗讚"），與 P.2963 文字相同，亦爲"五更轉"的調子。任二北《敦煌曲校録》則兼取巴黎北京兩卷所長，而以異文互校，題曰《南宗讚》。本章僅列 P 卷而未録北京藏號，故附記之。

本書的《本編》之後，殿以"敦煌曲韻譜"，舉出用韻梗概，以供治斯學者進一步之探討。該譜首立"略例"（凡七條），次按四聲（平、上、去、入）所屬各韻部，於每部首分標韻目（如"東"、"江"、"支"）爲題，在各題目之下，先列韻字（如"東"、"鍾〔冬〕"韻目下的"逢"、"通"、"胸"等字），次列曲詞調名（如《菩薩蠻》、《酒泉子》等）及卷子字號（如 S.2607, P.2809 之類）。讀者按韻覓曲，一索即得，尤爲本書特色之一。

《本編》内容，約如上述。兹續介紹《引論》的各篇節目名稱，並間述管見於次。

上篇"敦煌曲之探究"計分敦煌曲之訂補、敦煌詞之年代問題及敦煌曲之作者三章。各章内容如下：

(一)敦煌曲之訂補

　　甲、補詞——舉出王重民、任二北二家所缺載者，凡九種
　　　　（計 P 三種，S 四種，L 二種）。

　　乙、補句——計補《北京》卷一，S 卷三。

丙、綴合——S卷（S.2080＋4012）及P卷（以原在藏
　　文四十七號之册頁與P.3836卷綴合）各一種。

丁、補作者名——P.2054《十二時》各書失載作者之名，
　　據卷背標題，知爲智嚴所作。

(二)敦煌詞之年代問題

甲、S.4332卷"廿廿鶭"之年代

　　"廿廿鶭"（即《菩薩蠻》）詞牌，開元時已有之。任
　　二北曾舉S.4332卷以證其出於天寶，且指此爲最古之
　　《菩薩蠻》，實未必然，蓋此卷之《菩薩蠻》《酒泉子》
　　《別仙子》三詞，當抄於貞元壬午（18年）之前後，
　　決非天寶之頃也。

乙、P.3128所錄詞"頻見老人星"之年代

　　此卷共錄詞十五首，其《菩薩蠻》中二首，有乾寧（896）
　　及開平（907）年間事，可爲年代之定點。

丙、P.3360《大唐五台曲子》之年代

　　北京鹹字十八號讚文："大周東北有五台山"，任二北
　　以"大周"爲武周。然據P.4625及列寧格勒藏卷均作"大
　　州東北有五台山"，是周乃州之同音別寫，並非武周之周。
　　又所謂《大唐五台曲子》者，"大唐"應指後唐。

(三)敦煌曲之作者

甲、"御製"問題

　　敦煌曲有題"御製"者，不知何帝所撰？就諸家五代
　　史傳有關記載觀之，當日多目後唐莊宗之作品爲"御製"。

乙、可確知之作者

　　敦煌曲子之作者，今可確知者爲溫庭筠、唐昭宗、歐陽
　　炯、沈宇四人，所作曲子有《更漏子》"金鴨香"（溫氏），
　　《菩薩蠻》"登樓遙望……""飄颻……三峯"二首（昭
　　宗），《更漏子》三十六宮及《菩薩蠻》"紅鑪暖閣"
　　（歐陽），《樂世詞》"菊黃蘆白"（沈氏）諸首。

其僧人之作可確知者，有悟真、智嚴二人。悟真曾
作《百歲詩》及《五更轉》、《十二時》（共十七首）。
智嚴之名，見於 S.5981, 2659, P.3556 諸卷及 P.2054
《十二時》長卷之背（淡墨題端云：“智嚴大師《十二
時》一卷”，此行大字爲饒氏首先發現者。）撰者以爲
S.5981 與 S.2659 卷中之智嚴，當是 P.2054 卷之智嚴大
師；亦即《十二時》之作者也。此一智嚴，撰者認係後
唐同光時人，與前此之兩智嚴（一在宋元嘉時，一在唐
景龍時，隸于闐國籍）並非一人。

中篇“詞與佛曲之關係”，計分七章：一、詞之起源與佛曲
（讚詠）兼論敦煌所出之佛讚集；二、詞與法樂（法曲）梵唱及
僧人之改作舊曲；三、偈讚與長短句；四、讚詠在道釋文學上之
發展及其與曲子之分途；五、和聲之形態及其在詞上之運用兼論
佛曲之樂府；六、敦煌曲與樂舞及龜茲樂；七、敦煌曲與寺院僧徒。

茲就下列各節，略抒管見於次：

第二章論“作聲”云：“轉讀可以返折旋弄，是謂作聲。竟
陵文宣王（蕭子良）能詠維摩一契，必待沙門爲之作聲；用轉折
之唱法出之，即成梵唄。齊文皇帝所製之法樂，既有梵舞，必合
以唄響，其爲佛曲，可無疑義。”筆者按：陳寅恪氏早年撰《四
聲三問》一文，認爲中國語言雖有四聲，但四聲之中還有變調，
四聲之分不易被發現；而能以發現四聲的，還是靠梵文的啓示。
我那時對此說法疑信參半。今讀饒氏引論，證以陳氏“中國文字
的特質，是孤立和單音。因其孤立，宜於講對偶；因其單音，宜
於講音律。宋齊以來，佛經轉讀之風日盛。……慧皎說：‘自大
教東流，乃譯文者衆，而傳聲者蓋寡。良由梵音重複，漢語單奇。
若用梵音以詠漢語，則聲繁而偈迫；若用漢曲以詠梵文，則韻短
而辭長。’這正說明單音的漢語，不容易傳達梵音的美妙”云云，
益見“四聲的發現，有賴梵文啓示”之說爲不誣。

第四章論敦煌曲的分類云：“任二北《敦煌曲校錄》分普通

雜曲、定格聯章、大曲三類。撰者以爲定格聯章幾全爲佛曲，此類佛曲，不能概目爲詞，任説似嫌泛濫。"筆者按：饒説甚是。日人金岡照光所編之《敦煌出土文學文獻分類解説》（東洋文庫一九七一年版），其"曲子詞"類，僅收普通曲子與大曲，而以"定格聯章"別爲一類；復於"讚文佛曲"類收讚文與和聲聯章兩體，似較任《錄》更爲完善。同章論"詠讚"在宗教上之運用及佛教與道教同樣發達云云。筆者按：此處所稱之"宗教"，實際上僅指佛、道二教言。竊意景教自會昌滅法後雖漸式微，但其潛匿於道教之内者，則其影響終不可滅，如呂祖一派之道教，其所傳《救劫證道經咒》之雜有景教讚美詩歌，即其例證。至於景教經曲，遺存敦煌石室者雖不多（約六七卷），然據景教《尊經》後記所云："謹案諸經目錄，大秦本教經，都五百三十部，並是貝葉梵音。唐太宗皇帝貞觀九年，西域大德僧阿羅本居於中夏，并奏上本音，房玄齡魏徵宣譯奏言。後召本教大德僧景淨，譯得已上卅部卷。"爲數亦復不少。何況中國等地所發現的叙利亞文景教經頌，尚不在此限。若言"詠讚"一體，敦煌所發現的景教讚歌，亦有《景教三威蒙度讚》、《大秦景教大聖通真歸法讚》兩種。又按："本書頁二〇八第十九行"道書之分類，特闢讚誦一門"及頁二〇九之"《本際經聖行品》第三：'……十一者讚誦，十二者章表。……讚頌者，衆真大聖……'……可知讚誦一科，唐初已獨立爲道書十二事之一。《雲笈七籤》引《道門大論》，言道書分十二部，第十一爲讚頌。"有作"讚誦"，有作"讚頌"，不知究以何者爲正？

第六章論敦煌所出之樂譜實即《龜茲譜》，由於敦煌卷中的曲調間與龜茲樂曲相同，兼之唐末五代以來藝人文士們的繪畫與文學作品，每以龜茲樂舞爲描繪的對象，故知五代時龜茲樂仍盛行云云。筆者按：開元天寶爲唐代音樂最盛的時期，在此時期盛行的則爲法曲。北朝齊周和隋代，是龜茲樂與其他外族樂的最盛時期，到了李唐初葉，龜茲樂雖還盛行着，然而局勢已在轉變，這是因爲法曲興於隋，至唐而大盛的緣故。由於盛唐是法曲全盛時期，所以從龜茲樂和其他外族樂來説，唐代已是一個由盛而衰的低潮時期。不過，話得説回來，唐代盛行的法曲中，也雜糅着清商和胡樂（包括龜茲樂）的晶體。所以由清商和胡樂結合而成的法曲既興，於是純粹的清樂與純粹的龜茲樂遂逐漸地消沉萎縮了（略參丘瓊蓀説）。以上是就整個的唐代樂壇立論，若就晚唐五代時期的敦煌地區言，由於它自古便是東西交通的要道，《耆舊記》稱爲"華戎所支一都會也"。裴矩的《西域圖志》亦云："總凑敦煌，是其咽喉之地。"故佛教東來，首先受到影響的，是敦煌。西域入唐的樂曲，也以敦煌爲第一個轉播站。吾人明瞭了這些因素，對於五代時龜茲樂仍在敦煌流行的盛況，就不以爲奇了。

第七章撰者於 P.3836 + 3137 原爲蝴蝶裝下稱："現經綴合後，知起於‘又同前夜夜長相憶’，訖於《獎美人》‘像白蓮出水’。"又注云："見左景權：Remise en Ordre du Ms. P.3836 一文。"查左文於證明 P.3836 係自 P.3137 小册子脱出後，並謂據原册之裝訂形式看，可斷言其與 P.3836 號之間尚有脱簡云。因恐未視左文者有所誤會，故附記之。

下篇"詞之異名及長短句之成立"計分三章，第一章"詞之異稱"下，有"雜曲及曲子"、"雜言"、"倚聲、填詞"、"小詞、小歌詞"、"語業、長短句"五目。第二章爲"敦煌卷中‘詞’字之異義"。第三章爲"詞在早期目錄書中之地位兼論其功用與歌訣"。

"結語"的要點，歸納爲：（1）"詞"字在敦煌卷所見，有曲子、俗講之曲詞、詞文、變詞、章曲等涵義。從廣義言，"詞"一名幾成爲講唱文學之統稱。而長短句之體式，又爲樂府、佛讚、變文所共有，甚至偈讚之短偈長行合體者，亦得名曰長短句。（2）敦煌卷子（資料提供）對於"了解曲子詞產生之背景"，有極大裨益。（3）佛曲之發展，與樂府關係甚深：a. 以佛讚套入樂府舊曲。b. 原爲梵曲，後演爲樂府雜曲歌辭之詞調。c.

樂府民歌之和聲，與梵唱配合。 d. 僧人改作舊曲以入法樂。此種現象，六朝以來極爲普遍，可見民間歌曲與宗教文學之漸趨合一。（4）敦煌所保存有關詞之材料，宗教詞、樂工詞與文人詞三者均有之，而以宗教詞之佛曲爲最多。（5）讚詠在宗教文學上之分類，唐初已佔一獨立地位，道教《本際經》可爲證明。敦煌所出佛讚多爲專集，此類作品，與詞本分道揚鑣，不當糅合也。（6）附："詞與樂府關係之演變表"。

"敦煌曲繫年"——首列公元、年號（干支）、月日，次列曲子（包括讚文、變文、定格聯章等）名稱、撰人或書手名氏及其他（如寺名、官銜、紀事等），最後標注卷子字號。自唐天寶年間起，至宋太平興國四年止，凡錄三十五卷，頗便讀者省覽。惟其中徵引卷號、曲子分類及瓜、沙史事部分，不無小小差異，筆者謹就所知摘述一二於次：

942年（天福七年壬寅）書揚滿山詠《孝經》十八章，標注卷號爲 P.3582 。

　　按：日本學者金岡照光氏所編《敦煌出土文學文獻分類目錄及解說》於"定格聯章"類錄 P.3386 揚滿川詠《孝經》壹拾捌章，並云"一名滿山"，存四十行；識語爲"維大唐天福七年壬寅歲七月廿二日三界寺學郎張富盈記"。又於"普通曲子"類錄 P.2633 揚蒲山詠《孝經》壹拾捌章，並云首完尾缺，存十九行；無識語，但同卷有"壬午年正月"字樣，故疑爲 922年（後梁龍德二年）或 921年寫本。饒氏《繫年》著錄之詠《孝經》一卷，諒即金岡氏《類目》之 P.3386 一卷，惟卷號則異。

879年（乾符六年十二月）簫關從地湧出銘詞，翌年法琳書之，標注卷號爲 S.6628 。

　　按：此卷首題全文爲"簫關鎮去乾六年十二月廿九日進上銘記其記從地湧出詞"。竊疑"去乾六年"或係"去（年）乾（符）六年"之簡省，證以"翌年法琳書之"識語，則其書寫時代應在 880 年（廣明元年）了。

865 年（咸通六年二月）僧福威牒，背題"歸西方讚一部"，即法照撰"淨土五會念佛誦經觀行儀"卷中。標注卷號爲 P.2066。

按：P.2066 卷背之"歸西方讚"僅存四行九句，金岡氏《類目》入於"讚文"類。

921 年（貞明七年、龍德一年辛巳）淨土寺學郎薛安俊寫《目連變》並圖。標注卷號爲 S.2614。

按：此卷首題"大目乾連冥間教母變文并圖一卷并序"，尾題"《大目犍連變》一卷"。凡四百二十一行，爲七言韻文與散文混合體，一般著錄均認係典型的長篇變文形式，金岡《類目》則入於講唱體"變文類"之 B "佛家故事"類。此卷識語有"貞明七年四月十六日淨土寺學郎薛安俊寫。張保達文書"一行，貞明爲朱梁末帝年號，但止六年，翌年即改元龍德，故饒氏"繫年"於"貞明七年"後著"龍德一年辛巳"六字。

851 年（大中五年辛未十一月）張議潮收復河西授節度使，都僧統悟真作《五更轉》及《十二時》以頌德政；共一十七首，惟序尚存，詩已佚。標注卷號爲 P.3554。

按：此卷並無撰作和書寫年代之識語，惟首題有"謹上河西道節度公德政及祥瑞《五更轉》……"字樣。饒氏葢因悟真爲沙州光復後奉使入朝的沙門之一，故繫其詩於大中五年議潮授節度使之月。然細覈之，悟真此時（八五一年）的結銜僅爲"沙州釋門義學都法師兼攝京城臨壇供奉大德，賜紫"，尚未陞任都僧統。而"收復河西授節度使"云云，亦只可解釋爲議潮於是年十一月受命爲河西道歸義軍節度使，而非爲河西節度使。葢其時涼州尚未歸唐耳。

一九七二年十一月，於馬來亞大學中文系

（刊香港中文大學《中國文化研究所學報》第七卷第一期；一九七四年十二月出版。）

Review on *Airs de Touen-Houang*

(A Summary)

Su Ying-hui （蘇瑩輝）

Airs de Touen-Houang which contains four parts with 58 plates, is corporated by Prof. Jao Tsung-i and Prof. Paul Demiéville. The first part is an introduction by Jao in Chinese. The second is an adaptation of Jao's introduction into French together with a translation of a representative selection of the edited poems by Paul Demiéville. The third is a detailed description of the manuscripts by Miss Hélène Vetch. The fourth is the Terms Index both in Chinese and French.

Prof. Jao was invited to Paris from 1965 to 1966 by the C.N.R.S. to investigate the Tun-huang manuscripts that P. Pelliot had brought to the Bibliothèque Nationale in 1908. The *Airs de Touen-houang* includes Jao's critical edition and study of the Tun-huang lyrics kept in Paris, collated with manuscripts kept' in Great Britain, Japan and the Soviet Union.

Jao's examination on these documents derives from various points of views. In this paper, the author attempts to give an outline of Jao's work and to discuss a few points on the date of the manuscripts concerning the historical fact of Tun-huang during the middle T'ang dynasty.

（刊《香港中文大學中國文化研究所學報》第七卷第一期，1974 年 12 月出版。）

《敦煌曲》書評

AIRS DE TOUEN - HOUANG

楊聯陞

(Touen - houang K'iu 敦煌曲), Textes à chanter des VIIIe - Xe siècles, manuscrits reproduits en fac - similé avec une Introduction en chinois par Jao Tsong - yi 饒宗頤, adaptée en français avec la introduction de quelques Textes d'Airs par Paul Demiéville. Editions du Centre National de la Recherche Scientifique, Paris, 1971.

這一部權威性的著作，是中法兩位專家協力的結晶，對於敦煌曲（或曲子詞）的研究，有卓越的貢獻。是研究中國文學同樂舞的人，都應該細讀的。

一九六五年冬至一九六六年秋，饒宗頤先生應戴密微教授（西方漢學界公稱爲戴老）之邀，到法國巴黎的國立科學研究院，作爲時九個月的潛研，寫成這部書的中文部分一百八十多頁（pp.185 － 336）。戴老除了與饒先生合作之外，又繼續研討，寫成的法文部分，分量也約略相當（pp.7 － 184）。戴老是當代法國（乃至歐洲）漢學界的大宗師，博而且精，對佛教史貢獻特多，對中國文學興趣濃厚，曾開敦煌變文講讀研究課（一九六二年三月，我在巴黎，有緣列席旁聽）。饒先生是潮州才子，多才多藝，著述美富，曾以戴老的推薦，獲得法國漢學的儒蓮獎（我又譯爲儒林特獎）。以前中國學人得此獎者，似只有洪煨蓮先生，日本有神田喜一郎先生。戴饒二位這次協力，可謂珠聯璧合。

這部書的中文部分（細目見下），全由撰者手寫。字體大抵依照卷子原樣，而附注通行體，或校改，對讀者特爲方便。饒先生的書法，意在歐褚之間，極爲悅目。全稿創獲甚多，偶有可以商榷之處，下文再論。法文部分，先是戴老的序言（一九六八年耶誕），接着是中文部分的譯述，再加補充，特別是對梵文專名與西文的參考著作，增出甚多。增出的參考資料，用方括弧標出。又選譯曲子詞三十四篇（其中有十二時，五更轉等聯章，實際超過百首）。譯文流暢，注解詳密，可謂洋洋大觀（ pp.95 － 132 ）。pp.128 － 132 譯 S.2440 背關於太子修道之歌舞劇（有青一隊，黃一隊），特別重要，中文部分 pp.213 － 215 有討論。後附索引（ pp.155 － 178 ）。法文部分可以商討之處，也等下文再講。

全書討論的卷子，以巴黎國立圖書館，倫敦大英博物館所藏爲主。也有少數屬於列寧格勒蘇聯科學院以及中日兩國的收藏。圖版共有五十八頁，絕大多數是巴黎的收藏，只有兩件出於列寧格勒（ L.1465, L.1369 ）。

中文部分，分爲引論及本編。引論之部，先是弁言，以下分上中下三篇。上篇，敦煌曲之探究，包括（一）敦煌曲之訂補（二）敦煌詞之年代問題（三）敦煌曲之作者。中篇，詞與佛曲之關係，包括（一）詞之起源與佛曲（讚詠）兼論敦煌所出之佛讚集（二）詞與法樂（法曲）梵唱及僧人之改作舊曲（三）偈讚與長短句（四）讚詠在道釋文學上之發展及其與曲子之分途（五）和聲之型態及其在詞上之運用，兼論佛曲之樂府（六）敦煌曲與樂舞及龜兹樂（七）敦煌曲與寺院僧徒。下篇，詞之異名及長短句之成立，包括（一）詞之異稱（二）敦煌卷中"詞"字之異義（三）詞在早期目錄中之地位，兼論其功用與歌訣。然後是結語。又附有詞與樂府關係之演變表，及敦煌曲繫年（由天寶間起，至太平興國四年 979 止）。

本編之部，又分甲乙丙丁四章。甲，新增曲子資料（ P.2748, S.4359, L.1465, L.1369 長安詞， S.1497, P.3718 曲子名目， S.4509 藥名詞及歸依三寶讚）。乙，《雲謠集》雜曲子及其他英法所藏雜曲卷子，附《雲謠集》版本資料。丙，新獲之佛曲及歌詞（ P.3409 行路難， P.2976 五更轉， S.5996 ＋ S.3017 五更轉， S.4781 黃昏無常偈〔似蝶戀花〕，附：一，五更轉之別格， 二，偈之體裁。 S.427 禪門十二時， S.1588， P.3361 歎百歲， S.6208 十二月歌， P.3812 十二月詩， P.4017 詠九九詩， P.3123 小曲， P.3125， S.6171， S.6228 ）。丁，聯章佛曲集（百歲篇、十二時、行路難、五更轉、悉談章、散花樂、觀音偈）。再下爲敦煌曲韻譜，最末的詞調卷號索引及詞調筆劃索引，均以本編所收錄者爲限。內容之豐富，由篇目可見一斑。

（刊《清華學報》新十卷第二期，一九七四年七月出版。）

編者按：因編輯上的困難，本文略有刪節，請參看《楊聯陞論文集》（北京‧中國社會科學出版社一九九二年六月出版）及饒宗頤《敦煌曲訂補》（台灣中央研究院歷史語言研究所集刊第五十一卷一期；一九八〇年）。

評《敦煌曲》

呉其昱

シリーズの第二巻は一九七一年付で出ました《敦煌曲》の大冊であります。

Airs de Touen-houang (Touen-houang K'iu). Textes à chanter des VIII^c-X^c siècles. Manuscrits reproduits en fac-similé. Introduction en chinois par JAO Tsong-yi. Adaptée en français avec la traduction de quelques textes d'airs par Paul DEMIEVILLE. (Paris, C.N.R.S. 1971, 367p. dont 182p. en chinois, 58p. de pl.)

序論を執筆した饒宗頤教授は、當時シンガボール大學していましたが、現在は香港中文大學教授であり、夙に詞籍攷を著し詞文獻に深い造詣のある學者です。更に彼は中國の傳統的な琴を彈奏するほか、文藝・藝術の諸般にわたり廣い識見をもつ稀有のエソサイクロペディストと稱すべき存在でありまして、一九六六年數個月パリ及びロンドンに滞在し敦煌詞曲の寫本を實査した上、民間に生長した詞曲の文學史的位置付けを試みて導論を書かれました。饒氏の自ら描かれました詞と樂府關係の展開圖を左に引用してご参考に供しましょう。

本書にはペリオ本に含まれる云謡集をはじめ曲子や五更轉・十二時・百歳篇の類の寫眞が多く收められており、舊来ら王重民編《敦煌曲詞子集》や任訥(二北)編《敦煌曲校録》に比べ、夥しい誤脱を訂正し内容が格段に整備されています。そしてドミエウィル先生が饒氏の序論の骨子を採用しつつ、佛文で

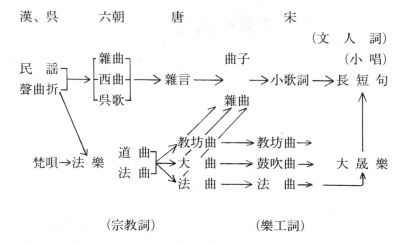

導論を叙述され、更に三〇篇ばかりの作品を佛譯されたことにより、本書は西洋の讀者に敦煌詞曲を紹介する最上の書物となっております。この佛文の導論は、饒氏序論の逐語譯でない代りに、年代や典據を補ったり時には下先生の注が加えられておりまして、内容的に饒文を補足しているので、併讀に値します。全體として執筆の兩者が佛教（道教も含め）文獻に通じ、宗教的な讚歌をよく認識されている點は、従来の文學史家の缺陷をおぎない、大變讀みにくい詞曲の類を廣範圍の讀者に紹介するのに大きく貢獻していると思われます。

（節録自呉其昱《最近の敦煌文書研究》（池田温譯注）；刊《東方學》第53輯，1977年1月31日出版。）

一部研究敦煌寫經書法的專著

周紹良

《敦煌書法叢刊》已經全部出版了。它是國務院古籍整理出版規劃小組和中國敦煌吐魯番學會顧問、香港中文大學藝術系榮譽教授饒宗頤先生所編，一九八四年至一九八六年由日本二玄社陸續出版的。

這部書，是從書法角度，由敦煌卷子中選出一批精品，匯編而成的一部選集。全書二十九册，按卷子本身的性質分類。計"拓本"一册，"韻書"一册，"經史"十册，"書儀"一册，"牒狀"二册，"詩詞"一册，"雜詩文"一册，"碎金"二册，"寫經"七册，"道經"三册。共收敦煌卷子一百五十二件，基本按原件尺寸全幅照相膠印，只有少數卷子選印首尾。

過去研究敦煌卷子，大多從文史資料角度着眼，對於書法藝術，一直沒有給予應該而且必要的提倡。盡人皆知，敦煌卷子中大多數是寫本，其書法各代各體兼備，不少瑰異之作。然而，這方面的研究一直是個空白。

古代書法家首推鍾、王。唐代則崇尚虞、褚、歐、柳，推爲一代宗師。實則各個時代都有自己的書法高手。即就專事寫經的經生（早期寫經寫的不是佛經而是儒書）而論，他們是以寫經爲專業的，他們的書法，自魏晉以來逐漸自成體系，形成"寫經體"。寫經體自有其一種同具的風姿，但各時代各個人又獨具一格。從書法藝術發展上看，他們是有藝術成就的。

　　饒先生是古典文學專家，對於藝術有深刻的研究，尤其精通書畫。現在從眾多的敦煌卷子中遴選出這批精華，據其《自序》，他的選取標準，首要的是"具有書法藝術價值"。在此前提下，盡量選取"著明確切年代及有書寫人者"和"歷史性文件及重要典籍之有代表性"的。通觀全書，確實不虛。如所選《眾經別錄》（P.3848）一品，大有《蘭亭序》遺韻，看來，後世的趙孟頫未必能稱抗手。又如乾元二年（759）王老子寫《尚書》孔氏傳第五卷殘卷（P.2643）一品，筆若懸針，剛勁固不下於柳公權，實爲後來瘦金書體所本。《漢書·王莽傳》寫本（P.2513）書法整飭遒麗，可與虞世南書法頡頏；《春秋穀梁傳集解》寫本（P.2590）的書法也可與褚遂良比美。

　　這些卷子，從書法角度來衡量，都具有很高的藝術成就。統觀敦煌卷子中，書法可入妙品以上者，奚止二三百品。饒先生據以上自定標準所選，全是個中精華。

　　饒先生爲所選的每個卷子都作了提要，詳叙源流，頻加考訂，旁搜博採，參互比較，所論不僅限於書法。這一百五十多篇提要，既博且精，實爲饒先生多年治敦煌學之結晶，不可以尋常書法文字視之。當然，偶或也有花了許多功夫研究而尚未臻詳至者，如《大智度論》第二十六品（P.4143），饒先生以《大正藏》本核實，卻沒有指出《大正藏》本乃第二十七品，從這裏可以見出後來傳世諸本編次之差異。此外，如《眾經別錄》提要，有沿襲《敦煌古籍叙錄》訛誤之處，據我所知，國內白化文先生將有專文評論《眾經別錄》寫卷著錄中的問題。以上略舉小疵，決不影響饒先生這部書的成就。

　　敦煌學的研究工作，國內外都正在全面鋪開。從各個角度進行的專門化研究也在逐步深入。《敦煌書法叢刊》的出版，可說是在一個專門化新領域中出現的最新成就。它反映了南北朝至隋唐時期敦煌書法藝術的全貌，給書法史提供了重要資料。在這一新的領域中，《叢刊》無疑是一個開拓者。

（刊一九八六年八月二十八日《人民日報》。）

敦煌學新猷

——《敦煌書法叢刊》第十四、十五卷"牒狀"類評介

蘇瑩輝

由饒宗頤教授編集、解說、東京二玄社出版之《敦煌書法叢刊》廿九冊,已全部問世。煌煌巨帙,爲近時敦煌學新著一大貢獻。余曾草短文作概括性之介紹,發表於一九八五年十二月十一日東京《出版文摘》專刊第一一四號,嗣承該社以《牒狀》(一)(二)兩冊見餽,展讀之餘,喜不自勝,筆者以爲這兩卷精選精印之唐、五代、北宋(含金山國、于闐國)"牒狀"真迹,不僅能顯示此一時期之書法風格,尤值得稱道者,厥爲敦煌中古社會、宗教、經濟文書之一斑於以窺見。次則有關瓜、沙史事若干未經公佈的原始資料(含原樣尺寸、紙色、朱批、官署印信等),以及張、曹兩姓統治者之聯姻異族與夫歷任使主之卒、立、世次、勳、散、官銜等,均是補苴史乘之闕佚。茲復不揣謭陋,略就兩卷《牒狀》內容之重點所在,闡述如次:

第一卷"牒狀"時代,上起唐肅宗乾元元年(西元七五八年),下訖後唐末帝清泰三年(936)六月。第二卷"牒狀"時代,上起金山國時辛未年(即後梁乾化元年;911),下訖宋太宗雍熙三年(986)十月。據本叢刊第一卷卷首饒氏序文,謂其全帙選錄標準爲:(一)具有書法藝術價值,(二)著明確切年代及有書寫人者,(三)歷史性文件及重要典籍之有代表性者。按《牒狀》兩冊所收寫本,除第(三)項之"重要典籍"部分外,

不但均已具備上述三項之標準，並且絕大多數係首次刊佈者，其珍貴可知。

《牒狀》（一）（列爲本叢刊第十四卷）首葉，係依照後唐清秦三年沙州儭司福集等狀（近末尾部分）原尺寸、原色（紙、墨書、朱筆批點、印文）彩製版精印。其"儭司教授福集、法律金光定、法律願清等狀"全文圖版（單色），則見頁六九至頁八三。按此牒狀全文雖已見日本池田溫教授名著《中國古代籍帳研究》頁六四八至六五○著錄；末段且有插圖一幀刊出，但非原尺、原色，在本叢刊末出版之前，若僅覩池田氏書，驟觀所附一○八號插圖，幾將不辨其孰爲朱批？孰爲墨迹？又如叢刊"碎金"類（一）（第十八卷）以唐人臨本王右軍十七帖彩牋刊諸券首，更覺楮、墨輝映，神采煥發！凡此俱爲《叢刊》特色之一。

再就"牒狀"類的書法藝術言。如 P.3952 之沙州僧納錢告牒，饒氏認爲有徐季海書風，沉重中時見腕力外溢。P.3945 之雜書牒狀，則縱逸遒放，堪稱佳品。最富傳奇性的寫卷爲 P.3620 號，包涵三個單元，皆係歸義軍節度使張議潮童年（元和十年乙未歲）時抄寫的，特與 S.6342 號"張議潮進表"相較，前者顯係稚齡手筆，雖不免稚弱，而饒氏欣賞其韻秀之氣溢於行間，可謂獨具慧眼。他如 P.2838 號（正、背兩面）之行書慶幡文、開經文、散經文、四門轉經文等，率皆氣勢橫溢，風采奕奕。而素有"釋門文學宗匠"之稱的河西都僧統悟真題署，運筆極其雄渾！證以 P.3100 號光啟元年（885）"寺主道行狀"的悟真判辭，其書勢亦復沈雄豪邁，實皆出自顏平原一脈。較後之 P.2856 卷背乾寧二年（895）"營葬牓"題字，頗爲蒼勁，似兼綜顏（筋）柳（骨）筆法。

《牒狀》（二）（列爲本叢刊第十五卷）首葉爲原寸原色精印之甲戌年（朱梁乾化四年；914）歸義軍節度兵馬留後使曹仁貴賜鄧弘嗣牒，牒文前兩行小字（一行爲鄧弘嗣結銜，一行爲"改袖弟五將將頭"全銜）上，鈐有"沙州觀察處置使之印"朱文方印（縈疊直行）三枚。牒文末尾"甲戌年十月十八日牒"上，復鈐蓋"沙州觀察處置使之印"方印（亦皆直行縈疊）四枚，證以同光三年（925）曹議金賜宋員進牒首二行（宋員進結銜及"改補押衙"全銜）小字上，鈐蓋"沙州觀察處置使之印"四枚，末尾年月日上復鈐同樣印信五枚，然則是項用印欵式，殆爲當時公文書鈐蓋官印之定式。歸義軍節度使曹議金賜宋員進牒，現藏巴黎法國國立圖書館東方部，編號爲P.3805，此件中古告身，牒文字體，較鄧弘嗣告身稍大，饒氏譽爲沉重渾厚，誠不失爲御書院書手佳品。P.5004號之後唐天成元年（926）都鹽院牒，雖殘損不見官印，面文屬儷體，字迹亦工緻齊整。P.4046號"歸義軍節度使曹元深（議金次子）捨施迴向疏"，書於後晉天福七年（942）冬，凡十九行，前三行結體較長，楷、行參雜，後十六行，似另一人所書，其佳處頗近北朝人一般寫經體，惜捺筆多使側鋒，不類漢、魏隸法。

兩册《牒狀》的內容，就"敦煌學"來説，它在史學方面，尤其是對瓜、沙史料的貢獻，筆者認爲遠在書法藝術之上，試就所知，揭櫫數事於後。

甲、在河西節度使移治沙州前後

史載河西節度使楊休明於唐代宗大曆元年（766）夏五月徙鎮沙州，翌年，休明調任伊西北庭節度使，駐在沙州之河西節度則由周鼎繼任（於777年殉職），而唐德宗於楊、周二使主旅櫬車歸安葬後，曾以建中三年（782）詔令飾終，寵贈有加。惟於楊休明領河西節帥前之仕履闕紀，今叢刊《牒狀》類刊佈P.3952《沙州僧納錢告牒》首行有"前侍御史、涼州長史楊休明奏，奉乾元元年（758）□月六日勅，委臣勾當……"之辭，可補諸史及吳廷燮《唐方鎮年表》的闕佚。

乙、張議潮逐蕃歸唐，遣使入京輸款效忠

　　沙州之壽昌、敦煌兩縣，於建中二年、貞元三年次第陷蕃後，至宣宗大中二年（848）始爲張議潮收復。議潮之生平及其逐蕃歸唐的年代，晚近學人（如羅雪堂、向覺明、饒選堂、陳雲樓諸家）和筆者均曾涉論考訂。自英倫所藏 S.6973 寫本（本叢刊第十九卷"碎金"〔二〕九七頁曾徵引）刊佈後，始知其享年七十有四。至於依法京所藏 P.3620 號《封常清謝死表聞》、《僧無名諫章》、《無名歌》（皆議潮手書）三篇全文原尺寸全部影印發表，則首見於饒氏主編之《牒狀》第一冊。兩篇奏章皆是張議潮學生時代（憲宗元和十年）所抄寫，具見其忠誠愛國之懷抱與熱忱，在弱冠之前，即已培養起來。

　　張議潮收復瓜、沙諸州後，曾於大中三年（849）七月以前，經由沙州僧政洪辯指派沙州釋門義學都法師悟真攜圖、表奉獻唐室，當時京師僧侶（如大德栖白、釋景導等）與悟真酬唱之作，雖見諸 S.4654 卷子，但悟真之墨迹（判辭、簽署），則始見於"牒狀"類所收之 P.2838 號寫本，且此時（中和四年；884）悟真已陞任河西都僧統，可見河西歸義，緇流實與有功焉！

丙、張承奉稱帝建國前後

　　《牒狀》（一）第二一頁"中和四年（884）正月……悟真判辭"（在 P.2838 號卷子正面）後，接着便是 P.2838 號卷子的背面（見《牒狀》〔一〕頁二二至頁四〇，首尾均殘缺），上書慶幡文、開經文、散經文、轉經文和悟真的題署等，除頁二〇、二一有年月及悟真都僧統的判語外，僅頁二三、二六、二九有悟真的簽署；其餘各頁既無簽署，更無年月。瑩按：P.2838 卷背（在《牒狀》〔一〕第三一頁第五行起）有"我金山聖文神武天

子……惟我聖文神武天子撫運龍飛，乘乾御宇……"之句，昔年陳祚龍氏在巴黎遠東學院專刊第 LX 冊發表《悟真之生平及其著作》（ La vie et Les oeuvres des Wou-Tchen ）一專著時，曾謂據"營葬牓"（見 P.2856 卷背）知悟真卒於乾寧二年（八九五），則 P.2838 號卷背的"悟真"二字蓋係乾寧二年後之簽署。今據饒氏所編本叢刊《牒狀》（一）頁九〇"營葬牓"條稱："P.2856 營葬牓在僧統名單中並無悟真，悟真卒年亦不詳……故 P.2838VO. 金山國時代文書上之悟真署名，不能援引'營葬牓'來證明金山國時期悟真已卒"（據日文大意轉譯）。據筆者所知張承奉在歸義軍統治期最後結銜爲"歸義軍節度沙瓜伊西管內觀察處置押蕃（落）等使、金紫光祿大夫、檢校司空兼御史大夫"（見 S.5747 "祭風伯神"寫本。署年爲天復五年，實即天祐二年；905 ），當他祭風伯神後不足一個月（假定他是二月初建帝號）的時間裏，便自稱白衣天子，建號西漢金山國。如以 P.2838 號卷背有"金山聖文神武天子……"等辭句爲憑，則至少在昭宣帝天祐二年二月稍後的時期內，悟真還健在，自極可能。又按《牒狀》（一）頁四四著錄之 P.3100 號，於景福二年（ 893 ）十月悟真簽署後一頁末尾有"戊午（應爲 898 年之戊午）年五月廿七日索家……"文字，如亦爲悟真簽署之文件，則可佐證"悟真在乾寧二年（ 895 ）已前卒"一說之不確，饒氏糾正是也。

　　P.4044 號卷子，含"歸義軍節度使帖"、"社衆創修佛塔帖"、"葺蘭若畫廊功德讚"三個單元。《牒狀》（一）頁九一上欄說明："檢校吏部尚書上之'使'字爲'歸義軍節度'五字的省略。'乾寧六年'即光化二年（ 899 ），因曹氏僻處西陲尚不知昭宗戊午年（ 898 ）八月已改元'光化'故仍題'乾寧'年號。"所見極是。鏊按：此處曹氏結銜之"尚書"，乃長史所加散官，其人並非議金，蓋其時曹仁貴方以長史爲歸義軍留後而領州事；並非已爲節度。試觀石室本《沙州長史曹仁貴書狀》結銜作"檢校吏部尚書"，即其一證。同頁下欄，編者引徵見於敦煌寫本中有關"伎術院”（畫院）組織及生員（如所謂“學郎”、“禮生”、“弟子”等）狀況，以證晚唐伎術院機構在瓜、沙地區的沿革，爲中國繪畫史提供珍貴之資料，尤具卓識。至於“佛塔帖”之“奉爲當今帝主（王）聖壽清平”之帝王，乃指唐僖宗李儇，而“次及我尚書”之尚書，則爲曹仁貴。“功德讚”之“奉爲我拓西金山王”，乃指西元905年建號西漢金山國之聖文神武王（其印文稱“金山白衣王”，亦稱“敦煌國天王”。）張承奉，並非於後唐、石晉時代自號“托西大王”（見於莫高、榆林二窟壁畫供養者題名）之曹議金（《舊五代史》及《册府元龜外臣部》諸書均作“義金”），瑩另有專文詳論。茲不具述。

丁、關於金山國文件

《牒狀》（二）第三頁，首列辛未年（即後梁太祖乾化元年；911）沙州百姓一萬人上囘鶻可汗書，此狀原件，現藏巴黎法國國家圖書館東方稿本部，編爲 P.3633 號。其背面寫《龍泉神劍歌》及《張安久（此字王重民錄本作“左”）生前邈真讚並序》兩篇（本叢刊未收入）。關於西漢金山國事迹，自王重民氏名著《金山國墜事零拾》一文在《國立北平圖書館館刊》第九卷第六號發表並迻錄法、英所藏若干寫本後，國內外學者如劉銘恕、謝稚柳、池田溫、陳祚龍，王冀青諸氏均曾先後有所論列，饒選堂先生於解説頁七九至頁八一對各家引文和論説皆作濃縮而簡要的闡釋，探賾索隱，無微不至。惟頁八〇引謝氏《敦煌藝術叙錄》第二〇〇頁以莫高窟第九號窟（即張大千編第一五五窟）爲大順年間張承奉窟，則有未諦，按謝氏蓋因此窟門洞北壁第一身供養者爲張承奉，故部分中、外學人並從其説，細按之，實未必然。考此窟的左鄰爲張大千所編之一五四窟，乃晚唐時鑿，窟主是僧索義辯，據索法律窟銘碑文證之，知義辯之祖奉珍，在天寶時曾任會州黃石府折衝都尉，父定國，栖心釋氏，卒於元和七年。兄

子忠顥，於咸通初曾參與張議潮攻克涼州之役，歿於武威。幼姪
忠信，則於咸通八年隨議潮入京。而此窟本殿正龕西壁第八身及
第九身的女供養者題名均作“姪男新婦張氏一心供養”，由於此
窟建在咸通十年（869）以後，我懷疑其中之一人或即索勳之妻
（亦或爲忠顥、忠信之妻）。此一臆測，如果臆中，非必謂索勳
乃義辯之姪，因本窟各部位之男供養人凡八身，女供養人凡三十
七身，且東壁朱衣持長柄香爐的男坐像，固非義辯。不過，此一
大家族全爲索姓，似無疑問。基於這項事實，我們説緊鄰的張編
一五五窟亦爲索氏所開，並不過分牽强。此其一。至於張編一五
五窟北壁原來的畫面，很可能爲：一、佛像；二、索勳之上輩
（父或伯、叔）。迨政變發生，索勳被殺後，在李明振妻（議潮
之女）的操縱策劃下，遂將北壁之原畫塗去，改繪承奉及明振次
子弘定的供養像。或謂勳既被誅，爲何不將南壁的供養像一併塗
乙？我的答案是：因南壁第二身爲李弘願（明振長子），而索勳
在南壁之結銜（……檢校右散騎常侍）較承奉爲低；且張氏以往
繪製供養像的慣例，大都是卑南崇北，所以仍予保留，不加塗乙。
此其二。再就時間來説，承奉之領節度，既在索勳卒後，就環境
來説，大而瓜、沙諸州早歸張、李二氏統轄，小而一五五窟的施
主，已由索、李二姓，變而爲張、李二姓。此其三。爲了符合客
觀之事實，稱此窟爲“張承奉供養窟”，未嘗不可，若謂此窟乃
張氏創建，則欠妥。並且索勳在本窟供養像的繪製時期，方領節
度不久（約在大順元、二年間），故他僅帶“檢校右侍”散銜，
而承奉之嗣爲節度，則遠在乾寧以後，何得言“大順年間”？
謝氏實不知大順元年二月下旬後已爲索勳之時代，而張承奉之時
代，最早亦須在乾寧元年十月或稍前，未譜選堂先生以爲然否？
其次是第一五五窟（今研究所編爲第九號，亦即伯希和之一六五
號）門洞南壁第二身的供養者，向覺明（達）、謝稚柳（稺 ）
二氏皆以爲是李明振（張議潮壻）之幼子弘諫，向氏所錄弘諫此
像題名爲“朝散大夫沙州□軍使銀青光祿大夫檢校左散騎常侍兼

御史大夫上柱國隴西李弘諫一心供養", 謝氏《敦煌藝術叙錄·概述》引弘諫結銜, 亦有"沙州□軍使李弘諫"字樣, 而《叙錄》(頁二〇〇)則作"朝散大夫□□□軍使銀青光錄大夫檢左散騎常侍……隴西郡李弘諫一心供養"。史岩氏和我的抄本, 在"李"字下並無"弘諫"字樣(我的錄本, 在"李□"二字下, 還隱約看出"願"字的末筆)。我以爲"沙州……軍使", 很可能是"沙州刺史兼豆盧軍使"等職銜。而弘諫在李明振再修功德碑上的結銜僅爲"使持節甘州刺史兼御史中丞", 並且甘州刺史的供養像似乎還沒有在莫高窟裏發現過, 所以我敢肯定地説, 此一繪像, 非李弘願莫屬! 既爲弘願, 其時代蓋在乾寧元年(894)十月以前, 與索勳之供養像繪於同時; 此時弘願尚未兼任節度副使, 故其供養題名上並無"節度副使"的字樣。且索勳帶"檢校右侍"銜時, 弘願方刺州不久, 在他以前的沙刺, 所能確知者爲張淮深一人, 假令其弟淮泪亦曾任沙州刺史, 但在乾寧元年十月以前亦已亡故, 用知大順元、二年間弘願已刺沙州, 而弘諫在乾寧元年十月以前(即索勳在一五五窟題名的時候)縱或還沒有出任甘州刺史, 然而那時的沙刺, 絕對不是李弘諫, 則可斷言。

P.3239 號歸義軍曹仁貴賜鄧弘嗣牒, 爲金山國瓦解、張承奉政權消滅後不久的官文書之一, 其牒首"勅歸義軍節度兵馬留後使"與末尾"使檢校吏部尚書兼御史大夫"署銜, 雖與仁貴《仲秋狀》末尾"權知歸義軍節度兵馬留後、守沙州長史、銀青光祿大夫、檢校吏部尚書、兼御史大夫上柱國"的結銜(只署"八月十三日"而無紀年)詳略互異, 但仔細比勘, 相同處爲"歸義軍節度兵馬留後"和"檢校吏部尚書兼御史大夫", 可知《仲秋狀》之八月十三日極可能在甲戌年(即朱梁乾化四年; 914)。相異處是《仲秋狀》的"歸義軍節度兵馬留後"上有"權知"二字; "沙州長史"上有一"守"字, 皆足證明仁貴之恢復歸義節鎮, 在梁初乃以守沙州長史權知歸義節度留後, 到了同年(914)十月十八日, 方勅授歸義軍節度兵馬留後使, 所帶"尚書"銜, 則係長史所加之散官，時間相距六十餘日。至於其他相關的文書，如 S.1563 "西漢敦煌國聖文神武王敕"、P.4638 "曹仁貴獻物狀、上令公狀" 等，以及莫高窟第九八號、第三九〇號窟鄧弘嗣的供養題名，饒氏於說解中均一一引證，以便讀者考索。當一九八三年第三十一屆亞洲及北非人文科學國際會議在東京召開時，筆者曾以《繼張氏任歸義軍節度使者爲曹仁貴論》爲題，向大會宣讀一篇論文，其時京都大學名譽教授藤枝晃先生起立發言，並承以發表於一九七八年之《敦煌綠洲與千佛洞》一文（日文選述）見贈，文中所列 "歸義軍曹氏系圖"，已從新說以仁貴爲第一代，但於其下注有 "（ 920 ）" 字樣和 "？" 號。藤枝氏實不知歸義軍曹氏第一代（仁貴）之爲節度留後的時期，據 P.4044《社衆創修佛塔帖（光啓三年；887 ）》及《莒蘭若畫廊功德讚（光化二年；899 ）》兩寫本仁貴署銜爲 "檢校吏部尚書"，則遠在僖、昭之世，他已帶長史所加的散官，又焉能遲至梁貞明六年（ 920 ）其弟議金的時代？特附正於此。

關於曹仁貴在（乾化四年；914 ）八月十三日上令公狀中所稱之 "令公"，以往學者如羅叔言、向覺明、王有三等，均以爲是曹氏父（議金）子（元德、元忠昆仲）中之一人，拙撰《朱梁時曹仁貴繼張氏爲沙州歸義軍節度使說》一文（見 《大陸雜誌》第六十八卷第一期）則列舉數證，認爲應是靈武節度使韓遜，今讀饒氏編集本叢刊第十四、十五卷《牒狀》兩冊所列瓜、沙史事原始資料後，益信管見或可定讞。饒氏說解（《牒狀》〔二〕八三頁）綜合各類文書及諸家異說，以爲張承奉政權殆於乾化四年五月至八月間消失。此一結論訖目前止，已爲多數敦煌學者所公認。

戊、曹議金統領河西、歸義軍節度使以後之文書

接 P.3239 曹仁貴賜鄧弘嗣牒後，爲 P.3805 號曹議金賜宋員進牒，牒首題 "勅河西歸義軍節度使牒"。末尾於同光叁年（ 925 ）

六月壹日後，署（大字）"使檢校司空兼太保曹議金（下缺）"。瑩按終唐之世，張氏統領歸義軍時期，見於敦煌資料（含寫本、石刻、壁畫題名等）的歸義軍節帥名銜上，除索勳紀德碑（現在敦煌，已殘損）於"歸義軍"上冠有"河西道"三字外，尚未見冠有"河西"二字者。五代後曹氏時代見於莫高窟第五五窟之曹議金供養像題名作："故勑河西、隴右、伊、西、庭、樓蘭、金滿等州節度使……"。第一○八窟議金題銜作："勑河西、隴右、伊、西、庭、樓蘭、金滿等州節度（下缺十一字）議金供養"，皆無"歸義軍"字樣，其作"河西歸義等軍節度□□（押蕃）落等使檢校司空……者"，惟見於一○八窟（在議金像旁第二身）之曹元德題名。但見於石室寫本者，則有 P.2704 曹議金道場四疏之"河西歸義等軍節度使……"（詳見下文評述），已爲後唐末葉（西元九三三至九三四年）之事，此時議金在睦鄰政策上，則藉聯姻關係；東結廿州回鶻，西聯于闐王國，而唐世舊歸義軍所領州郡頗有增減，蓋昔日歸義軍所轄十一州中，有原爲隴右、河西兩道所領之州郡，而大曆初年河西節度又曾徙治沙州，早在開元年間，沙州敦煌郡下都督府，則隸隴右道，其時隴右採訪使治鄯州（見《新唐書·地理志》第三十）而乾寧元年（894）敦煌李明振再修功德記碑稱議潮職銜爲"河西隴右一十一州（瓜、沙、伊、肅、甘、河、西、蘭、岷、鄯、廓）節度管內觀察處置押蕃落營田支度等使"，其稱"歸義軍節度使"者，則見諸索勳紀德碑（立於景福元年後，乾寧以前），惟索碑固仍冠以"河西道"字樣。據羅振玉氏臆測，蓋義潮初拜歸義軍節度，及克涼州，遂兼涼州節度，尋仍用以前"河西"、"隴右"兩節度之名，合併爲一；而使議潮任之。今按莫高窟張編第四六號（伯希和編第八○號）窟張議潮供養像題名爲："勑封河西一十一州節度管內觀察處置等使、金紫光祿大夫、檢校吏部尚書兼御史大夫、河西萬戶侯、賜紫金魚袋、右神武統軍、南陽郡開國公、食邑二千戶實封三百戶、司徒"。P.2568 號寫本（張延綬別傳），稱延綬爲"河西節度金紫光祿大夫檢校尚書左僕射河西萬戶侯南陽張公（名淮深）字祿伯”第三子。這兩處張議潮叔姪的結銜上，均無“歸義軍節度”字樣。直至後唐初年（九二五至九三四）的敦煌官文書和壁畫題名上，始發現“河西”、“歸義”連署在節帥結銜之上的情形，不知是否偶然如此？還係依據一定之規制？容將專文加以研討。不過，當議金、元德時代之着眼多邊外交以及將歸義軍領州擴展到樓蘭、金滿、庭州一帶，實爲空前壯舉！

P.2704《曹議金道場四疏》，不論在公（節署）或私（家屬）的方面，均爲重要的瓜、沙史事資料之一。饒氏說解對各篇內容、涉及之人物、背景、以及曹氏仕履、道場設施等，俱有詳細的闡述。筆者不賢識小，姑就《疏文》上的使署印信與議金在篇末的職銜言之，此疏每篇在長興四年（一通）、長興五年（三通）的月、日上皆鈐蓋“沙州節度使印”朱文（小篆）方印各一枚，按《舊五代史·（唐）明宗紀》：“長興二年（931）春正月……丙子，以沙州節度使曹義（史文均不作議）金兼中書令。”與印文正合。四疏末尾議金的結銜皆作“河西歸義等軍節度使檢校令公大王”，饒氏據莫高窟第一〇〇窟議金供養像題名，有“檢校令公”散銜，而所謂“檢校令公”實即“檢校中書令”。上引薛史“兼中書令”者，亦即“檢校中書令”散銜之省稱。然則四疏中的“檢校令公”（實即檢校中書令）云云，亦與史文相符合，更足提陞《四疏》史料上之價值，豈不懿歟！

P.4046《曹元深捨施迴向疏》，末署：“天福七年（942）十一月廿二日弟子歸義軍節度檢校司徒兼御史大夫曹元深疏”，在年月上鈐有“沙州節度使印”朱文方印；與議金四疏所用印同。而四疏議金結銜上均作“河西歸義等軍節度使”與此疏作“歸義軍節度使”者有別。饒氏說解於元深（爲議金次子，元德之弟，元忠之兄）仕履考證綦詳。

P.2155《曹元忠致囘鶻可汗狀》，狀文中有“伏希兄可汗天子細與尋問勾當發遣，即是久遠之恩幸矣”語句，末行署：“六

月日弟歸義軍節度使特進檢校太傅兼中書令曹元忠狀上"。按元
忠入宋後官歷,《宋史·沙州傳》、《續通鑑長編》、《文獻通考》
諸書均曾記載,而文較略,惟《宋會要·蕃夷門》記述較詳,茲
錄如後:

> (建隆三年;962)正月,制、推誠奉義保塞功臣、歸義軍
> 節度、瓜沙等州觀察處置管勾營田押蕃落等使,特進檢校太傅、
> 同中書門下平章事、沙州刺史、上柱國譙郡公、食邑一千五
> 百戶曹元忠,可依前檢校太傅、兼中書令,使持節沙州諸軍事,
> 行沙州刺史,充歸義軍節度使、瓜沙等州觀察、處置管勾營
> 田押蕃落等使,加食邑五百戶,實封二百戶,散官勳如故。

史文敘元忠"特進檢校太傅、兼中書令"等銜,與此寫本符
合。但元忠之帶"兼中書令"散官,當在建隆三年奉敕以後。此
狀文(《牒狀》〔二〕頁五八至五九)"五月十五日被肅州家一
雞悉的作引道人領達坦賊壹伯(百)已來於瓜州會稽兩處……"
中的"雞悉的"、"達坦"兩名詞頗為費解,迄無達詁。直至本叢
刊出版,饒氏竭數月之力,除博徵漢文典籍外,復用西藏文資料
參證,遂以"韃靼"釋"達坦"、"奚悉德"釋"雞悉的"可謂鑿
險縋幽,極盡考據之能事。在《牒狀》〔二〕頁八八至八九編者
並對"曹氏六鎮"作翔實之解說,尤為治瓜沙史事者之瓌寶。

P.3827《曹延祿牒》,此寫本連牒首題(延祿銜名)共存四
行,延祿署銜為"權歸義軍節度兵馬留後金紫光祿大夫檢校司空
兼御史大夫上柱國譙縣開國男食邑三百戶臣曹延祿",據牒文所
陳述,得知:(一)其父元忠卒於宋太祖開寶七年(974)六月
六日;(二)其兄瓜州防禦使金紫光祿大夫檢校司徒兼御史大夫
上柱國譙縣開國男延恭,曾充歸義軍節度兵馬留後;(三)差延
祿權知瓜州軍事充歸義軍節度副使。鏊按:依上述延恭昆仲任官
次序看來,延恭之充歸義軍留後,似在延祿以前,但據 P.3360
《曹延祿狀》末署"興國四年四月權歸義軍節度兵馬留後"觀之,
則姜亮夫氏"興國五年(980年)歸義軍節度使曹延恭卒,弟曹

延祿自稱留後”之說固不足信，證以本牒（ P.3827 ）延祿“權
歸義軍節度兵馬留後……檢校司空……”的銜名，可以確知延祿
上此牒狀時，延恭尚健在，從而推知此牒的時代約在太平興國五
年（ 980 ）之前。關於曹元忠卒年問題，早歲筆者撰寫《曹元忠
卒年考》時，因未見 P.3827 寫本，只能推測他卒於開寶八年以前，
嗣承旅法友人左東侯、陳雲樓二兄抄示此牒，遂將補正文字收入
拙作《瓜沙史事繫年》中。

P.3412 《大雲寺安再勝牒》，書於太平興國六年（九八一）
十月，饒氏對“達坦”即“韃靼”、“末尼”即“摩尼”之考釋以
及“宋與回鶻之文化交流”、“九姓迴鶻……可汗碑”、“傒悉德”
等專題之評述，皆有精闢的論斷。

P.4622 號卷子的末行爲曹延瑞《大云（雲）寺設會疏》之
結銜與年月：“雍熙三年（ 986 ）十月日，弟子墨釐軍諸軍事守
瓜州團練使金紫光祿大夫檢校司徒兼御史大夫曹延瑞疏”年月上，
並鈐有“瓜州團練使印”（篆書）朱文方印。編者於曹延晟、延
瑞、宗壽諸人仕履敘述甚詳，且附列瓜沙曹氏（五世）世系表，
並加注延恭、宗久、賢順、賢惠見於史鑑碑誌之資料，嘉惠讀者
尤多。惟於延瑞結銜上之“墨釐軍”未遑箋釋。案“釐”一作“離”，
《新唐書·地理志·瓜州條》：“西北千里有墨離軍”。而 P.2555
號無名氏陷蕃殘詩集中，有一則詩題爲《在墨離海奉懷敦煌知己》，
可證墨離軍應在南山內，不在瓜州西北。從榆林窟供養人題記來
看，墨離軍蓋與瓜州同城。據敦煌碑刻與盛唐供養人名銜考之，
墨離軍使，則爲瓜州最高長官之兼職。延瑞在榆林窟二十五號題
名爲“節度副使”，勳、散則與本疏同。又按天寶時的瓜州太守
（晉昌郡）樂庭瓌曾在莫高窟一三〇窟造像作功德，其名銜爲“使
持節都督晉昌郡諸軍事守晉昌郡太守兼墨離軍使”，其“墨離軍使”
入銜，似爲最早見於莫高窟壁畫題名者，特附識於此。

P.3016 號卷背，爲《索子全狀》（于闐天興柒年）、《□富
住狀》（天興玖年）。前一件署銜：“于闐迴禮史（使）內親從

都頭前壽昌縣令御史大夫檢校銀青光祿大夫上柱國索子全狀",
後一件署:"前檢校銀青光祿大夫新受(授)内親侍都頭西朝走
馬使□(邱?)富住狀"。此二通書狀,均署于闐國的"天興"
年號(約在九五○至九六三年之間),張廣達、榮新江二氏曾著《關
於唐末宋初于闐國的國號、年號及其王家世系問題》一文,對兩
狀全文加以校訂。饒氏説解除對書法風格略加評述外,並舉出三
希堂法帖所收色目人迺賢墨迹極爲妍麗,而此二狀亦尚挺秀多姿,
實爲五代、北宋時間鶻地區漢人書迹之僅存者,其珍貴可知。氏復
舉出《牒狀》(二)頁七二索狀第四行有"龍庭大寶國"稱號,
兩《五代史》亦載石晉册封李聖天爲大寶于闐國王事。瑩按:莫
高窟第九八窟係曹議金爲其壻李聖天開鑿的功德窟,其供養像題
名作:"大朝大寶于闐國、大聖大明天子……即是窟主"。但《沙
州文錄》所載于闐公主繪地藏菩薩題記之末,則稱于闐爲"大朝
大于闐金玉國",是當時于闐於"龍庭大寶國"、"大寶于闐國"
之外,尚有"大于闐金玉國"之稱。至所謂"天公主李氏"(見
莫高、榆林二窟題名)則爲議金的外孫女,後回嫁於曹延祿者。
筆者因張、榮二氏文(見饒氏説解頁九三引述)尚未寓目,不知
有否將"金玉國"收入?故附及之。

　　P.4518號卷背,爲《寶勝狀奏》,此狀文首缺,僅存四行。
末署"天壽二年五月日寶勝狀奏"。饒氏説解除 P.2638 寫本莫高
窟題記與張廣達諸家之説外,並同意狀文中的"天皇后"即曹元
忠之姊(議金之女),當無問題。天壽二年,張、榮二氏疑即天
興十四年(963),諒亦無大謬。

一九八六年三月於外雙溪

敦煌文書の精粋を鑑賞する

——《敦煌書法叢刊》

日比野　丈夫

　昭和五十八年の五月以来、本叢刊はすでに八冊を世に出した。拓本一冊、写経六冊と砕金と題する零砕な文献を集めたもの一冊である。どれもみな原寸の写真版で、毎冊必ず四頁大折込み原色版を付載している。最高の技術をもって複製された敦煌文書の精粋を、座右において利用鑑賞できるなどということは、わたくしたちの若い頃には思いもつかないことであった。イキリスのスタイン文書は、現在主な大学に全部の焼付写真が備えられ、研究者は非常な恩恵を被るよつになったが、フランスのペリオ文書が今回このような形で公開されたことは、まさに第二の福音というべきであろう。

★無限の資料群

　敦煌文書のおもしろさは、その目的によってさまざまな資料が無限に探し出せることだ。かつての敦煌学は、すでにこの世からなくなってしまった書物（佚書）や、現存のものとはテキストの違っている異本を発見して研究の対象とし、あるいは公私文書をもとにしてむかしの官制や社会組織などを研究することが主であった。書道史の方面からは温泉銘や化度寺塔銘等の拓本類が珍重されたのはいうまでもないが、文書全体が書道史研究家から注目され新資料が発表されるようになったのは比較的新しい。スタイン文書の中から聖教序を鈔写したもの三点、十七帖一点を見出して紹介したのは、実は饒宗頤教授である。

★十七帖・智永真草千字文

本叢刊の砕金(一)の部には十七帖一点、智永真草千字文一点、篆書千字文二点、蘭亭序一点が収載されている。十七帖はスタイン文書と一連をなすもので、彩箋が用いられているが、原色版のできがすばらしく非常に美しい。真草千字文は貞観十五年の年記がある唐初の作であり、蘭亭序を臨書したものはほかにも数点あるということだから、唐代を通じて王羲之の書がいかに尊重され流行したかを如実に物語っているといってよい。蘭亭序の臨書などは、誤字もあり筆使いも幼稚で、決して上手とはいえないであろう。しかし、一見たどたどしいようではあっても、一点一画の正直な筆法に原本のおもかげをしのぶことができるのである。

★写経の名品

つぎに写経は敦煌文書の大部分を占めているだけに、時代も北魏にさかのぼり種類も多様で、仏教研究の上に貴重なことはいうまでもない。書風の立派なものは長安の一流の写経生によって書かれたものであろうし、大体に経典ともなれば専門家が書くのが普通だから、それだけに時代的な変遷も明らかである。饒教授の見識によって年代や書写人の明記されているもの、書体も各種のものが選ばれていて、今までに出た六冊だけでも敦煌写経名品集として大変な価値がある。南朝の写経としては梁の天監十八年(五一九)の出家人受菩薩戒法とともに、至徳四年(五八六)の摩訶摩耶経、太建八年(五七六)の生経の二つの陳経が収載されているのは何といつても圧巻である。この貴重な南朝の名品を一度に手にすることができるとは、何とすばらしいことではないか。今さらのように、分裂時代にあっても東西文化交流の要(かなめ)に当る敦煌は、南北文物の集中するところであったことを痛感する。

★最古の写経

　写経では第一冊の皇興五年(四七一)の金光明経は、ペリオ文書の中で年代を記した最古のものだという。書無識(どんむしん)の原訳の形を残しているということだが、黄絹に書かれた古樸荘重な書風は、原色版によって実物に接するがごとくである。その巻尾に記された題記のことは、饒教授の《巴黎蔵最早之敦煌写巻金光明経跋》(《選堂集林》上冊)を読んで知っていた。写経の施主は定州中山郡盧奴県城内の西坊里の住人で、原郷は涼州武威郡租厲県梁沢北郷武訓里方亭南蘇亭北とある。教授はこの中の租厲県について考証しているが、わたくしは租厲県の梁沢北郷に所属する武訓里の方亭の南、蘇亭の北という住所の表示方式に心をひかれた。漢代の郷亭里の制度の実態とともに、その変遷についてかねがね興味をもっているので、これはきわめて具体的で重要な資料であることがわかるのである。

　本叢刊は全体で二十九冊あるのだから、今後も楽しみはまだまだ続くわけだ。わたくしのような歴史の勉強をしているものにとっては、経史の部はもちろんのこと、牒状だの砕金(二)だの早く出してはしいと心待ちにしているものが多い。饒教授もこれだけ多種類のものを解読するのは骨の折れることだろうが、協力者・翻訳者である林宏作君の苦労もなみ大抵ではないと思う。いやがうえにも自愛して、一日も早く完成していただきたいと願っている。

　(ひびの・たけお＝京都大学名誉教授)

秘庫の名品を慎択

——《敦煌書法叢刊》

榎　一雄

　　敦煌書法叢刊はフランスの国立図書館に所蔵せられるいわゆ
る敦煌文書のうち漢文で書かれたもの一五二点を選び、これを
①拓本、②韻書、③経史、④書儀、⑤牒状、⑥詩詞、⑦雑詩文、
⑧砕金、⑨写経、⑩道書の十種に分類し、それぞれの文書の一
部又は全部を実物大に影印し、これに解説をつけて刊行するも
ので、今日までに既に十二冊が世に送られている。

　　文書の選択と編輯と解説とは香港中文大学名誉教授の饒宗頤
博士、写真撮影はフランス国立図書館、印刷と製本とは二玄社
が分担している。

資料と編者に万幅の信頼感

　　この叢刊の第一の特色は、その中に収められている資料が悉
くペリオ博士が敦煌の石窟から将来したものであるということ
である。世に敦煌文書と呼ばれているものの中には少からぬ偽
物がある。しかしフランス国立図書館所蔵の敦煌文書はこれ以
上正しいものがないほど由緒の正しいものであって、偽物の混
入し得る余地がない。この点まず万幅の信頼感を以てこれに対
することが出来る。

　　第二は饒宗頤博士が文書の選択と編輯と解説とに当っている

ことである。博士は香港、シンガポールの中文系大学で教えられたほか、パリに赴いて研究と研究の指導とに当られた。その学問の博くして深いこと正に当代無比と申すべき人であって、経学・史学・文学・哲学のあらゆる部門に測るべからざる知識を有し、インドの文学・歴史・哲学にも深い造詣を有しておられる。正に四部の書読まざるなく、六芸達せざるなしの概のある碩学大儒である。フランスの支那学を代表しておられたドゥミエヴィル教授は饒博士を推重すること最も厚かった。或いはその門下を特派してその指導を受け。或いは共にスイスに遊んで山光本色を詩に賦し(一九六六年八月)、或いは敦煌の曲子を研究共訳して出版した(一九七一年)。スイスでの詩は黒湖集と題し、饒博士詠する三十余首の漢詩に、ドゥミエウィル教授が流麗極りない仏訳を添え、中に饒博士描くところのスイスの風景の水墨画の写真が加えられている。饒博士こそ支那学の伝統と支那学者の文人趣味とを十二分に伝えた希有の存在たと言えよう。

学人墨客への道しるべ

その饒博士が最も精通しておられるのが敦煌文書である。博士選択の標準は書としての出来映えの美事さにあるが、同時にその内容についても深い注意が払われ、敦煌文書が如何に広く支那学の諸分野に及んでいるかが自ら理解されるように按配せられている。その意味で、敦煌書法叢刊は書法のみならす、敦煌文書の具体的な内容案内でもある。

饒博士の淹博精密な学識は文書の解説において最も遺憾なく発揮せられている。叢刊に収める文書には既に何人かによって刊行せられ研究せられているものと、このたびここに始めて発表されるものとの二種があるが、既刊のものについてはその研究の成果を紹介し、新見解の加うべきものがあればこれを加え、新たに発表されるものについては関係史料を博捜して縦横にこれを解説していられる。その記述の網羅的にして分析の透徹せる、現在これ以上の解説は望むことができないと感嘆させられること毎度である。

叢刊の特色の第三はその刊行がこうした出版に多年の経験を有する二玄社によって行われていることである。毎冊巻頭に必ず一葉のカラー複製を添え、原写本の面目を髣髴たらしめ、他はすべて黒白で印刷されているが、書法の探究を第一義としていることから、その影印の鮮明にして正確なること、既刊の如何なる敦煌文書の影印もこれに比べてはその光を失うと称して過言ではない。ここに正確というは一点一画の再現に周到な注意が払われているということばかりではない。これまでの編者が見脱して影印を怠った、或いは撮影を怠った部分、しかも文書の年代の決定に最も必要な巻末の題記の部分の如きが今回あらためて影印されて、その文書についての理解を一層正確ならしめているような配慮をも指している。これは編者饒博士の功に帰すべきものであろうが、そうしたこれまで人々の注意から逸していた部分の鮮かな影印に接すると、あらためて二玄社の精度の高い技術に破服を禁じ得ない。

開かれた門戸

実はフランス国立図書館では敦煌文書の撮影はすべてその写真部において行い、外部の人による撮影は一切許さない。その結果、影印の基本材料である写真は、先方から提供せられるマイクロフィルムに限られていた。これが敦煌文書を影印しようとする者のいわば泣き所である。関係者は恐らく自分達の手で撮影することを認めてくれれば、この個所はこう撮りたい、あの部分はあの角度からと痛感することが少くない筈である。しかし二玄社の関係スタッフは、当局の特別の配慮をもって厳密な指示のもとに改めて 9 × 12cm の大判フィルムにて撮影された写真から如何に迫力の原物を再現すべきかに最善を尽した。そしてこれに成功した。

　今日のパリは十数時間で行ける距離にある。しかし国立図書館の敦煌文書の精華をすぐって閲覧するとなれば、一年滞在するとしてもなお不可能であろう。この優れた影印とこの素晴しい解説を通じて、居ながらにして千年に互る期間敦煌の洞窟に眠っていた文書を鑑賞し研究することのできる幸福を、我々は泌々とかみしめたい。《敦煌書法叢刊》の予定通りの完成を祈る所以である。

（えのき・かずお＝東京大学名誉教授）

《敦煌書法叢刊》刊行のことば

株式會社二玄社社長　渡邊隆男

　パリの國立圖書館には、七十五年前、ポール・ペリオの探檢隊が敦煌の千佛洞から請來した五千餘卷の古書が祕藏されていて、世界識者の注目をあつめながらも、その全貌はついぞ日の目を見ることなく今日にたち至りました。

　六朝から隋・唐の、およそ五世紀にもわたる夥しい古書群は、歷史的に極めて重要な文獻であるばかりでなく、その殆どが墨痕鮮やかな肉筆であるだけに、書道史に占める意義もまた計りしれないものがあります。

　私たちは今日、氷山の一角ともいうべき碑・法帖を通してその時代の書に接していますが、ここには書法の成り立つ王羲之の時代から、それが定着する唐代までの、書體・書風變遷の"本流"を如實に見ることができるわけであります。

　當社は、中國學並びに敦煌學の世界的權威で、中國書畫にも造詣の深い饒宗頤教授のおすすめと大乘的御盡力を得て、遂にペリオの祕寶の扉を開くことに成功し、その撮影を完了いたしました。本叢刊出版のあとは、永久保護のために扉は再び固く閉ざされるということであります。

　饒宗頤教授は、かつてパリ・ソルボンヌ大學に教鞭をとられつつ、永年ペリオ資料の調査研究に沒頭されましたが、ここにその成果をふまえて書法的に重要な古書百五十件を選出、個々に詳細な解説が付されました。當社はそれを《敦煌書法叢刊》

と名づけ、全二十九巻に編成して刊行いたします。本叢刊は既刊《書跡名品叢刊》の姉妹篇として、世に缺くべからざる貴重な資料となりましょう。ご期待いただくとともに、江湖にご推擧のご支援を賜らば幸甚です。

一九八三年五月

《敦煌書法叢刊》推薦文

干天の慈雨

日展常務理事　　青山杉雨

　ペリオ文書は一九七六年歐州遊歴の途次パリーの國立圖書館で實見し、噂に違わぬ重要な資料であることが解った。この事はかねて西川先生より伺っていたので、圖書館訪問には豫め先生より閲覽すべき書目若干を選定して頂いて行った。その爲短時間のことであったが、大變有益な勉強が出來たことは感謝に堪えないと思っている。

　またその直後香港で饒宗頤教授にはじめて御眼にかかり、教授がこの文書の研究に永年取組まれている斯學の權威であることを知り、色々お話をきいて深い感銘をうけた。

　ペリオ文書の數は厖大で三千とも五千とも聞く。この文書が哲學、史學、文學その他諸々の分野の文化に關連して重要であることは言うまでもないが、我が書道にとってもその重要さは劣らない。殊に書體、書法の變遷期の文字事情をリアルに觀察出來ることは、古典書法の解明にとって貢献するところ大なるものがあると思う。

　今回の饒宗頤教授の研究の集大成刊行は、かねてより我々が熱望していたところであるから、まさに干天に慈雨の感があり近時出版の快擧であると思っている。

眞跡の時代

筑波大學教授　　今井凌雪

　"清末碑學派の大家たちも、現在のわれわれのように、秦・漢からさらに戰國に遡る肉筆文字資料を見ていたならば、決してああした書は書かなかったであろう"・これは北京師範大の啓功先生が、故唐蘭先生との對談で、確認しあった意見であったという。中國には時代ごとに、書についての指導理念があったと思う。清末を風靡した金石趣味も、最近は、肉筆真跡こそ書の據りどころであるという主張に變わりつつある。もちろんこれは、最近の各種古代肉筆文字資料の相次ぐ出土發見を背景にした考え方である。

　こうした中で、ペリオ請來の敦煌文書が、この方面の權威者饒宗頤先生の編集で、書的見地から拔粋整理して出版されるという。敦煌文書について、書的興味を持った人も、今まで決して少なくはなかったと思う。ただ、そうした要求に應じうる形の出版が少なく、また、殆ど手に入らなかった。今回の出版はまことに時宜を得た企劃であると思う。

　私は楚の帛書や竹簡のおかげで、清朝以來の篆書の筆法をいささか反省し得たと思っている。同様に、今回の出版によって、南北朝や唐の碑刻の書を、ジックリ見なおせるのではないかと、樂しみにしている次第である。

興奮と感激と

大東文化大學教授　　宇野雪村

今世紀初頭に敦煌石室から發現した古典籍は大英圖書館(ス

タイン本)・パリーの國立圖書館(ペリオ本)・中國・その他に散在することになったが、學界・書道界を驚倒させる資料であった。それぞれに若干の紹介はあった。例えば矢吹慶輝博士の《鳴沙餘韻》とか羅振玉の《古籍叢殘》《墨林星鳳》その他があるがすべて稀覯本である。

饒宗頤先生はペリオ資料の粹を研究公刊の意圖があり、パリーの國立圖書館との特別契約が成立し、二玄社より《敦煌書法叢刊》二十九冊として刊行されるという。

ペリオ資料はパリーで二回閲覧した。僅かな時間で數十點を調査したに過ぎないがロンドンのスタイン資料に接したことと共に興奮と感激が今でも鮮やかに蘇ってくる。

饒先生の研究解説と圖版に、座して接しられる幸を思う。關係される方々の勞苦にお禮を言わねばならない。

秘庫の名品を愼擇

東京大學名譽教授　　榎　一雄

世に拓本碑帖の行われるもの、その數を知らない。墨本の古きを求めて碑刻の眞姿を探り、碑帖の蕪を去り精を擇んで著録の粹を定めることが、書法を究めようとする者の何よりも先に行うべきこととせられる所以である。まして眞跡と稱せられるものに至っては、常にその眞偽を判定する準的無きに困しめられる。

敦煌の千佛洞は佛跡であると同時に中世の一大圖書館でもあった。フランスの國立圖書館に所藏せられる敦煌出土の文書は、この中世の圖書館に舊藏せられたこと疑いのないもののみであって、その拓本と經書經典の鈔本の類とがそれぞれの最も馮據すべき形を存していることは、贅言を要しない。《敦煌書法叢刊》はその由緒の正しい蒐集の中から、名品佳什を愼擇して世に送ろうとするものである。

　編者饒宗頤博士は博覧洽聞の學士として夙に内外に令名が高い。近刊の《選堂集林》三冊は《史林》についての博士の蘊蓄の一端を漏したものに過ぎないが、取材の廣と考證の精とは人をして後に瞠若たらしめるものがある。博い博士の研究の中でも、フランス國立圖書館所藏の敦煌文獻はその最も通曉して居られる所である。

　敦煌の祕庫が開かれてよりここに八十年。饒博士の審定を經た名品佳什が、二玄社の豐かな經驗と高い技術とに裏附けられた複製として世に送られることは、學人墨客の至幸と言わなければならない。

選堂先生の敦煌叢刊を待ちわびる
藝術院會員　　西川寧

　最初、英國のスタインが、敦煌から出た古鈔本を手に入れて持ち歸ったのは一九〇七年(明治四〇年)、第二回の探檢のときだが、その一部なりと寫眞として我々の目にふれるようになるのは、矢吹慶輝先生の大著《鳴沙餘韻》(昭和五年、一九三〇)の出現まで、二十餘年をまたねばならなかった。それもロンドンではまだ整理の途中であったし、また佛典の研究を主目的としただけに、私どもにとっては、寫眞はしぜん片寄ったものであった。

　ちょうどその頃、私は《六朝の書道》(東亞研究叢書の一・一九三一年刊)を書いていた。私は當時、早くから、敦煌本の寫經や古鈔本が從來の碑や法帖でおさまりきれないものを見せているので、中村不折翁のものなどはよりより採り入れていたのだが、音にきくスタイン本の姿を見るに及んで、この片寄った選擇も承知の上で、めくら蛇におじず、鳴沙餘韻に出てくる

ものを片はしから採りこんでいったものである。その後、榎教
授のご盡力で、スタイン本の全部がマイクロ・フィルムに收め
られたのは戰爭後のことだが、今日ではこれによって、とにか
くその全貌を見ることが出來るようになったのは幸である。

　次のペリオ(佛)の收集は、スタインに次ぐその翌年のことで
ある。この分も一般史學や佛教學の方面で、思い思いの寫眞が
もたらされていたが、書法の研究のために利用できるほどのも
のではなかった。その後一九三五年(昭和十年)神田喜一郎先生
がパリに留學され、その時自身撮影の寫眞から六十三件を選ん
で、《敦煌祕籍留眞》(一本)として發表されたのが昭和十二年、
その翌十三年にはさらに中の十點をえらんで簡單な解說を加
え、雜誌《書苑》(Ⅱ・3)に紹介された。中で陳の至德四年(五
八六)の摩訶摩耶經は最も目をみはらせるものであった。陳
經は當時洋の東西をとわずこれ一つと思われていたからであ
る。(陳經はその後さらに一點が同じペリオ本の中から見出さ
れている。)

　さてこうした事情をたどると、たとえその一部だけといえ、
寫眞を見られるまで、何と悠長なものではないか。私がパリへ
行ったのも、もう十二年も前となるが、當時マイクロ・フィル
ムになっているものは、一般史から見て需要の多そうなものだ
けで、それもまだいくらも出來ていない。私の調査し得た約六
十件のかなりの部分を寫眞にとってもらった手數は厄介なもの
であった。聞くところではペリオ本も近ごろマイクロ・フィル
ムが完備したそうで、これもありがたいことである。

　ところでこんどこのペリオ本から選ばれた一五〇件におよぶ
鈔本の複製が、二玄社から出版されるという。しかも編著者が
饒選堂氏だと聞けば鬼に鐵棒である。この叢刊はきっとすばら
しいものになるに違いあるまい。

　選堂先生はそもそも香港の中文大學の教授で、そのすぐれた

業績は、既に發表された《選堂集林》（三本）に見るとおりである。先年印成の《敦煌白畫》も目を見張る快著である。今もパリの科學研究院・遠東學院などで講義を續けられている。また先生は一面に詩・書・畫をよくし、文字通り三絶をほこる"文人"であり、その全貌は一昨年東京で開かれた個展で示された所である。

こんどのこの叢刊の選擇と解説の達識に逢着する機會を待ちわびることである。

敦煌學の新資料

京都大學名譽教授　　　日比野　丈夫

フランス國立圖書館所藏、ペリオ請來の敦煌文書は、中國の羅振玉やわが神田喜一郎博士のお蔭で、代表的なものはもとのままの姿を寫眞版で見ることができる。その後も新しく發表されたものがあるが、五千卷に上る全體からすれば九牛の一毛にも足らない。二玄社の今回の企劃は、敦煌文書の中から書道史の重要な資料を選び、最新の技術をもって寫眞版にしようという劃期的な事業である。

その選擇と解説とは、自分の三十年來の友人であり、博學をもって世界に知られた饒宗頤教授が擔當されるのだから、きっとすばらしいものになるであろう。書道とはいいながら、内容は切韻・經史・詩詞・牒狀・寫經・道書等に分類され、中國學全般にわたって貴重な資料を網羅している。《漢書》の殘卷三種をはじめ、牒狀の部などにはこれまで未發表のものが多い。史學や文學を專門とするものにとっても缺かせない資料集として、廣く研究者に推薦するものである。

書生活への反省資料
日展理事　　村上三島

　この《敦煌書法叢刊》を通覧すると、先づ書が美術的に扱われる以前と以后の相違について驚くことだろう。その多くは思想傳達の記號としてのみの文字の素朴な姿や感じである。それらのすべてはその書者の人間そのものが躍動している。そこには何のためらいもない記號の書寫によるその人がある。書がこうした原點に歸るをよしとするならば、また、この稚拙さの中の精神性に及ぶならば、我々の今日の仕事とは、あまりにかけはなれていることに氣づくことだろう。文字學的にも、歴史的に於てもこの貴重なこれらの資料が、このようにまとめられたことを喜ぶと同時に、私達の書生活のある反省資料とすることもまた一つの意義となるだろう。學問的にも、宗教的にも、美術的にも、この本をどう見られ、どう活用されるかは、各人の自由、好みとしても、このように集成されたことは何としても稀有であり、有難いことである。

Preface to Prof. Jao Tsung-i's Studies of Dunhuang Piba Score

Laurence Picken （畢鏗）

Professor Jao Tsung-i's invitation: to provide a Preface to his unparalleled collection of essays arising from studies of a single Chinese manuscript, confers on me an honour undeserved and unmerited, but most kindly recognises half a lifetime of interest in, sympathy for, and appreciation of, Chinese music and, in particular, of early Chinese music.

With the exception of one essay each, by Professor Chen Yingshi 陳應時 and Mr. Li Jian 黎鍵, the volume resumes the results of year-long studies by Professor Jao himself. Most importantly, he gives us the first detailed, physical description of the three all-important manuscripts from the Dunhuang Cave-Library, now in the Bibliothèque Nationale (Paris):Pelliot 3539, 3808, 3719. P. 3808 is, beyond question, the most important document of early Chinese music. Even though the now accepted tenth-century date of writing implies that it is a Six-Dynasties, rather than a Tang, product, it surely reflects earlier rather than later musical interests.

It also reflects the musical interests of a particular region; in general, as Professor Jao states, the musical interests of countries bordering on Western China: Xiyu 西域. We are justified, however, in stating more precisely the particular region of which it reflects musical interests that prevailed in Tang in the early period. Its idiom speaks strongly of the fashionable music of Liangzhou 梁州, derived (as the Chinese sources tell us) from that of Kucha-again as Professor Jao states. These same sources tell us that the essential feature of the Liangzhou-idiom was the use of the (heptatonic) Gong Mode（宮調）, that is, of Lydian modality: a 7-note scale with sharpened 4th and sharpened 7th. This was the structure of the first mode in the Kuchean modal system: Sādhārita (Sanskrit)/Shatuo-diao (Chinese)/Sada-chō (Japanese). Surviving tunes in Sada-chō (in Japanese Tōgaku 唐樂) show us a striking feature of certain pieces in this mode, namely, melodic leaps of a tritone, ascending or descending.

Of the 25 items in P. 3808, more than half are in the Gong mode in various keys and, in a number of these, both ascending and descending tritone-leaps occur (for example: C to F #). There can be no doubt then, as Professor Jao states, that this manuscript reflects regional musical characteristics.

It is also to be noted, however, that the larger musical structures, implicit in the specified sequences of Manquzi 慢曲子 and Jiquzi 急曲子, are unique to this manuscript. Such sets are not to be equated with the Large Pieces （Daqu 大曲）of the Tang-Court repertory. Their structure is entirely different.

How refreshing it is to find the senior author of this volume devoting a first essay to the relationship between the Piba score (P. 3808), and dance in general during the Tang, and in particular to the scoring of dance. Professor Jao would surely be interested in the reconstruction (as yet unpublished) by Dr Liu Fengxue (Taiwan), from a Japanese dance-notation score of the mid-thirteenth century, of the ballet-suite: Huang-di pozhenyue 皇帝破陣樂。

For all the data supplied: on numbers of dancers in various dances, on dance-gestures, on colours and structures of dance-costumes, on popular dance-forms, etc., one can only be deeply grateful. Gratitude is also appropriate for extended discussion of historical phases in the development of the meaning of pai 拍 in musical contexts, and for comparisons with the practices of scores of Xi'an guyue 西安鼓樂, so admirably made available to the musical world, by Professor Li Shigen 李石根 .

In view of the regional character of P. 3808, one must be alert to the possibility that its method of scoring is also, in certain respects, provincial. This consideration suggests that the basis for any general examination of the method of scoring of early Chinese music must be made as broad as possible. To the Song and early Yuan sources considered in this volume, might be added more extensive use of Japanese manuscript-sources and, in particular, of the <u>Fushiminomiya bon biwafu</u> 伏見宮本琵琶譜, written in Yangzhou in 838 by Lian Chengwu, copied in 920-21 by Prince Sadayasu. A word may perhaps be added concerning the difficulties encountered when seeking to equate brush-written manuscript tablature-signs with the printed forms preserved in necessarily late editions of the Song and early Yuan sources. A dot (Zhǔ) is not necessarily a· (xiaodian 小點 or <u>yuan</u> 圓), whether solid or hollow.

Particular thanks must go to Professor Jao for his detailed comments on the readings of tablature-elements, diverse readings of diverse authorities: Hayashi Kenzō 林謙三, the late Ye Dong 葉棟, HeChanglin 何昌林, for every piece （曲 qu） in the Dunhuang manuscript. No worker in the future will be able to dispense with reference to observations here so meticulously notated.

How many will long remain Professor Jao Tsung-i's debtors!
Jesus College, Cambridge
20 January, 1991

　（載饒宗頤編《敦煌琵琶譜論文集》，台北新文豐出版公司,1991 年 8 月出版。）

讀《敦煌琵琶譜》

——饒宗頤教授研究敦煌琵琶譜的新紀錄

陳應時

　　饒宗頤教授編的《敦煌琵琶譜》一書，作爲香港敦煌吐魯番研究中心叢刊之一，已由台灣新文豐出版公司印行。此書彙編了饒宗頤教授自一九八七至一九九〇年所作的《敦煌琵琶譜與舞譜之關係》等十篇研究論文。由於拙文《敦煌樂譜新解》（附譯譜）亦在此期間受命於饒宗頤教授所作，故亦被編入書中。此外，書中尚有黎鍵先生的《饒宗頤關於唐宋古譜節拍節奏記號的研究》一文。書末另附敦煌琵琶譜原譜圖片三種，即 P.3539 琵琶二十譜字、P.3808 琵琶譜和 P.3719《浣溪沙》殘譜。

　　饒宗頤教授是一位敦煌琵琶譜研究的先行者。六十年代初，當時國人對日本林謙三先生的敦煌琵琶譜研究並不理會，均稱敦煌琵琶譜爲"工尺譜"，而饒宗頤教授則發表了長篇論文《敦煌琵琶譜讀記》，文中指出了敦煌石室所藏的曲譜"所記乃琵琶柱名，與工尺不類，正其名稱，宜題作，'琵琶譜'"，又對琵琶譜和 P.3808 敦煌琵琶譜中若干曲調作了考釋。這篇論文是早期敦煌琵琶譜研究中的重要文獻。七十年代初，饒宗頤教授又出版了和法國戴密微合著的《敦煌曲》。此書的主要內容爲全面研究敦煌曲子詞，但書中在引論之中篇，又專設了"敦煌曲與樂舞及龜兹樂"一節，論述敦煌樂舞所受龜兹部伎之影響，以及敦煌琵琶譜的二十譜字和拍子記號。

八十年代初，自葉棟發表《敦煌曲譜研究》之後，曾引起了一場熱烈的學術討論，這場討論自然亦引起了饒宗頤教授的注意。一九八七年六月，饒宗頤教授在香港主持國際敦煌吐魯番學術會議時提出了論文《敦煌樂譜舞譜有關諸問題》。此後，饒宗頤教授又針對敦煌琵琶譜研討中的有關問題發表了一系列的看法。他在這個時期所作的敦煌琵琶譜研究論文基本上都收在《敦煌琵琶譜》一書中。因此，《敦煌琵琶譜》一書是饒宗頤教授繼《敦煌琵琶譜讀記》和《敦煌曲》之後研究敦煌琵琶譜又一個里程的新紀錄。

通讀《敦煌琵琶譜》中饒宗頤教授的論文，我以為饒宗頤教授對於敦煌琵琶譜抄寫年代和曲體結構所作的有關結論足可以成為定論。

關於敦煌琵琶譜抄寫年代，歷來有種種說法，難以判定。一九五四年，任二北《敦煌曲初探》認為此譜抄寫於公元九三三年。林謙三在一九五五年發表的《中國敦煌古代琵琶譜的解讀研究》一文中認為此譜抄寫於公元九三三年之前，但在一九五七年的《敦煌琵琶譜的解讀研究》一書中改稱"大約是五代長興四年（933）光景"；而在一九六九年的《敦煌琵琶譜的解讀》中又作書寫於九三三年之前。之後，楊蔭瀏《中國古代音樂史稿》、葉棟《敦煌曲譜研究》亦都肯定敦煌琵琶譜抄寫於公元九三三年。一九八四年，何昌林著文否定諸家前說，考證出"《敦煌琵琶譜》的抄寫年代是九三四年閏正月，抄寫地點是洛陽，抄寫人是梁幸德的三位助手"。

針對何昌林的考證，饒宗頤教授寫了《琵琶譜史事來龍去脈之檢討》和《再談梁幸德與敦煌琵琶譜》二文，文中據敦煌卷和有關文史資料分析，認為何氏的考證難以成立。尤其在《琵琶譜寫卷原本之考察》一文中，饒宗頤教授通過對敦煌琵琶譜寫卷原本作了考察之後，發現三種筆跡的樂譜，原先是抄在由方形紙黏貼而成的三個長卷上，由於抄寫經文需要更長的紙，因此就把三

種獨立成卷的樂譜再行裁剪，利用其背面抄寫經文。因爲經文抄
寫者只顧及抄寫經文所需要的紙張長度，所以就不考慮樂譜的完
整，將我們現在所說的第二組、第三組樂譜的頭部都裁剪掉了。
正如饒文所說，第一組十曲後留有一大片空白，說明原本是抄完
了的一卷完整的樂譜；第二組頭上是裁剪好後貼在第一組的末
尾，而第三組開頭又被第二組的紙所貼，因此第三組開頭譜字旁
有三處"、"號和三處"**12**"號的小部分被第二組的紙所遮，在
這兩個接口的背面，經文又正好寫在接口上。這說明現存此兩卷
樂譜開頭的兩首樂曲（即現在我們所稱的第十一曲和第二十一
曲）一開始不僅被剪去曲名，亦有可能被剪去若干行譜字，因此
各爲不完整的樂曲。樂譜背面的經文寫在接口上，也就足以說明
經文是利用舊有樂譜的背面抄寫的。因此饒宗頤教授在文中強調
指出："該原卷是先有樂譜，而樂譜原又是出於不同時期和不同
的人所書寫，再由該各譜黏連成爲長卷。長興四年，纔在該卷之
上抄寫經文，由此可以肯定樂譜的書寫時代，該是長興四年以前
的文書，雖無法知其先後確實時期，但'長興四年'即樂譜的下限，
卻可論定。"

　　饒宗頤教授考察敦煌琵琶譜原卷寫本之後的的發現，不僅解
決了歷來有爭議的敦煌琵琶譜抄寫於"長興四年"之前還是之後
的問題，而且也有助於判明敦煌琵琶譜的曲體結構問題。

　　關於敦煌琵琶譜的曲體結構，一九四〇年向達從法國帶回此
譜的照片時就稱之爲"敦煌唐人大曲譜"。隨後任二北《敦煌曲
初探》亦認爲此譜乃大曲之譜。葉棟的《敦煌曲譜研究》不僅沿
用了向達、任二北之說，並在文中作了曲式分析，進而肯定其爲
"它是由一系列不同分曲組成的唐大曲"。儘管筆者以及席臻貫、
何昌林、趙曉生等都先後在各自的論文中不同意把敦煌琵琶譜列
爲大曲譜，但似乎由於理由不够充分，故未能被普遍接受，其後
仍有人堅持認爲敦煌琵琶譜二十五曲"無疑是一套互爲關聯的樂
曲"；關也維在其《敦煌古譜的猜想》一文中則明確稱之爲"沙

州大曲"。

　　由於饒宗頤教授發現了 P.3808 敦煌卷原本是用了三卷已經抄好了的樂譜黏貼成長卷之後再利用其背面抄寫經卷的，因此三種筆迹抄寫的三卷樂譜，本來就不構成一個整體。所以饒文有理由地說："由於本卷子是由三個不同的人所書寫，有兩處的曲子，前半部被剪去貼進連於他紙，這二個不完全的曲子屬於何曲調都無從知道，應在闕疑之列，故無法把這二十五曲視作一整體而把它全面看成一組大曲。葉棟把它作一套大曲來處理，是說不過去的。"

　　現在對於敦煌琵琶譜抄寫於長興四年之前之後的問題，樂譜和經文何者該作正面何者該作背面的問題，以及它是否爲一套大曲譜的問題，已經有了明確的答案，相信在這些問題上，如同敦煌譜爲琵琶譜還是工尺譜的問題一樣，就不必再去費筆墨討論了！不僅如此，我認爲饒文的結論，對於以往敦煌琵琶譜研究中的一些遺留問題，亦可以得到迎刃而解。例如：三種筆迹抄寫的三組樂譜爲何是一種筆迹所抄的樂譜爲同一種定弦？此譜的三種調弦法所決定的三種調是否和現今福建南音的三套"滾門"有其必然聯繫？因爲現在我們有理由把三種筆迹抄寫的三組樂譜作爲各自獨立的三卷樂譜（儘管第二、第三組並不完整，但不妨仍可依次稱爲第二、第三卷），以一種定弦或定調的樂曲歸入一卷樂譜的情形，不光爲敦煌琵琶譜所獨有，今存日本的唐傳樂譜《博雅笛譜》、《三五要錄》、《仁智要錄》等也都是如此；且按三卷敦煌樂譜所用的譜字也只能推定出三種定弦，所以對此亦不必再生懷疑。由於現存的敦煌樂譜當初被抄寫經文的長度所定，正好只留下三卷，若說和現今福建南音的三套"滾門"相合，那也只是偶然的巧合，想必其中不會有什麼必然聯繫的，所以我們在解譯敦煌琵琶譜時亦不必以南音工尺譜爲準，因爲兩者不僅有時間上的差距，而且它們畢竟不是同一體系的樂譜。

　　關於敦煌琵琶譜的節拍節奏，林謙三曾以"一字一拍"進行解譯，葉棟認爲不妥，故採用了任二北的"板眼說"進行解譯，何昌林又以"三點水"作修正，而後趙曉生又提出了"長頓小頓"的新說，筆者據沈括《夢溪筆談》和張炎《詞源》中的有關理論，提出了"掣拍"一說。

在《敦煌琵琶譜》一書中有饒宗頤教授論述敦煌琵琶譜節拍節奏論文四篇。其中《論レ、與音樂上之"句投"（逗）》和《再論レ、與頓、住》二文是對趙曉生"長頓小頓"和筆者"掣拍"之說的評論，並對趙曉生所說的"頓"和筆者所引沈括的"敦、掣、住"三聲從文獻學的角度作了詳細考證；尤其在《再論》一文中，更進一步把敦煌琵琶譜中的某些符號和姜白石譜中的某些符號作了比較，提出了研究敦煌琵琶譜的節拍節奏，不能純從樂器方面着手，還應注意到古代歌譜和舞譜中的節拍節奏。在《三論レ與、兩記號之涵義及其演變》和《四論"レ、"及記譜法之傳承》二文中，饒宗頤教授一方面系統地考證了"レ、"兩號自戰國至元朝在涵義上的演變過程，指出了張炎《詞源》所謂的"拍眼"一詞"爲拍中之眼。和後來把拍與眼對立起來，分爲二事，迥不相同。"另一方面又將敦煌琵琶譜中的某些符號和傳承至今的西安鼓樂俗字譜中的某些符號作了比較，指出了古代記譜法隨時代變遷，不可能一成不變。饒宗頤教授的這"四論"，不僅對解釋敦煌琵琶譜，而且對解譯宋代俗字譜，都有其重要的學術價值。由於書中黎鍵先生的《饒宗頤關於唐宋古譜節拍節奏記號的研究》一文對饒宗頤教授的古譜節拍節奏研究已有專門的論述，這裏就不再贅述了。

饒宗頤教授在本書的《浣溪沙琵琶譜發微》一文中，還對於 P.3719《浣溪沙》琵琶譜中的譜字"復"作了新的解釋，認爲凡譜字"加上復號表示一音重出"，從而使此譜又有了新的譯法。在《軏軏說》一文中，饒宗頤教授又對 P.3539 敦煌卷琵琶二十譜字前牒文中的"軏軏"二字作了詮釋，糾正了有人作"軏軏"的誤讀，認爲"此軏軏二字想是用作車頭之雅名，故可指車頭，即車坊經營之主人"。

敦煌琵琶譜的研究，從日本學者林謙三、平出久雄的《琵琶古譜之研究》算起，已經有了五十多年的歷史，在這個過程中爲我們積累了不少值得總結的經驗和教訓。從整個研究過程來看，大凡採用實證方法者最具説服力，因此也最具有成效。例如林謙三取第二、第三卷中同名曲的相同旋律片段來證實此兩卷曲譜所採用的兩種定弦（Acea 和 A♯cea），均被所有譯譜者們所接受，從未提出什麼異議。敦煌樂譜譜屬問題的爭論，也因爲有了 P.3539 敦煌卷上的琵琶二十譜字的實證而得以平息。對於敦煌樂譜（P.3808）的抄寫年代，由於過去没有找到實證的途徑，因此出現了種種想當然的説法，林謙三也在這個問題上舉棋不定。雖然他最後的判斷並没有錯，但由於没有充足的理由，所以還是没有被普遍接受而仍有人提出異説。另有一些學者，限於當時的見識，在没有任何論據的情況下，卻對敦煌琵琶譜作出了種種判斷，如：定此譜名爲"工尺譜"、"大曲譜"，又稱譜中的"'丶'爲眼"、"'12'爲拍"，等等。致使後人引以爲據，加以發揮，誤入歧途。自從筆者據沈括《夢溪筆談》和張炎《詞源》中的有關理論提出了"掣拍"一説之後，有非難者，更有另立新説者。究其原因，皆因在我的論文中缺少了沈括、張炎理論和敦煌樂譜符號之間有何聯繫的實證，所以就缺乏説服力。從已見情況來看，非難者和新説者所缺少的也正是這一方面。爲了求得敦煌琵琶譜研究的進一步深入，筆者以爲我們大家都應該像饒宗頤教授那樣，切勿從自己的主觀想像出發，而要多做一些實證的工作，拿出真正具有説服力的論據，以進一步推動敦煌琵琶譜的研究工作。這是我讀了《敦煌琵琶譜》一書之後的最大收穫！

（刊《九州學刊》第四卷四期，一九九二年四月出版。）

樂曲考古學的新發展

——讀饒宗頤、陳應時敦煌譜原件之論文

王德塤

上海《音樂藝術》一九九〇年第四期發表了饒宗頤先生的《敦煌琵琶譜寫卷原本之考察》。此文對敦煌琵琶譜的曲體與斷代有突破性的新發現。接着，該刊一九九一年第二期發表了陳應時先生《讀〈敦煌琵琶譜寫卷原本之考察〉》的評論文章。它們共同標誌着樂曲考古學的一個新發展。

饒宗頤先生文章的結論如下：

1. 樂譜在先，經文在後，樂譜之下限爲長興四年（ 993 ）。

2. 三種筆迹的樂譜因剪貼抄經，致使兩曲無名缺首，兼之曲後有留白，證明不能將二十五曲判爲一整套大曲。

陳應時先生的文章進一步肯定了這一研究發現，並評述了以往研究中的一些問題：

1. 指出了北京《中國音樂學》、《音樂研究》諸刊所載相關論文的失誤，有關斷代和大曲之判斷，是“在沒有任何論據的情況下”提出來的“想當然的説法”。

2. 三種筆迹的敦煌譜是“各自獨立的三套樂譜”，故據其譜字只能推出三種定弦。

3. 三卷樂譜與今南音三套“滾門”有時間差距，非同一體系，故不能據南音譯敦煌譜。二者間某些巧合不足爲據。

4. 敦煌譜五十年的研究史“積累了不少值得總結的經驗和

教訓"，説明了實證的方法最有成效。並現身説法，以自己"擘拍"
説的不足來佐證之。頗有大家風範。

以上結論當然還可以作更深入的展開乃至於再討論，但所取
得的進展已十分明顯，值得祝賀。特別是饒宗頤和鄺慶歡二位先
生的研究更爲樂曲考古學的學科建設提供了一個生動的範例。

據此，筆者在《星海音樂學院學報》一九九〇年第二、三期
上發表的習作《樂曲考古學概説》或可稱爲"歪打正着"。此文
之"二、樂曲考古學綱要"之"（二）當前樂曲考古學存在的問
題"曾提出：

（3）對學科的"考古"特性缺乏正確認識，有的先生主張
改爲"鉤沉"，就容易流於一般的古文獻工作了。樂曲考古學與
考古學都屬於歷史科學。除考古發掘和某些實驗手段爲考古學獨
有之外，它們都需要用特殊的知識調查、整理、研究文獻和實物
兩類史料。這是兩門學科交叉之處。古代樂譜往往既是文獻，又
是實物。正是由於對此認識不清，方有種種失誤。例如，由於未
能摩挲巴黎卷子、摹件欠準確，引起了中日學者對敦煌譜的誤
解；……這就證明本學科不僅僅是考證、鉤沉，此其一。其二，
本學科往往還需要直接進入古樂器實物的研究。……這些都證明，
本學科的確具有"考古"的特性。它必須從具體的課題需要出發，
獨立地進行某些音樂考古的研究。可見，樂曲考古學應當密切注
視地下物證的新發現。

忠於古譜文物（簡、帛、銘文、紙）原作，應成爲樂曲考古
學的又一條原則。

饒、陳二先生的論文也映證了《樂曲考古學概説》的如下論
點：

1. 樂曲考古實踐越發展，樂曲考古學就越加豐富和完善。
學科形成和完善之後，就可能指導樂曲考古工作。

2. 樂曲考古以"求真"爲目的，當求古本之"真"，求歷史
之"真"。

3. 學科的發展遇到了尖銳的矛盾和困擾，五十多年的經驗教訓應及時予以總結，予以理論抽象，建立起相應的學科。

饒宗頤先生的成功，就在於他認識到"關於這一卷原本的仔細考察，關係到研究資料的忠實根據"①，故請在法京工作的酈慶歡博士"在圖書館取出原卷仔細觀察"。"酈君經過多次對原物的考查，用紙張依照原卷模樣剪貼成一長卷，把接駁地方的正、反面文字和曲譜都依照原樣描出抄出"②，最後，又同照片細作比勘。這一切，已經不是一般意義的"實證"，而完全是考古學上的功夫了。而且，他們還用了考古實驗即仿製原件的方法。

這裏，卷子首先是文物，其次才是古譜。這個觀念在樂曲考古中無疑是至關緊要的。

我們知道，近代中國學術史上兩項驚人的發現就是安陽有字甲骨和敦煌藏經洞的面世。正是這兩項發現成了中國考古學學科誕生的前兆。我們應當在這個意義上來認識饒—酈的敦煌原卷之考察。

顯然，饒—酈倘無這次名副其實的考古研究，就決不可能實現前述突破。

倘專以擺弄譜字為己任，那麼，憑一張清楚的照片也就足夠了。

看來，我們實在需要作一點觀念上的轉變。

三十年代，中國學界有稱考古學為"古物學"者，這說明中國傳統的學術思想重視古代實物之考察。從北宋的"金石學"算起，已有近千年的歷史。因此，敦煌譜、《碣石調·幽蘭譜》等首先是實物，然後才是古譜。

關於考古學，權威的定義是："考古學是根據古代人類通過各種活動遺留下來的實物以研究人類古代社會歷史的一門科學。"③

樂曲考古學首先就是在"實物"這個基點上同考古學相交叉的。

　　"古譜學"這一學科命名之弊端就是容易鼓勵人們唯古譜是問。即古譜就是古譜，除了那幾個譜字，什麼也不是，什麼也没有。於是，遂產生了一些"想當然"的研究，而所得出的結論則多處於經不起嚴格推敲的脆弱地位。

　　饒—鄺的研究力圖回答"原卷是什麼？"或"原卷怎麼樣？"的問題，因而將敦煌古譜與經卷的物質載體——"卷子"作爲研究考察的對象；精細入微，重視内證之發現；一條接駁、一塊空白、一個接口字迹、乃至於正面、反面；乃至於筆迹之差異等均不放過。在這個經過專門設計的專項考察過程之中，敦煌譜事實上已經處於其物質載體和經文、譜字字迹的從屬地位了。

　　在這個基礎上，他們發現了在經文與古譜之間，敦煌琵琶譜本身又處於《中興殿應聖節講經文》的從屬地位。他們發現了先有古譜後有經文歷史實情。從而在時間的斷代上取得了可信的結論。

　　正是 P.3808 譜於 P.3808 卷子的從屬地位與 P.3808 譜於 P.3808 經文的從屬地位，決定了 P.3808 卷子所載的二十五曲不可能是一部完整的"大曲"或"沙州大曲"。

　　大家知道，考古學是一門"時間"的科學。調查與發掘最基本的一環便是判斷遺物、遺迹的年代，是爲"年代學"。

　　樂曲考古學也是一門"時間"的科學。敦煌譜研究之最初始的、最基本的一環當然是判斷其上下限或確切年代。然而，從日本林謙三開始，人們竟然需要經過五十多年的曲折，才得到了"長興四年爲下限"的結論！

　　我們在高興的同時又抱有幾分遺憾：饒—鄺的研究不能不說是一項遲到的研究。

　　光抱怨王圓籙或罵一聲伯希和恐怕也不濟事。倒是應當追究一下攝影技術或摹本製作技術。敦煌譜研究的失誤，往往由卷子照片失真所致④。毛病爲什麼老出在照片上呢？這只能説明我們的文物——古譜攝影的科學性不够。

樂曲考古學無疑具有"考古"的特徵。

古譜資源極爲有限，但古譜資源必然會拓展：

1. 隨着地下考古的進展，很可能還會爲我們提供新的古譜資料。

2. 在已出土的卷子、帛書、簡策之中，不能排除林謙三式的發現。

3. 不能排除民間收藏的古譜文物的發現。

4. 現存古譜中內含古譜的發現與鑒定。如《廣陵散》式的因解曲組合與解曲擴展之固守前代古譜的功能，遂有東漢《止息》譜之發現⑤。

5. 鄰國官方或民間所藏中國古譜之發現與譯解。

如此等等。

在樂曲考古學的方法論中，"實物考古"是第一位的。而"考古"二字自然也包含了考證、鈎沉，亦即實證的方法。目前，我們似乎應當不厭其煩地強調這一條準則：

一切都要經過證明。

這就是説，樂曲考古學不能容忍毫無根據的臆測；不能容忍"揀到封皮就當信"，不能搞想當然式的"研究"；不能將偶然的巧合視爲必然；還應堅持"孤證不能成立"的原則。

在現代考古學的三種涵義中，其一是指考古方法和技術，包括搜集和保存資料、審定和考證資料，編排和整理資料的方法和技術；其一是指理論性的研究和解釋。

因此，搜集、整理、審定、考證、研究古代樂譜和相關文獻、相關背景，並對之作理論抽象和解釋，以求得古樂藝術的復現，推動尋求古代音樂發展規律的研究。這是考古學與樂曲考古學的第二個交叉點。

在這方面、樂曲考古學已經積累了許多獨到的經驗、教訓，已足以自立門戶了。

例如，陳應時先生指出林謙三取不同卷中同名曲中相同旋律片段來論證所屬係兩種琵琶定弦的方法⑥，就既不屬於考古學，也不屬於音樂考古學，而只能是樂曲考古學獨到的“這一個”。當然，林氏的這一方法同考古學的標型系列研究法還是有某些聯繫，似乎可以名之爲“曲調標型推斷法”。

顯然，只有正確地認識到這“第二個交叉點”，我們才會在通過文獻傳承的古譜研究中堅持“考古學”的相應原則以及堅持嚴謹治學的樸實精神。

總之，饒—廊的樂曲考古實踐使我們有理由爲學科補充如下的準則：

1. 首先判斷古譜是文物形態的還是文獻傳承式的。後者需首選善本，並取諸本比勘校訂。

2. 考察古譜有無文物形態的原件。如有之，應給以充分的重視。慎用摹本。

3. 因古譜文物式原件具有十分豐富的内涵，應當反覆運用一切科技手段予以研究。在專項考古中，古譜本身不妨處於從屬地位。

4. 運用最先進的科技手段，提高摹本的保真度。

5. 不能輕信摹件。因爲有失誤之可能或導致古譜内涵發掘不够。

6. 樂曲考古以斷代研究爲基礎。

最後，請允許我借此機會將拙作《樂曲考古學概說》之“一、樂曲考古學的學科諸問題”之（二）之“小結”中所遺漏的一段補上：

4. 綜上所述，建立樂曲考古學的必要性是顯而易見的。在某種意義上，它甚至比中國古代音樂史學更有生命力。這是因爲它能够給人們提出大量的學術問題，展示出更多的未開墾的處女地。數學家希爾伯特說：“只要一門科學分支能提出大量問題，它就充滿着生命力；而問題缺乏則預示着獨立發展的衰亡或中止。”⑦

注：

①② 饒宗頤《敦煌琵琶譜寫卷原本之考察》，載《音樂藝術》一九九〇年第四期。

③ 《中國大百科全書》（考古學），夏鼐、王仲殊文。

④ 饒宗頤《敦煌琵琶譜〈浣溪沙〉殘譜研究》，載《中國音樂》一九八五年第一期。

⑤ 拙作《琴曲〈廣陵散〉流變考之三——東漢古曲〈止息〉之發現、鑒定與處理意見》，載《星海音樂學院學報》一九八九年第三期。

⑥ 陳應時《讀〈敦煌琵琶譜寫卷原本之考察〉》，載《音樂藝術》一九九一年第二期。

⑦ 見《希爾伯特》，上海科技出版社，一九八二年版，第九三頁。

饒宗頤關於唐宋古譜節拍節奏記號的研究

黎　鍵

（一）

關於現存唐宋兩古譜——即“敦煌曲譜”與宋姜白石歌譜的詮釋與解釋問題，儘管事經多年，尤其是楊蔭瀏先生對“姜譜”的解釋幾已形成定論。但自八十年代以來，隨着內地的思想開放，海外諸家又紛紛予以留意，遂致各種問題的爭議又乘時而起，即使是楊譯的“姜白石歌譜”亦未能免，其中爭議最烈的厥由兩譜的節拍節奏、及若干譜字符號的解譯問題。

關於唐宋兩古譜——即“敦煌曲譜”與“姜白石歌譜”的節奏記號，一般學術界比較集中注意的有如下兩套譜字符號：

一、敦煌曲譜：

①丿②丆③丶④フ⑤ㄅ⑥□⑦ㄣ⑧✓⑨ㄦ⑩ㄋ

二、姜白石歌譜：

①ㄅ②フ③ㄐ④ㄋ⑤ㄱ

（附）敦煌曲譜符號見陳應時《敦煌曲譜研究尚須努力》附表，姜白石譜符號見村上哲見著《唐五代北宋詞研究》附表

在敦煌曲譜譜字中，最先引起注意的是⑥□與③丶兩號。過去內地學者一直有某種沿襲的看法，如：敦煌曲研究家任二北先

生於一九五四年提出："（敦煌）譜內例以'、'爲眼、以'囗'爲拍"（見任著《敦煌曲初探》），後人稱之爲"眼板説"。八十年代以後，內地有關諸家，如葉棟、何昌林、金建民等均直接承襲了任二北的見解，把"囗"譯作工尺譜上的"板"、把"、"號譯作工尺譜上的"眼"，雖然彼此在時值的理解上頗有分歧，但認爲該兩號爲"板眼"則是相同的。

在國外，日本最早研究敦煌譜的林謙三氏在一九三八年提出的著名論文《琵琶古譜研究》中認爲："囗"與"、"均爲拍子記號，不過前者當爲大鼓的拍擊記號，後者則爲"小拍子"的記號；然而林氏其後卻修改了這一觀點，在他於五十年代發表的論文中，則明確地表示放棄了以"、"號爲"小拍子"的見解，認爲譜內僅有"囗"號所表示的一種拍子形式，其節奏記號形態爲一字一音，一音一拍；而先前認定爲小拍子記號的"、"號，則釋作演奏手法符號，與節拍無關。

在海外諸家中，香港中文大學名譽教授饒宗頤先生是最早研究敦煌曲的敦煌學者及詞曲研究家。一九八七年六月，饒氏在香港舉行的"國際敦煌吐魯番學術會議"上宣讀了論文《敦煌樂譜舞譜有關問題》，其中揭示了兩點：

一、認爲敦煌曲譜的研究應與敦煌舞譜的研究結合進行，其中尤以節拍節奏的解譯爲然。

二、對於上述"囗"與"、"兩號的問題，他在論文中認爲：鑒於《事林廣記》中《願成雙譜》與現存"西安鼓樂譜"中均有類似的記號，所以"囗、之表示板拍，則無疑也"（見該論文）。

對於板拍符號"囗、"的沿革出處，饒宗頤教授稍後在其兩篇論文中有詳細的闡述。該兩篇論文一爲《論囗、與音樂上之"句投（逗）"》，另一爲《再論囗、與頓住——敦煌譜與姜白石旁譜》，後者還全面地考察了唐宋該兩古譜的有關節拍、節奏及延長、掣減等符號的辨釋問題，是迄今所見有關古譜節拍論述最爲全面的考釋文章。

在《論□、與音樂上之"句投（逗）"》一文中，饒氏以漢馬融《長笛賦》中所舉"句投"的論述爲例，闡述了"句逗"亦即"句讀"，而徵引上的"句投"當與漢代經生的句讀標點及其符號有關。

這一推論顯然具有强力的音樂學的根據。大多數歌曲的音樂原始都爲語言音調的誇張，古籍常有論及中國古代歌詩的諸如此類的相互關係問題，如《漢書·藝文志》："誦其言謂之詩，咏其聲謂之歌"；《舜典》亦載："歌永言，聲依永"。歌唱的"句逗"往往與歌詩的節奏或與其"起止"有關。饒宗頤教授最大的貢獻是他從音樂考古學上、又從文字訓詁上闡述了這一關係，並爲這一關鍵問題提供了詮釋學的基礎。

饒教授認爲："□"與"、"號兩記號作爲敲擊符號，早已見於《禮記·投壺篇》的鼓譜載錄。而"□"號作爲文字分段的標點記號，則最早出自戰國楚帛書（子彈庫出），其字形是時已作扁方的□形。饒教授繼續從西漢以來經生所用的句讀標點作臚列考釋，最後認爲，關於敦煌譜上的□與、兩符號，"溯其淵源，當與經生的句讀有關"（見該論文）。

饒教授又釋漢代曲引上的"句投"用語，認爲："投"即"逗"，訓作擊，"即指擊節，今稱爲拍"；所以，"句投"亦釋"句拍"。他並進一步考釋了"、"號，認爲"、"在文字學上訓爲"止"，亦有斷止之意。因而饒教授認爲："、訓止，□爲句之絶，都是斷句，只是短長之別耳，故□、兩號之作爲樂譜的句逗，可以溯源至漢代"。

關於《長笛賦》中有關曲引討論的一段，饒教授認爲：文章所說的"句投"，實際與曲譜一事有關。所以，饒教授又進一步說："經書有句讀，音樂亦有句讀，漢代樂譜今不可見，然節奏的操縱，必須先察其句讀，其字亦寫作句投"。此項論定，實際已爲漢代古譜研究提出了一項新佐證，亦爲馬融上述一段著名的論述提供一項很重要的闡發。

　　稍後，饒教授在其爲《再論□、與頓住——敦煌譜與姜白石旁譜》的論文中再度考察了有關□與、及其他有關譜字符號的種種問題，最後並詮釋了有關唐宋兩古譜——即敦煌曲譜與姜白石歌譜的節奏譜字符號的含義；爲唐宋音樂的節奏問題提供了全面研究的基礎。

　　饒教授的研究是由上海音樂學院陳應時先生近年有關敦煌譜的一篇論文所引發的。陳應時先生於一九八八年第一期《音樂藝術》上發表了題爲《敦煌樂譜新解》的論文，在文章裏，他提出了敦煌曲譜研究上的"掣拍説"，這一理論基本上以"□"號爲"拍"、以"、"號爲"掣"。陳應時先生還用"掣拍"的理論和方法翻譯了敦煌曲譜二十五曲。是繼上海葉棟先生的廿五曲譯譜之後的一個重要的曲譜譯稿。

　　陳先生的理論建基於宋人沈括的"敦、掣、住"的音樂論説和張炎《詞源》的"拍眼篇"。宋沈括在其《夢溪筆談·補筆談》中説："樂中有敦、掣、住三聲。一敦一住，各當一字，一大字住當二字。一掣減一字。如此遲速方應節，琴瑟亦然"。張炎《詞源》説："法曲之拍，與大曲相類，每片不同。其聲字疾徐，拍以應之"。根據該説，陳氏認爲：敦煌譜上的□號當爲拍號，亦即張炎所述若干字爲一拍之"拍"；而、號則當爲沈括所述的"掣"。根據沈括所述的"一掣減一字"的原理，所謂"掣"號就是"掣減"譜字的符號。陳先生解釋"敦、掣、住"這三者的應用時，認爲："如果從今人的節拍節奏觀念來説，若以一個譜字爲四分音符，則'一大字住當二字'就成了二分音符；在兩個譜字相連而後一字帶'掣聲'時，就變成'減一字'的一個譜字時值，亦即變爲二個八分音符"。陳先生把"掣聲"的規律應用於考察樂譜，其後又發現了現存的敦煌曲譜中多"六字爲一拍"，即每"拍"號的一節內有六個譜字。陳先生還把該種現象與宋張炎《詞源》中所述的一段話相對證。張炎論當時樂曲，認爲：

"前衰、中衰，六字一拍，……煞聲則三字一拍，蓋其曲將終也"。把敦煌曲譜中的譜字排列與張炎說對照，若合符節。陳先生引用了這一方法重新審視了全譜廿五曲的譜字以後，認爲過去内地諸家襲用了任二北先生的"板眼說"爲不當，於是另外提出了"掣拍說"。

饒宗頤先生基本上同意陳應時的"掣拍說"，但認爲："'、'何以必爲掣號？應時似未能舉出直接證據"（見《再論》一文）。於是，在《再論□、與頓住——敦煌譜與姜白石旁譜》該論文中，饒先生進一步提供了多方考證，具體涉及的範圍包括了□、兩號與宋人所說"頓""住"的關係、唐譜記號至宋譜記號的沿革、宋人沈括、張炎二人有關樂論的考證等。

以下，將具體論及饒宗頤先生在該論文的若干論點：

一、饒氏基本肯定了陳應時論文中以"□"爲拍，以"、"爲"掣"號的觀點。不過，除卻"掣"號的見解外，對"□"（拍號）的實際作用與含意卻表示有不同的理解。在具體譯譜應用上，陳氏認爲唐譜上的"□"實際是一個樂節的記號，對比起今天的樂譜，"其時的拍爲今之小節"，並非"西洋樂理中的 beat"，實際即南宋末年張炎所說的"片"（段）中之"拍"。所以，陳應時把"□"號立名爲"大拍"，否定它是曲譜中的一句"樂句"的"記號"（以上引述均見於陳著《敦煌樂譜新解》），並決定把代表樂節的小節綫劃在帶拍號（□號）的譜字之前。每一小節都有長短時值未必相同的六個（或四個、八個）譜字。

然而饒宗頤先生卻認爲唐代已有"樂句"的"句拍"，他引徐景安《新纂樂書》爲證："文譜，樂句也，文以形聲，而句以局言"，所以，他認爲"樂句即是以句爲拍"，"□號在唐代已可用爲句拍"。他又以日本《三五要録》琵琶譜中的圓"○"號舉證，認爲敦煌曲譜上的□號當與日本曲譜中的"○"號一樣，都是用太鼓擊奏的"樂拍子"。（俱見於《再論》論文中）。不過，饒氏卻很肯定陳先生的"發現"，認爲陳氏所說的敦煌曲譜"大都六字一拍"，與南宋張炎所説的非常吻合，饒氏認爲：當時樂譜確實爲"一（譜）字一音"，陳應時的發現證明了"一字一音"不爲妄説。至是，古樂譜上的"一字一音"説再獲得肯定。

二、關於□號、號與宋人"頓""住"之説的相互關係問題。饒氏認爲："□"即"頓"，而"、"即"住"。他以西安鼓樂的"拍號"——圓○號爲證，又以古銅器中的圓敦形爲證，説明，作爲拍號的□，當爲敦，亦作"頓"。"頓"字作爲節奏譜字，屢見於宋人樂論，如沈括《夢溪筆談》："一頓一住，各當一字"；又張炎《詞源·謳曲旨要》："大頓聲長小頓促，小頓才斷大頓續，小頓小住當韻住，丁住無牽逢合六"。"頓"有大頓、小頓，而"住"亦有"大住"與"小住"。如果□號爲敦，則"、"當爲住聲。

饒宗頤先生從文字訓詁的角度考證：認爲古文字的"、"乃爲"主"字的省形，既爲逗號，有絕止之意，又即爲"住"字，因而亦是"住"號。

三、關於"、"之爲掣號問題，饒氏强調："、號初不固定，時值可以增、減，減則爲掣，後來分出'住'來，故、便爲掣所專用了"。這段話的具體意思是："、"本爲"住"號，其後，"住"聲有其他符號旁出，所以，"、"號就不再爲"住"聲所用，而專用作有掣減作用的"掣"號了。他以前述日本的《三五要錄》曲譜爲例，認爲曲譜中的"、"號在日本當成爲"只拍子"應用。"只拍子"是不固定而有伸縮性的節拍時值，每拍的長度並不固定，早期唐曲譜上的"、"號可能亦是一種不固定的時值記號，可伸可縮，可增可減，後來"、"號不再用作增號，增號有其他符號代替，於是代表減值的掣號便專由、號來代表了。

饒氏此説，乃專爲陳應時的論述作印證式的考據而作。

四、饒氏從唐譜的住聲出發，考察了全部唐宋兩譜——敦煌曲譜與姜白石歌譜上有關時值節奏的記號，並闡述了該每一記號的含義（見前文列出的兩套譜字）。

在前述的兩套唐宋古譜譜字中，饒先生首先考察了唐曲譜上的⑤ㄅ、⑩ㄋ兩號，另宋姜白石旁譜上的①ㄅ號，然後，又旁及了敦煌譜上的⑦ㄅ及⑨ㄨ二例。饒氏認爲：上述諸號均見於唐宋兩譜的若干煞句結聲上，從詞樂的規律及宋代樂譜上慣見的"折字法"推斷，唐敦煌曲譜上的⑤ㄅ號、⑩ㄋ號當同樣爲宋人所稱的"折"號，宋姜白石旁譜上的①ㄅ號亦爲折號，"折字法"在詞樂上有"住字結聲"的作用。實際上，這二個"折"字號都是由有延音作用的"住聲"旁衍出來的符號。至於唐敦煌曲譜上的⑦ㄅ及⑨ㄨ二號，其實是由兩個符號構成，即：ㄅ加ㄨ，又ㄆ加ㄨ，是兩個符號的疊置，而其中的"ㄅ"號亦即爲前述唐譜字的①ㄆ號，而"ㄨ"號亦即爲⑧ㄨ號，下文續有考證。

五、對於唐譜符號的①ㄆ號，饒宗頤先生同意其他學者的看法，認爲當是宋人所稱的"拽"號，他舉張炎《詞源·謳曲旨要》："折拽悠悠帶漢音"。"折""拽"都有使音"悠悠"的作用，而且在譜上都施之於"樂句"之末，所以，"拽"聲也是有延展作用的"住聲"記號，是"住聲"系統的符號之一。至於⑧ㄨ號，饒先生認爲可能即宋人所說的"反"號，他又引張炎《謳曲旨要》一句："反掣用時須急過"，又引宋陳元靚《事林廣記·總叙訣》："反聲宮閨相頂"。從種種證據考察：可證ㄨ號很可能即是"反"聲，由於該符號也有某種延聲的作用，通常亦施之於結聲，所以亦爲"住聲系統"符號之一。

六、對於敦煌譜上的④ㄇ號，饒氏亦認爲即相當於宋姜譜上所用的②ㄈ號，他在論文中寫道："ㄇ也是一個住聲符號，它和折字在詞句的住字結聲具有同樣的作用"。他認定在敦煌曲譜上的④ㄇ號與宋姜譜上的②ㄈ號，都即爲宋人所說的"住"號，亦即所謂"小頓"。

七、對於唐敦煌曲譜上的②ㄈ號，他認爲"ㄈ"也就是宋人的"丁住"，他引張炎《謳歌要旨》說："丁住無牽逢合六"。"丁"也就是"住"號之一。他又引述張炎所著《管色應指字譜》中提到的"打"音，認爲"丁"即爲"打"的省寫，估計有彈停之意。樂曲"彈停"，當亦有聲音延展的作用。

歸納而言，饒氏對前面表列的十個敦煌譜的符號經論定如下：

①丿：拽號，②丁：丁號，③丶：掣號，④コ：小住或小頓號，⑤夕：折號，⑥□：句拍號，亦即敦與頓，⑦夕：是折號與反號的疊置，⑧✓：反號，⑨刀：是拽號與反號的疊置，⑩З：亦是折號。

又關於宋姜白石歌譜上的一系列節奏時值記號。

一、關於①夕號（見文首表列），饒教授同意一般學者認定爲"折"號的看法。他補充說："夕"爲折（字）的偏旁，"斤"之草體。他亦以爲該號與前述敦煌譜的夕及З二號有關，三者同爲折號。不過，饒教授卻從唐舞譜着眼，認爲"折"字在五代敦煌舞譜上已有所應用，他引述舞譜《南歌子》中的記譜用語："三拍折一拍"爲例，說明："折有減的意思"。

二、姜譜上的②コ、③丿、④彡三個符號，過往研究者都認爲是一類延長符號，不過其中的見解卻不盡相同。饒教授認爲：宋姜譜上的　號當爲"住"聲，可作"小頓"或"小住"，確爲一種延音符號，但與③丿不同。饒教授同意宋張炎把該"丿"號目爲"掣"號之說，認爲：丿號確原爲"住"聲，但由於"住"聲已旁出其他符號，所以，丿號亦爲"掣"所專用，變成"掣"號，其變化原則與唐譜上的"丶"號如出一轍。饒氏又認爲"丿"號是掣字的省筆，可以證明，這是一個後起的符號。

三、對於⑤丿號，學者均認爲是"拽"號，饒氏亦同意此說。歸納而言，饒宗頤先生對上文表列的五個姜譜符號論定如下：

①夕：折號，②コ：小頓，③丿：掣號，④彡：大住，⑤丿：拽號。

至是，宋人筆記或樂論所提到的曲譜術語，都一一見諸上述一系列由唐至宋的樂譜討論之中，筆者姑舉張炎《謳曲要旨》的歌句爲例：

"……，大頓聲長小頓促，小頓才斷大頓續；大頓小住當韻住，丁住無牽逢合六；慢近曲子頓不疊；歌颯連珠疊頓聲，反掣用時須急過，折拽悠悠帶漢音；頓前頓合有敲打，聲拖字拽疾爲勝"。

從該段可知：經提及的術語共九項，即：大頓、小頓、小住、丁（住）、反、掣、折、拽、"疊頓"，一一都可與上述的符號對應。至於"疊頓"，意即爲頓號與其他符號的相互疊置。一如上述，敦煌曲譜上有⑦ㄣ及⑨ㄨ兩例，都爲兩個符號的疊置。不過，"疊頓"則獨由口號與其他符號相互疊置而成，頓號也就是"口"號，如口號、尸號等。

在論文內,饒教授又進一步提及敦煌曲譜與敦煌舞譜的聯繫，他再度指出：敦煌曲譜多是上酒的曲子，敦煌琵琶譜其實是曲子詞的伴奏譜，不是"大曲"。敦煌所出的舞譜，事實亦是上酒時所唱的曲子與身段動作配合的舞蹈譜。在另一方面，琵琶乃是唐代的首樂，舞曲的音樂亦以琵琶爲主。回過頭來談敦煌曲譜的節拍，由於敦煌琵琶譜有可能具有強烈的舞蹈節拍感，所以，曲譜上的"口"拍號，究與舞蹈具有何種關係，饒教授認爲：該問題值得進一步加以研究。

總結來說：饒教授在該二篇論文中闡述了一系列有關唐宋曲譜的種種問題，包括：

一、關於上述唐宋兩套譜字的論定；

二、關於唐宋若干節奏記號的沿革及與文句句讀之關係。

三、具體討論了宋人沈括與張炎等有關音樂術語的種種含義，初步揭示了該類術語與若干曲譜上符號的實際關係。

四、再度強調了敦煌曲譜與舞蹈的關連，認爲曲譜上若干節拍節奏的處理，應與舞譜的節拍節奏"記譜"聯繫探討。

五、在上述的研究中，饒氏再次強調了敦煌曲譜與謳唱的關係。敦煌曲譜是唐代上酒的曲子，兼有歌、舞、樂的功能，此種性質，從曲譜上若干記譜形態及符號的謳唱性質可以推證。

（二）

饒教授有關敦煌譜的研究還未終結，有關節拍、節奏的討論也未告一段落。饒教授於完成了上述二篇有關□號與、號的論文之後，稍後又寫成了《三論□與、兩記號之涵義及其演變》一文，對古代有關節拍，節奏的問題作了進一步的闡述，實際上已樹立了饒教授一系列對有關問題的新觀點，尤其在一些研究者沿襲已久的某種"板眼"說上，饒宗頤教授更在《三論》的論文中系統地提出了新看法，實際已提供了一套新的"板眼"學說。

針對一些人在古譜節拍、節奏問題上某種"刻舟求劍"的見解，饒教授在《三論□與、兩記號之涵義及其演變》中再次闡述了"節拍"在歷史上發展的若干變化。他肯定了古代有"節"，也有"拍"；魏晉時有"節"，在敦煌壁畫中也可見"節"與羯鼓並用的情況。此外，他又再次強調了"拍板"與謳唱的關係，認爲："拍板與歌唱基本上是分不開的"。唐五代時，宮中樂伎持板歌唱的脚色稱"歌板色"，唐代又有"記曲娘子"，專事記錄謳唱時歌唱"樂腔"的節拍。所以，饒教授認爲：其時"主要是以拍來表示樂腔，腔便是宋人所謂均"。在這裏，饒教授提出了以拍示"均"（樂腔）的概念，既否定了那種認爲中國古譜拍子記號具有近代"時值"意義的並不科學的看法，也對沿襲已久的任二北先生的"眼板說"作了否定。爲中國古譜有關節拍、節奏及其記譜體系提出了一套新理論。

關於古代"以拍示均"，或以□號示均的情況，饒宗頤教授支持上海音樂學院陳應時有關研究的意見。饒教授在文中再度闡述了□號在歷史沿革中被使用的情況：□號在戰國中期楚帛書中用作章段標點的"段號"，用作分段；遲至唐代，唐人以□號爲樂句的拍號："一拍原指一小節的段，不是文詞上的一句"。因此，其時□符號"所表示的是樂句而不是辭句"。以上有關問題的論述，已具載於前述二篇□號與、號的論文中，亦詳見諸"三論"一文，茲不再贅。

針對有人引用宋張炎《詞源・拍眼篇》有關叙述以詰難陳應時的研究。饒教授亦引用了同一段文字對責難給予駁覆，張炎《拍眼篇》云："一均有一均之拍，若停聲待拍，亦合樂曲之節，……名曰齊樂，又曰樂句"。饒教授指出："這是指樂句要與樂句配合"，可證"樂句以拍爲主"。此外，他又指出："樂之製譜，主要是行腔，不必依照文辭上的句逗，亦不必循其協韻之處。"所以，"□符號所表示的是樂句而不是辭句"，又："樂之所訂的樂句，形成的拍子，只爲謳唱與合樂而已"。

饒教授又再指出古譜拍號——即□號與"均"的關係。他引用張炎所述："大曲降黃龍花十六，當用十六拍，前袞中袞六字一拍，煞袞則三字一拍"等句爲例，指出："六字一拍"實即宋時的"六均拍"，"六字一拍"的體例不只"大曲降黃龍之前袞、中袞爲然"，即"其他引、近皆然"。饒氏亦引張炎《拍眼篇》載："引近則用六均拍"，可以爲證。

對於"均拍"與"字"的問題，饒氏引用了鄭文焯《詞源斠律》爲證，鄭云："六均者六字爲一拍，八均者八字一拍"，又元代戚輔之《佩楚軒客談》引述趙孟頫稱："歌曲以八字爲一拍，當云樂節，非句也"。至是，已知宋元兩代亦以拍示均（腔），其樂例亦爲"六字一拍與八字一拍"。饒教授最後認爲："事實均即是腔"，一如沈義父《樂府指迷》所稱："詞腔謂之均"，"或六均以成腔，或八均以成腔"。總之，早期古譜的拍號並非如一些人所武斷認爲的：拍號必然具有"節奏的時值意義"，"無論用拍板，抑或用手拍""拍必具有一拍時值"……等等論調。其實，"拍"的意義在中國二千年的音樂發展中，並無一成不變的固定體例，拍號具有"一拍"時值的意義，無疑可證之近現代傳統音樂的"板眼"體系，但未必能證諸宋元以前的古譜。觀今天的情況爲古代的必然，其實是一種想當然的推理法，不足爲據。

又關於宋人沈括《夢溪筆談》中有關"敦、掣、住"等記號與謳唱之間的關係。饒宗頤教授在《三論》中指出：敦、掣等用作節拍、節奏記號，"自無異論"。但正如饒教授前述關於敦煌譜與當時謳唱的關係，若干名稱同時又見諸謳唱，當亦事出平常。針對有人舉唐陳拙古琴指法有"注敦、輕敦、重敦、掣敦……"等指法名稱以難陳應時君的問題，饒教授認爲："這些敦都宜説爲頓，宋元以來謳唱亦有敦聲"，而古譜所云"墩、敦與頓當是一事，仍是腔號，拍由詞腔之均構成，墩、掣等乃行腔停頓，急過之方"。該問題的探討其實已見諸先前饒氏的兩篇論口與、號的論文中，在"三論"一文則有更詳盡的闡述，饒氏總的認爲：

（一）作爲頓號之口與掣號之、除了用作節拍節奏記號外，作爲名稱的"敦""掣"等同時亦爲腔號。

（二）敦煌長興琵琶譜節奏只有口（拍、敦——頓）與、（住、掣）兩個記號，在樂句使用上，由於必須兼顧謳唱與合樂，再配上舞蹈，自然不夠發揮，其後踵事增華，乃勢所必然。

有關的論述已具見前二篇有關論文，但在"三論"中亦有更詳細的闡述，此處不贅。

關於宋代張炎"拍眼篇"述及"拍眼"有關的問題，饒教授在"三論"一文中提出了重要的見解。一方面，他認爲張炎論"拍眼"，"對於拍的重要及拍與均聲的關鍵所在，闡發至精"；但另一方面，在"眼"的問題上則未見詳析。於是，饒教授根據張炎的原文提出了自己的看法。

饒教授説："細審原文，似讀'拍眼'一詞爲拍中之眼"。因此他認爲，張炎"拍眼"的見解"和後來（有些人）把拍與眼對立起來，分爲二事，迥不相同"，而那是不對的。

他以爲宋代文人"眼"的觀念當出於"禪"。有所謂"通身是眼"，江西詩派提倡"詩中有眼"，范溫提出"詩眼"，黃山谷亦稱"書中有眼"……，準此，張炎所謂"拍眼"，當指"板中之眼”，“眼”在板中，而非“眼”、“板”分立。“眼、板”分立是明以後的事。饒氏指出：“明以後曲樂大盛，板眼分明（魏良輔《曲律》）”，唱法彌繁，旋律更加複雜化，板眼體制復隨地域的不同傳統，形成五花八門，拍和眼嚴格區分對立起來，……這與唐五代敦煌譜中口、的原意比較，已完全走樣了。

關於敦煌譜口與、兩號在唐宋有關古譜中沿革、變化的問題，饒教授旁徵博引，最後並詳加表列，眉目清楚，經過饒氏的析理，中國唐宋古譜的節拍、節奏及有關記號、名稱等等的衍生和演變問題，大抵已現出端倪。歷來沿襲的觀念，以爲“板眼”必具有近代“時值”的意義，“板眼”對立。看來事非必然。其間大致在唐宋爲一階段，明以後又是另一階段。明乎此，當亦可以印證歷史上樂風轉變的軌迹，內地有學者認爲：中國古代音樂經歷了三大轉折點（注）：（一）是戰國到秦漢以清樂爲代表的發展；（二）是三國、魏晉到隋唐，再延續至宋元到明初的樂風，（三）是明中葉以後以俗曲爲代表的樂風，並延續至近現代。從古譜有關問題來考察，若合符節。

總之，饒教授近來對敦煌譜的研究有了嶄新的發展，饒教授的研究闡微發凡，最近三篇有關口與、兩符號的論文實際已爲新的“板眼説”提供了一套新的理論，而在若干探討的角度上，饒教授實際也爲有關的研究提出了多方面的新領域。敦煌譜的研究雖還未終結，但作爲香港一位音樂學家與音樂文化史家，饒教授的建樹已足爲香港音樂學術界引以爲傲。

（一九八九年七月）

（三）

當蕪文撰畢定稿之際，饒教授又已另完成了《四論“口”與“、”及記譜法之傳承》一文，對古代板拍符號及其傳承關係再作進一步的闡發和論證。

　　饒教授《四論》一文的主旨，大概主要有兩端，一爲強調所謂"拍"號未必具有近世的時值意義，古代的拍號多由"段拍"，有今傳的"西安鼓樂"曲譜爲證；其次爲闡明敦煌譜內有關丿號的作用，鑒於西安鼓樂譜內有丿號爲散板延長記號，饒教授認爲乙號即爲"勹"號亦即敦煌譜內的"拽"號。丿號既有延音作用，則敦煌譜既爲琵琶弦柱譜，亦爲提供教唱時用的謳唱譜，當無疑問。

　　確然，關於古代拍號未必具有近代時值的意義，而且從漢以還，古代的"拍"號多爲段拍。饒教授已於其《一論》論文——《論□、與音樂上之"句投（逗）"》中已詳加論述，此處不贅。不過該文的結論非常重要，饒教授在論文中第"3"："節會、投會與琴曲之段拍"　一段結尾中説："從琴曲習慣稱段爲拍，可見用□號作拍，正是沿襲戰國以來□爲段號的慣例。拍，後來又稱爲板，至今許多樂譜稱樂章一段落爲板，還是唐人的遺規，不過名稱略異而已"。

　　此説當然甚是，其實，執着於板、拍的名稱，並以近世有關板、拍的含義強加附會於古代音樂及其樂制中，自是"刻舟求劍"的態度。西安李石根先生在《西安鼓樂與敦煌琵琶譜之間》論文中指出："西安鼓樂"把"現在通稱的'板'（小節）叫'拍'，把'眼'（拍子）叫'板'"。並説：這有歷史的淵源，日本的雅樂譜中也是如此稱呼。可知：西安鼓樂的"拍"確爲段拍。□爲拍號，當然□號也就可以作爲某種小節長度的段拍了。

　　"西安鼓樂"的"拍"其實亦即現在通稱的"板"，"板"爲樂節或樂段，亦毫無疑問，流傳最廣的民間"八板曲"，每"板"即爲一段，猶如古代琴曲"胡笳十八拍"（或有十九拍）每拍亦爲一段，故往昔的"拍"，或現在通稱的"板"都爲段拍，迨無疑問。

　　廣東粵曲傳統的"小調曲"亦有同樣的慣例。廣東嶺南歌樂保有不少傳統古昔文化，如六十年代樂人仍稱一段曲譜爲"引"，每一遍（段）歌詞爲“一板”，凡“小調”必唱八板，實際即唱八段歌詞，故“板”實爲“段拍”，時人陳家濱先生作《五台山寺廟音樂初探》，闡明在五台山的寺廟及黃廟音樂中，所用的□號，實際是“句頭”，係指一個樂句，所以，不論□號的稱謂若何，在敦煌譜中作□號當亦有可能爲“句拍”或“段拍”，固不必以當代的時值觀念視之也。

其實，名稱與概念，往往隨地域與歷史時間的變化而有不同。對於“板拍”的觀念，似亦當作如是觀。無謂“以（各）詞害意”。

順便一提，饒教授在《四論》中指出丿號亦即西安鼓樂譜中的丿號，有延音作用。也就是在上述《五台山寺廟音樂初探》一文中，述及五台山寺廟音樂中有多個不同符號，以指延長一拍，延長二拍，延長三拍等，其號與西安鼓樂譜中頗有類似之處，可知古人對於延音符號的應用，也不出於這一形態範圍之內而已。

（一九八九年十月）

（載饒宗頤編《敦煌琵琶譜》，台北新文豐出版公司，一九九○年十二月出版。）

注：

見吳釗《宋元古譜〈願成雙〉初探》。

饒宗頤敦煌樂譜論著書錄解題

陳應時

敦煌琵琶譜讀記（饒宗頤）

《新亞學報》一九六〇年第四卷第二期

全文共分九個部分：一、引言——敦煌琵琶譜與龜茲樂譜；二、卷子情狀（附敦煌曲譜的首末兩段原譜圖片）；三、曲調考略；四、論弦柱名（附日本琵琶及笙譜譜字對照表，日本正倉院所藏笙管譜字古今體對照表）；五、論音符記號與曲調體制（附論挹與搣、附論唐時胡琴——琵琶——分秦楚聲）；六、琵琶弦名溯源兼評林謙三之敦煌琵琶譜調弦說（附中日琵琶曲調關係之推測）；七、略論琵琶譜源流；八、裴洛兒與《傾杯樂》（附火鳳曲小考）；九、餘論——由敦煌琵琶譜論板拍及工尺簡字之起源（附錄大英博物館藏敦煌舞譜）。

本文在繼林謙三氏之後再次認定敦煌樂譜爲琵琶譜，文中說："是譜國人多名曰工尺譜，然所記乃是琵琶弦柱名，與工尺不類，正其名稱，宜題作'琵琶譜'云"。並據文獻記載唐時有"龜茲樂譜"名稱之存在，故認爲敦煌石室所藏之曲譜"似可定爲龜茲樂譜"。

本文作者曾在法國巴黎國家圖書館觀錄過敦煌曲譜原件，因此在文中提供了迄爲大家所忽視的重要情況："由長沙女引過遍，字體頗草率，以至卷末水鼓子，下即殘缺。長沙女引過遍處，細審之，紙係黏接，中間有無缺字，不可得知"。"急胡相問第一行第五字之'ス'，即以墨點去，故影本（指今大家所見的向達影本——引者注）作'又'形"，向達影本係在卷子裝裱前所攝，不及在卷子裝裱後清晰；林謙三氏又未見過原件，故對卷首'品弄'二字持有懷疑態度。"饒氏所見的是經裝裱後的卷子，故對卷首的"品弄"二字給以肯定，並認爲此套曲譜應包括"品弄"在內共十調；爲了彌補向達影本首末兩段曲譜之不清晰，本文又另附此兩段曲譜的饒氏摹寫本。

本文對敦煌曲譜中除《長沙女引》《撒金砂》之外的其他八個曲名作了詳細的源流考證；又據日本《大神雅季之懷竹抄》，以及天平譜等文獻資料對敦煌曲譜所用的譜字作了詳細說明；並對林謙三氏所論及的敦煌曲譜體制又作了如下的補充：（1）據王灼《碧鷄漫志》記載，"十六拍爲《慢曲子》通例"；（2）敦煌曲譜中的"重頭"即《詞源》所說的"疊"；"尾"即"解"；敦煌曲譜之結句分"異曲而弦柱名相同"及"同曲而弦柱名互異"兩種。又據文獻記載認爲，唐時琵琶有秦楚聲之別，《伊州》等曲是"標準之秦聲"，《長沙女引》，"或與楚聲有關，未可知也。"

饒文對林謙三氏按三種字體所定的三種調弦法，還提出了如下的商榷性意見："（1）字體之不同，無關於曲調；又譜字所記，乃屬弦柱名，其音可變動不定，屬同弦柱名，因宮調不同而每異其工尺。（2）結聲所以定其宮調，只要看其結尾主音，不必全看其'整句'，此即所謂'住字'也，二十八調住字各有不同，故欲從曲子最末一整句，推知其宮調，其途徑反嫌迂遠，因一整句除主音處其餘增減變化也。故本譜收句弦柱相同者，其工尺未必相同。（3）曲譜最末一句有在'煞'字之下者，（如《傾杯樂》之急曲子，《教坊記》云：'聲曲終謂之合殺'。）如是其主聲似在'煞'之上，非在此最末一句。尚有記譜時，隔開一字之位置者（如《長沙女引》、《伊州》），此即《詞源》所謂曲尾，但取餘音,不足以定主聲。有時得以他曲'解'之,則尤非住字本音矣。"

饒文還認爲敦煌琵琶譜之發現,對中國音樂史上尚有若干問題可提出研究, 如唐代記拍之方法、工尺譜字之來源等, 並對此兩個問題, 饒氏提出了自己的見解。

敦煌曲(饒宗頤、[法] 戴密微)合著

法國科學院出版社, 一九七一。

饒氏在所撰此書引論之中篇, 第六"敦煌曲與樂舞及龜兹樂"(頁二十八至三十四)一節, 初次介紹英國藏卷刊 S.2440 中, 隊仗有"青一隊、黃一隊"之語, 以說明唐末之隊舞, 復引證他卷言及"龜兹韻宮商", 說明敦煌樂舞所受龜兹部伎之影響。復舉 P.3539 一小張琵琶二十譜字内記:"散打四聲、頭指四聲、名指四聲、小指四聲"以明當日琵琶之使用, 除行城文所謂槽撥, 又兼用指彈。又指出□號, 表示太鼓拍子, 大抵隔六字, 記以□號。書末圖版部分, 將 P.3539 之二十譜字及 P.3808 之琵琶二十五曲譜, 照原文全部影印, 對研究者有極大幫助。

敦煌琵琶譜《浣溪沙》殘譜研究(饒宗頤)

《中國音樂》一九八五年第一期

饒氏在文中說:"我在把所有關於敦煌琵琶譜新近的論著讀完之後, 給我的印象是一些不必要的疑難原是由於對巴黎卷子原物的認識不夠所引起。……很可惜介紹到國內的照片和記錄不是攝影不清晰, 便是記錄得不準確, 才引出許多不必要的誤解。"饒文中稱 P.3808 二十五曲爲"甲譜", P.3539 二十譜字爲"乙譜"、P.3719《浣溪沙》殘譜爲"丙譜"。饒氏指出葉棟把甲譜看成大曲是說不通的, 還認爲"由於國人對日本雅樂琵琶演奏譜的隔膜, 故對敦煌樂譜產生不同的論斷。在日本現行琵琶譜與敦煌甲、乙

譜譜字只有一些字形上的小差異，基本上譜字的數目和字形是一致的。林謙三與平出久雄早在一九三七年合寫的《琵琶古譜之研究》文中已明白地指出了。我們在四十年後還在作不必要的論爭，未免可笑。況且敦煌石室又有二十字譜的出現，完全吻合，更没有討論的餘地。"他還指出任半塘《唐聲詩》據左東侯（景權）所摹錄的《浣溪沙》殘譜本有誤，在一一糾正之後説："可見摹錄之易於失真，往往不可信任，必須取得有明顯可靠的照片，方可從事研究。"饒文又對丙譜譜字進行考釋。以敦煌卷 P.3501《浣溪沙》舞譜之"前急三、後急三"印證丙譜中的"慢二急三，慢三急二"是"配合舞容的節拍"。對依附於大譜字後的小譜字，認爲和日本天平譜，《樂家錄》"唱弛譜"同屬一體。饒氏認爲敦煌曲譜中的不少譜字可以從古琴指法取音。如"溇"爲"左手進退復以取音"、"今"爲"吟"，"從頭"爲"從頭再作"等。還指出陳應時《琵琶二十譜字介紹》一文中所附 P.3539 的圖片是不完整的；前何昌林説此"二十譜字"爲歸義軍將士所寫，似不確，此乃"敦煌寺院的僧徒每每把舊文件舊經卷在卷末或背面作練習或隨手札記，這種情形非常普遍，不足爲奇。"

敦煌琵琶來龍去脈涉及的史實問題（饒宗頤）

《音樂研究》一九八七年第三期

本文針對何昌林《敦煌琵琶譜的來龍去脈》（《陽關》一九八四年第五期）等文所論敦煌琵琶譜係敦煌僧侶梁幸德的三位助手於公元九三四年閏正月在洛陽據祖本王氏女琵琶譜抄寫等史實，提出否定意見。文中列舉敦煌卷伯 P.3808 講經文末之唱詞內容，指出何文所云此唱詞出自梁幸德所編寫，與該詞所記人物及史實時間不符，故轉抄琵琶譜亦出於梁氏三助手各説，亦都失去根據。饒文指出，五代之時琵琶譜各地皆有之，何止荆南之王氏女譜？又考王氏女乃王保義之女，王保義於九四一年反狀，

其女婚年料不能在此之前，至於將琵琶譜刊石當在更後，安得謂
其夢中所得之譜先於長興四年講經文卷抄寫之譜？長興四年，
王氏女年齡尚難推定，料尚在髫髦之歲，何得謂王貞范制序之琵
琶譜早於敦煌譜而爲其祖本？此外，饒文還認爲何昌林以南音
之調門比附敦煌譜之三種不同字迹，並以清源郡公入閩之史實作
爲南音由來的依據，但在這以前，早有南唐李良佐訪道人武夷，
故欲考南琶來源，則牽涉清源郡公之事，殊可不必。

再論敦煌琵琶譜與梁幸德（饒宗頤）

載《敦煌琵琶譜》新文豐出版公司，一九九〇。

本文就何昌林前答文三點結論，加以指正，説明梁幸德不能
等於梁行通，其人爲沙州高官，不是僧人，石窟有他修理的遺迹，
他的事迹詳見邈真贊，作爲僧正是他的兒子願清，何氏把父子混
爲一人，因誤會他是僧正，故連類推想樂譜由他請助手抄寫，實
無根據。

（節錄自陳應時《敦煌樂譜論著書錄解題》；原載饒宗頤編《敦煌
琵琶譜論文集》；台北新文豐出版公司；一九九一年八月，台一版；第
四四五至四八〇頁。）

《老子想爾注校箋》跋

方繼仁

　　敦煌千佛洞舊藏卷子《想爾老子注》，爲道教寶典，向未有
人研究。吾師饒宗頤先生據唐玄宗杜光庭説，定爲張天師道陵所
作。復爲之考證，知其説多與漢代《太平經》義同符；而間有竊
取河上公《注》者。於是道教原始思想之淵源與脈絡，燦然大明。
其中奇辭奧旨，先生多所抉發；餘如考證張陵之著述，亦復詳極
原委，可補前史之不逮，誠老學之功臣也。余暇嗜讀《老子》書，
深慨古注之存於今者，祇河上公及王弼二家，餘多不傳。今《想
爾注》，賴敦煌石室之保存，得重顯於世，惜世知之者少！余乃
斥資授梓，以廣其傳，爲研治五千文與道教史者之一助。是卷出
六朝人手筆，嚴整挺秀，當爲愛好書法者所共寶云。乙未嘉平，
方繼仁跋。

當今漢學界導夫先路的學者

——饒宗頤先生與敦煌學

榮新江

饒宗頤先生，字伯濂，號選堂，又號固庵。一九一七年生，廣東潮安人。父親饒鍔先生，頗富藏書，著有《潮州藝文志》等。饒先生自幼承家學淵源，諳熟嶺南文獻掌故，而且於經史、釋道書，皆有深嗜，打下了極好的學問根柢。抗戰前後，在兩廣一帶整理鄉邦文獻，留心古代地理，應顧頡剛先生之約，主編《古史辨》第八冊（古地辨），一面做新莽史研究，並助葉恭綽先生編《全清詞鈔》。一九四九年以後移居香港，先後執教於香港大學中文系、香港中文大學中文系、退休後任中國文化研究所、藝術系，榮譽講座教授，一度出任新加坡大學中文系主任，並曾從事研究或講學於印度班達伽（ Bhandarkar ）東方研究所、法國科研中心（ C.N.R.S. ）、美國耶魯大學、法國遠東學院（ E.F.E.O ）、法國高等實驗研究院（ E.P.H.E. ）和日本京都大學等高等學府。

饒先生學藝兼美，早已名聞海內外。但是，由於大陸多年來的封閉，很難看到港台、海外出版的饒先生著作，對饒先生的學問往往不甚了然。自八十年代以來，饒先生時常到內地講學或參加學術會議，著作也不斷在北京、上海等地刊出，今天國內學界，饒先生的大名可謂無人不曉了。我因研治"敦煌學"的因緣，早已特別留意饒先生的著作，數年來遊學歐洲、日本，見先生大著，必購買影印而讀之。但饒先生方面之廣，無有涯際，文章散在四方，常恨搜集不易。今有機會來港，親承指教，得接風範，也算是天假因緣。

「業精六學，才備九能」，饒先生的學問遠非我所能述，茲謹就我所熟悉的所謂「敦煌學」範圍，略表一二。

發前古之秘，鑿破混沌

所謂「敦煌學」，嚴格來講並不能算作一個學科。敦煌只不過是留給後人一大批寶貴的洞窟、壁畫、雕塑，特別是數萬件遺書。隨着遺書的流散，這些內容涉及多種學科的文獻，吸引了世界上一大批學人專心於此，探索鑽研，各逞其能，「敦煌學」也就應運而生。

敦煌遺書散在英、法、俄、日等國，在英法分別於六十年代初和七十年代末公佈所藏之前，研究起來並非易事。而且寫本數量龐大，內容博雜，以佛典居多，所以要從中揀選出最具學術價值的文書，除了要有雄厚的學養外，還要獨具慧眼。

一九五六年四月，饒先生發表第一部「敦煌學」著作《老子想爾注校箋》，將倫敦所藏的這部反映早期天師道思想的千載秘籍，全文錄出，兼做箋證，闡明東漢老學神仙家說，為道教原始思想增一重要資料，於道教研究貢獻至鉅。其後不久，法國的中國宗教學權威康德謨（ M. Kaltenmark ）即以此書教授諸生，其弟子們後來有歐美道教研究計劃，實與饒先生這本小書有關。《校箋》出版後，東西學人探討《想爾注》者日眾，有些日本學者對此書年代有所懷疑。饒先生亦間有補充，今並收入一九九一年十一月上海古籍出版社出版的《老子想爾注校證》，其中新刊之《四論想爾注》，利用新出馬王堆帛書材料，破除日人對道氣論的疑慮，使舊說更為堅實。

饒先生自言：「平生治學，所好迭異。幼嗜文學，寢饋蕭選。」

他對敦煌遺書中文學作品的研究，就是以一九五七年發表的《敦煌本文選斠證》開始的。其後不久，倫敦公開出售斯坦因所獲寫本六千餘件的縮微膠卷，饒先生斥資購得一份，爬梳出許多珍貴秘籍，如迄今所知僅有一件寫本的《文心雕龍》，即由饒先生發現並首次影印行世，並且指出膠卷所攝有所奪漏，可謂獨具慧眼。現此卷研究影刊者又有數家，但饒先生首刊之功實不可沒。

在敦煌文學領域，饒先生的最大成就應推他對曲子詞的研究。一九七一年，饒先生完成《敦煌曲》一書，由法國漢學泰鬥戴密微（ P. Demiéville ）教授譯成法語，合法漢兩本於一編，由法國科研中心出版。饒先生早年整理清詞，後上溯宋、明，有《詞籍考》（一九六三）之作。以此深厚的詞學功底，和在巴黎、倫敦親接原卷的有利條件，饒先生精印出一大批前人不知的敦煌曲子詞，嘉惠學林。此書對詞之起源，敦煌曲之年代、作者，均做了切合實際的考察。此後有關敦煌曲的研究著作，無不取材於此書。但饒先生本人並未滿足，而是繼續補闕拾遺，並在陸續發表的多篇論文中，進一步申論曲子詞的種種問題，迄今不輟。

饒先生對敦煌文學的貢獻是多方面的，其成果部分彙集在台灣學生書局一九九一年出版的《文轍》一書中。

石窟春風香柳綠，他生願作寫經生

這兩句題畫詩，真切地表現了饒先生對敦煌藝術的熱愛。

饒先生善鼓琴，通樂理。早在六十年代初，就注意到敦煌遺書中保存的珍貴樂譜，撰有《敦煌琵琶譜讀記》，是這一研究領域裏的先驅者之一。八十年代以來，續有所論，於琵琶譜的年代及曲體結構，創獲最多。有關這方面的論文均收入《敦煌琵琶譜》和《敦煌琵琶譜論文集》兩書中。

敦煌藝術以繪畫最爲膾炙人口，研究敦煌畫的人往往只注意壁畫和絹畫。饒先生獨具匠心，在巴黎講學之際，將散在寫卷中的白描、粉本、畫稿等研究敦煌畫極重要的材料輯出，編成《敦煌白畫》一書，有圖有說，於沙州畫樣來歷多所闡明。此書填補了敦煌畫研究中的一項空白。近年來，饒先生多次訪問敦煌，得以親睹莫高窟壁畫，在陸續發表的文章中，對敦煌壁畫中的劉薩訶、圍陀、譏尼沙等形像，皆有新說。

相對而言，饒先生於敦煌藝術更具開拓性的研究，是對敦煌書法的系統表彰。早在一九六一年，饒先生就寫有《敦煌寫卷之書法》，利用當時所見英倫藏卷，選印精品爲《敦煌書譜》。以後一九六四、一九七四年兩度逗留法京，遍覽伯希和取去之寶藏，更擴大規制，從書法角度，選取拓本、經史、書儀、牒狀、詩詞、寫經、道書中有代表性的精品，輯成《敦煌書法叢刊》二十九冊，由日本二玄社照原大影印，佳書妙品，融於一編。在每冊的解說中，饒先生不僅揭出敦煌書法的藝術價值，而且對所收每件文獻，均有考證，多所發明。人稱饒先生"業精六學，才備九能"，我以爲此書最具代表性。

搜蟲書鳥語之文，溯龍樹馬鳴之論

在歷史、語言學領域，饒先生利用敦煌文書，同樣做出許多令人矚目的開拓性工作。

收錄在《選堂集林‧史林》中有關"敦煌學"的論文，尤以《神會門下摩訶衍之入藏兼論禪門南北宗之調和問題》、《王錫頓悟大乘正理決序説并校記》、《論敦煌陷於吐蕃之年代》三篇最受學界稱道。饒先生在戴密微教授刊佈的法藏《頓悟大乘正理決序》之外，新發現了倫藏本，並依此文書對有關禪宗入藏的歷史年代問題做了深入的考論。禪宗入藏，是西藏佛教史與漢藏關係史的重要課題，自來研究者皆爲歐美日本學者，饒先生上述三文，屬於這一複雜問題的開創期的研究成果。僅此一例，可見饒先生治學，往往能夠抓住一代新學術的重點，而做出奠基性的工作。

　　東漢以來，梵書胡語流入中國，對漢語影響至巨。但陳寅恪先生以後，治漢語史者多不諳梵文。饒先生曾留學印度梵學研究中心班達伽東方所，從 Paranjpe 父子攻治婆羅門經典，通曉梵巴諸語文，因而能夠揭出劉熙《釋名》淵源於婆羅門經《尼盧致論》〔 Nirukta 〕，韓愈《南山詩》實受馬鳴《佛所行讚》（ Buddha‐Carita ）影響等前人未發之覆。饒先生還由敦煌寫本《悉曇章》，申論梵文 r、r̄、l、l̄ 四流音對中國歷代文學作品的深遠影響。又如“敦煌學”界討論極繁的“變文”之“變”字，饒先生在《從“瞰變”論變文與圖繪之關係》（一九八〇）一文中，指出即梵文所謂“神變”之 Prātihārya。後來美國學者梅維恆（ V. H. Mair ）在所著《唐代變文》和《繪畫與表演》兩書中，詳考“變”字的印度來源，實未出饒先生此文的籬範。收入《中印文化關係史論集·語文篇——悉曇學緒論》一書中的各篇文章，雖篇幅不長，但發明極多。

　　饒先生研究敦煌遺書，着眼點往往是漢學領域中的大問題，但他所論又往往不限於漢文材料，古今中外，取材得心應手，故而多有創新之論。饒先生對敦煌資料的研究表明，他不愧是一位“當今漢學界導夫先路的學者”。

　　饒先生現已年逾古稀，在學界早已經是功成名就了。但他的心理年齡好像只有二十出頭，壯志不已，正擬開創古史研究的新天地。

二

史學

Foreword to Oracle Bone Diviners
of the Yin Dynasty

F.S. Drake （林仰山）

The greater part of the books on the Oracle Bones that have appeared since their discovery, sixty years ago, have been compilations of inscriptions ranging from tiny fragments with a single character or part of a character, to a full-size plastron of a tortoise, or the shoulder-blade of an ox, engraved with over two hundred and fifty-three characters. With infinite care these have been transcribed, photographed, reproduced in rubbings, collated and studied, until from the whole known collection of some 100,000 fragments scattered through many lands, about 40,000 inscriptions have been numbered and recorded and made available to scholars throughout the world.

In contrast to this work of reproducing, recording and cataloguing, comprehensive studies have been comparatively few. The *Yin-hsü shu-ch'i k'ao-shih* 殷墟書契考釋 ("Interpretation of the Inscriptions from the Waste of Yin") by Lo Chên-yü 羅振玉 (1914), was the first of these, followed by the special studies of Wang Kuo-wei 王國維, which were afterwards collected in the posthumous *Kuan T'ang tsi-lin* 觀堂集林. The *Preliminary Reports on the Excavations at An-yang* 安陽發掘報告, published by the Academia Sinica, 1929-1933, include numerous papers on various aspects of the newly excavated material; while the monumental *Chia-ku wên tuan-tai yen-chiu li* 甲骨文斷代研究例 ("The Method of Determining the Periods of the Oracle Bones") by Tung Tso-pin 董作賓 in 1933 was the most important comprehensive study on the Oracle Bones published in the period immediately preceding the war. During the war the chief contributions were the *Chia-ku Hsüeh Shang-shih Lun-ts'ung* 甲骨學商史論叢 ("Collected Essays on Shang History from the Oracle Bones") by Hu Hou-hsüan 胡厚宣, published in three series from 1944 to 1946; and the *Yin-li p'u* 殷曆譜 ("The Calendar and Chronological Studies of the Yin Dynasty") by Tung Tso-pin published in 1945. After the war much valuable material collected by Hu Hou-hsüan was published on the Mainland, and a complete corpus of inscriptions on Oracle Bones excavated at An-yang was published in four volumes by the Academia Sinica, now in Taiwan, between 1948 and 1953 (*Hsiao T'un: Inscriptions* 小屯 殷墟文字). This recently published material has made available new sources for further study, of which Mr Jao has taken full advantage to produce a work on different lines from any followed so far.

To the present time no scholar has made a comprehensive study of the persons whose names appear on the Oracle Bones in connection with the divination ritual, that is to say, the actual diviners whose names are recorded in the divination inscriptions as officiating at the divination ceremonies.

This task has been undertaken by Mr Jao Tsung-i. Mr Jao has listed some 130 names which appear in all some 10,000 times on the Bones, being all names of persons, other than the King himself, participating in the divination ceremonies. Some occur only once or only a few times; some as many as 2,000 times or more. Collecting and transcribing every one of the sentences in which these names occur, Mr Jao has been able to present a picture of the activity of the diviners of the Yin dynasty, from the reign of Wu-ting 武丁 to the end of the dynasty.

The period in which some of these persons lived is determined, by the appellations with which they address the deceased ancestors, to belong to the reigns of certain monarchs. The dating of the remainder is deduced by their association on the Oracle Bones with those of known date. Thus a large number of inscriptions, hitherto undated, is brought into the datable sphere.

The inscriptions in which the names of these diviners occur are arranged first under the names of the persons concerned, and next under the matters in connection with which they were called upon to divine: "the weather", "the evening", "the decade", "sacrifices", "coming and going", "military expeditions", "outlying regions", etc., a survey of which is sufficient to reveal the matters which were of daily concern to the Yin people. A convenient summary of these for Western readers can be seen in the list of *Contents,* given in English at the end of the work.

The divination ritual is discussed in relation to the divination rules preserved in the three Ritual Books, *I-li* 儀禮, *Chou-li* 周禮, and *Li-chi* 禮記, and others of the Chinese Classical books, each throwing light upon the other. Although compiled at a later date, the Ritual Books, as can be seen from resemblances on the Oracle Bones, are based upon ancient rites and usages derived from the dawn of Chinese history. The Oracle Bones thus provide the evidence for the "rites of Yin" that Confucius admitted was lacking in his day. Similarly, in his study of the "idioms and phrases" used by the different diviners, the author has revealed resemblances to the style of the Classical books that increase our confidence in the antiquity of the sources from which those books are derived.

Thus, this book of 1,400 pages, which might appear at first sight to be but a compendium of oracular sentences, many of which are in a fragmentary condition, is in reality a valuable source book for a systematic study of the Oracle Bones in relation to the Classical books, and does in fact provide in a convenient form a basis for the critical study of Yin dynasty history, society, and religion.

Mr Jao, who is a lecturer in Chinese Literature at the University of Hong Kong, is peculiarly well fitted for this task. Ranging wide in his studies since his earliest days, he has for ten years devoted a large part of his energies to the study of the Oracle Bones, upon which he has already published a number of important papers, of which the following may be mentioned: *Oracle Bones in Collections in Paris* 巴黎所見甲骨錄, Hong Kong, December 1956; "Oracle Bones in Japanese Collections" 日本所見甲骨錄, *Journal of Oriental Studies*, Volume III, No. 1, University of Hong Kong, January 1956 (published in June 1957); "Some Oracle Bones in Overseas Collections" 海外甲骨錄道, *Journal of Oriental Studies*, Volume IV, Nos. 1 and 2, University of Hong Kong (in the press).

In addition, Mr Jao is at present preparing for publication an encyclopaedic work on the "Interpretation of the Divination Sentences": *Pu-tz'ŭ I-chêng* 卜辭義證.

In all these studies Mr Jao Tsung-i has combined a capacity for tireless work and comprehensive outlook with extraordinary exactitude and infinite attention to detail.

We wish to acknowledge with gratitude a generous grant from the Trustees of the Harvard-Yenching Institute by which the publication of this important work has been made possible.

University of Hong Kong
14th July, 1959

記饒宗頤甲骨文研究

沈建華

　　對饒宗頤先生，今天海內外學術界恐怕並不陌生。饒先生學識淵博，涉獵之廣泛，從上古史，甲骨學、楚帛書、敦煌學、藝術史，到中印關涉史與古典文學，都有所建樹。有人爲他統計發表的論文迄今達三百篇以上，著作五十多部，代表作有《選堂集林·史林》、《殷代貞卜人物通考》、《敦煌書法叢刊》（共二十九冊）、《敦煌曲》及《中國史學上之正統論》。難怪有人稱年逾七十五的饒先生爲“香港郭沫若”了。

　　在我向饒先生學習的過程中，他談得最多的是他對目前甲骨學界存在的一個嚴重問題，即考釋文字上的混亂狀況，感到憂慮。他常常告訴我，從甲骨文問世九十年以來，雖然前人做了不少考釋，但是，還有相當一部分甲骨文字沒有考釋出來，有的甲骨文字還需要再考證，問題不在於考釋的多少，關鍵在於如何掌握考釋甲骨文字的科學性，這是最重要的，也是唯一考釋甲骨文字的一把鑰匙。最近，饒先生在一篇《如何精讀甲骨刻辭和認識“卜辭文學”》中指出：尋求解決考釋的途徑方法：首先要耐心去精讀，從兩個方面着手：（一）從點到面──由一個字擴展到有關這個字所有的句子，加以比勘推敲。（二）從綫到點──在同一系列同位詞、同義詞的比較研究，反復查勘確定這一字在上下文的真正義詁。在這篇文章中，饒先生對商代所謂天象名詞“出㲋”

作了精湛的論證，"出致"商代天象，即古書上稱之投虹投蜺，在其他卜辭文句上又有擊殺之義，都能説通。一個正確被考證的甲骨文字，不僅是在某條卜辭中解釋得通，也可在其他卜辭内容上講得通，同時還必須吻合文獻上的義詁，饒先生據這個方法列舉了大量關於"有投"的甲骨和古文獻資料，糾正了長期以來學界認爲"出致"之説。這個創見，他在台灣成功大學演講時，曾引起很大反響。

在饒先生身邊，你隨時可以感到他對問題看法的才思敏捷，和嚴謹治學態度，表現了一代學人風範。前不久，饒先生在台灣成功大學甲骨學與資訊科技學術研討會上，看到一篇博士論文中提出一位殷代占卜者貞人名泳字，是唯一的從商代早期第一期至晚期第五期的貞人時，不禁啞然失笑。原來這個觀點早在三十二年前，在他《殷代貞卜人物通考》一書中已經指出，這個泳字貞人正好與第一期的兩位丂、亘的貞人在同一版上占卜，有力的證明了泳是屬於第一期武丁時代的貞人，在甲骨學斷代史上是個頗見重要的發現。饒先生寫《殷代貞卜人物通考》這部巨著，以二十多年心血，集全部甲骨資料作全面研究，從而寫出這部與其説是一部貞卜人物通考斷代史研究，不如説是早期一部商代社會原始資料最基本的綜合研究更確切些。這一片泳字甲骨，原收藏在英國大不列顛博物館，爲了進一步證實其真偽，饒先生於一九六七年還赴英國查看原物真迹，確認無誤。當台灣有位甲骨權威，在他的斷代分期上，爲了強調自己的觀點，用削足適履的辦法，把泳字三點水拓片故意删去，饒先生當場請人取出《英國所藏甲骨》一書第一二六片，查原拓片一看，果然泳字真有三點水，在事實面前，使台灣的學者、記者無不感到震驚。

甲骨文是一門科學性很强的學科，没有實是求事的態度，就不可能攀登新的高峯，因此，饒先生常對我説："做學問不能亦步亦趨，否則古文字的生命就停止了，要在古人的基礎上有所創建，卻又不盲目崇拜權威，不要輕易下結論。我最佩服于省吾先生考釋文字的嚴謹作風，每一個考證必須有律可循"。這一番話，我想豈止對我，也是對每位有志於甲骨學研究者的座右銘。

（原載一九九二年六月十一日《上海社會科學報》第三一一期。）

《楚帛書》

經　法

　　到目前爲止，地下出土遺物記有文字最長的要算長沙子彈庫所出的《帛書》，時代屬於戰國中晚期，它保留着長達九百餘字的記錄，比《毛公鼎》還多近一倍，在先秦文獻裏面，價值極高。它是墨書的筆迹沒有石刻失真的毛病，在書法史上地位更爲優越；可以和它媲美的，只有石鼓文而已。無怪四十年來，世界的學人耗去不少腦汁去研究它，一九六七年，哥倫比亞大學還爲它特別舉行一個研討會。本港饒宗頤教授當時正是被邀請參加的主要人物，開會之初在大都會博物館，有人對該帛書提出質疑，經饒教授加以證明它的真實性，紐約《時報》有長篇的報道，此事曾經轟動一時。

　　長沙馬王堆遺物目前正在香港展出，給人們一新耳目，展出的帛畫影本有二件，其中《人物御龍》一幅，即是《帛書》出土以後在同一遺址所出的寶繪。由於楚文化實物在考古工作收得燦爛輝煌的成果，令人更聯想到《楚帛書》的重要性。

　　最近，饒宗頤、曾憲通合著的《楚帛書》已由中華書局香港分局出版了。這是一部總結性的學術專著，它標誌着楚帛書的研究進入了一個新的里程。

　　楚帛書於一九四二年在湖南長沙由盜墓者掘出，不久即流到海外，現藏美國紐約都城博物館。帛書四隅繪以青、赤、白、黑四色樹木，週邊分佈十二彩色圖像，中心及四方書有蠅頭小字近千文，是現存最早的絹帛墨書真迹。

饒教授對荆楚文化向有濃厚的興趣，早在五十年代初期即對早期流行的帛書臨本進行研究，寫過《長沙楚墓時占神物圖卷》在港大《東方文化》發表。後來獲弗利亞美術館帛書全色照片後，立即加以臨摹，並以《長沙出土楚繒書新釋》為題將帛書摹本公諸同好。一九六四年饒氏初次在紐約帛書藏主處見到原物，發表《楚繒書十二月名覈論》，繼李學勤揭示帛書十二神名與《爾雅·釋天》十二月名有關之後，更從原物觀察參以古籍所記與帛書圖文相印證，李氏之說初不爲人接受，至是才被肯定，接着，美國都城博物館用紅外綫拍攝帛書照片獲得成功。圖文異常清晰。一九七六年饒氏撰《從繒書所見楚人對於曆法、占星及宗教觀念》一文收入哥倫比亞大學學術研討會專刊。會後沙可樂秘書寄贈放大十二倍之紅外綫照片一百一十幀，遂作《楚繒書之摹本及圖像》，將帛書紅外綫照片刊佈，新作摹本在同類摹本中享譽最高。與此同時，又發表《楚繒書琉證》，廣搜故實，徵顯闡微，對帛書全文詳加詮釋，陳槃庵在《跋尾》中盛讚此篇"勝義絡繹，深造有得，精見卓識，斯可謂難能矣。"

此次收入《楚帛書》的饒氏專論共有四種，即《楚帛書新證》、《楚帛書十二月名與〈爾雅〉》，《楚帛書之内涵及性質試說》、《楚帛書之書法藝術》。其中後兩種是新作，前二種則在舊作的基礎上删除繁蕪，益以新知、並參時賢近著重新改訂而成。《十二月名與爾雅》匯合新舊資料，引證浩瀚，補清人郝懿行《爾雅義疏》之所不及，尤有裨於訓詁學。《楚帛書新證》集中反映了帛書研究的最新成果，是作者三十多年來研究經驗和心得的結晶。篇中除對帛書文字作若干重要審訂外，重點放在訓釋中間甲乙兩篇帛文與某些疑難問題的探討上，尤以甲篇創獲最多。例如作者據《易緯·乾鑿度》知庖犧亦號大熊氏，與帛文篇首"曰故（古）大熊雹戲"，一語正合；據《墨子·非攻》知楚先世居於睢山。可證帛文"居於酓"之"酓"乃楚先所居之地，而酓亦可定爲睢之繁文；據《地母經》知女媧亦曰女皇，則帛文"某某子之子曰女皇"確指女媧。由此可知，由帛文黿戲、女皇、四神、炎帝、祝融、共工等所組成的神話系統具有鮮明的南方色彩，皆與楚之先世有關。這對理解帛書神話故事的淵源頗關重要，且篇首殘缺最甚的一段文字亦由此得以貫通。又比如，作者繼考"四神"爲四時之神之後，復指出四神名目與帛書四隅所繪四木密切相關，概括言之，四神之名以青、赤、白、黑爲號，與傳統以四色配四時及帛書四隅之木設色相同，且帛文神名末字有二"桿"、一"單（擅）"、一"難（欉）"，顯然是指四木，與四隅表示四時異色之木相符。饒氏此一發現揭示帛書文字與圖像之間存在的内部聯繫，它們可以互相印證和説明。

在《楚帛書的内涵和性質試説》一文中，他指出帛書即楚國"天官書"的佚篇。作者認爲，《周禮·春官》馮相氏主常度，保章氏主變動，一常一變，職司各異。帛書甲篇辨四時之序，主常，乙篇志天象之異，主變。常與變異趣，反映古來天官即有此區别。儘管帛書雜有不少陰陽家言，然其主體仍是楚人之天文雜占，故視爲楚國之天官書自無不可。此説揭開中間二篇顛倒爲文的秘奥所在，是迄今最合理的解釋。《楚帛書之書法藝術》具體分析了帛書的書法特點及其在書史上的地位。認爲帛書字體介於篆隸之間，形體扁平，用筆圓中帶方。書寫特點是橫寫起筆先作縱勢，收筆略帶垂鈎；縱寫則往往故作欹斜，整個結體以不平不直取姿，故能挺勁秀峻，精妙絶倫。這些論述，對於探討篆隸演變和隸書源流具有重要的意義。

同書還有曾憲通《楚帛書研究四十年》及《楚帛書文字編》二種。前一種是關於楚帛書研究的歷史。作者根據四十年來數十種論著系統地加以概述，分楚帛書的出土和墓葬的年代，帛書的流傳與照片摹本的派生，幾種主要摹本的比較指陳其得失，帛書文字的考釋與内容的探究，帛書結構與性質的研討，及帛書圖像

的考索六目，縱橫綜析，讀者可以從中了解這一學問的成就及其
演進的歷程。《文字編》據帛書紅外綫摹錄文字，將近千帛文按
單字逐個編列。單字下注編號及有關考釋，摭採衆說，間附己見，
兼具索引與集釋之效用，便於查檢和觀覽。

　　本書圖版據饒宗頤教授珍藏之帛書紅外綫照片精製而成，包
括帛書紅外綫原大照片、帛文分行放大照片及放大十二倍之局部
照片三項，並有據照片臨摹之原式摹本及附釋文臨寫本二種，爲
研究者提供精確可靠之第一手資料，是治歷史考古、古代文字和
古代美術者必備之參考書。

　　（刊一九八五年八月一日《大公報》。）

饒宗頤先生與楚帛書研究

曾憲通

從一九四四年（甲申）秋蔡季襄氏作《晚周繪書考證》首次公佈楚帛書材料時算起，關於帛書的研究至今已整整四十個年頭了。帛書縱長約三十八公分，橫長約四十七公分，上書蠅頭小字近千文，四隅及周邊繪有青、赤、白、黑之四木及十二彩色圖像，是一幅圖文並茂的十分珍貴的古代墨書真迹。四十年來有關它的論著總計在六十種以上，是海內外學者廣泛感興趣的一個課題。隨着中國考古學的發展和現代科技的進步，楚帛書的神秘外衣正慢慢地被剝除下來，其真正內涵也被逐漸揭示出來，人們了解帛書的真面目已經爲期不遠了。現據本人所接觸的材料，將四十年來有關楚帛書研究的各方面情況作一概述，藉以了解這門學問的成就及其經過的歷程。

一、楚帛書的出土和墓葬的年代

楚帛書是在抗日戰爭時期被盜掘出來的。盜墓者爲了掩人耳目，對於帛書出土的時間和地點總是秘而不宣，甚至"出東道西"，故意製造混亂。蔡氏《考證》只泛稱近年出於長沙東郊杜家坡，因築路動土而發現。此外還有出於三十年代後半期及一九四九年二說。一九六四年商錫永先生作《楚帛書述略》，向曾參與其事者調查，證明杜家坡之説並不可靠。據他調查所得，帛書發現的確實年月爲一九四二年九月，墓地在東郊子彈庫的紙源沖（又名王家祖山）。一九七三年五月，湖南省博物館對這座被盜過帛書的墓葬進行了發掘，除進一步弄清墓葬形制和棺槨結構外，還出了一幅人物御龍帛畫和一批器物。這次發掘對於弄清墓葬的年代和帛書的出土情況，提供了可靠的依據。

墓地位於長沙東郊子彈庫，墓葬結構爲一槨二棺，是一座中型的戰國木槨墓。盜洞緊貼北壁，由地面直達内棺，棺内骨架完整，經鑒定爲年約四十歲左右的男性。根據戰國棺槨制度結合帛畫上男性的形象來判斷，墓主人應是士大夫級的貴族。隨葬器物除帛畫平放在槨蓋板下面的隔板上外，絕大多數置於頭箱和邊箱。據盜掘者的回憶，帛書確出於頭箱，發現時摺疊爲八摺，一端搭在三脚“木寓龍”的尾部，一端搭在裝盛泥金版的竹笥蓋上，與蔡氏所謂“書用竹笈貯藏”者異。至於墓葬的年代，發掘報告根據出土陶器的組合及泥金版等特徵，斷其約在戰國中，晚期之交。帛書的年代亦可據此而定。

二、帛書的流傳與照片摹本的派生

楚帛書現藏美國大都會博物館，其流傳經過及現存各種照片摹本的源流，簡記如下：

一九四二年九月　楚帛書在長沙子彈庫墓地被盜墓者掘出。不久爲長沙唐鑑泉（經營裁縫兼營古董的商人）所得。

同年冬　唐鑑泉寫信給當時在重慶的商承祚先生以帛書求售。商先生託友人沈筠倉前往了解情況，據説當時的帛書是“大塊的不多，小塊的累累”。正當商先生與唐裁縫反覆議價之際，適蔡季襄回到長沙，帛書遂爲蔡氏所得，蔡請有經驗的裱工將帛書加以拼復和裝裱。

一九四四年秋　　蔡季襄氏取舊藏帛書及同出器物影本加以董理，命長男蔡修渙按原本臨繪帛書圖文，自作考釋，成《晚周繒書考證》一書。

一九四五年春　　蔡季襄《晚周繒書考證》印行。書中收有套色的蔡修渙臨寫本，是爲最早流行之帛書臨本。此一臨本又經多次複製和重摹，多見於早期刊佈的書刊。如：

(1)蔣玄佁《長沙（楚民族及其藝術）》第二卷，圖版二八A據蔡本重摹而略去表示殘文和缺文的方框。（一九五〇）

(2)鄭振鐸《中國歷史參考圖譜》圖版十六，圖一〇〇採自蔣本。（一九五〇）

(3)陳槃《長沙楚墓絹質彩繪照片小記》，插圖據蔡本照片重摹。（一九五三）

(4)饒宗頤《長沙楚墓時占神物圖卷》，附圖據蔣本複製。（一九五四）

(5)日本平凡社《書道全集》第一卷，圖版一二七至一二八採自饒本。（一九五四）

(6)董作賓《論長沙出土之繒書》插圖翻自蔡本。（一九五五）

(7)《文物參考資料》一九五五年第七期，圖版二四採自蔡本。

(8)《抗議美帝掠奪我國文物》圖版四四翻自蔡本。（一九六〇）

(9)李學勤《補論戰國題銘的一些問題》插圖採自蔣本。（一九六〇）

(10)錢存訓《書於竹帛》（英文）附圖翻自蔣本。（一九六二）

⑾《文物》一九六三年第九期封底圖片翻自蔡本。

⑿巴納（ Noel Barnard ）《楚帛書譯注》（英文）封底紙袋內套色圖本翻自蔡本。（一九七三）

⒀莊申《楚帛書上的繪畫》套色插圖採自蔡本。（一九八三）

一九四六年　抗日戰爭勝利後，楚帛書由蔡季襄携至上海，旋由美人柯克思（ John Hadley Cox ）帶至美國。初存於耶魯大學圖書館，繼入藏於弗利亞美術館（ The Freer Gallery of Art ）。

一九五二年　弗利亞美術館將帛書拍成全色照片。據照片摹製的摹本已先刊行，而照片則久未發表，直至一九六四年才由商承祚先生在《文物》上加以刊佈。據弗利亞美術館照片摹製的摹本有：

⑴梅原末治《近時發現的文字資料》（日文）所附的局部摹本。（一九五四）

⑵饒宗頤《長沙出土戰國繒書新釋》所作原式摹本。（一九五八）

⑶巴納《楚帛書初探》（英文）所附棋格式摹本。（一九五八）

⑷李學勤《戰國題銘概述》（下）插圖採自梅原氏本。（一九五九）

⑸鄭德坤《中國考古·周代》所附李棪臨寫本。（一九六三）

⑹商承祚《戰國楚帛書述略》所作套色摹本。（一九六四）

⑺林巳奈夫《長沙出土戰國帛書考》所附摹本。（一九六四）

(8)楊寬《戰國史》圖版十五採自商本。（一九八○）

一九六三年　楚帛書寄存於紐約大都會博物館（ Matropoli-tanmusum ）。

一九六四年　楚帛書易主爲紐約戴氏所有。一九六四年秋饒宗頤先生在戴處獲睹原物，並據以寫成《楚繒書十二月名覈論》一文。

一九六六年　楚帛書歸沙可樂（ A. M. Sackler ）氏。

同年一月　大都城博物館試用紅外綫拍攝帛書照片（其攝影技術據巴納所記英文爲：Ektachrome Ingrated AEZO FILM － Type8443 ）獲得成功，圖文異常清晰。紅外綫照片及據此照片摹製的摹本見於：

(1)《沙可樂所藏楚帛書》（英文），此爲美國哥倫比亞大學學術會議上印發的説明書。正面印有帛書彩色照片，反面印着紅外綫黑白照片和出於巴納博士之手的棋格式摹本。（一九六七）

(2)饒宗頤《楚帛書之摹本及圖像》，此文作於哥倫比亞大學學術研討會後，作者以所得放大十二倍之紅外綫照片校正棋格式摹本若干則，文中載有紅外綫照片和作者新作之摹本。（一九六八）

(3)《古代中國藝術及其在太平洋地區之影響》（英文）。此爲哥倫比亞大學學術研討會論文集，卷首印有帛書紅外綫照片，書中刊出巴納《楚帛書及其他中國古代出土文書》，一文所附的棋格式摹本，其中文字部分與説明書上的摹本相同。（一九七二）

⑷巴納《對楚帛書的科學鑑定》（英文）。卷
　首印有帛書的紅外綫照片，書中的棋格式摹
　本是作者上一摹本的修正。（一九七二）

⑸巴納《楚帛書譯注》（英文），書末附有六
　幅疊印的紅外綫照片和裝在封底紙袋内略去
　棋格的新摹本及釋文各一幅。（一九七三）

⑹錢存訓《中國古代書史》（據英文版《書于
　竹帛》增訂而成）圖版二〇翻自巴納一九七
　三年摹本。

　　根據上述各本源流，可將楚帛書照片摹本的派生情況表示如
下：

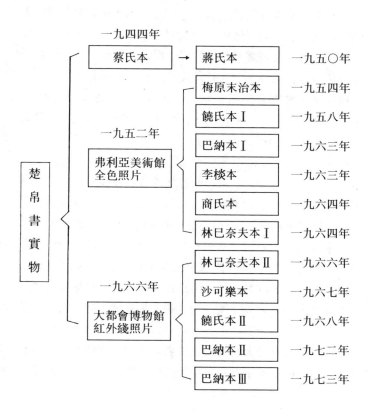

三、饒宗頤先生與楚帛書摹本

帛書的原始材料，是研究者據以工作的基礎。但是關於楚帛書的第一張照片直到一九六四年商承祚先生作《戰國楚帛書述略》時才首次刊行。儘管當時在海外已有更爲清晰的紅外綫照片流傳，但對於大多數學者，尤其是内地的學者來説，研究工作的主要依據仍然是摹本。如上所述，四十年來先後流行的摹本計有十三種之多，大致上可以分爲三個階段：自一九四四至一九五四年前後差不多十年，各種摹本都直接間接來源於蔡修涣臨寫本；自一九五四至一九六四年即第二個十年，蔡氏本逐漸爲弗利亞美術館全色照片所派生的摹本所代替，這一時期可以商承祚先生和林巳奈夫氏的摹本爲代表；第三階段自一九六六年到現在，弗利亞美術館全色照片很快被紅外綫照片所取代，而以饒宗頤先生和巴納博士所作的摹本最具權威。下面就饒氏摹本作一簡單介紹。

在研究楚帛書的學者中，以饒宗頤先生所作摹本最具代表性。他前後共做過二個摹本：（他的一個據蔣玄佁臨寫本複製，發表在香港大學《東方文化》一卷一期（一九五四年），不算摹本。）第一個據梅原末治提供的全色照片臨摹，作爲《選堂叢書》之四在香港刊行（一九五八）；第二個據紅外綫照片按原式摹出，刊於台灣《故宮季刊》三卷二期（一九六八）。這兩個摹本代表着帛書研究的兩個不同階段，尤以第二個摹本在文字上的貢獻最大（此本只摹錄文字，未繪四隅樹木及周邊圖像），没有機會獲得清晰照片的學者有了這個摹本，文字資料的問題便基本上解決了。此一摹本之所以精確度最高，是因爲作者除獲得沙可樂贈送之紅外綫原大及放大照片之外，還得到美國大都會博物館考古工作室放大十二倍之照片共一百一十張，此套特大照片對於考察帛書書法與校正殘字殘畫有莫大的幫助。筆者在香港工作時，曾據這套照片推定楚帛書的基本字數，計甲篇三段文字二六七文，乙篇三段文字四一二文，丙篇十二段文字二七三文，三篇合計九五二文。如果連同未知的缺文在内，整幅帛書的原有字數，估計在九六〇字左右。據紅外綫照片，包括完整和不完整的文字在内，帛書實存字數可達九二二文。而饒先生此本除少數僅存點畫的殘文外，計摹存九一二字，内殘文九六字，正文八一二字，摹本與照片出入較大者僅五字而已。且正確無誤的字比上階段最佳之商氏本，林氏本來，竟激增一百數十字。由於此百餘字之被發現和被認識，使楚帛書的研究產生了新的飛躍。

饒先生此本在摹寫方面也體現了帛書書法藝術的特色。根據他的研究，帛書字體介乎篆、隸之間，形體扁平，用筆圓中帶方；書寫特點是橫寫起筆先作縱勢，收筆則略帶垂鈎；縱寫往往故作欹斜，整個結體以不平不直取態，故能挺勁秀峻，精妙絕倫。饒先生反覆從放大十二倍照片中潛心領悟真迹之運筆體勢，故摹寫時落筆輕重適度，提按分明，字畫疏密有致，方圓相濟，最能存帛書真迹的神韻，看來十分逼真，李零謂"此本最爲存真，是目前所見的最好帛書摹本"。並非過譽。

饒本最爲存真的另一表現，是完全按照帛書原式摹寫，不作任何更動，其行列雖不如棋格式一目瞭然，但卻是帛書面貌的如實再現。其中，對於乙篇原帛對摺處磨損最劇一列文字的處理尤具卓見。鑑於此一問題研究者歷來頗有分歧，筆者想借此機會加以辯正。

考乙篇對摺處的絹帛裂縫適當各行第十六與十七字之間，自蔡氏本開始便將殘損之字誤析爲二，諸家摹本則違從參半。一九五八年巴納博士發表《楚帛書初探》，首創用棋格式處理帛書行列，正式在裂縫處空出一行，以示缺文。一九七三年巴納氏著《楚帛書譯注》，其摹本乃將前六行與後六行分別處理，前六行仍有缺文。饒先生此本不用一刀切的辦法，而是根據影本實事求是地加以適當處理，態度比較客觀。下面是對這列殘文加以考察的結果和意見。

細審影本，絹帛裂縫處雖損及同列左右之帛文，卻未傷及上下相鄰之字。被損帛文大都可以復原，上下文義亦通達無礙，並無缺文痕迹。

首行裂縫適當"冬"字下半，冬下並無缺文。此二句讀"春、夏、秋、冬，又□尚尚"。尚字讀常，據放大照片實有重文符號。

第二行裂縫在"元"字之下，"方"字之上，中間亦無缺文。此句讀"降于其方"。近時饒先生根據《甘氏歲星法》"日有亂民，將有兵作于其旁。"以爲帛文"其方"即"其旁"。

第三行裂縫適在"喜二"字正中，原文當作喜二，即喜字之殘，讀爲"譆譆！"，是災異出現的驚嘆詞，亦有文獻可徵（見《左·襄·三十年傳》）。

第四行裂縫所在之字不識，殘存"壴"形，影本上下亦無缺文。

第五行裂縫適殘去"曰"字上半部。此句讀爲："女（如）曰：'亥佳邦所'"，據饒先生所考，亦有確解。

第六行裂縫在"寺"字正中，影本尚清晰可見。"寺"讀爲時，"三寺"即三時，其上下亦無缺文。

以上六字，棋格式摹本式或在字之上下留出空格，以示缺文，或一字誤析爲二，皆失之。

至於第七行"出內（入）囗同"之內字，第八行"曆已爲則"之已字，第九行"五正乃明"在"乃"與"明"之間，第十行"佳天乍宎"之宎字；第十一行"山川滿浴"之川字；第十二行"是則义至"之至字，皆在絹帛摺縫之斷口處，而字字均可復原，上下文句亦無窒礙，由此證明後六行情形正與前六行相同。而棋格式摹本於此六行概無缺文之標誌（按"出內囗同"內下缺文與裂縫無關），更可反證前六行之缺文符號乃是人爲所增益，實際情況並非如此。

此外尚有一重要之旁證，即此一絹帛裂縫亦通過乙篇右側之四首形圖像（或稱爲"如"月的月神），倘在裂縫之字析而爲二或其上下原有缺文，則字與字之間的距離必然大大拉長，位於右側之圖像亦必然隨之有相應拉長距離的自然表現。可是細察紅外綫照片，此圖像之四首形表現得整齊勻稱並列，位於上方之一首雖爲裂縫所傷，然其比例亦如其餘三首一樣，中間並無拉長的痕迹。整個圖像約佔五列（十六至二〇）位置，上方一首恰與"冬"字一列平行，下方一首則幾與"胄"一列等齊（順便指出，巴納博士一九七三年略去棋格的摹本爲牽合此五列中有缺文，而不得不把整個四首形圖像上移，使下方一首上升至"尚"字之右上方）。由這一圖像之完全符合比例，可以推知與之對應的五列文字中間並無缺文存在，且由此更可驗證饒先生摹本的處理辦法，才真正符合楚帛書的原來面貌。

四、楚帛書文字的考釋與內容的探究

帛書文字的考釋，是隨着文字資料的逐步完善而不斷推進的；對其內容的認識，亦是隨着文字之獲得確解而相應加深的。若從時間上劃分，四十年來帛書文字考釋工作大致可以分爲三個時期。

從四十年代中期到五十年代中期，是以蔡修渙臨寫本及其複製本爲研究對象的時期。如前所述，蔡氏本所見帛書文字不及原文之半，且多殘辭斷句，因此，這一時期只能據可以考見的個別辭句對帛書內容加以推測。如蔡季襄氏《晚周繒書考證》據帛文中有"乃命山川四胄"、"是邦四時"、"青木、赤木、黃木、白木、墨木之精"及"羣神五正"、"羣神乃嘗"等項文義，推測帛書內容爲"古代祀神之文告"（按上引蔡氏釋文之胄爲晉之誤，邦爲佳之誤，時爲寺之本字，嘗乃悳即德字之誤）。蔡氏書中除對羣神、五正、五木及五木之精等考證尚經得起時間考驗外，其餘多因文義不全或誤釋，主觀臆測之說自不可免。由於蔡書當時流通未廣，五十年代從事帛書研究諸家均不是從蔡本直接取材，而是輾轉從蔡本派生出來的再摹本取材進行研究的。諸家所據本雖不及蔡本，卻往往有新的發現可正蔡本之違失。如一九五三年陳槃氏作《先秦兩漢帛書考》，後附《長沙楚墓絹質采繪照片小記》，讀帛文之"寺"爲時，謂"寺雨"、"四寺"即時雨、四時，可正蔡氏以時雨爲"祀雨師之神"，四時爲"嬴秦時祭祀五帝壇址"等臆說。但陳氏以爲帛書"文紀祀神，四正邊所畫者蓋即其所祀神及祀神之牲獸"則與蔡說無別。一九五四年，饒宗頤先生據蔣氏本作《長沙楚墓時占神物圖卷》，分別考證帛書所紀四時與五木、五正；帛書所見之楚先公及楚方言古語；帛書所見之古文奇字等。認爲"圖中文字記四時五正及月令出行宜忌，殆爲楚巫占驗時月之用；而施之墓葬，以鎮邪魅。"一九五五年，董作賓氏在《論長沙出土之繒書》中考定帛書的"任"字與"帝夋"，並據四時與四方之序確定帛書應以上冬下夏爲正，與前此諸家的置圖方向相反。至於帛書內容，董氏據"帝曰繇"以下一段比較完整的文字，認爲帛書全文在宣揚古代帝王"天道福善禍淫"的遺訓，而要點則在所崇拜之天神。

就在陳、饒、董等據蔡氏本的殘辭斷句探索帛書內容的時候，弗利亞美術館的全色照片開始在學術界露面了。第一個利用這一照片研究帛書的學者是日本的梅原末治先生。他在《近時發現的文字資料》中首次介紹了弗利亞美術館用特殊底片攝成的帛書照片。認爲這個照片比原物清晰，將會給帛書的研究帶來"新的希望"。但梅原氏所揭示的僅是這一照片的局部摹本（即八行一篇的上半段約百字左右），未作考釋。發表這一照片的整個摹本並重新加以考釋的是饒宗頤先生。饒先生從梅原氏處借到弗利亞美術館照片後，立即加以臨摹，並以《長沙出土楚繒書新釋》爲題將摹本公諸同好。作者新作的摹本和釋文比起蔡氏本來竟多出一百多字。《新釋》之作雖然志在呈材，但文中對若干文字的詮釋在當時影響頗大，如釋"炎帝乃命祝融"之祝融，讀"山川四醬"爲"四海"、讀"長曰青榦"爲青陽等，屢見學者徵引。一九五五年，李學勤先生在《戰國題銘概述》（下）中論及楚帛書，他據蔣氏本參照梅原氏的局部摹本，將帛書內容概括爲三個方面，即十三行的一篇是關於天災禁忌及《月令》式的刑德思想；八行的一篇是涉及五行、四時及九州形成的神話；邊圖格式則與《山海經》很相似。次年又在《補論》中專就帛書邊文加以補正。作者除據饒氏提供的新資料重新寫定釋文之外，最重要的是在四邊文字中首次發現十二神名與《爾雅・釋天》十二月名相關，從而指明帛書四周的十二圖像象徵十二月神，神下注神名及職司，兼記該月宜忌。此外，作者還根據斗柄方位確定帛書的放置方向應是上冬下春即蔣圖的反置（與董説相同），指出由月次的方位可知帛書的用曆是"建寅的夏正"。李氏在不到一年裏所發表的這兩篇著作，可看作帛書研究由第一階段到第二階段的過渡，他在前後的所作兩篇釋文中，從下列一些數字可以説明帛書研究的進展。

帛書篇段	《概述》釋文字數	《補正》釋文字數	二者相較所增字數
甲篇(八行)一段	四五	九〇	四五
二段	七五	八八	一三
三段	五	二四	一九
乙篇(十三行)一段	九三	一〇三	一〇
二段	一四四	一五八	一四
三段	四六	五七	一一
丙篇(邊文)	三六(四段)	一九五(十二段)	一二三
總計	四四四	六七九	二三五

由於李氏《概述》採用的是訛誤較多的蔣氏本，故釋文中釋出的字還不如蔡本的多。兩相比較，後者竟比前者多出二百餘字，尤以四邊文字所差更爲懸殊。李氏正是憑着全色照片邊文首字可與《爾雅》月名相通，才有這個突破性的發現。但他的説法未爲

人所接受。要到一九六四年饒先生在紐約見到真物，發表《十二月名觿論》，此説才被肯定。

從五十年代後期到六十年代中期，是以弗利亞美術館照片及其摹本爲研究對象的時期。這一階段的文字考釋、已經可以通讀某些比較完整的句子，對帛書内容的理解，也可以深入到具體區分章節的地步。除上述饒、李二氏的著作外，還有陳夢家《戰國楚帛書考》、安志敏、陳公柔《長沙戰國繒書及其有關問題》、商承祚《戰國楚帛書述略》、林巳奈夫《長沙出土楚帛書考》、饒宗頤《楚繒書十二月名觿論》等，這些著作對於文字的考釋和内容的闡發，使帛書研究進入一個嶄新的時期。舉其要者，如甲篇是講日月、四時形成的神話，有關神話人物，上階段僅知有炎帝、帝夋、女皇（或以爲女童即母童或女隤）、及女皇所生之四子即四神；此一時期又有作爲炎帝帝佐的祝融以及夏商的代表人物禹和契（據安志敏、陳邦懷、商承祚等説），這就使帛書的神話更加具有南方系統的特色，並且同夏、商信史聯繫起來。又如乙篇的中心思想是"天象是則"，而天象災異在蔡氏本中僅見卉木亡常、電震雨土及日月既亂等殘句。這一時期已經知道篇中反覆出現的"德匿"亦是一種反常的天象（據商先生説），它與孛（彗星）、歲（歲星）的出現，以及日月星辰運行的失當，春夏秋冬時序的相違等，都可以告誡下民對於上天必須"敬而毋戈（忒）"。至於丙篇的十二節文字，據蔡氏本僅可見到零星的神名，根本無法了解彼此的聯繫；弗利亞本邊文比蔡本增加近百字，其中絶大多數可推知其神名之首字。自從李學勤先生揭其端倪之後，又經饒宗頤先生從原物觀察，參以古籍所記與原物圖文印證，益信邊文之十二月名確不可易。陳夢家先生還將三篇内容聯繫起來，認爲帛書中央十三行的一篇述"歲"（日、月），八行的一篇述"季"（四時），四周十二章述一年十二個月及其禁忌。他認爲帛書方形的四邊代表四方和四季，方形内則代表日月與四時的陰陽相錯。

當弗利亞美術館照片在帛書研究上發揮作用並獲得重大進展

的時候，大都會博物館帛書紅外綫照片試拍成功了。紅外綫照片的特點是，只要絹帛纖維没有受到嚴重的破壞（斷裂或磨損過甚），帛書上原有的筆迹都可以清晰地顯示出來，具有以往任何帛書資料無可比擬的優越性。所以，帛書紅外綫照片一出現，全色照片便立刻相形見絀，並且很快被紅外綫照片所取代了。

利用紅外綫照片修正自己舊作的是日本林巳奈夫先生。他在一九六六年三月發表的《長沙出土戰國楚帛書考補正》，是對其一年前所作《長沙出土戰國楚帛書考》的重要訂正。前面談到林氏《楚帛書考》所據之弗利亞美術館影本最佳，而此文則是對其據最佳影本臨寫的摹本所作的修正。凡上文所摹所釋不妥處，此文一一加以重摹重釋，計甲篇四十四處，乙篇八十一處，丙篇九十二處，共訂正二百一十七處。紅外綫照片的優越性由此可以得到具體的説明。

從一九六六年至現在，是利用紅外綫照片研究帛書的時期。由於紅外綫照片爲帛書研究開拓了廣闊的前景，這一時期文字考釋是朝着全面釋讀和縱深發展的，在某些難度較大的問題上，有了新的突破。重要的著作有嚴一萍《楚繒書新考》、金祥恒《楚繒書"霝虘"解》、饒宗頤《楚繒書疏證》、巴納《楚帛書譯注》、李學勤《論楚帛書中的天象》和饒宗頤《楚帛書新證》等。

嚴氏《新考》作於一九六七年，所據爲大都會博物館紅外綫照片與李棪齋手攝中間兩段文字照片之印本，行欵字數依棋格式摹本，但對丙篇有若干補充。作者按兩周彝銘以"佳"字起句之例，其釋文定十三行爲甲篇，八行及邊文分別爲乙篇與丙篇。每篇以行爲單位摹錄帛文，逐字順次詮釋，文中引商、董、李（棪齋）之説甚多，並有不少新見。如商先生説八行首行開頭之霝虘爲神名，嚴氏則以爲霝、虘二字古音相近，故讀霝、虘爲處戲，亦即伏羲。又謂二行之"女皇"即女媧，並引《路史後紀》女皇氏注，言"女媧本伏羲婦"，證明二者關係之密切。對於丙篇的性質，作者從十二個月所記行事推測，認爲可能是當時楚國月令的一部分。篇末兼論帛書之曆法爲建寅，謂帛書以伏羲爲主體而曆法屬於夏正，可見古來三皇三正的傳説有其久遠的歷史。

金氏《"霝虘"解》專爲考釋帛書"霝虘"而作。作者認爲商先生釋"霝虘"爲靈虛於史無徵，因改釋霝爲從雷ㄅ（勹）聲之電字。《説文》電之古文作霝，所從之𤎫帛文簡訛作𤎫。小篆從雨包聲，帛書則從雷勹聲。故斷帛書之霝虘即《易・繫辭傳》之包犧。文中廣羅古籍有關包犧的記載凡六十餘條，不同寫法達十四種，而以書"包"或"庖"者爲最古；"虘"則戲之古字，由此證知帛書之言霝虘不得早於《易・繫辭傳》，爲戰國時物無疑。

饒先生《楚繒書疏證》是一篇全面論述和逐句疏釋帛書文字及内容的長文，作於一九六七年哥倫比亞大學楚帛書研討會之後，所據爲大都會博物館紅外綫照片，並參校放大十二倍之最佳影本。《疏證》將帛書全文按八行、十三行及邊文三部分順次詮釋，目的在於"正其句讀，明其訓故"。其中論龗爲古之熊字，讀萬爲冥，與禹並列爲夏、商所崇祀之水神，論四時之神以色爲號，解十日、四時與共工之關係，論緪紐之爲嬴縮，天棓之爲天棓，以及證三首神爲祝融等，都是慧眼獨具的見解。陳槃庵先生在《跋尾》中讚此篇爲"勝義繹絡、深造有得，精思卓識，斯可謂難能矣"。

巴納博士是親自參加帛書紅外綫照片攝製工作的學者之一。由於他在材料方面的利用上有較多方便的條件，自六十年代後期到七十年代初期連續發表了好幾種關於楚帛書的著作，在新資料的傳佈方面頗爲引人注目。一九七三年出版的《楚帛書譯注》，是作者同類著作中觀點和材料最集中的一部專著。全書分爲四大部分：（1）楚帛書的發現；（2）楚帛書的字體和書法；（3）楚帛書譯注；（4）楚帛書的韻律。除（1）、（4）兩部分是過去舊作的修訂外，（2）、（3）兩部分都是新作，尤以第三部分即《楚帛書譯注》所佔比例較大（共一三六頁，約佔全書的一半以上）。書中所附紅外綫照片和多種圖表極有參考價值。譯注部分按八行、十三行和邊文爲先後，將每篇分成若干段落，分別以隸古定和通行體列出每字的釋文，並注該字在字表中的編號，以備核對。三篇注釋凡一二四條，以引述諸家考證爲主，間附己見。作者對以往的研究作了一些整理和歸納，但自己有些看法比較奇特，不易爲學者所接受。

李學勤《論楚帛書中的天象》刊於《湖南考古輯刊》第一集。作者看了巴納《楚帛書譯注》的紅外綫照片，又在大都會博物館親睹楚帛書原物之後，覺得對過去一些看法有重新討論的必要，因作是篇。篇中提出下面幾點新的見解。

（1）作者根據近年來整理研究馬王堆帛書中見到的古地圖，《胎產書》、禹藏圖和幾種陰陽五行家著作的圖都"以南爲上"這一現象，認爲"以南爲上"至少是楚地出現的古圖的傳統，從而修正自己過去以"上冬下夏爲正"的看法，重新確定帛書的擺法也應該"以南爲上"。

（2）建議將八行、十三行和邊文三篇，依次稱爲《四時》、《天象》、和《月忌》。並重新寫定《天象篇》的釋文和注解。認爲《天象》篇所論天象災異是彗星和側匿兩項，彗星包含天棓和孛，側匿則兼括嬴縮，其餘均爲彗星和側匿所派生。

（3）《天象》篇在若干點上接近於《洪範五行傳》，如強調天人感應，並提到五正，有明顯的五行説色彩。從思想史角度考察應屬於先秦的陰陽家。

饒宗頤先生《楚帛書新證》是集中作者三十年來研究楚帛書心得的總結性著作，是在舊作《楚繒書疏證》的基礎上刪除繁蕪、益以新知，並參時賢近著重新改訂而成的。篇中除對帛書文字有若干重要審訂之外，其着重點卻在對中間兩段文字的訓釋與疑難問題的探討上，其中以八行一篇所獲新證最多。舉例來説，作者據《易緯・乾鑿度》知黿戲亦號大熊氏，與篇首"曰故（古）大熊黿戲"一語正合；據《墨子・非攻》知楚先居於睢山，可證帛文"居于𩜁"之𩜁乃楚先所居之地，而𩜁亦可定爲睢之繁文；據《地母經》知女媧亦曰女皇，則帛文"乃取（娶）虞（且）□□

子之子曰女皇"確指女媧。這樣，由黿戲、女皇（女媧）、四神、炎帝、祝融、共工等組成的神話系統，皆與楚之先世有關。這對理解甲篇神話故事的源流頗關重要，且篇首殘損最甚的一段文字亦由此得以貫通。

這一時期帛書文字考釋的著作還有唐健垣《楚繒書文字拾遺》、許學仁《楚文字考釋》、陳邦懷《戰國楚帛書文字考證》、周世榮《湖南楚墓出土古文字叢考》等。唐文是對嚴一萍氏《楚繒書新考》中未曾論定的若干文字重新加以討論，初稿、續稿及補正凡二十八則。許文是作者碩士論文《先秦楚文字研究》中有關文字考釋的部分，共考釋楚器文字五十個，合文二組；其中帛書文字二十一個，合文一組。陳邦懷先生此文，原作於六十年代中期，所據爲弗利亞美術館全色照片和摹本，寫作過程曾與商承祚先生反覆討論，其釋"禹"字已見於《述略》所引。舊稿考證凡三十四則，發表前據巴納氏摹本加以修改，刪存二十八則。周世榮文主要論述湖南楚墓出土的古文字資料，對帛書文字也有所涉及。

綜觀四十年來楚帛書研究的成績，不難發現，在袞袞諸公中，以饒宗頤、商承祚、巴納三位先生用力最勤，而李學勤、饒宗頤兩先生建樹尤多。

五、楚帛書結構和性質的研討

帛書結構比較特殊，整個帛面由三部分文字和二組圖像所組成。中間兩部分文字一爲八行、一爲十三行，順序顛倒，各自爲篇。篇又各自分爲三段，段末填以朱色方框爲記。周邊文字與十二圖像相配，分列四方，每方三神像配以三段文字，隨帛書邊緣循回旋轉。兩方交角處即帛書四隅分別繪以青、赤、白、黑四色樹木。帛文佈局和神像構圖都別出心裁，用意耐人尋味。因爲中間兩篇文字一順寫、一倒書，周邊文字圖像又循環周轉，這就存在一個如何置圖和如何讀圖的問題。四十年來，主要有兩種意見：

（1）以八行一篇爲正置圖，按八行、十三行、邊文順序讀圖；

（2）以十三行一篇爲正置圖，按十三行、八行、邊文爲序讀圖。

以上置圖根據各家照片、摹本的擺法，讀圖主要依據釋文。第一種意見始於蔡季襄氏的《考證》，採用蔡氏擺法的有蔣玄佁、陳槃庵、饒宗頤、林巳奈夫和巴納諸家；第二種意見始於董作賓先生，董氏根據東南西北四方之序與春夏秋冬四時相配的傳統，將蔡圖倒置，改以十三行一篇爲正。李學勤先生由於辨識了帛書中同於《爾雅》的月名，也將蔣圖倒置，但釋文則從邊文開始，順接十三行和八行兩篇。陳夢家先生認爲帛書的上下左右應以三首神像爲正南。商承祚先生置圖與董、李兩氏相同，也據邊文中出現春、夏、秋、冬四時方位爲之確定，而釋文則從十三行開始。嚴一萍氏讀法與商先生相同，但補充從十三行起讀的理由，是依古代彝銘以‘佳’字起句的通例。讚同這一擺法和讀法的還有安志敏、陳公柔、陳邦懷、李零諸家。由於蔡氏本人並沒有説明其擺法和讀法的依據，而董、李、商、嚴等則從不同角度申述第二種擺法的理由，致使在相當長的一段時間内，似乎第二種意見佔了上風。可是近時情況又有了變化，第一種意見開始出現轉機。首先是李學勤先生修正了自己過去的意見,轉而贊同蔡圖的擺法。他根據近年整理、研究馬王堆帛書的經驗，認爲“以南爲上”可能是楚地置圖的傳統，因而訂正從前贊同董氏“以上冬下春爲正”的意見，重新確定楚帛書的放置方向也應“以南爲上”，即以八行一篇爲正，三篇文字以八行、十三行、邊文爲先後。最近，饒宗頤先生更進一步闡明他向來主張以蔡氏的擺法爲正的理由，主要有三點：（1）八行以“曰故”二字發端，有如《尚書·堯典·皋陶謨》“曰若稽古”。自當列首；（2）十三行所論爲王者失德則月有緹縕，故作倒書，表示失德，無理由列於首位；（3）帛書以代表夏五月之神像爲三首神祝融，當正南之位，是爲楚先祖，故得以南爲上。此外，饒先生還從帛書内容結構上説明三部分文字之間的關係，指出甲篇（八行）辨四時之序，乙篇（十三行）志天象之變，丙篇（邊文）從而辨其每月之吉凶。他認爲甲篇道其常而乙篇言其變，故甲篇居前而乙篇列後，前者順寫而後者倒書，所以昭其順逆。兩篇特殊結構之用意可以推知。

至於帛書邊文十二段文字的起訖，自李學勤先生發現其與《爾雅》月名相同之後，始"取（陬）、終"荼（荼）"的序列已大體確定。李學勤、嚴一萍、陳夢家、饒宗頤諸先生更從月次的排列指出帛書的用曆屬於夏正。但也有持異議者，如巴納博士和林巳奈夫先生仍然堅持起"姑（辜）"終"昜（陽）"的系統，認爲帛書的用曆不是夏正而是周正。可是，當我們把見於楚簡和鄂君啓節上的楚月名同秦簡《日書》上的"秦楚月名對照表"加以比較研究之後，便可清楚看到，戰國時楚用夏正是毋庸置疑的。（參看拙作《楚月名初探》）

關於帛書三部分文字的内容和性質，前面已有所述及，這裏再就幾種有代表性的説法略述如下：

（1）文告説　文告説始於蔡季襄氏，是早期有代表性的一種意見。蔡氏第一個把楚帛書稱爲"繒書"，並根據漢代"用繒告神"的俗例，謂帛書即當時的"告神之繒"；繒上所書文字，則是"古代祠神之文告"。陳槃氏贊同蔡説，以帛書内容爲"文紀祀神"。董作賓先生認爲帛書主旨在於宣揚"天道福善禍淫"的遺訓，所舉爲古帝王告誡後人敬慎之詞。而"天道福善禍淫"一語即出於古文《尚書・湯誥》。誥者告也，因知董説也屬文告一類。

（2）巫術品説　此説是郭沫若先生首先提出的，見於《晚周帛畫的考察》。郭氏在一注文中介紹帛書的圖文佈局之後，認爲帛書"無疑是巫術性的東西"。安志敏、陳公柔先生認爲郭説比較可信，因爲"帛書出自墓葬，是用來保護死者的巫術性東西，可能性比較大。"帛文"有吝"、"尚恒"等，很類似卜筮之辭，邊文"不可"云云，也有趨避之意。還指出帛書的圖像和內容更多地接近於富有南方色彩的《山海經》和《歸藏易經》，而後者則是屬於南方系統的卜筮之書。商承祚先生說帛書是"占卜式宗教迷信的東西"。其文辭則類似《詩》、《書》、《左傳》和《楚辭》的風格。此外，饒宗頤先生說過帛書"爲楚巫占驗時月之用"。林巳奈夫先生以爲帛書十二月名起源於楚國的巫名，而巫名又代表某一巫師集團，實際也是將帛書看成巫術品一類的東西。近時周世榮先生更將馬王堆帛書《天文雲氣占》的圖形文字與楚帛書相比證，認爲楚帛書應是一種巫術占驗性的圖文。

（3）月令說　陳夢家先生於一九六二年秋作《戰國楚帛書考》（未完成遺作），是一部專門考證帛書性質的著作。陳氏認爲楚帛書的性質與公元前四百年間（戰國中晚期至西漢以後）的若干文獻很接近，如《管子·幼官》、《周書·月令》（佚文）、《王居明堂禮》（佚文）、《呂氏春秋·十二紀》、《淮南子·時則》、《禮記·月令》、《洪範五行傳下》（佚文）等，並將上述各篇與帛書作了細緻的比較，認爲他們都是月令一類的書。其中《幼官》（即玄宮）是齊月令，《呂氏春秋》十二紀各紀之首章是秦月令，其他各篇是漢代的月令，而帛書則是戰國中期的楚月令。作者認爲，帛書四周十二章就其方位排列與內容來看，應是較早形式的月令。嚴一萍氏《楚繒書新考》也將帛書邊文十二月紀事與《呂氏春秋·十二紀》、《淮南子·時則》、《禮記·月令》諸篇對照，發現帛書所記十二個月行事以"戎"與"祀"爲主，與十二紀、時則、月令等篇所記內容之廣泛有很大不同，且行事之可與不可也有相反的規定。因斷言帛書紀事爲另一系統，可能是當時楚國月令的一部分。此外郭沫若先生認爲楚帛書類於《管子》的《玄官圖》或《五行篇》；俞偉超先生說"是一部相當於《明堂圖》的楚國書籍"。楊寬先生《戰國史》增訂本將楚帛書置於《月令五行相生説》一節加以論述，也有類似的看法。

（4）曆書、曆忌説　曆書是李棪先生在其所作帛書摹本的題名上提到的。李氏把摹本（見鄭德坤先生著《中國考古‧周代》）稱爲"寫在帛書上的楚曆書"，可以代表他對帛書性質的意見。可惜作者沒有就帛書性質問題寫成專文，我們無從得知其詳。李零在《長沙子彈庫戰國楚帛書研究》中詳盡地論述帛書是一部與曆忌之書有關的著作。他説帛書在大範圍上與《管子‧玄宮》、《玄宮圖》、《呂氏春秋‧十二紀》之首章、《禮記‧月令》、《佚周書‧月令》、《淮南子‧時則》，以及《大戴禮‧夏小正》等基本相同，但也存在一些差別，主要是：帛書與玄宮圖二者置圖方向相反；帛書沒有明堂圖的四宮以及與四宮相配的太室與中廷；帛書雖與月令性質相近，但形式上比月令原始，沒有複雜的五行系統，內容上比較單一，沒有月令諸書那種説禮色彩，只講禁忌。因此，作者認爲帛書當與古代曆忌之書相近。從帛書有月無日看來，只能算是月忌之書，而且是這種書中較爲簡略的本子。

（5）陰陽家説　李學勤先生《論楚帛書中的天象》將帛書《天象》篇（即十三行）與《洪範五行傳》互相比勘，發現《天象》篇的內容在若干點上接近於《五行傳》，除兩者某些語句十分類似之外，在內容上，帛書強調天人感應，同時提到"五正"，有明顯的五行説色彩，均與《五行傳》相近。作者認爲，從思想史的角度考察，帛書與《五行傳》無疑有共同的淵源，應屬於先秦的陰陽家。

（6）天官書説　饒宗頤先生在《長沙楚墓時占圖卷考釋》中論及楚人之天文學，謂楚之先世出於重黎，重黎即羲和氏，乃世掌天地四時之官，即後世陰陽家所從出。讀李零、李學勤論文後，又寫成專文《楚帛書之內涵及性質試説》，就帛書的性質問題加以討論。作者不贊成曆忌之説，認爲李零所舉曆忌諸書皆極晚出，帛書體裁也與雜忌之書不類，且帛書兼言宜與忌，雜忌書只言忌而已。饒先生認爲，《周禮‧春官》馮相氏主常度，保章氏主變動，一常一變，職司各異。帛書甲篇辨四時之序主常，乙篇志天象之異主變常、變異趣，反映古來天官即有此區別。他說帛書雖兼有兵陰陽家言，然於乙篇保存保章氏遺說特多，所言主體仍是楚人之天文雜占，故視爲楚國天官書之佚篇自無不可。

以上除早期之文告說外，其餘五說皆不離歷代術士所傳的"數術"之學，應屬《漢書・藝文志》所稱天文、雜占之類，其思想則與"陰陽家者流"爲近。

六、楚帛書圖像的考索

帛書上的繪畫可以分爲兩組：一組是位於四隅的四木；另一組是分居四方的十二神像。蔡季襄氏《晚周繒書考證》有《繒書圖說》一篇論之甚詳，他寫道：

> 本書所載長沙出土繒書四周圖像，即爲當時神權圖畫之良好標本。由此圖像可以窺見當時繪畫設色之作風，及荊楚宗教之思想。圖就繒書四周用五色繪成，每方繪有奇詭神物各三，四隅則按四方之色繪有青、赤、白、黑四色樹木，惟西方白木在白繒上無法顯出，故以雙法代之。此項樹木之意義，蓋籍以指示所祀神之居勾方位，祭祀時使各有所憑依也。

蔡氏將帛書看作祀神的文告，十二圖像爲所祀之神，故以四隅之四木爲指示所祀神之方位。董作賓氏更將繪畫的"四木"與帛文的"五木"聯繫起來考察，認爲帛書原有以五木表示五方的觀念。他在致陳槃先生的信上說："四正角上有四木，文右一章第五行云：'青木、赤木、黃木、白木、墨木之精。'蓋木有五色，東青、南赤、中黃、西白、北黑。今止有四木，則中央黃木，既漫滅不見矣。"（見陳槃《先秦兩漢帛書考》後記）饒宗頤先生也曾懷疑帛書中間有黃木，後來在帛書藏主戴氏處見到原物，反覆審視，帛書中間並無黃木痕迹。紅外綫照片也顯示只有四隅四木而無中間黃木。陳槃先生對董氏的方位之說提出異議，認爲四木代表四方“理應安置四邊正方之處，今乃置之角間，則非東、南、西、北之謂矣”。饒宗頤先生以爲“四隅所繪樹木當指四時之木，即指四時行火時所用之木”。“四木繪於四隅者，疑配合天文上的四維觀念。”近時饒先生《楚帛書新證》又考甲篇四神乃四時之神，其名目與四隅四木有關。概括言之，四神之名以青、朱、𦊅（白）墨（黑）爲號，與傳統以四色配四時及帛書四隅所繪四時之木設色相同。且神名之末一字中有二樟（榦）、一單（檀）、一難（橪），當指四木，與四隅表示四時異色之木相符，可以互相印證。

周邊十二圖像從蔡季襄氏開始，即將所圖奇詭神物與《山海經》、《淮南子》、《國語》等所描述的怪異神話相比附，認爲帛書圖寫的就是當時所崇祀之山川五帝、人鬼物彪之形。後來雖然由於辨識了神名首字與《爾雅》月名相同而曉得十二圖像爲十二月月神，但蔡氏企圖從古籍中索求解釋帛書圖像的做法卻在相當長的一段時間内爲一部分學者所熱衷採用，其中以陳槃庵、安志敏、陳公柔諸先生用力最多。根據各家考證的意見，如謂“取（陬）”月神爲委蛇（安、陳文）“余”月神爲肥遺（饒文），“𢼸（皐）”月神爲三首神祝融（饒文），“倉（相）”月神爲長角之獸（安、陳文），“藏（壯）”月神爲一足夔（安、陳文），“易（陽）”月神爲兩足兩角羊（陳槃文），“荃（荼）”月神爲口内銜蛇之神（董氏書），或謂一臂神㚖回（陳槃及安、陳文）等，多見於《山海經》，也有據《淮南子》、《莊子》、《帝王世紀》等記載而加以比證的。然而仔細加以考察，便會發現其中問題不少。

首先，圖像的某些造形雖然與《山海經》等古代神話有相同或相似之處，但就整個圖像本身或某一具體細節而言，卻很難與神話傳説的記載完全吻合。

其次，各家根據不清晰的圖片所描述的形象以及比證的結果，有的已被紅外綫照片證明是不可靠甚至是錯誤的，如所謂一臂神的㚖回，紅外綫照片顯示的圖像是兩臂俱全，則㚖回之説，自屬出於想像。

再次，個別的比證即使是有說服力的，但從整體看來，仍顯得零散不成體系，不易令人信服。

所以，陳槃先生在舉證若干神話記載以說明某一圖像的同時，也不能不指出它們彼此之間的關係"若即若離"。紅外綫照片出現後，饒宗頤先生在《楚繒書之摹本和圖像》一文最後總結說："繒書十二月神像乃戰國時楚俗圖繪，尚保存較古之形態，及代表南方思想之一類型，更足寶貴。然於圖形之解釋殊非易事，今但知十二圖像爲十二月之神，最足資研究者爲三頭人身神像及一首兩身之蛇。餘不可考，不敢妄説。"

林巳奈夫先生《長沙出土戰國帛書十二神考》徹底否定從《山海經》等書尋找解釋圖像的方法，認爲將十二神進行個別比附是徒勞的。對於帛書十二月神的名目，作者提出了一種新的假設，認爲帛書的十二月名起源於楚國的巫名，每一個巫名代表着一個巫師集團，由於這個集團職司某月，便把這個集團的名稱作爲該月的月名，林巳奈夫先生這個設想雖然很有道理，但仍嫌缺乏文獻上的有力支持。此外，有人從帛書與葬俗的關係推想帛書上的十二圖像可能與大儺中的十二神及十二獸有關（安、陳文），還有認爲帛書圖像以十二神獸配十二月，與後世數術家以十二獸配十二辰的所謂"十二生肖"立意相同（曾文）。可是大儺與十二生肖只見於漢以後的記載，其與帛書關係如何，只好存考。

最近李零在其《楚帛書研究》中指出，帛書十二神像有一個系統，這個系統就是十二月名本身。"十二神就是十二月神，它們的名稱應當以各章章題來定，而無需遠涉他求。"但同時他也承認，"關於各章章題的含義，以及他們與十二月神圖像的關係，目前還不能做任何肯定的結論。"

總之，在帛書十二圖像的研究方面，雖然前輩做了不少工作，但至今仍不能構成有系統的結論。目前比較認同的看法是：

（一）十二圖像由其旁注首字與《爾雅》月名相同，可確定它們爲十二月月神無疑。

（二）每個圖像之旁所注三字，由"秉司春"、"虞司夏"、"玄司秋"、"荃司冬"可推知其含義應該是指該月月神之職司。

（三）圖像、職司及月事宜忌三者存在一定的關係。至於某月之神何以取象某形？職司除四時可見外，其餘各月神所司何職？圖像、職司與月事之間的具體關係又是怎樣？這些都是有待解決的問題，需要繼續加以考索。

（節錄自《楚帛書》，香港中華書局，一九八五年第一版，第一五二至二一〇頁。）

Studies on the Ch'in Almanac of Chronomancy
Discovered at Yun-meng

Cho-Yun Hsu （許倬雲）

Yun-meng Ch'in-chien jih-shu yen-chiu {Studies on the Ch'in Almanac of Chronomancy Discovered at Yun-meng}. By Jao Tsung-i and Tseng Hsien-T'ung. Hong Kong: Chinese University Press (Research Center of Chinese Archaeology and Arts Monograph Series, No.3), 1983. ii, 99 pp. Plates, Index. N.p.

Joseph Needham classified chronomancy as a pseudoscience in the same category as scapulimancy, astrology, geomancy, physiognomy, and the reading of signs in the Book of Changes. All these forms of prognostication were designed to penetrate the unknown by means of tracking the course of fate. No superhuman being needed to be consulted or prayed to for help because the regularity of a cosmic order could not be altered by will or by individual desires. Oracle-bone divination in the Shang period was not a pseudoscience, since the will of the Shang spirits could bring benevolent or adverse effects to the helpless human beings. Fate was not so much predictable in the world of Shang spirits. Both traditions, the effort to comprehend a cosmic order and the effort to seek the blessing of the deities, coexisted in ancient China. In the *Shih-chi* there are two separate chapters, a biography of date selectors and a biography of oracle diviners, which deal with each tradition respectively. By the second century B.C. there were at least seven contending schools of chronomancy, each of which claimed that it had the best system of choosing the lucky date. In one of these systems, each of the twelve days of the earthly branch circle from *tzu* to *hai* was assigned a denotative, such as "open" for the date of *tzu*, "closed" for that of *chou*, "construct" for that of *yin*, "cancellation" for that of *mao*, and so on. Activities appropriate for each of these dates were then given in the almanac. Such a practice survives in the folk almanacs issued today in Hong Kong and Taiwan.

Among the discoveries found in a ch'in tomb excavated in 1975 were 423 pieces of bamboo strips with a text of some eighteen thousand characters, identified as fragments of a Ch'in almanc of chronomancy. The book reviewed here consists of twenty-one sketch notes as well as a short article by Jao Tsung-i and an article by Tseng Hsien-t'ung, fifty photographic plates of the bamboo strips, and an index prepared by Tseng. The sketch notes and the two articles are mostly epigraphic studies to decipher the ancient scripts. The style of this book, therefore, is a collection of working notes; no systematic interpretation of the Ch'in chronomancy is attempted. Interesting implications of the significance of the discovered texts on the ancient art of date selection, however, are suggested here and there throughout the book. The most inspiring among these implications may be grouped into two categories.

Some are related to the Chinese astronomy and ancient calendars. For instance, the Ch'in tomb being located in the former state of ch'u, both the ch'u calendar and the Ch'in calendar are given in text. It thus adds one more dimension for historians to discern the distinction of local cultures in ancient China. Or, in another instance, the authors explain that the ratio between day hours and night hours in each season was expressed in ratios of sixteen, such as 11:5, 10:6, 9:7, 8:8, and so on, information unknown to us heretofore.

The second group of useful information falls into the area of religious studies. For illustration, the Yü-pu, a kind of walking style of exorcism that Taoist priests still practice today, is mentioned in the

Ch'in document. Thus, the link between ancient exorcism and religious Taoism is further confirmed.

This book is for experts only. Jao and Tseng have carried on the tradition of Chinese scholarship laudably. The broad range of their erudite commentary unfolds the hidden meanings of the Ch'in scripts so successfully that almost every entry discussed in this concise volume will help historians to fathom the cosmology of ancient China.

Cho-yun Hsu

University of Pittsburgh

饒宗頤與潮州民族學先史學

國分直一

　　民族学先史学方面の仕事に間心をもつ人は、一九四七年には
まだ米ていなかったが、四八年の夏、華南からはるばる民族学
研究室を訪ねてくれた饒宗頤氏のことは忘れ難い。

　　氏は広東省文献委員会の委員て、南華学院教授兼文史系主任
をしていた。また潮州修志委員会副主任委員として編纂を兼ね
ているとも聞いた。温厚誠実な感じの人で《潮州史前遺址之発
見》なる未刊の原稿と図版をたずさえてこられた。台湾先史時
代の資料を十分にお見せし、また参考資料として土器のサンプ
ルをさし上げた。我々は台湾先史時代と華南のそれとの関連に
ついても話し合った。それは残留中における最もうれしい機会
の一つであった。

　　広東地方の新石器時代遺跡としては、香港舶遼州の遺跡が
D.J.Finn 師により一九三二年に発見され、又、海豐の沙坑、東
坑、石脚楠等二十一ケ所の遺跡が R.Maglioni 氏により発見さ
れていることは、 Finn 師や Maglioni 氏の報告によって知られ
ているが、上述の饒教授によると、尚、中山大学の楊成志教授
によって、汕尾、浜海等二十余ケ所において多量な石器陶片が
発見されている他に、 William.E.Braisted 氏（米人医師）によっ
て掲陽、崇光厳山上において石器が得られて以来、陸続として
採集が行なわれていると云うし、また N.D.Frazer 氏（英人医
師）、 T.W.Waddell 氏（英人医師）により掲陽西境河田村、河婆

墟外及び県西北の五径富県城北黄岐山陰において陶片が発見されているという。縄文、網文及び双下形花文を有するものが出るとされる。澄海城北山地にも石器が発見されている。なお興味深いことは、河婆を距る八里ばかりの地方において、学校建設に際し銅の刀頭、鏃及び陶碗等が発見されていることである。この銅の刀頭なるものの性質が明らかになるなら、台湾パイワン族の青銅の刀頭、新竹地方の出土品である青銅刀頭の性質を考える上の手がかりがえられるかも知れない。Frazer 氏の採集品は戦争中損失してしまったものもあるというが、少数を除きロンドンに保存されているという。又 Braisted 氏のものは保存されているという。

　饒氏がたすさえてこられた《潮州史前遺址之発見》なる原稿には、《掲陽、黄岐山等処考古簡報、附普寧之貢山饒平之黄岡石器》なるサブタイトルが見られた。氏によると、掲陽、黄岐山、虎頭山頂の遺物は灰陶が最も多く、黒陶之に次ぐとされ、紅陶もあるが、彩陶は発見されていないようである。しかし黒陶にしても、龍山期の標準的黒陶、即ち漆黒て光沢あるものは見られないようである。なお興味深いことには、黄岐山出土陶片中には、粗砂を含み、外観は浅灰色、胎土は深黒の土器で、尖足式の脚(陶鬲に似ているという)を有するものが出るという。詳細な紹介は同氏の報告が未刊であるので今はさけねばならないが、私はその文化様相が台湾西海岸の文化様相に類似することに深い興味をもった。饒氏はとくに格子目の押型文を有する台湾出土の土器に興味をもたれ、殊にブヌン族丹蕃の格子目押型文を有する土器は器質といい文様といい、最も潮州史前印文土器に酷似しているといっていた。我々は相携えて南支那海沿海文化の関係交渉の問題の研究を行なってゆきたいと話しあったが、氏は大陸に帰られてから僅かに一回の音信と国立中山大学文学院の《文学》第二期を恵送して下さったのを最後として連絡は絶えてしまった。中共軍の華南進攻のためであろう。

（節録自國分直一《台湾考古民族志》，（東京）慶友社，1981年2月5日發行，第7、8頁。）

饒編潮州志略論

陳香白

公元一九四六年，潮州饒宗頤主持編修《潮州志》。因故未能按計劃完成，只印出沿革志、疆域志、大事志、地質志、氣候志、水文志、物產志三（藥用植物）、物產志四（礦物）、交通志、實業志三、兵防志、戶口志（上、中、下）、教育志（上、下）、職官志（一、二、三）、藝文志、叢談志，未成元志目計有山川、古迹、方言、音樂等十五個。

饒志之編寫，也具特色：一、注意延聘專家協同工作。如"藥用植物"部分，特約楊金書、翟肇莊編撰；"兵防志"則由林適民編撰。二、方法靈活。如"大事志"用提綱旁注法；"沿革"、"戶口"、"交通"志，多列圖表，方便比較。三、注意調查，並採用近代科學觀點和方法闡述問題。如疆域用經緯度標明，藥用植物加注拉丁學名，礦物附磁土化學成份分析表等。四、分類細密。如商業附海關出入口淨數表、貨物分類表、潮州各縣市運銷大宗物產表等。五、重考據。如"汕頭釋名"、"海陽釋名"等，一反過去輾轉傳抄之陋習。六、補不足。清志皆略南明史事，避諱也；饒志因之立"南明職官表"，填補了部分不足。七、"藝文志"師承《剡錄》體例①，依四部分類，詳開書目，創舊潮志之所未創。八、略古詳今。然此志未成全帙；"大事志"沒能重視紀事本末體的利用；有關南明時期之潮州史事，內容仍嫌單薄；

"藝文志"多不涉及版式；與文化事業關係至鉅之刻書業、書坊、藏書家、書商情況均付闕如。此皆饒志之所不足也。

一九八四年三月四稿於潮州

　　（節錄陳香白《潮州志考略》，刊《學術研究》一九八四年第四期，第七十四至七十九頁。）

注：

①　《剡錄》係浙江嵊縣縣志，高似孫撰，凡十卷，嘉定八年（1215年）刊行。該志卷五著錄阮裕、王羲之、謝靈運等人著述及阮、王、謝三氏家譜名目，各列其卷數，爲地方志記載地方著作書目創例。

饒本《潮州志》的編撰方法、旨趣和成就

盧山紅

一

　　以饒宗頤先生爲總纂，集合各學科專家分工撰修的《潮州志》（以下簡稱饒《志》），始修於一九四六年，一九四九年修成部分志稿後，因故暫停工作。同年，汕頭藝文印務局將已修成的十五個專志匯集編成《潮州志》出版。一九六五年，該《潮州志》又被收入香港龍門書店出版的《潮州志匯編》之中，但在《實業志》中比藝文版少了農業、林業、金融業部分。

　　與歷代所撰的《潮州志》①相比，以饒宗頤先生爲總纂的《潮州志》具有以下幾點明顯的不同處：一是起迄時間突破已往諸志。饒《志》從秦始皇三十三年初戍揭陽嶺，一直寫到本世紀三十年代末，是歷代幾部潮州志中，下限最晚的一部。二是側重於反映近代潮州府的詳細面貌，書中大半專志，都是從不同側面撰寫的。三是内容十分豐富，既包含了舊志所側重的"於時政得失，生民利病考鏡"②有關的歷史大事、官制、軍事防備等有關社會上層建築方面的内容；又增添了交通、實業等反映近代社會經濟發展狀況的專志。四是收集和保存資料最豐富，文字資料的取材既有歷代正史，也有全國性地理書、類書，鄰近地區的志書，歷代潮州府、縣志、文集等等，如《大事志》裏記載了唐代十八件史事，

其資料出自《元和郡縣志》、《新唐書》、《册府元龜》、《文苑英華》、《廣東新通志》、《新修福建通志》、康熙《漳浦志》、《東里志》、邱復《長汀志》、《昌黎集‧置鄉校牒文》等等。此外，還有直接來源於檔案，如《沿革志》就附有廣東省行政督察專員公署統計的抗戰期間各縣、市治遷徙表，附有清廣東總督郝玉麟請設南澳同知疏等等。五是包括實地調查所得。如關於自然資源，晚清至近代的歷史狀況等，許多是據實地調查的資料寫成的。雖然饒《志》一書收集和保存的資料十分豐富，然而它並不是沒有考證地亂收，如《沿革志》就附有古海陽地考，以清理分析前人的幾段史料，指出前人因不精於考證而把兩個同名不同地的古海陽混爲一談的錯誤。又如在寫潮陽的置縣時間時，發現潮陽唐志和潮陽宋志的記載有異，於是“玆據宋志”③。總之，饒志只收那些編者認爲無誤的材料，還常把考證結果附於志中，以備讀者參考選擇。

饒《志》不僅是人們了解近代潮州府概貌的必讀書之一，亦是一部有着多方面成就的志書，下面僅從其修志編纂法和著書旨趣這二個方面來透視和分析此書的成就。

二

饒《志》與以前的幾部潮州志相比，在史學方法上也有較大改進和發展，這主要體現在把握歷史進程和邏輯發展的一致性及在實踐中發展了圖、表在志書的功能上。

歷史進程和邏輯發展的一致性。

邏輯的研究方法，就是把事物發展的歷史進程，以邏輯思維的方式表現出來。恩格斯説：“實際上這種方式無非是歷史的研究方式，不過擺脱了歷史的形式及起擾亂作用的偶然性而已。”④這種研究方法對於撰志者而言尤爲重要。因爲在記事方法上，志體不似一般的史體，它主要是對事物做橫向劃分門類的綜述，是地方性的百科全書。從某種意義上説，志體不存在某一特定的軸心内容，它的頭緒比一般史體要繁雜得多。志體自身的這種特殊性，決定了修志工作者不能僅僅跟着歷史的表象走，而應致力於尋求把握歷史和邏輯的一致性，也只有這樣才能較好地反映特定地區某個時刻的社會結構、特點和概貌。換言之，能在多大程度上把握住歷史和邏輯的一致性，是衡量一部志書的價值及其生命力的一個重要標準。在這方面，饒《志》體現出其高超的史識。

首先，從宏觀方面來考察。饒《志》十五個專志，其篇目排列順序，總的來説是先自然後社會，先經濟後政治、軍事和文化。具體地説是先寫地質、氣候、水文、物產四志，對此地的各種自然條件做一番精密的調查和詳細的記載，使人們對潮屬各地的自然概貌有一較爲全面的了解；而後再寫交通和實業二志，勾畫出這個特定自然環境下的經濟面貌以及作爲經濟命脈的交通事業的發展情況，最後才寫戶口、兵防、職官、教育、藝文等來叙此地的民衆、社會組織、軍事和文化。這種觀察分析地區狀況的方法，不僅體現了歷史和邏輯的一致性，而且給人們指出了一條從本地實際出發去認識其經濟、政治和文化風俗的特徵及相互關係的正確道路。

其次，饒《志》在對每一領域進行細緻解剖時，也廣泛地運用了邏輯的研究方法。如作者認爲社會的經濟結構應是農、林、漁、礦、工、商業和金融業。因爲"足食仍爲庶政之基，故首著農業；山海之利至厚且溥，林業、漁業、礦業次之；原料既備加以人工，其用斯宏，工業又次之；金刀、龜、貝，分財布利而通有無，則殿以商業、金融"⑤。在論及農業時，則分"農地、農戶、農時、農工、農具、品種、肥料、栽培制度、作物栽培法、農村副業、病蟲害、租佃制度、農務機構、農村金融、農產產量及其分佈與運銷、農民生活"⑥來論述。這鮮明地反映了作者研究農村經濟的幾個層次：從農業生產的最基本生產資料土地和最基本勞動力農戶出發，依次叙述農業生產的各個環節，然後叙述與之相適應的產品分配制度和農村行政管理制度，最後言及產品的流通和農民的生活狀況。從生產力和生產資料述及產品分配制度和行政機構，從生產過程述及產品流通，這應是對社會經濟基本問題的最吻合的反映。

饒《志》對歷史進程和邏輯發展一致性的把握不僅體現在篇目的排列及研究問題的層次結構上；還體現在作者能拋開那些"起擾亂作用的偶然因素"[7]，更多的從宏觀整體上把握事物質的內涵。如饒《志》在設志分類時，不似以往的志書只是細緻地羅列一般現象。而是分大類，注意從宏觀上把握事物。如《實業志》幾乎容納了潮州當時最主要的經濟活動；《交通志》包括了近海、遠洋、鐵路、公路、飛機、郵政等，當時潮州府所擁有的各種主要交通運輸手段的發展歷史和現狀。《教育志》則從封建時代的科舉、儒學、書院一直叙及近代的學校教育和社會教育。饒《志》加強宏觀叙述還表現在能以代表性的點來反映全貌。如潮州境内雖然河流眾多，但因氣候類似，故"各河流水文諒無顯著差異"。於是《水文志》便以潮州內諸河之中最長、流域面積最大的韓江爲詳細考察對象，如此"分析韓江水文，舉一反三，即可明了其他諸河之河性矣"[8]。《戶口志》則以"民居櫛比可十餘里，其人口密度於全國居二、三位"[9]，曾擴爲十三鄉，亦曾縮爲四個鄉的澄海蓮陽一村爲特例，從說明鄉鎮戶口分合代有不同，研究戶口者尤應注意這一點等等。

此外，饒《志》對歷史和邏輯的一致性的把握還體現在它能抓住每一門類發展的階段性及其特定發展規律上。如"據每月氣溫與雨量之配合"，把潮州府氣候劃分爲"濕熱季（五至九）"、"過渡季（三至四），（十至十一）"、"乾涼季（十二至二）"[10]。又如作者綜觀潮州交通歷史。據其質的不同而劃分爲三個時期："晉室東遷至宋、元爲內陸期，明海運興至汕頭開埠爲近海期，汔輪航駛、鐵道興築以後爲全面發展期。"[11]

在實踐中，發展了圖、表在志書中的功能。

　　鑒於志書反映內容的豐富性和複雜性，決定了修志者不僅要注意把握歷史和邏輯的一致性，還須恰當地運用各種不同的表現形式。就饒《志》而言，主要體現在發展了圖、表在史書中的功能這一點上。

　　首先言圖。以往一些有識之士雖也重圖，可都僅僅將圖的功用局限在反映天地自然之貌上。如鄭樵重視圖，是基於對天地自然之象的認識"即圖而求易，即書而求難"⑫。章學誠亦重圖，則是循"開方計里，推表山川，輿圖之體例"⑬。饒《志》在反映天地自然之象時當然也運用了圖，如《地質志》中《地質情況圖》、《水文志》中的《韓江各站水位圖》、《汕頭潮汐圖》等。但是饒《志》對圖的使用並不僅僅局限於反映天地自然之象這個小框框內，而是把圖的作用推廣到反映社會現象上。如《戶口志》的《人口消長圖》，以圖明示民國三十五年、二十六年、二十年各縣人口的消長情況。《人口比較圖》又向人們展示了民國三十五年各縣人口數之不同和男女比例的差異。《人口密度圖》以圖明示潮府人口分佈密度不均的情況等。饒《志》不但充分地運用圖，還把圖和文有機地結合起來，如人口消長圖說指出圖中所示各縣人口消長原因是"視政治、社會之能否安定爲轉移"。如認爲潮安民國二十年至民國二十六年人口大增之因是"世治人和，滋生蕃殖或僑者歸來所致"。民國三十五年人口下降則因"兵禍饑饉有以致之"⑭。又如汕頭潮汐圖說根據圖所示的汕頭海面之潮水高時可達三公尺以上，最低時則低於潮面一公尺這個特點，斷言汕頭碼頭應有"適宜之構造與設備，以利貨物之起卸"⑮等等。這可謂"圖不詳而係之以說，說不顯而實之以圖"，堪稱"文省而事無所晦，形著而言有所歸也"⑯。

　　其次論表。表在饒《志》中得到充分的運用。幾乎可以說是每志都有表，而且有的志幾乎全由表組成。如《沿革志》、《職官志》、《教育志》下。《物產志》之四藥物志等等。在饒《志》中，表有二種主要的功能。

閱文便睹、舉目可詳。

在記載複雜的歷史現象時，記事者欲於"方尺之中雁行有叙"，使讀者"閱文便覽、舉目可詳"⑰，就必須借助於史表。如潮州府，在晉之前分屬南海郡、南越、交州；晉至隋曾屬廣州、東揚州、瀛州、循州、揚州等。唐之後隸屬也屢屢不同。潮州府之沿革也多有變化，如潮州最早稱揭陽，晉後稱東官郡，義官郡等，唐後才基本上稱爲潮州。對於這類多變的史事是難以用文字表達清楚的。饒《志》借助於史表，分年代、隸屬、沿革、置縣時間列之，使從古至今，潮州府之沿革建置一目了然。對此，若對照一下用文字表達的吳《志》⑱。感受必然更深。饒《志》中，屬於這一類的表還有記各縣四至八道的《疆域志表》，集各縣市局治之經緯度的《經緯表》，載歷代地震時間、地點、程度的《歷代地震表》，《潮州交通事業始見表》，《近海通航里程表》，《潮州鐵路里程表》，《潮州漁業概況總表》等等，無一不起了明晰條理、便於查考之作用。

以表析理。

饒《志》之表的第二個功能是通過對一些數據、事件的排列、對比來說明一些事物的性質和特徵。如《氣候志》把省内之粤北、潮州、廣州、海南地區的年均溫、最高月均溫、最低月均溫、年溫差、季節、年雨量列表進行比較，得出影響粤省各地氣候的因素，"除雨量及最高月均溫之外，緯度之勢力甚顯"。年均溫與最冷月均溫"每向南一緯度，前者平均增一度弱，後者增二度弱"。"溫熱季每向南一緯度，平均約長二十日，反之乾涼季每向南一緯度平均約短三日。"⑲《海關對外貿易輸出入表》（一至二）和《常關對外貿易輸出入表》，則通過海關所記歷年輸出入貨物的總數及價值的比較而得出"逐年皆係入超，且入超之巨常在一倍以上，民國二十二年至達二倍有餘"。其《海關對外貿易輸出按國分列表》和《汕頭大宗出口貨價值表》，從中表明汕頭的貨物輸出"除抽紗品及少數原料外，其餘各貨均以海外華僑爲銷售對象"⑳。這樣一來，潮汕經濟的脆弱性及其對商業貿易的依賴性不言而明。

總之，饒《志》發展和實踐了圖和表在志書中的功能，並藉此增強了其書叙事析理的能力，增强了其書的可讀性及可信程度。

三

饒《志》一書在史學方法上固有創新，然而對於一部史著來說，方法不過是其膚，是其用；著書旨趣才是其體，是其精神。因而我們只有把其方法和著書旨趣結合起來，才能發現其更重要的意義和價值。

細讀饒《志》一書，可以發現該書突破前人著作最爲明顯之處是作者欲以近代科學知識和理論指導全書的編修，並以服務於社會爲要旨，而不是僅僅爲了"以資見聞"。

（一）用近代科技知識與理論指導修志

饒《志》一書是以現代科技和理論爲指導，由各相應學科的專家分工修撰而成的。這體現在：在內容上，是用當時先進的科技知識去揭示事物的真實性。如其《疆域志》一改過去"轉相遞鈔，非由實測"的作法，以五萬分之一軍用圖爲據進行測算；著經緯度時，不但一改過去"皆非實測，不著秒數的作法"，並以當時最爲先進的科技知識如"英人利德爾的汕頭地圖説"（一九〇八年版）、"我國沿海軍部水道圖"㉑（一九三六年版）和"英國香港海圖"等爲測算之參考。而《地質志》則是在包括作者陳愷豐在內的許多地質專家多次實地辛勤考察的基礎上寫成的。在方法上，引用了自然科學的研究方法，如書中諸志的各種統計表，是以表示數量的統計學爲指導的。如運用綜合定量分析的方法把年均溫、月均溫、年雨量變率、極端氣溫、極端雨量等數據集中起來，進行分析，以探求潮州氣候的特徵和變化規律。又如從潮州各河流"年均流量的多寡"來探究其是否"直接影響水利之利用"㉒等等。此外，饒《志》還採用了比較研究法、邏輯研究方法等，在科學概念上，饒《志》運用了許多最新科技術語：如古生代、中生代、新生代第三紀、極端氣溫、變率、季風、實業、國民教育等等。

饒《志》以近代科技知識指導編書，不但希望藉此提高其書的準確性、現實性和分析解決問題的能力。而且更希望其書能發揮以科技知識利民濟世的作用。

（二）欲以近代科技知識利民濟世而不徒以資見聞

從古至今，學者多自覺不自覺地把方志和存史料混爲一體，如章學誠主張重文獻而輕沿革，認爲"若夫一方文獻，及時不與搜羅，編次不得其法，去取或失其宜，則他日將有放矢難稽，湮沒無聞者矣"㉓。誠然，做爲"國史之憑"㉔的方志應重視存史，也只有全國各地的志書都較好地承擔起收集、整理、考訂史料之職，才能使我們這個民族的歷史文獻得到較好的保存。但是，若僅僅把志書視爲文獻之寄，則勢必會影響志書的社會功能，妨礙志書這種體例的發展。因而，以往許多有見識的史學家也意識到修志僅僅停留在"炫耀自己的洽聞廣記上"㉕而不力爭達到"有典有則，可勸可懲，足以昭示來滋"㉖顯然是不夠的。饒《志》繼承了前人以史爲鑒這一優良傳統，但他並不僅僅停留在通過"規諫"，"勸誡"，以諒風化或總結弘揚先代治世之精華這個千年不變的窠臼上，而是把視野擴大到農、工、商、交通、資源等事物上，把最主要筆墨放在如何以科技知識促進經濟發展、富民濟世上。如其寫《地質志》不是爲了"象緯從乎天"㉗，而是爲了使人明白礦石和岩石常常擇類相從的，只有對境內的岩石的結構有所了解，才能知境內是否有某種礦石；才能知道不應該在根本不附生礦脈的花崗岩廣爲裸露地帶尋礦；"礦石多集中在岩體邊緣或覆蓋之沉積岩中"㉘。總之，通篇都是爲了說明運用地質學知識去找礦才能事半功倍。又如其寫《水文志》不僅僅是爲了論證韓江的水文變化與"夫防潦方法對於民生之關係誠深且切",從而給當政者提供一些警鑒,而更側重於據實地水文調查的資料,對上流水利資源的利用和下游的防潦提出建設性意見。如認爲在松口至三河壩一帶,"峽中水流急湍,截流發電最爲適宜";認爲在大埔,上杭之類地方應橫河築壩,這樣"不特可以堵潦流,又可利用水利發電";認爲五華、興寧一帶則應"廣植林木;不然,既用木椿之,以阻瀉溜,既減盆地水災,復惠下游之居民"㉙。

總之,饒《志》不但意識到了與民生衣食密切相關的農、工、商、交通、資源等經濟活動的重要性,而且欲在志書中爲如何發展經濟,如何以科技知識富民濟世而盡力。

正是有了這種以科技濟世、爲學求實用的著書旨趣爲指導思想,饒《志》才能在編撰上較好地把握住歷史和邏輯的統一,才能靈活地使用各種不同的表達形式。總之,是饒《志》的著書旨趣,決定了其編撰方法的選擇,成就了其書的史學價值和社會價值。

當然,饒《志》這部於短時間內修成的志書也存在一定的缺陷。如一直沒有修完其最初擬定的所有志目,缺人物、風俗、語言、宗教、行政等重要專志,使得該書不能成爲一部完備的地方志。又如該書不先修總序,直言其書宗旨和編纂原則。凡此,不但使讀者少一入門之徑;而且由於分工撰述,各專志間似有不協之處,從而影響了該書的整體性。從現在的高度看,書前宜有序目,使檢尋方便;二個版本內容多寡不同,作者略加說明更好。儘管饒《志》一書由於條件限制和種種原因有這麼一些不足之處,但這與它在編纂方法和著書旨趣上所取得的成就相比只是玉中之瑕。

饒《志》對晚清至近代潮州府面貌的叙述是其他書籍所不能替代的,它在潮汕方志史上,起了承前啟後、繼往開來的作用。筆者認爲,這就是饒《志》的歷史地位和成就。

（刊《汕頭大學學報》人文科學版一九九〇年第三期。）

注：

① 歷代《潮州志》有宋《潮州三陽志》（陳白香校，一九八二年潮安縣博物館油印本）及《中國地方志聯合目錄》所載的明嘉靖郭春震的《潮州府志》、清順治吳潁的《潮州府志》、康熙林杭學的《潮州府志》、乾隆周碩勳的《潮州府志》、民國潘載和的《潮州府志略》。

② 饒宗頤主編《潮州志》（以下簡稱饒《潮州志》），《大事志》香港龍門書店版。（以下簡稱龍門版）

③ 饒《潮州志·沿革志》。

④⑦ 《馬克思·恩格斯選集》第二卷一二二頁。

⑤⑥ 饒《潮州志·實業志之一農業志》。汕頭藝文印務局版（以下簡稱藝文版）。

⑧⑮㉒㉙ 饒《潮州志·水文志》龍門版。

⑨⑭ 饒《潮州志·戶口志》龍門版。

⑩⑲ 饒《潮州志·氣候志》龍門版。

⑪ 饒《潮州志·交通志》龍門版。

⑫ 鄭樵《通志·總序》。

⑬⑯ 《文史通義·和州志輿地圖例》。

⑰ 《史通·雜說下》卷十六。

⑱㉗ 清順治吳潁《潮州志》。

⑳ 饒《潮州志·實業志之六·商業志》龍門版。

㉑ 饒《潮州志·疆域志》龍門版。

㉓ 《文史通義·與戴東原論修志》。

㉔ 《文史通義·方志立三書議》。

㉕ 權德輿《權載之文集》卷三十五《魏國公貞元十道錄序》。

㉖ 楊佐國《重修潮州府志序》，見《古今圖書集成》地部匯考十一卷。

㉘ 饒《潮州志·地質志》龍門版。

饒宗頤教授與"潮州學"

郭偉川

　　選堂先生是蜚聲國際的漢學大師，在學術和藝術上具有多方面的輝煌成就，然其自昔至今始終十分關心家鄉潮汕，對於鄉邦文獻之學和歷史文化藝術，傾注了不少心血，作出了極大貢獻。今年十二月將於香港中文大學舉辦的"國際潮州學研討會"，也是經選堂先生首爲之倡和積極推動，在香港潮州商會的大力支持下，中大和有關各方進行精心策劃和籌備，其使"潮州學"逐漸成爲國際學術界關注的課題，並將受到深入研究而發揚光大，是必然可期的。

　　潮州歷史文化之成爲"學"，當有其根源和特色，這是經二千餘年來的醞釀、積漸而逐步形成的，其中包含歷代先賢的辛勤勞動。而在地方文獻和學術文化的探究上，以近世而論，選堂先生堪稱是一個傑出的代表人物，其學術成就和貢獻，至今尚無出其右者。

　　選堂先生對潮州地方史志在文獻方面的重要貢獻，主要有如下若干方面：

　　一、於三十年代中後期，繼承其先君饒鍔老先生未竟之志，補輯校注《潮州藝文志》，使其得以成爲完帙並刊行問世。此書乃潮州有史以來在藝文方面首次進行系統的著作實錄，網羅古今，博採衆家，遍錄自唐趙德《昌黎文錄》迄本世紀四十年代可考之潮籍名家著述創作，按經、史、子、集四部分類，收集書目千餘種，並附作者簡介，選堂先生且加精警之評論。所以，這部發端於饒鍔老先生、而完成於選堂先生之手的《潮州藝文志》，其内容實際包羅了潮州千餘年來的文學、哲學、史學、詩詞、文學評論等著作，成爲後人探究潮州文化學術史之重要文獻。而《潮州志》之包含有《藝文志》，至此在體例上始稱完備，此也爲饒志超邁前修之處。

二、一九三六年前後，選堂先生考證潮州湘子橋史料，爲撰《廣濟橋志》，刊於中山大學文科研究所語言文學專刊上。橋之有志，在潮州是史所未有的事。期間先生並撰《韓山志》，惜稿已佚，序例見《固庵文錄》。

三、一九三七至三八年之交，選堂先生在國立中山大學廣東通志館纂修省志，期間撰成《潮州叢著》一書，自序中云：“予少耽叢殘，志存鄉獻。平居訪耆，時有嘉獲。前歲冬與纂省志，窺覽所隸，苴綴彌多。雖復寘寫成篇，而詮弟猶未。今春簡暇，稍事整比，先取數篇，刊爲一帙”。及後，此書被當年中山大學文學院院長羅香林教授列爲廣州市立中山圖書館叢書之三，由是以一州之鄉獻遂得弘揚於省垣。

四、一九三八年十月，廣州淪陷，選堂先生暫返故鄉潮汕，期間曾對古代潮汕土著畬民進行深入研究。翌年，先生被中山大學聘爲研究院研究員，時該校已遷往雲南澂江，遂取道鯊魚涌至香港擬轉赴滇，但途中因深入畬族地區作調查研究，竟染上惡性瘧疾，大病經月，遂罷入滇之計，在港居停。然而先生這一時期對潮汕畬族之研究，卻對粵東先民的源流問題，作了導夫先路的探索。及後，選堂先生於一九六一年用英文發表《韓江流域之畬民》(The Shê Settlements in the Han River Basin, Kwangtung) 一文，載於香港大學金禧紀念刊上，後收入《選堂集林‧史林》下卷。

五、抗戰勝利後，選堂先生於四六年由桂返穗垣，應聘爲廣東文理學院教授。年中，即由穗返潮汕主持潮州修志館，肩負總纂重職。並兼任南華大學文史系主任。至四七年被廣東省政府聘爲廣東省文獻委員會委員，故須經常往返於汕穗之間。期間先生曾東走台灣，調查潮人旅台資料。四八年復親往潮屬揭陽縣黃岐山虎頭嶺勘查出土的新石器時代遺物，並親涉興寧之水口，普寧之大壩後山、鐵山、大棚山、苦腸腹、洪山，揭陽之五經富，豐順之湯坑，潮安之登塘以及饒平之黃岡等地，勘察史前遺址，研究出土文物，此勘自一九四一年以來韓江流域各地新石器時代遺存。初稿撰成後，選堂先生曾專此赴台與東友台灣大學人類學教授金關大夫、國分直一兩教授切磋；付印前，葉恭綽先生及華西大學鄭德坤教授又爲校閱，可見選堂先生對此文是抱着何等重視及審慎的態度。一九五○年，《韓江流域史前遺址及其文化》一書終於出版，它不僅是第一篇本地區之新石器考古紀錄，在該時期，也是廣東省首本考古方面的專書，因此具有十分重要的意義。

　　六、一九四九年，由選堂先生總纂的民國《潮州志》終告出版。此志以舊府屬爲範圍，但應用新體例、新內容和新形式，用科學的方法分門別類，有關地質、氣候、地理、水文諸志，均延聘自然科學家撰稿。而撰寫方法也多所變通，特別是對史料的擷採取捨，各專志之編排次序，均極具匠心，"若大事志者，則採提綱旁注之法。戶口、交通志，均侈列圖表，頗異前規"（見饒志序言）。凡此種種，顯示選堂先生能夠跟隨時代的步伐，爲方志開創新體例，增添新內容，使志書不僅發揮鄉邦文獻之功能，而且起到濟世利民的實際作用。而事實也證明，此志書出版後，對地方之人文和建設諸方面，裨益甚多。因此，"潮州志"至選堂先生之手，可謂是一個重要的里程碑。

　　七、一九六五年，選堂先生將世人未曾寓目之元《三陽志》（載《永樂大典》）、明嘉靖郭春震志、連同順治吳穎志及先生自己所編之民國潮志，都爲一集，名曰《潮州志匯編》。先生於序言中，述其端緒云："方志地方史也，亦國史之要刪也。……

良以桑梓之邦，耳目覩記，以參爲驗，於所接最親切者盡心焉，庶乎著手之非難，而持論斯較可信。余自三十以前，頗留心地志之學，既於中山大學參與粵志之修纂，復於新修潮志，忝董其役。……向者囿於見聞，即古潮志之三陽圖志，暨嘉靖間郭春震所修志，深以未獲寓目爲憾。去歲讀書南港，始於插架見郭志殘本。嗣如東京，悉內閣文庫庋有完帙，友人日比野夫教授複影見示。因取嘉靖志合順治志，益以永樂大典所收三陽志，及余所纂民國志稿，彙成一帙，用備省覽。"全書長達一千二百七十多頁，香港龍門書店一九六五年版。此書合元明清及民國諸志，可謂爲古今潮志之集大成者，允稱中國方志史上之創體。而其內容涵蓋所及，舉凡歷史沿革、大事記載、地理、交通、氣候、水文、地質、農工漁獵、科學技術、政治、軍事、哲學、文學、人物傳略、山川勝概、志異叢談等，共有十五個專志之多。是書對於潮州之人文歷史及風土民俗，燦然賅備，允稱是潮州文獻史上前無古人的巨大貢獻，彌足珍貴。後來香港大學授予選堂教授博士學位，其中一個原因，也是在於表彰其纂修《潮州志》之功績。

八、選堂先生爲表彰潮州先賢之令德節概，先後爲明代揭陽二志士薛中離、郭之奇撰寫年譜，每譜皆五萬餘字之多。另撰潮州先賢像傳三十篇，使鄉邦之歷史資料與文化精神透過這些人物而得到發揚光大。

九、選堂先生對潮州韓學研究之推動，不遺餘力。一九八六年十一月三十日，由其倡議、汕頭大學、韓山師專和潮州韓愈研究會聯合主辦的我國第一次"國際韓愈學術討論會"在汕頭市召開，來自美、法、日、新加坡、香港和國內各地的專家學者七十多人參加了這一盛會。選堂先生作爲首位主講人，在討論會上作了《宋代潮州之韓學》講演，受到與會者高度之重視。及後先生又發表力作《宋代蒞潮官師與蜀學及閩學——韓公在潮州受高度崇敬之原因》。拙編《國際潮訊》在轉載此文時，因其重要性而特加編者按："韓愈治潮八月，辦鄉校，驅鱷魚，固有功於潮者。

然其名位迄宋始顯揚，至是江山姓韓，廟祀香火不絕，令譽之隆，竝世無二，潮人其何厚於韓愈耶？——饒老此文，鈎既沉之史料，抉發幽微，指出此乃由於‘兩宋蒞潮官吏，蜀士與閩人，對昌黎崇奉最力，且挾蜀閩之韓集，傳入於潮。⋯⋯而韓公在潮州之地位，亦日益提高。’另者，‘此輩名宦，既倡導爲韓公建祠締構以表景慕，倡導者繼而復爲後人所尊崇，且得與韓公配享，入祀於名宦祠之列’，實質上揚韓亦在於揚己，故倡導者不遺餘力；而‘韓學與理學相得益彰’，更使韓公在潮地位日隆。——其見解之精闢，爲前人所未闡發者。而文中人物與史料俱在，尤具說服力，因此是關心鄉邦文化和治韓集者不可不讀的一篇重要文獻。”而“韓學”一辭，也出於先生之鍛鑄；“韓學”研究而今之成爲潮流，先生之首倡與推動，實在功不可沒。

十、一九九三年春，選堂先生赴澳門參加“中西方文化交流國際學術研討會”，選堂先生在會上宣讀論文“柘林在中外海交史上的地位”。先生爲撰此文，特於九三年年初專程赴潮屬饒平縣考察，柘林爲饒平出海口，先生爲弘揚潮汕歷史文化，不顧辛勞，風塵僕僕，實在令人仰佩。

以上所舉，皆犖犖大者。其他如《華南史前遺存與殷墟文化》，其中引用揭陽、普寧等地之出土文物，與安陽小屯發見之殷代遺存相聯繫，而推論殷商文化向南傳播。《潮瓷説略》一文，乃選堂先生五十年代初所作，日本著名學者小山富士夫十分推崇，特由長谷部樂爾譯成日文，刊於日本陶瓷協會機關刊物《陶説》雜誌上。潮州宋瓷之得以弘揚日本，乃得力於此文之推介。《潮劇溯源》、《鈔本劉龍圖戲文跋》和《南戲戲神咒哩囉嗹問題》諸篇，則可窺見先生對潮劇源流及其演進之研究的深厚功力。尤其“《明本潮州戲文五種》説略”，可謂爲潮劇理論研究的權威之作。此文從元明戲曲史的角度，考證了潮劇與南戲的關係。先生旁徵博引，論證了劇本的語言、聲調、節拍以至戲文的唱法，無不爲知者之言，十分令人傾服，且屢爲國内外所徵引。而《明本潮州戲文五種》之出版，也是先生敦請香港潮州商會和香港潮州會館捐巨資贊助廣東人民出版社刊印。先生對潮州戲劇史所作出的貢獻，十分巨大。至於對潮汕先民之探討，先生亦用功甚早，其《説蜑》和《畬瑤關係新證》等篇，則爲粵東先民之研究，提供不少翔實之論證，具有十分重要的史料價值。

選堂先生論潮專著及文章，可説自成系統，而且在客觀上，也是“潮州學”重要的組成部分。尤其難能可貴的是，他對潮汕歷史文化之弘揚，不僅形諸文字，而且在重要的全國性和國際性會議上，更多次發出呼籲，對鄉邦文化研究之宣揚，不遺餘力。

一九八九年十一月十八日，第五屆國際潮團聯誼年會在澳門舉行，大會特敦請選堂先生作專題講座：“潮人文化的傳統和發揚”。先生除在會上精闢地闡述潮州歷史文化的源流和演變之外，並特別呼籲國際潮團在聯誼之外，“應該做出一些有建設性的行動，例如設置某種有計劃有意義的學術性基金和獎金，來鼓勵人們去尋求新的知識，……發展某些學術研究，這樣才能使潮人傳統文化有更加燦爛的成果”。①他的講演受到與會者的重視與關注。

一九九〇年十一月十五至十九日“中國歷史文獻研究會第十一屆年會暨潮汕歷史文獻與文化學術討論會”在汕頭大學舉行，選堂先生專程從香港前往參加，受到與會學者的熱烈歡迎，中國歷史文獻研究會會長、北京師範大學劉乃和教授在大會上特別指出：“這次會議，有海內外著名學者饒宗頤老專家、老學者參加。饒老研究的方面廣：古代史、敦煌學、方志學、目錄學等等，我也數不清了。尤其是自青年時期就鑽研潮汕文化寫出多種撰著，可以説是著作等身，我們非常佩服。饒老的蒞會，爲會議增添了光彩，提高了質量。我們謹向饒老致意，表示我們崇敬心情。”②

選堂先生在大會發言中指出：“從潮州文化歷史的角度來説，像此次集全國各地許多專家學者於一堂，以潮州歷史文獻與文化學術作爲專題進行討論，從而將潮州歷史文獻與文化學術的研究提升至全國性的層次，這可説是潮州文化歷史上的空前盛事。"他並着重指出："有關潮汕歷史文獻和文化學術問題，海外與内地一樣，都要進行研究。"③由於其淵深的學養和豐富的閲歷，選堂先生看問題，往往能從全國性和世界性的角度加以比較和評論。他的許多見解所以不同凡響，顯然也緣於此。這是因爲站得高，看得遠。對於潮汕歷史文化的地位問題，他往往也是從比較廣闊的層面去加以審視的。而他對如何在海外弘揚鄉邦文化，一直予以極大的關注。

一九九一年九月二日，第六屆國際潮團聯誼年會在巴黎隆重舉行，來自香港、泰國、馬來西亞、新加坡、澳門、美國、加拿大、澳大利亞、菲律賓、印尼、比利時、荷蘭、瑞士、丹麥、德國、英國、法國和中國等國家和地區的三十二個潮人代表團和祝賀團，一千多位代表參加了此次盛會，會議場地設在曾舉行七國經濟高峯會議的巴黎拉德坊大會堂，法國政府内閣部長出席會議並發表了熱情洋溢的講話，對國際潮團聯誼年會的宗旨和表現出來的凝聚力，讚賞備至。選堂先生應邀在大會上發表了十分發人深省的演説，他一開始就指出："第六屆國際潮團聯誼年會在巴黎召開，這是海外潮人國際大團結的一件盛事。此次年會首次跨出亞洲，邁向歐洲，是前所未有的創舉，具有十分深遠的意義。它爲中國華僑史寫下了新的一頁，也爲亞歐文化的交流，作出了有益的貢獻"。他在講話中讚揚了法國潮州鄉親在短短數年之間，事業拓展十分迅速，使潮人善於經營的美譽，在巴黎傳爲佳話。同時指出，整體而論，海外潮人的經濟實力十分強大，這是有口皆碑，十分了不起的事。選堂先生最後仍然向大會發出了十分懇切和重要的呼籲："不久前我在香港與楊振寧博士談及如何以財力去開發智力的問題。我們都認爲，這是一個十分重要的問題，因爲財力與智力的結合，將會產生無窮無盡的力量。我們海外潮人創業有成，財力雄厚，如果能重視智力的開發，以財力去培養智力，那麼對鄉邦民族將會作出更大的貢獻。記得在澳門召開的第五屆國際潮團聯誼年會上，我曾提出成立‘中華潮州文化研究基金’的問題，已經引起我潮有識之士的重視和響應。……如果這一基金能夠真正成立，其對潮州文化的推動和貢獻，將是無可限量的。我在這裏再次呼籲大家鼎力支持，共襄盛舉，使潮汕文化能夠借助各位的力量，更加發揚光大。”④選堂先生的講話贏得了與會者的熱烈掌聲。隨後法國巴黎法蘭西學院漢學研究所所長施博爾應邀登台用中文發言，其中特別提到：“饒宗頤教授不僅是我們法國漢學界的老師，而且也是全歐洲漢學界的老師。”他除高度讚揚選堂先生學術和藝術各方面取得的巨大成就外，對於先生熱心弘揚鄉邦文化的拳拳之心，也深表仰佩之忱。

一九九二年十一月中，選堂先生應邀參加在汕頭舉行的“潮汕歷史文化座談會”和“翁高達國際學術研討會”。先生在大會發言中提出了許多富有啟發性的意見，並提出在香港舉辦“國際潮州學研討會”的可行性問題，令與會者大爲感奮。及後先生對涉及“潮州學”的若干重要學術問題，從內容至形式，乃至如何物色學有專長的學者參會負責論題主講等事項，進行深入考慮，精心籌劃，周章備至。我因自一九八七年起負責“國際潮訊”編務兼主筆政之後，與先生接觸日多。先生才高八斗，文史哲藝皆精，因此其稿件的大力支持，使本刊增色不少，並大大提高其層次與質量。而在治學上，我得以追隨先生，時趨門下，聆聽教誨，獲益良多。日常耳濡目染，習其著作，如入寶庫，益知先生學術上之博大精深。而其有關潮汕歷史文獻和文化學術之論著，雖爲饒學之一部分，然已甚具規模，自成系統，足以爲“潮州學”奠基。而本文所引選堂先生在歷次國內和國際會議上對潮汕文化之弘揚與推動，我因大都參與其役，親聆其言，並爲之整理記錄，故縷述如上，以作他日研究“潮州學”與“饒學”者參考之史料。

一九九三年二月廿二日於香港

注：

① 《國際潮訊》第十一期，一九九〇年六月。

② 《國際潮訊》第十三期，一九九一年三月。

③ 同上。

④ 《國際潮訊》第十四期，一九九一年十二月。

《九龍與宋季史料》序

簡又文

　　兩年半以前，余撰《宋末二帝南遷輦路考》，曾以初稿示摯友饒教授固庵。饒子閱竟，對於碙州所在地問題表示異見，謂其應爲化州之碙州而非廣州之大嶼山，余則堅主在廣而不在化之説，斤斤討論，相持不決。余力請其撰爲駁議，引出憑據，發揮所見，藉共商榷，且出以幽默語調，含笑向其挑戰，聲言倘提出充分證據，足以折服拙見者，當懸白旗而向真理投降。葢彼此治學一本科學精神與方法，虛己從事，至誠相待，同奉真理爲至高至尊之標準與鵠的，而不固執私見成見，尤不以意氣用事，妄爲口舌之爭也。饒子聞而嘉許此爲豁達大度與客觀的治學精神，欣然諾焉。時，王世昭君亦在座，亟鼓掌稱善，並謂此種友誼的、善意的、積極求真的論辯，毋意、必、固、我的研究，足以開文化學術界之風氣，當拭目觀之云。未幾，饒子果以萬言長篇抵余，余亦以長篇答之。自是以後，彼此往復辯論，辭達三萬言，統載余主編之《宋皇台紀念集》。迨該集付梓，討論結束，而饒子之心靈活動與知識興味，一發難收，繼續發掘史料，虛心研究，卒成《九龍與宋季史料》一書。余初聆此消息，不禁爲之愕然驚奇焉。

　　日者，饒子出其新著全稿見示，且曰：“余本無心研究九龍史迹，自前歲拜讀尊著，始措意及之，乃相與爲碙州所在地問題作詳盡公允之商討，彼此同意之斷論雖未得，而於搜索古籍中，再得見其他史料多種，不忍捨棄，因彙編爲一集，將梓以問世，冀爲學術界研究此一時期與地區的歷史之補助焉。君爲最初激發此新興味與新努力者，乃有此成果，盍爲之序，以明此書撰寫之由來？”余有感於其處己之謙抑，求真之熱誠，與乎治學之勤懇，復欽遲其忠於所忠，信其所信之真學者的精神，遂不辭而接受其稿本以歸。顧余於斯時，別有會心，頓起自私之念，盍亟欲借助於其新得之史料，以補充或修正個人關於二帝輦路之考證也。

在余初時信口沿用“挑戰”成語，原含有挑之激之邀之期之共事論辯以闡明真理之意（照英文 challenge 一字實有此義），冀各能不斷發見新史料，不斷陳出新見解，終有以解決困難問題。今也何幸，因此一激，而得收此意外奇效！新書在手，且喜先覩爲快。既窮一週之力，細讀兩遍，深覺其搜羅之廣博，內容之宏富，分析研覈之精微，與立論詮釋之新穎，足令後之研究者，坐收參考之便利與啓迪之實益，善莫大焉。余首拜嘉惠，即採摭數條，以作拙著（已印就多時）之補誌，（一一注明出處與來源，）不敢掠美，先行走筆致謝。

一般言之，除個人興味所及實收其益之外，余相信此書將必大有貢獻於宋季史事之研究。茲就管見所及，試約爲二大範疇以表出之：一曰難得罕見的史料之發見，一曰特殊重要的問題之提出。

第一，本書所蒐集之史料中，有幾種是極爲難得罕見而由饒子發掘出來公之有衆者，列舉其尤著者如下：

（一）陳仲微之《二王本末》，爲治南宋史者所必讀之書，據饒子考出，在元時已刻印兩次，明清至少復有四次。元朝版本，一在仁宗皇慶元年（西曆一三一二），一在英宗至治三年（西曆一三二三），從此可證實是書確於元世祖至元十九年（西曆一二八二）戊午之秋（即文信國就義前數月），由安南貢使携歸燕京，良以其後三十年及四十一年，即有上言兩版本相繼印行也。抑爲難得者，饒子不憚煩而遠從台灣中央圖書館查得有鄧邦述所藏舊鈔本，經照元刻本校勘，已有“碙川屬廣之東莞縣……”句語。凡此二點，固對於余前所斷定者大有助力，而且對於該書内容真僞之判別，亦大有份量，此或非辛勤搜集之饒子意料所及者，然既發見之，且發表之，此其重真理的是非過於私人的利害之大公至誠的精神，不尤足欽佩乎？

（二）饒子於周密（宋末元初）所著之《浩然齋雅談》及《癸辛雜識續集》兩書錄出有關於宋末史事之特載，如楊亮節殉節於厓山，慈元楊太后之父爲楊纘而非楊鎮，碙州在雷州境界，帝昰御容鋭下（即面尖）而眇一目等，均有助於歷史研究。（饒子早經錄示諸條，予曾發表楊亮節死事於一九五八、十二、廿七《自由人》，又採用楊纘事以修正拙著《輋路考》，均注明來源，獨碙州在雷州界一點，仍未置信。）

（三）《填海錄》佚書，爲鄧光薦遺著所以上進元廷者，此饒子根據另行發見之黃溍一文（詳後）而確定之，而且斷定其内容之大部分是錄自陸秀夫之海上日記者。後一點，余雖未敢信爲絕對真實，固亦認爲大有可能者也。

（四）元人黃溍之《番禺客語》——即《陸丞相傳後叙》一文，《厓山集》（即明人南海張詡所著《厓山志》殘本）嘗數引之，惟原文人所罕覩，甚至阮元之《廣東通志》亦云：“未見”。饒子竟以全文錄出，姑無論其内容如何，吾人今乃得讀，寧非快事？

（五）宋人徐度之《卻掃篇》，説明宋室帝女之改稱爲“帝姬”，始於徽宗政和間，但南渡後，高宗即復“公主”之稱，此足證明《趙氏族譜》以南宋沿稱“帝姬”之誤。

（六）黃安濤《高州志》載，有文昌令陳惟中運餉至井澳，將趨碙州，遇元將劉深來追，張世傑前鋒稍卻，惟中力戰，深卒敗逃。此事，古今人論宋末史事者鮮加注意，今得饒子引出，至可感也。曷言可感？良以其大有利於余主張碙州在廣之説也。

（七）“碙”“硇”二字之字形，異文、訓詁，與“碙州”

名稱之由來，均經饒子一一舉出，誠發前人所未發者。

（八）宋代官富場——鹽場——之地理及行政制度，與大嶼山禁私鹽事，饒子亦多所表出，茲不贅述。

（九）對於九龍年前新發見之李鄭屋村古墓磚文"大治曆"三字，饒子亦附有嶄新的見解，余於此問題無精細研究，不敢置喙矣。

（十）關於九龍侯王廟之來歷，余在《葦路考》已斷定其非祀帝昰母舅楊亮節者，今再得饒子旁徵博引，另行列舉史料多條，殊堪證實其神確非楊亮節，而昔年陳伯陶所提倡之說，復經此一擊，完全粉碎了。泰山可移，鐵定之案不可動，此又饒子之功歟。

（十一）近代研究廣東文獻者，多奉阮元之《廣東通志》爲權威，即如戴肇宸之《廣州府志》輒引用之。然細考其內容，亦不無舛訛之處。饒子於此書，揭發其有關九龍史迹之譌誤數條，（例如："司鹽都尉"誤作"司監都尉"。一字之差，又足訂正監本宋書之訛。）自是有補助於將來之修志與研究者。

以上十一條，爲本書對史學貢獻之犖犖大端，至在琳瑯滿目、範圍甚廣之史料中，其他特色尚夥，茲弗及。

第二，此書提出有三個半問題，皆與宋末二帝所經地點有關者，殊值得史學界之注意，復爲分述如次：

（一）"梅蔚"現在何處，未能確定，此饒子與余之結論相同，但饒子附加一語云："梅蔚所在地，屬惠抑屬廣，尚難確定。"考歷來學人雖未知其地，但率以爲屬廣州（余亦云然），即屈大均《廣東新語》中，及嘉慶《新安縣志》地圖上，亦以其在香港附近爲一小島（今名未知）。然自惠州之甲子門沿海岸西行數百里以至廣州之新安，中途經過惠州陸豐、海豐兩縣，又安知當年二帝所駐蹕之梅蔚，非其間隸屬惠州之一島嶼耶！若然，則屈著與《新安縣志》地圖等均誤矣。饒子此問，頗爲合理，亟宜研究。

（二）根據黃溍之《陸丞相傳後叙》帝昰"四月次官富場，

六月次古壋。"饒子遂斷定他籍之作"古塔"者爲"古壋"之形訛。此說完全推翻最近幾經研究考察而後獲得之古塔即南佛堂之論斷。考官富場近海處昔有古瑾圍，即古瑾村，在今之馬頭圍地方，爲帝昰到官富場登陸處（亦猶到九龍在尖沙嘴登岸）。今以"古塔"爲"古壋"之形訛，是極大膽之假定，余雖未敢苟同，仍不得不認爲新提出之問題。

（三）"井澳""謝女峽"，饒子詳考地理，斷定爲中山縣南之大橫琴、小橫琴兩島，此與拙見相同。然考之各志書及地圖，則見兩島位置，或作一東一西，或作一南一北，完全相反，殊可詫異。今饒子雖知兩島"相連"，而未明言其位置如何——是東西抑南北相連，是故吾以爲其留下——不是提出——半條問題，仍有待解決者。（按：余在《輦路考》之拾玖、貳拾，考證兩島均在今澳門之南，謝女峽即小橫琴在北，井澳即大橫琴在南。饒君早已看過此稿，想未注意此小點，故不言之耳。）

（四）碙州在化而非在廣之說，饒子向主之，余則堅信其在廣。此書彙刊與余討論之前後兩篇，（載《宋皇台紀念集》，另有余之答辯，本書未編入，）而末則附加"質疑"九條，均針對余之辯辭作爲總答覆，但仍未能折服拙論，將於《紀念集》編後記再略抒意見。於茲不辯，禮也。然饒子之總答覆，亦可視爲重新提出此碙州所在地問題，而有待於史學界之考究與判斷者。至其所網羅有關此問題之史料，姑無論詮釋如何，結論如何，殆已大備，足爲深邃透澈研究之用，此其功也。

昔章實齋（學誠）之論史也，揭櫫一大原則：以史家於"史才""史學""史識"三大條件之外，尤須有"史德"。今饒子新著，成績輝煌，四美具備，而"自然之公"與"中平正直"之"史德"，特別昭著，譽爲良史良書，儻非溢美歟！是用掬敬誠之心，書真實之見，成此序文，聊當桂冠之奉云。

一九五九年中秋前一日馭繁簡又文撰於九龍猛進書屋

《九龍與宋季史料》跋

羅香林

友人饒宗頤先生，頃著《九龍與宋季史料》一書，於宋季帝昰帝昺等所駐碙州地址問題，勾稽至富，厥功偉矣。其所引元黃溍《陸丞相傳後叙》與自注等，爲前此粵中修志諸君子未及舉以參訂史實者。饒先生於治甲骨文餘暇，冒暑爲此，而超邁已如是，欲不敬佩，詎可得耶。

惟是史實研究，非必即隨史籍種目增加，而可即爲論定。元時，在野學者，言宋季海上史實，非得自行朝諸遺臣記錄，即得之自粵歸客，所爲傳述。其據歸客所述爲文者，如黃氏《後叙》，原稱《番禺客語》。（黃氏自署爲東陽布衣）。吳萊《南海山水人物古蹟記》，亦言東陽李生，自海上歸，爲言如此，是其例也。此類歸客告述，雖或偏而不全，然亦有其真實所在，要視學者取捨如何耳。

至行朝之遺臣記錄，則莫如陳仲微之《二王本末》，與鄧光薦之《文丞相傳》，及《填海錄》與《祥興本紀》等。仲微所記，曾爲人竄亂，多可議者。而光薦則與行朝關係較輕，且入元嘗爲張弘範賓客，（弘範命其子師事之），於自身出處，及交識有關事迹，或不無隱諱與飾語。自史料之分析言之，亦容有可置疑者。當龔開爲陸秀夫撰傳，即以陸氏手書日記，藏光薦家中，數從之索取不得。迄宋史修成，而光薦後人，乃以《填海錄》等上進。

則其有意隱諱，亦可知矣。黃氏以《填海錄》所記，與宋史有異，乃於《後叙》，綴爲注語實之，用意亦良苦矣。然亦考訂未盡者，如書景炎二年四月，帝是次官富場，六月次古壂。雖古壂一名，或可正前此諸書所記帝是曾次古塔之誤。然古壂舊址，與官富場二王殿舊址相接。既次官場矣，則於古壂，只宜書幸。不然，則如書某帝於四月次長安，六月次雁塔，終必爲識者所議，以雁塔即在長安也。光薦雖亦撰述甚富，然得失究未易言。如黃氏《後叙》自注，引《填海錄》，與《祥興本紀》，書祥興二年正月，統制陳寶、與撥發張達，忿爭而降。又書統制陳忠，與撥發張成，不協而降。黃氏謂實爲一事，是矣。而光薦複書，不爲覈實。古之良史，果如是乎？

黃氏《後叙》與自注，雖甚爲錢謙益牧齋所重，至譽之爲遷固之儔。夫牧齋詞翰淹雅，然不以史名。未足以黃氏自注，曾引光薦《填海錄》等，見重牧齋，遂謂光薦所言碙州爲化州所屬，事非孤證，而即爲與大嶼山昔時一曰碙州者，乃了不相涉也。

然此鄙見，亦只謂余治史觀點與饒先生不同而已。於其新著之精深博大，無所掩也。余學殖荒落，不足以云造述。重承饒先生以排印樣稿相示，且囑略抒所見，以誌同於地方文獻，喜爲勾稽，感懷高誼，期共歲寒。則信夫幸讀高朋雄文，與有大樂及大榮焉。一九五九年八月卅日羅香林敬跋於九龍寓樓。

Foreword to Professor Jao Tsung-i's collection of Chinese sources on the history of Singapore

Wolfgang Franke (傅吾康)

A common history is one of the basic elements for the building of a nation. Therefore in the heyday of Western nationalism during the 19th century leading public and scholarly institutions were most eager to collect and to edit the historical sources relevant to their people and their country. Historical sources, of course, are not the same as national historiography. Thus in the case of Germany the main sources for her earlier history are the reports of Roman writers and Latin documents. And the famous modern edition of sources for the early and mediaeval history of Germany has even a Latin name, *Monumenta Germaniae Historica.* The publication of this work started in the first part of the 19th century before there was a unified political entity of Germany and contributed to the common historical consciousness of the German nation. Publication of the work still continues today in Germany.

Singapore, a very young nation, is just about to find her own identity and to discover her own history. Due to her former status as a British colony Singapore's historical development has so far been seen almost exclusively through the eyes of the former colonial overlord and the records of the former colonial administrators have been considered as almost the only relevant historical sources. The impact of this view, of course, cannot change automatically—almost overnight—with independence. A new conception of national history can only be gradually acquired. Much patience and scholarly work are necessary to achieve such gain. The basic requirement for the writing of history is the collection of all relevant sources. So far, primarily English sources have been collected whereas those in other languages have been only occasionally paid attention to.

Since the major part of Singapore's two million population is of Chinese extraction it should have been expected that Chinese sources on Singapore were well known and widely noticed. Surprisingly, however, this is not the case—notwithstanding a few exceptions such as the *Hsing Chia P'o F'eng T'u Chi* by Li Chung-kuo 李鍾珏 of 1895. Whereas the relevance of Chinese sources for the study of the history of Southeast Asia prior to the period of Western dominance, i.e. up to the early 16th century, is common knowledge since almost a century, only in recent years some pioneer scholars such as Ch'en Yü-sung 陳育崧, Hsü Yün-ch'iao 許雲樵, and others have stressed the importance of and drawn the attention to Chinese sources on the modern history of Southeast Asia in general, and of Singapore in particular too. So far, however, no systematical collection of the relevant materials has been endeavoured. The first effort of this kind is Professor Jao Tsung-i's "A chronological survey of Chinese inscriptions in Singapore and Malaya", published recently in the *Journal of the Chinese Society, University of Singapore*, No. 10. Whereas this survey is merely an annotated list of existing stone inscriptions in Singapore and Malaya which the author has seen himself, the present work is a collection of the complete texts of references to Singapore drawn from more than a hundred and fifty different kinds of Chinese writings, such as various historical records, works on politics, memorials, encyclopaedias, literary collections, local gazetteers, family records, miscellaneous notes, diaries, travel records, stone inscriptions, poetry, etc., up to the end of the Imperial era in 1911. Some of these references are well known to scholars in the field, such as the relevant passages in the *Hai Lu* 海錄 of 1820, or in the *Nan Yang Li Ts'e* 南洋蠡測 by Yen Ssu-tsung 顏斯綜 of 1830 (?) , but many others not. It requires the wide reading and the scholarly experience owned by Professor Jao to find out references such as the passages in the *Chi-min Ssu-shu* 齊民四術 by Pao Shih-ch'en 包世臣 of 1828, reflecting the author's view on the importance of Singapore in the context of Sino-Western relations, or in the *Ting Tso Hai Fang Kao* 丁左海防稿, a manuscript collection of memorials by Ting Jih-ch'ang 丁日昌 （1823-1882） and Tso Tsung-t'ang 左宗棠 （1812-1885） suggesting for the first time the commission of a Chinese consul to Singapore. The so far unknown manuscript of a travel record by Wang Ch'eng-jung, *Wang Ch'eng-jung Yu Li Chi* 王承榮遊歷記, who visited Singapore in 1875 is of particular interest. Moreover, Professor Jao has added some bibliographical and biographical notes on the sources and their authors as well as a scholarly introduction discussing among other topics the different Chinese names for Singapore.

The present collection is a pioneer work in the unfolding of Chinese sources for the history of Singapore which is going to have its impact on the rewriting of Singapore's national history and on the future school textbooks, all the more, since henceforth history will be taught in Chinese not only in the Chinese medium schools, but in most English medium schools too. Some of the more important texts would have to be translated into the other languages used in Singapore. Thus, not only in the field of academic scholarship, but also in the field of nation building Professor Jao's present work is a major contribution to the new nation of Singapore.

Wolfgang Franke

Early in April 1970 at

Nanyang University, Singapore.

Almost two decades have elapsed since the above lines have been written. By that time it could be expected that Singapore authorities would give more consideration to Chinese cultural traditions. But just the reverse actually happened. A few years later, Chinese medium Nanyang University was closed down to be integrated into the University of Singapore which became the new English medium National

University. Another important work, *A Collection of Chinese Inscriptions in Singapore* 新加坡華文碑銘集錄, by Chen Ching-ho 陳荊和 and Ch'en Yü-sung 陳育崧 had to be published outside of Singapore by the Hong Kong Chinese University Press in 1973. There was no possibility to have Professor Jao's collection be brought out in Singapore. All the more, I am happy to learn that again Hong Kong Chinese University Press is going to publish this work too, with the support of the South Seas Society 南洋學會, Singapore. In this way, some Singaporeans, at least, manifest their concern for the badly neglected Chinese aspect of their country's history. Scholars interested in East and Southeast Asian history will greatly appreciate the eventual, for such a long time delayed publication of Professor Jao's collection.

Wolfgang Franke

October 1988

at Sun Yatsen University, Guangzhou.

《唐宋墓誌》弁言

陳荆和

　　一九七六年，本所現任名譽高級研究員饒宗頤教授赴法講學，於法國遠東學院書庫發現由 Maurice Courant 先生蒐集之中國唐、宋時代墓誌拓本史料，爰加整理，並依年代順序編成目錄，凡三八八件，計唐武德六年（ 623 ）至乾符元年（ 874 ）三百七十件，五代後唐同光三年（ 925 ）至後周顯德三年（ 956 ）五件，宋開寶三年（ 970 ）至宣和元年（ 1119 ）十三件，每件均附有完整原拓影本及說明。

　　遠東學院及本所鑑於該目錄極具學術價值，已同意共同出版，分擔印刷費，全刊交由中文大學出版社印行。遠東學院列爲期刊一二七號，本所列爲"史料叢刊"（二）。

　　是編爲本所與遠東學院共同出版書刊之首次，亦係一九八一年度法國漢學機構與本所合作計劃之一部分。本人獲觀厥成，至感欣忭。亟盼今後遠東學院成員與本所研究人員合作研究之成果，仍以同樣方式刊印，俾對中西漢學界咸有貢獻。

香港中文大學中國文化研究所所長

陳荆和謹識

一九八一年五月二十四日

《唐宋墓誌》

──遠東學院藏拓片圖錄

硯　父

　　最近，香港中文大學中國文化研究所和法國遠東學院共同出版了一部由饒宗頤教授編著的《唐宋墓誌》──遠東學院藏拓片圖錄，這對唐宋史的研究，和唐宋書法的考察，無疑是一個可貴的貢獻。

　　近世談文獻學的人，大都列舉甲骨卜辭、漢晉簡牘、敦煌寫卷、內庫檔案等四種，爲新出史料的來源。其實還應該包括碑誌這一門類。碑誌的記載，往往跟史籍所述相爲表裏，可以起到補闕正誤的作用。早在一九五七年，李子春在《文物參考資料》中就有《三年來西安市郊出土碑誌有關校補文史之資料》的論述；近三十年新出墓誌，可以考索世系、官職的，多至不勝枚舉。這是一項不容忽視的確切可信的史料。

　　而研究書體的演變，碑誌又是足資參證的標尺，敦煌新出經卷逾萬，但有年號記載的不多，所以研究敦煌學的學者，往往藉有入塚年月的墓誌書體作爲借鑒，以定年代的先後。

　　《唐宋墓誌》一書，是饒宗頤教授在一九七六年訪問法國遠東學院時從古昂氏（ M.Maurice Courant ）所蒐集的唐宋墓誌拓本整理出來的。共計三百八十八件，計唐武德六年（ 623 ）至乾符元年（ 874 ）三百七十件，五代後唐同光三年（ 925 ）至後周顯德三年（ 956 ）五件，宋開寶三年（ 970 ）至宣和元年

（1119）十三件。每件均有墓誌的題目、年月日、墓主的生平、世系和行數、字數、銘的用韻、書體，及曾爲何書著錄等等的叙説，並附整張拓片的影本。書前的《引言》，是一篇學術性很高的文字。附錄二種：一爲《武德、貞觀墓誌目》；二爲《新出土重要唐宋墓誌目》。後附《姓氏索引》和《年代索引》。體例和印刷都比較講究。一九五六年科學出版社曾出版趙萬里的《漢魏南北朝墓誌集釋》一書，唐以前的墓誌，基本已搜輯完備。《唐宋墓誌》只是海外一個機構藏品的彙編，正如編者所説，"此特啓其端倪"和"僅足本例而已"。如果收藏資料較多的單位能够繼此而續加編錄，那爲數衆多的唐宋墓誌便可以更好的爲史學和繁榮書法藝術服務了。

（刊一九八二年二月二十六日《大公報》。）

略論饒宗頤教授的音樂史研究

黎　鍵

一個由內地民族音樂研究專家組成的代表團訪港，中華文化促進中心特爲這個代表團於廿一日舉辦了一次與香港音樂家會晤的座談會，題爲“中國音樂傳統與現代化”，由中大榮譽教授饒宗頤先生主持。出席的嘉賓包括代表團的全體成員。這將是中港兩地有關民族音樂研究的一次很有益的對話。主持人饒宗頤先生本身便是香港卓越的音樂史家，他的門人包括著名的張世彬、唐健垣，與他交遊的也不乏對音樂研究很有建樹的學者，例如剛退休的陳蕾士教授。

香港長期作爲一個獨特的地區，在中國大陸以外也長期作爲一個中國文化研究獨特的中心而發揮作用。饒宗頤教授是從文化史的高度去考察中國的音樂研究諸問題的，他的研究別出蹊徑，詳瞻博通。從五十年代開始，從“史學”或“詞學”的角度接觸到中國音樂研究的專題不知凡幾。筆者不才，匆匆搜索一遍，加上平時得饒教授教誨，導讀若干文章，得知饒教授自五十年代以還有關直接論樂的論文及著作凡三十篇册。回顧之下，發現饒教授自五十年代起，對中國傳統音樂的研究已迭有重大的發揚。饒教授在香港是中國音樂與詞樂的重要研究者之一。直至最近，他還孜孜不倦地爲目前正掀起熱潮的敦煌琵琶譜研究撰寫文章。饒教授有關“敦煌譜”的研究備受國內音樂理論界的注意。個人以爲：饒教授的建樹已爲中國音樂的理論研究帶來了重要的貢獻。香港畢竟也可以作爲中國以外的一個民族音樂研究中心而發揮她的作用。但應指出，饒教授所專長的領域決不只音樂。他是海外卓有聲譽的文史學家、書畫家、考古學家、敦煌學家，他治學研究的足迹遍佈海内外，包括法國、英國、印度與日本等地，他的學問博通古今，實際已遍及整個文化史的範疇。目前饒教授的"文集"雖只有《史林》三卷出版，實際上他的文集還應有"藝林"、"字林"、"文林"……等，此外他還應另有"樂林"。以下且試爲得見的饒教授部分論著進行某些粗陋的梳析，以便簡介饒教授論樂的一些成就。

下文姑把饒教授論樂的論文或著作分爲七類，共三十篇册：

（一）古譜研究。大別爲"敦煌譜"研究及"其他"兩項。屬於"敦煌譜"研究的論著及論文有六篇册及信件兩封：包括：1. 一九六〇年：《敦煌琵琶譜讀記》（附印大英博物館藏敦煌舞譜印件）；2. 一九七一年：與法國戴密微合著《敦煌曲》巨册；3. 一九八五年：《敦煌琵琶譜（浣溪沙）殘譜研究》；4. 一九八七年：《敦煌樂譜舞譜有關問題》（國際敦煌吐魯番學術會議論文）；5. 一九八七年：翻譯日本林謙三早期論文《琵琶古譜之研究——〈天平〉〈敦煌〉二譜試解》；6. 一九八七年十一月：《說□"、"與攷》。另信件兩封；1. 一九八五年與何昌林論 P.3539 背面文字；2. 一九八六年與席臻貫論敦煌舞譜。

饒教授對名著於世的敦煌譜的研究建樹甚大。第一，他是繼日本林謙三之後有系統地從音樂上研究敦煌譜的早期中國學者之一。他五十年代已開始注意到應從"舞譜"入手去進行對敦煌曲譜的深入研究；第二，他的巨著《敦煌曲》詳盡考列了敦煌曲譜，並印有清晰的抄本印件，國内許多研究的失誤或誤會，乃由於未獲睹抄本原件之故。現原件印在饒著《敦煌曲》内，故饒著《敦煌曲》實爲一切有關研究的基礎及起點。第三，饒教授於八十年代内地有關研究開始展開之際，繼續投入討論，他從一九八五年起陸續發表了多篇論文，文章顯示，他近期的研究，一方面並未離開他於五十年代開始探索的路向，另方面，卻向更廣更深的方向發展，其中關係最大的是他提出了"舞譜"與"曲譜"的相互關係問題；本月上旬，他又從敦煌曲譜的節奏探索上提出了響應海外學人論述的"句逗説"，寫成了尚未發表的《説□"、"與句㔾》一文。個人以爲：這一觀點的發表，會有助於整個古譜節奏體系問題，以及向來疑信參半的"一字一音説"，作出突破性的發展。

對於古譜研究的"其他"方面，饒教授最重要的成果之一是對"魏氏樂譜"的研究。一九五八年，他發表了《魏氏樂譜管窺》一册，由附印"樂譜"的全部攝影印件。這也是國人研究該樂譜的權威著作。

（二）律樂學的研究。北京黃翔鵬先生於一九八一年曾就曾侯乙編鐘研究發表論文，提出了"樂學"與"律學"兩個概念，故筆者亦擬將饒教授有關的研究列爲律學與樂學的研究，合爲"律樂"學，以別於"樂律"一詞。饒先生從一九七八年曾侯乙墓鐘磬出土時起，便對該套鐘磬的銘辭及古代的鐘律進行了深入的研究。一九八五年，中大"中國文化研究所"爲饒氏出版了研究專著《隨縣曾侯乙墓鐘磬銘辭研究》一巨册，同年六月，又在中華文化促進中心發表演講，事後整理爲專文：《曾侯乙鐘銘與中國文化》，該二篇論著，其實是香港學人對中國傳統律學，樂學研究的一項建樹。

饒教授對樂律的研究，往往是從文化史的角度去進行考察的。多年以來，饒氏對中國樂律的起源問題進行了一系列的探討，分別發表的論文包括有：1.《時空定點與樂律之起源——四方風新義》；2.《古史上天文與樂律關係之探討——曾侯乙鐘律與巴比倫天文學》（一九八七年在上海東方音樂學會上發表的論文）；3.《律生於風説》。此外，饒教授特爲探討中國"五行説"起源而作的論文《雲夢秦簡中的五行説與納音説》，也是他本人有關中國古代樂律學的重要著作。

（三）音樂文學的研究。音樂與文學的邊緣研究，可以定爲"音樂文學"的研究，從五十年代起，饒教授發表了有關的論文三篇：1.《楚辭與詞曲音樂》（一九五七年）；2.《陸機文賦與音樂》；3.《楊守齋在音樂上的貢獻》，都爲有關研究最早著先鞭的論述，在這一領域上，饒教授也是香港最早的研究者之一。

（四）聲韻音樂的研究。饒教授近年對音韻學的研究至爲集中，聲韻與音樂的相互研究也爲一門邊緣的學問。饒氏最近爲中國中古音韻學提出了系統性的意見，包括批評了長期已深入人心的陳寅恪"四聲外來說"，其中與音樂有關的聲韻學論文有：1.《文心雕龍聲律篇與鳩摩羅什通韻》，2.《印度波爾尼仙之圍陀三聲論略——四聲外來說平議》。

（五）唐代樂曲研究。除開了敦煌樂譜與舞譜不算，饒教授有兩篇論文可以作爲獨闢蹊徑的大作：1.載於《選堂集林·史林》中的《穆護歌考》，對古代波斯火祆教與唐代音樂的關係作了闡微發凡的工作；2.刊登於一九八六年《中華文史論叢》第一輯的《法曲子論》，首次在"曲子"詞這一概念之外，強調了"法曲子"的概念。認爲："曲子其實可分爲雜曲子與法曲子兩大類"。——唐代"曲子詞"之外尚有"法曲子"一類，這一闡述，對唐代佛教音樂的研究異常重要。

（六）古琴音樂。饒教授擅操縵，曾從《琴瑟合譜》著者慶瑞之孫容心言學琴，是香港著名的琴家，他以琴人的身份著述有關古琴的論文有四：1.《論琴徽》，本文作於一九八七年三月，最大的貢獻是批駁了内地有學者認爲"西漢無琴徽"之說：饒氏通過種種的證據，闡述了西漢已有琴徽的說法。2.《楚辭與古琴曲》，本文載於前述五十年代著成的《楚辭與詞曲音樂》一書内，也是中國學人最早討論楚辭與古琴音樂的專著；3.《宋金元琴史考述又補遺》。這又是一册重要的琴史論述，過往琴史的考述一般只到宋代、金元的考述甚少，饒教授專就宋金元三代下功夫，爲中國琴史的論述修殘補闕。 4.《古琴的哲學》。

（七）戲曲音樂研究。一九八五年，廣東有關方面出版了攝影本的《明代潮州戲文五種》；其中得力於饒教授的幫助不少。除了編印出版工作外，饒教授還分別自海外找回及複印了現藏國外的明代戲文三種，再與原存於內地的兩種戲文合印成册。饒氏居功至偉。個人得見饒教授有關戲曲音樂的論著有三：1. 爲上述 "明代戲文" 的出版而撰寫的卷首文章：《明代潮州戲文五種説略》， 2.《説囉哩嗹》， 3.《論鳩摩羅什通韻——梵語 RRLL（魯流盧樓）四字母對中國文字之影響》（見《史林》）。

總括而言，饒教授對中國古代音樂的研究，涉及甚廣，包括上述七大範疇，即：（一）古譜學，（二）律樂學，（三）音樂文學，（四）聲韻音樂，（五）唐代音樂，（六）古琴音樂，（七）戲曲音樂。以上列舉可知：饒氏在七個範圍內都有重要的建樹，是香港一位重要的音樂文化史家。

十一月十四日寫成

（刊一九八七年十一月十九日《大公報》。）

學如富貴在博收

——讀《選堂集林·史林》

劉宗漢

　　近代的史學家往往是很博學的。王國維在甲骨金文、宋元戲曲、西北地理、文藝理論等各個領域的成就，都是大家所公認的。陳寅恪的魏晉隋唐史的研究，成就當然是巨大的，但他的研究領域遠不限於此，晚年寫的《柳如是別傳》就是研究明末清初史事的。陳氏對佛道二藏有較深的造詣，我們看他在《柳如是別傳》中廣引釋道典故箋釋錢牧齋的詩句，真是叫人嘆服。博學，是一個歷史學家取得成就的重要條件。

　　香港中華書局出版的香港中文大學饒宗頤教授所著的《選堂集林·史林》是一部有多方面成就的、題材廣泛的史學論文集。這是一部淵博的著作。從時間角度說，它幾乎涉及了中國歷史的每一個時代，從史前（如《有虞氏上陶說》）、先秦（如《由卜兆記數推究殷人對於數的觀念》）、秦漢（如《新莽職官考》），歷魏晉（如《安荼論〈anḍa〉與吳晉間之宇宙觀》）、隋唐（如《從石刻論武后之宗教信仰》）、宋元（如《賀蘭山與滿江紅》）以至明清（如《論明史外國傳記張璉之訛》），對每一個歷史時代的史實，都有所論述。從地域角度說，除我國歷史外，還涉及到東南亞史（如《蒲甘國史事零拾》）及印度史（如《談印度河谷圖形文字》）的課題。在史料應用上，除一般文獻外，舉凡甲骨、木簡、敦煌遺書、碑記墓誌等可用爲考史資料者，無不盡力搜求。至於釋道二藏，引用起來，更是如數家珍。讀這樣的史學論文集，真有洋洋洒洒，蔚爲大觀之感。

博學，不等於没有特色。《史林》在博學中又有着自己鮮明的特色。

長於敦煌學，對敦煌遺書中釋道經典進行考釋，是《史林》的一大特色。

研究道教史的學者，都會很熟悉《老子想爾注》。這原是被斯坦因劫走的敦煌遺書中的一種，久藏英倫，直至一九五六年饒宗頤先生刊《敦煌本老子想爾注校箋》，才得問世。《校箋》刊佈後，在國際上得到很高的評價，法國巴黎大學東方學院道教史研究班甚至把它刊爲教材。收入《史林》的《老子想爾注考略》，是作者繼《校箋》之後又一研究《老子想爾注》的著作，對於研究道教史同樣是重要的。

敦煌遺書中有一個宋初人用十一曜推人流年的批命本子，叫做《靈州大都督府白衣術士康遵課》。十一曜出《聿斯經》，但研究《聿斯經》並撰有《都利聿斯經及其佚文》（刊《東亞文化史叢考》）的日人石田幹之助，卻考不出十一曜確指哪些星宿。饒宗頤先生在《論七曜與十一曜》（收入《史林》）一文指出，道藏中有《元始天尊説十一曜大消災神咒經》和《上清十一大曜燈儀》，並根據這兩部道經，確定了十一曜的内容。在這裏，可以看到作者對道藏的熟悉程度。正是因爲熟悉道藏，所以才能對《老子想爾注》作出精湛的校箋研究。

同樣，饒宗頤先生對敦煌遺書中的佛教典籍也做了非常有價值的校理研究工作。唐德宗貞元八至十年（公元七九二至七九四年），在吐蕃曾發生過一場我國僧人摩訶衍與婆羅門僧人蓮花戒關於佛教教義的辯論。這場辯論在漢文史籍中了無痕迹，後期藏文資料雖然談到了這場辯論，但因爲夾雜着傳説，令人難以置信。在敦煌遺書中有一部唐人王錫撰的《頓悟大乘政理决》（ P.4646、S.2672 ），記述了這場辯論，證實了它的歷史真實性。饒宗頤先生將《頓悟大乘政理決》的兩個寫本作了校勘，這就是收入《史林》的《王錫頓悟大乘政理決序記並校記》。同時又對摩訶衍其人及辯論的時間進行了研討，寫成了《神會門下摩訶衍之入藏兼論禪門南北宗的調和問題》和《論敦煌陷於吐蕃之年代》兩篇文章（均收入《史林》）。關於這場辯論的年代是一個有爭論的問題，關鍵在於吐蕃攻佔敦煌的年代不易確定。以往，學者在解決這個問題時，應用的大多是典籍中的文獻資料。然而作者思路廣闊，根據敦煌遺書用唐朝紀元的資料終於七八七年，有吐蕃紀年的資料始於七八八年，再參以其他文獻，確定了敦煌陷落在七八七年，並進而確定了這場宗教爭論發生在七九二至七九四年。這種說法雖然是法人戴密微首先提出來的，但是是作者最後論定的。於此，可見思路寬廣對一個歷史學家的重要性。我國學者張廣達撰有《唐代禪宗的傳入吐蕃及有關的敦煌文書》（刊《學林漫錄》三集），羅列國外對這場爭論的研究成果甚備，但未及饒先生的《頓悟大乘政理決》校本和上舉兩篇論文，讀《史林》可補張文之闕。

《史林》中收有不少研究中外交通和文化交流史的文章，其中最具特色的是用梵文文獻和漢文文獻互相比較的辦法來研究中印文化交流史上的問題。請看下面一例：

中國儒家經典有一套傳統的注釋方法，大體是：

西漢傳經主於誦習而已，其訓故惟舉大旨，記說或非本義，但取通義，不尚多書：此秦燔後經學之權輿也。逮後漢廣爲傳注，然後語必比附經文，字承句屬，靡有漏缺，至魏晉而解又大備：此既傳後經學之宗旨也。洎宋齊以降，則多取儒先傳注，條紬縷繹，各聘辨釋而疏學以興，浸及於隋，撰著弗輟；此既解後經學之要歸也。（清黃承吉《春秋左氏傳舊疏考正序》，《夢陔堂文集》卷五）

對於宋齊以降產生的經疏學，近代學者中有人認爲它是受佛教影響產生的。牟潤孫先生甚至寫過一篇題爲《論儒釋兩家之講經及義疏》的文章，認爲“義疏”是經生仿照佛徒講經時的“講義”或“記錄”。這種觀點在海外有很大的影響。

饒宗頤先生不同意這種説法，他指出：產生這種説法的原因，在於“對彼邦經疏之體例，仍未深究”。他説：

> 佛家經疏沿襲自婆羅門，故論梵土經疏之始，非追溯至吠陀分（Vedǎnga），無以明其原委也。婆羅門經與佛教經書性質又略有不同。釋氏書原多不稱經，佛徒漢譯，附以“經”名者不一而足，乃借漢名以尊重其書。婆羅門之經（修多羅）大都爲極簡質之語句，非有注疏，義不能明，故經與疏往往合刊。又其注疏之體裁，每因對話方式，假爲一問一答，究元決疑，覃極閫奧，亦與漢土經疏不盡相同。

華梵經疏體例既“不盡相同”，漢土的“義疏”自不能源於梵土。

至於儒家講經和“義疏”也在漢土自有淵源。最早的“義疏”，是南朝宋大明四年皇太子撰的《孝經義疏》。據饒先生的考證，當時所謂“義疏”，實際上是漢以來傳統經注的一種延續，與佛經無涉。至於講經，在西漢即已出現，並不是受佛徒講經產生的。佛徒對經生的影響只是在講經形式上的雷同及疏體文字撰寫上“日趨深蕪”而已！

上面的論述見於《史林》所收的《華梵經疏體例同異析疑》。饒宗頤先生對中印文化交流史上的這椿公案，解決得很圓滿，其得力處全在於他通曉梵文，能夠直接閱讀梵文本婆羅門經典和佛教經典。

饒宗頤先生是廣東潮州人，青年時代即關心桑梓文獻，曾補訂《潮州藝文志》，刊於一九三七年的《嶺南學報》。因此，研究廣東地區的歷史文物，也是《史林》的特色之一。作者筆觸所及，廣東的歷史、人物、民族、考古，均有精到的論述。這裏只舉一個例子：

廣東潮州地區很早以前就有人類活動的蹤跡，在這方面，解放後考古工作者已經做了不少的考察和研究。但容易被人遺忘的是,潮州地區第一篇新石器時代的考古報告是饒宗頤先生撰寫的。這就是《史林》中的《韓江流域史前遺址及其文化》。這篇文章敍述了韓江流域史前遺址的外貌,描述了當時採集到的新石器和陶片的特徵。這在《史林》中爲別格,但它卻説明作者熟悉考古學的方法,而這對一位史學家來説,顯然是非常必要的。

最後值得一提的,是饒宗頤先生對東南亞華僑史的研究。饒先生在新加坡大學中文系任教時,曾注意訪求新加坡、馬來西亞一帶的漢文碑誌,輯成《星馬華文碑刻繫年(紀略)》(收入《史林》)。所錄碑文,上起明天啓二年(1622年)的《黃維弘墓碑》,下迄清光緒三十三年(1907年)的《重建香山會館捐題小引》,共近百通,爲我們研究新、馬地區的華僑史提供了非常重要的資料。另外,《史林》中的《三教論及其海外移植》一文,博考三教論的源流,並論述了它在東南亞華僑中的影響,這對於國內的讀者來説,讀來也是耳目一新的。

饒宗頤先生除考史外,兼工倚聲。《史林》所收《蘇門答臘島北部發現漢錢古物記》一文中,有一首詠印度尼西亞萬隆覆舟火山的《念奴嬌》:

> 危欄百轉,對蒼崖萬丈,風滿羅袖。試撫當年盤古頂,真見燭龍噓阜。薄海滄桑,漫山煙雨,折戟沉沙久。岩漿噴處,巨靈時作獅吼。只見古木蕭條,斷槎橫地,遮遏行人走。蒼狗寒雲多幻化,長共夕陽厮守。野霧蒼茫,陣鴉亂舞,衣薄還須酒。世間猶熱,火雲燒出高岫。

近代中國詞人詠域外風景的,首推呂碧城女士,但讀了這闋《念奴嬌》,轉覺《曉珠詞》中所作,有些失於纖秀了。

宋人蘇東坡説:"學如富貴在博收,仰取俯拾無遺籌。"在淵博中有自己的特色,在特色中又處處見其淵博,這就是《選堂集林‧史林》給讀者的印象。

(刊《讀書》一九八二年第二期。)

《選堂集林》讀後

經　法

　　饒宗頤教授論文集《選堂集林》的《史林》，最近由香港中華書局出版了。這是繼錢鍾書《管錐篇》（北京中華書局一九七九年出版）之後的又一學術鉅著。錢、饒二氏皆一代學人，他們既有中國傳統文化的根柢，又旁通西方治學的方法，表現在二家的著述中，便有許多共同的特色。因此有人把這兩部著作譽之爲南北的學林雙璧。

　　據說《集林》將分史林、藝林、字林、文林四部先後印行。從這個龐大的規劃，即可看出饒氏學識的淵博。他除衆所周知的擅長文史之外，還兼及許多不爲人所深知的學問，如考古學、古文字學、敦煌學，以及書畫創作等，都有精湛的造詣。這多方面的學識，對於完成《集林》這項宏偉的工程來說，是最爲重要的條件。

　　已經出版的《史林》，分上中下三冊，收論文六十二篇（內附說四篇）。其内容，上自史前至魏晉，中歷隋唐宋，下逮元明清及東南亞。作者透過若干論題，旁徵博引，系統剖析，以揭示歷史事件的本質和時代的特徵。如由卜兆記數推究殷人對於數的觀念；用滇蜀出土的故事畫擬測屈原所見先王祠廟之壁畫；從唐代石刻論述武后之宗教信仰；由《齊書》之昆侖舶論證海道之絲路並不亞於陸路。凡此種種，都極盡抉微發隱之能事，發前修所

未發，令人耳目爲之一新。作者還綜合運用各種手段，溝通歷史
學和有關學科的聯繫，從各個不同的角度進行考察和探究，着力
開拓史學的邊緣地帶，使歷史研究別開生面，大放異彩。饒氏是
第一個把印度河谷的圖形文字與漢語系材料進行比較研究的學
者。結果發現，這種不明語系的圖形文字竟然與中國古代的陶文、
甲骨文有着許多類似的迹象，這就爲尋找這一古老文化演進的綫
索和中印文化的交流開闢了一條新的途徑。在《〈天問〉文體的
源流》一題中，作者系統探求“發問”文學的發展與演變，發現
這種文體不但在中國源遠流長，在印度和伊蘭等古文獻中，也都
有這一文體的類似句型。因而，作者提出了文字人類學和文學人
類學的新課題，主張把史學研究的視野擴展到整個人類所創造的
文化上來，探討人類文化在不同時間和地域的種種表現，了解每
種文化形態孕生和形成的過程。換言之，饒氏開拓史學邊緣地帶
的目的，是朝着人類文化史的方向前進的，這就成爲饒氏治史的
一大特色。另外，作者對史料的蒐羅和駕馭，也是本書引人注目
的一個特點。翻開《集林》一看，幾乎篇篇都有一個自成體系的
資料細目。作者許多真知卓識，便是從這些翔實的史料中演繹出
來的。饒氏羅集資料不遺餘力，概括言之，時不分古今，地不擇
內外，取材不拘巨細，從石器時代的陶片到現代科學的數據，從
亞洲、近東、直至歐美各國，只要與論旨有關，概在網羅之列。
書中許多珍貴的第一手資料，還是作者實地考察和反覆調查得來
的，如韓江流域的史前遺存和文化，韓江流域的畲民，潮州宋瓷
小記等。特別是有關東南亞一帶的文物，更屬難能可貴。作者將
地面遺存結合歷史文獻和當地社會習俗作了細緻深入的研究，至
今仍不失爲探討該地區歷史的重要參考材料。

　　最後值得一提的是，以饒氏之博學多才，尚且本顧寧人《廣
師》之義（見本書《小引》），以《集林》之印行求教四方；這
與錢氏用“管錐”名篇，以喻其小，立意正同。筆者對於《集林》，
可謂“學如不及，猶恐失之”。上面淺陋之見，正如“以蠡測海”，

是永遠量不出汪洋的深度來的。——這才是筆者最深的感受。

（刊一九八二年三月九日《大公報》。）

誰最早提出"海上絲綢之路"？

王　翔

　　東西方通商的"絲綢之路"，原以陸上交通爲主，到了中古初期，"海上絲綢之路"便迅速得到發展。如今，對"海上絲路"的研究方興未艾，正越來越受到重視。聯合國教科文組織還派遣各國專家來華，對"海上絲綢之路"進行考察，並在福建泉州舉辦"中國與海上絲綢之路"國際研討會。

　　是誰最先提出"海上絲綢之路"這一名稱？以往學界多認爲，這一名稱始見於日本學者三杉隆敏一九七九年出版的《海上的絲綢之路》一書，其後，中國學者方開始視此名。日前，筆者拜訪了香港中文大學中國文化研究所研究員饒宗頤院士，得到了完全不同的回答。

　　饒宗頤說：中國絲綢，自古迄今，聞名海外，故以"絲路"或"絲綢之路"，作爲中外交通的象徵，尤爲恰當。"海上絲綢之路"實際上是古代中國與海外各國互通使節，貿易往來，文化交流的海上通道，中國古籍早有記載，只是並未冠以"海上絲路"的美稱，後人有或稱"香料之路"、"陶瓷之路"、"白銀之路"的。我早在一九七四年六月的台灣《歷史語言研究所集刊》四十五本四分册上，就發表過《海上之絲路與昆侖舶》的文章，正式提出了"海上絲路"的名稱，比三杉隆敏早了五年。饒先生拿出文章讓我觀看，在這篇文章中，論述了"海上絲路"的起因、航綫、海舶與外國賈人交易的情形, 以及中國絲綢爲外人所垂涎的程度。
由此, 可說饒宗頤先生是 "海上絲路" 名稱的最早提出者了。

〔刊一九九一年十月九日《人民日報》（海外版）。〕

TRAVAUX DE M. JAO TSONG-YI
MEMBRE
DE L'ÉCOLE FRANÇAISE D'EXTRÊME-ORIENT
ANNÉE 1974

PAR

P. DEMIÉVILLE

Le professeur Jao Tsong-yi 饒宗頤, de Hongkong, a été recruté comme membre scientifique contractuel de l'École française d'Extrême-Orient lors de la séance du Conseil d'administration en date du 5 décembre 1973 ; le contrat a été signé au début de l'année 1974. Au cours de cette année, il a publié en chinois un grand nombre d'articles qu'il m'a paru convenable et utile de résumer ici en français, afin de donner au lecteur ne lisant pas le chinois une idée de l'activité scientifique de ce savant.

Pendant l'hiver 1972-1973, alors qu'il occupait la chaire de sinologie de l'Université de Singapore, où cette saison est celle des grandes vacances, M. Jao avait été invité par l'Institut d'histoire et de philologie de l'Academia Sinica à passer plusieurs mois à Taiwan afin d'y exploiter les ressources des précieuses collections importées du continent par le Gouvernement national lors de son exode en 1949 et déposées dans les musées et les bibliothèques de l'île. Ces recherches ont eu pour résultat une série d'articles publiés en 1974 et dont cinq ont paru dans le « Bulletin de l'Institut d'histoire et de philologie de l'Academia Sinica » *(Tchong-yang yen-kieou yuan Li-che yu-yen yen-kieou so Tsi-k'an,* en abrégé *Tsi-k'an).* Ces cinq articles sont les suivants.

1. « *Wou-hien Hiuan-miao kouan che-tch'ou houa-tsi* » (« Vestiges de dessins gravés sur les plinthes de pierre du temple taoïste de la Merveille mystérieuse, dans la sous-préfecture de Wou »). *Tsi-k'an,* XLV/2 (février 1974), p. 255-309, avec 29 planches de fac-similés des estampages conservés à l'Institut d'histoire et de philologie, p. 285-309, et 6 planches reproduisant des documents d'autres provenances, p. 263-264 et 269-271.

Cette étude, fondée sur la collection d'estampages de l'Institut, a fait l'objet d'un compte rendu de M. Wong Shiu-hon, de l'Université de Canberra, qui doit paraître en 1976 dans le volume LXII du *T'oung Pao.*

Je n'en retiendrai ici que ce qui concerne l'histoire de l'art taoïste, sur lequel ce travail apporte des lumières nouvelles du plus haut intérêt.

Le Hiuan-miao kouan 玄妙觀, grand et célèbre ensemble d'édifices situé en pleine ville de Sou-tcheou au Kiang-sou, la Venise chinoise, siège de la sous-préfecture de Wou 吳縣, est devenu a partir des Ming un des principaux centres du culte et de l'art taoïstes dans le Sud. Il fut fondé à l'époque des Tsin, vers 276, sous le nom de Tchen-k'ing tao-yuan 真慶道院, « Cour taoïste de la Vraie félicité ». Les divers bâtiments en furent à plusieurs reprises détruits puis reconstruits, et l'ensemble ne reçut son nom actuel qu'à l'époque mongole (1288). Sur l'histoire de ce temple, M. Jao a dépouillé notamment toutes les monographies locales *(fang-tche)*. Les dessins sur lesquels porte son travail, et qui ne sont plus connus que par les estampages de l'Institut de l'Academia Sinica, étaient gravés sur les plinthes, ou bases des piliers de pierre, d'un bâtiment dit Palais des Trois Purs (San-ts'ing tien). Le modèle des scènes gravées sur ces plinthes a été attribué au grand peintre du VIIIᵉ siècle Wou Tao-hiuan *(tseu* Tao-tseu*)* 吳道玄(道子), mais leurs particularités stylistiques et techniques, dont M. Jao — peintre lui-même — est un expert, vont contre une telle attribution ; certains des procédés qu'il y relève peuvent remonter aux T'ang, mais dans l'ensemble on a affaire à des œuvres d'époques diverses, postérieures aux T'ang. En 1179 le Palais des Trois Purs, qui avait été incendié par des soldats, fut reconstruit d'après des épures d'un haut fonctionnaire de la province, Tchao Po-sou 趙伯驌, bon peintre lui-même (un de ses paysages est conservé au Musée de l'Ancien palais, Kou-kong, à Taipei, pl. 2, p. 269), qui ne fut peut-être pas étranger à la mise en œuvre des plinthes historiées du San-ts'ing tien.

Mais l'apport le plus curieux du grand temple de Sou-tcheou fut le suivant. En 1146 un gouverneur local, Ma Houan 馬瑍, qui s'intéressait aux arts (il fut en 1145 un des rééditeurs du Manuel d'architecture des Song, *Ying-tsao fa-che*, cf. *BÉFEO*, XXV, 1925, p. 227), fit peindre (ou dessiner, *houa*), sur les murs de deux galeries du T'ien-k'ing kouan 天慶觀 (c'était alors le nom du Hiuan-miao kouan) des « figurations de scènes » *(pien-siang* 變相), autrement dit des illustrations, du « Livre du Trésor sacré du salut des hommes » *(Ling-pao tou-jen king pien-siang* 靈寶度人經變相). C'étaient sans doute des fresques comme les bouddhistes en peignaient sur les murs de leurs monastères pour illustrer des « scènes » *(pien* 變, cf. sur ce mot *T'oung Pao*, LXI, 1975, p. 166-169) de leurs livres sacrés, et qui avaient pour parallèles les « textes de scènes » *(pien-wen* 變文) qu'on récitait ou qu'on lisait en faisant voir les fresques aux auditeurs. Le *pien-wen* est un genre littéraire qu'ont révélé les manuscrits de Touen-houang et qui a joué un rôle capital dans le développement de la littérature narrative en Chine, contes, romans, ballades et autres productions en langue vulgaire, analogues à celles de notre Moyen Age dont les origines étaient également religieuses. Un *pien-siang* taoïste du même titre que celui de Wang Houan est déjà attribué à Yen Li-pen 閻立本, célèbre peintre des T'ang, avec un titre calligraphié par Tch'ou Ho-nan 褚河南. Le taoïsme, dit M. Jao, aurait même connu des *pien-siang* dès l'époque des Souei. Celui de Yen Li-pen fut porté sur pierre en Yuan-yeou (1086-1092) ; Wang Houan ou ses commenditaires s'en sont peut-être inspirés pour les peintures murales du temple de Sou-tcheou.

Il est parfois fait allusion à des *pien-siang* taoïstes dans les manuscrits de Touen-houang, par exemple dans P. 4979 où il est question d'« une scène du Vénéré céleste, pour exposition » (*T'ien-tsouen pien yi-p'ou* 天尊經 – 鋪). Ce dernier mot, *p'ou*, s'applique aux illustrations que les récitateurs de *pien-wen* « exposaient » aux yeux de leur auditoire, comme ce fut l'usage des conteurs populaires en tous pays, usage encore vivant par exemple au Tibet, en Sicile, etc. M. Jao rapproche de cette illustration du Vénéré céleste une stèle de l'ère Tchen-kouan des T'ang (627-649) portant une image du « Vénéré céleste du Commencement originel » *(Yuan-che t'ien-tsouen)* et dont un estampage est conservé à l'Institut de l'Academia Sinica. D'autres *pien-siang* du *Ling-pao tou-jen king*, imprimés en l'ère Yong-lo des Ming (1403-1425) sur feuillets brochés en *pothī*, sont conservés à la Bibliothèque centrale de Taipei.

Ce travail très neuf, qui fait connaître chez les taoïstes des formes d'art évidemment empruntées aux bouddhistes, repose sur une documentation très poussée dont la bibliographie occupe près de trois pages serrées.

2. « *Ts'ong che-k'o louen Wou-heou tche tsong-kiao sin-yang* » (« Sur les croyances religieuses de l'impératrice Wou d'après les inscriptions sur pierre »). *Tsi-k'an*, XLV/3 (mai 1974), p. 397-418 et 6 planches.

La dévotion, la bigoterie, les superstitions bouddhiques de l'impératrice Wou (Wou-heou 武后), cette « femme fatale », démenti entre d'autres des théories à la mode sur la condition du sexe dit faible en Chine, qui usurpa le trône des T'ang en 690 et régna pendant quinze ans avec tous les droits et attributs d'un Fils du Ciel, sont bien conn..es. Elles ont été étudiées en Occident par C. P. Fitzgerald dans son livre *The Empress Wu* (1956) ; je m'en suis occupé moi-même dès 1924 dans *BÉFEO*, XXIV, p. 218-230, puis dans un de mes cours au Collège de France (*Annuaire*, LIII, 1953, p. 218-221) et ailleurs. M. Antonino Forte, de l'Institut universitaire oriental de Naples, doit publier sous peu un gros travail sur les commentaires apocryphes du « Sūtra du Grand nuage » *(Mahāmegha-sūtra)* et autres textes retrouvés à Touen-houang dont la souveraine s'était prévalue pour justifier son usurpation.

M. Jao, lui, part d'un article de feu Tch'en Yin-k'o 陳寅恪 (1890-1969), « Wou Tchao et le bouddhisme », paru en 1935 dans le *Tsi-k'an*, X/4 (p. 136-147 ; cf. *T'oung Pao*, LVII, 1971, p. 138). Il reproche à ce grand savant d'une part de n'avoir tenu compte que du bouddhisme dans les croyances religieuses de l'impératrice, mais surtout de n'avoir pas recouru aux sources épigraphiques qui apportent sur ces croyances des informations précieuses. Il énumère ces sources (p. 409-410), ainsi que les quatorze estampages fragmentaires qui en sont conservés à l'Academia Sinica (p. 412) et dont il reproduit six fac-similés malheureusement à peu près illisibles (p. 413-418). Il y a notamment une grande inscription en plus de quatre mille mots rédigée par Wou Sansseu 武三思 , un neveu de l'impératrice, de fâcheuse mémoire (mort en

707), et calligraphiée par un prince impérial des T'ang qui devait régner plus tard, de 710 à 712, sous le titre (posthume) de Jouei-tsong. Cette inscription était gravée sur une stèle érigée en 702, trois ans avant la mort de l'impératrice. Le texte en a été plusieurs fois édité, et c'est un document important sur la vie de Wou-heou et surtout sur ses origines. Une autre stèle, plus ancienne, relate la visite qu'elle avait faite en 683, avant son usurpation formelle, au Chao-lin sseu du Song-chan 嵩山少林寺, montagne proche de la capitale Lo-yang et qui fut un centre de l'école bouddhique du Dhyāna, mais aussi du taoïsme. Il est déjà question dans cette inscription de la « roue d'or » *(kin-louen)*, qui passe en Inde pour un des trésors du souverain universel *(cakravartin*, « tournant la roue ») et qui devait figurer dans un de ces titres ronflants qu'elle s'attribua plus tard. Mais vers la fin de sa vie, en 700, ce titre qui sentait le bouddhisme fut remplacé par celui de *kieou-che* 久視, « long regard », tiré du *Lao-tseu* (par. 59), où il s'applique à la vie éternelle. C'est assez dire que le taoïsme, après le bouddhisme, joua son rôle dans les croyances de Wou-heou.

C'est encore sur le Song-chan — et sur une montagne voisine, le Chao-che chan — qu'elle monta après son usurpation, en janvier 696, pour célébrer les sacrifices *fong* et *chan*, rite solennel d'avènement qui était de vieille tradition pré-bouddhique, sinon confucianiste.

Et il n'est pas jusqu'au nestorianisme qui n'apparaisse dans les sources épigraphiques se rapportant à l'impératrice. Il est dit dans une inscription de 694 qu'A-lo-han (Abraham?), un prêtre nestorien établi en Chine, avait « invité les rois barbares à élever un ' pivot céleste ' (*t'ien-chou* 天樞) pour la très sainte impératrice Tsö-t'ien ». Il s'agissait d'une colonne de cuivre octogonale à base circulaire — forme non chinoise —, haute de 105 pieds (cf. l'article de Lo Hiang-lin dans *Tsinghua Journal*, nouv. sér. I/3, sept. 1958, p. 13-24, résumé par E. G. Pulleyblank dans *RBS*, 4, nº 887 ; voir aussi Fitzgerald, p. 136). Le titre de l'inscription gravée sur ce monument, d'après la calligraphie de l'impératrice elle-même, était le suivant : « Pivot céleste à l'éloge des vertus des grands Tcheou par les dix mille pays » (elle avait remplacé le nom dynastique des T'ang par celui de Tcheou). Wou-heou était donc reconnue comme « grandement sainte » *(ta-cheng)* par les étrangers de l'époque. Certains ambassadeurs — un Coréen, dès 691 — recevaient même le titre d'« ambassadeurs auprès du Pivot céleste, venus comme des fils » *(t'ien-chou tseu-lai che* ; l'expression *tseu-lai* est tirée du *Che-king).*

En tant qu'impératrice de droit comme de fait, elle tenait naturellement à observer les usages religieux de la haute antiquité. On a déjà vu comment elle célébra les sacrifices *fong* et *chan*. Une autre tradition non moins prestigieuse voulait que chaque dynastie élevât un « Temple sacré » (ou « Temple des lumières », *ming-t'ang* 明堂) : c'est ce que fit Wou-heou, mais non sans le doubler par derrière d'un « Temple céleste » *(t'ien-t'ang)* pour y installer une statue du Buddha en bois et laque sèche, haute de cent pieds (plus de trente mètres) !

C'est à la gloire des « trois religions », confucianisme, bouddhisme, taoïsme, qu'elle fit compiler par une cinquantaine de ses lettrés, sous le titre de « Perles et fleurs des trois doctrines » (*San-kiao tchou-ying* 三教珠英), un énorme compendium de textes en prose et en vers qui ne comptait pas moins de 1 300 *volumina (kiuan)*, et dont quelques fragments subsistent dans les collections de Touen-houang à Paris (P. 3771) et à Londres (S. 2717).

En conclusion, M. Jao déclare que la personnalité religieuse de l'impératrice Wou fut plus complexe et plus changeante que ne l'ont pensé Tch'en Yin-k'o et la plupart des historiens modernes. Le bouddhisme aurait servi essentiellement à lui fournir des justifications pour son usurpation ; sur ses vieux jours, malade, elle se serait tournée vers le taoïsme et ses recettes de longue vie. Elle refit alors plusieurs fois l'ascension du Song-chan, et gravit aussi le Keou-ling 緱嶺, autre montagne du Ho-nan d'où un prince de l'antiquité s'était élevé au ciel sur une grue blanche (*Lie-sien tchouan*, trad. M. Kaltenmark, Pékin, 1953, p. 110). Une stèle qu'elle avait érigée au sommet du Song-chan expliquait dans quel esprit elle y avait célébré les sacrifices *fong* et *chan* (*Cheng-tchong chou-tche pei* 升中述志碑 ; sur l'expression *cheng-tchong*, voir *Li-ki*, Couvreur, I, p. 563). Cette stèle fut réduite en miettes sous les Song, époque où les néo-confucianistes avaient pris en horreur l'usurpatrice sacrilège. C'est peut-être en réaction contre cet anathème que M. Jao porte sur cette femme extraordinaire un jugement plutôt admiratif, lui attribuant un sens de la grandeur qui n'était pas simple mégalomanie. Il est vrai qu'avec tous ses excès, forfaits et extravagances, elle demeure attirante...

3. « *Kin Tchao-tch'eng tsang-pan Fa-hien tchouan t'i-ki* » (« Notice sur la Relation de Fa-hien ' 法顯傳 dans la recension du Canon bouddhique de Tchao-tch'eng 趙城 édité sous les Kin 金 »). *Tsi-k'an*, XLV/3 (mai 1974), p. 419-430, 5 planches.

Sur l'édition du Canon bouddhique gravée sous la dynastie des Kin (Jurchen, 1122-1234), entre 1149 et 1173, et dont près de 5 000 *kiuan* ont été retrouvés en 1933 à Tchao-tch'eng, dans le Chan-si, on peut consulter la notice de Tsiang Wei-sin (1933), analysée dans *RBS*, 7-8 (1937), nᵒ 377, celle de Tsukamoto Zenryū dans *Nihon bukkyō kenkyū-kai nempō*, 1 (1936), ou encore mes « Notes additionnelles sur les éditions imprimées du Canon bouddhique », en appendice au livre posthume de P. Pelliot, *Les débuts de l'imprimerie en Chine* (1953), p. 128, ainsi que de bons articles dans le vol. VIII (supplémentaire, 1956) du *Taishō*, p. 76-79, 92-94, 162-163. En avril 1949, les textes de Tchao-tch'eng furent transférés à Pékin par le Gouvernement populaire. Mais d'autres y étaient déjà parvenus peu après la découverte, car un bon spécialiste japonais du bouddhisme chinois, Ōchō Enichi, en examina des fragments au cours d'un séjour à Pékin en septembre 1934 (« En voyant l'édition Kin du Canon bouddhique récemment découverte », dans *Tōhō gakuhō*, Tōkyō, nᵒ 5 suite, juillet 1935). Une cinquantaine d'ouvrages de l'édition Kin ont été édités en fac-similé sous le titre de « Restes précieux du Canon (de l'époque) des Song » (*Song-tsang yi-tchen*, Pékin, 1935) ; quelques autres l'ont été à Nankin et Chang-hai. Deux au moins se trouvent actuellement à l'Institut d'histoire et de philologie à Taipei : un fragment d'un catalogue analytique du Canon des T'ang compilé en l'ère Kai-yuan (713-741) par le moine Hiuan-yi, qui était un oncle maternel de l'empereur Hiuan-tsong (voir sur ce texte l'article d'Ochō, p. 289-293), et la « Relation de Fa-hien » qui fait l'objet du présent article de M. Jao.

Le texte Kin de cet ouvrage, qui relate le voyage en Sérinde, en Inde et en Insulinde du célèbre pèlerin entre 399 et 412, n'est pas utilisé dans l'édition critique très soignée qu'en a donnée Adachi Kiroku (*Kōchō Hokken-den*, Tōkyō, 1936), ni dans l'appareil critique de *Taishō*, nᵒ 2085 (1928). Ce texte est intitulé « Relation du religieux Fa-hien, qui alla naguère de Tch'ang-ngan en Occident jusqu'en Inde, un volume » *(Si tao-jen Fa-hien ts'ong Tch'ang-ngan hing si tche T'ien-tchou tchouan, yi kiuan)*, libellé inconnu par ailleurs ; le titre final est *Fa-hien tchouan, yi kiuan*, « Relation de Fa-hien, un volume ». M. Jao passe en revue les notices sur cet ouvrage qui figurent dans les catalogues successifs du Canon. A propos d'une citation dans des encyclopédies chinoises des T'ang, il montre comment ont été parfois confondus Ta-tch'en 達嚫, transcription de Dakṣina, « la droite », le Sud, le Dekkan, et Ta-Ts'in 大奏, « Ts'in Majeur », l'Orient romain, l'Occident lointain pour les Chinois (comme nous disons « Asia Major »), transformé dans le taoïsme en un outre-monde utopique qu'ont étudié, avant M. Jao, H. Maspero dans *Mélanges Maspero*, II (Le Caire, 1937 ; repris dans *Mélanges posthumes*, III, 1950, p. 95-108) et R. A. Stein dans *T'oung Pao*, L (1963, p. 8-20).

A la lumière d'une vingtaine d'exemples, M. Jao montre comment la recension Kin du *Fa-hien tchouan* se rapproche surtout de celle de l'édition coréenne (gravée vers 1011, puis regravée vers 1271 ; cf. *BÉFEO*, XXIV, 1924, p. 195-198) ; toutes deux relèvent d'une tradition textuelle septentrionale qui s'oppose à celle des éditions du Sud (Foutcheou. Hou-tcheou, Sou-tcheou, etc. ; cf. *BÉFEO*, *ib.*, p. 184 sq.).

4. « *Chou-pou yu cīna-paṭṭa — louen ts'ao-k'i Tchong Yin Mien tche kiao-t'ong* » (« Les étoffes de Chou et les *cīna-paṭṭa* : sur les communications anciennes entre la Chine, l'Inde et la Birmanie »). *Tsi-k'an*, XLV/4 (juin 1974), p. 561-584.

Les « tissus du Sseu-tch'ouan » (*Chou-pou* 蜀布) étaient réputés dans la Chine ancienne, de même qu'en Inde les « tissus de Chine » *(cīna-paṭṭa)*. Par où étaient-ils exportés? On sait comment, au retour de son grand voyage d'exploration à l'Ouest, Tchang K'ien rapporta à l'empereur Wou des Han, vers 122 a.C., qu'il avait pu voir dans le lointain Ta-hia (Bactriane, Tokharestan) des « cannes en bambou de K'iong » (*K'iong-tchou tchang* 邛竹杖 ; le K'iong était le sud-ouest du Sseu-tch'ou-an actuel) et des « étoffes de Chou » ; les gens de Ta-hia lui avaient dit que c'étaient les marchands de leur pays qui allaient acheter ces produits chinois en Inde (Chen-tou), et lui avaient décrit ce pays mystérieux (*Che-ki*, CXXIII, chapitre sur Ta-yuan, trad. Chavannes, *Mém. hist.* I, p. LXXII-LXXIII ; trad. B. Watson, *Records...*, II, p. 269). Dans un récent numéro du *Tsi-k'an* (XLI/1, mars 1969, p. 67-86), Mˡˡᵉ Sang Sieou-yun soutenait que les exportations de Chou passaient par le Yun-nan et la Birmanie pour aboutir au Bengale, hypothèse

généralement admise (notamment par Pelliot, « Deux itinéraires... »,
BÉFEO, IV, 1904, p. 143, travail que M. Jao connaît par la traduction
chinoise de Fong Tch'eng-kiun). Mais en 1951 W. Liebenthal, dans un
article intitulé « The ancient Burma Road a legend? » (*J. of the Greater
India Soc.*, XV/1), avait proposé plutôt un itinéraire vers l'Inde par la
route de Tsang-ko, du Tibet et de Kāmarūpa (Assam). Dans le numéro
suivant du même périodique (XV/2, 1956, « Pūrvavideha »), Buddha
Prakash avait tenté de concilier les deux théories. M. Jao se propose de
reprendre et de compléter la documentation sur cette question.

Il traite tout d'abord des toponymes chinois P'iao-yue, P'an-yue,
P'iao 僄越, 盤越剽緤 qui correspondent, selon lui, à Pyū, Prū, Prome.
Puis il aborde le toponyme sanscrit Cīna, dont la plus ancienne mention
serait celle de l'*Artha-śāstra* de Kauṭilya (XI, 81), où il est question
« de la soie *(kauśeya)* et des tissus de Chine *(cīna-paṭṭa)*, qui naissent
de la terre de Chine *(Cīnambhūmi-jāḥ)* ». Ce texte serait antérieur au
Mahābharata et au *Mānava-dharma-śāstra*, et remonterait au règne de
Candragupta, c'est-à-dire à la fin du IVe siècle a.C. (heureux qui peut
croire à des dates dans la littérature hors-temps de l'Inde!). Cīna serait
pour Ts'in, non pas la dynastie impériale, mais l'État qui la précéda
et où avaient lieu les échanges commerciaux avec l'Ouest (comme le
supposait déjà Pelliot, « L'origine du nom de ' Chine ' », *T'oung Pao*,
XIII, 1912, p. 740, et XIV, 1913, p. 428, ou plus récemment *Notes on
Marco Polo*, I, 1959, p. 269).

M. Jao aborde ensuite le problème du *ki* des Ti 氐裘, autre produit
de provenance chinoise qui était apprécié en Inde ; le *Mahābharata*
parle de fourrures de cerf achetées en Cīna, l'*Artha-śāstra* de peaux
chinoises. Ti était un vieux nom des barbares du nord-ouest. Quant au
mot *ki*, il s'écrit aussi 貾 ou 罽 ; ce dernier caractère est défini dans
le *Chouo-wen* comme « un tissu de poil des barbares de l'Ouest ». Un
autre mot, *p'i* 紕 (ou 毞), y est à son tour défini comme « le *ki* des
Ti ». Le *Yu-kong*, un des chapitres les plus anciens du *Chou-king*
(Couvreur, p. 77 et 80), parle déjà de « peaux tressées » des barbares de
l'Ouest, *tche-p'i* 織皮, terme que les commentateurs glosent par *ki* 罽
et que Karlgren rend par « feutre » (*Glosses...*, *BMFEA*, 20, 1948,
p. 154). On ne voit pas très bien les Bengalis porter des fourrures ou du
feutre ; il pourrait s'agir de populations montagnardes de l'Inde...

Les « tissus de Chou », eux, se trouvent définis comme des tissus
« fins » (*si-pou* 絲布), dits aussi *souei* 繀 (ou 繐). Sous les Han, les barbares
de Ngai-lao (ouest du Yun-nan) produisaient encore de ces « tissus fins » ;
ils se servaient pour cela de fleurs de colatier *(sterculia planatifolia)*,
qu'ils tressaient comme de la soie ornée. La région de Ngai-lao était
riche aussi en métaux et autres matières précieuses, dans certaines
desquelles S. van R. Cammann veut voir des motifs de communications
entre l'Inde et la Chine des Han (« Archaeological evidence for Chinese
contacts with India during the Han dynasty », *Sinologica*, 5/1, Bâle,
1956). Il a peine à croire, d'autre part, que les « bambous de K'iong »
et les « tissus fins » de Chou aient eu assez de valeur pour qu'on prît
la peine de les exporter jusqu'en Inde. M. Jao réplique que ces produits

étaient fort appréciés en Chine même. D'après B. Laufer, *Sino-Iranica* (1919, p. 535-537), les bambous de K'iong, dits aussi *k'iong* tout court (écrit avec la clé du bambou 笻), étaient d'une espèce particulière qui ne se trouve qu'en Chine et notamment dans le Nord-Ouest, le bambou « carré » et non cylindrique *(bambusa quadrangularis)*, espèce recherchée pour sa solidité et dont on faisait des cannes, notamment à l'usage des moines.

M. Jao discute enfin diverses questions concernant les relations sino-indiennes : l'origine du riz et d'autres céréales, d'après la documentation historique, archéologique, philologique ; celle de la poire, dite en sanscrit *cīnanī*, « la chinoise », ou *cīna-rājaputra*, « princesse de Chine » (cf. E. H. Shafer, *The golden peaches of Samarkand*, 1963, p. 215). Il n'a malheureusement pu connaître la brillante thèse de M. Pirazzoli-t'Serstevens, *La civilisation du royaume de Dian à l'époque Han* (ÉFEO, Paris, 1974 ; Dian est Tien 滇, nom d'un royaume de la région de Ta-li au Yun-nan) ; il y aurait trouvé (p. 81-86) une discussion à jour des problèmes qui se posent à propos de la route de l'Inde à partir du Sseu-tch'ouan.

L'article se termine par un appendice sur ce que M. Jao appelle « la route de la soie maritime », c'est-à-dire celle qui doublait par mer la route terrestre de l'Asie Centrale. Les jonques de haute mer qui assuraient ce trafic étaient dites *K'ouen-louen po* 昆崙舶, K'ouen-louen étant une vieille désignation de l'Indochine ou, plus généralement, de l'Asie du Sud-Est. Ce commerce se développa à partir de l'époque des Trois Royaumes, au IIIe siècle p.C. Les autorités chinoises y trouvaient leur profit. L'Histoire des Tsin (*Tsin-chou*, XXXVII) rapporte par exemple que, sous les Tsin Orientaux (317-419), le petit-fils d'un prince de la maison impériale « envoya trois émissaires à Kiao et à Kouang » (l'Annam et les deux Kouang) « pour y faire commerce ». Sous les Ts'i Méridionaux (479-501), d'après le paragraphe final du chapitre du *Nan-Ts'i chou* sur les barbares du Sud-Ouest (LVIII), les richesses de Kiao et de Kouang, importées sur les jonques de haute mer, remplissaient les magasins du roi de Canton. Gabriel Ferrand (cité d'après la traduction de Fong Tch'eng-kiun) relève là-dessus une quarantaine de textes chinois, auxquels M. Jao apporte quelques additions. La biographie de Siun Po-yu 荀伯玉, un personnage du Ve siècle (*Nan-Ts'i chou*, XXXI), relate que les *K'ouen-louen po* exportaient principalement de la soie et du brocart, sous le contrôle direct de la famille impériale. C'était l'époque où les Romains recevaient des soieries chinoises par voie de mer... Un peu plus tard, au début du VIe siècle, on relève dans la biographie de Wang Seng-jou 王僧儒, alors gouverneur de Canton (*Leang-chou*, XXXIII), le terme de « cargaisons d'Annam » *(Yue-tchouang)*. Le mot *tchouang*, « charger », devait prendre le sens de bateau de marchandises, comme notre mot *cargo* : c'est en ce sens qu'il s'emploie encore aujourd'hui à Hainan. Vers l'an 800, ces bâtiments sont décrits dans le grand « Glossaire du Canon bouddhique » du moine Houei-lin 慧琳 (*Taishō*, no 2128 ; M. Jao ne précise pas la référence) : « Les grandes jonques de (haute) mer, appelées *po*, ... ont un tirant de six pieds (1,80 m) ; elles transportent plus de mille hommes,

sans compter les marchandises. On les appelle aussi jonques de K'ouen-
louen. La plupart des marins qui les manœuvrent sont des Kou-louen
(variante de K'ouen-louen). » Un siècle plus tôt Houei-tch'ao, dans sa
« Relation d'un voyage aux Cinq Indes », note que la Perse (alors
arabisée) « arme des bateaux de mer *(po)* pour la Chine, qui gagnent
tout droit Canton afin d'y prendre des soieries, brocarts, damas et
autres. » Ainsi donc la « route de la soie maritime » était utilisée à une
époque où celle de la Sérinde était encore en plein fonctionnement.
Elle aboutissait à Canton, en passant par Ho-p'ou sur la côte occidentale
du Kouang-tong, non loin de Kouang-tcheou wan, où l'on a retrouvé
récemment dans une tombe des Han (*K'ao-kou*, 1972/5) une céramique
portant· une inscription de Kieou-tchen, nom d'une commanderie créée
sur la côte d'Annam du temps de Han Wou-ti.

5. « *Si-nan wen-houa* » (« La culture du Sud-Ouest »). *Tsi-k'an*, XLVI/1
(fin 1974),· p. 173-203, 3 fig. au trait.

Les « Barbares du Sud-Ouest » *(Si-nan yi)* font l'objet d'un chapitre
du *Che-ki* (CXVI) qui a été traduit par B. Watson (*Records...*, II,
p. 290-296), par Cheng Tê-k'un (*J. of the West China Border Research
Soc.*, 16, Tch'eng-tou, 1945) et surtout, avec les précieux commentaires
chinois, par M. Pirazzoli-t'Serstevens, *La civilisation... de Dian* (1974,
p. 134-142). Pour l'histoire ultérieure, jusqu'au IVe siècle, les sources
essentielles sont le *Chou-lou fou* de Yang Hiong (53 a.C.-18 p.C.), le
Houa-yang kouo-tche de Tch'ang Kiu, qui descend jusqu'en 347, etc.
Mais les fouilles faites récemment à Tche-tchai chan, près de Ta-li
dans l'ancien royaume de Tien, ont livré une documentation archéolo-
gique de premier ordre. M. Jao se propose ici de tirer des sources tant
écrites qu'archéologiques quelques vues d'ensemble sur la préhistoire,
l'histoire ancienne et la culture des peuplades de cette région, surtout à
l'époque pré-impériale.

Il aborde tout d'abord les mythes et traditions se rapportant à
la haute antiquité (p. 173-175). Les légendes qui avaient cours en Chine
centrale sur les souverains mythiques des origines auraient été en
partie centrées sur Chou, c'est-à-dire sur le Sseu-tch'ouan, notamment
celles de Ts'an-ts'ong et de K'ai-ming, qui auraient été propres aux
indigènes de Chou. Les origines de Chou sont remarquables par l'âge qui
leur est assigné : 34.000 ans d'après Yang Hiong (dans les « Annales des
rois de Chou », *Chou-wang pen-ki*), 48.000 chez Li Pai (dans son magni-
fique poème « Difficile est le chemin de Chou »), 80.000 ailleurs... Quant
à la répartition ethnique et territoriale des diverses peuplades du
Sud-Ouest à haute époque, elle est fort difficile à élucider (p. 175-180).

Les données archéologiques illustrent la culture mégalithique et
celle des sarcophages de pierre du Sseu-tch'ouan primitif (p. 180-183,
et fig. 1-2, p. 181). Les royaumes de Pa, de Chou et de Tien 巴蜀滇
(Sseu-tch'ouan et Yun-nan) donnent lieu à des observations abon-
damment documentées (p. 183-188) ; sur Tien, on regrette une fois de
plus que M. Jao n'ait pu disposer de la thèse de M. Pirazzoli-t'Serstevens,
préfacée en janvier 1972, mais parue seulement vers la fin de 1974.
Un (cinquième) chapitre est consacré aux sorciers (*wou-kouei* 巫鬼,

médiums, chamanes), aux serments jurés, et aux tambours de bronze. Les *wou-kouei* restaient actifs sous les Han et les T'ang : « Ils aiment les *wou-kouei* et les interdits (tabous, *kin-ki* 禁忌) », lit-on dans le chapitre du *Heou-Han chou* sur les Barbares du Sud-Ouest ; « ils élèvent peu de bétail, et n'ont ni vers à soie ni mûriers : aussi leurs commanderies sont-elles des plus pauvres. » Quant aux tambours de bronze et aux *tchouen-yu* 錞于, instruments qu'on utilisait avec les tambours de bronze (p. 190-191), M. Jao se montre au courant des travaux occidentaux et japonais (E. C. Bunker, M. von Dewall, Nezu Shōji). Puis vient un chapitre (p. 191-195) sur l'« ouverture », la colonisation, la sinisation des territoires du Sud-Ouest à partir de l'État de Ts'in (pré-impérial). Après l'absorption du Chou par cet État, il y eut des mariages forcés entre gens de Chou et de Ts'in, ainsi que des transferts de population. Sous le Premier Empereur, 4.000 familles de Chou furent déplacées en Ts'in ; lorsque Lu Pou-wei 呂不韋, le conseiller et père putatif du souverain, tomba en disgrâce, il fut déporté avec sa famille à Chou où il se suicida en 235 a.C.

Dès cette époque, le Sseu-tch'ouan et le Yun-nan disposaient de trois grandes routes de communication (p. 192-193) : celle du Bœuf d'or (Kin-nieou tao), plus tard appelée les Planches suspendues du Sud (Nan-tchan), entre Ts'in et Chou ; celle des Habits bleu-vert (Ts'ing-yi tao), du nom d'une peuplade, qui a été aussi celui d'une préfecture *(hien)* du Sseu-tch'ouan sous les Han ; la route de Po (Po tao-lou), du nom d'une autre peuplade et préfecture. La topographie et l'historique de ces routes antérieures aux Han sont examinés en détail.

En terminant, M. Jao fait observer que le principe colonial de l'administration indirecte par l'intermédiaire de chefs indigènes ne date pas des Ming comme on le dit souvent, mais remonte aux Ts'in et aux Han. Les Chinois ont un passé de colonialisme et d'impérialisme qui n'a rien à envier au nôtre. Ils le savent bien aujourd'hui...

En terminant ces résumés d'articles parus dans le « Bulletin » de l'Academia Sinica, je prends la liberté de protester contre le constant massacre typographique des noms et des mots étrangers cités en caractères latins et contre la qualité déplorable des planches reproduisant des manuscrits. De telles négligences sont inadmissibles dans une publication académique de diffusion internationale.

6. « *T'ong-kou siu-louen* » (Notes additionnelles sur les tambours de bronze »). *Tong-Wou ta-hiue Tchong-kouo yi-chou-che tsi-k'an* (« Bulletin d'histoire de l'art chinois de l'Université de Wou Oriental ») (i. e. Soutcheou du Kiang-sou, transférée à Taiwan), 3 (août 1974), p. 29-35, 9 planches, 3 p. de résumé en anglais (assez incomplet).

Fait suite à un article de la même revue sur les tambours de bronze de l'ancien Musée Central du continent et d'autres, actuellement conservés dans divers musées et collections privées de Taiwan. Il y est également question de pièces conservées à Java, à Singapore, en

Malaisie et au Musée Louis Finot de Hanoi (sur lesquelles voir
L. Vandermeersch, « Bronze kettledrums of Southeast Asia », *J. of
Or. Studies*, 3, Hongkong, 1956, p. 291-298 et 16 pl.). Discussions,
comparaisons ; informations sur les emplois religieux de ces objets,
tirées d'œuvres littéraires chinoises. Il y a sur les tambours de bronze
un chapitre bien documenté dans le livre récent de M. Pirazzoli-
t'Serstevens sur le royaume de Tien (1974), p. 53-62, qu'en raison de sa
date M. Jao ignore comme il y est ignoré.

7. *« Mo-tchou k'o-che, kien louen mo-tchou yuan-lieou »* (« Les bambous à
l'encre, avec un essai sur leur origine et leur évolution »). *Kou-kong k'i-k'an*
(« Revue trimestrielle du Musée de l'Ancien Palais »), VIII/1 (Taipei, 1974),
p. 45-46, 10 planches, 11 p. de résumé en anglais (par L. Yuhas, détaillé et bien
rédigé).

Article publié à l'occasion d'une exposition de peintures de bambous
au Musée de l'Ancien Palais, à Taipei (1973). Traite tout d'abord de
peintures de bambous connues par des gravures sur pierre, d'après
des estampages de l'Institut de l'Academia Sinica provenant notamment
des plinthes du temple taoïste de Sou-tcheou (ci-dessus, n° 1).

On fait généralement remonter la représentation du bambou dans
l'art chinois à une stèle Han du temple de Confucius à K'iu-feou, qui
passe pour être couverte de feuilles de bambou gravées. C'est une
illusion, datant d'un recueil épigraphique des Ming ; d'aucuns ont
soutenu qu'il s'agissait d'une inscription en graphie *li* des Han, devenue
illisible. Le document épigraphique le plus ancien actuellement connu
serait un dessin sur brique des Tsin Orientaux (317-420), récemment
trouvé dans une tombe de Nankin (*Wen-wou*, 1960/8-9) et où l'on voit
un des Sept sages du Bosquet des bambous, Jouan Hien 阮咸 (234-305),
se tenant auprès de deux tiges de bambou, dûment segmentées et pour-
vues de larges feuilles. Sous les T'ang, Wang Wei (699-759) était connu
comme peintre de bambous. Il y a des gravures sur pierre, sans doute
tardives, des paysages de sa villa du Val aux jantes (*Wang-tch'ouan l'ou*
輞川图) qui comportent des bambous. A Paris, le Musée Guimet conserve
une peinture de la « Kouan-yin à la lune dans l'eau » signée par
Ma Kan-tsin 馬千進 en 943, avec des bambous à l'arrière-plan (voir
Matsumoto Eiichi, *Tonkō-ga non kenkyū*, 1937, pl. xcviii B) ; aussi une
autre, non datée, du même sujet avec un grand bambou (cf. Nicolas-
Vandier, *Bannières et peintures de Touen-houang conservées au Musée
Guimet*, 1974, pl. vii et p. 167-168). Matsumoto reproduit aussi
(pl. cxcviii a) une peinture sur soie, également de Touen-houang,
représentant une *apsaras* volant à côté de rochers où poussent des
bambous.

Le bambou apparaît donc fréquemment dans les peintures T'ang
de Touen-houang. Ils y sont représentés d'après la technique dite du
« double contour » (*chouang-keou* 雙鉤), tandis qu'un peu plus tard
apparaît celle de la « chaîne de contour de fer » (? *t'ie-keou so* 鐵鉤索).
Sous les Song, dans une peinture de l'empereur Houei-tsong (1101-
1125), les plus menus détails ont leurs contours ; on peut compter les
traits (pl. vii). A partir des Yuan, avec Tchao Mong-fou (1254-1322) et

autres, la technique calligraphique s'introduit dans la peinture de bambous (pl. x, Musée de l'Ancien Palais).

8. « *Ts'eu yu houa — louen yi-chou ti houan-wei wen-t'i* » (« Le ' texte à chanter ' et la peinture : sur la question d'une transposition des arts »). *Kou-kong k'i-k'an*, VIII/3 (1974), p. 9-20, 11 planches, 12 p. de résumé en anglais (par L. Yuhas, très soigné).

A l'exposition de peintures de bambous de 1973 (voir sous 7) figuraient deux peintures de « bambou au vermillon » (*tchou-tchou* 朱竹) du célèbre peintre des Ming Wen Pi (*tseu* Tcheng-ming) 文璧(正伯), 1470-1559, portant chacune en haut un seul et même « poème à chanter » *(ts'eu)* sur le bambou au vermillon, dû à un poète non moins célèbre des Yuan, Kao K'i (*tseu* Ki-ti) 高啓(季迪), 1336-1374 ; cf. pl. i-ii, p. 21. Ce choix, par le peintre lui-même évidemment, d'un *ts'eu* sur le sujet de ses peintures comme épigraphe de celles-ci, indique de sa part un souci d'assurer à son œuvre des résonances plus profondes en faisant intervenir une sorte de transposition des deux arts, qui « échangent leurs places » (*houan-wei* 換位) comme le dit M. Jao dans le titre de son article.

Il y a sur le *ts'eu* une maxime d'un auteur de *ts'eu* des Ts'ing, qu'on cite volontiers dans les traités ou les propos d'esthétique sur le *ts'eu* : « Si ce n'est en faisant des choses inutiles, comment passer cette vie limitée? » Or cette boutade est tirée d'un ouvrage des T'ang sur la peinture, le *Li-tai ming-houa ki* de Tchang Yen-yuan (847 ; trad. W. R. B. Acker, 1954, p. 212). Les « choses inutiles », ce sont donc celles de la peinture aussi bien que du *ts'eu*.

Les « peintures à *ts'eu* » *(ts'eu-houa)* se multiplient à partir des Song, et l'on parle aussi de peintures « inspirées de *ts'eu* » *(ts'eu-yi)*, de même que plus anciennement on parlait de peintures « inspirées de poésies régulières » *(che-yi)*. D'autre part, la littérature de *ts'eu* est une riche source d'informations sur l'histoire de la peinture, et le vocabulaire de l'esthétique du *ts'eu* fait usage de termes techniques empruntés à l'esthétique picturale, ce qui est assez naturel puisque les *aficionados* du *ts'eu* étaient souvent aussi des peintres. La collection des *ts'eu* de Houa Siu (*tseu* Hi-yi) 華胥(羲逸), un peintre des Ts'ing, est intitulé « Partition (à chanter) qui reste après la peinture » (*Houa-yu p'ou* 畫餘譜).

Le lettré chinois, autrefois, conclut M. Jao, était moins spécialisé qu'aujourd'hui ; il cultivait à la fois plusieurs arts, sans compter l'érudition historique et philologique, et passait en se jouant de la poésie à la peinture et à la calligraphie. — Il suffirait d'ajouter la musique pour appliquer une telle définition à M. Jao lui-même.

9. « *Kou k'in ti tchö-hiue* » (« La philosophie de la ' cithare antique ' »). *Houa-kang hiue-pao* (« Journal savant de Houa-kang », VIII (Taipei, juillet 1974), p. 429-446.

La cithare à sept cordes, dite « antique » (*kou-k'in* 古琴), a été de tout temps l'instrument préféré des lettrés chinois, celui dont on joue dans l'intimité ou dans la solitude et qui exprime les états d'âme les plus profonds et les plus subtils. Elle a fait l'objet d'un livre de R. van Gulik, qui en était un praticien émérite, *The lore of the Chinese lute* (Tōkyō, 1940), de caractère plutôt technique. M. Jao, qui lui aussi en joue avec maîtrise et en possède plusieurs spécimens anciens, se propose de présenter dans le présent article la « philosophie » de cet instrument, les idées qui s'y associent, en particulier dans chacune des « trois doctrines ».

Il commence par illustrer par des citations la fonction qui lui était attribuée dans l'antiquité. Cette fonction était bien dans l'esprit du confucianisme : c'était la « culture de soi-même » *(sieou-chen)*. Jouer de la cithare, c'était « faire résonner l'intégrité » *(ming-k'ien* 鳴謙, *Yi-king*, 15e hexagramme). « Les instruments à cordes de soie ont un son plaintif », lit-on dans le *Li-ki* (« Traité sur la musique », Couvreur, II, p. 93) : « ils inspirent l'intégrité, et celle-ci favorise la volonté. À entendre le son de la cithare, l'homme de bien pense à se conduire comme un sujet qui a le sens du devoir. » La cithare est raffinée *(ya)*, comme les hymnes rituels du *Che-king*. Le poète Hi K'ang (223-262), grand amateur de cithare, célèbre pour en avoir joué au moment de sa mise à mort, la définissait comme un instrument simple *(sou* 素), mais dont on tirait des effets raffinés *(ya* 雅) — quelle belle définition de l'art chinois ! — ; il fallait s'en incorporer *(t'i)* les sept cordes pour mettre tout son cœur à se connaître soi-même (D. Holzman, *La vie et la pensée de Hi K'ang*, 1957, p. 37-38, 50, 144).

La cithare sert à calmer le cœur *(sin)* ou à en exprimer les sentiments : *k'in-sin*, « le cœur citharisé », lit-on dans le *Che-ki* (biographie de Sseu-ma Siang-jou) ; et un des grands traités de physiologie taoïste, le « Livre de l'aspect intérieur de la Cour jaune » *(Houang-t'ing nei-king king)*, était aussi appelé « Texte du cœur citharisé du Très-haut » *(T'ai-chang k'in-sin wen)*. Hi K'ang, qui était taoïste, parle de la « cithare intérieure » *(nei-k'in)* qui permet à un musicien de vivre jusqu'à cent quatre-vingts ans sans recourir aux drogues de longue vie (Holzman, p. 106 et 169). Ou bien encore, les taoïstes trouvaient dans la cithare un principe d'équilibre et d'harmonie *(tchong-ho* 中和). Le plus grand écrivain du taoïsme médiéval, T'ao Hong-king (456-536), dans sa « Révélation de vérité » *(Tchen-kao)*, écrit que le Très-haut Homme de vérité, parlant du jeu de la cithare, disait qu'il devait être « bien équilibré *(tchong)*, ni trop lent ni trop rapide », et qu'il en allait de même de l'étude du Tao : « Si le cœur est bien tempéré et détendu, tout comme le jeu de la cithare, alors on obtiendra le Tao. »

Quant aux bouddhistes, il leur arrivait d'adapter à la pratique de la cithare la notion du vide, de la vacuité. Dans les biographies du poète T'ao Ts'ien *(tseu Yuan-ming, 365-427)*, qui passe pour avoir fait partie d'une association bouddhique, on lit qu'il avait une « cithare sans cordes » et que, dans les réunions entre amis, il la caressait et la tapait, disant : « Il suffit de savoir qu'il y a là de quoi faire plaisir ; à quoi bon se fatiguer à faire résonner des cordes ? »

10. « *Li Pai tch'ou-cheng ti* — *Souei-ye* » (« Le lieu de naissance de Li Pai : Souei-ye »). *Tong-fang wen-houa* (« J. of Oriental Studies, Hong Kong University »), XII/1-2 (1974), p. 41-57, 1 p. de résumé en anglais (médiocre).

On fait généralement naître le poète Li Pai (Li Po, *tseu* T'ai-po, 701-763 ?) soit à Souei-ye 碎葉 (Suy-ab), l'actuel Tokmak dans la République soviétique des Kirghiz, non loin d'Alma Ata, soit en route pour la Chine où son père, qui avait vécu en pays barbare, l'emmena peu après sa naissance. Telle est du moins l'opinion d'A. Waley dans son livre *The poetry and career of Li Po* (1952, p. 103) et, plus récemment, de Kouo Mo-jo (*Li Pai yu Tou Fou*, 1972, p. 3). M. Jao semble ignorer le gros volume de recherches sur Li Pai d'Ono Jitsunosuke, *Ri Taihaku no kenkyu* (1959 ; analysé dans *RBS*, 5, 1965, n° 590), qui le fait naître au Seu-tch'ouan. Le propos de M. Jao, dans le présent article, est d'établir que le Souei-ye des T'ang était bien le Tokmak moderne, et non pas Karachar (Yen-k'i) comme semblent l'indiquer certaines sources anciennes. Il consacre à la géographie de l'Asie Centrale à cette époque une étude fortement structurée et documentée, où il traite notamment des « Quatre places-fortes » *(sseu-tchen)* conquises par les T'ang, dont l'une semble bien avoir été Souei-ye, comme c'est le cas dans un document de 686 récemment découvert à Tourfan (*Wen-wou*, 1972/1). Souei-ye a fait encore dans *Wen-wou*, 1975/8, l'objet de deux articles qui confirment les vues de M. Jao.

11. « *K'iu-tseu ' Ting Si-fan'* — *' Touen-houang k'iu'* che-pou tche yi » (« L'air ' Pacifier les Barbares de l'Ouest ' : un complément aux *Airs de Touen-houang* »). *Sin-chö hiue-pao* (« J. of the Island Society »), 5 (Singapore, 1974), p. 1-3, 1 pl. (fac-similé du manuscrit, à peine lisible).

Il s'agit du manuscrit de Touen-houang P. 2641, signalé à M. Jao par M. Tso King-k'iuan (*tseu* Tong-heou) 左景權(束假) de Paris après la parution en 1972 du volume *Airs de Touen-houang* (titre chinois : *Touen-houang k'iu*), recueil de « textes à chanter » (*ts'eu* 詞) sur des airs musicaux (*k'iu, k'iu-tseu* 曲,曲子) qui leur servent de « timbres » (*tiao* 調). Le « texte » ici édité, déchiffré et commenté comporte trois colonnes écrites au verso d'un rouleau, parmi d'autres pièces dont la plupart semblent être de la même main. C'est le plus ancien « texte » connu sur le « timbre » intitulé « Pacifier les Barbares de l'Ouest » *(Ting Si-fan)*, ces Barbares n'étant autres que les Tibétains, *T'ou-fan* *(T'ou-po)* ; *Si-Fan* pour *T'ou-fan* est attesté au VIIIᵉ siècle dans un poème de Tou Fou.

Ce titre de timbre se trouve déjà dans le « Mémoire sur le conservatoire » *(Kiao-fang ki)* de Ts'ouei Ling-k'in au VIIIᵉ siècle. En dehors du ms. P. 2641, il y en a trois « textes » de Wen T'ing-yun (*tseu* Fei-k'ing) 温庭筠(飛卿), 812-872, dans le « Recueil parmi les fleurs » *(Houa-kien tsi)* de 940, deux de Wei Tchouang (*tseu* Touan-hi) 韋莊(端已), 837-910, dans un autre recueil de *ts'eu* du Xᵉ siècle, intitulé « Devant les cruches » *(Tsouen-ts'ien tsi)* ; la structure prosodique y est la même que dans P. 2641, sauf que chez Wen T'ing-yun le troisième vers compte trois et non quatre pieds. On en trouve aussi des « textes » sous les Song, avec une structure légèrement différente.

Dans P. 2641, le schème métrique est le suivant : première strophe de 6-3-4-3, avec rime en 3 et 4 ; deuxième strophe de 6-5-6-3, avec rime en 2 et 4. La rime est en -an (-*ân, *-ăn, *-an) au premier ton.

Voici le texte, avec un essai de traduction :

曲子一首
寄在定西蕃

事従星車入塞
衝砂磧
四月風寒
度千山

三載方達　王命
豈¹⁾辭辛苦報
為布我皇綸綍
定西蕃

1) Écrit 豈　2) Écrit 詞

Air, une pièce, placée sous (le timbre) « Pacifier les Barbares de l'Ouest ».

Avec le char aux étoiles, il a fallu entrer en région frontalière,
Affronter le désert de sable,
Où en (pleine) quatrième lune le vent est froid,
Et traverser mille montagnes.

C'est la troisième année seulement qu'est parvenu l'ordre royal :
Comment se serait-on refusé à une dure peine,
Pour proclamer l'édit de notre empereur
Sur la pacification des Barbares de l'Ouest ?

M. Jao pense que le « char aux étoiles » (celui qu'on prend au petit matin?) fait allusion à un ambassadeur envoyé par la cour des T'ang, et qu'il pourrait s'agir soit des négociations entre la Chine et le Tibet qui eurent lieu au cours des années 780-787, soit d'une mission envoyée à Touen-houang après la reconquête de Touen-houang par Tchang Yi-tch'ao en 848 (?). Il n'explique pas les « trois années » du 5e vers. Au 3e vers, la quatrième lune est la première de l'été chinois, vers notre mois de mai. Le terme pour « édit » employé au 7e vers, *louen-fou*, est tiré du *Li-ki* (ch. xxx, Couvreur, II, p. 517-518). Un des *ts'eu* de Wen T'ing-yun, qui doivent dater des années 847-859, parle lui aussi d'une ambassade chinoise.

12. « *Ta-Ying po-wou-kouan ts'ang S. 5540 Touen-houang ta-ts'ö k'iu-tseu ts'eu ' Tchang-ngan ts'eu ', ' Chan-houa-tseu ' ki k'i t'o* » (« Textes d'airs d'un grand livret de Touen-houang, S. 5540, conservé au British Museum : ' Texte sur Tch'ang-ngan ', ' Les fleurs de montagne ' et autres »). *Sin-Ya hiue-pao* (« New Asia Journal »), XI (Hongkong, 1974), p. 49-56.

Une première édition du « Texte à chanter sur Tch'ang-ngan », d'après le manuscrit de Leningrad L. 1369, figure dans *Airs de Touen-houang* (1972 ; p. 55 du texte chinois), avec une traduction, intitulée « Tch'ang-ngan centre du monde civilisé » (p. 99 du texte français). Une « Note » complémentaire de M. Jao, tenant compte du manuscrit de Londres S. 5540, dûment nettoyé par le conservateur du British

Museum à la demande d'H. Vetch de Paris, a été traduite et annotée en français par cette dernière dans *T'oung Pao*, LX1/3 (1974), avec des fac-similés des deux manuscrits et une version française rectifiée du poème. C'est l'original chinois de cette « Note », quelque peu modifié, qui est publié ici.

Il est suivi (p. 53-56) de l'édition d'un autre texte à chanter, « Les fleurs de la montagne » *(Chan-houa ts'eu* 山花詞), qui figure dans le même manuscrit de Londres, S. 5540. Deux pièces sur ce timbre se trouvent dans le recueil de *ts'eu* « Parmi les fleurs » (940), elles aussi structurées 7-7-7-3, en deux strophes sur la même rime aux 1er, 2e et 4e vers, mais au ton égal au lieu du ton oblique de S. 5540. Ce deuxième texte, lui aussi édité dans *Airs de Touen-houang* (texte chinois, p. 105), et qui l'avait été précédemment par Wang Tchong-min (1950) et par Jen Eul-pei (1955), est une complainte de séparation amoureuse. Le fait curieux est que la popularité de cette forme prosodique est attestée au loin jusqu'à Ta-li au fond du Yun-nan, où les indigènes eux-mêmes l'adoptèrent. On trouve encastrée dans le mur d'un temple bouddhique sur l'îlot de Hi 嘉州, près de Ta-li, une stèle dite des « Fleurs de la montagne » *(Chan-houa pei)*, portant vingt couplets dus à un lettré des Ming et qui présentent la même structure métrique, mais avec au 4e vers cinq pieds au lieu de trois (7-7-7-5) ; les rimes sont de ton oblique comme dans S. 5440 (cf. *Wen-wou*, 1961/8). Cette stèle est annotée par un lettré local qui y relève des mots et des particularités phonétiques propres au parler des indigènes, les Pai (ou Po) 白. La langue de ce document a été étudiée par T'ou Yi-kien dans un « Recueil d'articles sur les origines et la formation de la peuplade Pai du Yun-nan » (1957 ; voir aussi sur cette peuplade *RBS*, 3, nº 71, 4, nº 62, etc.). Une autre stèle des Ming, à Ta-li même, porte à son revers un « texte » sur « Les fleurs de la montagne » qui relate des faits historiques de l'époque des Cinq Dynasties. De nos jours encore, note Siu Kia-jouei 徐嘉瑞 dans son « Histoire de la culture ancienne de Ta-li » *(Ta-li kou-tai wen-houa che)*, la forme en 7-7-7-5 s'emploie dans des chansons populaires en langue Pai qui circulent à Ta-li. Étrange fortune d'une forme lyrique issue sans doute des boudoirs de chanteuses légères de la métropole !

13. « *Hiao-chouen kouan-nien yu Touen-houang fo-k'iu* » (« La notion de piété filiale et les ' airs bouddhiques ' de Touen-houang »). *Touen-houang hiue* (« Études sur Touen-houang »), 1 (Hongkong, 1974), p. 69-78.

En éditant les pièces bouddhiques des *Airs de Touen-houang* (1972), qui reflètent les croyances populaires des bouddhistes des T'ang, M. Jao a été frappé par deux traits qui les caractérisent : d'une part la notion récurrente de l'impermanence *(wou-tch'ang, anityatā)*, de l'autre l'insistance à introduire dans l'éthique bouddhique le principe confucianiste de la piété filiale *(hiao-chouen* 孝順).

Dans un article intitulé « Filial piety in Chinese Buddhism » *(HJAS*, 28, 1968, p. 81-97), K. Ch'en a montré comment l'hérésie bouddhique, pour être acceptée en Chine, a dû faire place à la piété filiale. Les bouddhistes chinois récitaient des *sūtra* ou se livraient à d'autres œuvres méritoires non seulement pour le salut de leurs parents et de leurs ancêtres, mais pour celui de tous les êtres. Or l'universalisation de la piété filiale est prônée dans un traité purement confucianiste comme le *Ta-Tai li-ki* (ch. 52, k. iv), qui attribue à Tseng-tseu, disciple réputé pour sa piété filiale, la distinction entre trois sortes de pitié filiale, la grande, la petite, la moyenne, la grande étant définie comme intégrale (*pou-k'ouei* 不匱, « rien n'y manque »), définition empruntée du reste au *Che-king* (Couvreur, p. 356 ; Karlgren, glose 247). Ou encore, le même ouvrage cite un peu plus loin ce mot attribué à Confucius lui-même : « Abattre un arbre ou tuer une bête intempestivement, cela est contraire à la piété filiale. » Celle-ci s'étend donc aux végétaux et aux animaux. C'est la *prāṇātipāta-virati* du Mahāyāna, s'exclame M. Jao! On sait du reste comment, à partir des Han, la piété filiale s'est extrapolée en loyalisme *(tchong)* à l'égard de l'empereur, père du peuple. Sous les T'ang, vers l'an 800, un auteur bouddhiste, Fa-lin 法琳, dans son « Traité de l'orthodoxie » (*Pien-tcheng louen*, cité *Taishō*, nᵒ 2103, xiii, p. 183c, l. 13-14), se référant au passage précité sur la « grande » piété filiale, remarquait qu'une telle doctrine ne se différenciait pas de celle du bouddhisme.

M. Jao traite ensuite du « Mémoire sur la double bonté » *(Chouang-ngen ki)*, un *pien-wen* de Touen-houang récemment publié à Leningrad d'après L. 1470, et où il s'agit des bontés reçues des deux parents et de la manière dont les bouddhistes doivent les en rétribuer (cf. *T'oung Pao*, LXI, 1975, p. 161-169). Il apporte sur ce texte quelques compléments aux recherches des savants soviétiques et de P'an Tchong-kouei (cf. *ib.*, p. 166). Puis il passe à l'étude des nombreux textes bouddhiques de Touen-houang qui se rapportent à la piété filiale, et publie les notes détaillées qu'il a prises à Paris, en 1966, sur une demi-douzaine de ces textes qui n'ont pas trouvé place dans *Airs de Touen-houang*, à savoir P. 2633, 2721, 2843, 3386, 3582 et 3910. Il en signale autant d'autres, mais sans relever ceux que j'ai édités et traduits sous le titre « Adieu maman » dans *BSOAS*, XXXVI/2 (1973), p. 271-286 ; c'est la complainte, en vers à refrains, d'un moinillon qui se désole d'avoir quitté ses parents et surtout sa mère.

Il se réfère enfin à des textes taoïstes sur le même sujet, car le taoïsme, lui aussi, a dû s'accommoder de la pitié filiale. Et il termine en évoquant l'étonnant psychodrame du *Ratnamegha-sūtra* où l'on voit un Bodhisattva, devant un désespéré qui se ronge de remords excessifs, se transformer en meurtrier de ses père et mère, puis reprendre sa forme de saint, faisant apparaître ainsi au pécheur angoissé la possibilité de faire son salut (voir mon étude « Le bouddhisme et la guerre », dans *Mélanges de l'Institut des Hautes Études chinoises*, I, 1957, p. 383-384). Une des versions chinoises de cette histoire, si bien faite pour horrifier les confucianistes, était l'œuvre de thuriféraires de l'impératrice Wou (*Taishō*, nᵒ 660), laquelle avait sur la conscience le meurtre de deux de ses fils et de plusieurs parents de son mari. Aussi les puritains néo-confucianistes des Ming n'hésitèrent-ils pas à dénoncer dans ce passage une interpolation destinée à justifier par l'autorité scripturaire l'usurpatrice sacrilège. En quoi ils se trompaient, quoi qu'en ait M. Jao : car toutes les autres versions du *sūtra* (*Taishō*, nᵒˢ 489, 659, 661) comportent elles aussi ce passage, qui est parfaitement conforme à l'éthique « profonde » du

Mahāyāna, laquelle n'hésite pas à admettre le meurtre comme un « expédient » en vue du salut des hommes *(fang-pien, upāya)*, ainsi que je le montrais en 1957.

14. « Fang Yi-tche yu Tch'en Tseu-cheng » (« Fang Yi-tche et Tch'en Tseu-cheng »). *Ts'ing-houa hiue-pao* (« Tsing Hua J. of Chinese Studies »), N.S.X/2 (Taipei, juillet 1974), p. 170-174, 1 p. de résumé en anglais.

Fang Yi-tche 方以智 (1611-1671 ?) était un de ces lettrés originaux et libertaires du XVIIe siècle, période de grande effervescence intellectuelle, qui se refusa à reconnaître le gouvernement mandchou et suivit les derniers représentants des Ming dans le Sud, où il finit par se faire moine bouddhiste et mourut au Kiang-si, peut-être de sa propre main. Ses dernières années ont fait l'objet d'un livre récent de Yu Ying-che, de l'Université Harvard, président du Sin-Ya chou-yuan (New Asia College) de Kowloon pendant les années 1973 à 1975 *(Fang Yi-tche wan-tsie k'ao*, Hongkong, 1972 ; remarquable compte rendu de W. J. Peterson dans *HJAS*, 34, 1974, p. 292-299). M. Jao a trouvé dans les œuvres d'un autre « loyaliste » des Ming, Tch'en Tseu-cheng 陳子升, originaire du Kouang-tong, lui aussi devenu moine bouddhiste (et auteur d'un commentaire du *Tchouang-tseu)*, des lettres et autres témoignages complétant la documentation du Yu Ying-che. Il les publie et les commente ici.

En dehors des travaux publiés en 1974, et analysés ci-dessus, M. Jao a continué, au cours de cette même année, à mettre au point un grand recueil de manuscrits de Touen-houang contenant des fragments du *Wen-siuan* 文選 , la célèbre « Anthologie littéraire » compilée au début du VIe siècle par Siao T'ong, un prince de la dynastie des Leang, et augmentée sous les T'ang, aux VIIe et VIIIe siècles, de deux commentaires non moins célèbres. Ce sont là des ouvrages fondamentaux pour la littérature chinoise non canonique. Le travail de M. Jao, en vue duquel il a reçu par mon entremise des photographies de nombre de manuscrits de la Bibliothèque nationale, doit comprendre une introduction sur le rôle joué par l'« Anthologie » dans l'histoire de la culture et de la société chinoises, avec plusieurs chapitres sur des questions connexes d'histoire et de bibliographie, puis l'édition critique des fragments de Touen-houang et, si possible, leur reproduction en fac-similé.

Un autre ouvrage, commencé à l'Université Yale en 1970 et dont la rédaction est achevée, est une étude sur la théorie de la « succession légitime » *(tcheng-t'ong louen* 正統論) qui a joué un grand rôle dans l'historiographie chinoise. Celle-ci n'a reconnu comme légitimes (*tcheng,* « correctes », authentiques) que vingt-quatre des histoires dynastiques, les autres dynasties passant pour illégitimes (*wei* 偽, « fausses », ou *pa* 霸, « usurpatrices »). Cette distinction a donné lieu à force discussions et controverses au cours des siècles ; M. Jao en retrace les épisodes (jusque chez les bouddhistes), avec en appendice un tableau chronologique des éditions du *Wen-siuan* et des études qu'elle a suscitées. Ce travail est prêt pour la publication; il n'a pu paraître cependant pour un symposium d'historiographie comparée qui doit se tenir aux États-Unis cet automne et où le professeur A. C. Wright, éminent sinologue qui occupe la chaire d'histoire à l'Université Yale, se propose de comparer cette doctrine chinoise avec des idées similaires qui ont eu cours dans notre antiquité méditerranéenne.

Un autre travail en cours de rédaction, commencé en 1967 lors de la nomination de M. Jao à l'Université de Singapore, est un florilège de documents chinois sur l'histoire de Singapore aux temps modernes : sources historiques officielles et privées, lettres, biographies, recueils de notes *(pi-ki)*, registres généalogiques, collections littéraires, journaux, etc. (les sources épigraphiques ont déjà fait l'objet d'autres publications de M. Jao), y compris un certain nombre de matériaux inédits et de pièces rares. La rédaction devrait être achevée en 1976.

M. Jao m'a remis en outre le manuscrit d'un long post-scriptum *(pa,* postface) à un « Journal de voyage à Tientsin » (en chinois, *Vãng Tân nhụt-ký* 往津日記) inédit, dû à un fonctionnaire de la cour de Huê qui fut envoyé en mission diplomatique en Chine de janvier 1883 à janvier 1884, au moment du conflit franc-chinois, et nota jour par jour ce qu'il voyait et entendait, en particulier les entretiens qu'il eut avec de nombreux fonctionnaires et lettrés chinois ; il était lui-même bon connaisseur du chinois littéraire. M. Jao relève dans sa postface maintes données tirées des sources chinoises sur les relations littéraires entre Chinois et Vietnamiens à cette époque, et il exprime le vœu que ce document puisse être publié avec une traduction (ou un résumé) en français ; j'ai moi-même à peu près traduit la postface de M. Jao.

Du 16 au 22 novembre 1976, M. Jao a été invité au Japon par l'Association des études sur l'Asie du Sud-Est (Tōnan-Ajia gakkai), où il a fait une communication sur des matériaux chinois concernant l'histoire de la Birmanie et du royaume de Pagan ; cet exposé sera traduit en japonais et publié à Tōkyō.

Il se propose de venir passer une grande partie de l'année 1976 à Paris où, tout en poursuivant ses recherches, notamment sur les manuscrits de Touen-houang, il pourra faire bénéficier les sinologues français de sa science, et aussi surveiller l'impression de son travail sur les *Peintures monochromes de Touen-houang (Touen-houang pai-houa* 敦煌白畫), c'est-à-dire sur les manuscrits illustrés de Paris, avec de nombreuses planches et un texte chinois considérable et fort technique, accompagné de son adaptation en français par M. Pierre Ryckmans, de l'Université nationale d'Australie à Canberra, spécialiste de la peinture chinoise. Cet ouvrage, dont la partie chinoise est prête depuis assez longtemps, doit former un volume des publications de l'École française d'Extrême-Orient ; il fera suite à *Airs de Touen-houang (Touen-houang k'iu)*, édité en 1972 par le Centre national de la Recherche scientifique.

1er octobre 1975.

原載 *Bulletin de l'École Française D'Extrême-Orient Tome LXIII   Paris, 1976*

談饒宗頤史學論著

季羨林

　　饒宗頤教授是著名的歷史學家、考古學家、文學家、經學家，又擅長書法、繪畫，在中國台灣省、香港，以及英、法、日、美等國家，有極高的聲譽和廣泛的影響。由於一些原因，在中國大陸，他雖然也享有聲譽，他的論著也常常散見於許多學術刊物上，而且越來越多；但是他的著作還沒有在大陸上獨立出版過，因而限制了大陸學人對饒先生學術造詣的了解。這不能不説是一件令人十分遺憾的事。現在應中山大學胡守爲教授之請，饒先生自己編選了這一部《饒宗頤史學論著選》，準備在大陸出版，這真是史壇佳話，大陸學人會熱烈歡迎，這是毫無疑問的。

　　完全出我意料之外，饒先生表示希望我能爲他的選集寫一篇序言。我毫不遲疑地答應了下來，並不是因爲我自認有這能力，我的能力是不够的，而是因爲我認爲這是一個光榮的任務和職責。同聲相應，同氣相求，古人對此，早有明訓，大陸和大陸以外的同行們是應該相應、應該相求的。這對繁榮學術、交流感情，會有很大的裨益。更何況是像饒宗頤教授這樣一個著作等身的學者呢？幾年以前，饒先生把自己的大著《選堂集林・史林》三巨册寄給了我。我仔細閱讀了其中的文章，學到了很多東西。在大陸上的同行中，我也許是讀饒先生的學術論著比較多的。因此，由我採用序言的形式介紹一下饒先生的生平和學術造詣，可能是比較恰當的。中國有兩句古話："桃李不言，下自成蹊。"即使我不介紹，饒先生的學術成果，一旦在大陸上刊佈，自然會得到知音。但是，介紹一下難道不會比不介紹更好一點嗎？在這樣的考慮下，我不避佛頭着糞之諷，就毅然答應寫這一篇序言。

我首先想介紹一下饒先生的生平。

饒宗頤，字固庵，號選堂，一九一七年六月生於廣東省潮安縣，幼承家學，自學成家。自十八歲起，即嶄然見頭角。此後在將近五十年的漫長的歲月中，在學術探討的許多領域裏做出了顯著的成績，至今不衰。爲了醒目起見，我在下面列一個年表：

一九三五──三七	中山大學廣東通志館纂修，共三年
一九四四──四五	無錫國專（遷廣西時）教授
一九四六	廣東文理學院教授
一九四七──四八	汕頭南華大學文史系主任教授，兼《潮州志》總編纂
一九四八	廣東省文獻委員會委員
一九五二──六八	香港大學中文系講師、教授，共十六年。其間，一九六三年在印度班達伽（Bhandarkar）東方研究所研究
一九六八──七三	新加坡國立大學中文系首任教授兼系主任，共五年
其間一九七〇──七一	美國耶魯大學客座教授
一九七二──七三	台灣中央研究院歷史語言研究所研究教授，共五個月
一九七三──七八	香港中文大學中文系教授、系主任
一九七八年	九月退休
一九七八──七九	法國高等研究院（l' Ecole Pratique des Hautes Etudes）第五組宗教部門，客座教授，共一年
一九八〇	日本京都大學及人文科學研究所客座，

共四個月

現爲香港中文大學名譽教授（中文系）及藝術系榮譽教授，兼澳門東亞大學客座教授。一九八二年，香港大學名譽文學博士。一九六二年，獲法國儒蓮漢學獎（ Prix Stanislas Julien, Academie des 1′nsriptions et Belles Lettres ）。又曾爲法國科學中心（ C.N.R.S. ）、遠東學院（ E.F.E.O. ）研究員。一九八二年，被選爲法京亞洲學會（ Société Asiatique ）榮譽會員。

現在介紹饒先生的著作。著作涉及的面很廣。根據饒先生自己的歸納，分爲八個門類：（下面所列以專書爲主）

一、敦煌學

1. 《敦煌本老子想爾注校箋》　香港，一九五六年。
2. 《敦煌曲》與 Paul Demiéville 教授合著，法國科學中心印，一九七一年。《敦煌曲訂補》　史語所集刊。
3. 《敦煌白畫》　法國遠東學院考古學叢刊，一九七八年。
4. 《敦煌書法叢刊》　日本二玄社印，共二十九册。一九八三年。（月出一册）

二、甲骨學

1. 《殷代貞卜人物通考》　香港大學出版社，一九五九年。
2. 《巴黎所見甲骨錄》　香港，一九五七年。
3. 《歐美亞所見甲骨錄存》　新加坡，一九七○年。

三、詞學

1. 《詞籍考》　香港大學出版社，一九六三年。重新增訂本，在排印中。
2. 《全明詞》　（稿本）已交中華書局編輯部，正在補苴國內資料。

四、史學

1. 《選堂集林‧史林》　香港中華書局，一九八二年。
2. 《中國史學上之正統論》　香港龍門書局，一九七七年。
3. 《潮州志匯編》　香港龍門書局，一九六五年。

4.《九龍與宋季史料》 香港，一九五九年。

五、目錄學

1.《潮州藝文志》（饒教授尊翁饒鍔先生遺著，經他增補成書。）《嶺南學報專號》共二期。（第四卷第四期，一九三五年；及第六卷第二、三期合刊，一九三七年，廣州、嶺南大學出版。）又《潮州志》本。

2.《香港大學馮平山圖書館善本書錄》 香港龍門書局，一九七〇年。

六、楚辭學

1.《楚辭地理考》 上海商務印務館，一九四六年。

2.《楚辭書錄》 香港，一九五六年。（第一部楚辭書目）

3.《楚辭與詞曲音樂》 香港，一九五八年。

七、考古學、金石學

1.《韓江流域史前遺址及其文化》（收入《選堂集林》）香港，一九五〇年。

2.《唐宋墓誌》（法國遠東學院藏拓本）香港中文大學與法國遠東學院合印，一九八一年。

3.《雲夢秦簡日書研究》 香港中文大學考古藝術中心專刊，一九八三年。

4.《曾侯乙墓鐘磬銘辭研究》 同上。

5.《楚帛書》（考證現在美國之 Chüsilk manuscript）香港中華書局。

6.《星馬華文碑刻繫年》（收入《選堂集林》）新加坡，一九七二年。

八、書畫

1.《黃公望及其富春山居圖》 香港中文大學文物館專刊，一九七七年。

2.《虛白齋書畫錄》 日本東京，二玄社，一九八三年。

從上面這個著作表中可以看出，饒宗頤教授的學術研究涉及範圍很廣，真可以説：學富五車，著作等身。要想對這樣浩瀚的著作作出歸納，提要鈎玄，加以評介，確非易事。實爲我能力所不逮。因此，我只能談一點自己的看法，而且主要是根據本書中所選的論文，只在十分必要時，才偶爾越出這個範圍。

從世界各國學術發展的歷史來看，進行學術探討，決不能故步自封，抱殘守闕，而是必須隨時應用新觀點，使用新材料，提出新問題，摸索新方法。只有這樣，學術研究這一條長河才能流動不息，永遠奔流向前。討論饒先生的學術論著，我就想從這個觀點出發。我想從清末開始的近一百多年來的學術思潮談起，先引一段梁啟超的話：

> 自乾隆後邊徼多事，嘉道間學者漸留意西北邊新疆、青海、西藏、蒙古諸地理，而徐松、張穆、何秋濤最名家。松有《西域水道記》、《漢書西域傳補注》、《新疆識略》，穆有《蒙古遊牧記》，秋濤有《朔方備乘》，漸引起研究元史的興味。至晚清尤盛。外國地理，自徐繼畬著《瀛環志略》，魏源著《海國圖志》，開始端緒，而其後竟不光大。近人丁謙於各史外夷傳及《穆天子傳》、《佛國記》、《大唐西域記》諸古籍，皆博加考證，成書已十餘種，頗精瞻。（《清代學術概論》）

梁啟超接着又談到金石學、校勘、輯佚等等。其中西北史地之學是清代後期一門新興的學科；在中國學術史上，這是一個新動向，值得特別重視。金石學等學問，雖然古已有之，但此時更爲繁榮，也可以説是屬於新興學科的範疇。這時候之所以有這樣多的新興學科崛起，特別是西北史地之學的興起，原因是多種多樣的。趙甌北的詩句："江山代有才人出，各領風騷數百年，"應用到學術研究上，也是適當的。世界各國的學術，都不能一成不變。清代後期，地不愛寶，新材料屢屢出現。學人的視野逐漸擴大。再加上政治經濟的需要，大大地推動了學術的發展。新興學科於是就蓬蓬勃勃地繁榮起來。

下面再引一段王國維的話：

　　古來新學問之起，大都由於新發現之賜。有孔子壁中書
之發見，而後有漢以來古文家之學。有趙宋時古器之出土，
而後有宋以來古器物古文家之學。惟晉時汲冢竹書出土後，
因永嘉之亂，故其結果不甚顯著，然如杜預之注《左傳》，郭
璞之注《山海經》，皆曾引用其說，而竹書紀年所記禹、益、
伊尹事迹，至今遂成爲中國史學上之重大問題。然則中國書
本上之學問，有賴於地底之發見者，固不自今日始也。（《女
師大學術季刊》，第一卷，第四期，附錄：《近三十年中國學
問上之新發見》，王國維講，方壯猷記注）

這裏講的就是我在上面說的那個意思。王國維把"新發見"歸納
爲五類：一、殷虛甲骨；二、漢晉木簡；三、敦煌寫經；四、內
閣檔案；五、外族文字。我覺得，王靜安先生對中國學術史的總
結，是實事求是的，是正確的。

　　近百年以來，在中國學術史上，是一個空前的大轉變時期，
一個空前的大繁榮時期。處在這個偉大歷史時期的學者們，並不
是每一個人都意識到這種情況，也並不是每一個人都投身於其中。
有的學者仍然像過去一樣對新時代的特點視而不見，墨守成規，
因循守舊，結果是建樹甚微。而有的學者則能利用新資料，探討
新問題，結果是收穫甚多。陳寅恪先生說：

　　　　一時代之學術，必有其新材料與新問題。取用此材料，
以研求問題，則爲此時代學術之新潮流。治學之士，得預於
此潮流者，謂之預流（借用佛教初果之名）。其未得預者，
謂之未入流。此古今學術史之通義，非彼閉門造車之徒，所
能同喻者也。（《陳垣敦煌刼餘錄序》，見《金明館叢稿二編》，
一九八〇年，上海古籍出版社）

陳先生借用的佛教名詞"預流"，是一個非常生動、非常形象的
名詞。根據這個標準，我們可以說，王靜安先生是得到預流果的，
陳援庵先生是得到預流果的，陳寅恪先生也是得到預流果的，近
代許多中國學者都得到了預流果。從饒宗頤先生的全部學術論著

來看，我可以肯定地說，他也已得到了預流果。

我認爲，評介饒宗頤教授的學術成就，必須從這一點開始。

談到對饒先生學術造就的具體闡述和細緻分析，我想再借用陳寅恪先生對王靜安先生學術評介的幾句話。陳先生說：

> 然詳繹遺書，其學術內容及治學方法，殆可舉三目以概括之者。一曰取地下之實物與紙上之遺文互相釋證。凡屬於考古學及上古史之作，如殷卜辭中所見先公先王考及鬼方昆夷玁狁考等是也。二曰取異族之故書與吾國之舊籍互相補正。凡屬於遼金元史事及邊疆地理之作，如萌古考及元朝秘史之主因亦兒堅考等是也。三曰取外來之觀念，與固有之材料互相參證。凡屬於文藝批評及小說戲曲之作，如紅樓夢評論及宋元戲曲考唐宋大曲考等是也。而三類之著作，其學術性質固有異同，所用方法亦不盡符合，要皆足以轉移一時之風氣，而示來者以軌則。吾國他日，文史考證之學，範圍縱廣，途徑縱多，恐亦無以遠出三類之外。此先生之書所以爲吾國近代學術界最重要之產物也。（《王靜安先生遺書序》，見《金明館叢稿》二編）

陳先生列舉的三目，我看，都可以應用到饒先生身上。我在下面分別加以論述。

一、地下實物與紙上遺文

饒宗頤教授在這方面的成就是非常顯著的。一方面，他對中國的紙上遺文非常熟悉，了解得既深且廣。另一方面，他非常重視國內的考古發掘工作。每一次有比較重要的文物出土，他立刻就加以探討研究，以之與紙上遺文相印證。他對國內考古和文物刊物之熟悉，簡直達到令人吃驚的程度。即使參觀博物館或者旅遊，他也往往是醉翁之意不在酒，而是時時注意對自己的學術探討有用的東西。地下發掘出來的死東西，到了饒先生筆下，往往變成了活生生的有用之物。再加上他對國外的考古發現以及研究成果訊息靈通，因而能做到左右逢源，指揮若定，研究視野，無限開闊。國內一些偏遠地區的學術刊物，往往容易爲人們所忽略；而饒先生則無不注意。這一點給我留下了深刻的印象。

把饒先生利用的地下實物歸納起來，約可分爲八項：

（1）古陶；

（2）甲骨、金文（鼎彝）；

（3）鐵器、絲綢；

（4）秦漢殘簡；

（5）出土寫本（繒書、帛書等）；

（6）碑銘；

（7）敦煌卷子；

（8）吐魯番文書。

我在下面依次談一談。

（1）古陶

在《說卍（ Svastika ）——從青海陶文試談遠古羌人文化——》一文中，饒先生從青海樂都縣柳灣墓地出土的陶器上的花紋符號聯想到古代雅利安人舊有的卍符號，又聯想到世界其他各地的，特別是美索布達米亞的類似的符號，從而推說其間的關係，並論到古羌人的文化，時有柳暗花明之妙。可能有人對這種推論方法提出懷疑。但是這畢竟能啓發人的想像，開闊人的視野。幻想力和聯想力對學術探討有時候是不可缺少的。

（2）甲骨、金文（鼎彝）

在《談“十干”與“立主”——殷因夏禮的一、二例證》這篇論文中，饒先生利用出土資料，特別是甲骨文，以及古代典籍，比如三國譙周的《古史考》、漢代的《白虎通》等等，還有《禮記》、《史記》等等，來研究夏代文化。在這裏，饒先生特別強調甲骨文的重要性。他寫道：

> 我們還得把考古遺存同傳世文獻結合起來進行考察和研

究。……值得提出的是甲骨文，在甲骨文中有許多關於商代先公先王的記載，在時間上應該屬於夏代的範疇，可看作是商人對於夏代情況的實錄，比起一般傳世文獻來要可靠和重要得多，我們必須而且可以從甲骨文中揭示夏代文化的某些內容，這是探索夏文化的一項有意義的工作。總之，我認爲探索夏文化必須將田野考古、文獻記載和甲骨文的研究三個方面結合起來，即用"三重證據法"，（比王國維的"二重證據法"多了一重甲骨）進行研究，互相抉發和證明。

饒先生的意見同陳寅恪先生的意見是完全一致的。特別值得注意的是他提出的"三重證據法"，雖然王靜庵先生對甲骨文的研究也是異常注意的。

在《道教原始與楚俗關係初探——楚文化的新認識》這篇論文中，饒先生一方面利用秦簡和長沙出土的繒書論證楚地的月名，另一方面又利用許多出土的鐘磬銘推測出楚國使用的律名，又利用寧鄉出土的人面方鼎，推測出楚地信仰黃老之學由來已久；東漢三張之設鬼道，爲人治病請禱，這樣的活動秦漢之際楚地已極普遍，饒先生把這一些現象綜合起來，探討了楚文化的問題，並指出王國維等對古文的地域盡量縮小的做法，是不符合實際情況的。

在本書入選的論文以外，還有許多篇論文利用甲骨文、金文和鼎彝等以闡明歷史事實，見《選堂集林·史林》等書，這裏不再贅述。

（3）鐵器、絲綢

在《道教原始與楚俗關係初探》這一篇論文中，饒先生除了利用上面提到的那一些地下遺物之外，還利用了從長沙一百八十六座戰國墓中出土的鐵器、從馬王堆和江陵馬山出土的絲綢，以論證楚文化，從而提出了嶄新的見解，解決了一些以前沒有解決或者根本沒有提出來的問題，我認爲，這是有說服力的。

（4）秦漢殘簡

在利用殘簡方面，饒先生更顯得得心應手。在《唐勒及其佚文》一文中，他利用山東臨沂出土的殘簡《唐革賦》，以及其他一些文獻輯出了唐勒的一些佚文。在《漢書》中，唐勒列於宋玉之前，其賦四篇全部佚失。饒先生對唐勒的輯佚工作爲楚辭研究提供了新的資料。

在《説零》一文中，饒先生利用了甲骨文、敦煌卷子、《廣雅釋詁》、《開元占經》等等，論證了中國零字符號與印度等地同一個符號的關係，又利用長沙、信陽竹簡及楚繒書研究了□字的形象；在這裏零字的形象不是圓形，而是橫式長方形。

（5）出土寫本（帛書等）

在《略説馬王堆〈易經〉寫本》一文中，饒先生把馬王堆三號墓所出帛書《易經》與傳世本《易經》對照，研究了這一部經典中的許多問題。在《再談馬王堆帛書周易》中他詳釋了，而且解決了一些新問題，在《五德終始説新探》一文中，他利用了馬王堆出土的《老子甲本》後《佚書》探討了五德終始説的學派問題。五德終始説向來被認爲出自鄒衍。饒先生則根據研究結果提出了此説實當起於子思的這一個新看法。

（6）碑銘

饒先生在這一方面的創獲是非常突出的。他利用碑銘的範圍很廣，從中國藏碑一直遠至法國所藏唐宋墓誌，都在他的視野之內。在《從石刻論武后之宗教信仰》一文中，他利用碑銘探討了武后的信佛問題，幾十年以前，陳寅恪先生在他的論文《武曌與佛教》中曾詳細探討過這個問題。他談的主要是武后母氏家世之信仰和她的政治特殊地位之需要。他指出，武后受其母楊氏之影響而信佛，她以佛教爲符讖；他又指出，《大雲經》並非僞造；對唐初佛教地位之升降，他作了詳細的分析。總之，陳先生引證舊史，與近出佚籍，得出了一些新的結論，陳先生學風謹嚴，爲世所重；每一立論，必反覆推斷，務使細密周詳，這是我們都熟悉的。但在《武曌與佛教》這一篇文章中，陳先生沒有利用石刻

碑銘。饒先生的這一篇文章想補陳先生之不足，他在這裏充分利
用了石刻。他除了證實了陳先生的一些看法之外，又得出了一些
新的看法。他指出，武后在宗教信仰方面一度有大轉變，晚年她
由佛入道；他又指出，武后有若干涉及宗教性之行動，乃承繼高
宗之遺軌。陳、饒兩先生的文章，各極其妙，相得益彰，使我們
對武后這一位"中國歷史上最奇特之人物"（陳寅恪先生語）的
宗教信仰得到了一個比較完整的了解。

在《法國遠東學院藏唐宋墓誌引言》一文中，饒先生詳細叙
述了法京所藏唐宋墓誌的情況。他認爲，研究這些墓誌的字體，
有助於敦煌學者以經卷字體爲斷代標準的想法。在另一方面，他
又強調："墓誌可校補世系，與地志、史傳、文集參證，史料價
值尤高。"無疑這是非常正確的意見。《李鄭屋村古墓磚文考釋》
一文則是饒先生專門探討九龍古墓中出土的磚文的著作。

（7）敦煌卷子

饒先生對敦煌卷子十分重視，在他的文章中他廣泛利用敦煌
卷子。我在這裏僅僅從選入本書中的文章中挑選幾個例證。

在《老子想爾注考略》中，饒先生根據敦煌卷子詳細地研究
了《想爾注》，並得出結論説，《想爾注》成於張魯之手，託始於
張陵。在《梵文四流母音ṛṝḷḹ與其對中國文學之影響》一文中，
他研究了敦煌抄本鳩摩羅什的《通韻》。他追溯了ṛṝḷḹ這四個梵
文字母在漢文中的各種譯法。其中最早的譯法是魯流盧樓，見於
《通韻》，以後還有不少不同的譯法。這許多不同的譯法表達的
音是相同的，它們就成了唐人作佛教讚歌時的和聲。宋洪邁《夷
堅志乙集》説："能于席上指物題詠應命輒成者，謂之合生"。"合
生"是否即"和聲"或"合聲"的異體呢？不管怎樣，自鳩摩
羅什時代起，印度悉曇即影響了中國文學，長達八個世紀之久。
在《從"眹變"論變文與圖繪之關係》一文中，饒先生根據敦煌
發現的變文，論述了中外諸家對於"變"字的解釋，並提出了自
己的看法。《論七曜與十一曜》是饒先生在天文方面的一篇論文。

他利用了許多敦煌卷子，其中有宋初開寶七年（974年）十二月十一日的批命本子，研究了七曜與十一曜的關係，探討了屢見於中國載籍的《聿斯經》的內容，闡明了古波斯占星學對中國的影響。《北魏馮熙（？－495）與敦煌寫經》一文，是敦煌卷子《雜阿毘曇心經》的一篇跋。饒先生在這一篇論文裏搜集了許多關於馮熙的材料，指出這一位北魏的大貴族傾心繕寫佛經，《雜阿毘曇心經》是他讓人抄寫的佛經中的一種，是從外面流入敦煌的。

在許多沒有收入本選集的文章中，饒先生也利用了敦煌卷子，比如《選堂集林·史林》中的《穆護歌考》等等都是。請參閱。

（8）吐魯番文書

饒先生對吐魯番文書也十分重視。在《說鍮石——吐魯番文書札記》一文中，他從文書殘帳中"歸買鍮石"一語的"鍮石"一詞出發，追溯了鍮石的梵文原文，以及它在中國文獻中出現的情況，從而說明了中外文化的交流。

二、異族故書與吾國舊籍

饒宗頤教授在這方面取得了很大的成績。這一方面的內容是很豐富的，中外關係的研究基本上也屬於這一類。在饒先生的著作中，中外關係的論文佔相當大的比重，其中尤以中印文化交流的研究更爲突出。我就先談一談中印文化交流的問題。有一些涉及中印文化關係的文章，比如說《梵文四流母音rrll對中國文學之影響》等等，上面已經介紹過，這裏不再重覆。我在這裏只談上面沒有談過的。

在《安荼論（anda）與吳晉間之宇宙觀》一文中，饒先生從三國晉初學者，特別是吳地之學者的"天如鷄子"之說，聯想到印度古代婆羅門典籍中之金胎（hiranyogarbha）說，並推想二者之間必然有某種聯繫。中國古代之宇宙論，僅言鴻濛混沌之狀，尚未有以某種物象比擬之者。有之，自三國始。漢末吳晉之渾天説以鷄卵比擬宇宙。印度佛經中講到許多外道，其中之一爲安荼論。“安荼”，梵文原文anda之音譯，義爲鷄卵。他們就主張宇宙好像是鷄子的學說。印度古代許多典籍，比如説梵書、奥義書、大史詩《摩訶婆羅多》等等，都有神卵的説法。估計這種説法傳入中國，影響了當時中國的天文學説，從而形成了渾天説。最初宣揚這種學説的多爲吳人。這種情況頗值得深思，而且也不難理解。吳地瀕海，接受外來思想比較方便，陳寅恪先生的《天師道與濱海地域之關係》，講的就是這種情況。

《蜀布與 Cinapatta ——論早期中、印、緬之交通》是爲一篇討論中印交通史的重要論文。在中印文化交流史上，中、印、緬之交通是一個至關緊要的問題。伯希和（ Paul Pelliot ）、夏光南、李華德（ Walter Liefenthal ）、桑秀雲等中外學者對於這個問題都有專門論著。饒先生在他的這一篇論文中對過去的研究成果都加以分析與評價：肯定其正確的，補充其不足的，糾正其錯誤的，同時並提出了自己的看法，把對於這個問題的研究提高到一個新的水平。饒先生在論文中觸及很多問題。他引證了《政事論》（ Arthaśāstra ）以及其他印度古籍中出現的 Cina （ 支那、脂那 ）一詞，加以論列，確定其出現的年代。對 Cinapatta 一詞，他也做出了解釋。總之，這是一篇很有啓發性的文章，我們從中可以學習很多東西。順便説一句，文中説：“又帛疊一名，應是 Patta 的音譯。”似可商榷。榊亮三郎《翻譯名義大集》五八六七，Pattah（ 漢 ）失譯（ 和 ）綵娟。patta 是絲絹之類的東西，與蠶絲有關。此外，漢譯《大般涅槃經》記述佛陀死後，以白疊（ 帛疊 ）纏身。梵文原文《大般涅槃經》與此處相當的一句話是 kāyo vihataih kārpāsair vestyata, kārpara ，這個字相當於漢文的 “白疊”；但此字一般譯爲 “刦貝”，即棉花也，與絲絹無關，法國學者 Prgyluski 也把此字理解爲棉布。（ 見 Ernst Wald-sibinnidt, Die Uberlieferung vom Lebensende des Buddha. A A W G, Phil-Hist. U. Dritte Folge No.30, 1946 ）

　　還有一篇有關中印文化交流的重要文章，這就是《華梵經疏體例同異析疑》。中印兩國經疏體例多有類似之處，其中必有密切聯繫。過去章太炎、梁任公、柯鳳蓀等皆有所論列。近年來牟潤孫先生亦有專文論述。印度古代婆羅門教之經，語句極簡短之能事，非有注疏，義不能明，故經疏往往合刊。最著名的例子就是偉大的語法學家波你尼之經（sūtra）、伽迭耶那之注（vrtti, vcvstika）與帕檀闍利之疏（即《大疏》，mahābhasya），三位一體，相爲依存。在這一方面，中國肯定也受到了印度的影響。《文心雕龍・論說篇》說："聖哲彝訓曰經，述經叙理曰論。"其中似有印度影響。柯鳳蓀說："義疏之學，昉自釋氏。"他看出了問題關鍵之所在。饒先生在本文追溯了印度注疏的源流，研究了佛教之經與婆羅門教之經不同之處，指出"以文體論，釋氏之所謂'經'，多講論叙述之文，與婆羅門修多羅之爲短句奧義，文體迥異"。讀饒先生這一篇文章，我們也會得到很多啟發。

　　饒先生論述中印文化關係的文章，不止這三篇。在一些不是專門討論這個問題的文章中，他也往往談到中印文化關係。這樣的文章，我在上面已經談到一些，這裏不一一列舉了。

　　大家都知道，中印文化交流關係頭緒萬端。過去中外學者對此已有很多論述。但是，現在看來，還遠遠未能周詳，還有很多空白點有待於填充。特別是在三國至南北朝時期，中印文化交流之頻繁、之密切、之深入、之廣泛，遠遠超出我們的想像。在科技交流方面，我們的研究更顯得薄弱，好多問題我們基本沒有涉及。前幾天，我會見了印度國家科學院前執行秘書 Dr. B. V. Subbara yappa，他是著名的化學家，又是蜚聲國際的自然科學史專家。他同我談到了很多中印科技交流的歷史，尤其醫療礦物交流的情況。我深深感到，我們在這些方面的知識何等淺陋。我們要做的工作還多得很，我們絲毫也沒有理由對目前的成績感到滿意，我們必須繼續努力。我們要向饒宗頤教授學習，在中印文化關係史的研究上，開創新局面，取得新成果。

除了中印文化關係以外，饒先生還論述到中國在歷史上同許多亞洲國家的關係。《早期中、日書法之交流》這一篇論文，講的是中日在書法方面的交流關係。《説詔》一文講的是中緬文化關係。《説鍮石》一文講的是中國同中亞地帶的科技交流關係。《阮荷亭往津日記鈔本跋》則講的是中越文化關係。這些論文，同那些探討中印文化關係的論文一樣，都能啟發人們的思想，開拓人們的眼界。我在這裏不再細談。

三、外來觀念與固有材料

我在這裏講的外來觀念是指比較文學，固有材料是指中國古代的文學創作。饒宗頤教授應用了比較文學的方法，探討中國古代文學的源流，對於我們研究中國古代文學史也有很多啓發。

在《〈天問〉文體的源流》一文中，饒先生使用了一個新詞"發問文學"，表示一個新的概念。他指出，在中國，從戰國以來，隨着天文學的發展，"天"的觀念有了很大的轉變。有些學者對於宇宙現象的形成懷有疑問。屈原的《天問》就是在這樣的環境下產生出來的。饒先生又進一步指出，在《天問》以後，"發問文學"在中國文學史上形成了一個支流，歷代幾乎都有摹擬"天問"的文學作品。饒先生從比較文學的觀點上探討了這個問題。他認爲，這種"發問文學"是源遠流長的。世界上一些最古老的經典中都可以找到這種文學作品。他引用印度最古經典《梨俱吠陀》中的一些詩歌，以證實他的看法。他還從古伊朗的 Avesta 和《舊約》中引用了一些類似的詩歌，來達到同樣的目的。中國的《天問》同這些域外的古經之間是一種什麼樣的關係呢？蘇雪林認爲可能有淵源的關係，並引證了印度的《梨俱吠陀》和《舊約》。饒先生似乎是同意這種看法，我自己認爲，對於這個問題現在就下結論，似乎是爲時尚早。但是，不管怎樣，饒先生在這一方面的探討，是有意義的，有啓發的，值得我們認真注意的。

在《漢字與詩學》一文中，饒先生從 Ezra Pound 的一段話出發，討論了漢字與詩的問題。Ezra Pound 認爲，埃及人用象形文字表示聲音，而中國則保留了象形文字的象形作用。饒先生的看法是，漢字不僅重形，而且也重聲。他研究了最古的漢字和最早用韻的叙事詩，探討了"駢字"的來源，指出，在詩的構成中駢字是最重要的骨骼。他又研究了單音字與複詞的產生和形聲字之美學作用。他認爲，形符和聲符各各引起不同的聯想，這對於構成詩的語言有力而方便。他又進一步分析了韻的作用和對偶與聲調。在饒先生分析、研究的這些語言現象中，有一些是中國漢字所獨具的特點，這些東西對於構成漢詩起決定性的作用。

我覺得，饒先生在本文中提出來的問題，是一個非常重要的問題。前一些時候，我參加了一個座談會，討論的中心議題是中國文學的特點，它與外國文學不同之處何在。我個人認爲，所謂中國文學的特點應該包括兩個方面內容和形式。內容不大容易説清楚，大體上應該就是表現在共同文化下的共同的心理質素，關於這一點，我一時還説不具體，也許是當局者迷，旁觀者清吧！我現在先引一段德國偉大詩人歌德對於中國文學的看法。歌德説：

> 中國人在思想、行爲和情感方面幾乎和我們一樣，使我們很快就感到他們是我們的同類人，只是在他們那裏一切都比我們這裏更明朗、更純潔，也更合乎道德。在他們那裏，一切都是可以理解的，平易近人的，没有强烈的情慾和飛騰動盪的詩興，因此和我寫的《赫爾曼與寶綠台》以及英國理查生寫的小説有很多類似的地方。他們還有一個特點，人和大自然是生活在一起的。你經常聽到金魚在池子裏跳躍，鳥兒在枝頭歌唱不停，白天總是陽光燦爛，夜晚也總是月白風輕。月亮是經常談到的，只是月亮不改變自然風景，它和太陽一樣明亮。……正是這種在一切方面保持嚴格的節制，使得中國維持到幾千年之久，而且還會長存下去。（朱光潛譯《歌德談話錄》頁一一二）

我決不是説，歌德的話就是真理。但是他説的這番話難道就没有一點值得我們深思，值得我們回味的地方嗎？

談到形式，這比較容易説得具體，説得明白。饒先生在《漢字與詩學》一文中談的正是這個問題。在這裏，關鍵就是漢字。中國漢文詩的特點與漢字有緊密的聯繫。就拿韻律作一個例子吧。韻律是世界各國詩歌共有的特點（自由詩除外）。印度梵文詩歌絶大多數是用長短音節來表示韻律，英文詩是用輕重音，中國則用平仄。表示的形式雖然不同；但是根本原理是一致的，這就是，詩歌的節奏必須有高有低，有起有伏，抑揚頓挫，不能平板，不能單調。如果只有一個音，那就成不了音樂。饒先生在他的文章中探討了一些與詩的形式有關的問題，韻律也在探討之列。所有這一切都是從漢字這個特點出發的。他雖然没有明確提出要探討中國文學的特點，中國詩歌的特點；但是他做的工作正是圍繞着這個問題進行的。我認爲，對中國文學的研究者和欣賞者來説，這個問題是頭等重要的問題，也是一個比較複雜的問題，又是一個尚未得到應有的重視的問題。我們應該把這個任務承擔起來。

上面我從三方面介紹了饒宗頤教授的學術成就。儘管這三大方面有很大的概括性，但仍不能包容一切。本選集中還有不少的文章是無法歸入這三大方面任何一個方面的。我現在也把這一類的文章簡略地加以介紹。這些文章約略可以分爲六類：

第一類　中國史

《明嘉靖汪本（史記殷本紀）跋——兼論殷商之總年》　根據明本的《史記·殷本紀》，探討了商殷之積年，提出了自己的新看法。

《新莽職官考》　王莽篡位以後，官制復古，創造了一些從古書中抄來的官名。然而名號屢更，苛碎煩瀆。饒先生對職官名稱和擔任這些官職的人，進行了探討。

《補宋史鄧光薦傳》　鄧光薦《宋史》無傳，饒先生爲補之。

第二類　高僧傳記

《金趙城藏本〈法顯傳〉題記》 饒先生在這一篇論文中研究了《法顯傳》的幾個不同的名稱。他指出，岑仲勉先生堅持的《佛遊天竺記》這個名稱，原爲胡本，爲顯師所携來，並不是《法顯傳》。饒先生進一步又研究了金藏本特異之點。

第三類　人物

第一個是樂產。《史記·封禪書》司馬貞《索隱》提到樂產這個名字，但他的生平，向來未詳。在《樂產及其著述考》這一篇論文中，饒先生搜索羣籍，找到了樂產的片言隻句，爲我們了解這個人物提供了有用的資料。

第二個是李贄。《藏書》是明代這一位特顯的思想家的主要著作。饒先生在《記李贄〈李氏紀傳〉》一文中，經過了細緻的對勘，確定《李氏紀傳》實即未刊刻以前的《藏書》的稿本之一。對李卓吾的研究，這是一個有意義的貢獻。

第三個是吳昌碩和沈石友。《缶翁與沈石友信片册跋》考證了二人之間在一段時期內的書信往還，兼及當時流寓上海的一些名流之間的關係。

第四個是劉昉。《鈔本劉龍圖戲文跋》一文，雖然跋的是戲文，實際上探討的卻是劉昉的生平。

第四類　地志

饒先生不到二十歲即參加中山大學廣東通志館的纂修工作，後又擔任《潮州志》的總編纂。因此，他對地志有湛深的研究，又有豐富的經驗。《〈潮州志匯編〉序》是他爲元、明、清、民國各種潮州志匯編本寫的一篇序。在這裏，他研究了歷代潮州志的存佚問題，而且確定了相傳已佚的郭春震志實未亡佚，爲今後編纂更詳細的潮州志做出了重要的貢獻。還有一篇與地志有關的文章是《港九前代考古雜錄》。饒先生根據香港和九龍地區考古資料，探討了許多地名的地望問題。

第五類　《太平經》

《〈太平經〉與〈説文解字〉》一文探討了這兩部書之間的關

係。《説文解字》中有許多不甚可解之説，可於《太平經》中獲得解答。許慎有時用陰陽五行之説來解釋字源，有人頗以爲怪。其實這是東漢學術風氣使然，不足詬病。

第六類　《説郛》和《夢溪筆談》

《〈説郛〉——明嘉靖吳江沈瀚鈔本〈説郛〉記略》，一文介紹了伯希和等中外學者研究《説郛》的情況。對明沈瀚的鈔本進行了分析對比，給以比較高的評價。《〈夢溪筆談〉校證一則》一文對沈存中在《夢溪筆談》中記鄭夬談易一節進行了校證，北宋時《易》學一大公案即鄭夬與邵康節矛盾問題，得到了澄清。

饒宗頤教授收入本選集文章的主要内容、饒先生的學術成就和治學方法，就介紹到這裏爲止。我的介紹基本上都是根據這一部選集來做的，很少涉及集外的文章。我的意思是説，饒先生學術論著的精華決不限於本選集；我只根據本選集做介紹，也難免有其局限性，但是，僅從本選集來看，饒先生治學方面之廣，應用材料之博，提出問題之新穎，論證方法之細緻，已經能給我們留下深刻的印象，在在給我們以啓發。我決不敢説，我的介紹全面而且準確，我只不過是盡上了我的綿薄，提出了一些看法，供讀者參考而已。

如果歸納起來説一説的話，我們從饒宗頤教授的學術論著中究竟得到些什麼啓發、學習些什麼東西呢？我在本文的第一部分首先提出來一個重要的問題：進行學術探討，決不能故步自封，抱殘守闕，而必須隨時接受新的東西。我還引用了陳寅恪先生的"預流果"這一個非常形象的比喻。我在這裏再強調一遍：對任何時代任何人來説，"預流"都是非常重要的。我們做什麼事情，都要預流，換一句通俗的話來説，就是要跟上時代的步伐。生產、建設，無不有跟上時代的問題，學術研究何能例外？不預流就會落伍，就會僵化，就會停滯，就會倒退。能預流，就能前進，就能創新，就能生動活潑，就能逸興遄飛。饒宗頤先生是能預流的，我們首先應該學習他這一點。

　　預流之後，還有一個掌握材料、運用材料的問題。我們都知道，進行學術研究，掌握材料，越多越好。材料越多，在正確的觀點和正確的方法的指導下，從中抽繹出來的結論便越可靠，越接近真理。材料是多種多樣，但是我們往往囿於舊習，片面強調書本材料，文獻材料。這樣從材料中抽繹出來的結論，就不可避免地帶有片面性與狹隘性。我們應該像韓愈"進學解"中所說的那樣："玉札丹砂，赤箭青芝，牛溲馬勃，敗鼓之皮，俱收並蓄，待用無遺。"我在上面已經多次指出，饒先生掌握材料和運用材料，方面很廣，種類很多。一些人們容易忽略的東西，到了饒先生筆下，都被派上了用場，有時甚至能給人以化腐朽為神奇之感。這一點，我認為，也是我們應該向饒先生學習的。

　　中國從前有一句老話："學海無涯苦作舟"。如果古時候就是這樣的話，到了今天，我們更會感到，學海確實是無涯的。從時間上來看，人類歷史越來越長，積累的歷史資料越來越多。從空間上來看，世界上國與國越來越接近，需要我們學習、研究、探討、解釋的問題越來越多。專就文、史、考古等學科來看，現在真正是地不愛寶，新發現日新月異，新領域層出不窮。今天這裏發現新壁畫，明天那裏發現新洞窟。大片的古墓羣，許多地方都有發現。我們研究工作者應接不暇，學術的長河奔流不息。再加上新的科技成果也風起雲湧。如今電子計算機已經不僅僅限於科技領域，而是已經闖入人文科學、社會科學的藩籬。我們從事社會科學研究工作的人，再也不能因循守舊，只抓住舊典籍、舊材料不放。我們必須掃除積習，開闊視野，隨時掌握新材料，胸懷全球；前進，前進，再前進；創新，創新，再創新。這就是讀本選集以後的主要感想，也是我寫這一篇序言的主要用意之所在。願與海內外志同道合者共勉之。

　　　　　　　　一九八四年九月十日　　時為舊曆中秋。

　　誦東坡"但願人長久，千里共嬋娟"之句，不禁神馳南天。

　　[刊《明報月刊》一九八六年一月號（總二四一期）。]

三

楚辭學

《楚辭地理考》序

童書業

　　考據之學，愈近愈精，讀宗頤饒君之書，而益信也。君治古史地學，深入堂奧，精思所及，往往能發前人所未發，近著《楚辭地理考》，凡三卷二十篇，鉤深索隱，多所自得，乍聞其說似訝其創，詳考之，則皆信而有徵；並治世治古地理者，未能或之先也。錢君賓四，爲學深博，與君持論異，而塗轍實同。往嘗讀錢君之書云：“屈原放居，地在漢北，《楚辭》所歌，洞庭沅，澧諸水，本在江北。”余於《楚辭》地理，未曾深究，雖有所疑，未能明辨也。及觀君是書，舉凡洞庭，沅，湘諸名，靡不博徵詳考，確定其地，歎觀止矣！余於二君之說，固未足以平其得失，然竊有所見焉。屈子早居，舊說在漢北，實無明證，饒君辨之已詳。至《楚辭》所陳洞庭，沅，湘諸地，疑在江南。《九歌‧湘君》：“薆沅湘兮無波，使江水兮安流。駕飛龍兮北征，邅吾道兮洞庭。望涔陽兮極浦，橫大江兮揚靈。”此明謂由沅，湘北征，徂江，邅道於洞庭，上兩言指出發興所往之地，中兩言指所出之方向與塗逕，故其下曰望涔陽而橫大江，似無庸改舊說以從新也。至江北亦有洞庭湘水等地名，自是可信，然不必以之釋《楚辭》耳。尤有進者，《九歌》多漢世之文，太一東君雲中，司命，漢氏之命祀也；未央，椒堂，壽宮，紫壇，漢皇燕居與禮神之所也；“九歌畢奏，”又漢代郊祀歌之詞也。錢君之言曰：“湘域在兩漢時，尚爲蠻陬荒區，豈得先秦之世，已有此美妙典則之民歌，"則《九歌》者，果爲湘域之作，不得出於先秦之世矣，豈漢賢善擬古者若賈子相如昔之所爲乎？不敢肊斷，姑陳其疑，以質二君。

民國二十九年七月二十四日童書業謹識於上海

《楚辭書錄》序

曾克耑

余嘗以爲治學一也，而古今難易殊焉。古者阻山川、艱鋟鏤、秘藏庋，故得書非易；其能以博贍名者，非其智有以大過乎人；其勢位所遭，耳目所及，取精用宏，斯乃非鄉曲一孔之儒所可幾。而凡爲學者，勢必置之通邑大都，知風會所扇，獲友師之益，非獨聞見博，而故書雅記，尤得恣其廣羅窮搜也。今者海寓大通，印刷術日孟晉，舉古所謂不能通之域不能得之書，無不可恣吾力以通之得之；則揚闡國學以光被四表，當大異乎前。而際茲匯通絕續之交，朝野肩斯文任者，獨未聞有博綜遠紹之舉，值亙古無前之會，而所見不越往鄉曲之儒，豈智不若人邪？抑以其勞多而獲寡，任重而名輕，故謝不爲邪？吾獨以爲居今日而言學，於吾三古之書，百家之説，苟不能盡取海内外所藏秘本遺編，博稽而精校，窮本以鈎玄，然後疏通而證明之；雖日號於衆曰：吾日以著述爲務，而究其所得，非嚮壁虛造，即掇拾唾餘，或義新而鮮徵，或理膚而辭費，足以駭庸衆而不足以詒識者，固無以學爲也。深識之士，卓然有立，其必有不隨流俗爲移轉者在，而肩是者誰邪？間嘗與饒子固庵言之，饒子因以所次《楚詞書錄》示余，曰：是或子之志歟？其爲我序之。余受而讀之，則閎博精審，大異今士所爲。誠治騷之先路，而乃於饒子發之，其能探治學之本，故著書滿家，非苟爲炳炳烺烺者也。抑余以爲故書廣矣，其待爲目錄提要者亦夥矣。饒子獨於此時以《楚辭》先者，是豈僅賞其文辭之美邪？殆以身世所遭，與屈子無殊。哀郢懷沙之痛，明王宗國之思，無人故都之歎；雖避地海隅，固未嘗夢寐忘也。則以纂輯之勞，寄怨悱之旨，其精神肸蠁，若屈子之靈，有以默相而陰啟之也。其微旨所寄，所以詔國人範來學，意至深切警悚矣。世之有志於學者，苟本其義例，以討究三古之書百家之說，博綜約說，廢起幽豵；其於發揚國故，作新民德，庶有豸乎！余以其著一書而二義備，因不辭譾陋而爲之序。乙未嘉平福州曾克耑。

Foreword to the Influence of the Chú Tzǔ on Lyric Poetry, Dramatic Poetry and Music

James J. Y. Liu （劉若愚）

This book by Mr Jao Tsung-i on the influence of the Ch'ú Tz'ǔ on lyric poetry, dramatic poetry, and music is based on a paper he presented to the Xth Conference of Junior Sinologues held at Marburg, Germany, in September, 1957. It was then my privilege, as a fellow-delegate of Hong Kong University, to give an English summary of his paper for the benefit of those who could not follow Chinese, and now I have been honoured by a request from the author to write a few words by way of introduction.

Mr Jao is particularly interested in the culture of the ancient state of Ch'ú, which he has studied from various angles: literary, musical, archaeological, geographical, and philological. To the XXIVth International Congress of Orientalists held at Munich prior to the Conference of Sinologues of the same year, he had given a talk on "Ch'ú Tz'ǔ and Archaeology". His published works on the Ch'ú Tz'ǔ and related subjects form an impressive list, although they represent but a fraction of his manifold researches. Indeed, his indefatigable industry and prolific output leave one breathless with wonder and amazement.

The present volume, slender as it may be, contains a great deal of interesting information. I should like to draw attention particularly to his discussion on music connected with the Ch'ú Tz'ǔ in Chapter 4, and his confirmation of Wang Yi's interpretation of the title Li Sao in Appendix i. He rejects the view held by some contemporary scholars that

Li Sao is a synonym of Lao Shang, a type of music, and argues for the retention of Wang Yi's interpretation of the title as "Sorrows of Exile". This is one example of the various constructive suggestions one finds in this book. The reader will no doubt find many more on his own, and it would be presumptuous of me if I were to go on enumerating all the merits of Mr Jao's book.

April, 1958.

（載饒宗頤《楚辭與詞曲音樂》，1958 年 5 月出版。）

《楚辭要籍解題》選錄

洪湛侯等

楚辭地理考　　（饒宗頤撰）

附：《楚辭書錄》

饒宗頤，香港中文大學教授。

卷首有童書業民國二十九年（公元一九四〇年）序。繼以饒宗頤自序。自序撮舉了此書的某些創見，又介紹了考證古代地理的兩種方法，一是"辨地名"，爲"考原之事"，即追溯其名稱的由來和所指範圍。二是"審地望"，是"究流之事"，即探求其地之所在和遷徙沿革等情況。"辨地名"，應該了解地名的種類各有不同，序中列舉了六種情況：1. 泛稱之地名，如江南，指大江以南一帶。2. 專稱之地名，如江南也是個邑名。3. 合稱之地名，如鄢郢，是宜城之鄢和江陵之郢的合稱。4. 別稱之地名，如楚徙陳後，所謂鄢、郢，就轉指鄢陵和郢陳了。5. 借稱之地名，如楚國曾建都江陵曰"郢"，於是"郢"成了楚都的代稱，所以遷都紀，稱之爲紀郢，遷於鄢，稱之爲鄢郢，遷於陳，稱之爲郢陳。6. 混稱之地名，如邊裔地名，多所淆亂，南方蒼梧之名，亦被訛傳於東方或西方。"審地望"，應當留意於其民族遷徙與建置沿革。遷徙的情況，如邦被楚滅，徙之江夏，仍號曰邦。蔡爲楚滅，遷於武陵，謂之高蔡。建置的例子，如楚黔中之疆域及所治和秦漢的黔中郡，應當區別開來。饒氏最後云："古代地名，多同號而異地，或殊名而同實。其紛紐繁賾，至難悉究，然亦有大例，可資尋考，循是以求，或可得其情實；茲編揭其梗概，尤望覽者有察乎此云。"

卷末附《楚辭地名討論集》，共收四篇交章，即錢穆《楚辭地名考》、方授楚《洞庭仍在江南屈原非死江北辨》、錢穆《再論楚辭地名答方君》、陳夢家《論長沙古墓年代》。末有饒氏民國三十年（公元一九四一年）題記，曰："楚辭地名之討論，爲近年來文史界一大事，拙作《楚辭地理考》三卷，即爲解決此問題而作也。茲別輯錄諸家文字，以供參考。此外游國恩先生有《論屈原流放及地理》一文，載其所著《讀騷論微初集》中，該書已單行，故茲不採入。"

正文三卷、卷上爲《高唐考》（附《伯庸考》）、《釋阤》、《説滄浪之水》、《澧陽考》、《北姑考》（附《抽思》解）、《三閭辨》、《蒼梧考異》、《方林考》。卷中爲《洞庭辨》（上、中、下）、《説五渚》、《江南解》、《湘水巫山辨》（附（方淮考）。卷下爲《釋鄢郢》、《釋郢》（附《楚昭王墓辨》）《哀郢辨惑》、《楚黔中考》。附錄《楚辭地名索引》。

此書頗多新見，如《湘君》"望涔陽兮極浦"，許慎《説文解字》云"涔陽渚在郢"；王逸《楚辭章句》云"涔陽，江碕名，附近郢"；《文選》呂向注亦同。這是漢、唐時人的説法，以爲洲、渚名，接近郢都。又洪興祖《楚辭補注》曰"今澧州有涔陽浦"、胡渭《禹貢錐指》曰："九歌涔陽，公安舊縣東南有涔陽鎮，即其地"；《寰宇記》則指爲公安縣西六十里的"涔港"，這又是宋以後人的説法。另外，唐人不少詩歌中又將澧州稱爲涔陽，兩《唐書·地理志》卻不載，這是詩人以古地名稱之，是涔陽的復稱。饒氏對舊説進行爬梳後，指出，涔陽以在涔水北得名，涔水又和澧水合稱或混稱，因爲涔澧源異流同，涔水在澧州北七十里，會合澧水入洞庭，故稱爲澧水或涔水皆可。後世稱澧州爲涔陽，就是由此而來的。《湘君》"涔陽極浦"與大江對舉，而下文言"捐予玦兮江中，遺予佩兮澧浦"，以澧水之浦與大江對，可知澧浦即涔浦。因此，《九歌》"涔陽極浦"只是泛指涔水以北的遠浦，與澧水之浦異名同實，而江南初未有涔陽之名，後人乃以《楚辭》推之以爲渚名、碕名、浦名、鎮名、港名，更進而以爲濱涔水澧州城之名。以這些遞變而產生的地名去解釋《九歌》，"非其本矣"。

另如《涉江》"步余馬兮山皋，邸余車兮方林"，王逸曰："方林，地名"，後人多從之，有人還指實爲唐城、方城等具體的地名。饒氏以爲，"林之廣佈者謂之方林"，方林本是通名，但指廣林而已，未必爲地名，如果一定要求其所在，則以《山海經·海內南經》的"氾林"比較恰當，因爲氾、范、方同音通假，《山海經》所載"氾林"又在湖南，與《涉江》所叙相吻合。以上這些説法，都能給人以啟發。

可貴的是，饒氏不僅僅停留在地望的考訂上，而往往以此爲基礎，進而論及作品的寫作時地。如《離騷》"朝搴阰之木蘭兮"，王逸注云："阰，山名"，《史記·叔孫通傳索隱》引《埤蒼》云："阰山在楚，音毗"。《玉篇》"阜"部"阰"下云："山名，在楚。"《廣韻》"六脂""阰"下云："山名，在楚南"，洪興祖《楚辭補注》與《廣韻》同。而戴震《屈原賦注》認爲："南楚語，小阜曰毗，大阜曰阰"。俞樾進而證之曰："下句'夕攬洲之宿莽'，洲非水名，則'阰'亦非山名"。也認爲不是實有可指之地。饒氏在《釋阰》中列舉《離騷》"朝發軔於天津兮，夕予至乎西極"，天津指箕斗之間漢津，西極乃泛稱。《涉江》"步余馬兮山皋，邸余車兮方林"，司馬相如《上林賦》"左蒼梧，右西極"，都説明地名不必以地名爲對語。所以，"阰"與"洲"對，以"阰"爲實指山名，亦無不可。

饒氏又詳加考核，以爲"阰"即"泚山"，也就是廬江泚山。這樣，就發生了一個問題，據《史記·屈原列傳》載，《離騷》

乃屈原作於懷王時見疏之後，當時未被放逐，作品不應當有楚南地名。饒氏論道，司馬遷《報任安書》言："屈原放逐，乃賦離騷"；郭沫若謂《離騷》與《懷沙》、《惜往日》等篇之言赴淵，辭旨多合，且有"濟沅、湘南征"語，足證其作於到江南以後，因此"《離騷》作期，當如郭說"。並引《哀郢》、《招魂》、《離騷》等作品進一步加以論證，"是《離騷》當作於頃襄貶原於江南之時明矣。"

又如《九章·抽思》"低佪夷猶，宿北姑兮"，王逸注云："北姑，地名"，而不言所在；從來釋《楚辭》者，皆未能詳。饒氏以爲，北姑即齊地之薄姑，在今山東省博興縣東北。進而論述曰，《抽思》言宿於北姑，則當作於使齊時。屈原兩次使齊，史有明文，這是屈原第二次使齊。因此，《抽思》之作，其意在傷懷王入秦之無識。它的寫作年代，亦應在懷王入秦之後，當時，屈原正出使在齊。當然，這一說法理由未必充分，但也反映出作者勇於探索的精神。

對於前人或時人的誤說，饒氏也進行了駁正和補充。如《江南解》一文，對"江南"之地進行了考辨。王逸以爲"江南在湘、郢之間"，饒氏以爲所指地區太窄了，江南是泛稱地名，統指長江以南之地。接着，饒氏引《戰國策·秦策》："襲郢，取洞庭、五都、江南"，高誘注云："洞庭、五都、江南，皆楚邑也"，又引《戰國策·齊策》、《新序·義勇》等類似的記載，證明楚之江南，亦爲邑名。饒氏還進一步指出，楚之江南，向來是黜臣竄逐之所。最後，他說："昔之釋地者，皆以江南爲泛稱地名，而不解其爲楚邑名；知其爲楚荒鄙，而不解其爲罪臣貶所，今始述其梗概……"辨解得很清楚。尤其是"罪臣貶所"之說，對治《楚辭》者更有幫助。再如《三閭辨》、《湘水巫山辨》對前人、時人的某些說法進行辨駁，理由也是比較充分的。

無論是駁正前人陳說，還是自立新解，饒氏總能徵引大量的資料，並對紛紜繁複的種種說法，進行歸納，在佔有大量資料的基礎上提出自己的看法。《說滄浪之水》一篇，尤其能反映饒氏的這一良好作風。《漁父》中有"滄浪之水"，它的具體地點，自來各執一說，饒氏將舊說分爲以下兩大類：

（甲）有泛言其地在漢水、夏水之域，而不明指在某州某縣者，此近古之說也。其中又分兩說，1.《地說》、《初學記》以爲在漢水，近楚都。2.《永初山川記》、《史記索隱》以爲在夏水。

（乙）有確指其地在某州某縣者，此後人之說也。其中可分八種說法：1.《漢水記》、《沔水注》、《括地志》、《荊州圖經》、《元和郡縣志》以爲在均洲武當縣（今湖北省均縣）。2.《輿地紀勝》七十九"漢陽軍景物"以爲在漢陽漢水（今湖北省武漢市）。3.《元豐九域志》、《明一統志》、《太平寰宇記補闕》下六、嘉慶《常德府志》以爲在龍陽縣（今湖南省漢壽縣）。4.《太平御覽》以爲在竟陵漢水（今湖北省天門縣）。5.《太平寰宇記》又以爲在邵陽（今湖南省寶慶縣）。6.《輿地紀勝》六十二"荊湖南路武岡軍景物"下、《太平寰宇記》"武岡縣"以爲在武岡（今湖南省武岡縣）。7.光緒《荊州府志》以爲在江陵縣（今湖北省江陵縣）。8.《輿地紀勝》六十四"江陵府"以爲在監利縣（今湖北省監利縣）。

饒氏以爲，大抵後來之說，多出於附會，蓋本諸傳說而造爲地名以實之。他感到，一定要確指在某州某縣，"必不正確，且亦屬無謂。近古之說，但汎言漢、夏之域，雖非定見，究亦有理"，解釋得較爲通達。

民國三十五年（公元一九四六年）十二月商務印書館出版。

附：《楚辭書錄》

卷首有乙未（公元一九五五年）曾克耑序，饒宗頤自序，圖版二十五幅。正文分三大部分，即《書錄》、《別錄》和外編《楚辭拾補》。《書錄》包括：一、知見《楚辭書目》；二、元以前《楚辭佚著》；三、擬騷；四、圖像；五、譯書。《別錄》包括：一、近人《楚辭》著述略；二、《楚辭論文要目》。外編《楚辭拾補》包括：一、"離騷"異文亦作"離愾"考；二、晉郭璞《楚辭》遺說擴佚；三、隋僧道騫《楚辭音》殘卷校箋；四、唐鈔《文選集注‧離騷》殘卷校記；五、唐陸善經《文選‧離騷》注輯要；六、唐宋本揚雄《反離騷》合校，附陳姚察、唐顧胤佚訓條錄。

這是一本最早出版的《楚辭》書錄專著。它對版本和館藏情況著錄較詳，重要的著作，如王逸《楚辭章句》，共錄十三種版本；朱熹《楚辭集注》共錄二十七種。版本中還設有"外國本"一欄，且注明館藏情況。此書所收雖沒有姜亮夫《楚辭書目五種》完備、詳盡，但篳路藍縷之功，應該肯定。而且，此書還著錄了台灣省和香港等地的部分專著和館藏情況；這是姜目未能收錄的。所以兩者可以互爲補充。

此書還包含有饒氏對楚辭研究的某些成果，外編《楚辭拾補》中，饒氏談到，郭璞注《山海經》引《離騷》文，間稱《離騷經》，與王逸注本同，唐皮日休《九諷序》亦云："屈平既放，作《離騷經》"，可見晉唐人皆稱《離騷》爲經。另外，郭璞引《楚辭》其他作品之語，亦稱"離騷"；如引《九歌‧湘夫人》則曰"《離騷‧九歌》"等，頗與宋人輯注《楚辭》統稱爲屈原所作"離騷"相符合。這樣，就可以知道，朱熹《楚辭集注》目錄題曰"離騷九歌"，而云"隱括舊編，題屈原二十五篇爲《離騷》"，是有所根據的。又聯繫劉勰《文心雕龍》以"騷"統稱《楚辭》，可以看出六朝以來的習慣稱呼。（以上見《晉郭璞〈楚辭〉遺說擴佚》）

此書還輯錄了《楚辭》研究的不少資料，足資考鏡而廣異聞。如輯錄晉郭璞所注各書中引及《楚辭》多條，可以窺見久已失傳的郭璞《楚辭注》的大略。輯錄了唐代陸善經《文選離騷注》的主要注文，這一材料，錄自日本所藏唐寫本，彌足珍貴。游國恩主編《離騷纂義》所引陸善經語，即出自此書，可見饒氏迻錄之功。

　　在文字校勘方面，饒氏也做了不少工作。如"離騷"異文亦作"離愬"、"離慅"，饒氏對此作了詳細的考證。另如據敦煌所出唐寫本道騫《楚辭音》殘卷，和唐寫本《文選集注》、《離騷》殘卷，分別對《楚辭》作了校箋，頗有可取之處。如《離騷》"曰黃昏以爲期兮，羌中道而改路"，兩句，洪興祖《楚辭補注》疑後人誤以《九章》二句增入。饒氏指出，唐寫本《文選集注》無此二句，六臣本《文選》亦無之。這樣，就爲洪興祖的説法增加了有力的佐證。

一九五六年香港蘇記書莊出版。

　　（載洪湛侯等編撰《楚辭要籍解題》，湖北人民出版社，一九八四年十一月出版。）

四

詞學

Foreword to T'seu tsi k'ao (詞籍考):
The Study of Dramatic Poetry and Music

F. S. Drake 〈林仰山〉

The author of this important study, Mr Jao Tsung-i 饒宗頤, is one of those versatile scholars that China delights in producing from time to time. While he was still in his thirties, Mr Jao had already come to the front rank in a number of very divergent fields of study. Son of a famous scholar of Ch'ao-chou 潮州 and early familiar with books, he was appointed chief editor in the revision of the official topography of his home prefecture, *Ch'ao-chou Chih* (The Local History of Ch'ao-chou) 潮州志二十冊 in 1948. This massive work, published in twenty volumes, followed by papers on various archaeological, historical and linguistic subjects in Chinese journals, established Mr Jao's reputation as a scholar. In 1952 he was appointed to the staff of the Department of Chinese at the University of Hong Kong, first as Assistant Lecturer, then as Lecturer in Chinese Literature. In addition to carrying a heavy load of teaching , Mr Jao pursued researches simultaneously in such diverse subjects as the oracle bones, the Tun-huang manuscripts, and Sung lyrical verse, the results of which he published consecutively in various sinological journals in Taiwan, Hong Kong and Japan. From 1956 he attended several sinological conferences in France, Germany and Italy, and laid the foundations of his international reputation. For many years he was engaged in a comprehensive plan for the collection of the published inscriptions on the oracle bones, and though he had to abandon the complete scheme for a time, he published in 1959 two large volumes on the *Oracle Bone Diviners of the Yin Dynasty* 殷代貞卜人物通考 (Hong Kong University Press) which attracted the attention of scholars in all parts of the world. In 1962 on the recommendation of Professor Paul Demiéville Mr Jao received the singular distinction of the award of the Stanislas Julien Prize.

Mr Jao's studies in Tz'ǔ (lyrical verse) commenced in 1941, with his participation in the vast unpublished compilation by many scholars of a *Complete Collation of Tz'ǔ of the Ts'ing Dynasty* 全清詞鈔. This was followed by his *Introduction to the Study of Documents Relating to Tz'ǔ* 詞籍考序例 included in the literature section of the *Local History of Ch'ao-chou* 潮州志藝文志 in 1948. In 1957 Mr Jao was invited by Professor Balazs to participate in the *Sung Project* initiated in Paris, and undertook to write the "explanations to the separate titles" 解題 in the compilaton. The contents of the present books have already been described in the preface by Professor Chao Tsun-yo 趙尊嶽. Suffice it to say here that the first volume now offered to the public deals with the collected works of separate authors from the T'ang to the Sung and Yüan dynasties; under each collection are given historical, biographical, critical, and introductory notes, with accounts of the various schools and the different wood-block texts, variant readings, and textual emendations. At the end of each title is appended a bibliography for the convenience of students. Some new material discovered by the author in the *Tao-tsang* 道藏 and the *Yung-lo Ta-tien* 永樂大典 is included.

Having had the privilege of working with Mr Jao Tsung-i in the Department of Chinese at the University of Hong Kong for the past ten years, it gives me great pleasure to contribute this foreword to his latest work.

30th November 1962

Preface to T'seu tsi k'ao (詞籍考):

Documents Relating to Tz'ŭ

Paul Demiéville （戴密微）

Je suis loin d'être un spécialiste du *ts'eu* 詞, cette poésie "baroque" qui tient de ses origines chantées une liberté de la forme et du fond, une souplesse prosodique et une subtilité d'inspiration toutes musicales, mais dont l'accès est difficile et nécessite une longue pratique qui me manque; je serais bien incapable d'y percevoir d'emblée les doubles ou triples niveaux d'interprétation que mon ami Ho Kouang-tchong de l'Université de Singapore m'exfoliait, en les illustrant de peintures de sa main, au cours de son récent séjour à Paris. C'est juste si j'en ai lu assez pour y avoir apprécié une des réussites les plus originales et les plus séduisantes de l'art littéraire chinois. Aussi me suis-je trouvé confus lorsque M. Jao Tsong-yi a bien voulu m'envoyer les épreuves de la table des matières et des deux premiers chapitres de sa grande bibliographie critique du *ts'eu* en m'invitant à écrire quelques lignes pour présenter ce travail monumental au public d'Occident.

Je n'ai rencontré M. Jao Tsong-yi que pendant quelques instants lors du IXe Congrès International dit des Junior Sinologues, qui s'est tenu en 1956 dans un lycée de la banlieue parisienne. Il y avait là beaucoup de monde, non seulement des Juniors mais, presque aussi nombreux, des Seniors chevronnés. Parmi ceux-ci, un délégué de l'Université de Hong Kong qui s'effaçait, observant gens et livres sans guère ouvrir la bouche; entre les séances, il se faisait montrer les quelques inscriptions chinoises sur écaille ou sur os échouées dans nos musées et dans nos bibliothèques et auxquelles il devait consacrer une excellente brochure. Il m'offrit un ouvrage qu'il venait de publier sur un commentaire du *Lao-tseu* 老子 retrouvé à Touen-houang 敦煌; nous échangeames quelques mots.

Le congrès fini, je lus son livre dont la haute tenue scientifique me frappa. Dès lors je suivis attentivement ses publications, qu'il me fit l'honneur de m'envoyer, et je reconnus dans ce méridional si simple et si réservé un des plus grands sinologues de notre temps. L'ampleur et la variété de ses connaissances sont bien dans la tradition encyclopédique des grands savants chinois. De l'histoire à la géographie, de la littérature à la musicologie, de l'archéologie à la paléographie et à l'épigraphie, il n'est pas de domaine où sa maîtrise ne se soit affirmée. Mais c'est la bibliographie qui reste peut-être l'objet préféré de ses études: non pas un plat relevé de titres et d'auteurs, mais une bibliographie vivante, critique, engagée, qui scrute l'esprit derrière les textes, les situe et les juge. Tel est, autant que je puisse m'en rendre compte d'après ce que j'en ai vu, ce *Ts'eu tsi k'ao* 詞籍考 ou "Examen des documents relatifs au *ts'eu*", qui passe en revue toute l'histoire, l'esthétique et la technique de *ts'eu* à la lumière des documents qui s'y rapportent: recueils individuels 別集類 ou collectifs 總集類 mentionnés ou conservés depuis la fin des T'ang jusqu'à nos jours, répertoires des tabulatures prosodiques 詞譜類, "propos" 詞話類 et "critiques" 詞評類 des connaisseurs de toutes époques, matériaux historiques et musicologiques-près de vingt ans de travail, m'écrit M. Jao Tsong-yi, pour mettre au point cette somme qui tient compte des derniers résultats de la recherche et promet de faire autorité pendant longtemps. Le titre même m'en remémore ceux de deux des chefs-d'œuvre de l'érudition chinoise du XVIIIe siècle, le *King yi k'ao* 經義考 de Tchou Yi-tsouen 朱彝尊, sur le canon confucéen et son exégèse, et le *Che tsi k'ao* 史籍考 de Tchang Hiue-tch'eng 章學誠, sur la littérature historique; encore ce dernier, dû à un historiographe de génie mais qui fut méconnu de ses contemporains, ne subsiste-t-il plus qu'à l'état de lambeaux. Tchou Yi-tsouen avait composé également un *Ts'eu tsong* 詞綜 ou "Compendium du *ts'eu*", dont M. Jao Tsong-yi semble s'être inspiré, mais en l'enrichissant de tout un acquis nouveau et en le renouvelant par une méthodologie moderne. Puissent ces quelques mots témoigner tout au moins de l'intérêt et de l'admiration que suscitent les travaux de M. Jao Tsong-yi sur an plan international, au dela de l'île hospitalière où il réside actuellement et de son pays.

PARIS, 8 août 1961

《詞籍考》序

吉川幸次郎

　　爲裒錄之業於清代，似莫盛於小長蘆釣師。漢魏以來，説經之書，汗牛充棟，乃錄經義考。虞山蒙叟，採列朝之詩，不無偏頗，乃錄明詩綜三千四百餘家。而學者或議其鈎而未沈。翁覃谿云，竹垞經義考，綱領節次，詳整有要，爲功於經學非細。顧所載序跋，多删去其末行年月，致使作者先後，無所按據，翁著其言於復古齋文集，至於再四。何義門云，竹垞先生明詩綜，去取幾於無目，二十年來所敬愛之人，一見此書，不覺興盡。義門爲虞山之徒，言有所激，然不盡門戶之見也。至於詞綜，尤爲釣師經意之作，承詞學久晦之後，以興衰自任，且始用心於南宋，梳姜史之細膩，櫛二窗之密勿，使人知花草之外，又復有詞。幸次郎少年讀詞，亦津逮於此。而覺其發明，有所未盡，蓋其時限之，得失之故，頗難言也。雖然，幸次郎不讀詞者久矣。始謂納蘭成德亦外國人也，何必廢然返。而才力所限，竟自廢然，棄之者幾三十年。今獲讀饒固庵教授詞籍考，而歎息焉。教授之書，以考爲名，猶謝氏之小學，近人之許學老子，體裁有承乎釣師，而非勤勤錄序跋，如吏胥之寫官牘已也。有疏證，有品隲，考詞人之生平，叙詞流之升降，字句異同，亦舉其要，詞之史、之話、之平議寓焉。蓋乾嘉以還，詞學極明，與經史之學，分鑣爭馳，教授盡平生之心力，集大成於此。至於甄錄板本，言之盤盤，尤非釣師之所夢想。順康之世，漁洋不知山谷精華錄之僞，其餘可知。今則詞山曲海，源流粲然，教授掩而有之也。幸次郎昔亦治目錄之業矣，而厭之，以類賈人之簿錄者多，能爲讀書者目如宋之晁陳者寡也。今教授之書，誠可謂讀書者之目，自此以後，讀詞者必發軔於此，猶三十年前幸次郎之讀詞，發軔於釣師之詞綜也。其難其易，豈可同日語哉。昔人輒謂古今人不相及，自嚴氏天演之譯出，人皆知其不然。力今而勝古，日進無疆，教授有焉。辛丑立春日，日本京都大學文學部教授吉川幸次郎謹序。

《詞籍考》序

趙尊嶽

短晷餞螣，宛春宜藹，人惟雅言，座移佳茗。辟世雲樂，猶尚空山之足音；乘桴而南，未忘嶰谷之長律。饒子宗頤，惠然促客，侑我餚蒸。出其珠玉，所著詞籍考若干卷，紛如亦裒如也。以喻觛生，頗託同好，見聞躆踖，則記誦益媞；搜討汗漫，則校讐彌備。積歲黍黍之勞，鐙窗無間；窮年排日之役。翰墨有靈。經師雖屏之爲小道，詞客輒竊比於知音。始治陽春，張吾宗之清事，終窺石室，網六州之前修。繼茲而往，薄有所述，播諸澥甸，每自汗顏，披覿斯編，感不去手。試申喤引，容有當夫。茲編部居既嚴，蒐羅至富。沿流必溯其源，導長江于積石；探本兼尋其脈，匯九流爲具區。題名陳晁，開珠塵蘭畹之先，踵事李黃，負曲海詞山之譽。雲礽有自，奕葉可徵，目錄之傳，重在統緒。此其嘉惠士林者一也。中土幅員袤廣，地望紛披，飲井水處，咸工崇安之麗辭，繡弓衣上，亦著宛陵之秀句。列邑萃其遺文，巴人珍其敝帚。衙官每通氣類，薇省自集同聲。揚葩氏族，或合三李于一堂；餘韻燕支，竟掇衆香于百衲。尤且朔北暨南，聲教遠播；嚴疆澤藪，風頌攸同。重譯充夫海外，扶桑亦紹絃歌；備禮比諸小邦，高麗猶存樂志。自非勤披珊網，安能陟茲崑崗。此又其嘉惠士林之一也。溯自樂府龢鳴，清商促拍。中唐以降，詞曲遞承；五代迄今，籌桑婁易。風裁際時代爲隆替，則尊古者嗜之

如玄酒太羹；簡册隨兵燹以散佚，則考製者契想夫椎輪大輅。而
況相公曲子，夙焚紅葉之章；邑尉方山，已失金荃之舊。然草堂
四卷，升庵卒發之塵對，尊前一選，梧芳猶疑出手纂。凡兹若存
若亡之作，容爲垂斷垂續之徵。輯者市駿骨于金臺，標芳型于夢
弼。縣目以待，存佚爲心，澤古之功，尤不可没。此嘉惠士林之
盛業又其一也。至繡梓源于孟蜀，緜歷在千載以前；傳鈔秘于莫
高，繕寫有數本之異。南唐十國，導以先河，天水一朝，張彼詞
囿。棗梨廣被，間同集而異名；丹黄所加，或攻錯而補奪。事漢
家之師法，則旁譜勤求；珍宋槧爲單傳，則精思邀屬。又或薶塵
隊簡，中絕于百十年之間；沈井藏山，欣獲于二三子之手。天府
列諸奎璧，秘其流馨；藏家濟以詭謀，流爲嘉話。板本之學，固
通于詞林；讐勘之嚴，同功于管色。允當衆篇畢舉，庶隋珠與和
璧爭輝，片楮不遺，使杜庫與陸廚競爽。凡學人所艱致，惟斯集
爲獨長。此尤嘉惠士林之盛且至者一也。夫詞之爲學，窺之則隱，
窮之則深。昔人惑於名教之偏，徒以事功相許，著作雖夥，傳布
不遑，包舉至繁，類別未審。饒子斯篇，不特涉堂廡之勝，抑且
發巖穴之幽。以例相從，隸兹六屬。孔門六藝，淵渟于覆載，呂
氏六論，研討夫天人，同符異代，由來遠矣。嘗試言之：其曰詞
集，則別行專著，俶落晚唐；景寫覆鍥，盛于南宋。選輯以花間
肇其始，叢刊以彊村殿其最。其曰詞譜，則嘯餘以下，迄至碎金。
淮海雖陋而猶存，宜興特精而待補。其曰詞韻，則菉斐遠出宋季，
翠薇盛于道咸。李仲之作，原只郢書；趙謝諸家，姑存燕説。其
曰詞評，則解詩著匡鼎之名，玉林丹黄于氏籍之次；論文出劉勰
以外，苕谿掇采于叢殘之林。熏香摘艷，菊莊徵其博識；童求蒙
拾，漁洋扇其流風，新都矜博學爲多能，人間昌詞心之極至。其
曰詞史，則羅述師承，比淵源之有錄，鈎稽掌故，識體尚之所趨。
自來學案之作，學以史傳，年譜之行，史以學重。疇日凡儒冠獨
具之格，今兹則詞海亦沿其波。而尤艱辛卓絕，邁越古人者，則
曰詞樂。存李趙之墮緒，傳薪火于燼微。探海國之奇書，挈法乳

于點滴。明鐙曲苑，秘篋龍威。樂府混成，修內驚其輯逸，雲謠雜曲，樂世復其和聲。白石庶資以切磋，玉田可倚爲揩㨗。是則新體宏宣，陳篇再出，闡述之勞，固不可廢，而開先之導，尤屬難能。景星慶雲，間世始見，微言絕學，何幸以傳者已。饒子素秉清芬，霜珠在握，含姿粹美，麝墨拈毫。拾蟲魚于文府，蠹簡勿刪；辨豹鼠於菟園，囊螢是賴。一槎浮海，探二酉之名山，千卷隨車，舒三餘之長晝。更復頷獲驪珠，裘工狐綴。肆情均令，視治詞如治經，題輯歌章，由徵今而徵古。輸萬里十年之心力，奠一家絕學之鎡基。好事者訝其專精，弄翰者繩其淵雅。矧在愚情，尤殷夙契。敢張名類之別。用申軒冕之言。傳之其人，公諸於世，芸籤葉葉，自勝朱謝之遺篇，珠字行行，庶附馬鄭之通志。丙申燕九節，武進趙尊嶽序。

Criticism on T'seu tsi k'ao (詞籍考)

David Hawkes（霍克思）

JAO TSUNG-I:Tz'ŭ-tsi k'ao: examination of documents relating to tz'ŭ. Part 1. Collected works of separate authors from T'ang to Yüan. x, [xv], 344,6 pp. Hong Kong: Hong Kong University Press, 1963. (Distributed in G.B. by Oxford University Press. 24s.)

This book is the first instalment of a comprehensive study of the whole genre of tz'ŭ and its literature which will place the amazing richness of Professor Jao's scholarship at the disposal of every student of Chinese literature.

The whole book, when completed, will consist of six main sections: (1) editions, (2) prosody, (3) rhyme, (4) criticism, (5) history, (6) music.

The first section will be further divided into conditions of separate authors (*pieh-chi*) and conditions of anthologies and collected editions (*tsung-chi*). This 350 page book is therefore only the first half of the first subdivision of the first section of the whole work.

Basically this book is an annotated bibliography in which the title of each collection is followed by the name, dates, and biography of the author, and by information about its contents and its various editions. The sources of all the information given are usefully listed at the end of each entry. The book's coverage is, however,much fuller than this account of it would suggest, since Professor Jao, in the course of conveying information of a more narrowly bibliographical kind, incidentally deals with many wider problems. For example, after the very first entry (Wen T'ing-yün's Chin ch'üan tz'ǔ), some nine pages are devoted to a discussion of tz'ǔ-like developments preceding Wen T'ing-yün, in which a wide range of problems is dealt with in a summary of masterly succinctness and clarity. This is characteristic of the whole book. Western contributions, for example (Baxter, Hoffmann), are not overlooked and are not merely noted, but carefully discussed and assessed.

Professor Jao says in his introduction that this work grew out of his contributions to Ch'üan Ch'ing tz'ǔ ch'ao and his entry on tz'ǔ in the Ch'ao-chou gazetteer. He has been engaged on it now for something like 20 years. When the whole has been published it will be possibly the most important reference work in the field of Chinese literature to be produced in our time. The inclusion of prefaces by such internationally distinguished scholars as Professor Demiéville and Professor Yoshikawa Kojiro bears eloquent testimony to this fact.

University of London
Cutting of Review Printed in Vol.28, pt. 3, 1965

Criticism on T'seu tsi k'ao (詞籍考)

Hans H.Frankel（傅漢思）

This book, written in literary Chinese, is an important study and reference work which will be indispensable to all students of the tz'u genre of Chinese poetry. Mr. Jao had previously published on an amazingly wide variety of sinological subjects, but his specialty may be said to be bibliography. At the time of completing this bibliographical work he was Lecturer in Chinese Literature at the University of Hong Kong. In the best Chinese tradition, the book is provided with prefaces by Professor F.S. Drake of Hong Kong (in English), Professor Paul Demiéville of Paris (in French), Professor Yoshikawa Kōjirō of Kyoto (in Chinese), and Professor Chao Tsun-yüeh of Hong Kong (in Chinese).

This is the first volume of a projected comprehensive critical bibliography of works relating to tz'u, representing Mr. Jao's labors of more than twenty years, as he states in his "Directions to the Reader" ("Lieh yen"). In this volume, he lists the collected works of individual tz'u poets from the T'ang dynasty to the Yüan dynasty, that is, from the ninth to the fourteenth century of our era, arranged in chronological order. Under each item, he gives a short biographical sketch of the author and full critical bibliographical notices of the texts of his tz'u, those which have been published separately as well as those which are included in the author's collected works. At the end of each item, he lists the sources of his information. His array of source materials is very rich indeed. Everything in this book has been done with admirable thoroughness and care.

Mr. Jao has uncovered much material that had been overlooked by earlier scholars. For instance, in the Tao Tsang he found some tz'u by Chang Chi-hsien and other poets (pp. 76, 331-332). In the Yung-loTa-tien, he discovered variations in the musical notation for one of Chiang K'uei's tz'u (p. 100).

Though this is a bibliographical work, Mr. Jao incidentally also offers much useful information on the history of the tz'u genre. For example, appended to his discussion of the earliest author who meets his standards for inclusion (Wen T'ing-yün, who flourished in the second half of the ninth century, he gives a detailed historical and bibliographical account of tz'u written by earlier poets (pp. 3-12).

There are many other incidental benefits which students of the tz'u can derive from this book, notably in the domain of textual criticism. Mr. Jao points out, for instance, the correct reading in one of Ou-yang Hsiu's tz'u which was replaced by a faulty reading in most editions (pp. 38-39). The faulty reading not only corrupts the sense but even alters the meter.

A Supplementary Section (pp. 331-344) contains addenda to a few items in the body of the book, and besides some interesting miscellanea, such as a note to Glen W. Baxter's discussion of supernumerary words inserted in some prototypes of tz'u in Baxter's Metrical Origins of the tz'u, in: Harvard Journal of Asiatic Studies, 16/1953/124-133 (pp. 333-334), and some critical remarks on Alfred Hoffmann's classic translation and study of Li Yü's tz'u, Die Lieder des Li Yü (Köln 1950) (pp. 337-338).

At the end there is an index to the poets listed in this volume.

One may eagerly look forward to the future volumes of this excellent work.

New Haven, Conn.

《詞樂叢刊》序

姚莘農

　　自語體興而詩詞衰，今世之工倚聲者鮮矣，而可與言詞樂者，尤如晨星之寥落也。余早歲負笈吳中，竊好詞曲，暇復涉獵樂律之學。雖扣槃捫燭，亦有自得之趣，而外慕徙業，未能造其堂而嚌其胾也。潮安饒固庵先生淹通僤洽，邃於詞學，近撰《白石旁譜新詮》，以日本傳鈔之《魏氏樂譜》，推闡姜譜俗字之疑義。二百年來，諸家之所困惑不解者，得此而一旦渙然冰釋。誠曠世之奇功，藝林之快事也。今年春，固庵屬稿既畢，出以示武進趙叔雍先生。趙君精研詞學，兼通崑亂，見獵心喜，忻然為書《贅語》一篇，以平素寢饋所得，作他山攻錯之資。自春徂夏，二君反復研討，姜魏之外，兼及玉田，發微探奧，哀然遂成巨帙。余嘗從二君遊，得先讀其文。竊謂名山之業，豈可久藏？龍燭之光，亟宜普照；乃請於二君，付之剞劂，以袪積惑，俾後之治詞樂者，得無暗中摸索之苦焉。夫禮失而求諸野，樂亡亦未嘗不可求諸野。唐宋古調，湮淪久矣，然西安《鼓樂》，尚傳宋字於關中，日本伶工，猶繼唐音於海外。治詞樂者，信能採諸民間，訪諸異域，以補文獻之不足，則廣陵絕響，庶可重聞於人間。若狃於抱殘守闕之習，或徒尚立異標新，以曲解為能事，斯則治絲愈棼，益增困惑耳。世不乏知音之士，亦將有感於斯言耶。丙申八月姚莘農。

　　（載《詞樂叢刊》第一集，香港坐望齋，一九五八年十月出版。）

《白石旁譜新詮贅語》序

趙尊嶽

潮州饒宗頤先生，近自日本錄致《魏氏樂譜》，流通有日矣，乃先就譜字中悟得歌法之記注，證以姜譜張説，別撰《姜譜新詮》，以發前人所未盡之音字諸説，蓋言詞樂者莫不宗宋譜，然考定律字者多，訂釋音字者，絕無僅有，于是言樂理樂律者，汗牛充棟；而獨罕及歌法，其或採明人之説以實之者，又多屬謳歌崑曲之法，崑曲之于宋詞，相去一塵，人人知其從所自來，而獨不能言其草蛇之迹，自音字之説出，其迹始顯，是先生之有功于詞苑樂苑者偉矣，愚曩日治詞，雅好詞樂，顧不能通其指歸，比讀《新詮》，欣欣若有所獲，庶可就音字求通其消息，既瀹三十年來胸膈中僅存之積滯，亦可堅此後致力之途轍，循序以往，宋人歌詞之法，終可有昌明之一日，敢先就《新詮》牘尾，綴以卮詞，質諸並世治詞學者，其有繩愆糾繆之作，胥爲攻錯伐山之資，有不拜嘉以竚之者乎。一九五六丙申歲寒食日武進趙尊嶽寫記。

（載《詞樂叢刊》第一集，香港坐望齋，一九五八年十月出版。）

文學創作

"以古茂之筆，抒新紀之思"

——序饒宗頤敎授的《固庵文錄》

錢仲聯

　　文集之名，昉自中古，前此無有也。劉《略》班《志》，惟列詩賦，著諸家篇數，初無集名。東京而次，文章朋興，雲構風駭，然范、陳史，于文士諸傳中，記其文筆，第云著詩、賦、碑、箴、頌、贊、誄、七、弔、連珠、書記、論、奏、令、策若干篇，不云文集若干卷，實齋章氏所以云："文集之實已具，而文集之名猶未立。""《隋志》：'別集之名，東京所創。'蓋未深考。"曹丕〈與吳質書〉稱道徐、陳、應、劉，謂"撰其遺文，都爲一集"，此殆總集之嚆矢。陳壽於晉初定諸葛亮故事，奏上《諸葛氏集》，此殆別集之嚆矢。然觀亮集目錄內涵，誠如太炎章氏所云："若在往古，則《商君書》，而《隋志》亦在別集。"阮孝緒《七錄》，經典、紀傳、子兵、文集之四錄，已全爲唐人經、史、子、集之權輿，故實齋以爲"集部著錄，實昉於蕭梁，而古學源流，至此而一變，亦時勢爲之也"。

　　所謂古學源流者何也？請循其本。蓋在先秦，文哲一體，諸子論道述事之專撰，尋其質，皆別集也。儒、道、墨、法，顯學爭鳴，自孟、荀、老、莊、墨、韓以迄呂氏，豈徒其學之六通四辟，"皆以其有，爲不可加"而已，即其文亦高出於後代，並風格亦各異焉。孟之雄肆，荀之密栗，老之精約，莊之誠詭，墨之素樸，韓之刻深，呂之閎博，是皆專家之作，雖偶有弟子或他人附益者，要無害其爲一家之文也。荀書且以美文〈成相篇〉、〈賦篇〉納入矣，韓子之〈內、外儲〉，啟連珠之先路，此其名爲子部，與後世文章別集奚異焉。此諸葛氏法家之書，所以得謚爲集也。至於劉《略》詩賦，更屬實齋所云“成一家之言，與諸子未甚相遠”者，厥初未嘗裒而稱爲文集而實即是集，然則所謂“文集之實已具”者，固不待東京而始然。文家別集之名既立，“後世應酬牽率之作，決科俳優之文，亦泛濫橫決，而爭附別集之名。”“勢屢變而屢卑，文愈繁則愈亂。”嗚呼唏矣！

蓋自昭明以沈思翰藻爲文，“以文辭之封域相格”，唐以來變本而加厲，自宣公、昌黎、柳州、賓客諸集外，學與文歧而爲二，無論偶體或散文，凡一家爲一集者，往往以文爲主也。宋儒見理邃密深沉，《晦庵集》選言雅馴，誠文以載道者之雄。《水心集》之言經制者次之。下此者黃茅白葦，治學者文不工，能文者中無實，一命文人，便不足觀，別集云者，遂爲博學高流所詬病，非無由也。曼珠一代，集部如林，張廣雅《輶軒語》稱其中有實用勝於古者，特舉朱彝尊、方苞、杭世駿、盧文弨、戴震、錢大昕、孫星衍、翁方綱、李兆洛、全祖望、顧廣圻、阮元、錢泰吉、武億、嚴可均、張澍、洪頤煊、包世臣、曾國藩之撰，謂其或可爲掌故之資，或可爲學術流別之鏡，或可考辨羣書義例、古刻源流，或可諟正史傳之差誤。此誠可謂見其犖犖大者。而獨以專集屬之詞章家，則隅見矣。劉《略》詩賦，固詞章也，亦何害其爲一家言之近於諸子也。廣雅列舉朱氏以下諸家之書以別於專集，而其書實皆別集，並明標集之名者也。歧學術與文章爲二，宜其論之自陷於矛盾而不能中肯綮矣。

若論文質彬彬，融兩者於一冶，則在勝國二百數十年中，殆無逾於汪中《述學》之美且善者。《述學》不稱集，而實集也。其書既有平章子部之文，爲清學創闢蹊徑，復有美文，睥睨三唐，世尊爲八代高文，獨出冠時。斯誠別集之翹楚，上承先秦諸子暨屈賦之脈者。《定庵文集》亦其亞，則揭文集之名矣。晚近王國維《觀堂集林》，允稱獨步，《海日樓文集》、《太炎文錄》，亦名世巨帙，斯皆言其學之精兼文之美者。《寒柳堂文集》，時流所重也。其學淹貫中西，信爲弘博，而文差不逮，持較乃翁《散原精舍文集》之雅言，則有間矣。此可知文質並茂之難也。

余今讀選堂饒先生《固庵文錄》，乃喟然歎曰：此並世之容甫與觀堂也。抑又有進者，容甫生今二百年前，其學固不能不爲乾、嘉學風之所囿。觀堂生近世，精殷墟甲骨，考古史，通域內外於一杭，融文史哲爲一境，世推爲現代學派之祭尊與開山，良非虛譽。然觀堂之學，究不能謂其爲廣大教主，無所不包，峻不可攀，河漢無極也。如釋藏道笈，即非其所措意矣。沈、章鉅子，殫精國故，亦探梵典，而不諳西國之文，則創新遂不能與觀堂敵。今選堂先生之文，既有觀堂、寒柳融貫歐亞之長，而其精通梵文，親履天竺，以深究佛學，則非二家之所能及。至於文章爾雅，二家更將斂手。斯錄也，都儷體篇、散體篇於一帙，其爲賦十三篇，皆不作鮑照以後語，無論唐人。其餘頌、贊、銘、序、雜文、譯文，皆能以古茂之筆，抒新紀之思。所頌者如法南獵士谷史前洞窟壁畫，所贊者如馬王堆帛書《易經》，所序者如〈殷代貞卜人物通考〉，所譯者如《梨俱吠陀無無頌》、《近東開辟史詩》，非尋常篤古之士所能措手也。儷體得此，別開生面。容甫如見，得毋瞠目。至其散體，所考釋者，自卜辭、儒經、碑版以迄敦煌寫本；所論説者，自格物、奇字、古籍、史乘、方志、文論、詞學、箋注、版本，旁及篆刻、書法、繪畫、樂舞、琴藝、南詔語、蒙古語、波斯語，沉沉夥頤，新解瀾翻，兼學術文美文之長，通中華古學與四裔新學之郵。返視觀堂、寒柳以上諸家，譬如積薪，後來居上。九州百世以觀之，得不謂非東洲鴻儒也哉！

先生不以余不學，以文錄序言，諉誶相屬。余反復循誦，有如《大智度論》所云：如入寶山，自在取寶。不辭弇陋，敢爲引喤。蓋將爲當代學苑懸此鵠的，並爲集部樹中天之幟也。先生嘯傲於紅香爐頂，俯視海天，鯨波洴溔，百靈狂沸，其將許我拍肩，逌爾一笑，以爲若斯人者，始可與言集部也矣。辛未季夏，錢仲聯序於蘇州大學，時年八十有四。

（原刊台灣中央研究院中國文哲研究所《中國文哲研究通訊》第一卷第三期，一九九一年九月；又以《"以古茂之筆，抒新紀之思" ——序饒宗頤教授的〈固庵文錄〉》，刊《文藝理論研究》第八八至八九期；一九九二年第三期。）

《固庵文錄》書後

陳　槃

　　當代學人，能文事者蓋寡。固庵崛起嶺表，早歲以詩賦倚聲鳴於時。張大千六十壽辰，固庵步昌黎南山詩一百二十韻以祝嘏，伍叔儻見之，嘆爲咄咄逼人。其執教於耶魯大學也，三月間遍和清真詞一百二十闋，藝林至今傳爲佳話。固庵精熟文選理，以選名其堂，所作沈博絕麗，挹讓於陸、潘、任、沈之間。自幼好汪容甫，揣摩功深，讀其馬矢賦，如哀鹽船文；弔賈生文如弔黃祖，蕭瑟江關，情文朏摯，信爲可傳之作。固庵足迹遍天下，中歲浪遊天竺，復蹀躞蒲甘安哥窟之舊墟，爲法顯奘師行記之所未及。其譯吠陀無無頌，以莊生俶詭之筆出之，更能於舊譯中，開出新貌。若其孤懷閎識，感愴古今，論周家享有八百年之久者，以不敢自外於天道；論宋後大學地位之隆，出自溫公啟迪之功，凡此皆發人所未發。今讀其集，比之清人，惟孫季述、凌次仲可相匹敵。余交固庵逾三十年，論文論學，旨趣訢合，共矻古史，敏求不息。而固庵涉獵東西古文字，馳騁百氏，所造獨深，尤余之所心折。固庵書既刊成，觀其題目，嶄新可喜，已令多士奔走駭汗，又況文辭之美，把翫無斁，大有裨於史學。世有知音，當不河漢余言。

己巳中秋陳槃於疏桐高館。

《固庵文錄》後序

選堂教授詩文編校委員會

今歲夏曆六月，爲饒固庵教授七十晉一覽揆之辰，海內外承學之士，咸欲捧觴上壽，而公莞爾謝曰：“七十方爲生命之開端，古之所稀，今已無足貴矣。”余等祗惟公之於學，鍥而不舍，日孳孳焉，大覃思於今古史事有關鍵性之問題；未嘗以其河漢無極而易其志智，未嘗以日力不足而奪其專精。蓋公沖懷坦蕩，受之以虛，故從無自滿之感；多方爲用，處處活水，故有左右逢源之樂。其究元尋繹，如獵者之追踪；深造精思，譬放光於燼火。公早歲爲文獻流略之學，中年以後，治四裔交通。遠見必先出於近思，大義當有合於細事；伸正統歷禩之說，聊以訂頑；通華夏西膜之郵，羣推閎博。苟不徵實，何以課虛？又爲訓詁文字之學，其科條有三：不輕議初文，以免於鑿；不濫用聲訓，用昭其慎；必索之上下文義以求其安，近世言結構主義者庶幾近之。始自髫齡，已嫺熟韻語，各體皆所致力，義法尤爲精深，非警策無以振奇，非匠心何以定勢。嘗謂一切之學必以文學植基，否則難以致弘深而通要眇。惜世多迷者，寡能從善！士不悅學，陵夷日甚，力挽頹風，兹誠救文格論矣。

居恆中夜挑燈起讀。一義不安，必冥思孤往，極於上下，反覆思維，以格其正。自古求知之勇，好學之誠且篤，罕有如公者也。六合支離，惟此心爲淨土；起衰振懦，舍我其誰！庶幾爲無畏之施，莫遂負如來之願。公旁通梵業，流沙所出，罔不博收；自聶氏之筆錄，訖大爲之警策，浸淫既深，湛然理足。顧不妄下筆著論，往往聞公片言，如撻之於市。頓悟以漸漬爲鎡基，精進須安忍爲先務，公持此義以治史治經，治域外文字，兼以治一切藝，無不於心了無罣礙，其刃若出新硎；神明不衰，河潤千里。同人等從公卅載，知公術業，不及百一。十年以往，嘗集公之詩若詞，今復聚公之儷體古文辭，勾爲一帙，以示來茲。敢略述公爲學次第，謹陳公無津涯之學，祝公無窮止之壽；以文爲觴，公其笑而許之乎！

　　一九八七年七月，選堂教授詩文編校委員會同人謹識。

饒宗頤與賦學

葉繼華

　　辭賦之學，多年來已成絕響，讀文學之人鮮有提及。自五四新文學運動以後，時人對賦有一種錯誤的看法，一般都往往從實用觀點來評價文學，殊不知中國人之立國是以文章立國的。我們有一句老話：“文章華國”，即是以文章爲裝飾。自古以來中國人就很注重文章，寫文章要美化，要華麗，不光是全講實用的。中國文學發展到駢體文，和散文共同存在。文章除實用外還有講究華藻，藻飾像一個人穿衣服要穿得華美，文章亦要同樣寫得美麗，這是中國人一種重要傳統，非常悠長之傳統，詩、詞、駢文皆屬此類。五四以後白話文興起，接近口語，對一般人來說，表達較爲容易，這是一種貢獻，但是爲了較易表達就將傳統華麗的東西一筆抹殺，就無謂之極。所以胡適之所説文學改良芻議之八點是不能成立的，從實用觀點來説尚可以，但人不止是要説話，還要寫文章。考試，不是純爲表達，是要考表達的技巧即是寫詩寫賦，文人便從這方面發展起來，但這是不切實際的，這種虛華藻飾的風尚有極悠長的傳統，有如長江大河、佔文學之一大部分。可能有人從實用觀點來看這都是垃圾，但從文章華國的角度看來未必是垃圾，而是作爲立國之道的一種粉飾昇平的藝術價值，自胡適之提倡白話文之實用觀點以後，這部分文章便遭一般人杯葛唾棄，不加理會，而排除之，賦即是其中一種，在文學家心目中賦已被視爲塚中枯骨。以前考試要讀文選的，他們竟説是"文選妖孽"，辱罵擯斥之極，賦幾乎變成絕響了。有一個長時期大家都不讀《昭明文選》，但饒教授在香港大學執教十六年，有一個特點，他講授漢魏六朝文學，特別取《昭明文選》和《文心雕龍》一同誦讀。對學生説："行有餘力，則以學文，別人要它絕的，我們不要它絕，總有一天，賦是會翻生的。"現在它真的復生了。

賦的復生，與饒教授有莫大的關係，他的學生之中有何沛雄，現在是港大的副教授；他曾把幾種《賦話》重新標點刊出，編了一本《賦話六種》，其中饒教授也寫了一種，這本賦話有相當的影響力。一九七一年教授在美國耶魯大學研究院教書，當時一位剛畢業的助教授 David R. Knechtges 跟饒教授研究昭明文選；他已經把文選"賦"的部分全譯做英文，出了兩冊書。他現在是西雅圖華盛頓大學的教授——他居然把中國人都不讀的賦譯做英文。他又研究揚雄的賦，寫了一本專書，本來昭明文選過去也曾有德文譯本，由 Erwin Von Zach 加以翻譯，他住在印尼，於雜誌上零星發表文選之德譯，其後哈佛大學教授 James Hightower 替他出書，此人中文造詣不大好，現在經 Knechtges 重譯，是極大的進步。文選卷籍浩繁，而 Knechtges 現時負責行政工作，甚爲忙碌，希望他能夠譯畢全書，現在文選學、賦學已逐漸爲人所重視，可以説死而復生了。

東北吉林大學近年對文選亦有多次集會討論，第一次國際性的賦學討論會即在該處召開。今年有國際賦學討論會，將於十月底在中文大學舉行，饒教授將發表主題演講，這實是賦的復生！

研究賦學是一件事，做賦是另一回事，研究者未必就懂得作賦，饒教授有一點與人們不同的，就是他又研究又寫作。他的《固庵文錄》共一百六十二篇，就中儷體佔四十篇，散體佔一百廿二篇，儷體之中，賦有十三篇、蘇州大學中文系老教授錢仲聯先生去年以八十四高齡爲饒教授作文錄序，推崇備至："……若論文質彬彬，融兩者於一冶，則在勝國二百數十年中，殆無逾於汪中

《述學》之美者善者。《述學》不稱集，而實集也⋯⋯余今讀選堂饒先生《固庵文錄》，乃喟然歎曰：此並世之容甫與觀堂也⋯⋯今選堂先生之文，既有觀堂、寒柳融貫歐亞之長，而其精通梵文，親履天竺，以深究佛學，則非二家之所能及⋯⋯其爲賦十三篇，皆不作鮑照以後語，無論唐人⋯⋯"饒教授第一篇賦，是蒲甘賦，蒲甘爲現緬甸中部之古代國都，英文叫Pagan，教授於一九六三年曾到該處。蒲甘在宋朝時是獨立國，不服事元朝，屢與交戰，以蒙古之强悍，當然打敗。蒲甘是佛教國家，該地至今天氣十分炎熱，因有五千餘樹木都被斫盡了。其壁畫繪有蒙古人，因蒙兵嘗到過此地，教授此賦，有點近似鮑照的蕪城賦，所以錢教授說其不作鮑照以後語。賦的寫作，一面是承接楚辭之系統，直是用兮字等等的騷體，西漢初，有短賦，多是咏物。其後賦體發展成爲長篇如相如之上林、子雲之羽獵、長楊等，一個人的學問都可以輸入一篇賦之內，有如辭海。建安以後，賦又縮短，變成抒情的，如王粲之登樓賦等，南北朝時庾信又有一種賦。唐人寫律賦，專爲考試，賦的形製，是多樣化的，蒲甘賦中，有很濃厚的情感。如：問大汗聲威之何在兮，只剩茫茫之撮土，登長阪之威夷兮，矗招提之嵯峨，慨榱桷之興廢兮，翦林木以干戈⋯⋯

賦在漢代文學史上有極重要的地位，發展至六朝，到了庾信，可謂達到飽和點；用賦的形式來寫作，還是行得通的，塚中枯骨，仍有生機，因爲每一個時代，必有新事物新感情。舊的形式亦可賦予新的感情，蒲甘賦咏的雖是域外風物，但蘊含的卻是中國人的情感。

饒教授又認爲，任何東西，都可入賦，成爲文學作品。饒教授另有一篇賦曰馬矢賦，是咏馬糞之作，該賦是他年輕時在日本淪陷區作的，述及國人在馬糞中找尋殘粒之慘況，千古以來從未有人用此作爲題目，故有人視此篇爲抗戰文學之傑構。另他描寫法南獵士谷史前洞窟壁畫頌，前無古人地讚詠兩萬年前山洞內之一千五百隻野獸壁畫，凡此種種，都是以指出以舊形式來表現所見所聞之情感是全然可能的，所需要訓練技巧而已。賦之欣賞，乃是讀者之問題，不懂者便茫然不解，如果大家對賦之認識加深，當會不斷有人欣賞。饒教授堅認賦不會絕，有心人有興趣可多讀，未入門則未知它是什麼，有興趣亦就可以入門的。

饒教授最後指出，賦之為物，不能沽賣之以充飢，作賦只是一種愉快，一種高度之精神享受。希望有多的人投入，引起興趣，則愈會普及，從而使這"枯骨"復生。

（刊《磚玉集》第三輯，一九九三年三月出版。）

LE RECUEIL DU LAC NOIR

POÈMES DE JAO TSONG-YI

UNIVERSITÉ DE HONGKONG

TRADUITS PAR PAUL DEMIÉVILLE

COLLÈGE DE FRANCE

L'auteur de ces poèmes inédits, originaire de Tch'ao-tcheou dans le Kouang-tong, actuellement installé à l'Université de Hongkong, est un des plus grands sinologues vivants. De l'histoire à la géographie, de la linguistique à la paléographie, de la critique littéraire à la musicologie, il n'est guère de domaine où il n'ait fait preuve d'une maîtrise qui lui a valu une renommée internationale. Son œuvre scientifique, dont le caractère encyclopédique est dans la meilleure tradition de l'érudition chinoise, a été couronnée en 1962 par l'Institut de France. Mais c'est aussi un artiste, qui pratique en expert la poésie, la peinture, la musique et en particulier la cithare classique à sept cordes, dont il est un virtuose consommé. Invité par le Centre national de la recherche scientifique à séjourner une année à Paris pour s'y consacrer à l'étude des manuscrits de Touen-houang conservés à la Bibliothèque nationale, il a bien voulu accepter de venir passer une semaine en Suisse avec moi pendant l'été de 1966. Pour une fois, le temps était au beau ; je lui ai fait visiter le Jura, le Léman, les Alpes valaisannes. Souvent, au cours de nos excursions, je voyais cet homme affable, ce brillant causeur tomber dans de curieux silences. C'est qu'il était en train de composer des poèmes, qu'il notait le soir à l'étape. Il y a mis en œuvre les ressources d'un art bien chinois, celui du paysage de montagne, qui depuis une quinzaine de siècles a produit là-bas, en poésie aussi bien qu'en peinture, des chefs-d'œuvre dont nous n'avons pas d'équivalent, même depuis que le romantisme et l'impressionnisme ont mis chez nous la nature à la mode. M. Jao Tsong-yi possède sa littérature chinoise sur le bout des doigts, en bonne partie par cœur. Le langage de ses poèmes est celui d'une longue tradition qui lui fournit beaucoup de ses moyens d'expression ; comme toute poésie classique en Chine (sans excepter de nos jours celle du président Mao Tsö-tong lui-même), c'est un art de la variation sur des thèmes dont le répertoire est un des plus vastes du monde. Dans les notes de ma traduction, j'ai cru devoir indiquer quelques-unes des sources auxquelles il a puisé. Celles-ci sont familières à tout bon lettré chinois, mais le lecteur étranger, faute de les connaître, s'expose à l'incompréhension ou au malentendu. Quant à la prosodie utilisée d'un bout à l'autre de ce recueil, c'est celle du quatrain dit «vers interrompus» *(tsiue-kiu)*, qui par bonheur ne fait pas trop de place aux effets de parallélisme, exploités à fond dans d'autres genres pour le désespoir des traducteurs. La métrique est heptasyllabique, c'est-à-dire que chacun des vers du quatrain compte sept pieds d'une syllabe (ou d'un mot, puisqu'en chinois le mot est monosyllabique), avec une césure entre le quatrième et le cinquième pied. J'ai tenté de conserver tant bien que mal quelque chose de ce rythme en doublant les syllabes : ma traduction rend chaque vers chinois de sept syllabes par quatorze syllabes françaises, avec césure après la huitième. J'ai naturellement renoncé à tenir compte des rimes, qui dans le quatrain chinois se placent à la fin du deuxième et du quatrième vers, moins régulièrement aussi à la fin du premier, et qui changent avec chaque quatrain. Le contrepoint des tons musicaux, qui en chinois affectent chacune des syllabes, est un autre élément de la technique poétique chinoise qu'il est impossible de faire passer dans nos langues. La calligraphie des poèmes est de la main de l'auteur.   P. D.

黑湖集
一九六六年八月戴密微
教授招遊瑞士流連一周
山色湖光奇遘筆底沁
途將施內卅餘首友人以
為詩格在牛山白石之間
爰錄存之幷記遊蹤
戴冬將戎法播諸同好
雅意尤可感也　饒宗頤記

PRÉFACE DE L'AUTEUR

En août 1966, le professeur Tai Mi-wei m'a invité à visiter la Suisse. Nous y avons flâné une semaine. Le long du chemin, en courant de ci de là dans la couleur des monts et la lumière des lacs, une trentaine de quatrains me sont venus au bout de la plume. Des amis ont jugé que le style en était entre celui de Pan-chan et celui de Po-che*. Je les ai donc copiés afin de les conserver en souvenir de ce voyage. Mon vieil ami Tai a bien voulu les traduire en français, afin de les faire connaître au loin parmi ceux qui en auraient le goût; je lui en suis particulièrement obligé.

JAO TSONG-YI

* Pan-chan, «À mi-montagne», et Po-che, «Au rocher blanc», sont les surnoms que s'étaient donnés deux grands poètes des Song, Wang Ngan-che et Kiang K'ouei (XIe–XIIIe siècles).

山市

一上高立百不同　山腰犬吹水

聲中菌蕈叢濕坡題而首

箐花開落腳風

黑荸湖中瞻眺

悅如一葉渡江時山色波光漱

艷奇日月此中相出没飛来

由萬索題詩

沸柳垂遮途正縈看山一路

落平原片帆安穩西風裏領

略湖陰項刻温

I. MONT-LA-VILLE

À peine atteint-on la hauteur que tout est différent ;
 Un chien aboie au flanc du mont parmi le bruit des eaux.
La vigne aux feuilles détrempées, la pluie au bout des pampres ...
 Dans les prés le trèfle fleurit comme pieds de rosée.

3. Mont-la-Ville – non pas «la ville» du mont comme son nom est traduit en chinois, mais étymologiquement «la villa» au sens latin, c'est-à-dire la ferme ou le groupe de fermes, en chinois *tchouang* – est un village du Jura vaudois situé à 8 50 mètres d'altitude, où l'on ne trouve pas d'autre vignoble que la vigne vierge qui couvre les murs de la vieille maison.

4. Les gouttes de rosée – ou ici de pluie – comparées à des pieds que fait courir le vent : Li Ho (IXᵉ siècle), *Prélude de harpe :* «Vol oblique des pieds de la pluie sur la King froide et déserte» ; *Répertoire des peintures de l'ère Siuan-ho* (XIIᵉ siècle) : «Les pieds de la pluie, peints par le moine Kiu-jan, font comme une fine atmosphère qui encadre les personnages.»

II. REGARDS SUR LE LÉMAN

En bateau – feuille au fil de l'eau qui passerait un fleuve ;
 Couleur des monts, éclat des flots, miroitements étranges ...
Ici se couche le soleil, là se lève la lune ;
 Les mouettes viennent au vol quémander un poème.

Parcours en bateau du «Haut Lac».

1. Le bateau qui file comme feuille sur l'eau d'un fleuve, image tirée des poètes Po Kiu-yi (IXᵉ siècle) et Sou Che (XIᵉ siècle).

2. Sou Che (XIᵉ siècle), *En buvant sur le lac, par le beau temps, puis par la pluie :*
 «Éclat de l'onde qui miroite – c'est le beau temps ;
 Couleur sombre des monts – la pluie aussi a ses charmes étranges.»

3. Image évoquant la vaste étendue du Lac aux Herbes vertes, dans la province du Hou-nan (*Notice sur King-tcheou*, de Cheng Hong-tche, Vᵉ siècle).

Les saules pleureurs de la digue éclatent de verdure ;
 On voit les monts de toute part s'abaisser vers la plaine.
Une voile isolée est là, calme dans le vent d'ouest ;
 Du lac qui s'assombrit nous vient une tiède bouffée.

1. L'expression «saule pleureur» est un emprunt aux langues européennes.

漱渠讀开偷诗

小祇筐人嘴一燈瓌牆温沏

是良朋剧憐人更歟杯氣

想見冰心共读遊

傑間方壺崎激流谁篇天地

必長留當年漆室今生白漫

道人間不自由

循銘古道熙風舊隱林間

上趺瑳珠岫硐岑残雪霽晚

花帯雨落康斌

III. À CHILLON, EN LISANT LE POÈME DE BYRON

Épiant l'homme, les souris rongeaient la lampe unique ;
  Dans l'humide cachot qui croule, elles sont ses amies.
Pitié pour le héros tombé plus bas que la souris !
  On croirait voir son cœur glacé geler avec ses larmes.

2. Wen T'ien-siang (XIIᵉ siècle), *Chanson de la droiture*, composée alors qu'il était prisonnier des Mongols, auxquels il refusait de se soumettre : « Hélas ! cet humide cachot, c'est mon jardin de paradis. » – Les souris sont une allusion au poème de Byron, *The prisoner of Chillon* :
  « With spiders I had friendship made ...
  Had seen the mice by moonlight play,
  And why should I feel less than they?
  We were all inmates of one place. »
4. Son cœur glacé : pur et dur comme glace. Image empruntée à Wang Tch'ang-ling, poète des T'ang (VIIIᵉ siècle).

De la vertu des anciens s'illumine l'auvent ;
  Sur la pénombre des forêts monte un croissant de lune.
Dans le ciel pur, les pics neigeux sont comme jade et perles ;
  Partout tombent les fleurs du soir en ondée de pluie fine.

1. Même poème de Wen T'ien-siang :
  « Sous un auvent battu des vents, j'ouvre mes livres pour les lire ;
  Et la vertu des anciens éclaire mon visage. »
2. Mot à mot : « Pics de perle, sommets de jade dans le ciel pur, sur lesquels subsiste la neige. » Les premiers mots sont repris d'un poème en prose *(fou)* de Tchang Jong (Vᵉ siècle).

Le château sur l'îlot de roc brave l'assaut des vagues ;
  Entre ciel et terre à jamais un beau poème dure.
La noire cellule d'alors, la voici blanche et claire :
  Ne dites pas qu'il n'y a point de liberté pour l'homme !

1. L'îlot de roc sur lequel est construit le château de Chillon : au propre « la Jarre carrée », nom d'une île montagneuse où résidaient les immortels selon la légende taoïste.
2. Tou Fou (VIIIᵉ siècle), *Offert à Li Po :* « Un rouleau de poèmes dure à jamais entre ciel et terre. »
3. Allusion à un passage du philosophe Tchouang-tseu (IIIᵉ siècle av. J.-C.) où le corps est comparé à une cellule vide éclairée par la lumière de l'esprit.

車中戴老為述賓地文琛

我泛赤水思玄圃公與蒼山

共自頭人物鄉勞指數名

都行處上海留

列老泰

人間泛此變滄桑迄下高跟

意自遲留有許看諸有將西

風新添術蕭蕭

IV. DANS LE TRAIN, TAI L'ANCIEN ÉVOQUE POUR MOI
DES SOUVENIRS LOCAUX

De mon Eau rouge, moi, j'aspire à voir le Jardin sombre ;
  Votre tête, à vous, a blanchi comme celle des monts.
Merci de m'indiquer les noms dont s'illustra ce port,
  Site célèbre qui vaudrait que l'on s'y attardât.

En passant en train à Vevey et à Clarens, j'avais rappelé les noms de quelques personnages qui illustrèrent ces petits ports du Léman : Rousseau et Mme de Warens, Tolstoi et Dostoïevski, Hugo et Daudet, Courbet et Corot, Tchaïkovski et Henri Duparc, Henry James et Hemingway ...

1. L'Eau rouge est le nom d'une localité des confins de la Chine et de l'Asie Centrale, en vue des monts K'ouen-louen sur lesquels la légende situait une résidence des Immortels nommée le Jardin sombre (ou le Jardin suspendu). Plus d'un poète des T'ang a langui en exil dans la garnison de l'Eau rouge.

V. LA TOMBE DE RILKE

De cette mort, l'humanité reste à jamais en deuil ;
  Haut sommeil sous les fleurs – pensée hantant de loin le monde ...
Il subsiste un parfum secret, mais qui donc le perçoit ?
  Dans le vent d'ouest l'arbre bruit sur la tombe nouvelle.

2. Allusion aux vers inscrits sur la pierre tombale de Rainer Maria Rilke, garnie de roses, à Rarogne dans le Haut Valais :

«Rose, oh reiner Widerspruch, Lust
Niemandes Schlaf zu sein unter soviel Lidern !»

3. Le sens si subtil de ces vers, «qui donc le perçoit ?» – Le «parfum secret» de la fleur du *prunus*, qui s'épanouit à la fin de l'hiver, a été chanté par les poètes des Song, Lin Pou, Kiang K'ouei et autres (XIe–XIIIe siècles).

4. Le vent d'ouest est en Chine celui qui annonce la mousson d'automne et le déclin de l'année.

渾河

急灘對我盡情啼　萬頃波濤
石夫泥淰裹看山成一快曉風
雲水波平堤

道中和幸田

無數層巒矗矗山飛盡去鴻
不如閒進人寰瞬將安往八
在高低幾雪間

驅車忽過萬重山心共孤雲
來去閒關璀眼氷川皆淨土
置身太古異人間

VI. LE RHÔNE

Les rapides impétueux me chantent une plainte ;
   Largement s'étendent les flots, boue et pierre mêlées.
Quel plaisir de voir dans la nue apparaître les monts !
   Vent du matin – brume sur l'eau comme une digue étale ...

4. Allusion à la célèbre digue construite à travers le Lac de l'Ouest, près de Hang-tcheou, par le poète Sou Che au XIe siècle. Les brumes du matin forment au-dessus des eaux du Rhône comme une digue plate.

VII. EN ROUTE : SUR DES RIMES DE LI PO

Chaos de pics vertigineux, accumulés sans nombre,
   Où l'oie sauvage et l'épervier volent sans se lasser ...
Le promeneur déconcerté ne sait où prendre pied ;
   Il hésite entre bas et haut, dans des restes de neige.

Ces deux quatrains, composés dans le petit train Viège–Zermatt qui remonte le val sauvage de Saint-Nicolas où jusqu'en plein été subsistent des bouts de névés, sont sur les rimes *(chan, hien, kien)* du célèbre poème de Li Po (VIIIe siècle) que j'avais cité en bavardant :
   «Pourquoi je vais percher, dis-tu, dans les montagnes bleues ?
   Je ris et ne répondrai point ; que l'on me laisse oisif !
   Les fleurs de la source aux pêchers s'en vont sur le torrent ...
   Ici c'est un autre univers – non point celui des hommes.»
2. L'oie sauvage est un sinicisme.

Le train se hâte entre dix mille étages de montagne ;
   Au gré d'un nuage orphelin, mon esprit vagabonde.
Les grands glaciers éblouissants sont pour moi Terre Pure ;
   C'est le monde des temps premiers – non pas celui des hommes.

3. La Terre Pure est le paradis bouddhique, hors du cosmos humain.

夕烽空戴老

迴風袖裏攪飄雪落日峰
頭似釜金打客不如婦夫迴
野花備狩笑人尋

流水源源遠遠青崖雲挾樹
敗餘陰迤邐隨一老同康樂元
問餘徵茸在今

VIII. EN RENTRANT LE SOIR: OFFERT À TAI L'ANCIEN

Dans nos manches tournoie un vent qui sent encor la neige ;
Sur les hauts sommets, le soleil tombe en les plaquant d'or.
Les promeneurs sont moins dispos que le chien qui les suit ;
Les fleurs sauvages n'attendaient que la main d'une belle.

Retour à Zermatt d'une excursion sur les hauteurs.

1. L'image du vent et de la neige qui tourbillonnent, empruntée à un traité d'esthétique poétique du VIe siècle *(Che-p'in)*, évoque la fraîcheur des brises vespérales, qui rappelle aux promeneurs les glaciers d'où ils descendent.

3-4. Un petit chien nous avait suivis en gambadant, plus dispos que nous ne l'étions après une longue marche, au cours de laquelle j'avais cueilli des fleurs le long du chemin. «La belle qui cueille des fleurs» est un cliché tiré des *Rhapsodies de Tch'ou* (IVe siècle av. J.-C.) et qui symbolise le sage.

Le bruit du torrent qui bondit se répercute au loin ;
Un nuage passant sur l'arbre en nuance l'ombrage.
Je cours après un vieil ami pareil à Sie Ling-yun,
Qui savait saisir le bonheur dans le moment présent.

3. Sie Ling-yun (Ve siècle), grand poète de la montagne dont nous parlions souvent au cours de ces excursions.

4. Citation d'un poème de Sie Ling-yun, *En montant au pavillon sur l'étang*.

峰頂

雪壑冰崖起異軍　山山霧雪
了無分　龍沙便有子堆白未收
祛山一段雲

蒼山負雪焰天門　疊嶂晴時
帶雨痕　絶壁翻空入無地邊
又見兩三村

IX. AU SOMMET

Ravins neigeux, gouffres glacés – quelle levée de troupes !
De monts en monts, neige et buée s'estompent indistinctes.
Tels dragons de sable au désert, mille amas de blancheur ...
On dirait, mais en plus énorme, un monceau de nuages.

Ce quatrain et le suivant évoquent le panorama glaciaire dont on jouit du haut du Gornergrat.

1. «Monstrueuse levée de troupes»: allusion à une levée de troupes rebelles mentionnée dans les Annales de Hiang Yu (233–202 av. J.-C.).

2. Le ciel était d'une pureté cristalline, sans l'ombre d'une buée. Mais il n'y a pas, pour un Chinois, de montagnes sans brumes; le *yin* manquerait au *yang*. Brumes et nuages reviennent plusieurs fois dans les poèmes qui suivent, alors que le temps était toujours au beau fixe ...

3. Les ondulations sablonneuses des déserts de l'Asie Centrale se comparaient à des dragons.

Les monts chenus lancent leurs feux jusqu'aux Portes du Ciel ;
Il y subsiste, en plein beau temps, des vestiges de pluie.
Murs coupés, vides à l'envers, précipices sans fond ...
On ne voit plus, là-bas au loin, que deux ou trois villages.

1. Les Portes du Ciel sont celles du palais de la divinité suprême. Ce vers est une réminiscence du *Récit d'une ascension du Grand Mont*, par Yao Nai (XVIIIᵉ siècle).

3. «Sans fond»: littéralement «il n'y a plus de sol», formule poétique exprimant l'impression de vertige de qui se penche sur un abîme. «Vide à l'envers» en est une autre, tirée du poète Tou Fou.

捨車步入林丘

平林突兀出雕牆雪外千峯
護夕陽攜杖遠來忘欲返細花
猶帶古時香

斜暉雲際閃孤光碧瓦紅樓
貫點樅林外雪山山外影最宜
入畫是蒼茫

縈青繚白萬峯頭道日飛柯瑪
急流落葉滿山人延眷斕象和
雪洗清愁

X. DESCENTE À PIED PAR LA PENTE BOISÉE
APRÈS AVOIR QUITTÉ LE TRAIN

Par dessus la forêt se dresse une paroi sculptée ;
 Les sommets surgis de la neige accueillent le couchant.
Pour les promeneurs à bâton, c'est l'oubli du retour ;
 De la fleur des pins se dégage un antique parfum.

Descente sur Zermatt, après avoir quitté le train du Gornergrat à la station de Riffelalp,
qui marque la limite des forêts.
   1. La paroi sculptée est une réminiscence des *Entretiens* de Confucius, V, 9.
   3. «Oublier le retour» est une formule taoïste de l'extase qui saisit le promeneur perdu
dans la nature.

Rais obliques au bord des nues, tels des éclairs perdus ;
 Bleues ardoises des châlets bruns, en touches de couleur ;
Monts neigeux hors de la forêt et, hors des monts, leur ombre ...
 Une peinture est toute faite avec ce paysage.

   1. «Eclairs perdus» est emprunté à un poème *(ts'eu)* des Cinq Dynasties (Xᵉ siècle).
   4. «Rien ne conviendrait mieux à la peinture qu'un tel crépuscule.»

Entrelacs de blanc et de bleu sur les dix mille cimes ;
 Vol des branches à contre-jour, sur le torrent rapide ...
Les aiguilles jonchant le sol ne gardent pas nos traces ;
 Dans l'eau du ru, mêlée de neige, est lavé tout chagrin.

   1. Réminiscence du *Récit d'une première promenade aux Monts de l'Ouest*, de Lieou Tsong-yuan
(VIIIᵉ–IXᵉ siècles): «Entrelacs de blanc et de bleu, jusqu'au delà de l'horizon.»
   4. Poème de Kiang K'ouei (XIIIᵉ siècle): «En y mélangeant de la neige, la belle lave le
vêtement du voyageur.»

黑湖

玉山排東看水山　磐石宜室

意日開應疲吃俞辨此挺湖

風水戕出林間

湖水清時不見魚飛飛坎璞破逮

栖山深州淺　饒蕭毖相對一峰

閒起居

雪嶺低丹崖數州且逛石袭作

勾留黃花支面如相識水黑山

青天盡頭

XI. AU LAC NOIR

Des blocs de jade et, dans leurs tas, des montagnes de glace ...
Ce grand roc qui perce le vide incite au rêve oisif.
Le K'ouen-louen aux gués suspendus n'offre rien de pareil;
Hors des forêts, le vent du lac m'emporte de son souffle.

Le Lac Noir,. au pied du Cervin qu'évoque le deuxième vers. – Ce quatrain est sur les mêmes rimes de Li Po qu'au n° VII ci-dessus.

3. Le K'ouen-louen, avec ses ponts suspendus, est la grande chaîne de montagnes qui traverse toute la Haute Asie. Le poète veut dire que le spectacle qui s'offre à ses yeux l'emporte sur celui de toute autre montagne.

La neige ondulante des cols couvre plusieurs provinces;
Je m'attarde en portant mes pas sur l'échelle de pierre.
Avec les fleurs jaunes j'échange un salut amical;
Noire est l'eau, mais les monts sont bleus jusqu'aux confins du ciel.

1. Les cols qui chevauchent la frontière italo-suisse.
2. C'est le petit pont de planches qui borde le Lac Noir, au bas d'une paroi rocheuse.

Tout limpide que soit le lac, on n'y voit nul poisson;
Des papillons, en voletant, veulent toucher ma robe.
Montagne profonde, herbe courte – ô riche quiétude ...
Le pic et moi, nous nous disons: Et comment allez-vous?

4. Comparer le fameux quatrain de Li Po:
« Tous les oiseaux ont disparu là-haut;
Seul un nuage au ciel s'en va oisif.
A nous fixer tous deux sans nous lasser,
Il n'y a plus que la montagne et moi.»

誰與鋪綿入紫微　中天雪共日
車輪望雲日切思鄉意稠同湖
遠後一圓

車中望白牙山
濁浪淘淘識所歸　輪蹄終日踏晴
暉開簾雪巘仍招手為約重來
叩翠微

Qu'on me donne un lit de duvet pour monter aux étoiles!

Neige et soleil, au cœur du ciel, luttent de radiance.

O nuage! mon cœur se brise, et je pense au pays ...

Je m'isole pour m'en aller faire le tour du lac.

1. La constellation Tseu-wei, au pôle nord, résidence de l'Empereur du Ciel.
3. Un nuage blanc errant dans le ciel évoque traditionnellement l'exil et le mal du pays.
4. Il s'était en effet écarté pour aller faire tout seul le tour du Lac Noir.

XII. DANS LE TRAIN : REGARD SUR LA DENT DU MIDI

Vagues troubles qui déferlez, où donc vous perdez-vous?

Les roues du train semblent sans fin rouler sur la lumière.

Store levé : le pic neigeux est là qui me fait signe,

Pour m'engager à revenir saluer sa cime bleue.

2. Littéralement «les roues (du char) et les sabots (du cheval)», d'après un poème de Tou Mou (IX⁰ siècle): «Le paysage sans arrêt devant nos yeux défile; roues et sabots vont sans répit comme eau courante.» Les roues du train, qui nous ramenait du Valais à Lausanne, semblent rouler sur la lumière du lac, qu'il longe de près à l'endroit d'où l'on voit la Dent du Midi.

洛東泳池

人間洲渚各橫陳湖水湖煙更嫵

八尺坐風生吟思是落花依艸月

武崗

崢嶸公園

風吹蕭韻更相依牢神課情那

恁建垂楊和炯千百匝漢山只

恐放人啼

馬牙皺法聳千峰墨瀋淋涵波

澗古松欹向山雲岫秋末月明

來此聽樓鐘

XIII. AUX BAINS DE LAUSANNE

Les hommes, comme les îlots, se prélassent couchés,
  Fascinés par les eaux du lac aux embruns vaporeux.
Moi, je m'assieds un peu : la brise est propice au poème ;
  Les fleurs tombées sur le gazon me servent de coussin.

2–3. Variations sur des vers de Wang Ngan-che (XIᵉ siècle) et de Sseu-k'ong T'ou (IXᵉ siècle).
4. Le premier hémistiche est tiré du traité de poétique de Tchong Jong (*Che-p'in*, VIᵉ siècle).

XIV. LE PARC DE BELLERIVE

Herbes et roseaux sous le vent se serrent de plus près ;
  Sur la rive, comment quitter ces saules qui m'émeuvent ?
Leurs fils, pendant dans la buée, font cent et mille tours ;
  Gardez-moi, collines, ruisseaux : pour moi pas de retour !

Bellerive, réserve naturelle au bord du lac, près de Lausanne.
1. Poème de Sie Ling-yun (Vᵉ siècle) : «Herbes et roseaux se serrent les uns contre les autres.»
4. De nouveau «l'oubli du retour» dans l'extase de la nature.

Qu'en style de dents de cheval se dresse un pic étrange !
  Qu'à flots d'encre en lavis se brosse un pin antique !
Je veux offrir une peinture au dieu de la montagne,
  Pour revenir au clair de lune entendre ici la cloche.

1–2. Termes de technique picturale.
4. Le poète forme le vœu de revenir en ces lieux pour y entendre tinter une cloche au clair de lune : thème classique du lyrisme chinois, comme dans ces vers de Li Chang-ying (IXᵉ siècle) : «Puissions-nous, dans une autre existence, entendre ici tinter la cloche d'un clocher !» ou de Sa-tou-la (XIVᵉ siècle) : «Puissé-je au clair de lune venir entendre ici la cloche de King-yang !»

大林

出門喜有好風俱徐樹成陰
即吾廬一事令人長繫念補
球花下食湖魚

別余夢湖

葡萄一聖竟成林珍長岸遷
嫩艸侵隱、南牙天軍現踆風
日薆盡湖心

XV. AUX GRANDS BOIS

En plein air nous tient compagnie une brise propice ;
À l'ombre de ces arbres verts, je ferais ma chaumière.
Longtemps nous nous ressouviendrons d'avoir ici goûté,
Près des fleurs en balles brodées, aux frais poissons du lac.

Déjeuner en plein air à l'auberge des Grands Bois, près de Buchillon aux bords du Léman, réputée pour ses fritures d'ombles-chevaliers du lac.

1. Repris d'un vers du poète T'ao Yuan-ming (Vᵉ siècle), à la chaumière duquel il est fait allusion au vers suivant.

4. Les «fleurs en balles brodées» sont celles des hortensias du jardin de l'auberge.

XVI. ADIEU AU LÉMAN

Le vignoble à perte de vue forme une vraie forêt ;
Sur les longues berges de sable empiète une herbe tendre.
La Dent du Midi vaguement apparaît à mi-ciel ;
La brise tiède, au cœur du lac, berce mille reflets.

2. Poème de Sseu-k'ong T'ou (IXᵉ siècle) : «Une herbe tendre pousse, empiétant sur le sable.»

泰山六首

長林無際蔽高岑危徑紆迴示
貧尋俯視白山猶近天漢西
日見天心

每從疏嶺逶陽光窗樹攢攢累
萬竹小犬依人還自將山花笑
我為詐此

過崗地勢忽昌味冬木千年目
不粘夔州滿山風下猩鈴聲此
攢上長途

XVII. AU MONT TENDRE

Longues forêts à l'infini, recouvrant les hauteurs;
   La sente abrupte est sinueuse, et l'on doit la chercher.
Je me penche et vois le Mont Blanc, comme distant d'un pied;
   Au loin, dans le soleil couchant, s'ouvre le cœur du ciel.

Le Mont Tendre, une des plus hautes sommités du Jura, non loin de Mont-la-Ville.
   4. *Classique des Mutations (Yi-king)*, hexagramme *fou*: «Ne voit-on pas le cœur du ciel et de la terre?»

Le soleil glisse ses rayons à travers les trouées
   Qui s'ouvrent dans les arbres drus alignés par dix mille.
Le petit basset suit son maître en prenant ses ébats;
   Les fleurs me disent en riant: pour qui tant te hâter?

   4. Formule tirée d'un poème du genre *ts'eu*: «Pourquoi tant te donner de peine? Pourquoi tant te hâter?»

Passé la crête, le terrain soudain change d'aspect:
   Vieux arbres jamais secs depuis des millénaires;
Herbes folles plein la montagne, inclinées sous le vent;
   Et les génisses mugissant dans le bruit des sonnailles.

   3. Réminiscence de la parole de Confucius: «Le vilain plie sous la vertu du sage comme l'herbe sous le vent.»
   4. «Les sonnailles crient aux génisses de poursuivre leur longue ascension», c'est-à-dire qu'elles semblent les inviter – et nous aussi – à ne pas se lasser de grimper.

嵐如八大醉中編人似半千筆下

僧亂石間諸曾斧劈故鄉時

見此丘陵

絕頂偏縣石作欄諸筆四首曰

陵々我來不啟小天下山外者看

更有山

山巀峻廢了題襪目是入山忍

不謀為謝知音巖下雙西東

只欠一囊琴

L'air est celui que rend Pa-ta dans ses croquis d'ivrogne ;
Les hommes sont tels que l'on voit des moines chez Pan-ts'ien.
Par quelle hache fut taillé tout ce chaos de rocs?
Dans mon pays, certains ont vu de ces montagnes-là.

1-2. «Pa-ta le montagnard» (Pa-ta chan-jen), surnom d'un grand paysagiste du XVIIe siècle qui peignait en état d'ivresse ; Pan-ts'ien, «un demi-millénaire», surnom d'un autre peintre célèbre de la même époque, Kong Hien, dans les paysages duquel on voit souvent des moines bouddhistes perdus dans un coin de montagne. Le mot *lan*, traduit par «air», désigne au propre l'atmosphère vaporeuse dont l'art chinois entoure les montagnes.

3. «Taillé à la hache», désignation technique d'un procédé pictural pour la représentation des montagnes ou des rochers. Il est mentionné, par exemple, dans *Les secrets de la peinture* de Kong Hien. Ici la création picturale est assimilée à la création cosmique, celle-ci faisant l'objet d'une simple question comme le veut l'agnosticisme chinois.

4. Variation sur un vers de Sou Che (XIe siècle) : «Dans mon pays natal, point de lacs ni de monts si beaux.» Le mot employé au vers 4 pour «montagnes» *(k'ieou-ling)* est tiré d'un passage de Tchouang-tseu (chap. XXV), où il est aussi question de pays natal.

Sur le faîte, une palissade et un enclos de pierre ;
Tournant la tête, j'aperçois les monts à l'infini.
Ici je n'oserais trouver que le monde est petit ;
Car par delà les monts, voyez, il y a d'autres monts !

3. Mencius rapporte qu'ayant fait l'ascension du Grand Mont (T'ai-chan, le pic sacré de l'Est), Confucius regarda autour de lui et «trouva le monde petit».

Sur cette pointe, il nous siérait d'échanger des poèmes ;
Mais sans doute suis-je en montagne encore trop novice.
Pour remercier l'hôte alpin, l'ami musicien,
Que n'ai-je pris en Occident une de mes cithares !

1. Pour «échanger des poèmes», il y a dans le texte l'expression *t'i-kin*, «inscrire sur le rabat». C'était là le titre d'un recueil, aujourd'hui perdu, de poèmes «en répons» *(tch'ang-ho)*, c'est-à-dire composés sur les mêmes rimes et selon la même prosodie par un groupe de poètes de la fin des T'ang (IXᵉ siècle). Le «rabat» *(kin)* est la pan de gauche de la robe, qui se rabat sur le pan de droite devant la poitrine. Ce mot implique aussi le sens d'une amitié intime, comme le pan de gauche se serre sur le pan de droite pour embrasser la poitrine, siège des sentiments. Des poèmes «inscrits sur le rabat» sont donc des poèmes d'amitié.

2. Repris d'un vers de Han Yu (VIIIᵉ–IXᵉ siècles). Il n'est pas encore assez pénétré de l'esprit de la retraite en montagne.

3. Mot à mot: «pour remercier le vieillard au pied des précipices, qui s'y connaît en musique». L'épithète «au pied des précipices» *(yen-hia)* est empruntée à Sie Ling-yun (Vᵉ siècle) et s'applique à un homme qui s'est retiré du monde pour s'installer à la montagne, comme c'était le cas de ce poète. «S'y connaître en musique» *(tche-yin)*, c'est communier avec un ami dans l'amour de la musique, d'où le sens plus large d'amitié entre deux personnes qui se comprennent.

4. L'auteur avait renoncé au dernier moment, par crainte des risques du voyage, à apporter en Europe une des nombreuses cithares anciennes *(kou-k'in)* dont il est l'heureux propriétaire et dont il joue si bien. Il regrette de ne pouvoir exprimer par la musique sa reconnaissance et son amitié à son hôte.

《佛國集》後序

蘇文擢

《佛國集》者，潮安饒選堂先生紀遊之作也。自印度經錫蘭、緬甸以迄高棉，得詩凡若干首。夫宗炳澄懷於山水，聊託臥遊；許詢快意于津梁，徒誇濟勝。慈恩杖錫，扇化于龍砂；霞客紀行，齎志于雞足。懸渡登陟，自古爲難。矧吾儕送炎瘴之生涯，作永嘉之流寓。廬峯南墮，闔眼窗前；五嶺北來，增欷海表。淩雲之懷靡託，兼山之願徒虛。若乃擊汏滄溟，指途丹徼。壯遊萬里，旁究四韋，問殊俗於騎象之鄉，訪正法于降龍之地。引瞿曇爲知己，抉鷲嶽以填胸，如君斯遊，良足企矣。先生業精六學，才備九能。𦊅𦊅之思，内凝穆行，熊熊之采，外溢縚繩。用能摘葉抽詞，粲花振麗，詠重三之蠻語，妙解娵隅，讀百二之寶書，廣通象譯。固已騰蕤學林，掞張文轡。屬以夏坐之季，乃爲佛國之行。黑浪搖天，赤城霞起。雲車飛步，臨忍土以前蹤；玄谷微塵，指黃支而稅駕。吳哥石窟，扶幽夢于前朝，泰姬名陵，飄香魂與墜葉。獅山遐矚，壁問千年；鹿苑靈龕，心澄四地。法顯猶艱之路，何處精藍；真臘就荒之城，獨存翁仲。川路綿邈，皋陸嵯峨，都邑人物之豐昌，歲時陵谷之遷貿。愉戚萬端，俯仰均感。是宜坐戀三宿，嘔心一囊，延古睇於馳晨，送今懷於奔夕。靈運振奇巖谷，兼眩慧業，和仲栖遲嶺海，尚想清音。短製長歌，半緣蘇韻，嗣響于海市西山諸什，取材于荔枝榔杖之餘。而靈境獨造，雅聲遠姚，陶染所凝，符采相勝，所以音宏鐸舌，韻答鍾唇者也。側聞䮉征所賁，銳志居稽，搜蟲書鳥語之文，溯龍樹馬鳴之論。方將研精白業，別啟玄言，殫見洽聞，廣孚真俗。而乃山靈助其冥契，詩骨入其笑噸。間慧忘疲，遂親明瑟，吹塵起漚，悉爲勝因，範水模山，亦供餘事。是則探龍半爪，未礙驪珠，窺豹一斑，諒符全目。納須彌于芥子，同釋迦之方志。異日周流八極，杼軸四洲，唾地而海立雲垂，振衣則潮鳴獅吼。鐫幽賾於環中，踴蓮花乎波外。提河之潤弗輟，堅林之影彌彰，邃旨沖宗，逗機應物，則斯篇其將爲先之斾乎。

丁未仲夏，蘇文擢敬序。

選堂近詩小引

李棪齋

　　甲辰初秋。余與選堂。羈棲鯤島。歷覽扶桑。橫渡重洋。奔
馳萬里。（自東京經檀香山溫哥華再飛加爾吉利湖山區轉多倫多而至紐約波士
頓）遊踪所至。未廢于喁。然而選堂諸作。頗與疇昔異唱。爲音
窈窕。殆雲雨之效靈。作意玲瓏。亦山川之多助。於是棄南山之
磊落。（選堂曾和昌黎南山詩百二韻爲世傳誦）取錦瑟之纏綿。酒被清愁。
秋生爽氣。思風屑齒。必宛轉於千重。意匠經營。每沈吟于三上。
擷楚騷之綺語。會兩宋之新詞。涉獵齊梁。廣通聲律。明霞暗錦。
一往多情。長句短歌。三復無斁。至於選堂繙讀明集。北溝南港。
數已逾千。勘校龜文。加美而來。何啻近萬。且復玉堂遣興。粉
本旁求。得山水之純全。發林泉之高致。（指韓拙《山水純全集》，郭
熙《林泉高致》選堂讀畫故宮合加美所見宋元真迹凡二百卷軸）可謂敏求而
好古。得理以愉心者已。夫其肆力多途。少有寧日。孰若寄情廿
首。足以娛人。勞者自歌。聊寫心曲。爰爲手錄。播諸儕輩。是
知空牀結夢。覘梁武桃李之年。翠葉吹涼。想白石風裳之句。

《攬轡集——日本紀行詩彙》序

清水茂

　　饒選堂先生生於韓公驅鱷之鄉，習於高固萃羊之地，涉獵中外，博曉古今。通考貞人，遍錄詞籍，論敦煌之描畫，攻荊楚之繒書。性智而仁，樂彼山水，法喜歌佛國之古城，粉牆詠美洲之新港，大荒海外，無不印踪。諷詠可追坡老，寫景何啻石湖。浮磬鏗鏘，瑞士黑湖之什；明珠璀粲，法南白岳之詩。今茲敝校幸得日本學術振興會資助，聘請講學。講學之餘，歷遊邦域，良晨佳景，輒有篇章。南抵櫻巒，赤熛噴火；北臨鄂海，青女流冰。霧島日浴，阿寒晚泛，探洞天於秋吉，窺削壁於層雲。若夫東海舊邦，頗存遐迹；中州文物，多資精華。考金印於南津（博多舊稱那津），覘蟒袍於北海，丹波市得繙五山之疏，明日香欲聽二絃之琴。高野詞林，日田功過，存亡猶儼，持敬不忘。稚子故宮，弔讓王於宇治，鑑真遺像，思渡海於平城。或遇奇觀，乍懷高士，風情溢於箋牘，頌讚見於筆毫。凡遊日本山水所作，都共百首，裒而存之，曰攬轡集。選堂先生命余作序，余謝不能，辭之未得，聊攄緣起，以弁卷端云爾。庚申［一九八〇］孟秋日本京都大學教授清水茂謹序。

《睎周集》序

羅忼烈

　　庚戌九月饒子選堂暫移壇於北美教授耶魯大學研究院覊旅榆城之中棲遲舊堡之上是時也岸柳褪青江楓耀火川原沆寥秋氣憭慄空城曉角侶碎蛩以吟愁古屋深燈擬枯僧之禪定未免有情誰能理遣於是騁才小道放筆倚聲既和余令慢二十餘闋一月之中又步清真韻五十一首擷片玉花犯起調曰粉牆詞遠道相寄歎賞無斁余寓書云方楊和周殫精竭慮裁九十篇聲音不誤神貌全非徒僭三英曾無一是吾子才大儗於坡仙格高無愧白石彼畢生之所爲子咄嗟而立就曷假其餘興依陳注本而徧之既攄所懷亦開來學未及朞月又得七十六闋合前凡百二十七章字字幽窈句句灑脫瘦蛟吟鶴冷翠弄春換徵移宮尋聲協律至於名媛綴譜張充和女士爲譜六醜以笛和之其聲諧美異域傳歌徵之詞壇蓋未嘗有昔西麓繼周其數相埒大過方楊類多好語而苦尠完篇比於饒子尚隔一塵因名之曰睎周集客或謂余詞貴新造韻當自我畫地爲牢屨校滅趾余謂客曰才難而已陸平原所謂蹢躅燥吻寄辭瘁音者信大難耳至若虎變獸擾龍見鳥瀾之士籠天地於形內挫萬物於筆端大毫末而小泰山以無厚而入有間則何難之有乎子瞻之和楊花幼安之次南澗別裁清思迴邁原製是知積厚之水堪負大舟追電之駒無視衒轡形雖撫古實則維新今觀饒子之什益信然矣借他人之杯酒澆胸中之壘塊言必己出意皆獨造從容繩墨要眇宜修律按清真神契白石饒子固庵詞中和白石者幾四分之一不標次韻誰復知之或疑固庵一集

早著詞林縱目遙天奚待踵武豈知言哉故特辮而序之辛亥夏初羅忼
烈叙於香港兩小山齋

《選堂詩詞集》序

夏書枚

　　晉永嘉之亂，北地士族多南徙，江左之風丕變。逮宋金元南
牧，慘礉少人理，士民更踰五嶺益南以避之，流風所播，聲教訖
於四海矣。輓近繹騷之際，終風且霾，禮樂壞崩，文學有道之士，
又相率奮圖南之翼，視此甌脫地，若桃源然，於是番舶逐末之海
澨，質文三變，詞采爛然，然則國家不幸，固不僅詩人之幸也
歟？港區故褊狹，設學規利者頗猥衆，絃歌可聞，其志常不在
作人，而文學教授及南來學者，結習未忘，仍常有文酒之會。酒
酣，輒出所爲詩，相與觀摩，用爲笑樂。一日宴集，見有貌淵靜，
言語溫雅，絕類傳記中所謂魏晉間人者，叩隣座，知爲潮陽饒子
選堂。未幾，數相見，縱談懽甚。蓋饒子神氣沖朗，欵接人物，
略無倦怠之容，故人皆樂與之近。但一至討論學術，則綰綜百氏，
譬曉密微，如懸河瀉水，注而不絕，聽者每不能贊一辭。其不肯
骫骳從人，和而不同，人益以此多之。夫載籍極博，非洽聞廣記，
曷能至此？至有言及俗世功利得失者，則絕不措意，叩之亦不應，
蓋峻潔之性如此，以是學行爲中西通人所重，豈偶然哉。選堂既
宿學，詞章繪事鼓枻，莫不著稱於時，駢文倚聲尤精善。嘗自言
以餘力爲詩，然觀其所爲，實兼採魏晉六朝唐宋人之長，隨體而
施，靡不盡其神趣，險峭森秀，清曠超邁，面目綦多，非琴瑟嫥
壹者可同年而語。比歲應聘往東西洋大學講學，得暇必遍訪山水

佳處，無間遠近，尋幽履險，興盡方歸，歸則於篋中出素紙寫腹
稿若干篇，固不必有奚囊以貯詩材也。丙午秋，自巴黎返港，携
有詠黑湖三十絕句，皆與法老詩人戴密微教授同遊瑞士之作，戴
悉以迻譯法文，《黑湖集》出，誠有溝通中西文化之功，而兩國
詩壇亦傳爲佳話也。選堂絕句，本甚精妙，時人多以詩格在半山
白石之間。余謂白石一代詞人，至小詩雖顧盼生姿，終嫌氣弱，
選堂峭拔處，白石似不能及，半山詩多議論，雅健處選堂誠得之。
選堂廿餘年來，積詩近千首，盡以見示，並囑爲序。暑期多暇，
讀之逾月。大抵五言古風骨秀挺，出入八代諸家，又益造奇語，
置之篇中，聳然生色。律詩較少作，而和南山、石鼓韻五七古，
盤空硬語，可摩昌黎東坡之壘。七絕則奇秀令人諷誦，弗忍去手。
詩中多佳句，略舉一斑。得之於理趣者，有“丘壑貯玄覽，禪藻
資繁悅”；又“萬古不磨意，中流自在心”；又“苔發覺春寬，
樓高驚夢狹”；又“暗水情微通，浮嵐癡可喜”；靈心妙悟，盡
洩天機。得之於山水清趣者，有“漸春山戀人，延我到蘿屋”；
又“遠藹在空濛，窮照到無始”；又“風月不到處，暫放數峯
出”；又“雲水終不言，報以萬壑聲”；又“奔濤欲捲人，天壓
訝不知”；蓬萊仙境，若有若無，讀之不禁起山林獨往之思。得
之於自然者，有“神遊已自足，霞采絢林巒”；又“嵌空太古雪，
曾蘊無窮齡”；又“梅花數點香，天地此何心”；又“即此窺神
理，泯然契今昔”；又“秋生萬木杪，意在最高尖”；又“短景
忽參差，亂山起層陰”；又“鐘聲落上方，隱隱度林隙”；水流
雲在，不着纖塵，心嚮往之矣。得之於友情感歎者，有“何年剪
春韭，共此炳燭光”；又“江山助凄惋，代有才人出”；又“欲
捫不停波，浣彼將腐腸”；又“海誠志士淚，經天復傾河”；又
“除卻夢中心，何因隨雁飛”；又“檣危驚風起，樓高墜葉
多”；浮萍聚散，哀樂無端，讀之慨然。得之於操縵者，有“愔
愔含至德，妙悟參禪隙”；又“偶捵二三弄，漸覺真味出”；又
“人海久忘機，龍吟時破壁”；又“南風不待薰，餘音已生

壁”；綠綺傳聲，繞梁如在。得之於六法者，有“尺縑從雲墜，雨洗新秋出”；又“入峽景頻變，微澌繞硯生”；又“猶有氣如山，披圖夢宿昔”；又“於茲悟畫理，陰凹費經營”；又“但看蒼茫間，崇山勢壓席”；又如“妙雲掩癡山，略補天罅隙”，詩中畫意橫溢，妙手得之。尚有七言佳句，如“日燈禪炬堪迴向，坐覺秋雲起夕嵐”；又“夏雲猶覆三摩地，火裏新荷欲出頭”；又“疏林古道秋如許，收拾殘陽上客衣”；又“丹青萬變曲盡情，風激餘芬繞衣袂”；又“但看簷風花前落，無復鏡月定中圓”；又“殘陽欲下愁何往，秋水方生我獨西”；又“疑雲成陣蛙爭鼓，殘月無聲犬吠昏”。似此妙語奇語，如閬苑仙花，目不勝指，聊就熟記而膾炙人口者，舉數十聯質諸知音。至其所吟全篇，尤多掃千軍、倒三峽之作，凡遇狀物態寫人情，又能鋪陳纖悉，曲盡其妙，所謂穿天心、透月脅者，不是過也。夫吟詠之事，雖屬一時興會，然思發於心，翰操之手，要能千彙萬狀，不知其所以神而自神，乃為極詣。至乎此，非天資、學問、筆力三者賅備不能，選堂既有之，而平居猶欿然若不自足，蓋深味乎易之嗛嗛具四益之道也。序竟，傾佩不能已，書以歸之。

　　　　　　　　丁未夏月新建夏書枚拜序時客九龍。

《選堂詩詞集》序

錢仲聯

　　余序選堂先生之《固庵文錄》竟，先生曰：我詩詞集亦將重梓，子不可無一言。余敬諾。

　　選堂詩詞，夏、蘇、羅諸君子之序，言之詳且善矣，余寧能越其樊。無已，則先依文錄序中以先生與觀堂、寒柳相衡量者論其詩，並進而與人境廬、萬木草堂絜短長。觀堂、寒柳，我國近世學人通中西之郵以治學者也，餘事爲詩，亦非牆外。今選堂先生之學，固已奄有二家之長而更博，至於詩，則非二家之所能侔矣。觀堂詩早歲從劍南入，取徑未高，不足與其蘊含之哲理相副。清亡後所作，最著者《頤和園詞》，辭誠工矣，而爲納蘭后頌德，一不可，爲曼殊王朝抒采薇之思，二不可，非如王湘綺《圓明園詞》之足稱一代詩史也。旋與寐叟游，受其熏染，五言近體簡雅有寐叟風，以言内涵，則與叟同病。寒柳亦能詩，而功力不能與其兄衡恪、隆恪敵，亦非如其季方恪詩之風華絕代也。其名篇即挽觀堂之長慶體長詩，身處共和，而情類殷頑。其餘短章，時屬酬應牽率，且有猥托貞元朝士之感者，皆張茂先我所不解也。今以選堂先生之詩較王、陳，高下立判。創新與繼承，今之恒言也。必有所承而後能變，有所變而後能通，有所通而後能大。斯必胸蟠百氏，弸中唐内之學人而後能。學與詩合，隨所觸發，莫非靈境，而又鍛思冥茫，徑路絕而風雲通。選堂於此，掉臂游行，得大自在，所謂華嚴樓閣，廣博無量，彌勒彈指即現者也。此豈持

"詩有別材，非關書也"、"一味妙悟"論者所能幾乎？就詩言詩，選堂先生之所承，亦至博矣。蓋嘗上溯典牛，下逮天水，一法不捨，一法不取，而又上自嗣宗、康樂，下及昌黎、玉局，歷歷次其韻，借其體，瀾翻不窮，愈出愈奇。尤使人洞精駭矚者，《大千居士六十壽詩用昌黎南山韻》、《哥多瓦歌‧次陸渾山火韻》、《阿含伯勒歌‧用昌黎岳陽樓韻》、《楚繪書歌次東坡石鼓歌韻》諸篇，在近世，惟沈寐叟《審言今年六十余欲爲壽言無緣以發審言忽以西城員外丞請如其意爲之》、《隘庵先生五十壽言用昌黎送侯參軍韻》二篇乃能之。此言選堂詩之大，然第就其藝事精能言耳。選堂詩之大，尤在於先生飆輪所至，五洲佔其四，皆古詩人謝、李、杜、韓、柳、劉、蘇、黃、范、陸屐齒所未嘗歷，而先生履鯨海若戶庭，千詩噴薄，百靈回盪，此在近世，惟黃公度、康更生庶幾能之。然先生椽筆拏雲，能事所及，非黃、唐所能逮也。何以言之？公度隨持英簜，所臨僅日本、舊金山、西貢、錫蘭、蘇彝士河、倫敦、巴黎、新加坡、檳榔嶼、麻六甲、北蠟各地而已。其集中名篇巨製如《西鄉星歌》、《都踊歌》、《赤穗四十七義士歌》、《罷美國留學生感賦》、《流求歌》、《逐客篇》、《紀事》、《八月十五夜太平洋舟中望月作歌》、《錫蘭島臥佛》、《今別離》、《登巴黎鐵塔》、《以蓮菊桃雜供一瓶作歌》、《番客篇》，數不逾三十，合其他寫海國風光與旅途所作，亦不過一百四十餘首而已。更生以逋臣流寓海外十餘稔，亥步廣矣，詩篇富矣，幾近於早歲所期"地中山海遍登樓"者。狀絕域山水如《美洲觀瀑》之篇，弔中東史迹如《所羅門城牆》之作，怪偉雄奇者沉沉夥頤。然總計篇什，亦無以遠超公度。況黃、康所精者，漢土之學，不諳邪寐尼書等西國之文，其所見聞，資圖經重譯以徵故。二家於詩，黃鄰現實，康近浪漫，然皆長於外籀，未能內視返聽，以究幼眇之思，以是才氣磅礴則有餘，心性奧密則不足也。選堂先生乃不然。以言行邁之遙，《佛國》一集，所歷山川風土，已多法顯、玄奘、義淨所未經；《西海》一集，探大秦諸邦之奇境；《白山》、《黑湖》

之集，遨遊法蘭西、瑞士；《羈旅》之集，於歸臥爐峯以後，又數訪秋津，三踐西牛貨；《南征》一集，紀爪哇之鴻泥。此勝於黃、康者一也。以言篇什之富，括囊大瀛，爲篇三百數十。此勝於黃、康者二也。不唯如是而已，集中和阮，會心於"淵放""遙深"之旨；和謝，得意於神理遺情之外。而皆假步韻以自寫新吾，不爲貌襲。其内籀之工，有突過漸西村人者。至於小詩截句，神韻風力，上繼半山、白石，下取近賢閩派之長，滄趣樓南海之游諸什，庶幾近之，此又黃、康之所望塵莫躋者已。抑更有進者，梨洲黃氏之論詩也，於"詩之爲道，從性情而出"之說，必結合變風變雅之時運言之，謂是"蓋天地之陽氣"，"陽氣在下重陰錮之，則擊而爲雷；陰氣在下重陽包之，則搏而爲風。""厄運危時，天地閉塞，元氣鼓盪而出，擁勇鬱遏，坌憤激訐，而後至文生焉。"今選堂先生之詩，寧徒張域外之閎觀以一新詩家之耳目而已乎？蓋有向上一着者在。試以公羊家三世之言證之。公度、更生所處，所傳聞之世至所聞之世也。晚清甲午一役，中華大邦，敗北於帶方東南之小倭，鯤身千里，痛作珠崖之棄，馴致列強虎視鷹瞵，禹域布瓜分豆剖之圖，然中華一家之鼎猶未沉也。選堂先生所處，所見之世也。盧溝砲火迸發，神州寓縣，未淪於敵者，回、藏而外，西北鄜州及西南滇、蜀殘山一角耳。板蕩淒涼，蟲沙載路，其犬牙交錯之壤，亦敵蹄蹂躪所恒及也。此皆選堂與余身親而目擊者。當是時，海内詩人起而爲定遠投筆者有之矣，憤而爲越石吹晉陽之笳者有之矣，遁迹香江，坐穿幼安之榻者有之矣，講道交州，爲成國之著書以淑世者有之矣，拾橡空山，歌也有思，哭也有懷，藉詩騷以召國魂者有之矣，楊雲史、馬一浮、林庚白、楊无恙諸君之作，世之所樂頌，而選堂先生《瑤山》一集，尤其獨出冠時者也。時先生方都講粵西，甲申夏桂林告警，西奔蒙山，蒙山踵陷，竄身荒谷，兩入大瑤山，與峒氓野父相濡呴，繼復南游勾漏，探葛洞之靈祕，長吟短詠，出自肺腸，入人肝脾。以視浣花一老《悲陳陶》、《悲青坂》、《塞蘆子》、《彭衙行》以及《發秦州至入蜀初程山水奇峻》之作，亡胡洗甲，世異心同。余亦嘗隸永嘉流人之名矣，桂嶠南北，違難時哀吟之地，今誦《瑤山》一集，所以感不絕於余心也。是集也，蓋繼變風變雅、靈均、浣花以來迄於南明嶺表義士屈翁山、陳獨漉、鄺湛若之緒而揚之，其誰曰不然。

至於詞，固亦先生所甚措意者，《固庵詞》、《榆城樂章》、《晞周集》、《枅櫚詞》，都爲《選堂樂府》。取法乎上，直湊淵微。其短令，妙造自然，乃敦煌曲子、南唐君臣、歐、晏、淮海、飲水、人間之遺。其慢詞，密麗法清真，采入其阻，清空峭折，得白石之髓，不落玉田圈繢。集號《晞周》，志瓣香所在，和周詞百二十七章，才大如海，亦猶其詩之遍和阮、謝諸家集也。遡游而下，遂及夢窗，其《鶯啼序》次吳韻大篇，感時清角，絕類離倫。蝦夷之難，天挺此才，爲倚聲家《哀江南賦》。彼以“流蘇百寶”、“富豔精工”、“七寶樓台”爲清真、夢窗者，曾不知周、吳之真際者也。先生於勝清三百年詞壇，非絕不顧視，但未屑盤旋於其間。至於詞中撫繪異域風土，以及汲取西哲妙諦及天竺俄羅斯詩人佳語以拓詞境，猶其爲詩之長技也。大鶴、漚尹諸翁，對此能無縮手？

余於詩詞，篤好之，亦曾奉緒論於石遺、松岑、蘭史、蠻巢、遯庵、昳庵、鶴亭、懺庵、罄虎、墨巢諸前輩勝流，風騷推激，敢曰知津？封於古域，不出戶豈知天下。而於先生合志同方，營道同術，聲氣應求，夒蚿相憐，自謂能讀先生詩詞而得帝之縣解者，故觀縷言之如此。捨瑟之對，先生倘亦有與點之歟乎？先生之於詩詞，帝網交融，優入聖域。敢借《唵聲奧義書》喬荼波陀之《頌釋》，爲先生禮贊曰：“已得大全智，圓滿大梵道。”願以是因緣，隨先生同升妙音之天。歲在重光協洽，且月，吳興錢仲聯序於蘇州大學，時年八十有四。

（刊台灣中央研究院中國文哲研究所《中國文哲研究通訊》第一卷第三期，一九九一年九月。）

《選堂詩詞集》跋

選堂教授詩文編校委員會

固庵先生，幼承家學，早負神童之譽。十六歲詠優曇花，一時驚諸老宿，競與唱和。（此詩刊入中山大學文學雜誌，海外無從覓得。）聰穎神悟，術者至疑其不壽。二十以後，肆力于學，浸淫百氏，不復尋章摘句，少壯所作，斥棄殆盡，存者僅流寓粵西之作，陳顒園稱爲"憂患詩心杜少陵"者也。先生詩雖爲學所掩，然寢饋既深，兼涉衆體，同人輩管闚所及，蓋有數善，可得而言。先生中歲歷遊四方，舟車所至，輒紀之以詩，時爲自注，同淮海之亂離，如謝客之山志，片言隻字，究極玄奧，足爲考地徵文之助；詩中有史，其善一也。先生自言遊踪所至，偶挾某家詩集自隨，未檢韻書，喜以前人之韻爲韻。夫和韻之作人咸苦其難，先生則遊刃有餘，一如自出諸唇吻，於天竺則和蘇，于白山則和大謝，于長州則和阮，于西班牙則和韓，但取韻律，而遺其形貌；用韓、孟聯句險韻，而文從字順過之，其善二也。先生每言當代事物，無不可以入詩，瓶則爲舊，而酒乃惟新。近人主新詩者，每剽外國以炫奇；主舊詩者，率自封而墨守故步，其失惟均。先主言詩有工拙高下之別，而無新舊中外之爭，其識卓矣。故集中寫事物以異國爲多；言人之所未嘗言，有突過人境廬者，其善三也。先生論湘綺老人能化實爲虛，故駢文絕句皆高復。夫學人多不能詩，若阮芸台、翁覃溪均有病諸，過于求實，反乏空靈之致。先生古體盤空硬語，而絕句則虛靈搖曳，神理自足。其詩注引支遁句：
"窮理增靈薪，昭昭神火傳。"無異夫子自道，信乎于靈薪神火，
綽有妙契，其善四也。綜茲四長，鬱爲巨擘，故和南山、石鼓諸
作，力能扛鼎，識者無不拱手嘆爲不可及。先生以學人而爲才人
之詩，其神駿處豈淺學所能喻；惟同人于詩好之篤，尤喜讀先生
之詩，值諸集校梓既竣，謹摭先生平日論詩之語，附于篇末，以
諗後之讀先生詩者。

　　　　丁巳歲暮，選堂教授詩文編校委員會同人謹跋。

讀饒選堂詩詞集

吳其敏

　　曩日讀趙秋谷詩，喜其縱異才、奮奇氣，直不爲率，高不爲詭，摛抉性情，以存其真。而足迹半天下，其襟懷之廣，尤爲常士所不及。《飴山詩集》二十卷，分輯各時期各行役中諸集，凡并門、閑齋、還山、觀海、鼓枻、涓流、莃溪、紅葉山樓、浮家、金鵝館、迴颿、懷舊、礦庵、及詩餘等等共十四種。苞茂披紛、頗屬多時觀賞之樂。近日喜得饒教授宗頤兄惠賜所著《選堂詩詞集》，展誦之下，衡諸《飴山》，集中編制相近，而曠遠精治實已過之。選堂詩詞，風格路數與飴山間有不同，而博雅高華、清韻逸響則無可軒輊。《選堂詩詞集》，所輯爲：選堂詩存十二種，分曰佛國集、西海集、白山集、黑湖集、羈旅集、南海唱和集、長洲集、和昌黎南山詩、南征集、冰炭集、瑤山集、與題畫詩。又選堂樂府四種，分曰固庵詞、榆城樂章、晞周集、枏櫚詞等。合訂成帙，末附索引。前此各時期各行役中詩詞之作，至是備焉。

　　集中各輯略以類別、行役作區分，間有時期，經歷之異，顧未是編年總集，各輯詩中製作年月，容有後先參差互出，苟非求考索作者生平之利，則無礙於每一分輯作品之獨立欣賞。如開卷首輯《佛國集》，成於一九六三年前後，時作者於役天竺，歸途漫遊錫蘭、緬甸、暹羅諸國，歷法顯、玄奘之所未歷，其胸襟之恢拓如何，概可於邁往之情中見之。其有神於新天下耳目者至多。

《西海》、《白山》、《黑湖》諸集，存其歐遊心影，歷歷如繪。然於拈韻命篇之際，俯仰千秋，盱衡百世，其意又豈在歷歷如繪之中而已！往後各集，以久歷亂離，屢去鄉國，爐峯寄迹，南海唱酬，其寄托之遙深，亦端在山水登臨、星移物換之外。《長洲集》和阮步兵《詠懷詩》八十二首，繼江文通、庾子山、王夫之之後，以五日而成。《小引》曰：「夫百年之念，萬里之思，豈數日間所能盡之耶？」而選堂固已盡之。所謂「但以鳴我天籟」云者，蓋作者自謙之詞。或曰：饒教授詩爲其學所掩。余謂學術之事，與詩詞殊途。選堂詩詞，未爲其學掩也。欲迹其學，學不亦處處同在其詩詞之中乎？

宗頤教授既惠我以《選堂詩詞集》，同時又以《白山集》與《睎周集》的單行本相貺。一詩一詞，兩集原已俱由《選堂詩詞集》所收輯，但單行本皆影寫精印，各置典雅烏絲欄，以爲行間界道。複頁綫裝，古香古色，彌覺可寶。

《白山集》錄饒兄乙巳於役法京之明年，在阿爾比斯山暢遊中，浹旬間所成五言古詩三十六首。一一爰依大謝詩韻。法詩人戴密微教授爲製《題辭》，他寫的是法文，卻有饒兄的漢譯。句云：「兒時閑夢此重溫，山色終非舊日痕。愛聽清湍傳逸響，得從峻調會靈源。」情通款曲，蓋亦於事有徵。單行本玉版紙瑩潤光潔，頁八行，行十四字。各以黑格綫分之。仿明刻本，中縫間魚尾置書名下，而上下天地寬舒。書錄者李達良，筆法能存古意，碑氣撲鼻生香，與詩趣同臻妙境，益增讀書之樂。

《睎周集》所錄爲饒兄庚戌秋間，自港大移壇北美，暫掌耶魯大學研究院教席時，異國羈懷，隨秋氣而惝悷，乃借古屋深鐙，縱筆倚聲以自爲遣。未及晦月，得步周邦彥清真詞韻數十闋，其後續成者又逾其數，陳元龍《片玉集》注本所錄一百二十七首悉已畢和，因名之爲《睎周集》。饒兄生平所爲詩詞，喜和昔賢名作，如《長洲集》之和阮公，《白山集》和大謝，《固庵詞》之和白石等等，不一而足。是亦個人歌吟世界中一大特點，非前人所素常而有者。

《睇周集》分上下兩卷，全部由張充和女士所手寫。充和爲沈從文親戚（似爲夫人張兆和姊妹），時與選堂同客北美新港，現仍執教耶魯大學美術院，講授中國書法。

書中字作楷隸，娟逸而著遒勁之氣，碑意甚濃，十分悅目。此爲頁十一行，行二十二字。字視《白山集》差小，烏絲欄亦纖細隨之。用紙似爲米色道林之別爲光滑柔薄者，是又"洋爲中用"之一妙。

此二書除詩詞本身所具輝煌價值外，其書寫、印刷、裝潢，又在在富饒美術特色。誠近期來個人得書中精雋之品也。

（載吳其敏《園邊葉》，香港三聯書店，一九八六年三月第一版。）

《選堂詩詞續集》序

錢仲聯

　　春陰漠漠，彌月不開。丈室隱几，維摩一榻，如對水墨之畫。
於斯時也，南海仙人之咳唾，來自九天，則選堂先生之詩詞續集
也。循誦數四，抵几而興，無殊得七發之起疾。先生命如前集之
例，更爲弁言，余奚敢辭。

　　此續集者，先生退居後之所撰也。歷覽前修，往往窈窕之哀，
馳騖之思，易鍾於綺歲，而代謝之感，每積於暮年，情以境遷，
境以時易。陳芳一老，夔州後詩，"平淡而山高水深"，"不煩繩
削而自合"，勝義遂爲雙井所拈出，此不足與飛揚跋扈輩言也。
今選堂先生此集，亦何獨不然。文章成就，斧鑿痕盡，而大巧出
焉。如是則游戲神通，復奚施而不可。今觀續集，用杜、韓、蘇
諸大家古體之韻者，固足以覘先生法乳所在，而凡前集所瀾翻不
窮者，續集復奇外出奇，千江一月，掉臂游行，得大自在。求之
並世勝流，斯誠絕塵莫躡者已。

　　但果謂選堂詩以次韻爲能事，則讀續集中沉沉夥頤之其他古
近體諸篇而知其不然。至其中卓異之作，有如《論書次長春真人
青天歌韻》七古大篇，正國內畫論家所謂徐渭早年作品說之誤，
斯已足寶矣，復據道藏元混然子之注，以琴律通書道，抉發其奧
祕，更非治學博邃如先生者不能，餘子無從措手，自不待言矣。
此言其論古卓識，當大筆特書者一也。集中游覽之作，老莊告退，

山水方滋，固已詩中有畫，而又不域此藩。《攬轡》一集日本紀行之作，往往詠人境廬主人屐齒所未經者。《九州稿》、《北海道稿》，皆足補人境《日本雜事詩》之闕。寧徒補其事而已，其詩之芬芳玄邃，爲秋津絕代江山施以粉黛，使人生"此鄉不住住何鄉"之感，又豈人境之所能匹乎？此言其游覽之作，有關扶桑文獻之鉅，當大筆特書者二也。其餘如《黃石集》之域外詩，《江南春集》之禹域周游詩，讀斯集者，自當一一尋其幽緒，挹其古馨者也。

更有進者，《古村詞》一帙，以白石空靈瘦勁之筆，狀瑞士天外之觀，追攝神光，纏綿本事，傳掩抑之聲，赴墜抗之節，縹緲千生，溫涼一念。求之近哲，惟呂碧城《曉珠詞》能之。而選堂賀新郎用後村韻者，則岸異可與青兕挹拍，又碧城之所未能爲也。

讀選堂詩詞續集竟，鑽味歙襟，傾倒曷極。標舉微尚，同彼美之晤言，爰誌數言，以酬誃謠，與先生固將相視而笑，莫逆於心也。歲在壬申，吳興錢仲聯序於吳趨，時年八十又五。

略論五家和清眞詞

——兩小山齋詞話

羅忼烈

　　宋詩盛倡和，風尚寖及於詞，子野、東坡首開先路，和人之外間有自和，然皆不和前賢之詞；厥後此風愈盛，和前人名篇者亦愈多。周清眞一代詞宗，文字之工，音律之美，不待甲乙，故季宋以來，依聲步韻者特衆。和之但以數闋者固不勝數，而自成卷帙者亦有五家，於古則方千里、楊澤民、陳西麓，於今則朱君師轍（已故）、饒子選堂是也。

　　張玉田《詞源·雜論》云：“詞不宜强和人韻，若倡之者曲韻寬平，庶可賡歌，倘韻險又爲人所先，則必牽强賡和，句意安能融貫？徒費苦思，未見有全章妥溜者。”此説亦不必盡是，蓋和作是否融貫妥溜，在其人之學問才力如何耳。學疏而才下，雖曲韻寬平，未有不局促轅下，滿紙陳言濫調者；學博而才高，雖韻險調澀，亦復從容自如，非聲律韻脚所能羈束。《花間集》皆小令，無澀調險韻，而張杞和之，首首强叶①；晏叔原《小山樂府》，亦無澀調險韻，而宋某氏和之②，後世弗傳，恐亦以卑陋故爾。方千里、楊澤民之和清眞，皆近百闋，未見佳篇警句，陳濫之語，强叶之迹，則所在多有，當時好事者併清眞合刊爲《三英集》行世（見毛本方千里《和清眞詞》跋），意謂連鑣並馳，是厚誣清眞也。西麓宋元之際名家，與張玉田、王碧山、周草窗交遊，所著《日湖漁唱》外，有《西麓繼周集》，和章溢於方、楊③，文字亦過之，然終未盡泯拘孿之迹，亦才力不足將之耳。

方千里之和清真，《四庫總目提要》稱其"一一案譜填腔，不敢稍失尺寸"，又謂"千里和詞，字字奉爲標準"。然據楊易霖《周詞訂律》（香港太平書局、一九六三），流行詞調但論平仄以外，於周詞僻調，四聲悉合者殆不多見，而楊澤民、陳西麓又疏於方千里；夢窗、草窗、碧山輩之用清真所創調，亦每有未合四聲之處。蓋其時猶能付之聲歌，緩急抗墜之間，何字必須嚴守，何字可以不拘，作者自知，故不必刻舟求劍也。

千里和作，《花庵詞選》錄取《過秦樓》、《風流子》、《訴衷情》三首，沈際飛謂前二首是"和詞之出一頭地者"（《古今詞話·詞評》卷上），今觀其《過秦樓》云：

> 柳灑鵝黃，草揉螺黛，院落雨痕才斷。蜂鬚霧涇，燕嘴泥融，陌上細風頻扇。多少豔景開心，長苦春光，疾如飛箭。對東風忍負，西園清景，翠深香遠。
>
> 空暗憶醉走銅駝，閒敲金鐙，倦迹素衣塵染。因花瘦覺，爲酒情鍾，錄鬢幾番催變。何況逢迎向人，眉黛供愁，嬌波回倩。料相思此際，濃似飛紅萬點。

與清真四聲不合者十一字，姑不論。意不足而強行鋪衍成篇，瑕疵纍然：雨痕才斷即霧濕蜂鬚，已覺孟浪；細風、東風，一物二用；素衣塵染，上加倦迹二字，拼湊成句；詞至幾番催變爲止，所寫是男子景況，以下卻是怨女情狀，絕不銜接；結拍以飛紅萬點擬相思之濃，不惟不倫，文理亦欠通順。不識花庵何以入選，而沈際飛更稱和詞之出一頭地者。即此一例，可概其餘。

千里、澤民、西麓和清真詞，所作俱在，傳世數百年，高下得失，學者多能言之，茲不具論，略論今之和者兩家。

朱師轍和詞，余所見者乃一九五三年田嬴手鈔小字端楷油印本④，蓋以當年易俗移風，此等著作無問津者，剞劂不易，未知日後復有版行否。其書名《清真詞朱方和韻合刊》，每闋首錄清真詞，次錄己作，署曰少濱，蓋其字也，又次爲方千里；不取楊澤民、陳西麓，以爲三家和作，千里獨盛傳故爾。自序云："率意寫懷，同儕多歎爲工。"又云："至於澤民，當仁不識，但不知與方、陳二子較長短如何耳。"其自負者若此。朱君於戊寅（1938）教授成都華西大學時始和清真詞，至丁亥（1947）教授廣州中山大學，十年之間，得二百闋，謂"慢詞遵方氏守清真四聲，於律不敢疏忽，似可企及千里，而密於西麓"，論格律誠如是，若與三家較文章之長短，恐所遜不止一籌耳。

清真詞集，以宋寧宗嘉定辛未（1211）陳元龍輯注之《片玉集》十卷最善，才一百二十七首，三家據之。孝宗淳熙庚子（1180）強煥序刻之溧水本，原刊今不傳，然毛刻《片玉詞》二卷，即據強本而來，共一百八十五首，多於陳本五十八首，王國維《清真先生遺事》所謂"闋數雖多，頗有僞詞"是也；毛氏又補遺十首，都一百九十五闋。溧水本中如《水調歌頭》"中秋寄李伯紀大觀文"、《鬢雲鬆令》"送傅國華使三韓"，以時考之，皆在清真卒後，而庸濫之作，一望而知其出淺人之手者，亦所在多有；補遺十首中，《浣溪沙》（小院閒窗閣）乃李清照詞，《齊天樂》（端午詞）乃楊補之詞，《女冠子》（雪景）乃柳三變詞，《十六字令》（詠月）乃元人周晴川詞，其餘皆元無名氏作。朱君不論真僞，一一和之，故多至二百闋（内重和者六首），真畫蛇添足矣。

朱君自謂不讓楊澤民，欲與方、陳二子較短長，前已舉千里《過秦樓》，茲錄楊、陳及朱君同調之作如左，高下自見：

> 塞雁呼雲，寒蟬噪晚，繞砌夜蛩淒斷。迢迢玉宇，耿耿銀河，明月又歌團扇。行客暮泊郵亭，孤枕難禁，一窗風箭。念松荒三徑，門低五柳，故山猶遠。　堪嘆處對敵風光，題評景物，惡句斐然揮染。風塵世路，冷暖人情，一瞬幾分更變。唯有芳姿，爲人歌意尤深，笑容偏倩。把新詞拍段，倩人低唱，鳳韈輕點。（楊澤民）

翠約饞香，綠摶槐蔭，隔水晚蟬聲斷。壺冰避暖，釦玉敲涼，倦暑嬾拈歌扇。雲浪縹緲魚鱗，新月開弦，落星沈箭。恨經年間闊，柔牋空寄，夢隨天遠。　顡頷損臂薄煙綃，腰寬霞縷，錦瑟暗塵侵染。韓香猶在，秦鏡空圓，薄倖舊盟都變。虛蠹春華，爲誰容改芳徽，魂飛嬌倩。憑危樓望斷，江外青山亂點。（陳西蘐）

柳拂新晴，竹喧清夜，漏滴水聲時斷。流螢燿火，砌蟋驚秋，惹恨頓捐團扇。回首暗數年華，駒隙輕馳，鶻飛如箭。嘆嬌嬈別後，飄零何許，路長天遠。　還恨結鬢積銀絲，形慚瓊鑑，懶把素鬢偷染。狼煙冀北，彈雨江南，不信古今奇變。憎恨詞人怨吟，炊斷誰憐，衣縫難倩。但丹心永在，天地梅花數點。（朱少濱）

楊詞上闋雖平滑，尚不失文從字順；過遍已不知所謂，"惡句斐然揮染"一語，誠夫子自道也。朱君謂於澤民，當仁不讓，似此亦庶幾也。西蘐藻繪鋪棻，脈絡井然，是夢窗、草窗一路，非方、楊可以企及。少濱此首，命意佈局全無主腦，一味拼湊趁韻，故造語多生硬欠解者。如嘆年光易逝，云"駒隙輕馳"一輕字已屬勉強填塞，下云"鶻飛如箭"，何謂也？"懶把素鬢偷染"句，令人忍俊不禁，若以白鬢自慚，薙之可也，焉用偷染？"憎恨詞人怨吟"句，殆不成語，且既憎恨矣，又焉用怨吟自苦？"衣縫難倩"亦不成語，似欲融化樂府古辭《豔歌行》之"故衣當誰補，新衣當誰綻"，而弄巧反拙耳。蓋朱君慢詞之守清真四聲，嚴於方、楊、西蘐，畫地自牢，故捉襟見肘；至於尋常小令，韻腳既寬，篇幅亦短，只論平仄，易於措手，亦間有可觀者。

前輩治史者必能藝文，朱君邃於清史，蜚聲海內，出其緒餘爲樂府歌詞，雖不能至，詎非今世之所稀覯？矧求遠不逮朱君者且不可得乎！

饒子選堂，博學多方，精敏絕人，學術辭章以至書畫雅琴，莫不各造其極，海內外知名久矣。然其辭賦駢儷之篇，歌詩樂府之什，力足以賞音者亦不多也。

《選堂詩詞集》⑤中，和韻之作頗多。七古喜步東坡，縱橫馳驟，無視銜勒，清雄處直欲摩髯仙之壘；而和阮公詠懷八十二首，則又幽約隱秀，若石上清泉，沿溪曲折，無所留滯，信乎才大者無施而不可也。選堂長短句亦多和作，《選堂樂府》、《榆城樂章》兩集中，用小山、淮海、清真、稼軒、白石、夢窗、玉田者皆有之。蓋性強記，名家佳作多能成誦，依其體而步其韻，聲律之道在是矣，奚待譜書？且譜書每膠柱鼓瑟，亦不可盡信。詞律綦嚴，和詞之難又遠甚於和詩，觀上文所舉方、楊、陳、朱之作而可知；選堂才大，故能從容繩墨法度之中，異於枉轡學步者之所爲。抑又行遍天下，接異域之山川人物，觀殊方之文物圖書，故形諸詩詞者，堂廡特大，亦非餘子可及。

庚戌秋，選堂方教授新加坡國立大學，以休沐之暇，應北美耶魯大學研究院之請，暫移壇於榆城。客居無憀，因和清真詞以消永夜，匝月得五十一闋，取清真《花犯》起調，曰《粉牆詞》，遠道相寄，欵賞無斁。余謂《片玉》一集，所和幾半，曷不畢之？未暮月，又得六十七首，合曰《睎周集》。張充和女士以小楷書之，娟秀可愛。

《睎周集》和詞百二十七首，以陳元龍《片玉集》爲準，但編次有異，蓋朋舊交遊，述懷叙事，借調倚聲，初無詮次，不似方、楊四家刻意爲之，亦步亦趨也。其於聲律，大體只依平側，案清真於同調之作，亦非四聲一致，而方、楊、陳和作，更多參差，西麓尤甚，當時歌譜未墜，已復如此，況數百年之後耶？縱四聲陰陽字字悉合，亦不復能歌於今日也。張玉田謂“美成負一代詞名⋯而於音譜，且間有未諧，可見其難矣”（《詞源》自序），美成尚如此，則他人可知矣；近代況周頤、邵瑞彭諸君言律，以爲字字當遵四聲，是泥而未光也。今選堂和詞雖不守四聲，誦之未始不屑吻道會，慢詞澀句若《浪淘沙慢》、《蘭陵王》、《西河》

之沈鬱拗怒處，又莫不若合符節。

集中佳篇甚多，茲略舉一二以見之。《六醜》睡詞小序云：
"濟慈云：'袪睡使其不來，思之又思之，以養我慧焰。（見
Sleep and Poetry）'夫詩人瑋篇，每成於無眠之際，人類文明，
消耗於美睡者，殆居其半；而心心不易相印，亦因睡有以間隔
之；惟詩人補其缺而通其意焉。"詞云：

> 漸深宵夢穩，恨過隙、年光拋擲。夢難再留，春風迴燕翼，
> 往返無迹。依樣心頭占，闌珊情緒，似絮飄蕪國，蘭襟沁處
> 餘香澤。繫馬金狹，停車綺陌，玲瓏更誰堪惜。但鵑啼意亂，
> 方寸仍隔。　閒庭人寂。接天芳草碧。燈火綢繆際，如瞬息。
> 都門冷落詞客。漫芳菲獨賞，覓歡何極。思重整、霧巾煙幘。
> 凝望裏、自製離愁宛轉，酒邊花側。琴心悄，付與流汐。只
> 睡鄉兩地懸心遠，如何換得。

睡與夢，典實極多，詞皆吐棄不用，小序中已見微旨。全篇只起
調及結拍點題，其餘俱不黏睡字發揮，"夢難再留"以下，於夢
境迷離荒忽中着筆，哀樂無端，情景紛錯，非仔細尋繹，殊不易
得其端倪。"自製離愁"句，一製字甚奇，蓋一切煩惱，皆由己造，
而貪欲諸念可以理化，唯一情字，宛轉相就，拋撇不得，清真《慶
春宮》："許多煩惱，只爲當時，一餉留情。"此語深得其意。

此詞張充和女士爲譜新聲，撅笛奏之，清婉動聽，選堂因和
片玉《一寸金》以紀其事。小序云："充和家合肥，工度曲，向
嗜白石詞，手錄成卷，檢視半爲鼠嚙。偶誦《淒涼犯》，不勝依黯。
近爲余譜《六醜》睡詞，以玉笛吹之，聲音諧婉，極縹渺之思。
因撅姜句，和此解志其事。臨眄故鄉，寸寸山河，彌感離索矣。"
詞云：

> 胡馬窺江，可復垂楊滿城郭。看戍樓斷角，黃昏巷陌，
> 寒鴉平野，車塵江腳。波瀁蘋花作。人歸處、愁紅正落。何
> 堪又、牧馬頻嘶，去雁聲聲動寥廓。　異國經年，秋風何事，
> 驅人正飄泊。奈橐篋傷鼠，秋詞盈篋，羊裙繫舸，春禽時約。

投老行吟地，情懷似、暮煙澹薄。空心賞，玉笛哀音，伴晚花自樂。

屢用白石語入詞，才力足以驅使筆下，故能渾然無迹。維時方在所謂十年動亂之際，神州板蕩，是以多哀怨之音。

選堂《晞周集》後記云：“和詞忌滯於詞句字面，宜以氣行，騰挪流轉，可望臻渾成之境。此則尤所嚮往，而未敢必其能至。”其《浪淘沙慢》一闋，題“與均量同適美，余滯彼歸，秋去冬來，寫此奉懷”，詞云：

又秋深，蘆花岸草，野水空堞。鷺翼催人迅發。陽關客舍唱闋。袛事往追思腸百結。長條在、自怯攀折。念去去煙波，帶暮靄、音塵成間絕。　清切，望中日近江闊。更地白霜淒，無人處、已斷寒雁咽。嘆世短情多，唯是傷別。逝川不竭。閱無端聚散，天邊孤月。愁水愁風山重疊。文章事、時流漸歇。短歌起、嗚嗚敲缶缺。最惆悵、能幾清明，怕看取、梨花落盡東欄雪。

此調文長韻險拗句多，最不易和，千里、西麓氣機窒礙，澤民更不成格調。選堂此作，開闔動盪，雖云未敢必其能至，其實至矣。陳亦峯《白雨齋詞話》謂清真此詞，蓄勢在後，驟雨飄風，不可遏抑”，選堂亦庶幾焉。

先著、程洪《詞潔》，謂“美成詞，乍近之覺疏樸苦澀，不甚悅口；含咀久之，則舌本生津”。余於選堂和周諸慢詞亦云然。然小令又別是一副心眼，所謂百鍊鋼化繞指柔者也，如《虞美人》二首云：

纖荑一握春生暖，燭比春宵短。替人傷別總魂消，可念尊前曾唱內家嬌。　殘紅明日驚糁徑，珍重梨花影。尺書剪燭夜親封，臨老江關何處送歸鴻。

盈盈獨倚闌干遍，酒薄香生面。鴨頭春水綠盈門，一到言愁天亦欲黃昏。　牽情恁地勞飛絮，寄淚憑誰語。謝橋波盪月如雲，自踏楊花來覓倚樓人。

"燭比春宵短"、"自踏楊花來覓倚樓人"，皆未經人道語，如此類者，《睎周集》中多有之，不能備舉。

韓退之云："氣盛，則言之短長與聲之高下者皆宜。"（《答李翊書》）移之以論選堂和清真詞，不其然乎。

注：

① 張杞字迁公，明黃陂人。鄒祗謨《鐵水軒詞話》云："張玉田謂詞不宜和韻，蓋詞語句參差，復格以成韻，支分驅染，欲合得離…… 如方千里之和片玉，張杞之和花間，首首強叶。縱極意求肖，能如新豐雞犬，盡得故處乎？"沈雄《古今詞話·詞品上》亦云："張杞和花間集，凡四百八十七首，篇篇押韻，未免拘牽，字字求新，亦饒生鑿。惟甘州遍'鴻影又被戰塵迷'一句差勝。"

② 宋周應合《景定建康志》卷三十三書版，有"和晏叔原小山樂府二百四十六版"，不知誰作。

③ 方千里和九十四首，楊澤民和九十二首，陳西麓和一百二十八首，其中五首缺文，存一百二十三首。

④ 卷末有田贏跋云："讀先生和詞，歎爲神似美成，每欲迻錄，而鈔胥爲勞。值贏備書，同人乃爲集資，用藍墨印百餘部，以資同好之求"云云。

⑤ 香港新雅印務有限公司，一九七八年版。

三度全羊宴　冠蓋擬神京

周　塽

水調歌頭

自西域歸，得孝苹書並詞，賦答；兼訊京中琴友。

嫌少幽并氣，更作雪山行。故人千里相望，玉樹倚風清。走卻流沙鬼磧，贏得霜塵滿面，依舊太瘦生，三度全羊宴，冠蓋擬神京。　　高昌壁，餘磊塊，意難平，誰抱雷琴到此，添箇胡笳聲。遠睇蒼茫雲海，都道關山月好，不盡古今情。處處坎兒井，聊可濯吾纓。

著名學者香港中文大學教授饒宗頤先生新撰《水調歌頭》一詞，是一九八五年八月應邀前去烏魯木齊參加敦煌吐魯番學會成立大會後，回到香港時寫的。烏魯木齊在古代，地處西陲，通稱西域，唐代詩人岑參曾以從軍西域寫下許多不朽的詩篇，稱爲塞上詩人。但詞家以西域作題材的卻較少。饒翁此次西域之行，雖爲時短暫，然這首詞對西域風光，歷史文物之描繪和生發出來的感慨，是頗爲感染人的。至於情景迭興，音節鏗鳴，尤令人迴環展誦，不忍釋手。

選堂先生曾於一九七八年在香港印行《選堂詩詞集》。這首《水調歌頭》寫於一九八五年，自然不見著錄於《選堂樂府》，屬於新琢的集外之詞。題序中“得孝苹書並詞”，說的是當代詞人，史學研究者和古琴家謝孝苹，饒先生也是有名的古琴家。一九八五年五月饒翁在揚州瘦西湖的珍園精舍參加中國音樂家協會召開的第二次全國古琴打譜會，結識了不少北京琴人。在赴烏魯木齊與會以前，謝孝苹曾有詞和書翰寄給饒翁。饒翁於八月回到香港後寫了這首詞作答。

詞以"嫌少幽并氣，更作雪山行"起調。饒翁首先表明自己是蘇東坡所不辭長作的"嶺南人"的身份。饒翁隸籍潮陽，自然與燕趙之地慷慨悲歌，尚氣任俠的"幽并遊俠兒"異趣。不過這裏的"幽并氣"，指的文藝作品的風格。北國詩人元好問的詩歌，就薰染這種"幽并氣"。《金史文藝傳》說他"歌謠慷慨，挾幽并之氣，蔚爲一代宗工"。新疆境內的天山山脈，常年積雪，秦漢時稱爲祁連天山。"祈連"是匈奴語。天字的音譯。烏魯木齊市附近的天山博格達峯，海拔四千三百米，峯巔白雪皚皚，憑欄遠眺，頗能令人興起杜老詩中"窗含西嶺千秋雪"的佳趣。以一個遠在南海之濱的嶺南人，卻向比幽并更爲遙遠的西域雪山，作長途跋涉之行，這事本身就是一件非同尋常的韻事，值得留戀。接着第二韻句點出題序中的"得孝苹書並詞"，是說此次雪山之行，千里之外，還有一位朋友在關心和期待。"玉樹倚風清"是形容這位故人的風度和標格。"玉樹"喻姿貌秀美和才調優異的人。《世說新語·容止篇》云："魏明帝使后弟毛曾與夏侯玄共坐，時人謂蒹葭倚玉樹。饒翁的這位友人姓謝。晉謝玄曾有"如芝蘭玉樹，欲使生於庭階"之言。詞中用"玉樹"這個故事尤感貼切。"流沙鬼磧"爲新疆地區地形地貌的特徵，流沙指沙漠。"磧"是僵硬礫石構成的土地，寸草不生，人們稱之爲戈壁。傳說古代經中原前往西域的中國商人或中亞前來中國的商旅，因自然條件惡劣，許多人倒斃在沙漠裏和戈壁灘中，白骨纍纍，無人收葬。杜甫詩"今君度沙磧，累月斷人煙"。沒有人煙只餘白骨，"鬼磧"的名稱，由此而來。現在入疆的交通工具，已由現代化的電氣火車和最新式噴氣客機，代替了原始的馬拉騾載。"走卻流沙鬼磧"是回顧過去，而"贏得霜塵滿面"卻道的是眼前景。因爲即使是乘坐波音最新式客機，從南方濱海城市來到西北邊陲，仍然要經歷一番長途旅行之苦。塵滿面，鬢如霜，形容勞累。"依舊太瘦生"句中的"太瘦生"是李白杜甫詩中使用過的字眼。李白《戲贈杜甫》詩云："飯顆山頭逢杜甫，頭戴笠子日當午，借問別來太瘦生，總爲以前作詩苦。""太瘦生"的"生"字，是語助詞，不是實字。唐人習慣用"生"字作語助詞，如作麼生何似生之類。李白集中未收此詩，或疑爲僞作。詩爲唐人孟棨《本事詩》所著錄。此處運用李杜詩典，恰到好處。上片結拍，則反映了作者此次遠行來到西域參加盛會的興奮心情。一九八五年敦煌吐魯番學會成立大會有國際敦煌學者和更多的國內敦煌學學者參加，濟濟一堂皆一時學術界精英。敦煌學研究在中國之崛興，打破了所謂"敦煌在中國，而敦煌學研究卻在某某處"的無稽之談。選堂翁用"三度全羊宴，冠蓋擬神京"爲上片作結，正是讚美中國敦煌學研究興旺發達的傳神之筆。人們不難從字裏行間，窺見詩人興奮激動的心情。上片結韻之筆，讀者的着眼點不須停留在觥籌交錯上，而應在冠蓋如雲上揣摩其中消息。

從結構上而言，此詞上片已經波瀾迭興，漸入勝境，下片用"高昌壁，餘磊塊，意難平"換頭，似乎陡起一筆，出人意表。原來那次會議中間曾經組織與會諸公去吐魯番參觀遊覽，考察了舉世聞名的高昌古城，下片換頭，自是寫實之筆。高昌古城位於吐魯番市東約五十公里。吐魯番盆地歷史上曾稱爲高昌，是因爲西漢時期在這裏建立高昌壁而得名。兩漢政府在這裏興辦屯田，設戊己校尉領其事。曹魏和西晉沿襲漢代建制未改。東晉初前涼張氏在此置高昌郡，此後經前秦、後涼、西涼相承至北涼，北涼沮渠牧犍被北魏兼併以後，其弟無諱、安周相繼據高昌一郡之地，仍稱涼王。公元四六〇年柔然殺安周，立漢人闞伯周爲高昌王。其後幾經變亂，公元六世紀初，漢人麴嘉自立爲高昌王。麴氏王朝統治高昌地區歷十主一百四十餘年。至公元六四〇年，爲唐太宗所滅。唐代高僧玄奘曾於貞觀二年（公元六二八年）抵達高昌，逗留一月許，受到高昌王麴文泰的熱情款待。此事記載在《大慈恩寺三藏法師傳》裏。高昌城燬於十五世紀的戰火，現在只留下殘壁頹垣，供人憑弔。簡叙高昌古城的沿革，正是由於人們平素不甚注意此西陲邊城的歷史；同時也是爲了讀者對此詞的換頭有更深的理解。不過我認爲作者生發興起的感慨，不完全局限於歷史上的興衰。人們至今尚記得，本世紀之初，公元一九〇二至一九〇七年，有個德國人名叫勒柯（ Le Cog ）從高昌盜走文物達四百多箱，其中有許多極有價值的古文化珍品，如北凉沮渠安周"造寺功德碑"，摩尼教壁畫和回鶻時代的文字紀錄等等。英國人、日本人不甘落後，也在這裏盜走許多珍貴文物。一系列怵目驚心的往事，而今天看到的，只剩下土打壘和磊塊，詩人的心境如何能夠無動於衷而保持平靜呢？接着作者希望能有一位彈琴的朋友，抱一張唐代古琴，來到高昌古城，彈一曲唐代流行的琴曲《胡笳弄》。聯翩而來的浮想和音樂形象所渲染的境界，把抒發在高昌故城的思古幽情調研出來的色采，變幻得更爲絢麗和濃郁，從而進一步開拓了詞境，使人如坐春風楊柳，有搖曳生姿之感。加之這種"浮想"，並非不着邊際。因爲題序中有"兼訊京中琴友"之言。所以"誰抱雷琴到此，添箇胡笳聲"，也是對北京琴友說的。這裏需要對"雷琴"和"胡笳聲"略加解釋。因爲這類古琴音樂語言，並非人人皆熟悉。公元七一三至八四〇年，唐代開元至開成年間，四川雷氏有好幾代人皆精於造琴。最有名的是雷威和雷霄。凡雷氏所斲之琴通稱爲"雷琴"。時歷千載，至今尚有爲數不多的唐斲雷琴流傳於世。個別雷琴，堪稱不世之瓌寶。南宋末周密撰《雲煙過眼錄》書中記載的"春雷"，就是一例。這床雷斲之琴原爲宋徽宗所珍甋，藏於大內。靖康之難，"春雷"亦隨趙佶北狩。後來金章宗挾之殉葬於地下。章宗墓被盜掘，"春雷"出土輾轉流入耶律楚材之手。《湛然居士文集》中《贈萬松老人琴譜詩》提到的承華殿"春雷"，就是周草窗書中説的那張唐斲雷琴。"春雷"古琴確是琴中尤物，現尚在人間，爲北京一位古琴家所珍藏。雷琴之爲琴家所重，不言而喻。"胡笳聲"指古琴曲《胡笳弄》，現名《胡笳十八拍》。這個古琴曲是描繪蔡邕之女蔡琰聽到曹丞相要把她從匈奴贖歸中原的消息時所產生的矛盾而複雜的心情。唐代大音樂家董庭蘭擅彈此曲。開元天寶之際的詩人李頎有《聽董大彈胡笳兼寄語弄房給事》詩。董大即董庭蘭。題中"弄"字錯簡，應在"胡笳"下，詩中說"董夫子，通神明，深松竊聽來妖精，……"把董庭蘭彈奏的《胡笳弄》的琴韻音聲之美，描繪的淋漓盡至。明代萬曆年間流傳的琴譜，始有《胡笳十八拍》之稱。李頎的這首聽彈《胡笳弄》的詩和韓愈的《聽穎師彈琴》詩，皆古人用詩歌形式欣賞古琴音樂藝術的不朽之作，長期以來膾炙人口，是聽琴詩中的連城雙璧。《胡笳十八拍》代代流傳，至今仍是古琴家們手揮目送，喜愛彈奏的曲目。人們可以想像，抱着唐代雷琴，彈一曲《胡笳十八拍》，來憑弔高昌古城，是何等的悲愴慷慨，心情激動而不能自已。下一韻句"遠睇蒼茫雲海，都道關山月好，不盡古今情"，是從李白樂府橫吹曲詞《關山月》中化出，李白是生於西域碎葉的詩人。作者繼續用烘染的手法，把說不盡今人憑弔古人的心情，也就是詩人此番西域之行的身心感受，提高到一個新的層次。最後一個韻句，以"處處坎兒井，聊可濯吾纓"作結。"濯吾纓"原出於《孟子離婁篇》。孟子曰："滄浪之水清兮，可以濯我纓。"新疆地區乾旱缺水，如何能找到清澈的滄浪之水呢？然而西域各族人民在生活、生產的勞動實踐中創造發明了"坎兒井"。處處皆有"坎兒井"流出的清泉，一樣可以洗濯冠纓。結句表達了詩人對勤勞勇敢的西域人民的由衷尊敬和此次西域之行的永恒懷念。

選堂先生治學，馳騁百家，詞是其餘事。然亦爲倚聲家共尊爲北斗。觀此詞儒染淋漓，用事之工，有非尋常筆墨可以望其項脊也。

（刊一九八九年七月十一、十二日《大公報》。）

論饒宗頤教授的舊體詩文創作

郭偉川

饒宗頤先生，字固庵，號選堂，一九一七年六月二十二日生於潮州，此乃韓公德澤所被之鄉，鍾靈毓秀之地。饒家爲潮郡望族，尤以所藏近十萬卷珍籍於天嘯樓而名聞於世。宗頤先生之尊人饒鍔老先生爲南社社員①，乃晚清迄民初潮州有代表性之一代學人，精考據，工詩文，諳佛理，著述甚夥。先生早慧，既有家學庭訓之潤澤，且天嘯樓之知識寶庫，令其自小可博覽羣書，日夕涵泳於文藻與義理禪輝之間。故自少年時期，先生在經史子集及佛學方面，已絜下深厚之根基；而風雅詞章之學，才華卓絕；尤其文章之經營，鋪陳揚厲，沉雄兀拔，氣勢之豪邁，令人驚嘆！其時先生之文學創作已儼然大家手筆。惟及後先生非僅取文學一途，其研究領域隨階段性向多元發展。大凡青少年時期着力於方志與文獻之學，稍後即側重於西北史地，且潛心於某一朝代國史之研究（如擬撰《新莽史》）；中歲之後，先生之精力主要集中在甲骨學方面的研究，十年之間，足迹遍及日本、法國、意大利、瑞士和英國等地，前後經其研究比勘之甲骨契文，達三萬餘片之多。經過長期之爬梳抉剔，通體董理，終於寫成二巨册的《殷虛貞卜人物通考》，並因此於一九六二年獲法國漢學儒蓮獎。與此同時，還有對敦煌學、古文字學、楚文化、國內外史學、印度梵學、西亞古文化等方面的研究，每一領域，均有煌然巨著，取得世所公認的學術成就。並爲當代及未來開拓了許多新的學術課題。而在藝術方面，先生能人所不能：工詩詞而復有詩論；精畫繪而有畫論；擅鼓琴、通樂律又兼有樂論，洋洋灑灑，各成專集。凡此皆體現其實踐與理論互相促進，情趣和哲理相與交融。而其書畫，出神入化，卓然大家，世所公認。一個人能貫通學術與藝術之堂奧，取得如此驚人的成就，古今中外，實罕有其匹者。因爲一般人窮其畢生精力，只能在某一點或某一綫，甚至在某一面取得成就。然而宗頤先生個人之綜合成就，恰如一發光之圓球體，面面皆璀璨，令世人爲之眼花繚亂，這是人類智慧發揮至極致的象徵，可説是一種奇迹。

究竟宗頤先生爲什麼會取得如此巨大的成就呢？筆者認爲，這首先是導源於其對中國文化藝術深厚的感情和自覺的歷史使命感，而更重要的是，所有的一切，實際上皆建基於其深厚弘博的文學根柢之上。先生曾謂"一切之學必以文學植基，否則難以致弘深而通要眇"。旨哉斯言！

記得曾有人向魯迅先生請益：須具備何種條件，始能成爲偉大的文學家？魯迅答曰：胸襟與學識。

宗頤先生少具奇志，胸襟博大，閎文讜論，早已具振奇特立之概。年十七，即爲其先君哀續未竟之《潮州藝文志》，序中云："嗚乎！先君於平生著作，俱不之惜；而獨惓惓潮州藝文，於表彰先賢之心，何其切也。顧乃不克盡其年，以成盛業，可痛也已！……黃仲琴先生……嗜古好學，殷然以先君遺著爲詢。及睹是篇，嘆其網羅宏富，稱爲一郡文獻之幟志；復惜其未成書，深以繼志述事見勗。宗頤侗昏不學，而年未弱冠，何敢妄言纂述。惟以是書爲先君盛業所在，尤不敢任其散亡。竊不自揆，爰勒全書爲二十卷，加以訂譌補遺。自稔於原書，雖無萬一之裨；然得哀然成帙，稍酬先君之志，固可大慰於心矣。往者，先君觶校陳編，每有所獲，輒命寫錄，因得粗窺爲學途徑。今距先君下世，忽忽三年。宗頤續理是書，追溯舊訓，輒低迴繹思，弗能自已。

而奮心自檢，迄於成編，則黃先生獎掖之忱，有以迪之，此又不能無感激於中也。"——上引序文，可說是現時得以拜讀的先生最早的文學作品了。十七歲續成一州之藝文志，撰如此之序文，已然大家手筆。故黃仲琴先生在《潮州藝文志》序中讚道："……宗頤學有淵源，實吾畏友。年未十八，續成父書，功在藝林……。"可見宗頤先生的胸襟與學識，在少年時期，早已驚動士林了。

大凡學識可以漸積，而氣質與胸襟，則多出於天賦。先生自小氣稟清慧，胸襟開闊，其志向所及，遠致廣宇，通達古今，神思常騁遊於海天雲樹之間，故所包容，足以涵蓋六藝。而其文雄且奇，頗有懾人之氣勢。如抗戰所作諸賦：《宋王台賦》、《馬矢賦》、《斗室賦》、《囚城賦》和《燭賦》②等，皆為愛國主義的詞章。其時寇燄方熾，先生奔赴西南大瑤山，執教於無錫國專。際此中華民族危難絕續之秋，先生與國人一道，同仇敵愾。其作品沉雄悲壯，慷慨激昂，表現了中國人民抗戰必勝的決心。

先生有正義感，具是非心，故不少文章乃表彰古聖先賢剛直忠勇之舉者。其弘揚正道，顯然受到儒家思想影響，而且從青少年時期就已立定志向的。他一生只為二個人寫過年譜，一為薛侃（字中離），一為郭之奇，二位先賢同為潮籍揭陽人。薛侃是明正德進士，曾師事王陽明。世宗時，因莊敬太子薨，嗣位久虛，世宗急於求嗣而不可得。儲君未立，大事也。然百官知所避諱，莫敢言者。獨薛侃以為事關社稷千秋大業，上旨"乞稽舊典，擇親藩賢者居京師，慎選正人輔導，以待他日皇嗣之生"。③此議一出，即受權奸張孚敬等所讒謗，說他與夏言"居心叵測"。世宗被觸痛處，大動肝火，竟下旨將薛侃廷杖訊問，追究教唆的"朋黨"。薛被廷鞫前後凡七次之多，然始終不連累他人。嗣被削職為民，返粵築院講學，以教育挽救人心為務。歸善葉蕚曾從薛侃遊，"躬聞師說，曾次其事，譔為《廷鞫實錄》。"④此書湮沒已久。一九三四年，選堂先生十七歲，"訪書城南，偶檢明本圖書質疑，赫然葉書存焉"。⑤於是重加點勘，於一九三六年將此書出版，並序其端曰："揭陽薛侃先生，誕稟中虛之質，體受懷剛之性，有陳宓信道之篤，兼屠嘉守節之貞；立脚聖門，斂手權路，信自思謙，披心尚隱。大明際逆瑾懷異之日，城王出封；先生當儲事諱言之秋，獨議復典。一疏懇愊，早具折檻之忱；九天蔽矇，終卻犯顏之諫。乃由大奸在位，虞竝肩之奪寵；爰構機罟，興錦衣之大獄。先生七次被鞫，一辭弗易；屹若泰山，硬如鍛鐵，幽有鬼神，明有君父，玄首可斷，赤志無欺，浩然之氣，亦云偉矣！……"——此序文大有氣壯山河之概，可窺見選堂先生胸中的磊落正氣。年未弱冠，而具如此之文思，如此之氣魄，如此卓越的文學才華，不能不令人驚嘆！難怪文史界的宗匠巨擘，頻呼後生可畏了。

一九四八年，先生窮半月之功，撰成《薛中離年譜》（按：後收入《選堂集林·史林》，約三萬餘字），書後《跋》云："中離先生爲王門高弟，首鈔朱子晚年定論，刻傳習錄，於師門宗旨，多所敷發。陽明居贛州，先生偕兄俊及羣子弟往問業。由是楊驥、鸞兄弟、黃夢星、林文、余善、楊思源、陳明德、翁萬達、吳繼喬輩，聞風興起。王學盛行於嶺南，論者咸推功於先生焉。先生之學，有入門，有歸宿；一生氣魄，百折不回，其節概具見明史及府縣志本傳。……"——對這位鄉先賢之高風亮節推崇備至，年譜之撰，亦意在表彰其盛德也。

至於《郭之奇年譜》，爲先生二十歲時所撰。時在抗戰之秋，局勢動盪，未及付梓。事隔半世紀，一九八九年初夏，先生發現此手稿於篋衍之中，不禁感慨萬分，出版前言中云："此年譜稿弱冠時所草創。抗戰中，播遷揭陽榕城，曾造郭氏舊居，得覘其家乘，故於世系能詳加臚列。公之著述若《稽古篇》、若《宛在堂集》，均余家中庋藏之物，先君撰《潮州藝文志》，時常考覽，小子侍筆硯，知之獨詳，因據以載錄。溯自輈張以來，奔走異地，先人故廬，文籍蕩盡，不可復問；而此稿棄置篋衍，綿歷星霜，忽忽四十年矣。比歲屢嘗旅遊粵地，北至乳源，西南適新州，謁六祖出生之地，甚思南極雷、廉，憑弔公晚歲循海流離轉徙之所，而人事滄桑，驟不易得。頃者漢昇先生徵稿，因取此文略加點竄，聊付剞劂。嗚呼！迭遭喪亂，積稿淪於兵燹者不可勝計，獨此塵封累載之叢殘，幸告無恙，似公之靈實呵護之。"——先生屢言其與揭邑人士有緣，實乃先生對郭公之奇忠貞剛毅、英勇不屈愛國情操之景崇，始終不衰也。

郭之奇，明崇禎元年（1628）進士，永曆四年（1650）官至禮部尚書，尋加太子少保，是晚明柱擎南天之重臣。被執之後，堅拒清廷高官厚祿之誘惑，忠貞不二，可謂富貴不能淫，威武不能屈，慷慨成仁，從容赴義。有紀事詩云："十載艱危爲主恩，居夷避世兩堪論。一時平地氛塵滿，幾送幽山霧雨翻。曉澗哀泉添熱血，暮煙衰草送歸魂。到頭苦節今方盡，莫向秋風灑淚痕。"視死如歸，感人肺腑至深！

郭之奇詩文具佳，政論尤精闊凌厲，遺作有《稽古篇》及《宛在堂集》。但是，內地有關史學研究特別是某些專治晚明史論著，對這位晚明極爲重要的歷史人物有關著作（包括郭氏自撰詩數千首），卻隻字未提，此事確令選堂先生不能釋懷。他在一九八九年付梓的《郭之奇年譜》前言中云："檢謝國楨《晚明史籍考》重訂本，於公著述各種，隻字未提。《宛在堂集》東京內閣文庫猶有其書，而諸夏竟成稀本。以謝君緯極數十載之力，於公遺事尚陌生如此。故此年譜於南明史事大有裨益，刊佈夫豈容緩？用誌其成稿顛末，以見一文之刊，其成毀顯晦，亦有緣遇，非可力強而致也。"

選堂先生的文章，無論長篇短簡，一序一跋，俱見文思如山泉之湧，闡經述史，論博工深；敘事抒情，閎中肆外；遣辭造句，振奇拔俗；而語勢之恢弘，常令讀者感染其氣魄之雄渾。如先生一九八九年九月出版之《固庵文錄》，內收儷體四十篇，散體一百二十一篇，共四百三十三頁。可謂文體兼備，滿目珠璣，覽一

書而可知國學源流之概貌。首篇《蒲甘賦》叙元朝征緬舊事，其
描述戰爭場面之鋪張揚厲，渲染氣氛之沉雄悲壯，大有《蕪城賦》
之韻味，讀之令人低迴不已。賦體基本上是脫胎於楚辭的，而先
生對楚辭精研特深。他自小已熟讀《離騷》等辭章，青年時期則
有楚辭方面的專著《楚辭地理考》和《楚辭書錄》。一九五七年
八月，先生代表香港大學出席在德國馬堡舉行之第十屆國際漢學
家會議，當日即提出論文《楚辭對於詞曲音樂之影響》，後收入《楚
辭與詞曲音樂》，篇首即寫道：“楚辭和詩經，可説是中國文學
的木本水源，一切韻文，無不從它產生出來。歷代文人，幾乎没
有一個不受過楚辭的影響。沈約云：‘自漢至魏四百餘年，辭人
才子各相慕習，原其飇流所自，莫不同祖風騷’。因此有人説：
‘詩文不從楚辭出者，縱傳弗貴，能從楚辭出者，愈玩愈佳’
（明蔣羣語）。”——由此可見，先生治中國文學，自昔就有所本，
其根基的厚實自不待言。而擅文之名，早已享譽遐邇。“始自髫齡，
已嫻熟韻語，各體皆所致力，義法尤爲精深。非警策無以振奇，
非匠心何以定勢”。⑥其文可謂有源頭、有歸宿、有創獲。

　　説起“定勢”，其實大有學問。“勢”的意識廣泛存在於中國
傳統文化之中，而且起源甚古。除了先秦兩漢書中社會政治哲學
和軍事學上論“勢”之外，自劉彦和《文心雕龍》以降，詩文、
書畫、音樂等藝術領域，無不與“勢”有關。能否“定勢”與有
無“氣勢”，成爲藝術作品孰優孰劣的評判標準之一。選堂先生
深得勢説之妙，其詩文書畫的一大特點，就是不僅能“定勢”，
而且極有“氣勢”；前者得力於其弘博的學養與方法的妙用，後
者則全賴其胸襟與氣魄，此乃天與獨造，非常人可企及。試以《説
勢序劉海粟翁書畫》觀之，一開首即云：“夫虛實無端，行止隨
分，臨文體要，務使辭已盡而勢有餘。在昔劉公幹已楬斯義，至
劉彦和著定勢之篇。以爲勢者，循禮以騁節，文之任勢，勢有剛
柔，不必壯言忼慨，乃稱勢也。文固因情而成勢，以言書畫，理
有同然。貴能倏然而往，精意入神，棼緼蟲篆，勢似凌雲（蔡邕

篆勢），遼落江山，居然萬里（《世說新語》）。若乃鼓琴呈伎，挑拂何止三十三勢之殊（參宋田芝翁太古遺音）；禪那機鋒，語勢乃有三十六門之別（《崇文總目》有釋元康中觀論三十六門勢疏）。……原夫形勢立義，起於管仲；勢備選陣，成乎孫臏。韓非說勢爲勝衆之資，兵家用勢譬弓弩之象（見臨沂竹簡）。道法相謀，兵藝同術，勢之義大矣哉！法書之本，永字八法，是曰八勢，隨形應變，盡態極妍。而畫筆所至，山川薦靈；或閟或開，有形有勢（石濤畫譜筆墨章）。受遲則拱揖有情，受疾則操縱得勢，受變則陸離譎怪，受化則氤氳幻滅；畫理筆法，其天地之質歟！其山川之飾歟！此有識者之所共喻也。劉海翁於書畫之道三折其肱，既窮千勢以妙通，亦喜人藝之俱老。翁曾與余書，謂老子有無相生，難易相成，長短相形，高下相傾，音聲相和，前後相隨，可移作書畫之法，淵哉是言！信能執斗柄而握道樞。石濤曾云：'在墨海中立定精神，於混沌間放出光彩'，非翁孰可當此哉！……覽翁筆墨之高古，循禮騁節，如蠶叢新闢，彌有會於任勢之旨，因推論勢與藝事相關之義，以闡翁微意，翁其笑而頷之乎！"——此文一氣呵成，波瀾迭起，勢不可擋。讀選堂先生之文（其詩詞書畫，莫不如是），無論闡述義理，縱論古今，乃至抒情道藝，每覺其作品常有懾人之氣勢。時而江海奔騰，山嶽撼動；或如風捲雲湧，波瀾起伏；其豪放雄邁，罕有其匹者。先生此文爲劉海粟翁書畫說勢，實則先生之詩文書畫亦皆深得勢說之要眇，故可視爲先生之夫子自道，先生"其笑而頷之乎"！

先生俯覽古今，氣魄恢弘；騁遊中外，縱橫何止萬里！故其作品氣勢非凡，論書畫固如是，議論史事之文風，則更汪洋恣肆，大氣磅礴。如爲簡又文先生所作《太平天國典制通考序》，可窺見一斑。其《序》曰："自清政中微，金田奮旅，朱旗既舉，應若興雲。推轂郴桂之墟，長驅江漢之表；不三載而瓦解金陵，奠都江左。上帝降監，若致命於天王；舊革鼎基，因造化之盪滌。

既而江湘來同，直魯未克；鳳祥鎩羽於連鎮，開芳水淹於馮官。無何，蕭牆患亟，自悔隳於長城（楊韋內訌）；鴉漵師崩，豈意臨乎絕地（石達開全軍覆滅於西康老鴉漵）？丹陽一旅，莫解重圍；甜露養生，國乃中斬（天京垂陷，衆不得食，天王頒詔：'闔城食甜露，可以養生'。甜露者，植物類也）。始則燎原之勢，終則滔天之劫。譬晨風之鬱北林，魚龍之趣藪澤；而千里爲墟，九州離析，近古之變，未有如斯之甚者也。迹其傾覆之故，不越二端：曰有兵而無民，曰有政而無教。師旅之制，雖託始於周官；總制征誅，乃悉操諸藩屬。取民之貨，謂全歸於天朝；毒民爲兵，固無憂於蓄衆。加以刑罰慘酷，疇不率從？觀夫五馬磔體，慨峻法之復行；燃腹爲燈，知人心之難服。此有兵無民之過也。天條之欵，擬於十誡；佈道之盛，亦逾萬人。聖書是尚，毋蔑上主之尊；咸秩無文，共赴天堂之路。訧爹訧哥，既充斥乎八股；孔子孟子，早痛哭於九原。但證福音，無須問學。倡還魂之說，難以牖民；詔下凡之書，何神名教？是以民不見德，惟亂是聞；士皆裂冠，相携以去。人之未亡，邦國先瘁。此有政無教之失也……"——對太平天國失敗之根本原因和歷史教訓，作了極爲深刻和鞭辟入裏之分析，而行文之沉雄兀拔，益令人低迴感慨不已。

先生文章的另一特點是婉約蘊藉，而且筆端常帶感情，字裏行間，讀之令人爲之動容。如《敦煌舞譜研究序》云："敦煌舞譜向者僅知有巴黎所藏殘卷之六譜，劉復及神田喜一郎爲之流佈；嗣余在倫敦，獲見新譜，初爲刊於《琵琶譜讀記》，故友趙尊嶽先生見而悅之，奮筆撰殘帙探微，以鼓點節拍，推論唐舞；凡所軫發，大小可六十事，可謂詳矣。扶桑雅樂，其儀態舉止，尚有可考；宮廷樂師，榘範猶在。林謙三先生嘗略發其端緒，余亦取掌中要錄所記舞姿，以相比方；於譜字粗爲斠釋，學非專門，所得至淺。水原渭江教授承樂家之傳，工吹篳篥，素暱於余，年前於港大，余亦忝爲考官；獨留心於舞譜，疊有解讀之作，鍥而不捨，易稿至再至三。邇者相見於香江，告余全書累若干萬言，即將問世；騎譯爭先，行見不脛而走，屬爲序其端。憶六四年之秋在京都初識渭江尊人琴窗先生，剪燭談詞於燃林房；復以君得見謙三先生，相與上下其論，有詩投贈。君方盛年，意氣醺嬉，導余至江戶皇居宮內廳，應安倍樂長之約，聆奏左右雅樂，余譜《蘭陵王》以貽君。歲月不居，忽忽二十年，君已鬢髮蒼蒼，好古不輟，而琴窗、謙三先後下世，余亦年將七十矣，眷念疇日，能不愴悢！而故人叔雍，墓有宿草，不能見君書之有成，爲之揚榷得失。昔歐陽子慨嘆一世以盡心於文字間者爲可悲，然爲之矻矻，又安知其不爲樂也。余既嘉君文思之日進，如水湧而山出，於其東歸，喜而爲之序。"——如此情感真摯的抒情之作，言有盡而意無窮，殊堪回味再三。尤其文末反歐陽修之意，以終生窮究學問爲樂，其奮發向上之樂觀精神，讀之令人鼓舞。

先生精通樂律，故其文音韻鏗鏘；且善於在論說之間，營造意境，雋語妙句，頓使全文生色。如其《王漁洋神韻說探討序》中云："詩有夷險二途，而仁智以判，夷者樂水，而險者樂山。尚夷者如李如白，好險者如杜如韓，無不資山川之助。夫其窺情於景象之中，鑽貌夫草木之上，詩之物色存焉，此詩之形文也。……漁洋之於詩，範水模山，已盡物色之能事，而於聲調之淵微，纖意曲變，如調鐘呂於唇吻，殆有意踵武易安者。……余論詩之見屢變，於漁洋詩說解悟亦屢有不同。自有巴蜀之行，南至維揚，遍歷漁洋之所經，恍然於其納聲情於宮商，寄滋髓於神韻，仁智雙收，化險爲夷，故能獨絕千古。修齡有見於唐而無見於宋，秋谷知詩中有我而不知詩中之無我，比如辟支獨覺，何足以損漁洋之圓融無礙也哉！余遇濟南，其地幽泉汩汩，到處泠然清響；訪易安遺迹於柳絮泉下，垂揚拂地，風華獨遠，了然於神韻之旨，於是求之，庶幾不遠。益知山川薦靈，其有助於詩者無乎不在，在人能悟入否耳。"——此文既論詩之要旨，而意境清新，韻味雋永，令人百讀不厭。

先生的許多文學作品還表達了他對祖國錦綉河山的無限熱愛和對古聖先賢深摯傾慕之情。一九六五年，《潮州志匯編》殺青之日，先生不禁大興家國之思，在該書序文的末尾，他這樣寫道：“久去鄉關，累十餘稔，山川喬木，望之暢然……”——表示對家鄉山水和一草一木深沉的懷念。其實，先生早有遨遊祖國名山，參觀和考察各地出土文物之宏願，惟南來香江後，數十年來因忙於上庠教務，或應邀赴外國講學及從事學術研究，故一直未能實現。一九七八年九月，先生雖然在香港中文大學中文系主任任上退休，但法國東方學院旋即來聘，盛情難卻，先生遂西飛巴黎赴該院主講中國古代宗教史。一九七九年，先生返香港。不久應中山大學之邀赴廣州參加全國古文字學會議。會後先生取道湖南，考研馬王堆出土文物。而荆楚之地，於戰國秦漢之際，獨多悲愴古今之事及高風亮節之士。故先生此次至湖南，有一夙願必欲償者，即赴汨羅弔屈子也。因先生治楚辭有年，對屈大夫《離騷》諸作尤爲心折；且仰其正氣高舉、清忠愛國之情操，此行遂有《汨羅弔屈子文》之作：

> 去君之恒幹，以就無垠兮，躡彭咸於激流。格荼蘪以清商兮，叩巫咸乎久湫。餘此心之不朽兮，與元氣而爲侔。互千載猶號屈潭兮，莫怨浩盪之靈修。拜忠潔之廟祀兮，共昭靈爲列侯。豈大夫死亦爲水神兮，與湖水共悠悠。惟公之魂無不在兮，何必求乎故宇。覓天地之正氣兮，惟夫子之高舉。采白菅以爲蓆兮，薦稌米以爲糈。雲靄靄而比飂兮，霡冥冥其兼雨。雖遺迹之非昔兮，企前賢以踵武。欷騷臺之悲風兮，鎮徘徊而不能去。

據考證，屈潭並非大夫懷沙自沉之處，但先生“惟有省以端操兮，求正氣之所由”。⑦大夫正氣所披，則英靈無所不在，故先生憑弔如儀；而風雨悽愴，益增肅穆悲壯之氣氛。先生不爲風雨所阻，向慕之誠如是，若屈子有靈，知二千餘年後有饒子來拜，九泉之下，足堪慰矣。

賈誼亦是先生所傾佩的與荊楚有關的歷史人物，世稱賈生，漢洛陽人。以年少能通諸家書，漢文帝召爲博士，遷太中大夫。誼改正朔，易服色，制法度，興禮樂，對漢朝政制之建立卓有建樹。又數上疏陳政事，言時弊，爲大臣所忌，出爲長沙王太傅，故司馬遷有"賈誼屈於長沙"之句。先生在馬王堆墓中發現墓主軑侯國國君殁時爲漢文帝十二年，而賈誼謫長沙則在漢文二年，相去不外十載，故認爲"軑侯國正當長沙王轄境，墓中所出故書雅記，殆生當日所常見者也。三號墓文書視汲冢簡篇尤富，侯國尚爾，王室宜有以過之。"⑧先生因以推知荊楚文化，至漢初"瓌瑋璀燦"之象，必不止馬王堆墓之所見。其《長沙弔賈生文》云：

"後於生二千祀兮，忽逍遙而浮湘。竊慕生之崇德兮，鵬何得而爲殃。道若川谷之無正兮，奚繫乎年壽之短長。寶物森其瑋煌兮，雖久歷乎兵革。……生言秦之亟絕兮，繇設教之不臧。賴保傅之先諭兮，知輔拂之必用賢良。有教則化而易成兮，此至義互古今而不可易……"——此文疏桐高館主人陳槃先生譽之："如弔黃祖，蕭瑟江關，情文肫摯，信爲可傳之作，"⑨確爲的評。

先生此次湘中之行，令其大爲感奮，益增其暢遊故國山河之決心。過去數十年，先生足迹遍天下，東詣扶桑，西遊天竺，南適星馬，而歐美諸國之名都大邑，亦均留有先生之履痕。故晚歲遍遊神州大地，飽覽自己國家的山川勝迹，便成爲他最大的願望。一九八〇年秋，先生終於有機會償還多年之夙願。是年九月廿八日，先生應邀赴成都參加全國古文字學研討會，而十月下旬又須應邀赴武昌參加全國語言學會議，遂決定中間不返港。此行歷時三個月，足迹遍及十四省市，參觀過三十三個博物館。東遊江浙，西出玉門，馳騁中原大地，穿梭於南、北、西諸京之間；五嶽登其四，兩番遊三峽，長江、黃河流域的名城勝迹，均留下先生的脚印。江山名士，相得益彰；逸興遄飛，史留佳話。

選堂先生此次的三月壯遊，雖然風塵僕僕，但夙願得償，豈不快哉！然而，誠如上述，先生之遊，並非單純的旅遊，而是帶有學術研究的目的，從他此行的路綫和參觀項目來看，就可窺見與其學術研究的範疇有着密切的關係。一九八○年九月二十八日先生在成都開完會後，即乘飛機赴蘭州，當日即參觀了甘肅省博物館、黃河大橋和北塔山。嗣復轉車至千佛洞，參觀石窟藝術及寫經，旋即赴縣城參觀敦煌縣博物館，——毫無疑問，先生出川後選擇的第一個目的地，就是他學術上貢獻至鉅的敦煌學的發源地，那是他朝思暮想的地方。及後，十月六至八日，先生赴西安，——這個中華民族文化的搖籃，是他此行參觀考察的重點之一。繼則入河南，遍遊洛陽、鄭州、登封、密縣、開封和安陽——後者是殷墟甲骨出土之地，先生不可不到。

及後，先生遂於一九八○年十月十八日抵鄂。參觀湖北省博物館時，承該館舒之梅君出示一九六五年冬在湖北江陵望山戰國墓中出土的越王劍，劍上鏤有"越王鳩淺自作用鐱"字樣，先生指出"鳩淺即勾踐"。復見該劍"綴以綠松之石，飾以琉璃之珠，曠代奇寶，光艷奪目"，於是先生爲之銘曰："楚東取越，由於懷王；俘其重器，綿歷江湘。沼没火散，星沉匣亡；一旦發塚，遍地生光。鋒曾嚐膽，刃早吐芒……。"——對越王劍何以會在楚地出土，作了剴切的考證，而以詩文述考古之學，確亦別開生面。

先生既蒞武昌，漢陽乃亦爲必至之地。是日，當夕陽西下，薄暮溟溟之際，先生登漢陽琴台，但見荒草萋萋，豐碑宛在，此乃傳說中鍾子期聽俞伯牙鼓琴之處。鍾子期原爲楚人，先生從湖北枝江出土編鐘銘云："秦王卑命，爲竟重。王之定，救秦戎"及《魏世家》"秦昭王問左右，中旗憑琴以對"，而推論鍾子期入秦乃在昭王之世。又從"楚泠人有鍾儀，樂尹有鍾建，……何其巧合"，因而推論"鍾即周官之鍾師，以職爲氏，猶瞽瞍之瞽爲掌樂者耳"。其稽古之通博，處處可見。且先生擅操琴，所藏宋代萬壑松古琴一具，曩歲暇時，常彈"搔首問天"等古曲，以發思古之幽情。如今登琴台，觀碑碣，想起高山流水舊事，頓發無涯之感慨，因作《琴台銘》云："誰斲雅琴？天下至悲；出塞龍翔，在陰鶴飛。或操或暢，繁促高徵；涓子叙心，壺林息機。……蕪階昔徑，餘響依希。滔滔江漢，二子安歸？賞心縱遙，終古無違"——弔古傷今，感慨繫之。先生之心可與古人通欸曲。他是知音者，亦是性情中人。

十月二十一至二十三日，先生在武昌參加全國語言學會議之後，翌日隨即下江陵，參觀古來征戰地的荆州，繼而在江陵乘桴西上暢遊三峽，二夜三日才至奉節縣登白帝城，這是逆水行舟之故。此時先生遊興大發，要一試"朝發白帝，暮至江陵"的味道，於是在十月二十八日從宜昌買舟東下，此次真的如李白詩所云："朝辭白帝彩雲間，千里江陵一日還"，同日即抵武昌。嗣復北上兩遊京華，遍覽首都文物。尋即入山東，登泰山，遊岱廟；復趨曲阜謁孔廟。一路東來，過江蘇，進金陵，足迹幾遍六朝故都形勝地（先生此次三月壯遊，所覽勝迹甚多，此處不能盡舉，吾將在先生年譜中詳述之）。過常熟遊虞山，此處有晚明柳如是埋骨處，先生對這位才情出眾的女士的悲慘結局寄予極大的同情，故有《常熟弔柳蘼蕪文》之作，寫得情動五中，真摯感人：

惟冬初之淒厲兮，忽臨睨乎吳中。陟虞山之漸漸兮，俯尚湖之渢渢。撫東澗之壤碣兮，鄰拂水之閟宮。疇信三尺之朽壤兮，埋四海之文宗。……方南都之棄守兮，初勸死有河東。……追河山之失計兮，徒慕海上之長風。……竟一死以殉之兮，有重於泰山之崇。凜驚風之隕蘀兮，信芳草之萋英雄。訴吾慎蕙而獻弔兮，泣斜日於寒蟲。……

四百餘頁的《固庵文錄》，佳章傑構，比比皆是，不能盡舉。先生能文之名，早著於時，少作已具大家氣象；中歲所撰，振奇拔俗，日見弘博；晚章尤見老辣，爐火純青，已臻化境。而各體皆備，駢散俱佳，對中國舊體詩文之精湛造詣與豐碩的創作成果，令士林深爲嘆服。

中國著名的古典文學專家、八十多歲的蘇州大學教授錢仲聯在《固庵文錄》序中，綜述國學源流，評論諸家集部，觀文學之盛衰，論各家之短長，言之成理，持之有故，可謂無一言不中肯綮者。《序》中云：“選堂先生之文，既有觀堂（按：即王國維）、寒柳（按：即陳寅恪）融貫歐亞之長，而其精通梵文，親履天竺以深究佛學，則非二家之所能及。至於文章爾雅，二家更將斂手。斯錄也，都儷體篇、散體篇於一帙，其爲賦十三篇，皆不作鮑照以下語，無論唐人。其餘頌、贊、銘、序、雜文、譯文，皆能以古茂之筆，抒新紀之思。……至其散禮，……沉沉夥頤，新解瀾翻，兼學術文美文之長，通中華古學與四裔新學之郵。返觀觀堂、寒柳以上諸家，譬如積薪，後來居上。”錢《序》對宗頤先生古典文學的創作成果，給予極高的評價，認爲《固庵文錄》“將爲當代學苑懸此鵠的，並爲集部樹中天之幟。”序中將近世幾位國學大師沈曾植、王國維、陳寅恪等進行比較，評論得失，認爲宗頤先生既兼各家之長，而戞戞獨造，某些領域且爲以上諸家所莫能企及，故許爲“後來居上”，也是實事求是之論斷。

中國的文學源流，從詩經、楚辭、漢賦以降，自魏晉南北朝至清末，除了各個時代自具特色的文學樣式外（如唐詩、宋詞、元曲、明清章回小説等），記叙、論説和抒情之文，都是以駢體與散體的形式交替或並行出現的，這些文章，統稱爲“文言文”；其中許多優秀的作品，可説是集中國二千餘年傳統古典文學的精華。本世紀初，我國社會發生了一場重大的政治、思想和文化變革，提出“打倒孔家店”，倡行“白話文”運動，這是我們的知識界前輩爲了急於拯救國族於水深火熱之中而採取的一系列反封建的激烈行動，這在當時無疑是可以理解而且具有進步的意義。但是，矯枉過正，廢棄孔子思想和古典文學，亦等如割斷中國的傳統思想文化。那個時期的中國社會，確實出現過一陣思想文化的真空，其現狀可以用魯迅“徬徨”二字概括之。青年欲救國，惟有師法西洋、東洋或蘇俄。在特定的歷史情況下，結果選擇了蘇俄，並全盤接受其正在實驗的一整套政治哲學、社會制度、思想文化以至於全部的價值觀念。至於白話文運動，固然是新時代的產物，在中國文學史上有其劃時代的意義，而且亦出現不少優秀的文學作品（包括散文、新詩、小說等）。但是，近半個世紀來，過份強調通俗淺白、薄古厚今，鼓吹破四舊，製造十年文化浩劫，人爲地滅絕中國傳統的思想文化。能文之士，摧殘殆盡；嗜古之徒，噤若寒蟬。知識精英，被視作牛鬼蛇神；目不識丁者，粉墨登場。人慾橫流，斯文掃地，這真是中華民族的大不幸！將來之中國文學史，一定會將過去那一段時期，稱爲歷史上最黑暗的年代之一。直到今天，其負面的影響，還未完全消除。這是歷史事實，也是文學史的客觀現象。

在這種情況下，《固庵文錄》直承國學之源流，在一片誅古滅裂之聲中，爲我國優秀的傳統文學作賡續，文質並茂，風華獨遠，在近世而論，幾成絕響。我們肯定饒宗頤先生的古典文學成就，並不是單純的提倡復古，而是因爲其創作乃中國文學之精華，充滿着民族文化的精神，這正是我們須加以弘揚的要旨所在。

一九九二年十一月廿八日

注：

① 鄭逸梅《南社叢談》六一三頁。

② 諸賦皆載《固庵文錄》。

③ 薛理茂《懷祖敬宗故鄉情》。

④⑤ 饒宗頤《廷鞠實錄序》，載《固庵文錄》。

⑥ 《固庵文錄》後序。

⑦ 饒宗頤《汨羅弔屈子文》注五引遠遊語。

⑧ 饒宗頤《長沙弔賈生文》。

⑨ 陳槳《固庵文錄》書後。

藝術創作

《選堂書畫集》序

戴密微

　　香港中文大學藝術系，將於明年一月爲饒宗頤教授主辦書畫個展於大會堂，並印行書畫集。承饒君以作品目錄見示，屬爲弁言。余與君相知最深，遠隔海外，恨不能躬預其盛，烏可無一辭以贊其事。

　　君精研六法，邃於小學，以書入畫，故能戛戛獨造。觀其所臚列，自殷墟甲骨以降，歷代名迹，多所規摹，尤留心新發現之文字資料。君治楚繒書有聲於時。而推陳出新，既能發揚過去書法藝術之卓越楷式，更含英咀華，溶合爲個人之獨特創造，其成就之高，有足多者。

　　吾人復得於其展品之題目，藉知君於繪畫史浸淫功深。尤令余驚嘆者，畫卷中乃有《莫高上駟》，《沙州畫樣》諸製，取資於巴黎國家圖書館所藏向未發表之敦煌畫品。君研究敦煌畫稿，甫完成一巨著，即將由法國遠東學院出版。此一有七十餘年歷史之古老學術機構，年前君旅法京，幸獲短期之合作，其時君正爲該院之院士也。畫展目中又有緬甸蒲甘寫生册，蓋君於一九六三年應印度班達伽研究所之邀，旅居蒲那，其地爲天竺古梵文研究之中心；蒲甘則君歸途所經，故以入畫。君好遊，足迹遍宇内，探奇搜秘，一於詩與畫發之。嘗一度應耶魯大學聘。數蒞法國，屢獲晤對之樂。年前余款君於瑞士山中舊廬，忽忽已十餘寒暑。今者草此數行以進，忘其固陋，遙想君書畫展出之頃，山水與題句交輝，法書則衆體競美，艷羨曷極！猶記曩者與君同攀陟阿爾卑斯山之巔，君有黑湖諸作，余以法語迻譯之，於一九六八年印行。中國文學中，山水詩旁通於繪畫，優美絕倫，得君之作品而益信。

君兼擅衆藝，能操縵，藏名琴數張，於詞史復究極玄奧，得心應手。誦君之詩詞者，繾綣於懷，孰能忘之。君於藝術領域，處處顯露其過人之天分，而博聞强記，徵文考獻，孜孜不懈，著作等身，人但推服君之學，而未知君於藝事其精詣有如斯也。君記誦浩博，古典史事，爛熟於胸，釋疑解惑，誨人不倦，不啻爲一活類書。或疑君好古之篤，不無偏嗜，余曰不然，器度深宏，澄之不清而挹之不竭，至德可師，孰如君者！而虛懷若谷，樂與古舊歐陸老耄如余者親暱。余交君多年，每與之言，言皆玄遠。吾親善之友乎！祝君展覽之成功，尤願有機緣參觀君之書畫較余爲幸者，接君風采，得知君在最富人情之文明社會中，乃一最堪作楷模之人物。

一九七七年九月二十四日，法蘭西學院院士法蘭西研究院名譽教授戴密微（Paul Demiéville）序於瑞士山莊（Mont‐la‐Ville），時年八十四。

《選堂書畫集》序

河野秋邨

　　一九七四年訪問香港的時候，饒選堂先生的博學與詩才予我
極其深刻的印象。我讀他的畫，最先感受到的正是這種沁人心脾
的書卷氣。從前富岡鐵齋翁每次作畫之前，據說總是先走進書齋
隨便抽出幾本自己收藏的中國古書，玩讀以後方才開始動筆，在
某一方面的意思來說，好像有點董文敏不太接近大自然的味道。
因此鐵齋翁的作品，據我個人的主觀看法，約有八成左右都是中
國古典的插畫。從古書取得靈感這一點來說，饒先生好像有點類
似鐵齋翁；其實不然，鐵齋翁依據某家的注釋寫出某段古典的插
畫，饒先生則是對於中國古典本已操縱自如，再配合上個人的深
邃理會，鎔鑄為自己的境界，而達到石濤所說的“自有我在”，
所以鐵齋翁只是大量地製作解説式的插畫，饒先生則是從而步入
創作的坦坦大道。河野秋邨。時年八十八。

（林洛甫譯）

《選堂書畫集》序

鄭德坤

　　饒教授選堂與我訂交幾十年，他是一位博通古今的學人，著作等身。一九五二年間，我們同寓香江，過從甚密。某日他到寒舍，適逢內子正在習畫，因說及他幼年亦對畫藝下過工夫，於是乘興揮毫，也寫一幅。這畫我在離開英倫前，曾再翻讀一過，氣韻灑落，堪稱佳作。二十多年來，饒教授相繼在港大、星大、耶大及中大任教，課餘仍不斷致力於書畫兩方面的創作，技藝自是與日俱進。

　　一九七八年一月，香港中文大學藝術系爲其主辦書畫展覽，共展出書法九十件，繪畫六十件，皆有個性兼且極精練的作品。

　　他的書法自殷墟卜辭至明末高賢各種書體，隨意寫來，神韻超逸，用筆渾厚華滋，自具面目，可見本根既立，則無往而不利。其行、草書長卷，數十尺咄嗟立就；以風格論，則融合黃山谷與米襄陽爲一爐。金文筆法，亦具特色，以隸入篆，以方爲圓，不拘形迹，而古意渾穆。九尺立軸楹聯，氣魄雄偉，有非清代諸家所能者。

　　選堂兄之畫，以山水見稱，筆墨淡遠，巨構小幀，都別出機杼，格在雲林大癡之間。細筆作品，則質中有腴，守法而不爲法所囿。至於人物畫作，摹寫敦煌畫稿，白描樸拙沉厚，而九歌圖一卷，韶秀天成，點拂之間，神態自足，可謂各擅勝場。

　　本册所收之三十六件書畫作品，爲展覽作品之一部分，細加觀賞，自能體會饒教授在藝術上的成就。

　　一九七七年十一月廿四日鄭德坤序於香港中文大學鄭家村。

率性隨心，元氣淋漓

何懷碩

近代中國學術或文藝有大成就，而其名號曰"堂"者，有觀堂、雪堂、鼎堂、槐堂、彥堂、語堂等。諸堂多爲書契金石文字與歷史考古大家；槐堂爲書畫家，語堂爲文章家。而集諸堂於一堂，於文字、考古、歷史、文學、書法、繪畫諸項，學藝兼美者，是爲選堂。

選堂是饒宗頤先生的號。先生字固庵，一九一七年生於廣東潮安。選堂先生學術上的成就，早已蜚聲中外，盛譽卓著，勿庸贅言。而選堂先生在書畫藝術上之造詣，遂常爲其學術光華所掩蓋。在他早年《偶作示諸生》詩中有云："萬古不磨意，中流自在心。天風吹海雨，欲鼓伯牙琴。"藝術家在不相見的"古人"與"來者"的孤懷獨抱中，那一份自負與寂寞遂藉着寥寥二十個字透露出來。

香港中文大學是選堂先生的知音。也許爲了特別表彰選堂先生在書畫上的造詣，由大學出版社印行饒宗頤教授書畫集。我忽然接到選堂先生函命爲書畫集作序，惶恐與榮感交集胸中，久久不敢推卻，又無從下筆。讀先生詩詞集中《七月六日向夕與諸生泛海至清水灣舟上雜詩》，句曰："孤嶼煙中浮，佛頭糞可着。終古侶魚蝦，何曾問猿鶴。"得到默示，遂斗膽妄言。

中國繪畫自宋元以降，漸漸進入了文人畫的高潮。此固然自唐到宋，中國繪畫已達到成熟之高峯，士大夫畫家之反抗院畫重形似與遵格法的束縛，以抒發性靈，表現自我人格爲主要目的，造成文人畫的勃興。但是，如果沒有中國自先秦以來主客觀統一、形神兼備的繪畫哲學爲先導，斷不能有文人畫出現。這一條藝術思想的主綫，正是中國繪畫哲學的神髓所在。

從《韓非子》揭櫫了"形"的概念，到陸機"存形莫善於畫"，再到《淮南子》提出"形、氣、神"三者的關聯，東晉顧愷之更發展爲"以形寫神"與"遷想妙得"的思想。南齊謝赫更進一步，認爲神韻不盡因"精微謹細"的逼真（形似）而可得，"雖不該備形似，頗得壯氣"；"雖略於形色，頗得神氣"。繼承南北朝的遺緒，唐代大詩人杜甫用"骨"與"氣"來充實"神"的內容。白居易在《畫竹歌》中總結形、神合一，而提出了"意"。認爲"意"是"得天之和，心之術，積爲行，發爲藝"。這"意"字即是客觀物象在藝術家主觀精神中淘融合一之後的藝術意象。張彥遠將氣韻、神、骨氣等，歸納爲"自然"，認爲"自然者爲上品之上"，"骨氣形似，皆本於立意"。即說明神韻與形體，皆兼備於主客觀統一之"意氣"中。

沈括認爲傳神可以通過"合理"或"造理"來達到，目的是要"迴得天機"。他說"書畫之妙，當以神會，難以形器求也"。蘇東坡與米芾都重常理、意氣、天真、生意，可說把"神"擴充到更大範疇。從此，理、趣、氣、韻、逸氣、風神、性情、得意……等，成爲文人畫家追求的最高鵠的。

選堂先生的畫，正是繼承這個偉大傳統的典範。不過，以一個有高度成就的學者與詩家的涵養來從事繪畫，若以明朝文徵明所謂"作家"與"士氣"，何良俊所謂"利家"與"行家"論之，選堂先生的畫自然大半爲"士氣"與"利家"。其畫重神韻，表現自我生命，寄託高遠之懷抱，遊心天地之間。手揮五弦，目送飛鴻，游筆戲墨，而不減對宇宙人生盡精致廣之嚴肅；慘澹經營，嘔心瀝血，出之以優容隨興，舉重若輕之揮灑，而未泯其天趣忘機之童心。若以爲嚴肅則不能遊戲；文人戲墨則不能表現自我生命，實難以體會選堂先生繪畫的旨趣。

選堂先生的書畫，清狂跌宕不可一世，溫文雅逸莫之與京。在當代，只有溥儒有此濃馥的書卷氣。但溥畫失之枯硬瘠薄，其筆法過多“作家”氣。選堂先生筆墨豐潤華滋，行筆自由放任；若無繩墨，卻自有法度。

書卷氣不是“行家”所能有，全由學問涵養而來。淵博的學識與高曠的詩懷，使選堂先生書畫的造詣非尋常畫人所能相提並論。其境趣不論是空靈雅淡，或奇峭野逸，或老辣拙澀，皆第一等品味。就筆墨技法言，選堂先生行筆可謂真正到了恣肆縱橫、從容自得的境界。其綫條不僅寫狀物象精神，亦不僅合乎中國書畫用筆含蓄內斂之道，更重要的是能體現由作者自我性情學養而有的神韻與趣味；在輕重疾徐，抑揚轉折之間，表現了一種形而上的玄奧之美。這種精神性的筆墨，不可方物，也難以言詮，而饒有餘味，這正是選堂先生最不可企及的成就。在筆法之外，選堂先生的墨法與水法也別有天地。墨色變化多端，不僅五色具而已，主要便在水的運用。元氣淋漓，氤氳滋潤，全靠水法。游筆戲墨，皆藉水之運用，而有濃淡盈枯之變化，目的在抉發宇宙生命之情致，立萬象於胸中，傳千祀於毫翰。萬象與千祀者，宇宙也。如果筆法所作成的綫條是時間，墨象所表現爲空間，則水的運用乃生命之氣息。所謂形而上玄奧之美者，乃由時空與生命之體悟而形諸筆墨者也。

選堂先生畫不拘一格，不論擬古、寫生與即興創作，皆率性隨心，無斧鑿痕，也即“自然”。中國文人畫家所追求的最高境界，才情、學養、閱歷與功力，缺一不可。余於選堂先生的修養與成就，深心景佩，謹以此小文表達拳拳之意，不敢以爲知言。

何懷碩於澀園

（載《饒宗頤書畫集》；香港中文大學一九八九年出版。）

饒宗頤教授的詩書畫藝術

謝文勇

　　饒宗頤教授嚴謹治學，勤奮不懈，數十年來於文學、史學、經學、考古學等各方面的成就極高，在國內外享有盛名，近年來尤以詩書畫藝術創作爲有識之士所共讚賞。這並不是偶然興致，或文人筆墨遊戲，而是教授的氣質與胸襟的展示，也是他一生藝術生命的光輝。原來教授自小愛好藝術，七、八歲時便開始習畫，經過十多年的基礎訓練，於山水、人物、花卉畫等方面都打下了穩固的根基。此後教授致力於文史等學科的研究和教學，但沒有間斷過從事藝術創作的活動，特別是五十年代末期以來，他更是不離畫筆，把相當一部分精力認真地投注於詩書畫創作的藝術天地。

　　饒教授的繪畫藝術具有文人畫緣情言志的特質；以情感蕩心靈，以情自我溶鑄，以其主觀情志於詩、書、畫的創作實踐。故其作品有強烈的個性，具有清新、明快、高朗的氣格。是他人品胸次、藝術修養的融匯和結晶，也是他才情的表露。如本畫集所刊登的《黃海虬松》便可一目了然。畫面正中當眼處是筆直的黃山峭壁和橫出的勁松，下紙是通向山上的石徑，用筆着墨於松石，但不渾厚濃重，而山脚石徑則以花青揮寫，綫條簡練概括，一種爽朗、明潔的氣質和光明高大的氣概，自然隱映於毫端，給人有清勁挺拔的意趣，和幽美雅秀的感受。北宋郭若虛在《圖畫見聞志》云：“人品既已高矣，氣韻不得不高；氣韻既已高矣，生動不得不至，所謂神之又神而能精焉。”《黃海虬松》之所以給人有深刻的感受，除了顯示教授於繪畫創作有較高的技巧外，特別是洋溢着教授襟度灑落、爽朗高潔的品格。

教授幾十年如一日的學者生活，使他長期以來受着傳統文化的薰陶；不斷從書本上和古人的優良作品中吸取營養，自然胸次開廓，情思淨化。這個潛移默化的過程，使他的詩書畫藝術有着深厚的內蘊，具有拔俗就雅的意識和內在的情意。另一方面教授足迹遍遊亞洲各國，而且講學旅行於歐美各洲，這不但使他有機會從各個博物館等公私收藏的寶庫中，細讀天下名畫，也得以開拓胸襟，擴展眼界，面向自然，收集素材，陶冶性靈，培養情思。董其昌於《畫旨》稱：“讀萬卷書，行萬里路。”讀書和繪畫相結合，成爲繪畫創作的素養，是我國文人畫的特質，在書本知識浸潤下可培養作者審美意識與審美情趣，而遊歷卻可激發畫家的創作情思，可借此師法自然，加深生活體驗，並可於山川靈秀的感受中昇華爲創作激情。《敦煌石窟》長卷便是教授於公元一九八〇年遊歷敦煌回來後，於一九八六年創作的。長卷真切地表現了位於我國甘肅省鳴沙山與三危山坡地的莫高窟景色。敦煌是西北沙漠中的一個綠洲，雖然自古以來都是人口稀疏，但在歷史上、地理上卻是我國進出西域的道口，是歷代文化交流與佛教繁榮興盛的重地；那裏的山，不是堅硬結實的岩石，便是精微的細沙，草木不生，景色別具一格。長卷不但真切而簡括地描繪了敦煌的實地景象，而且也反映着這處佛教勝地清淨空曠的禪機。教授平素對佛學極有研究，此畫可說是教授讀萬卷書和行萬里路相融淨化而激發的成果。教授每到一處講學遊歷，必有他的寫生之作，這些作品可說是文人學者的性靈和情思的激發，不但反映了教授的淵博學識，胸中有道義，也是他鍾山川之秀，而復發其秀於山川。既有個性的表露，又不停留於簡單再現自然的摹寫，顯得可貴。

　　饒教授以一個篤實的文人學者而於藝術創作中之所以有這麼多精妙的作品，這應該歸結於他的藝術生活中有一股凌駕一切的激情在衝動，並昇華爲人感於物，發乎情，物我兩忘的創作情思。這種情思不但表現在詩畫結合上，同時也表現在書畫的結合。這兩種結合，歸根到底也就是他詩書畫緣情本質上的結合。教授把詩的情意溶鑄於畫境，使空靈幽美的詩情託付在具體可見的繪畫形象，又把這種情意，以綫條韻律節奏的感情，而表現在書法和繪畫造型的筆墨，使詩、書、畫各有特點，各顯其長，又共爲協調而相通，在畫面上形成完整渾然一體的藝術境界。如《四時山水：秋》一畫便是確切的畫例。詩書畫有機地構成了畫面的情境，表現了作者心靈真實的完整性，水墨淋漓，以墨帶色，一氣呵成，大有勢不可遏之概。詩情畫意，畫中有書，書中有畫，恣情揮灑，心造虛境，神理湊合，畫面是一幅多麼完整的機體。

　　在筆墨技法上，教授當然有一個捫索古人傳統技法的歷程，對他影響較深的有元代的黃公望、倪雲林，明代的徐渭和清初的張風、朱耷、弘仁、石濤、石溪、查士標。早年山水畫多仿黃公望、倪雲林風貌，中年後則喜張風和弘仁的用筆。經過了對各家的勤學苦練，晚年則形成了他“以寫帶畫，見筆見墨，落墨連色，色墨相融”的風格。雖用色淡薄而骨氣獨具，有時則以單純的花青，或赭石，連接墨綫，顯得簡潔光采。《塞上風雲册》以拙樸的綫條勾畫物象形體，而施以淡墨或花青、赭石，平淡中格外天真自然；《白山册》則爲教授旅遊瑞士白山黑湖心記追寫之作。教授的山水畫以心造境，意自理生，達到神化境界。花鳥畫方面則受徐渭、八大山人、石濤、齊白石等名家的影響較多。如虛靜恬淡、筆墨簡潔的《睡鴨》和《蓮蓬小鳥》等畫，具有八大山人的神意。而《石榴》（一九八七）和《葡萄》墨氣淋漓，灑脫豪放，大有徐渭運墨見精神、落筆有生意的氣派。《荷花》筆墨蘊藉沉着，近似石濤的風貌。其他如《絲瓜》、《棕櫚》、《寒梅燈影》、《掛綠上市》等畫，色墨精練，形神共具，有齊白石的意態。人物畫方面極着力於敦煌白畫下工夫，中鋒行筆，挺勁剛健，神意沉靜，如《供養人》。又曾見其《布袋和尚》等畫，則顯然受到石恪、梁楷的影響，人物造型和行筆着墨，都有相近的地方。

饒教授於詩詞書法的造詣極高，夏書枚先生稱："選堂絕句，本甚精妙，時人多以詩格在半山、白石之間。余謂白石一代詞人，至小詩雖顧盼生姿，終嫌氣弱，選堂峭拔處，白石似不能及；半山詩多議論，雅健處選堂誠得之。"（見《選堂詩詞集》序）白石爲宋代姜夔，其詩風格高夐，詞也精深華妙，音節文采，冠絕一世。而半山則爲王安石，議論高奇，個性倔强。兩人格調，一偏雅秀，一偏勁健，教授中和，兼而有之，不弱不岐，當有其自得處。

教授的書法具有形體和動態的美感，而這種美感和他源於現實生活中的激情衝動，發而作詩繪畫一樣，有充沛的生活感情，所以他的各體書法都給人有自然美的感受，點畫的書寫，肥瘦適度，顯示出運動的力量和氣勢。由於教授對歷代各名書家有較深的研究，所以書體變化自然，"力屈萬夫，韻高千古"，令人反覆觀賞，情味無窮。

一個學識淵博、深邃的著名學者，同時又是一個詩、書、畫極爲出色的藝術家，饒宗頤教授是當之無愧的。限於畫册的篇幅，教授的佳作當然不止這些，但本畫集所刊作品，均經精心挑選，無不精美絕倫，極具特色。

（載《饒宗頤書畫集》；香港中文大學一九八九年出版。）

選堂先生 韓國書畫展覽을 周旋하면서

金膺顯

（東方研書會 會長）

東洋美術의 極致는 詩、書、畫의 融合으로 表現되어 왔으며 그 根本

精神은 天人合一에 있다。

일찌기 그렇지 못한 것은 美術로 存立되지 못하였기 때문에 上古로부터

이제껏 傳하여지는 모든 遺蹟이 自然의 道로 一貫되었고 또 藝術이 指向

하는 길을 열어 놓았다。

現存하는 作家로 우리는 香港居住 選堂 饒宗頤先生을 招待하여 韓國藝

苑에 介紹하는 것은 眞實된 東洋美術의 精髓를 펼쳐 겉으로만 보아오던

皮想을 벗고 참된 美 속에 들 수 있도록 함이다。

「文字香 書卷氣」는 書와 畫의 基本이 된다고 喝破한 秋史의 主張을 오

늘에 展開하고 있는 選堂教授의 作品에서 確認할 수 있다。

그뿐 아니라 書와 畫는 學問과 人品의 우러남이요、또 自然의 生動과 氣

質의 雄渾함이 一致되는 精神의 調和라는 것을 일깨워 주고 一切의 技巧

를 超越하고 있음을 보이고 있다。그리하여 이로써 眼目을 一新하게 할 것

을 믿어 同好는 勿論 뜻 있는 人士에게 좋은 機會를 提供하려 함이다。

（載一九八五年四月一日至七日利馬美術館 “選堂韓國書畫展覽” 場刊。）

「以書入畫」의 文人畫

陳 泰 夏
(明知大·教授)

饒宗頤 교수는 中國의 전통적인 詩·書·畵의 三絶大師로 칭송되고 있으나, 실은 中國學 중에서도 「敦煌學」의 세계적인 權威學者로 명성이 더 높다. 그래서 근래 日本 二玄社에서는 饒教授를 特輯하여, 프랑스 파리 국립도서관에 소장하고 있는 敦煌法書 四千餘卷을 연구 고증하므로써 全二十九冊의 「敦煌書法叢刊」을 발간하여 「敦煌學」 학도들에게 공헌한 바 지대하다.

饒教授는 一九一七年 廣東省 潮安縣에서 출생하여, 홍콩大學·싱가폴大學·美國 예일大學·프랑스 소르본느大學 등의 教授를 역임하고, 一九八二年에 홍콩大學에서 文學博士 學位를 받았으며, 현재는 홍콩 中文大學의 명예교수로 있다. 주요 저서로는 「敦煌曲」·「敦煌白畫」·「殷代人物通考」·「詞籍考」 등이 있다.

饒教授는 스스로 「書·畫同源」이라고 말했듯이, 그의 그림은 「以書入畫」, 곧 書法의 筆法으로써 직접 그림의 線을 造形함이 특징이라 할수 있다. 그의 筆法은 「以退爲進」의 수련을 강조하여 殷墟卜辭로부터 商銅鼎銘·楚繒書軸·漢馬王堆軑侯墓遺冊·吳書係權傳·漢簡 등을 臨摹가 아닌 臨寫를 함으로써 古隸의 초석위에 「方中有圓」 「圓中有方」의 雙關을 이루며, 蕭格이 淸逸하면서도 重厚를 겸비하는 자신의 새로운 경지를 타

개하였다.

饒教授가 홍콩은 물론, 台湾·中共·日本·星加坡 등에서 품격 높은 文人畫家로 평판을 받고 있는데는 畵家이기 이전에 學者로서, 詩人으로서, 書法家로서 깊은 경지에 들어 있을 뿐만 아니라, 무엇보다도 그의 고매한 人品이 화폭에 솟기 때문이다. 그의 화풍을 외면으로 보면, 倪雲林·石濤·八大山人의 영향이 크고, 書法은 黃山谷·米元章의 영향이 엿보이지만, 기실은 敦煌壁畵와 宋代畵의 적극적인 연구로 자신의 독자적인 창작세계를 이룩하고 있다. 饒教授의 서화는 소품에서 대작에 이르기까지 모두 外在的인「勢」와、潛在的인「力」과 貫注의「気」와、綜合体인「味」의 四要素를 갖추고 있으므로 不美의 美와 簡率中에 雄渾의 調和와 生動을 엿볼 수 있다.

한마디로 饒教授의 書畵는 필획마다 神韻이 표일하고、書卷氣 그윽한 文人畵의 典範이라 할수 있다.

이 땅에서는 진정한 文人畵가 이미 단절된지 오래된 터에, 詩·書·畵의 三絶을 갖춘 選堂先生의 精品들을 우리 나라에 처음 선보임은 늦은 감이 있으나、斯界에 관심있는 분들에게는 切磋의 좋은 기회가 되리라 믿는다.

(載一九八五年四月一日至七日利馬美術館 "選堂韓國書畫展覽" 場刊。)

饒宗頤教授的繪畫藝術

黃兆漢

　　自一九七八年以來，饒宗頤教授在亞洲各地，如香港、新加坡、日本、韓國、泰國等地舉行一連串書畫展覽，得到了極大的成功。其成功之處並不止在於有識之士讚嘆激賞，洛陽紙貴；而在乎能爲我們證明一件事：學術與藝術可以集於一身，一個著作等身的學者亦同時可以是個出色的藝術家！這在學術與藝術已漸趨脫離的今天，實在是極爲稀有的現象。

　　我們都知道饒教授是一位享有盛名的學者，無論在文學、史學、經學、考古學各方面都得到極高的成就，以這樣的一個篤實的學者去從事精妙的藝術創作，似乎是没有可能的事，就算可能，也不過是以藝術爲遊戲而已。但是，饒教授的情形絕不如是，他是以極其嚴肅的態度去進行藝術創作。對他來説，繪畫絕不是一般人以之作爲遊戲的文人畫；書法也絕不是止於作爲文章之衣冠或消遣之事。繪畫與書法，在饒教授來説，是自我生命的流露，換言之，他是以全部精神生命去創作的。在繪畫與書法這兩種藝術形式裏，我們都可以窺見饒教授的真生命。如果我們輕率地仍以遊戲之作視之，那就如入寶山空手回。甚至可以説對不起自己，也對不起爲藝術而獻出心血的藝術家。嚴肅的藝術作品是有權去要求嚴肅的觀賞態度。或者，我們可以這樣説，没有嚴肅的觀賞態度是不能欣賞——至少不能充分欣賞嚴肅的藝術創作。故此欣賞饒教授的藝術持有嚴肅的態度是必要的，亦是應該的。

　　饒教授自小就愛好藝術。這種愛好是來自他的生命與藝術心靈，也可以說，通過藝術，饒教授可以展露自己的生命。自從七，八歲開始，饒教授在六十多年來，時隱時現地通過藝術去發揮他自己的生命。當然，其中的過程是相當曲折的、艱苦的。

　　饒教授七、八歲的時候便開始習畫，最初是隨一位老師習人物畫，過了幾年，對人物畫有了相當的基本訓練後，便隨另外一位老師習山水畫，這時饒教授是十二歲。他接受山水畫訓練達五、六年。在這十餘年中，饒教授對人物畫和山水畫的技巧已有了相當認識，打好了穩固的根基，這是他後來在藝術的發展和成就上極為重要的憑藉。在這段學習時期中，饒教授深受清末任伯年的影響，尤其是在人物畫方面。可是任伯年的成就逐漸不能滿足他的要求，所以不久便轉向更早的古代各大家學習，企圖從他們所遺留下來的作品中得到足夠的營養。但是，由於多種原因，饒教授不能長期專心從事藝術，其中最大的原因是對學術研究產生了不可抗拒的熱愛，有一段很長的時期差不多給治學支配了全部精神，直到五十年代末期饒教授才認真的重執畫筆，嚴肅地投入藝術的行列。從五十年代末期到現在為止的二三十年中，饒教授在藝術方面的研究和創作是足以令人敬佩和讚嘆的。

　　在這段時期內，饒教授首先專意作山水畫，因為山水畫最便於表現個人的氣質與胸襟。他捫索古人的技法，希望從中吸取傳統的營養；另一方面則旅行讀畫。饒教授所師的古人甚多，而初期對他影響最深的莫過於元代的黃公望、倪雲林，南宋的馬遠和夏珪。黃、倪是南宗的宗匠，馬、夏是北宗的大師。饒教授在五、六十年代的山水畫風就是靠這四位大師撐起的。倪、黃在元四大家中尤為傑出，黃渾厚，倪幽淡，黃是壯美，倪是幽美，兩者的畫風迥然不同，但互相支配了明清兩代的畫壇。學習到了黃、倪的技法和深悟到他們的畫風則元明清以來的南宗的技法和氣韻就可以把握得到，這是所以饒教授力研黃、倪的原因。饒教授除了單獨運用黃法或倪法繪畫外，更往往揉合了兩家而一爐共冶，故在渾厚中見幽淡，又在幽淡中見渾厚。但饒教授並不滿足於黃、倪的鑽研，漸漸覺得他們的技法和技法所創造出來的意境都不能充分地表現自我，所以轉向北宗馬、夏學習，企圖以他們的奇雄蒼勁的筆墨去表現自己。這是饒教授在畫風上的一個轉變。馬、夏同是屬於"水墨蒼勁"一派的，都能表現出一種元氣淋漓、大氣磅礴的境象。

饒教授既深於黃、倪，又精於馬、夏，故當他信手揮灑之際，南宗北派的筆墨都能通過筆端而呈現於畫面，造成一種既南又北、南北混和的風格。它擺脫了南派的乾枯和摒棄了北派的縱橫，而擁有南派的渾厚華滋和北派的奇雄蒼勁。饒教授在六十年代末期曾臨摹夏珪的《溪山清遠圖》，在其《題跋》上說："神有偶儻，物我雙忘，何有南北宗之限橫梗胸中耶！"可見南北兩派在饒教授的畫裏是已渾然一體了。

饒教授雖深於黃、倪、馬、夏，但所學並不止於黃、倪、馬、夏。踏入七十年代，我們可以清楚地發覺饒教授山水畫技法更加多元化，或說得正確一點，更加多樣化，這顯示出饒教授正在轉向其他大師學習，爭取適當的技法。他上自宋代李唐、郭熙，下至清初四僧：石谿、石濤、八大、弘仁和張風等無所不學！創新是從傳統中產生出來的，饒教授經過數十年來的勤修苦練，已建立起自己的筆墨，而漸漸形成自己的獨特面目。

饒教授能夠"轉益多師"與他盡量利用旅行時間讀畫不無關係，他爲了要開拓藝術視野，每到一處講學或遊覽時必參觀當地的博物院和美術館，務要讀盡天下名畫。他不是一般人一樣只是走馬看花式地看畫，而是細心實在地逐幅去讀——像讀書一般的認真。所以在過往的二三十年中旅行世界各地的時候，他讀過難以計數的古人作品。他不止盡量詳細記錄所讀過的書畫的目錄、作者、收藏處，還往往對着原畫作分析的素描，以作爲日後創作的資料。例如他在故宮對上述夏珪《溪山清遠圖》的每一部分，就有極詳細的分析和記錄，就算對於樹、石亦作過分類的研究。他的讀畫筆記是圖文並茂的。饒教授讀畫還有一種比較法：把兩幅風格相近的畫放在一起去仔細觀察，目的不止是要考究它們在風格上的異同、還着意在技法的差別和衡量他們藝術手法的高低。他在故宮博物院就曾用這種方法去精讀很多劇迹，所得到的收穫是意想不到的。讀畫多了，有得於心，在操筆作畫之際，技法、構圖各方面自然可以心手相應。

饒教授讀畫的收穫不獨見於他在繪畫創作上，更見於他的著作上。如《敦煌白畫》（法國遠東學院考古叢刊，一九七八年）、《黃公望及其富春山居圖》（香港中文大學文物館專刊，一九七七年）和《虛白齋書畫錄》（日本東京二玄社，一九八三年）等大作都是由於讀畫而產生出來的。

師古人、以讀畫養畫是饒教授藝術成功的重要憑藉，此外，同樣重要的，是師造化——以大自然爲師。范寬師李成與荊浩，覺得無法在他們的技法與境界中表達他的内心世界時，乃喟然歎曰：“與其師人，不若師諸造化。”於是，卜居終南太華，朝夕薰沐於大自然之中，山於内心與自然打成一片，故落筆雄偉渾厚，得真山骨，形成一種前人所未有的風格。可見師造化對於一個藝術家的重要。這一點，饒教授是絕不有所懷疑的。他漫遊歐美、亞洲各地，除讀書講學外，每每到風景奇絕的地方去寫生，“搜盡奇峯打草稿”，加拿大的路易士湖、瑞士與法國的阿爾卑斯山、美國的大峽谷，緬甸的蒲甘等都曾入畫。饒教授以莊子“天地與我並生，萬物與我爲一”的心靈去觀察自然，契合自然，把自然淨化、主觀化，然後通過自己的筆墨再以一種新的姿態重現出來，這正是唐人張璪所謂“外師造化，中得心源”的道理。饒教授之所以能夠這樣透視自然是因爲他有一顆詩人的心靈。他本來就是一位詩人、詞人，他的《選堂詩詞集》就是最有力的證明。這本詩詞集實包括十六種詩詞集，詩集如《佛國集》、《西海集》、《白山集》、《黑湖集》、詞集如《固庵詞》、《榆城樂章》、《晞周集》等。

在這些詩詞集裏，我們到處都可以見出他的詩人的視力與胸襟，以這樣的一顆心靈去描寫自然當然靈氣浮動，神韻超逸了。對於饒教授的遊覽與詩畫的關係，已故法國漢學泰斗法蘭西學院院士戴密微（ Paul Demieville ）教授有以下的描述：“君好遊，足迹遍宇內，深奇搜秘，一於詩與畫發之。”（見戴氏《選堂書畫集·序》）。

本來詩與畫是相通的，詩是無色的畫，畫是無聲之詩，它們所表現的都同是藝術家的心靈，只是表現的形式不同而已。詩人是天生的，詩人的心靈是不可求的，求亦不可得的。饒教授得天獨厚，得天賦與一顆詩人的心靈，本着這樣的一顆心靈去作畫已是成功了一半了。

學問與藝術是可以並行不悖的。若是只從事學問的研究而無藝術的創作，生活就會變得枯燥無味；相反地，終日創造藝術而無學問的相輔，生活也就會變得飄忽無根。讀饒教授的畫時會發覺它與其他畫家的作品在氣質上有些不同的地方，這不同就是源自饒教授的學問，可謂學者的氣質。他的作品渾穆深厚，使人愈觀賞愈覺有味。戴密微教授說：“君兼擅衆藝，能操縵，藏名琴數張，於詞史復究極玄奧，得心應手，誦君之詩詞者，繾綣於懷，孰能忘之。君於藝術領域，處處顯露其過人之天分，而博聞強記，徵文考獻，孜孜不懈，著作等身。”（《選堂書畫集·序》）饒教授便是這樣一個集藝術與學問於一身的奇人！

從六十年代開始，我一直留意饒教授在藝術上，尤其是繪畫方面的發展。饒教授吸收力和鎔鑄力極強，所以各門各派的技法都爲他兼收並蓄，渾然一體的運用到他的作品裏，成爲他個人的技法。他的筆墨筆筆來自古人，而又筆筆不是古人，這種不古而古古而不古的筆墨正是傳統中的進一步發展。發展便是創新，我更認爲創新應該是從傳統而來的，脫離傳統的創新只是無根的花，一下子便萎謝了。石濤、八大的創新之所以不朽便是因爲從傳統中來。

　　山水畫是饒教授藝術創作的很重要部分，亦是饒教授鍥而不捨的用功對象。除山水畫外，饒教授也精於人物畫。本來，饒教授最早就是學人物畫的，所以畫人物畫對他來説並不陌生。從五十年代末期開始，饒教授畫山水之餘才重畫人物畫，直到七十年代便多畫人物畫。人物畫最重視綫條，設色只是次要之事。饒教授是個書法家，自殷墟卜辭至明末高賢各種書體，無不潛心研習，這對他畫人物畫至爲有利，正如鄭德坤教授説："本根既立，則無往而不利。"（《選堂書畫集・序》）饒教授就憑着他書法家的造詣去從事人物畫的描繪，效果之佳是有目共睹的。這種以書法入畫的方法能夠使人物畫的綫條健勁非凡，沉着有力，賦與綫條極大的美感。當然，以書法入畫不單止對人物畫產生極佳的效果，對其他畫種，都是一樣，故饒教授的畫處處都充滿綫條美，或説得傳統一點，以筆法取勝。自古以來，中國畫便着重筆法，南齊謝赫的《六法》，其中之一便是"骨法用筆"，只有通過"骨法用筆"才可以達致"氣韻生動"的境界——中國繪畫上的最高境界。如果捨棄筆墨綫條而談中國畫，根本上是背道而馳，至少不能深入；如果不用筆墨綫條去作中國畫，我懷疑是否是在作中國畫。沒有筆墨綫條的中國畫也許稱得上是中國畫，但是卻失掉了中國畫的特徵。饒教授談中國畫，最注重筆墨綫條，因爲筆墨綫條就是中國畫的美的根源。

　　饒教授深受唐代敦煌白畫的影響。所謂"白畫"就是畫稿——壁畫的畫稿。根據唐人的記載，唐代壁畫質素的高低視乎綫條勾勒的優劣，而勾勒部分是由畫師負責的，畫工只負責設色部分。故白畫實際上是人物畫的最重要部分，可謂精華所在。人物畫以唐代最佳，所以臨摹唐代的畫稿可以説是臨摹中國最好的人物畫。饒教授之所以精於人物畫與他臨摹這些畫稿關係最大。饒教授寫人物畫例用中鋒筆，剛健沉着，力透紙背，而且方圓筆法並用，以書法入畫，使人百看不厭。已故國畫大師張大千先生極爲讚賞饒教授的人物畫，認爲他的白描人物畫有極高的成就。

　　花鳥畫方面，饒教授偶爾亦作青藤、八大、昌碩、白石一路，
豪放中見精緻，洒脫中見沉着，筆中有墨，墨中有筆，大幅小品，
無不精美絕倫。饒教授尤愛作荷花，樹石。他的荷花頗神似八大，
筆情墨韻，最令人愛不釋手。饒教授曾作墨荷手卷，無論佈局、
筆墨、意趣、都是出類拔萃，我曾多次拜讀，每次都有新鮮的感
覺，理由是畫中筆墨變化多端，以引致不同的感受。饒教授之樹
石亦爲精絕，每每只是簡單的構畫，一枝樹，半面石，便能寫出
胸中逸氣，這完全是由於筆墨精純所致。他曾爲我作樹石一圖，
題曰：“兆漢謂余畫清峭似詞中之白石，洵爲知言，因記之。”
實際上饒教授之畫在風格上很接近姜白石詞之風格和意境。這絕
不是偶然的，饒教授生平最愛白石詞，他的作品，如《固庵詞》
中諸篇清空峭拔，甚得白石神髓。另一方面他的性情高潔，亦酷
似白石。昔日陳郁曾這樣描寫白石：“白石道人氣貌若不勝衣，
而筆力足以扛百斛之鼎；……襟期灑落，如晉、宋間人。”（見《藏
一話腴》）夏書枚先生就這樣的描述饒教授：“……貌淵靜，言
語溫雅，絕類傳記中所謂魏晉間人者，……饒子神氣沖朗，欵接
人物，略無倦怠之容，故人皆樂與之近。……至有言及俗世功利
得失者，則絕不措意，叩之亦不應，蓋峻潔之性如此！……選堂
絕句，本甚精妙，時人多以詩格在半山、白石之間。余謂白石一
代詞人，至小詩雖顧盼生姿，終嫌氣弱，選堂峭拔處，白石似不
能及；半山詩多議論，雅健處選堂誠得之。”（見《選堂詩詞集·
序》）。可見饒教授在性情人品上、在詩詞作風上都很似白石的。
既然如此，在畫風上“似詞中之白石”又有什麼奇怪呢？

　　雜畫方面，我最欣賞的是臨摹唐代韓滉的《五牛圖》。原作
的筆墨綫條厚潤沉實，但饒教授的卻是剛勁瘦硬的，兩人在筆墨
綫條的風格上顯然有着不同的地方。形象雖然相同，但是筆墨各
異，臨摹畫的可貴處就在乎此。如果韓滉是畫中的杜甫的話，饒
教授便是畫中的黃庭堅了。山谷是出於老杜而別於老杜的。

　　展品之中，多是佳作，不能逐件品評，要留待觀眾自己去欣

賞。老子説："知者不言，言者不知。"如果我還是絮絮叨叨的
説下去，那麼我就真的一點也不知了。但願饒教授這次展出一如
以往的成功！

於香港大學中文系

編者按：

　　黃兆漢博士另撰有《饒宗頤先生的山水畫及其藝術生活》；
原刊香港大學《中文學會年刊》，一九六六至一九六七年度，香
港大學學生會中文學會出版；後又收入黃博士《藝術論叢》第一
一四至一二五頁，香港光明圖書公司發行，一九九一年九月初版。

　　（原刊《饒宗頤教授從事藝術學術活動五十周年紀念——七十大壽
書畫展特刊》，香港中華文化促進中心，一九八六年九月；載黃兆漢《藝
術論叢》，香港光明圖書公司發行，一九九一年九月出版。）

The Paintings of Jao Tsung-i

Dorothy C. F. Wong （王靜芬）

In August 1985, Professor Jao Tsung-i's (Rao Zongyi) *The Chu Silk Manuscript* (co-authored with Zeng Xiantong of Zhongshan University, Guangdong province) was published. This volume of nearly 400 pages summarizes four decades of research on the famous silk manuscript of the Chu state (c. 11th century—224 BC), recovered in 1942 from a sealed tomb at Zidanku on the eastern outskirts of Changsha, Hunan province. Excavation on the same tomb in 1973 yielded a silk painting of a man riding a dragon and other burial objects which help to date the tomb to around mid or late Warring States period (476-221 BC), thus confirming the manuscript to be the longest and one of the earliest extant Chinese texts written in ink and brush. Brought to the United States in 1944, it is now part of the Arthur M. Sackler collection, The Metropolitan Museum of Art, New York. Comprising a text of nearly one thousand ancient Chu characters of calendrical, astrological and religious content, it is especially important to the study of early Chinese religious beliefs. Along the border are twelve deities believed to represent the gods of the twelve months, and four trees that might symbolize plants of the four seasons. As early as August 1967, at an international symposium organized by Columbia University, Professor Jao had already established the authenticity of the Chu silk manuscript and he described it as "one of the most valuable finds in the entire history of Chinese archaeology". In this recently published work, Jao and

Zeng have transcribed and annotated the text and have compiled an index of Chu vocabulary. This is by far the most thorough discussion of the manuscript; the identification of the composite figures, however, still remains a matter of conjecture because of limited literary sources. There is also a short chapter commenting on the calligraphic art of the Chu silk manuscript, the first ever attempt to evaluate the work's art historical significance in the development of Chinese calligraphy (*Orientations* will feature an adaptation of this chapter in a forthcoming issue).

Another major work Jao completed last year was the editing and annotation of twenty-nine volumes of *Tonko Shoho Sokan (A Series on Dunhuang Calligraphy)*. Published in this monumental work are 150 items from the Paul Pelliot collection of Dunhuang manuscripts at the Bibliothèque Nationale, Paris. Including ancient texts and classics, religious *sutras*, literature, historical and official documents, and stone rubbings, these selected examples are representative of the development of and stylistic changes in Chinese calligraphy from the Six Dynasties period (265-589) to the early Song dynasty (960-1279). Jao has committed himself to the study of the Dunhuang finds for many years and is an internationally renowned authority on the subject. Apart from numerous articles, his other major published works include *Airs de Touen-Houang (Dunhuang Qu,* or *The Ballads of Dunhuang,* co-authored with Paul Demiéville, honorary professor and member of the Institute of France, Centre National de la Recherche Scientifique, 1971) and *Peintures Monochromes de Dunhuang (Dunhuang Baihua,* or *The Ink-drawings of Dunhuang,* a study of the Dunhuang inkdrawings in the Pelliot and Stein collections, the latter being at the British Museum).

Chu culture and Dunhuang studies are but two areas of Jao's broad scholarship and expertise. He has produced an enormous body of works crossing many disciplines, including, among others, the editing of twenty volumes of *Chaozhou Zhi (Historical Records of Chaozhou*

Prefecture) and three volumes of collected essays on Chinese history (*Xuantang Jilin*, Chung Hwa Book Company, Hong Kong, 1982), and Guji Publishing, Shanghai, is in the process of publishing a series of his collected works. P. Demiéville (1894-1979), the eminent European Sinologist, wrote of Jao in the preface to *Le Recueil Du Lac Noir (Poems of the Black Lake, Asiatische Studien / Etudes Asiatiques*, No.22, 1968), a collection of poems Jao wrote during his sojourn with Demiéville in Switzerland, 1966:

> *He is one of the greatest living Sinologists. From history to geography, linguistics to palaeontology, from literary criticism to musicology, there is hardly an area in which he has not made proof of the mastery that gave him international renown. His scientific work, the encyclopaedic character of which is in the best tradition of Chinese erudition, was hailed by the Institute of France. He is also an accomplished poet, painter and musician, in particular the qin, the classical zither with seven strings.*

Born in 1917, Jao is a native of Chaoan district, Guangdong province. His early career involved research at Zhongshan University. Since coming to Hong Kong in 1949, he has taught Chinese studies (language, literature, history, philosophy and religion) at the University of Hong Kong (1952-68), the University of Singapore (1968-73) and the Chinese University of Hong Kong (1973-78). As visiting professor, he has lectured at Yale University (1970-71) and Kyoto University (1980). His widely acclaimed scholarship has won him the prestigious *Stanislas Julien* prize awarded by the Institute of France in 1962, honorary membership to the Asiatic Society of France in 1980, and the honorary Doctor of Letters degree conferred by the University of Hong Kong in 1982.

Since his retirement, Jao continues to associate with the Chinese University of Hong Kong as senior research fellow at the Institute of Chinese Studies. In 1982, he became honorary professor of the Fine Arts Department. For two years, he conducted classes on traditional

Chinese painting and calligraphy, but now he restricts himself to supervising and conducting seminars with post-graduate students, leaving more time to pursue his own work.

As well-known as Jao is for his scholarly accomplishments, he is at the same time a prolific poet, calligrapher and painter—the "three perfections" of a traditional Chinese literati artist. His switch from the Chinese Department to that of Fine Arts denotes a change in recent years. Although not relinquishing scholarly research entirely, Jao now devotes more time to art. It is his latter role as an artist that this article will discuss, introducing some of his recent works.

Jao first learned figure painting with a local teacher when he was seven or eight years old. At the age of twelve, he studied landscapes with Yang Shi, a native of Jinning (Nanjing). Yang's father, Yang Shaoting, was a good friend of Ren Yi (Ren Bonian, 1840-96), an accomplished Shanghai school artist of figural subjects, and he owned a large collection of Ren's paintings, thus affording the young student an opportunity to study Ren's style. However, Jao soon went on to study works of earlier masters.

Traditionally, emulation is the primary method of learning painting. Over many years of daily practice, Jao has virtually studied all available early masterpieces. To Jao, emulation is not imitation but is grasping the spirit of a work. Apart from learning an artist's *bifa* (the use of the brush), what Jao looks for is an understanding of the artist's achievements and what makes the work successful. He firmly believes in the validity of this traditional method of study. In emulation, practising and assimilating the styles of different masters, one can select what is most suitable to one's character, further develop it and finally establish one's own style. To illustrate this, Jao pointed out that both Hongren (Jianjiang, 1610-63) and Zha Shibiao (1615-98) painted in the style of Ni Zan (1301-74), especially in the adoption of Ni's compositions. However, Hongren used *zhongfeng* (centred brush; the brush is held upright and the brushtip kept hidden within the stroke) whereas

Zha painted in wet brush *(shibi)* instead of Ni's typical dry brush *(ganbi)*. Eventually both artists were able to evolve their unique styles. In Jao's view, a true artist finds his own style only after many years of practice, after he has full command of all techniques.

In emulating works of early masters, Jao has drawn forth many lessons from tradition. The chance to peruse the vast Pelliot and Stein collections of Dunhuang paintings, in particular the *baihua* (ink-drawings), or *huagao* (preliminary sketches), was very rewarding. According to Tang dynasty texts, wall paintings of the time were judged by the quality of the ink-drawing, which was executed by masters *(huashi)*, whereas the colouring, usually applied by artisans *(huagong)*, was regarded as less important. The study of Dunhuang drawings resulted in Jao's *Peintures Monochromes de Dunhuang*, but, equally important, Jao also studied the paintings as an artist. He learned from the anonymous Tang masters the strength of line in figure drawing. The line is versatile and vibrant; it delineates form and at the same time gives volume and texture to the subject. The bodhisattvas, after Pelliot ms. 3099, in *Figure Drawings of Shazhou* [Dunhuang] (Fig.1), are examples of Jao's direct study of Dunhuang ink-drawings. Round brush and angular brush, or in calligraphic terminology, seal script *(zhuanshu)* and clerical script *(lishu)* techniques, are incorporated in the brushwork, linking the calligrapher and the painter. Because of Jao's emulation of Tang works, he was able to explain and demonstrate (in the third chapter of *Peintures Monochromes de Dunhuang*) the technical devices described in early art treatises. His role as a practising artist proves immensely valuable in complementing his other role as an art historian.

For landscapes, Jao especially appreciates the qualities of substance *(shi)* and ink *(mo)* in Song dynasty (960-1279) paintings; in particular he studied the texture strokes *(cunfa)* of the Song masters Li Tang (b.c.1050) and Guo Xi (act. 1068-77) in describing surfaces of mountains and rocks. From Yuan dynasty (1279-1368) paintings, he learned the compositional concepts of "looseness" *(song)* and "scarceness" *(shu)*. The two Yuan masters he admires most are Huang Gongwang (1269-1354) and Ni Zan (Jao wrote a long discussion of Huang's famous *Dwellings in the Fuchun Mountains* in *Huang Gongwang and Emulations of "Dwellings in the Fuchun Mountains"*). The four monks of the early Qing dynasty (1644-1911)—Hongren, Kuncan (Shixi, 1612—after 1692), Zhu Da (Bada Shanren, 1626-1705)and Shitao (Daoji or Yuanji, 1630-c.1707), the individualists defiant of the stagnant orthodox tradition, are his long time favourites. For more than ten years, he practised their styles almost daily; he still frequently paints in the styles of these four masters. Zhang Feng (act. 1636-74), who painted in a carefree and bold manner, is another Ming dynasty (1368-1644) loyalist Jao admires (Jao wrote a pioneering work on Zhang Feng in *"Zhang Feng ji qi Jiashi"* [Zhang Feng and His Family History], *Bulletin of the Chinese University of Hong Kong,* Vol. 8, No. 1 (1976), pp. 51-70).

Bamboo Hut by the Pine Cliff (Fig.2) is one of Jao's celebrated works (exhibited in Tokyo, 1980) painted in the splashed ink *(pomo)* style of Shitao. It depicts a recluse residing in a mountain lodge amidst a wild tangle of varied vegetation and undulating rockscapes. Jao's masterly and versatile use of brush and ink is particularly evident in the depiction of the various types of trees. From the hard, pointed needles of the pines to the softer, pliant leaves of the bamboo or grass, from the vines hanging from branches, the leaves of deciduous trees outlined in double lines, to the broad, fleshy leaves indicated by large dots of wet ink, each type is represented in a specific method and technique. By equally descriptive brushstrokes and washes, the rock forms and their textures are skilfully represented. The composition is compact and varied, but regardless of the subject, one sees a lively interplay of brushwork governed by the dichotomies of light and dark, dry and wet, heavy and light, thick and thin, and by the richness of tonal variety. The brushwork seems to explode with energy, a vivid example of the vitality Jao instils into the media. The painting is imbued with an almost youthful vigour, as if kindled by a renewed understanding of the infinite possibilities of brush and ink (*bimo*)—considered by Chinese artists since the Song and Yuan dynasties to be the essence of Chinese painting. The inscription reads:

Ten thousand dots of wicked ink annoy crazy Mi.

The few soft strands tickle Beiyuan.

Afar, the landscape is not co-ordinated; one doesn't know there are in fact the flowing rhythms of mountains and rivers.

Close, the scene teems with details; one sees only some rustic village huts.

He [Shitao] sees a dead-end in tradition and liberates himself from conventions, like a wind-blown immortal.

The spirit and breath shows through the skin and bone [of his brush].

On the second day after the winter solstice in the year of Jiwei (1979), I attempted to paint in the splashed ink style of Qingxiang [Shitao], and inscribed the colophon.

Xuantang at the age of sixty-two.

"Crazy Mi" refers to Mi Fu (1051-1107), the eccentric scholar-artist of the Northern Song period (960-1127) whose landscapes are typified by a special method of representation through the accumulation of dots or splashes of ink and by the shading, colouristic effects of ink. Beiyuan is the official name for Dong Yuan (d. 962), an unconventional painter of the Five Dynasties period (907-960) who is and considered one the progenitors of the southern tradition. Xuantang is another name for Jao, derived from *Wenxuan*, his most favourite and the most important anthology of early Chinese literature from before the Qin dynasty (221-206 BC) to the Liang dynasty (502-557), edited by Prince Zhaoming, Xiao Tong, of the Liang dynasty. Jao's studio is called Liju, the Chinese translation for the Sanskrit *rig* (reciting or reading), the *Rigveda* (*c.*900 BC, the first collection of Hindu religious hymns) being one of his most beloved works.

Shitao painted a handscroll entitled *Ten Thousand Dots of Wicked Ink* (sometimes translated as *Ten Thousand Ugly Ink Dots*) in the summer of 1685 in Nanjing. Now in the Suzhou Museum, it is the direct inspiration for Jao's present scroll. Shitao's work is painted in very wet brush, Jao's scroll, however, is executed in dryer brush, revealing more of the brushwork. When Liu Haisu (b. 1896), a leading Chinese artist, viewed this painting during a visit to Hong Kong in 1981, he remarked that the brushwork is even better than that of Shitao. In a gesture of admiration and appreciation, he added a colophon (Fig. 2a) to the scroll, which reads: "Ice is made of water but is colder than water", a line from the pre-Qin classic *Xunzi* referring to a student surpassing his master.

In the Style of Yujian (Fig. 3) is another example of Jao's creative interpretation of an early master's style. Yujian was a Buddhist monk of the twelfth century whose landscapes are associated with the Chan school of painting. (There are, unfortunately, at least four monks of the late Northern Song to Southern Song period who were called Yujian, and the identification of the painter is not yet clear.) The master's "breakink" (*pomu*, different from the previous *pomu* meaning "splashed ink") technique entails the application of a large amount of water and very fast brushwork. Landscapes are suggested by abstracted, but carefully controlled, effects of the blending of wet washes, shading and by subtle variation of tonality rather than definition by line. In Jao's work, the land mass in the foreground is still delineated in line and modelled in more regular, dry texture-strokes. In contrast, receding from the middle ground to the background, the piled-up mountain forms are rendered in rapid, broad and long strokes of bluish-grey washes. As the strokes are executed downward, the greater concentration of ink is at the beginning of each stroke; aided by additional puddles of darker ink, vegetation on top of the peaks is suggested. A few trees are discernible, indicated by dark, short strokes for tree trunks, and thinner lines for branches, the directional changes of which lead one's eye from the closest mountain to those behind and above. The line-drawing of the tiny, lone figure in the foreground echoes that of the three-storeyed temple in the middle ground, connected by the man's gaze in that direction. In addition to the ink washes which vary from the lightest bluish-grey to dark grey, a few light brown washes add colour to the otherwise monochromatic landscape. The atmosphere is one of tranquility, and the spirit of spontaneity in the execution of the work is likened to the method of sudden "enlightenment" or realization in Chan Buddhism (Zen in Japanese). Painted on silk and enhanced by its suave surface, the majestic composition and the broad, almost vertical, pale washes combine to create a very elegant image.

Jao is a great lover of nature, the source of inspiration for his painting and poetry. An inveterate traveller, he has visited most of the world. A large number of his works are *in situ* sketches or impressions of scenery he has previously seen. An exhibition of his fan paintings and calligraphy held in Hong Kong in April 1985 included sketches made in Burma, Indonesia and at the Grand Canyon in the United States. Referring to his extensive travel in China, one of his seals reads, "I have travelled to seven of the nine provinces, I have climbed four of the five mountains", a couplet written by Gu Yanwu (1613-82), a Ming loyalist and scholar—according to *Shu Jing (The Book of History)*, China proper was divided into nine provinces; the five mountains are Taishan, Shandong province; Hengshan, Hunan province; Huashan, Shaanxi province; Hengshan, Shanxi province; and Songshan, Henan province. A photograph of Jao shows him sitting at Taishan, mesmerized by the huge Northern Qi dynasty (550-77) stone engraving of the *Prajnaparamita Sutra*, each character measuring almost sixty centimetres square.

Last summer, in a nostalgic mood, he created a playful rendition of Mt Huang (Fig. 5), the scenic mountain in southern Anhui province renowned for its thirty-six peaks of fantastic shapes and aged pine trees shrouded in clouds and mist. In ink and light colour, the scroll recalls his visit there two years ago. The mountains in the foreground and the peaks on the two sides, painted in the blue-green style, join the pale, light washes of receding mountains in the background, forming a circular arrangement. In the enclosed middle ground, coloured peaks of jagged and fantastic forms, often complemented by the jutting branches of pines, emerge from a sea of clouds and mist, the clouds indicated by sweeping, pale grey washes that curl around the mountains. At the beginning of the scroll, a recluse is seen crossing a bridge between two vertical cliffs. The mountain forms are outlined and modelled by texture strokes in relatively dry ink, their surfaces applied with flat washes of pale blue, green, brown and red. The image is crisp and luminous, as if the mountains are bathed in the sunlight of dawn on a calm, clear day. At the end of the scroll, Jao inscribed:

> *Two years ago I travelled to Mt Huang and climbed up the steep Shixin peak and the Zuohai Gate. All the peaks are beneath, as if one is surrounded by sons and grandsons at one's knees. This is the utmost wonder in the universe. There is an old saying that after viewing Mt Huang, one doesn't need to see the five mountains, now I believe it for sure. Dadizi (Shitao) has gained a lot from the spirit of Mt Huang, his brushwork is as skilful as a dragon or a snake slithing and writhing, his strength and force unapproachable. I splashed ink and painted this in a mood of exaltation during a typhoon and with incense burning. This is an attempt to paint in the style of Shitao, but I cannot accomplish much. Painted on the day after Duanwu (the fifth day of the fifth lunar month) in the year Yichou (1985), Xuantang in the Liju Studio.*

In August 1985, the second national conference on Dunhuang and Turfan Studies took Jao to Urumchi (he is currently a chairman of the Society of Dunhuang and Turfan Studies, headed by Ji Xianlin, former Vice Chancellor of Beijing University). Although Jao had visited Dunhuang, Gansu province, and Qinghai province before, this was the first time he had travelled to the far west of Xinjiang province. He vis-

ited Turfan, the ancient cities of Khocho, Yarkhoto and the Buddhist
cave sites at Bezeklik. Since his return to Hong Kong, Jao has been
trying to formulate a special method and style appropriate to depict the
arid yet spectacular landscapes of northwestern China. Jao objects to
the current use of wet brush by many contemporary Chinese artists in
painting northwestern landscapes; the dry brush, he said, is more suit-
able in rendering the sandy, barren scenes. This new painting method,
Jao said, would be named the northwestern style, as opposed to the
established northern and southern traditions. One of the landmarks in
Xinjiang that Jao has in mind to paint is the Mount of Flame *(Huoyan
Shan)* in Turfan, famed for its intense heat in the summer and immor-
talized by the Monkey and the Princess of the Iron Fan in *The Story of
the Monkey (Xiyou Ji)*, a fifteenth-century popular Chinese novel writ-
ten by Wu Cheng'en and inspired by the travelogue of the monk
Xuanzang who travelled to Central Asia and India in 629-45.

Pine Stream in Rain (Fig.4), is another work created in the turbu-
lence of a summer storm. Befitting the environment and atmosphere,
and perhaps the artist's state of mind as well, the moistened images of
pine, rocks and huts watered in rain are appropriately represented by
rapid dapples of washes, strokes and dots and by the gradation and vari-
ation of ink tones. The rock forms are primarily modelled in light, wet
washes, accented by an occasional darker line or patches of dark moss
dots. The clusters of pine leaves, in richly varied and contrasting tones,
create a misty, layered effect. Applied last, the dark moss dots *(taidian)*
help to bring out a sense of depth and highlight the glistening images.

The inscription on the scroll, itself a masterpiece of Jao's running
script *(xingshu)* calligraphy, explicates his theory of painting:

Without the light (dan) one cannot see the strong (nong),

Without the loose (shu) one cannot see the dense (mi).

Only those imbued with emotion can open a new realm in creation.

*The so-called "Chan (dhyana) in the Oneness of brush and ink" is
enlightening whenever one employs it.*

It can be witnessed everywhere.

The principle of painting is beyond conception like this.

I painted this just for a laugh.

In the mid summer of Yichou; this work is done in violent winds and swirling rain. Inscribed by Xuantang.

The "Oneness of brush and ink" refers to Shitao's theory of *yihua*, variously translated as "one line","single line", "single brushstroke" or "primordial line", and which probably was inspired by a Chan monk's teachings. This "one line" is the root of all representations, a concept stemming from the principle of the One, the source of all myriad phenomena in ancient Chinese thought. The complementary opposites of light and strong, thin and thick, loose and dense, can be seen as manifestations of the *yin* and *yang* principles.

The concept of the One is further explored in *Sitting Alone by a Pine* (*Yisong Duzuo Tu*; Fig.6), a work unique in terms of its composition and philosophical content. The long handscroll is dominated by a single far-reaching pine, by which sits a recluse in contemplation. The aged pine has gnarled branches of twisting and entwining forms growing in all directions. A rare subject for the handscroll format, it stresses the vastness and oneness of the pine, reinforcing the solitude of the recluse. Inscribed at the end of the scroll is a poem:

Ten thousand branches merge into [One],

Sitting alone on an old, rugged pine branch.

Heaven by virtue of the One is limpid,

And from this the mountains also gain merit.

Alluding to the old saying that the Jiang and Han rivers, branches of the Yangzi River, all flow into the ocean (*Yugong* chapter, *Shu Jing*), the first line of the poem compares the branches of the pine to the branches of the Yangzi that merge with the greater source. The third line comes from the Daoist classic by Laozi, the *Daode Jing* (Bk. 2; ch. XXXIX), referring to the principle of the One from which all myriad creatures in nature are created. This reference echoes Shitao's *yihua* theory, but here the concept is expressed through the subject of the scroll. In the fourth line, the Chinese *huixiang* is a translation of the Sanskrit Buddhist term *parinamana* (transference of merit). In this painting, the huge, branching-out pine symbolizes the vastness of universe and its multifarious facets, with the concept of "many in one" embodied in the numerous branches issued from the single trunk. This theme is contrasted and reinforced by the many distant, hence small, mountains at the left end of the scroll, and which, personified, also gain merit from the One. On the pine sits a recluse, a sage, who is the centre of this universe, conveying the essential humanism of Confucianism.

According to Jao, the scroll was completed in a matter of a few hours, apparently an upsurge of inspiration and creativity (Jao usually paints very quickly), and yet it displays a carefully orchestrated design and execution. The human figure, he said, was the starting point and from this focus the theme of the pine grew and developed. The arrangement of black moss dots and criss-crossing pine needles not only follow the growth and extension of the branches, they illustrate the idea of contrast and variation in the universe and in painting composition, such as compactness/looseness, concentration/dispersion, and dark/light.

Essentially a work displaying varied brushwork, the subjects are delineated or modelled in ink, whereas the colour of the leaves, tree trunks and the distant mountains are applied in light washes. A connoisseur of ink, inkstone and paper, Jao is very careful in the use of materials (he sometimes uses Qianlong marked, 1736-95, paper to paint). He seldom paints with heavy and bright colours, remarking that the mineral colours used in Tang and Song paintings, such as the wall paintings of Dunhuang or the detailed drawings (*gongbi*) of the Song Imperial Academy, were very refined and the sources and preparation of these pigments are now lost to us. Jao urges the study of ancient pigments in order to retrieve the knowledge. Hence, in colouring he usually employs light colouring (*qianjiang*) in which the *gu* (bone or skeleton, the framework of the subject in ink) shows through.

Jao is often labelled a "literati-artist". In the sense that Jao is a scholar, a writer and a poet, he is no doubt a literatus, and by virtue of the fact that he is also a painter and calligrapher, he is in the mainstream of the scholar-artist tradition since the eleventh century. However, Jao objects to being called a "literati-artist" as the term *wenrenhua* (literati-painting) in the Yuan and Ming dynasties has come to mean expression of the self and ideas. The painterly, technical aspects of painting are often denied and to many of the so-called literati-artists, painting is but an ink play *(moxi)*, a pastime. Even though Jao is not an artist by profession, he is far more serious than an amateur. He has spent many years studying the theories and practices of art. Profoundly grounded in Chinese culture, his learning is integrated with his art, a characteristic that runs through his works and gives depth to them. Despite the stylistic references to early masters, his works are original, creative and they introduce something new to the traditional media. Jao firmly believes in the great potential for further development and progress of traditional Chinese painting, and in the immense possibilities of brush and ink.

Over the past years, Jao's works have been widely exhibited in Asia, including Hong Kong (1978, 1985), Bangkok (1978), Tokyo (1980), Singapore (1981) and Seoul (1985). A sampling of his latest works has shown that he is a versatile and creative painter, well-versed in different genres and styles. Modestly, Jao does not claim to have found his unique style yet. He does not advocate quick success; on the contrary, he thinks of achievement to come late in life. For example, Qi Baishi (1863-1957), Huang Binhong (1864-1955) and Wu Changshuo (1844-1927), three great contemporary Chinese masters, all had breakthroughs after the age of seventy and, even in their last years, their painting styles continued to develop. Jao hopes to live as long as these great masters in order that he can further perfect his work. Despite his age, Jao is youthful and energetic. The daily practice of painting and calligraphy is to him a form of exercise maintaining his good health, and it is the path he chooses for his advancing years.

（節錄自 Orientations, 1986·1, pp. 36-50.）

Preface to the Exhibition of Prof. Jao Tsung-i's Paintings

James C. Y. Watt （屈志仁）

Professor Jao Tsung-i is one of the most eminent Chinese scholars of today. He has made important contribution in various fields of study ranging from Palaesgraphy to literature and the history of art and music. But he is more than just a scholar, for he is also poet, musician, painter and calligrapher. He has made valuable studies on great works of art and literature of the past, and he himself stands directly in the tradition of literati artists which has played such a central role in Chinese culture for the past thousand years. In this long succession of scholar artists, each studies and learns from what goes before him and each·in turns is studied and provides the model for the next generation.

Just as Professor Jao is creative in his scholarship, so he brings his considerable learning to his own creative activities. In the printings in this exhibition one will see stylistic references to some of the great masters of the past, especially those of the Southern Song and Yuan periods. In the calligraphies, there is every possible script, ranging from the standard modern forms to early scripts from recently discovered ancient texts which only a handful of scholars like Professor Jao can decipher and explain. Thus the past becomes alive not only through Professor Jao's scholarly interpretation but also through his creative work.

The apparent diversity in Professor Jao's talents belies a more important fact, that is his ability to integrate all aspects of his work and experience in a unified expression, thus, in all the different scripts he employs in his calligraphy a strong personal style comes through. Similarly in his paintings, where the inspiration comes from actual sceneries or from the work of an early master, there is an unmistakeable touch that is Professor Jao's own. It is the same piercing intellect that Professor Jao brings to bear on diverse areas of scholarly research and it is the same creative spirit that unify his artistic expression.

The present exhibition is not only the work of a gifted artist, but is a testimony to the life and work of a man who provides us with a link with the past and who also points a way to the survival of an ancient cultural tradition in the contemporary world and in times to come.

Visiting Curator of
Asiatic Art,
Museum of Fine Arts,
Boston,
U. S. A.

談饒選堂書畫

蕭立聲

　　去年六月下旬，香港中文大學藝術系主辦了“蕭立聲書畫欣賞會”於大會堂正座。不久便聞於今年一月十四日至十六日爲饒教授宗頤兄主辦書畫欣賞會，亦於大會堂正座揭幕；相隔只半年，便主辦了兩個風格不同，趣味迥異的書畫欣賞會，可説是中大的盛舉。

　　宗頤兄著作等身，文史方面的成就享譽國際。而於書畫，一般來説，知者較少。這次的欣賞會，有些出人意料的感覺。近二年來，他又主理中文大學中文系系主任，教學之餘，還負責行政，差不多每天都是朝九晚五地照例辦公，那有時間去潛修書畫，不知者難免起了懷疑。但是，事在人爲，他的智慧和精力，都非一般人所可冀及；利用三餘，珍惜光陰，挑燈夜作，日積月累，便先後完成了一百五十餘幅大小不同，風格特殊的書畫展品。

　　我與饒氏誼屬同鄉；他居首邑，我住僻壤，而兩地相隔雖近如咫尺，彼此卻從未晤面，然而神交已久。回憶兒時常聞鄉間父老傳言，饒君年未弱冠，文才橫溢，精通詩文，遐邇知名，因之閭里有神童之稱。他六歲已開始習人物，做過勾勒描摹的工夫，後來又從金陵楊栻習山水畫。楊氏尊人少亭與清末畫家任伯年相交甚篤，故他亦學了一些任畫。加上他家中收藏豐富，就近臨摹，幼年前後已下過十幾年繪畫的工夫，故對於六法很有根底，後來因抗戰關係，奔走四方，便放下畫筆，專心研究文學。

我在港跟饒氏初次晤面，是一九五七年二月姚莘農寓所冷香吟館琴畫雅集，邀請南北文藝人士，歡叙一堂，彼此言論投契，便爾定交。每因興趣相同，時常品書論畫，恆至更深人靜，方肯歸寢。他在書法與繪畫方面的見解甚高，他指出擬於梁楷潑墨法，繼而發揮個性，恣意揮灑，自然突破前人藩籬，卓然成家。這話真發人深省，對我有很大的啓發。

饒氏喜歡遊山玩水，任教香港大學中文系十餘年，經常歷遊各地。他嘗兩度攀登歐洲的阿爾卑斯山，先後有白山集和黑湖集的印行。記得他有一首詩望霧中 Chamonix 云：

　　　　入峽景頻變，微澌繞硯生。雲中萬重山，寒調觸深情。
　　嵌空太古雪，曾蘊無窮齡。於玆悟畫理，陰凹費經營。疾風
　　拂千里，長澗落遙汀。爲我分一奇，如氣出幽幷。雲頭供吞吐，
　　峯腰作賓萌。山形筆筆異，飛白孰與京。待招洪谷子，商略
　　傾微誠。

他如何從大自然中獲得體會，如何在模山範水蒐奇覓異去打他的草稿，這首詩可以說表露無遺了。

一九六三年他在印度研究梵文學，旅行的地方甚多；足迹所至詳見他的佛國集，特別要提起的是他到過阿旃陀石窟，寫了一首長詩，有“二十九龕刹那經，碭基敷綵圖仙靈”之句。他又在新德里博物館觀摩佛教畫，在巴黎研究過伯希和取去的敦煌畫稿，寫成了《敦煌白畫》一書，許多資料是向來未發表的。爲了要和敦煌壁畫作詳細比較，他在一九七一年講學耶魯大學時，特別去普林斯頓大學美術館住足一個星期，把羅寄梅所攝影的敦煌照片五千張逐一精讀，有筆記數册。他爲了要對佛教藝術傳播的徹底認識，在東南亞各地的勝迹像錫蘭的獅山，緬甸的蒲甘，高棉的吳哥窟，印尼的波羅浮屠，暹羅的素可臺等處，都詳細的考察過。他這次展出自己勾勒的敦煌畫本，便可看出他在這方面所下的功夫。

饒氏對書法的三昧深得奧秘，造詣甚深。他精通小學，自殷墟甲骨、金石文字，歷代名迹，多所規摹，復喜歡留意新發見的文物；這次展品當中，有商代後崗金文，楚繒書中堂，書居延醫簡，馬王堆軑侯墓遺册紈扇等，歷來均未見書家臨寫，而君竟以擒縱自如之舉出之，渾然天成，字中有筆，真如黃山谷所謂「如禪家句中有眼」；米襄陽所謂「骨筋皮肉，脂澤風神皆全」。

向來未見饒君的人物畫，但此次展出有《莫高上駟》，《沙州畫樣》長卷，爲巴黎國家圖書館尚未經發表之敦煌畫品。饒氏摹擬之，人物綫條筆筆中鋒，不流於浮滑輕佻，古趣盎然，能「以生取勝」者。全卷由卷首至於題跋，古篆行楷，皆出一手，非有深博的學問和高超的書法修養，實難融冶於一爐的。

在山水畫方面，他喜歡荒率奔放的一路，實得力於明季諸家。展品中大都是水墨畫，間中亦曾寫細筆的宋人山水，著色淡雅，清逸之氣，溢於紙上。

綜視饒氏藝術，書法沒有劍拔弩張之失，其志在蘊藏；寫畫則未見爭光耀眼的顏色，其意在淡遠。河野秋邨評他的畫開卷有一股沁人心脾的書卷氣。河野曾把他和富崗鐵齋相比，其實鐵齋的畫「粗」，饒君的畫「雅」，兩人是很有距離的。現代的畫家，能當得起一個「雅」字，真是非輕易的了。

（刊《明報月刊》一九七八年一月號。）

The Wenren's Wenren: Jao Tsung-i

徐小虎

The Idea of Wenrenhua or Literati Painting

One special tradition of Chinese painting has been dedicated to the pure pleasure of lofty contemplation. Originating probably in the early centuries of the latter Han, this practice was recorded in a fifth century text which has survived, and reveals a spirit akin to what we today call art for art's sake, but which was more art for the artist's pleasure. An art form not intended for public consumption, it was meant for private reflection, like declarations of love. In this sense, it was closed to outsiders. While using a common language and employing the same motifs used in patronized art for larger anonymous audiences, it was a vehicle of spiritual communication among friends.

Much of art, like literature, has been considered by modern scholars to be synonymous to ideology, expressing the social values of its society. We may further distinguish art ordered by patrons and intended for audiences unknown to the artist(s) and that which is created by and primarily for, the artist himself. [1] In pre-19th century European societies art as ideology served patrons to give pleasure and to enhance their image in the eyes of intended audiences. Often it was used to make noble or desirable either the ruler or the faith, or both. Ancient cave paintings were used as magic in aid of the hunt. In temples and churches painting was used to enhance spiritual devotion, and in public halls political cohesion. In ancient China, paintings were used to help departed soul enter realms of the hereafter with dragons or phoenixes; and ancient texts record halls of state painted with images of worthies and villains for ideological exhortation and admonition. In Buddhist institutions it glorified the Tathâgata and warned against paths of discrimination and self-indulgence.

In our own day we bear witness to art as war machine for national propaganda, be its sponsors to imperialist, fascist, capitalist or communist regimes. Most immediate to our experience today, art also promotes commercial ideologies of consumerism and obsolescence in the mass media. Indeed, today, commerce directly supports television stations, journals and magazines. Since 19th century European artists asserted ideological independence from patrons, the fine arts and music have acquired in Western society the same lofty status enjoyed among Chinese literati. Elevated onto a lofty plane, they were endowed with iconic status and musicians and artists were liberated from their inferior social status to become cultural heroes lionized in the salons. The powerful social status of the arts in the West has had a profound effect on Japan which now boasts a legion of patrons from the commercial world who found museums, or sponsor exhibitions and concerts, to lend status to their brand names.

But since early times, certain members of the Chinese scholarly cast, statesmen and monks not trained in painting, had opened the way for a private sort of art where it served none other than the artist (and if he wished, his designated friends). In the fifth century text, an aged recluse, Zong Bing, describes the bliss of unrolling a handscroll of the misty cloud-enshrouded cliffs of Mount Lu, one of the sacred mountains inhabited by Daoist and Buddhist clergy and recluses. The text describes how vistas stretching thousands of *li* are captured within a few feet of silk, and relates his exhilaration of losing himself in the landscape, wandering once more in the mind's eye among the beloved peaks which the author was now too old to climb. It is the earliest text to record the function of painting as a means of spiritual contemplation. But unlike Buddhist mandalas of Indian origin with their abstract symbolism, the image painted by Zong Bing was probably an early landscape painting, enlivened with craggy pinnacles and hoary pine trees. Its purpose was to give pleasure to its maker. This must be one of the earliest examples of painting's independence from patronage. That is, independence from social or political powers external to the artist.

In a Chinese context this is not surprising. For the art of calligraphy had already by the late third to fourth centuries become detached from utilitarian functions of information-communication, attaining the status of an art form in its own right and, for the learned viewer, a visual manifestation of the movements of energy. Since only calligraphers themselves could follow the course of the brush's motion and appreciate the dynamics of its flowing energy, reading calligraphy in the way one watches a dance as action through time and space, calligraphy grew in stature as an art form second only to poetry. Intelligible only to its practitioners, calligraphy gave birth to China's first insider's art. Or, art for artists.

Insiders' or practitioners' art is exclusive and, amidst the militant egalitarianism of today, may be considered elitist. But in reality it is closer to love: the meeting of two beings who respond to each other in a profound or significant way. When a practitioner finds a person who, more than others, appreciates the strengths and subtleties peculiar to his art, the two form a spiritual union which in ancient China was known as *zhiyin*, or [the one who] *understands the sounds* [of my music]. The "art" was more a mode of doing things, a way of life, and could be anything from carving an ox, sharpening a knife, playing the *qin*, writing poetry, dancing, brushing calligraphy or painting, etc. But the *zhiyin* type of meeting of sympathetic minds acquired virtually sacred status in Chinese thought. People with a highly developed sense of living, whether they were philosophers, writers, calligraphers or painters, horse appraisers, butchers or wheelwrights, all aspired to the kind of appreciation which matched their particular self-perception.

Many of the ideological prototypes come from pre-Qin, or pre-empire, Daoist texts. A classical account is on the intrinsic nature of art, displayed by the butcher for Prince Hui of Liang, carver Ding. Ding "dispersed oxen" in movements that were beautiful as dance, and sounds mellifluous as music. When asked about this, Ding remarked that it was not a matter of hacking through bones and gristle, but of sliding the knife between them:

> *At first, all I could see was the whole body of the ox (and I could not find a way to begin). But after three years (I learned all the crevices and joints in its anatomy so that when brandishing the cleaver) my eyes were no longer occluded by the whole ox. Today, my intuition is tuned to its structure and I no longer use eyes. My sensory organs (for understanding the world in its external, sensory manifestations) have stopped. Now I move through intuition, I follow the natural cleavages in the ox with my knife merely to enlarge the crevices. Because there are pockets of emptiness everywhere, not even blood vessels and the smaller corpuscles need be touched by the blade, how much the more for grosser bones?... Good butchers change to a new cleaver once a year and ordinary butchers once a month. This is because they blunt their blades against bone. I go for the areas of emptiness between things, so that nineteen years and several thousand oxen later, my blade is sharp as new.* ②*

Another story exemplifies the essential connoisseur. The horse appraiser Jiufang Gao returned after three months of searching and reported to King Mu of Qin that he had found the fleetest horse in the empire. When asked to describe its appearance, he thought and said "A yellow mare." When men were dispatched to capture it they returned with a piebald stallion. Displeased, the King questioned Jiufang Gao's connoisseurship. But Bolo, who had first recommended the appraiser, explained,

> *Sire, Gao focuses on innate endowment. He grasps the horse's*

essence but forgets its outer periphery. He sees what he looks for and does not pay attention to what he does not seek. Thus he remembers the nature (of the horse) but forgets its appearance, and it is for this reason that Jiufang Gao is the greatest horse appraiser under Heaven. ⊙

These Daoist stories illustrate states of spiritual cultivation and contemplation. In a sense they parallel the externalized or worldly states of social concerns, found in accounts of Warring States period, and later, of Daoist sages and Confucian ministers seek emperors sensitive to their peculiar brand of wisdom, administrative or social acumen. In this way, since the Warring States period, the notion of *zhiyin* or like-seeking-like has been in both Daoist and Confucian terms a major *leit motif* of Chinese cultural history; and by Empire had become deeply rooted in the ethnic consciousness.

That calligraphy (and painting) developed a special group of connoisseurs comprising members of the learned class, and that this group indulged in discussing the merits and weaknesses of a master or of particular movements in a certain piece, became standard practice in the sanctified pursuit of *zhiyin*. Much as an artist took pride in revealing his virtuosity (even in a highly reserved manner), so connoisseurs delighted in following clues in his brushwork and plumbing the depths of his special genius.

In time, however, even this lofty and individual pursuit came to be exploited by persons other than the artist or his coterie, to acquire greater value for outsiders. For while such works gave dramatic proof of the artist's cultivation, they highlighted the ability of the connoisseur to discern and savour their elusive, less readily visible qualities. Merits earned by the artist in cultivation and experience were thereby transferred onto the connoisseur. In a society which since antiquity had elevated scholars to the highest class, signs of cultural achievement came to stand for social status with no less significance than money in a society which reveres wealth. Since famous scholars, statesmen or poets, no matter how impecunious, were in China universally admired, merchant families sought to improve their social standing by turning their sons into scholars. Similarly, since the ability to discern quality in arts as abstruse as calligraphy and literati painting indicated no mean cultural attainment, appreciating and owning such works acquired increasing social currency, becoming more persuasive a social force than money. Literati creations were often immortalised in poetry and prose and, although originally made by friend for friend within a closed group, they became objects of passionate collecting by outsiders. By mid-Ming they had become vehicles for social one-upmanship and highly desirable commodities. Nothing in China except the emperor's personal commendation was sought with as much zeal as a work by one of the fabled masters of calligraphy or literati painting.

Brief Account of Wenrenhua Tradition

In the late eleventh century, certain Northern Song scholars and calligraphers of the coterie around the great scholar-statesman, poet-calligrapher Su Shi, began to indulge in ink painting of their own devising. Expounding the superiority of intrinsic spirit over external appearance, Su and Mi Fu, among others, promoted the idea of "ink play" *ximo*, in a genre called *shidaifuhua* or painting by scholar-officials, as worthy pastime for men of cultivation. Delighting in their innovations, they experimented in ways to grasp the essence of nature without attempting verisimilitude, in paintings of landscape and ink bamboo. Landscapes did not have to resemble actual places, and rocks could be built up with casual brush strokes and inkwash at will, giving the imagination full play. Ink bamboo, developed from a series of brush-strokes borrowed from calligraphy, held much appeal for scholars as it was easily transferred from work to play, from the writing of public documents to the painting of natural images. Su and Mi decried as childish, even vulgar, ordinary patrons (or artists) who "merely look for skin and fodder" in their insistence on external resemblance while missing essential qualities (in art or in life). This type of amateur painting was revived in the Yuan dynasty where it took root and flowered to become the single most pervasive influence in Chinese painting.

But while we have no reliable examples of Northern Song ink plays, paintings from the Yuan show clearly that by the fourteenth century it had ceased to be play. It had become a serious pastime, a preoccupation if not an occupation. Under the Mongols, Chinese intelligentsia were degraded to the ninth of ten social classes, above beggars. Unwanted in the central administraton of Dadu (Peking), they came south in droves and entered Daoist and some Buddhist communities, many living as hermits. Others, landed, adopted a life style of lofty retirement from worldly concerns. Time was on their hands and they.pursued scholar painting, turning it into something more profound. An early exponent, Zhao Mengfu, distilled from Northern Song landscape imagery the wrinkle-texture idioms of early masters and turned them, into linear brush-modes with distinctive configurations. Thereafter, painters chose brush-modes much in the way calligraphers worked in ancient masters'styles, their repertoire landscapes and ink bamboo. Their friends and cultural peers would recognize the brush-modes and exclaim, "Ah, this is in the Dong Yuan manner" or "Oh, this is in the mode of Li Cheng" referring to legendary tenth century masters. To such transformed linear paintings, Yuan literati added original poems, inscribed in well turned calligraphy. The inscriptions mirrored the writers' innermost reflections as statements of their spiritual world. Such poem paintings were called mind landscapes and were undoubtedly the most powerful medium for artistic expression on a spiritual plane ever attained in China—perhaps in the world. It was spiritual communication among *zhiyin*, like love letters in the West where the expression was from the heart. In the Yuan dynasty, as genuine surviving works tell us, it was from spirit to spirit.

The landscapes depicted mountains and rivers constructed in accordance with Daoist principles of geomancy for perfect harmony of universal forces in the ebb and flow and interchange of cosmic energy. One or two mountain huts or pavilions, usually uninhabited, symbolize the artist's "mind studio" of inner emptiness, the quintessential non-corporeality common to Daoism and Confucianism. That which is *Dao* or the Way cannot be named, that which is *li*, or universal principles, cannot be seen. Yuan paintings were mostly made for friends. Many who would have been Confucian statesmen, were now members of learned Daoist circles and some had joined Buddhist monasteries. Yuan art was very much an intimate communication on a spiritual plane, focused away from the mundane world of social or political power. Four major artists developed four distinctive brush-modes which became their hallmark.

When the Chinese recaptured the capital and restored the civil service as the Ming dynasty, the scholar class once more sought to serve their fatherland in accustomed careers. The founding Ming emperor, Zhu Yuanzhang, however, was a paranoid tyrant who had thousands put to death in literary inquisitions which terrorized the scholars. Not unnaturally, they now came to see the Yuan painters as their own political predecessors, also living under intolerable despotic rule. The Yuan scholar artists now served as role models for the Ming and became canonized as enduring exemplars of the creative spirit under oppression. Their style was now called *wenrenhua* or literati painting, and Ming admirers devotedly strove to paint in Yuan styles, and inscribed poems and autobiographical anecdotes.

The triple art of painting, poetry and calligraphy came by Ming to be called the three supremes, *sanjue* and considered *de rigeur*. Early Ming painters, writing in a mood not unlike that following the Tiananmen Massacre left, heavily disguised, indelible traces of their anguish. Meanwhile works by Yuan masters were sought with such zeal that a host of forgeries were created. Echoing the political climate of Ming times, the new paintings created with Yuan names projected the image of hermits fishing in silent protest and disdainful withdrawal. These were inscribed with poems speaking of life on the rivers where official-dom is relinquished in the pursuit of freedom in rusticity. Perfectly re-flecting the distraught mood of Ming times, the new "Yuan" works were quickly absorbed into the Ming cultural fabric where they ac-quired functional authenticity as Yuan masterpieces and became in turn style-models for later artists. In writing out what they perceived to be Yuan poets' feelings, in projecting onto Yuan scholars a frustrated desire to gain official recognition, Ming painters repainted Yuan his-tory in their own image, and developed a convenient artistic means whereby to vent their despair.

The Yuan situation had been in fact quite different. Since the Mon-gols had proscribed Chinese civil servants from the outset, the learned classes were spared obligatory aspiration to public service and were free to devote their lives to private pursuits. It was a time, like the Six Dynasties period a millennium previously, when China was dominated by foreign powers, where men of cultivation could wholeheartedly en-joy the fruits of their studies for their own mutual enjoyment. Intellec-tual self-indulgence was possible in China only in times when there was no emperor to serve who held the mandate as the legitimate Son of Heaven.

With a Chinese emperor restored in the Ming, scholars once more devoted themselves to his service. When faced with his persecutions, however, Confucian morality required them to remain loyal to the cause of the emperor and this engendered an intellectual climate quite unlike that of the Yuan. Nevertheless, using what were perceived as Yuan attitudes, Ming intellectuals produced a convenient foil for their unutterable grievances. It may be said that creating Yuan forgeries was as much a creative release for the painters as it satisfied Ming nostalgia for Yuan images.

Toward the end of Ming, painters unable to write poems of their own inscribed those of ancient Tang or Song masters, forgetting the original function of Yuan literati painting as private spiritual communication.

They began to treat painting as a form of social accomplishment, much in the way that European ladies of cultivation trained assiduously in order to excel in the playing of chamber music.

In the Qing dynasty, this tradition of amateur painting was adopted by the Manchu court as the favoured mode of expression. In a *coup de grace* of final irony, what had originally been private and unworldly, was now made the official toy of the emperor, to display his mastery of things Chinese, and literati painting became a veritable professional commodity. New forms of resistance painting now evolved from among scions of the deposed royal house of Zhu and other Ming loyalists, who took to the mountains as tonsured monks. These hermit monks created new styles which were original in imagery as they were freer in brush-modes. But throughout the three centuries of Qing rule their work was considered beyond the pale, while the Yuan-Ming-based literati painting remained the undisputed mainstream.

Wenrenhua may be termed a vehicle for self expression free of ideological or financial ties, where poetic or prose statements speak of the artist's personal state of mind. On the other hand, since there had developed a custom of referring to the four Yuan masters and their followers, artists vied to display command of ancient brush-modes while connoisseurs delighted at displaying skills at identifying stylistic sources and analysing their transformation. In this way literati painting and calligraphy fed the continuous unfolding of tradition in ever-new variations.

In the republican era since 1911, works by Qing monk painters came to be recognized as part of China's great cultural legacy, as exemplifiers of a liberation of spiritual and brushwork values. Even so, while ostensibly free of the orthodoxy, they maintained essential values of good brushwork and the references to past masters. But creativity permitted more original imagery, especially in the works of Bada Shanren who produced unprecedented motifs such as dark fish glowering beneath oppressive rocks, statements of political defiance rendered within the brushwork supreme ethos which had long been the foundation of Chinese painting.

Jao Tsung-i, the Complete *Wenren*

Of this long and erudite tradition, Jao Tsung-i has been a powerful if less famous twentieth century exponent. To the scholarly world he has long been a formidable presence with expertise in diverse areas from Sanskrit, Buddhist texts, Dunhuang studies, to sinology, philology, Chinese literature, painting and calligraphy. Today he is Honorary Professor of the Department of Chinese at Hong Kong University, at the Chinese University of Hong Kong he is Emeritus Professor at the Department of Chinese, and Honorary Professor at the Institute of Chinese Studies and at the Department of Fine Arts. Internationally he holds or has held positions of high distinction which include: honorary member of the Société Asiatiques and of l'École Française d'Extrême-Orient (Paris), Research Professor at the Institute of History and Philology, Academia Sinica (Taipei), Member of Bhandarkar Oriental Institute, Poona (India), member of the Institute of Eastern Culture, Kyoto (Japan), among others. For five years he served as Head and Professor of Chinese Studies at the University of Singapore. In 1978-9 he was Directeur a l'École Pratique des Hautes Études in Paris and in 1980 he was Visiting Professor to the Faculty of Letters at the University of Kyoto. In 1962 he was awarded the *Prix Stanislas Julien* by the Academie des Inscriptions et Belles Lettres, Institute de France. To this worldly gathering the diminutive scholar is known simply for his brilliant contributions in the fields of paleography, literature, art and music.

Fewer people, however, know him as a creative artist. To intimate friends and a small group of literati painters in China, Korea, Singapore, Thailand, Hong Kong and Japan, he is admired as the quintessential literatus, the *wenren's wenren*. His painting and calligraphy embody, more than most others, the loftiest of traditional aspirations.

Jao's Calligraphy

With his erudition Jao is naturally familiar not only with the writing of all major artists, but with their individual brush-modes which he has studied with knowing eyes. As a scholar-practitioner, his calligraphy covers the gamut of styles on paper, beginning with the clerical scripts common in the Han dynasty, ranging through the Tang masters. His personal preference is for the Qing master Jin Nong whose archaistic brushwork exemplifies the "substantial", "artless" and "grand" in calligraphy, which Jao feels should cure the common ills of weightlessness and slipperiness so deplored by great calligraphers. In an exercise typical of his erudition and mastery of the art (1) done in 1988, Jao proudly states,

I've always loved the calligraphy of Jin Nong, here I use a soft brush to do the lacquer style, and this is supremely satisfying, meaning that he produced this very angular calligraphy with its straight and firm outlines, a style which Jin Nong derived from the ancient Han styles sometimes inscribed in lacquer, a very difficult and sticky procedure, not with the expected firm brush tipped with weasel hairs but with the larger, pliant brush tipped with soft yielding goat hairs, making the work doubly difficult. Typical of many Chinese literati, Jao delights in doing what "common" practitioners cannot aspire to, and enjoys self-imposed challenges in a constant remainder of their sharpened wits and highly developed skills. Jao recounts tales of how famous calligraphers of the earlier part of the century had achieved their renowned seal script by snipping off the tips of the brush, and other devious means to make the task easier. He on the contrary attempts to make his own work more difficult. If we look at the calligraphy, done here in a very dark and very dry ink, we may think that the firm straight lines were done with a *langhao* weasel fur brush. Those in the know would be forced into submission with this notice, since they would be hard put to equal the task. In another work of equally dark and dry ink Jao reproduces an ancient military message as found on one of the myriad wooden tablets exca-

vated in Dunhuang, from the Chinese commandary of the Han dynasty
(2). Concerning manoeuvres at Yumenguan Pass, the matter-of-fact
strokes of the squat characters pull out their last strokes with sara-
bande-like grace. Jao's turns of the wrist here are limpid, and suggest
that an incipient form of the cursive *caoshu* script was already in com-
mon use among Han military personnel. Jao is also able to mimic with
uncanny accuracy the seventeenth-century calligrapher-painter-critic
Dong Qichang. Again using dark, dry ink, this time on a piece of paper
imprinted with a tree design and speckled with gold flecks, Jao's wrist
glides down the page in graceful sweeps which flow and pause, breath-
ing naturally through the space, forming elongated characters (3). Here
the rhythm is not so steady, there are tight loops, open turns, and the
verticals are either weighty plumbs or float with the wind, drying out at
the end, as Dong was fond of doing. The Tang poem reads:

Having just come from my ancestral home,

you ought to know how things are there;

Pray tell me, is the prunus by the ornate window

already in bloom, or is it yet to come?

This is a typical poem of longing for one's ancestral home, the theme
common to so many ancient Chinese scholars who had to travel far to
serve the country either as official or soldier, far from home. Nowadays
such poems must be common experience to every single Chinese, for
virtually no one alive today is living at the house of his ancestor. In this
sense virtually all Chinese alive today are displaced persons. This
theme of pain is so profound that it is beyond uttering.

Jao's Paintings

Jao was born on the 22nd of June, 1917 in Chaozhou in Guangdong
Province and since his youth enjoyed painting. As a child he studied
with an obscure man named Yang who was a friend of the celebrated
Ren family of painters and owned over a hundred paintings by Ren
Bonian. Jao's first mastery was that of the evocative figural style of that

Shanghai master. Nowadays, "ten thousand volumes" or erudition later, Jao declares something akin to allergy to the style which, although remarkably accomplished and innovative, "has kept virtually nothing of the past" and is thus too insubstantial from the view of *wenrenhua* which is predicated on a constant and full-blooded dialogue with tradition.

Although living in an age which reveres only innovation, Jao's scholarship forbids him to sever all links with his roots; he takes the view that perfect imitation of an ancient master requires perfect understanding, not only of his manner of composition, but of the very way he wielded the brush, including the bio-rhythms which engendered his idiomatic brush movements. Jao made over the past decade many close copies of ancient works, including the plump lady seated beneath the tree in eighth century Chinese court style (preserved in the Shôsôin repository at Tôdaiji, Nara), Buddhist iconographic red-line drawings from Dunhuang and Kucha, and Zen inkwash paintings by the Muromachi period Japanese monk painter, Moku'an Rei'en, inkwash fruit and flower painting of the Ming eccentric Xu Wei, or the Qing master Bada Shanren, among others. They reveal Jao's uncanny ability to grasp the essence of their brush-method.

Many of the copies, interspersed among a stunning array of original compositions, can be found in a new publication of his art works, released by the Chinese University Press, Hong Kong at the end of 1989. *Paintings and Calligraphy of Jao Tsung-i*, boasts a large format and, in superb colour, 86 paintings and 25 calligraphy works reflect the nature and quality of Jao's output from 1977 to 1989.

Jao's artistic achievement is quite the equal of his academic publications both in quantity, in excellence, in diversity of focus and, not the least, in their originality. But precisely because of their loftiness, they are not appealing to the average collector of Chinese paintings and calligraphy. The erudition and reserve, *hanxu*, in Jao's work renders his scholarship recondite, beyond the reach of the average graduate student, and his art work unnoticed. Jao does not startle with loud colours and wild gesticulations. At a time when the viewer seeks excitement, thrills and boldness, Jao presents quiescence, plainness and solitude. His art can be likened to the *shuixian* or Chinese narcissus which grows clean and straight, pure and unassuming. Like the narcissus which blooms in quiet solitude, exuding a gentle fragrance of unmatched refinement, his work does not seek to seduce, startle or amuse. He sits, as it were, aloft on the pinnacle of his erudition and accomplishments and challenges those who would to come and understand him. But in a world which is spun in an increasingly frantic whirlwind of political upheavals and crass commercialism, where artists, like trademarks, are sought for their established "brand" images, Jao is certainly a misfit. One cannot say what Jao's typical image is. One can only consider the qualities which typify his work: tranquillity, purity and refinement. The tranquillity is clearly reflected in each painting and calligraphy. There is no shouting, no verbosity, and no rush. Purity is manifested in the cleanliness of not only the theme, but the execution: not one stroke is superfluous. Each dot, each dash, is considered. In this sense Jao is exceedingly sparing of his materials and uses ink in the proverbial Li Cheng manner, sparing as if it were gold. Refinement is found not only in the subject matter, whether it is inkwash grapes, coloured fruits and flowers, landscape in ink monochrome or colour, or figures, and these whether in the manner of ancient masters or of his own devising.

Jao's primary sparring partner is his past achievement and often the very ancient masters themselves. He plays games with them on their own terms—and often wins. In evoking the style of the Yuan master Ni Zan, for example, a man known for his angular linear drawing in very pale inkwash, Jao performs with colours and in lumpy, bumpy strokes. The composition is the hallmark Ni Zan: A lonely tree group on the foreground island gaze across the water past a mid-level island, to distant mountains. The brushwork is sparse, the feeling desolate. Jao inscribes a couplet from Ni's collected oeuvre:

"With a laugh, I let my wet brush cover the paper with mists,
as emerald green water fowl enliven the orchid reeds"
painting a Yunlin [Ni Zan] painting in boneless style, I respect-
fully inscribe his verse.

and turns the painting into a *wenren's* treasure. This play on tradition is very interesting art historically, since the boneless *mogu* style is a very old one used in the eleventh century, and the antithesis of Ni's measured if casual linear style. Moreover, Ni Zan probably eschewed the use of colours, animals or human figures in his verbal or painted imagery, content to lodge his melancholy in understated sentiments and wisps of pale inkwash. While some other painters used to colour their landscapes after first sketching in the contours and modelling in ink, Jao here forgoes ink altogether and proceeds to charge his painting with discreet *wenren* colours: indigo and ochre. He triumphs in his ability to evoke the same sense of desolation and inner anguish and the same lofty refinement which Ni had achieved with linear brushwork in pale ink, even while using brush-modes and pigments entirely at odds with Ni's original principles. Ironically, the couplet ascribed to Ni Zan mentions wet inkwash mists—not common to works ascribed to the Yuan master. In Jao's hand, however, the scene is informed with ample amounts of water, and colour, if not precisely in the form of ducks and reeds!

This is one of the major reasons few people appreciate Jao's art, since its layers of meaning and message require erudition from the viewer. Or take the ink monochrome painting of windblown banana leaves (5), a work so abbreviated it is almost abstract, where calligraphy and pictorial motifs dance, as it were, with each other. The poem reads:

With brush-dots a battalion of toads appears,
Enclosed in the waters of the banana garden.
My joyful heart beats like thunder and lightning,
Man and banana leaves fly somersaults in the wind.

The painting is signed Xuantang, Jao's well known studio name. The verse is ascribed to Bada Shanren himself. The calligraphy and the motifs are done in black, dry ink, often very dry, in focused, animated linear gestures. In an entirely different vein, Jao lets fly the water of his inkwash-charged brush and creates a superb evocation of drunken release of a ripened grave-vine cascading in freeform (6). It is in the style of Xu Wei, the late Ming eccentric painter, calligrapher, poet and playwright. With equal abandon the calligraphy inscribes a poem by Xu which reads:

A few strands of bright pearls suspended in clear water
are difficult to do in ink when drunk.
What need had they for Xiangru's ② *jade bi*
to ransom fifteen cities from the Qin?

Here the Ming artist meant that his own painting of ink grapes are worth the ransom of fifteen cities. Clearly, Jao is in full sympathy with Xu's sentiments!

In landscapes reflecting his inner visions, Jao works in styles as diverse as those he has studied so piercingly. A view of boats attempting to survive the rapids of the rushing Yangzi River as it is pressed through the famous gorges (7), Jao projects an unusual aerial vantage point without, however, failing to render the raging waters in his inimitable hand, combining the loose, wet style he has developed for landscapes with the exquisite fine-line work developed from thousands of exercises copied from Buddhist iconographic drawings, often working in the ancient seal-script style of centred brushwielding.

Jao is an indefatigable traveller who transforms his new visual experiences into original compositions. His adventures into China's western regions in 1985, for example, yielded portraits of the areas in his typically refined colours and brushwork, but in entirely new forms. Such staggered precipices and stack-like pinnacles (8) as seen in Gaochang, for example, have never been painted by Chinese artists from the interior before. And, resembling the heavenly mountains of

Kunlun, Riyueshan (Sun and Moon Mountain) in Qinghai (9), snow-capped, rocky and unending. In the distance is a white Mohammedan temple, Taersi. This is the region where the Yuan dynasty Mongolian emperor Wenzong (r.1328) met his Lords. Such historical anecdotes, unknown to most scholars, are of singular interest to Jao.

In an album leaf of Mount Yantang of 1984 (10) Jao outdoes himself in mastery of water. Thoroughly transforming the wet techniques promoted by Qing monk painter Shitao, Jao's last leaf virtually bathes in water, and yet is utterly controlled. Not one stroke is out of tune. In another bold move, Jao captures America's Yellowstone National Park (11) with some ancient tree done in a very dry brush. Amusingly, here too Jao evokes the eyes and hand of Shitao and inscribes his painting in calligraphy typical of the Qing master.

The diminutive and peripatetic scholar keeps a low profile. Not seen at openings or with society's mighty, he may be found at high level international symposia around the world. His students must travel to his modest flat for tuition in Happy Valley, for informal and rewarding meetings with the master. A sort of self portrait of the spirit may be this small painting of a hermit playing by the reedy shore (12) which Jao had painted in 1982 using colours and no ink. The flautist sits in serene forgetfulness, with all the tumult of the noisy world far from his mind. The stance is rather like that of the artist himself: unobserved, but producing heavenly music.

Notes:

1.The third person pronoun in all its cases in this essay designates humanity in members of both genders. In the case of Chinese painting, the exponents have been overwhelmingly of the male gender, where using the masculine pronoun is appropriate.

2.This story is found in the "Yangsheng" chapter of the *Zhuangzi*.

3.The story appears in several pre-Qin texts including the "Daoyingxun" chapter of the *Huainanzi* and the "Shuofu" chapter

(#16) of the *Liezi*.

4.Lin Xiangru was Prime Minister of Zhao in the Warring States Period and tried to regain the fifteen towns captured by the state of Qin with the largest jade *bi* disc in the world.

從近代白描畫談到張大千、饒宗頤

鄧偉雄

因爲在日本奈良博物館看到兩卷白描畫像，因而想到敦煌白畫，再由敦煌白畫，不禁又想到近代的白描畫。

近百年來，因金石畫派之興起，吳昌碩、齊白石成爲一時風氣頭領，故粗野的寫意畫，可以說極一時之盛。而另一股畫壇力量，則是留學外國尤其是日本回來的畫人，像林風眠、傅抱石、丁衍庸、高劍父、高奇峯等，他們或取道於前後印象派，或東洋維新兩巨匠竹內栖鳳和橫山大觀。這幾派畫家在綫條之上，或取雄豪一道，或近淒迷破碎一道，唐宋以來之白描畫法，只賴傳統派畫人來傳遞。

傳統派畫人巨擘如賀天健、吳湖帆等，於白描人物花鳥等方面，都非所長。花鳥畫大師于非闇，曾見其白描雙鈎，近宋趙子固，但這在他是偶一爲之。所以對武宗元李公麟等一脈傳下來的白描畫法，應當推張大千居士及受其影響之畫人如謝稚柳等最優爲之。

張大千居士的白描美人，曾經是名震一時。而他近來印出來的中年力作《九歌圖》，柔美婉約，可以說是把李公麟畫法中綺麗明秀的一面，推至另一高峯。細看他的《九歌圖》，不論面相手足，或衣紋服飾，一派流轉整齊之美，一代宗匠，確是當之無愧，可惜近年來因眼疾關係，已不能再見這一類作品了。

　　近年來饒宗頤先生卻開展出白描畫的另一新路，他在法國數年，把現藏在巴黎的敦煌所出白描畫稿看遍，寫成了《敦煌白畫》一書。這些白畫，都是唐代畫工在敦煌繪壁畫時的畫稿，所以在用筆上，和武宗元李龍眠的文人畫派之白描法大相逕庭，可以說一是靜美，而一是雄樸。饒先生博觀這些白畫，而他又精於漢簡書法，他運用漢晉稿書的筆法，把敦煌白畫豪縱的綫條重新表達出來。

　　這幾年來看到他的白描佛像，人物和牛馬，一片古拙渾厚的意態，真可以說是白描的新發展，古人論東坡詞“一洗綺羅香澤之意”，我於先生之白描，亦有如是觀。

　　近代的白描有大千居士及饒先生的開展，將來在畫史上，應當是繼晚明之後，另一個光輝時代。

　　（載鄧偉雄《藝苑閒話》，香港博益出版社，一九八三年六月出版。）

饒宗頤書畫論評（二則）

青山杉雨

饒宗頤教授個展作品

　饒教授は夙に古代文字学の権威として世界的に高名の人である。特にパリ国民図書館に集蔵されている所謂ペリオ文書と言われる敦煌出土文書の研究では今日第一人者と目され、また佛国学士院よりその功を評価されてジュリアン賞も授けられている。然し教授は単にこの文字學のみに限らず、中国文化万般に亘って驚くべき博識の持主で、その造詣の深さは今日の日中文墨界に於ては生辞引的存在であると言っても過言ではなく、新嘉坡の南洋大學、香港の中文大學で長らく教鞭をとって多くの後進を育てられた。

　今回京都大學出講を機に催された書画展は、その見識を反映するまことに見ごたえするもので、識者の間に多くの話題を提供した。掲出した作品はその一部であるが、これによって見られる教授の書画は、その関心の中心を特に元代に置かれているもの、如くに思えた。然し併せて出品された仿石濤巻の山水画は、迫真の傑作との評判が高かった事も、その才腕が並々のものでない事をよく物語っている様に思えた。

　　会期　八月二十日より二十六日まで

　　会場　新宿朝日生命画廊

　　（載《書道グラフ》，近代書道研究所，1980 年 11 月出版。）

中国の書と画について——
民国より現代まで

　呉昌碩の活動はむしろ民国後になってそのスケールを拡大した感があります。西冷印社社長として文墨万般に巨大な指導力を発揮したことは今日誰知らぬものはありませんが、それに続く人として数えられるのは斉白石です。庶民的な風趣をもつ奇古な画風が評価されて、呉昌碩に次ぐ人となりました。

　黄賓虹、徐悲鴻、傅抱石、張大千などは民国後の巨星的存在です。黄賓虹は伝統の水墨山水に精励しましたが、徐悲鴻はフランスに留学したりして西欧画法を伝統にとり入れ、特に馬の画でその名を謳われました。

　傅抱石は日本に留学して、伝来の画法に新たな格調を摂取して世人の注目を浴びておりましたが、惜しくも早世しました。張大千はなかなかの才腕で古画の模写にも長じ、また青緑による斬新な画法と開発して世界的に多くの賞賛者を獲得しております。

　翻って今日の中国の画壇を大観してみますと、潘天寿、李可染、程十髪氏などの名人たちが新時代に相応しい傾向の作品をつくるべく努力していた姿が目立ちます。

　その中で、香港在住饒宗頤氏は、容庚、商承祚など嶺南文人の両巨頭亡きあと、その欠を補う貴重な存在となっております。その画は黄公望ほか元人の風を慕い、書は北派書法に傾倒する高踏的な努力は世人の高い評価を受けています。また台湾の故宮博物院の副院長に任ずる江兆申氏は、絵画の伝統技法の模索に没入して、今日では台湾随一の名家としてその画業が讃えられております。

　（載青山杉雨《中国書畫談叢》，日本書藝院，1991年8月31日発行。）

在 "四維" 天地中馳騁

——饒宗頤先生畫集讀後

周錫䪖

一

早在宋元時代，當西方藝術家正苦心孤詣地跋涉於"摹仿"之途，中國的文人畫家已成功地發動了一場藝術意識的革命，實現了從 "再現" 到 "表現" 的飛躍。繪畫的本體意識開始覺醒，中國畫也在世界藝壇中率先脫穎而出，由 "他律" 進抵 "自律" （ Autonomy ）的境界。這在美術發展史上實有劃時代的意義。

所謂書法（包括詩文）和繪畫的結合包括兩個方面：一是以書入畫，一是以書（詩）配畫。

趙孟頫有《自題枯木竹石圖》詩：

石如飛白木如籀，畫竹還應八法通。

若也有人能會此，須知書畫本來同。

這是以書入畫最明顯的一種觀點。所謂 "以書配畫"，則是指詩、書、畫（印）的圓滿結合。

繪畫，原是通過二維平面暗示的三維空間藝術，而詩歌，則是所謂 "時間" 藝術；題畫的書法從形式上看，相當接近繪畫（積綫而成），而書寫的內容卻又是詩歌，因此，它成了將畫和詩緊密結合起來的理想的紐帶。中國畫，遂由於通過題畫詩、跋引入了“時間”因素，而成爲世界畫壇上獨一無二的超越三維空間的“四維”時空藝術。它將視覺和聽覺、空間與時間、直觀與冥想、有限與無限，聯繫、統攝起來，大大豐富作品的内涵，增强了形式美感，開拓了自由表現的新天地，給欣賞者以感官和心靈的充分滿足。

二

道理既明，現在可以來談談饒宗頤先生的畫了。饒先生作品的特點，可用“雋、雅、新”三字概括言之。雋，是指題畫詩文雋妙；雅，是書法醇雅；新，則是畫法生新，畫意清新。

饒先生作爲馳名的學者，他最早以及現在最濃的興趣是繪畫。他六歲已無師自通地描繪各種人像，尤喜畫佛。十二歲正式從師。學習山水、花鳥、人物技法。那位老師家藏大量任伯年作品。少年饒宗頤便如魚得水，以畫爲糧，拍浮“墨池”中，把他所能見到的任氏作品痛快淋漓地臨寫多遍。他養成了把宣紙張於壁上，站着作畫的習慣。數尺長的綫條，可以懸腕引臂，一氣而就。這種訓練，爲饒氏日後畫藝的發展打下了牢靠的基礎。如此直到十七歲。他寫任派的作品，無論小品，巨幅，已達到縱控自如的地步。

可惜，隨着年齡增長，興趣轉移，他的畫筆一擱下二十餘年！直到六十年代初重新拿起畫筆時，已過不惑之年了。

三

饒先生之畫，空靈秀逸，超詣絕塵，他以活法寫活景，故能使筆下風光流轉，境界常新。

古人云：讀萬卷書，行萬里路。饒先生蘊蓄既富，閱歷亦豐，幾大洲都留下了他探奇訪勝的足迹。我們看歐陸的皚皚雪峯、北美的莽莽叢林、黃山的雲海、武夷的峭壁……——在他筆底展現出蓬勃生機。“搜盡奇峯打草稿”，自不同於泥古不化者之胸中丘壑。饒氏畫境之優雅清新、靈活多變，和這一點有十分密切的關係。

但是，要寫出“活景”，還須憑“活法”。所謂“活”，是指隨形異相，筆無定姿，唯以形神兼得爲鵠的。大滌子論畫之言曰：“法無定相，氣概成章。”鄭板橋題畫之詩曰：“十分學七要拋三，各有靈苗各自探。”饒氏浸淫於古法，挹注有年，而能脫出窠臼，自成面目，當然是靈苗獨探的結果。在一幅山水畫上，他這樣題道：“石濤師云：只須放筆直掃，千巖萬壑，縱目一覽，望之若驚電奔雲，安問荆、關、董、巨耶？颱風後寫此，不覺意與之合。”此幅畫面的崇山和在風中偃舞的樹木，乾濕並施，疏密有致，筆法非倪（瓚）非文（徵明），而生動飄逸，奕奕有神，如碑之剛，如草之狂，不可謂非饒選堂自家本色。武夷寫生册又另成一路：近景以濃墨簡筆出之，時帶飛白，儼如鐵鑄；遠景則用没骨法取諸峯渺莽之神，收到强烈的對比效果。

饒先生擅寫石榴等潑墨大寫意花果，他那富於内蘊的筆觸，澀而不留，如刻如蝕，很有個性面目。這是和他湛深的書法造詣分不開的。

與傳統文人畫不同，饒先生還相當重視色彩的運用：或色墨兼施，淋漓渾融；或以色代墨，直接勾皴點染，使畫面更契合自然的風貌。他的瑞士黑湖寫生册頁，以色綫勾雲，奔放瀟洒，頗具“現代派”自由抒寫的韻味。又如與程十髮合作的柳鴨圖，純用色彩繪出垂柳、刺桐，色調明麗而絕無俗氣，與畫面下方的蘆碕互相呼應，並得骨法用筆之妙。可見，他在吸取西法某些優點的同時，一直能堅持“爲我所用”。

如果説，饒先生前一階段的創作，主要是以氣格取勝的話，那麼，近期作品便更豐富了氣勢的表現。筆者最近曾欣賞了他幾幅剛完成的大型作品（未收入畫集）。這些作品，多採全景式構

圖，"山從人面起，雲傍馬頭生"，境界極爲雄闊；而縱恣淋漓的
筆墨，更將披麻、折帶以及米（友仁）、夏（珪）式的"拖泥帶
水皴"冶爲一爐，顯出一派"山川相繆，鬱乎蒼蒼"的氣象。他
那新穎而多變的構圖，那空靈、活潑的筆法，處處傾注着對新的
技巧形式和更高審美理想不倦追求的熱情，令人感到其藝術生命
正蒸蒸日上，無可限量。

四

饒宗頤先生作品能臻勝境，於畫意清新、畫法生新之外，還
得力於題畫詩文、書法的密切配合。

他的款字多以魏碑融入章草，再參褚體筆意，顯得清超醇雅、
卓爾不羣。饒氏氣體之清，卻能在書壇濟濟名手外另樹一幟。其
詩章亦風華掩映，足以生發畫意，如《別加拿大路易士湖》之"雪
嶺崔巍不可躋，江干萬樹極淒迷。殘陽欲下愁何往，秋水方生我
獨西。……《題畫絕句》之"蕭寥涼樹雜尖風，懶瓚心情或許同。
殘墨自磨還自試，亂雲飛下不成峯"；《浣溪沙》詞題沙田晦思
園梅圖之"信宿昏禽語寂寥，護林心事莫辭遙，一枝聊與盡春韶。
別夢還依雲采采，愁心直寄水迢迢。冷香從不折纖腰"等等，均
工麗雋妙，惹人聯想。

×　　　　　　×

近世以來，中國畫何去何從，引起了廣泛的關注。其實，國
畫的改良、發展是有多種途徑可循的，不妨作多元的探索。值得
注意的是，普遍着眼點都在造型、佈局、筆墨、色彩等純繪畫技
法形式方面，似欲與西畫一競短長（這也是必要的）；而對如何
進一步光大傳統，發揮中國畫作爲"四維"時空藝術的獨特優勢，
則談者寥寥，有些甚至視爲"過時"之物而棄若敝屣。饒先生的
創作，恰從這方面作了有益的探討，這無疑是很有意義的。

（原載一九九〇年三月三十日《大公報》新七二七期《藝林》。）

《饒宗頤翰墨》中的書法

鄧偉雄

　　《饒宗頤翰墨》這一本書畫冊，繪畫佔了很大部分的篇幅，因爲二百件刊出的作品中，只有四十件是書法。

　　不過這四十件書法，卻是極具代表性，可以見到不單止是饒選堂教授的書法造詣，也可以見到他的書法主張，因爲其中一件，是他論書詩長卷，這一首用元代長春真人丘處機的青天歌韻寫成的長詩，把饒氏對書法的看法、主張都概括地寫出來。

　　青天歌這一首長詩，是因爲近年在中國出土一件徐文長所書的長卷的再顯於世，在出土之初，不少人以爲是徐文長的詩作，後來才考出是元代全真教的丘處機所作。

　　饒選堂教授對徐文長這個書卷及這首丘處機的詩，做過不少研究，或曾發表文章討論它。在十餘年前，他在巴黎大學任客座教授之時，"自頃旅居，久疏筆研，惟暇復撫琴，睡足飯飽，重溫去歲此作（選堂教授書青天歌卷），彌有所悟，用廣其意以論書云"。

　　他在這跋語中，提及撫琴，是因這一首論書詩，表達他近年對書法之體悟，以爲書法一事，尤其行草之作，與音樂之韻律節奏，有極其相關之處，所謂"乍連若斷卻貫串，生氣盡逐雲光馳，一波一撇含至樂，鼓宮得宮角得角，肥瘦乾濕渾相分宜之"（論書詩中句）。

　　饒選堂教授之以書法相通於音樂之論點，實開論書的一個新觀點，也可以作爲百藝之理皆相通之明證。古人書畫同源，其實書、畫、篆刻、音樂、雕刻等，何嘗不是同出於一源呢？

　　收入《饒宗頤翰墨》一書中的其他書件，真是各體兼備。

　　饒選堂教授在甲骨學中，著述甚豐，較之昔年研究甲骨之"四堂"——羅雪堂、王觀堂，郭鼎堂及董彥堂，有過之而無不及。而四堂之中，唯羅雪堂、董彥堂能甲骨書法，羅雪堂以金文筆法寫甲骨，董彥堂書甲骨，則以肥厚爲主，饒氏書甲骨，着意在甲骨文的古拙筆意，而用筆不拘於豐厚或瘦硬。是羅雪堂、董彥堂、簡經綸、葉玉森，丁輔之諸家之外，另一面目。

　　饒氏對楚國文化，著述亦多，對楚國傳世的名迹"繒書"，亦有不少專著，他對楚繒書中的文字的書寫，時有涉筆，曾有論近世書法者云，中國當代能寫繒書者，台灣王壯爲氏及饒選堂教授，可稱並世兩雄。

　　至於簡牘書法，由昔年出土之流沙墜簡，到今日新出土之竹木簡，饒氏都有深入研究，臨摹漢簡的書寫，亦時有所作。漢簡本是西陲軍民人等手筆，而饒氏以文人氣韻之筆觸，寫古人俗書，不入古意而有創意，是他廣爲人知的一種書體。

　　饒選堂教授除了對古文字的書寫，着意研究之外，他早期書法，是植基在唐朝歐陽詢及顏真卿兩家，尤其在歐書九成宮醴泉銘及顏書麻姑仙壇記下過很深功夫，到現今，他的行楷書，結體近長方形，有軒昂之態，就是受到歐陽詢書法之影響。

　　唐碑之外，他對龍門造象，爨寶子，前秦廣武將軍碑，張猛龍碑，石門銘等魏晉碑刻，也一樣下過很大功夫。《饒宗頤翰墨》這本書册之中，有幾幅碑體的字，可以見到他在這方面的造詣，而饒選堂教授的碑體書法，一洗清代寫碑體的人那一種猙獰習氣，但亦沒有趙撝叔之後，寫北碑者劇媚之態，他用了行草書筆意來中和碑刻字體的板刻，爲寫北碑者開一新路。書畫册中有一幅北魏王莨墓誌，可以窺見他在這方面的成就。

　　饒選堂教授的行草書，最具其本人的面目，也是他寫得最流露自然的一體。

　　清代以來，因吉金栗石的書體盛行，不少書家變得專趣尚古，而少注意及行草書法，但饒教授卻力主不偏廢任何一時代的有特色作品，故他於明末清初書家的行草書法，絕不因其時代較晚而忽視他。

　　他在其所著之《論書十要》中，就有一則提及晚明書法者。

　　他在論明代書法一則云：“明代後期書風丕變，行草變化多闢新境，殊爲卓絕，不可以其時代近而蔑視之。倘能揣摩功深、於行書定大有裨益。”

　　而他對明末清初之黃道周、倪元璐、張瑞圖、陳老蓮、八大山人、王覺斯等人的書法，都着力吸取其變幻多端之結體，神龍矢矯的行氣，乾濕變動的筆法，這一些都一一融入在他的行草書中，故此他的行草書法，在強烈之自我面貌之中，見到晚明書風的奇氣。已故馮康侯老師昔日曾云饒教授所書的行草書，帶有黃道周、王覺斯之奇變，又有章草古樸之意，奇正相生，自成面目，確是知言。

　　近十年來，饒教授又再轉向隸書的書寫，他本來對漢簡書體，浸淫不少年月，而對新近出土的秦漢簡帛諸書，更是悉心研究，他以爲這些新出土秦漢書法墨迹，“奇古悉如雅畫，且皆是筆墨原狀，無碑刻折爛、臃腫之失，最堪師法。” 他就在這一些秦漢人真迹中，參以秦漢諸刻，尤其是張遷、華山、乙瑛、孔宙諸碑，求取漢隸之真貌，故此其隸書，渾厚古樸，於拙重中取意，又成他近年書法一大特色。

　　他視書法爲真樂，以爲“尺幅之內，將磅礴萬物爲一，其樂不啻逍遙遊”。故其書純爲自然流露，自更勝於斤斤於點劃築構者。

綜貫古今　別開生面

——論饒宗頤教授的治學精神與書法途徑

林漢堅

　　近世的碩學鴻儒，同時兼爲書法大家，不但有實踐工夫，而且有其理論體系，像沈寐叟、康有爲、章太炎等學者，他們在這方面的成就有目共睹；現爲香港中文大學藝術學部榮譽講座教授的饒宗頤（選堂）教授亦爲同類型的一位書法大家，而其書學路徑與沈寐叟尤其接近。沈氏早年熟通四裔史地，饒先生的《選堂集林・史林》中亦有大幅篇章探研域外交通的多方面問題，沈氏嫻熟内典，饒先生亦埋首在梵天宗教經典語文中，究極天人之際，且曾到過印度、錫蘭、緬甸各域。此外，他嘗繼馬伯樂在法京Sorbonre主講上代宗教。其門下士更有翻譯《五行大義》之貢獻。饒先生真的具有沈氏所説的　"開埠頭本領"。他們的治學態度，都同樣有一種綜貫古今，別開生面的廣闊精神，復把它運用到藝術探討的領域上面，使道、藝相互滲透，二者取途同歸一致，所以能夠卓然成家，各具風範。

（一）窮究古文奇字

　　饒先生是位有極深造詣的古文字學家，在甲骨學及戰國文字方面最負盛名，他的《殷代貞卜人物通考》在卅年前出版，全書共一千頁以上，饒先生把當時所能見到的卜辭上所見有貞人記名者作一次集中的總結研究，他指出貞人往往跨越不止一代，第五期的貞人其實在第一、二期已經出現，近年他主編《甲骨文通檢》，在前言中更强調貞人之名，大多是地名，異代同名的現象太多，所以斷代須另覓標準，其眼光銳敏，持之有故，這是在史學上的貢獻。至於楚帛書的研究在國際尤負盛名，他所撰寫的《楚帛書在書法上地位》一文在本年九月份的《東方（ Orientation ）》雜誌發表，暢論帛書與八分及隸書承先啓後的關係，極具創見，可謂書法史上一篇重要文字。他又從清代方濬益的《彝器說》中加以引申，區別筆畫中肥而首尾出鋒者爲古文系，畫圓而首尾如一者爲篆籀系，他對古文浸淫最深，於書法嫻熟各體，故能取精用宏，能作多樣書態，不拘一體。作爲古文字學家，比一般純粹的書法家，在運用資料的廣度與深度上，自然不可同日而語。

（二）重 “勢”

饒先生在《序勢論劉海粟的畫》一文中説：“法書之本，永字八法，是曰‘八勢’、隨形應變，爲態極妍，而畫筆所至，山川薦靈，或闔或開，有形有勢，受遲則拱揖有情，受疾則操縱得勢，受變則陸離譎怪，受化則氣氳幻滅，畫理筆法，其天地之質歟？其山川之飾歟？此有識者之所共喻也。”（《海粟老人書畫》卷首）他强調“勢”之重要性，無論“遲”、“疾”、“變”、“化”都是以勢爲基礎。

一九八〇年八月他在東京新宿區“朝日生命畫廊”，應日本慎謙書道社作專題演講的一篇論文，《關於中國書法的二三問題》，饒先生亦論“勢”，至爲詳贍。他云：“書的字形姿態，古人稱爲‘字勢’……（衛恒）討論四種主要的字體，名其書曰‘四體書勢’。”‘勢’字特別使用在書法上，有它的特殊意義。……用‘勢’字來形容書體，是東漢以來流行的習慣。以後便有人借書勢之‘勢’字來論文章，彈琴的手法亦稱‘勢’，這些都是採取自書法

的字勢。'勢'在書道，文學都有極重要的意義。書法一直到董
其昌，還是抱緊一個'勢'字。可見要成爲書家，對於'勢'字應
該仔細去體會。"饒先生審察文學、音樂及書法上"勢"的重要
意義，並拿來解釋數百年來一脈相傳的書學傳統，可謂別具卓識。
又云："考文固然必審書勢，寫字更加倍要審字勢了。"所謂"字
勢"，當然是以單字作中心主題，求其筆畫間之相互呼應，此"即
字與字之相接，求氣之連貫，不可不注意。否則只能寫一二個大
字，不能成行，無行氣之可言"。故"字勢"與"行氣"互爲關聯，
一而不二。最後饒先生提出寫字求"勢"的基本功夫，他說：
"字的外形是'勢'，而内在條件卻是'力'。勢是文，而力是質，
文與質相成而不可偏廢。力的養成，'習篆'正是關鍵工夫，有
勢無力，只是虛有'字樣'而已。"因此，"習篆"是學書的基礎。
在《詩畫通義》文中《度勢章》一節，饒先生亦論"勢"，其言
曰："詩中之意如龍，猶作畫之主題也。屈申夭矯，益之雲煙繚
繞，則所以助長其勢。山水畫之作，煙雲變滅，亦取其'好勢'耳。
故王麓臺謂畫須有氣勢（《雨窗隨筆》），唐岱亦主畫宜得勢
（《繪事發微》）……蓋畫勢之成，與詩同體，倒墨騁翰，標韻
凝采，理正同符。至乃書品亦重體勢，中郎之於《篆、隸二勢》，
一比黍稷之垂顛，一譬星雲之佈陣，泱莽無極，庭燎飛煙，畫也
何以異是？"詩、書、畫三者的共通義，均重體勢，可謂一針
見血之論。

　　饒先生曾說他在巴黎曾見過沙畹帶去的《好大王碑》不止一
幅的整紙拓本，深切體會到碑亦要顧全篇佈局，整體行氣的重要
性，故主張臨摹碑帖，要選全拓佳本，纔能窺見整體氣勢。但一
般拓本裝裱成册後已失去本來面目。

（三）"懸針篆"的提倡

　　饒先生認爲："東漢以來，篆書尚有上肥下細的懸針體。僧

夢英的十八體篆，最後二項即爲懸針篆與垂露篆……自李陽冰、徐鉉以來，玉箸篆盛行。至於今日，懸針篆已無人問津，唐本用懸針體書寫的《說文》久佚不傳，只存木部口部殘本而已，此道可說現已中絕。我人看《嵋台銘》，筆力勁健，結構邃密。清人篆書，鄧完翁玉箸多用住筆，吳讓之筆畫或中間收縮而收筆稍壯，趙之謙、徐三庚受《天璽碑》影響，間用懸針法於筆畫之間，在篆勢收筆用懸針，是所謂‘無垂不縮’之重要工夫。新出土的資料像春秋時代的《侯馬盟書》等，可供參考之處甚多。要重行振興曹喜的書風，在今日是不難而且是必要的。”以“篆書”體勢言，晉以前“玉箸”（體瘦長而筆畫前後勻稱者）、“懸針”（筆畫鈎挑，首粗末細，狀似懸針者）兩者並行，後人論書主“中鋒”、“藏露”，追求書法上溫柔圓厚，平澹雅靜之理想境界固然可以凝聚書道上的美學精神與書法家個人修養的意趣，惟“垂露”、“懸針”等傳統風貌不應棄如糟粕，還有待於發揚光大。

（四）以琴理通書道

在《書法藝術的形象性與韻律性》一演講詞中，饒先生指出：“字與字間下筆的先後銜接和疾、徐、斷、續、聚、散的節奏問題……很像音樂演奏時結構上的旋律的表現。”又云：“（中國書法的特色）牽涉到中西美學上審美觀點的差異。西方注重‘焦點透視’（Converging Perspective），使視綫集中在一個定點（Vanishing Point），音樂的節拍點和國畫一樣，亦是由一個定點形成聲音在縱橫間的數的定量關係，意味着具有立體結構的幾何空間的對稱軸或對稱點。中國藝術包括圖畫音樂，似乎都以‘散點透視’（Multipoint Perspective）爲主，打破空間距離的對稱核心，以無限的空間在綫條的活動上表現活生生而氣韻充滿的生命力，在不齊整之美的筆畫中建立和諧的秩序。繪畫與音樂異軌同奔，奔放跌宕以及莊嚴雄偉的各種式樣的綫條美。特別書法在運筆上的提，頓、疾、徐等加上濃淡乾濕墨彩表現在綫條運行的旋律，更令人感受到散點空間美上的無限愉悅。"上述所論，饒先生是從書法的形象性論其與音樂之關係。在"書法藝術的韻律性"一節中，饒先生以其對琴理、書學上數十年的實踐體驗，提出："書法與古琴都同樣可用綫條的韻律來尋求它的'美'所以形成的道理。"在《詩畫通義》中，饒先生有論"氣韻"之章，其詞曰："六法，其一曰氣韻生動。韻本聲律之事。劉勰云：'同聲相應謂之韻'是也。嵇康琴賦：'改韻易調。奇音乃發。'改韻可得奇音，迅筆乃出異采。文之韻，亦猶樂之韻也。"在這裏，饒先生以琴理來論書理，認爲"改韻易調"的變調方法，可以運用到書法的變化創造上。由書畫上之"氣韻"，結合文章詩詞之"聲韻"，以至樂理上之"琴韻"，其持論尤爲精到。

（五）移書入畫

眾所周知，饒先生亦是當代中國著名的水墨畫家，其敦煌人物畫像，綫條剛柔並濟，徐疾有致，無疑是多年臨寫經卷鍛鍊而成的筆調情趣，難怪畫像輪廓鈎勒得準確有力，筆筆入紙。

饒先生在孩童時候，從他的父執蔡夢香先生授得其執筆訣，蔡老先生執筆之法凡若干變。

饒先生在《夢香先生書畫集題辭》上曾記：夢香先生"寢無牀，終日在呵欠吐納之中，一生離於'夢'者僅十之二三，查伊璜謂'畫是醒時作夢'，尚有一畫字橫硬胸中，若先生作畫則不知是書？是畫？是夢？是醒？醒後入夢，而不知是夢。先生何有于夢？何有于醒？"蔡先生是那麼超脫的藝人，饒先生笑語述及他少時在蔡先生處，對執筆法特別有所領會，這使人聯想到宋代姜白石學書於單炳文，相信這是一件少爲人知的事情。

饒先生少時學書和畫，以"抵壁"爲習慣。米元章《論書》提倡"抵壁"作書，饒先生十二歲從金陵楊栻學巨幅山水，即以宣紙直幅裱於牆板上，縱意揮灑。古人書丹者正是提筆書寫其上。
饒先生身體力行，少時已能抵壁作書和畫，累年積月，打下了今
日的穩健基礎。

（六）中日書法交流

日本目前書道蓬勃，其盛況遠非中國書壇所能企及。今日所
見，全國各地都有書道的組織。自從晚清以來，日本書道的倡導
者，特別受到趙之謙、楊守敬之影響。關於中日書法交流的有關
問題，饒先生於一九八〇年應日本慎謙書道會之邀在青山杉雨主
持下作專題演講，他指出日本書法本來崇尚"王樣"，到了五山
僧一山人及虎關以後，才起巨大變化。一山善顏書屋漏痕之法
（見《濟北集·彼之行狀》）；其弟子虎關更能體會出山谷行草
中滲有篆法的特質，是書道史上重要之轉捩點。饒先生對彼邦書
法史瞭如指掌，他應青山之請，力寫一篇中國之書與日本之書，
發表於青山所編《書の日本》第二冊的卷首。文中進一步指出王
體流入之前，日人在碑刻上根本是繼承北朝的系統，這是日本本
土原來已流行北碑的證據，不必到楊守敬，才有碑學傳人，他臚
列多種金銅墓誌上文字寫佐證，發人所未發。在紀念《神田喜一
郎論文集》中，饒先生有文指出天童寺密雲圜悟和尚的書法和日
本宇治"黃蘗宗"的關係，並加以申論；以上種種，都爲饒先生
在中日書法交流史方面作出了重要的貢獻，難怪被日本推尊爲書
道史研究最有權威性的中國學者。

饒先生又爲世界有名的敦煌學專家，自一九八三年起，他利
用巴黎所藏的敦煌經卷資料，爲日本二玄社主編《敦煌書法叢刊》，
是編共二十九巨冊，內容種類分經卷，牒狀等十大類，條目了然，
該書與《書道名迹叢刊》合爲姊妹篇。由於《叢刊》的出版，世
人對中國古代書法的認識有進一步的加深體會，這無疑是中、日
兩國學術界互相合作的一重要成果。

饒先生的鴻才博學，在日本書道界幾無人不知，今天，年逾七十的饒先生仍埋首於這方面的研究工作，這委實有着不可磨滅的功績。

（刊《書譜》一九八七年第六期。）

選堂先生與學者畫

萬青力

　　饒宗頤教授書畫展，目前正在港大馮平山博物館展出。香港畫展繁盛，加之拍賣行活躍，令人目不暇給。然而，選堂先生這次書畫展，意義頗不尋常，非其他畫展可同日而語者。

　　選堂先生畫，乃學者畫，或學人畫，屬畫史中最爲稀罕珍貴的藝術。

　　畫史上可稱爲學者畫家的，實在是寥寥無幾，其作品更可謂片紙難求。傳東漢經學家趙邠卿（公元二世紀），東晉僧人學者慧遠（三三四至四一七），南梁文字訓詁學家顧野王（五一九至五八一）皆擅畫，惜迹渺失傳，無從稽考。五代以降，文人畫漸興，以至元代以後，成中國畫史主流。然而文人畫家並非皆學者，可當得起學者的文人畫家，千百不居其一也。宋初郭恕先（約九一〇至九七七）著《佩觿》，輯《汗簡》，或可稱文字學家，有《雪霽江行圖》殘片傳世，已成稀世之寶。北宋科學家燕穆之（九九一至一〇四〇），據載有作品傳世，疑或附會其名而已。倡文人畫最力者，莫過於蘇子瞻（一〇三七至一一〇一），文學、書法皆一代大家，著有《易書傳》、《論語說》等，稱學者亦可當之。其畫作傳世稱有三本，唯上海博物館藏《古木怪石圖》一件，或可信之。其後左右文人畫的領銜人物如元初趙松雪（一二五四至一三二二），明末董香光（一五五五至一六三六），稱學者，仍嫌建樹不足也。而明末清初，可當得起學者畫家者，似僅方密之（一六一一至一六七一）一人而已。近代或可舉出沈子培（一八五〇至一九二二），亦學者而擅畫者。學者而兼以詩詞、法書名世，原不足爲奇；而其中又兼善丹青者，可謂稀若晨星，屈指可數也。古之學者善畫者，每不過各涉一科，如選堂先生山水，花鳥，人物無所不能者，更不見先例。

吳興錢仲聯翁序《選堂詩詞集》，曾以選堂先生與近代兩大學者王靜安（一八七七至一九二七）、陳寅恪（一八九〇至一九六九）相比較，謂論學問，則王、陳二公，不如饒公之博；論詩境，則王、陳二公更不能與饒公侔也。又謂饒公詩詞境界之大，出之旅邁之遙，近世惟黃公度（一八四八至一九〇五），康更生（一八五八至一九二七）庶幾能之。而選堂先生詩境之淵放遙深，又黃、康二公所不逮也。錢翁所論其誰曰不然。況黃、康、王、陳四家，皆不能畫，此又遜饒公也。

近世論及中國畫史，屢見奇談怪論。有作"明清無畫論"者，有以"現實主義"洋尺度決棄取者，更有以"繼承型"、"開拓型"判高下，進而宣佈傳統中國畫已至"絕途末路"者。上溯其源，皆始於康更生先生否定元以來文人畫傳統，倡宋院體畫與西方寫實主義繪畫融合之説 。其後則陳仲甫（一八八〇至一九四二）"革四王命"口號一出，偏激之論，而接踵不絕。四王以得古人脚汗氣爲榮，自不足掛齒。而文人畫至四王已轉向變質，成爲宮廷繪畫，批評四王，無可非議。但進而否定文人畫傳統，則未免荒謬。蓋文人畫現象，乃中國畫史所獨有，此優於西方繪畫史之處，係先進而非落後現象也。雖則一九〇五年清廷被迫廢除科舉制之後，歷史上的文人階層遂漸解體，文人畫概念已成歷史；而文人畫講學養，詩文爲助，以書入畫，輕描寫、裝飾、製做，重抒發、自然、天成，游於藝而非職業化等自由精神，卻仍待繼續宏揚。余八四年曾撰文倡"畫家學者化"，畫家多不以爲然；遂寄希望於青年學者而有興趣於畫者，雖然不成氣候，而響應者日多。今有選堂前輩爲芝範，執大纛開學者畫風氣於先，則中國畫可獨步世界藝林而不至於墮爲西畫附庸也。

選堂先生畫，有懷碩等先生論之甚詳，可參見中文大學出版畫集。馮平山博物館館長劉唯邁博士歸納選堂先生畫氣格爲三雅，即文雅、清雅、高雅，可謂知音者言也。余仰慕選堂前輩學問久矣，應聘來港大任教之前，亦時聞香港有文化沙漠之稱，每詫異有饒公這樣大學者在，何出此言耶？或因香港淺文化，商業文化流行，令人厭倦，則選堂先生書畫，可當綠蔭也，清泉也，特健藥也。

十月五日晨於陸佑堂

七

綜論

饒宗頤教授傳略

曾憲通

　　饒宗頤教授字固庵，又字伯子，號選堂，是海内外著名的史學家、經學家、考古學家、古文字學家、文學家和書畫家，又是出色的翻譯家。現爲香港中文大學中文系榮休講座教授，及中國文化研究所榮譽講座教授；香港大學榮譽文學博士及香港大學中文系榮譽講座教授。一九六二年獲法國儒蓮漢學獎（ Prix Sta-nislas Julian ），又曾爲法國科學中心（ C. N. R. S. ）遠東學院研究員。一九八○年被選爲法京亞洲學會（ Sociéti Asiatigue ）榮譽會員。中國國務院古籍整理出版規劃小組顧問。

　　選堂先生一九一七年六月生於廣東省潮安縣。父親饒鍔（純鈞）博學多才，工於詩文，精於考據，尤擅譜志，著有《佛國記疏證》（稿）及《潮州西湖山志》。家藏典籍積至十餘萬卷，是潮州有名的藏書家。選堂先生幼承家學，聰穎過人，詩詞書畫琴藝，初試即露鋒芒，故早享盛譽。十六歲咏優曇花，一時驚諸老宿，競與唱和。二十歲任中山大學廣東通志館纂修，即脫穎而出，其《潮州藝文志》（一九三五年）及《楚辭地理考》（一九四六年）二書，爲先生早年成名之作。其後專攻文史，潛心學術。先後在廣東省韓山師範學校、無錫國學專科學校、廣東省文理學院、汕頭華南大學執教，兼任潮州志總編纂及廣東省文獻委員會委員。在此期間，先生著述甚豐，但其時正當日寇侵華之艱難歲月，生活顛沛流離，故積稿多未刊行而散佚殆盡，僅存流寓粵西所作之《瑤山詩集》，殊感可惜！先生早歲見重於顧頡剛教授，由顧老約定編著新莽史及《古史辨》第八册（古代地理），均因亂未及印出，僅有"目錄"，載於《責善》半月刊（齊魯大學印行）。

先生於一九四九年移居香港。一九五二至一九六八年，任香港大學中文系講師、教授，主講詩經、楚辭、漢魏六朝詩賦、文學批評及老莊等專題。課餘則從事古代文獻的整理與研究，在此期間，出版了《楚辭書錄》（一九五六年.）、《楚辭與詞曲音樂》（一九五八年）、《九龍與宋季史料》（一九五九年）、《詞籍考》（一九六三年）、《潮州志匯編》（一九六五年）、《香港大學馮平山圖書館善本書錄》（一九七〇年）等。與此同時，先生更注重新發現材料的綜合與探究，如《韓江流域史前遺址及其文化》（一九五〇年）、《從考古學上論繪畫的起源》、《長沙楚帛畫山鬼圖跋》、《戰國楚簡箋證》、《者㳉編鐘銘釋》、《居延零簡》、《京都藤井氏有鄰館藏敦煌殘卷記略》、《金匱室藏楚戈圖案説略》（並一九五三年）、《長沙楚墓時占圖卷》、《帛書解題》（並一九五四年）、《敦煌本老子想爾注校箋》（一九五六年）、《日本所見甲骨錄》、《巴黎所見甲骨錄》（並一九五六年）、《長沙出土戰國繒書新釋》（一九五八年）、《海外甲骨錄遺》、《殷代貞卜人物通考》（並一九五九年），等等。這一時期，先生對敦煌學、甲骨學、楚帛書用力最勤，創獲良多。如《敦煌本想爾注校箋》考定《想爾注》成於張魯之手而托始於張陵，對道教史研究有重要意義，它引起歐洲人對道教研究的興趣，成爲後來漢學界之道教狂熱。此書在國際上負有盛譽，被巴黎研究院定爲教材。《殷代貞卜人物通考》開創以貞人爲綱排比卜辭的先例，對了解各個貞人的占卜內容及其所屬的時代很有參考價值，在中外學術界深有影響。先生在《貞卜人物通考》一書刊出之後，與印度友人白春暉（ V.V. Pahanjepe ）交換，從其學梵文三年；一九六三年，遂應班達伽（ Bhandarkar ）東方研究所之聘，前往天竺古梵文研究中心之蒲那（ Poona ），從事中印關係之研究。復從 V. G.Paranjpe 老教授學習梨俱吠陀（ Rig － veda ），足迹遍及印度南北。歸途遊歷錫蘭、緬甸、泰國、柬埔寨各地，所到之處，尋幽搜秘，別有《佛國詩集》紀遊。先生後來從事"東方學"研究，其梵學知識即植基於此。一九六五年，先生在紐約楚帛書藏主戴潤齋處獲睹帛書原物，積疑冰釋，因寫成《楚繒書十二月名核論》（一九六五年），證成帛書圖像首字即《爾雅・釋天》十二月名，遂成定論；又據楚帛書紅外綫照片作《楚繒書之摹本及圖像——三首神、肥遺及印度古神話之比較》及《楚繒書疏證》（並一九六八年），把楚帛書研究推向新的階段。

　　一九六八年至一九七三年,選堂先生應新加坡國立大學之聘，任該校中文系首任教授兼系主任。教學之餘，先生專事搜求當地華文碑刻，成《星馬華文碑刻繫年》（一九七二年）及《新加坡古事記》一書，爲華僑史研究增添了極爲珍貴的資料。還刊行《歐美亞甲骨錄存》（一九七〇年）。前度在法京與法國漢學大師戴密微（ Paul Damiéville ）教授合著《敦煌曲》（於一九七八年在巴黎出版），爲敦煌寫卷詞曲之集大成者，在敦煌學研究上具有特殊意義。選堂先生對敦煌卷子十分重視，並用以進行廣泛的研究，除上述《想爾注校箋》外，尚有不少專論，多有發明，如從敦煌《通韻》中對四個梵文字母（ R、Ṛ、L、Ḷ ）的不同譯法，研究唐人作佛教讚歌時的"和聲"；從宋初開寶七年（ 974 ）十二月十一日的批命本子，研究七曜與十一曜的關係，闡明了古波斯占星學對中國古天文學的影響，皆發人深省。先生在新加坡大學執教期間，還兩度外出講學，其中，一九七〇至一九七一年爲美國耶魯大學客座教授，一九七二至一九七三年爲台灣中央研究院歷史語言研究所研究教授，均有不少力作。

　　一九七三年九月，先生重返香港，任香港中文大學中文系講座教授，旋兼系主任，直至一九七八年九月退休。這一時期印行在美國所著《中國史學上之正統論》（一九七七年）及在法京編著之《敦煌白畫》與《敦煌本文選》（並一九七八年）二書，爲敦煌學研究增添異彩。還出版《黃公望及其富春山圖》（一九七七年）等，尚有大批手稿待刊。

一九七六年，先生第三次蒞法京，在遠東學院工作，除研究敦煌經卷外，還遍讀沙畹在華搜集所有金石拓本，遂有《唐宋墓誌》之作。復以暇日從 J・Bottéro 教授治楔形文字，正式接觸西亞文史知識與遺物。先生後來從事比較古文字學的研究，與此大有相關。

選堂先生退休後並未離開教席。一九七八至一九七九年在法國高等研究院（ l'E'cole Pantique clis Hamlis E'tucles ）第五組宗教部門任客座教授一年。一九八〇年，任日本京都大學及人文科學研究所客座教授五個月。此後仍繼續在香港大學、中文大學及澳門東亞大學擔任榮譽教職，並培養研究生。一九八〇年冬，先生返大陸參加學術會議後到各地參觀考察，歷時三個月，行蹤遍及十四個省市，飽覽祖國名山大川，接觸到新出土的大批考古文物資料，興奮異常。十一月中，先生在湖北省博物館參觀，看到展品中有曾侯乙墓出土衣箱漆書二十個字的摹本，盡是古文奇字，尚無釋文，不明句讀。譚維泗館長請爲試釋。饒先生經過一番琢磨，終於寫出："民祀佳坊（房），日辰于維，興歲之四（駟），所尚若敕（陳）。經天嘗（常）和"二十個字。聞者無不嘆服。隨後又寫成《曾侯乙墓匫器漆書文字初釋》一文，詳加考證，刊於《古文字研究》第十期（一九八三年）。在武漢時，先生有感於新出資料的重要，又得到湖北省博物館的支持，回港後即與人合著《雲夢秦簡日書研究》（一九八二年）及《隨縣曾侯乙墓鐘磬銘辭研究》（一九八五年）二書。此二書被譽爲研究秦簡日書及振興中國鐘律學的奠基之作。先生退休之後，由於擺脫了行政事務，更能集中精力於學術探討與著述，故自八十年代以來又有多種著作問世，如《唐宋墓誌》（一九八一年）、《選堂集林・史林》（一九八二年）、《虛白齋書畫錄》、《敦煌書法叢刊》二十九册（並一九八三年）以及《楚帛書》（一九八五年）等，都有重要的學術價值。此外，尚有多種書稿正在排印，計有《全明詞》（巨型斷代詞集，北京中華書局）、《詞集考》共十二卷（增訂本，北京中華書局）、《甲骨文通檢》（大型工具書，香港中文大學出版社，已出第一册）、《近東開闢史詩》（首譯 "Enuma Elis" 爲文言文）、《絲綢之路》（比較古文字學）、《新加坡古事記》（香港中文大學出版社）、《敦煌本想爾注校證》（增訂，上海古籍出版社）以及論文集《饒宗頤史學論著選》（上海古籍出版社）、《中印關係史論集·語文篇》（香港中文大學出版社）、《楚地出土文獻三種研究》（北京中華書局）等，將於近期内陸續出版。

　　以上把選堂先生的生平活動和學術著作按五個時期作了粗略介紹，從中可以看出，先生學術研究的範圍非常廣泛，涉及社會科學的許多領域。根據先生自己的歸納，他的著作可分爲敦煌學、甲骨學、詞學、史學、目錄學、楚辭學、考古學（含金石學）和書畫等八大門類。每個門類先生都細緻、深入地做了大量的工作，並有重要的建樹。綜觀先生五十多年來治學的道路，大抵早年以攻治地方文獻爲主，中年以後兼治四裔交通及地下出土文獻，大有創獲，壯年由中國古代的研究擴展到人類文化史的研究，晚年興趣逐漸移到印度和西亞，填補了中國學術史上不少空白。其成果則以開拓性及文獻整理開路爲多。關於饒先生的學術成就，季羨林先生在《〈饒宗頤史學論著選〉序》中分別從“地下實物與紙上遺文”、“異族故書與吾國舊籍”、“外來觀念與固有材料”三個方面作了高度概括。本文僅據筆者的一孔之見，就饒先生的治學特點略作補充。

　　先生治學，可以“博古通今、中西融貫”八字當之。先生於中國傳統文獻（包括經史子集）早已熟譜在胸，又長期研治甲骨文、金文及戰國秦漢文字，故對地下發現的新材料，皆隨手拈來，加上通曉英日法等國語文及印度、巴比倫古代文字，使其在材料的佔有和運用上有無上優越的條件。打開先生的著作，幾乎每種都有一個自成體系的資料細目，作者許多真知灼見就是從這些翔實的材料中演繹出來的。先生羅集資料可謂不遺餘力，概括言之，時不分古今，地不擇內外，取材不拘巨細，從新石器時代的陶片到現代科學的數據，從亞洲近東直到歐美各地的史實，只要與論旨有關，概在搜羅之列。讀先生書，無不爲其旁徵博引及系統剖析的淵博學識所折服。

其次，先生既有中國傳統文化的深厚根底，又旁通西方治學的門徑，故能認清時代學術的潮流，投身其中。被稱爲世界顯學的敦煌學、甲骨學、秦簡學，以及中外關係史等，先生都置身於時代潮流的前列，努力開創新局面，取得了引人注目的新成果。對於某些複雜的論題，先生一方面運用前代樸學治經治史的經驗，深入闡明研究對象的內涵，同時又從人類文化史的高度，揭示對象的本質和規律，即從微觀入手以窺宏觀，故能極盡抉微發幽之能事，發前之所未發，令人耳目一新。

先生治學的第三個特點是，通過多種學科的互相滲透和溝通，開拓交叉學科的新領域。從先生的論文中可以看到，有不少論題是相關學科的交叉學問，過去少人論及，先生憑藉他淵博的學識和過人的才思，縱橫馳騁，常常有獨到的發現，如由卜兆記數推究殷人對於數的觀念；用滇蜀出土的故事畫擬測屈原所見先王祠廟的壁畫；從唐代石刻論述武后之宗教信仰；由《齊書》之昆侖舶論證海道之絲路並不亞於陸路；利用湖南寧鄉出土的人面方鼎推測楚地信黃老之學由來已久；由馬王堆帛書《老子》後《佚書》論證五德終始說實起於子思而非鄒衍。凡此種種，都是運用多種學科的知識，近搜遠討，反覆鈎稽，令人信服。先生在這方面可說是左右逢源、得心應手的。

在國際會議上，先生時有精警言論，匡正一般誤解，如在法京世界文字會議，提出《漢字與詩學》論文，糾正 H・Poud 對漢字偏重象形的錯誤。一九八六年九月，法國高等研究院宗教

部慶祝一百周年紀念，舉辦世界禮學會議，先生提出《春秋中之
"禮經"及重要禮論》，指出"禮"字的宇宙義，不能僅僅看成
禮節，把它譯成 nitual，並不妥當，足見他對於經學造詣之深。

　　要之，先生治學嚴謹而不拘泥，淵博而虛懷若谷，著作宏富
而又汲汲於求新，故能高蹈獨步，無往而不利。

　　選堂先生在騈文、詩詞、書畫方面也有卓著的成就，不過爲
學術所掩，不大爲人所深知。先生足迹，九洲行其八，五洲歷其
四。舟車所至，探奇訪勝，輒以詩詞紀事抒懷；時爲自注，考地
徵文，蔚爲大觀。論者以爲先生以學人而有才人之詩，詩中有史，
極具特色。一九七八年，《選堂詩詞集》印行，輯有《選堂詩存》
十三種、《選堂樂府》四種，即爲其代表之作。其中《黑湖》諸
集已譯成法語，宇內共賞，聲名遠播。至其所作儷體文尤具出色，
在其近刊《固庵文錄·儷體篇》中，收錄騈文共四十篇，"沉博
絕麗，比之清人，惟孫星衍、凌廷堪可相匹敵。"（陳槃《書後》
語）。至於翻譯文字，典雅莊重，鏗鏘可以上口，於譯吠陀無二
頌，可以見之。其《近東開闢史詩》，爲漢文第一部譯著，尤盡
創闢之能事。書畫方面，也早有淵源。先生六歲即開始用毛筆寫
字描畫，喜歡描繪各種人物，尤其喜歡畫佛像。十二歲正式從師，
學習山水、花鳥、人物技法；宗師任伯年，曾將任氏作品通臨一
遍。至十七歲，他寫任派作品已可達到操縱自如的地步，爲日後
畫藝的發展打下了堅實的基礎。此後又對中國傳統繪畫作窮幽探
賾的研究。五六十年代，先生畫風受南宗黃（公望）倪（雲林）、
北宗馬（遠）夏（珪）影響最深，擁有南派的渾厚華滋和北派的
奇雄蒼勁；七十年代以後，先生之山水畫技轉向多元，上自宋代
李唐、郭熙，下至清初四僧（石溪、石濤、八大、弘仁）和張風
等，兼收並蓄，逐漸形成自己獨特的風格。白描人物畫則充分汲
取敦煌白畫（壁畫畫稿）的精髓，深得國畫大師張大千的讚賞。
先生書法初習漢隸，後臨魏碑，繼以碑法入行草，故其書清超醇
雅，工麗雋妙。復規摹甲骨、鐘鼎，帛書簡牘，篆隸兼施，古樸

雄渾，別具一格。先生以書款寫詩入畫，使詩情畫意融成一體，相得益彰。說者謂先生書畫特點可以妙、雅、新三字概括。妙指題畫詩文雋妙；雅指書法醇雅；新則是畫法生新、畫意清新。可見先生不但詩、書、畫三者兼長，而且已經達到了很高的藝術境界。一九七八年，香港中文大學藝術系爲先生舉辦書畫展於大會堂，並印行《選堂書畫集》。此後又在新加破、日本、南朝鮮、泰國等地舉辦了一連串書畫展覽，獲得了巨大成功。一九八八年，香港中華文化促進中心舉辦"饒宗頤教授從事藝術・學術活動五十周年紀念——七十大壽書畫展"，氣魄十分雄偉：山水與題句交輝，法書則衆體競美。最近香港中文大學出版社斥資印行大型《饒宗頤書畫集》，愛好詩書畫者可以從中領略饒先生的詩之情、畫之意、書之態、印之姿，或許會驚嘆先生的藝術造詣並不在學術之下的。

饒宗頤教授是學富五車、著作等身而又多才多藝的學者兼藝術家，是當今集學術與藝術於一身的一代英才。由於饒先生是如此博學多才的學人，而他的著作又絕大部分在海外刊行，國內不易看到，所以，本篇所列難免掛一漏萬。至於篇中對饒先生治學特點的分析，僅限於筆者個人的一孔之見，不妥之處，尚祈方家、讀者正之。

（載朱杰勤編《海外華人社會科學家傳記》，廣東人民出版社，一九九一年十二月出版。）

饒宗頤

（《中國大百科全書・中國歷史》卷Ⅱ之條目）

姜伯勤

Rao Zong Yi

饒宗頤（一九一七至　　　）　中國歷史學家、古文字學家、古典文學家、書畫家。字選堂，又號固庵。廣東潮安人。生於一九一七年八月九日（六月二十二）。幼承家學，早歲整理其父饒鍔《潮州藝文志》，在《嶺南學報》專號刊出，以此知名。後入中山大學廣州通志館任纂修，利用館藏方志，擬撰古地辨，成《楚辭地理考》，即其一種。抗日戰爭爆發後，因病留居香港，爲中山大辭典撰古籍篇名提要稿，又佐葉恭綽爲編定《全清詞鈔》初稿，故有《詞籍考》之作。又應顧頡剛之約，爲齊魯大學國學研究所編撰新莽史（後僅刊《新莽職官考》及《西漢節義傳》）及《古史辨》第八冊（地理部分未成）。香港淪陷，西奔桂林，任教無錫國專。抗日戰爭勝利後，任廣東文理學院教授。繼回汕頭，主持《潮州志》總纂事宜，運用新觀點，創若干新門類，印出二十冊，翔實可觀。旋任廣東省文獻委員會委員。自一九五二年至一九六八年，執教香港大學中文系共十六年。後移席新加坡（國立）大學，爲首任中文系講座教授。中間赴美，任耶魯大學客座教授及台灣中央研究院歷史語言研究所研究教授。一九七三年至一九七八年爲香港中文大學中文系教授、系主任。退休後，赴法國巴黎任高等研究院宗教部客座教授一年。後爲香港中文大學中文系名譽教授，藝術系與中國文化研究所榮譽教授。一九八二年香港大學頒佈爲名譽文學博士。饒宗頤先後在若干不同國家學術研究機構工作，吸收各種治學方法，著述宏富。一九六三年在印度蒲那班達伽東方研究所作研究工作，先後從帕拉尼普爾父子攻治婆羅門經典。一九七六年在巴黎從博特羅習楔形文字及西亞文獻，首次譯出《開闢史詩》（E－nu－ma E－lis）。其《敦煌曲》及《敦煌白畫》二書也作於此時。一九六二年獲法國儒蓮漢學獎，一九八〇年被選爲亞洲學會榮譽會員。

饒宗頤治學特點在於能不斷創新，極具開拓精神。所著如《楚辭書錄》爲第一部楚辭書目，《老子想爾注校證》（上海古籍出版社）爲首次研究張天師一家著述，尤有篳路藍縷之功。治楚帛書、雲夢日書、輯全明詞，皆先人著鞭；始編錄星馬華文碑刻，開海外金石學之先河。其他著作如《殷代貞卜人物通考》，以貞人爲綱，卜事爲緯，突出殷史全貌。《詞集考》爲明以前詞書包括總集、別集與有關參考資料，羅列具備。《敦煌白畫》專討論唐代畫稿，爲前人所未接觸之題目。《國史上之正統論》集中歷代有關文獻，極便讀者。在東京印出《敦煌書法叢刊》二十九冊，圖版既精，考證又盡博綜之能事。《選堂集林·史林》三冊，盡量利用敦煌寫卷中新資料，深入研討歷史上許多問題。北京大學季羡林教授爲其《史學論著選》作序，稱許在掌握材料、運用材料上“令人有化腐朽爲神奇之感”。近著《絲綢之路》，採取“比較古文字學”方法與材料，探索遠古中外文化交流，別開生面。

在饒宗頤顧問教授聘書
頒發儀式上的講話

施岳羣

　　今天，我們十分高興和榮幸地代表復旦大學，向國際上著名的漢學家、香港中文大學榮譽講座教授饒宗頤先生頒發聘書，聘請饒先生爲復旦大學顧問教授。

　　饒宗頤先生是一位我們尊敬的前輩，也是蜚聲海內外的著名學者。他幼承家學，早年曾任中山大學廣東通志館纂修。四十年代末定居香港後，歷任香港大學中文系教授，印度班達伽東方研究所永久性會員，新加坡大學首任講座教授兼主任，美國耶魯大學研究院客座教授，法國科學中心研究員及遠東學院院士，香港中文大學中文系講座教授兼主任，法國高等研究院宗教學部客座教授，日本京都大學文學部及人文科學研究所客座教授，法國巴黎亞洲學會榮譽會員。現任香港中文大學中國文化研究所榮譽講座教授及藝術系榮譽講座教授，香港大學中文系榮譽講座教授，並在國內擔任國務院古籍整理委員會顧問。

　　饒宗頤先生以其豐碩的學術成就聞名於世界，是當今漢學界導夫先路的學者。他知識淵博，視野寬廣，精通中國古代文獻並掌握多種外語。半個多世紀以來他孜孜不倦，在人文科學和社會科學領域從事創造性的研究，學術探涉的方面甚廣，在文學、語言學、古文字、古代史、藝術學、古代文獻、敦煌學和宗教學等方面，都取得了卓越的成就，一九六二年曾獲法國法蘭西學院頒發的漢學儒蓮獎。饒先生已出版的著作有四十多部，已發表了的論文有數百篇，在國際漢學界獲得高度的評價。另外饒先生在書畫藝術方面也有很高的造詣，他的書法、繪畫作品"外師造化、中得心源"，體現出深厚的功力和鮮明的個人風格，久爲世界各地中國書畫藝術的愛好者所珍視和欽慕。

饒宗頤先生熱愛祖國，對養育了中華民族的山山水水充滿着深情。改革開放以來，他熱心扶持家鄉建設，關心國內教育事業和學術文化事業的發展，與我們復旦大學亦有密切的關係。一九八四年他曾應邀來我校參加"《文心雕龍》國際學術討論會"，今年五月又訪問了我校中文系。現在他接受我校的聘任，擔任復旦大學的顧問教授，在今天舉行的這個授予聘書的儀式上，我們感到格外地高興。我謹代表兩萬名復旦的師生員工，向饒宗頤教授表示最熱烈的祝賀。深信饒先生受聘爲我校顧問教授之後，必將在促進我校對外學術交流和加強學科建設，特別是人文科學和社會科學的建設傾注更多的心力，對學校各項工作多提出指導性的意見，與全體復旦人一起奮鬥努力，以迎接復旦大學光華燦爛的明天。

編者按：作者爲上海復旦大學副校長。

從學術源流論饒宗頤先生的治學風格

姜伯勤

一、引言

饒宗頤先生，字選堂，又號固庵，一九一七年出生於廣東潮安。十六歲時，以一首優曇花詩震驚四座，成爲名聞遐邇的才人。

今天，作爲一位著名史學家、古文字學家、古典文學家、書畫家，選堂先生已是國際漢學界公認的權威學者。宗頤先生早年受到法國漢學界領袖人物戴密微先生的推重。一九九一年香港國際唐史討論會上，其時任日本東京大學東洋文化研究所所長的池田溫先生説："饒宗頤先生是國際漢學最高權威之一"。當今日本書道界領袖人物青山杉雨先生亦表示，在華南，有了饒先生，在容庚、商承祚兩先生謝世後沒有出現空白。

饒宗頤先生是香港大學榮譽文學博士，歷任香港大學中文系教授、香港中文大學中文系講座教授及系主任。一九八七年起任香港大學中文系榮譽講座教授。現任香港中文大學藝術系榮譽講座教授、香港中文大學中國文化研究所榮譽講座教授。

饒先生長期活躍於國際學術界，並於一九八○年被選爲巴黎亞洲學會榮譽會員。先是一九六二年，獲法國漢學儒蓮獎。一九六三年任印度班達伽東方研究所研究員及永久會員。一九六五至六六年任法國國立科學中心研究院研究員。一九六八至七三年任新加坡大學中文系講座教授兼系主任。一九七○至七一年任美國耶魯大學研究院客座教授，一九七二至七三年任台灣中央研究院歷史語言研究所研究教授。一九七四年任法國遠東學院院士。一九七八至七九年任法國高等研究院客座教授。一九八○年在日本京都大學文學部及人文科學研究所講學。

在內地，早在三十年代，選堂先生即已與中山大學結下勝緣。先生十八至二十歲時，即一九三五至三七年，任中山大學廣東通志館專任纂修。近十年來多次到中山大學講演。饒先生對中山大學、暨南大學、汕頭大學、澳門大學的學術研究，一直十分關注。

國內學術界的一些名家，也高度評價了饒宗頤先生的學術成就。

著名東方學權威、北京大學季羡林教授，在《談饒宗頤史學論著》①一文中指出：“饒宗頤教授是著名的歷史學家、考古學家、文學家、經學家，又擅長書法、繪畫，在中國台灣省、香港，以及英、法、日、美等國家，有極高的聲譽和廣泛的影響”。季先生說，由於出版方面的原因，“因而限制了大陸學人對饒先生學術造詣的了解。這不能不說是一件令人十分遺憾的事”。季羡林先生是一位比較文學專家，在論及饒先生學術研究中涉及的“外來觀念與固有材料”時說：“我這裏講的外來觀念是指比較文學，固有材料是指中國古代的文學創作。饒宗頤教授應用了比較文學的方法，探討中國古代文學的源流，對於我們研究中國古代文學史也有很多啓發。”季先生還引用了陳寅恪先生以佛家“預流果”比喻跟上時代學術潮流的勝意，盛讚“饒宗頤先生是能預流的，我們首先應該學習他這一點”。季先生不止一次提出“我們應該向饒先生學習”。

著名中國古典文學史專家錢仲聯教授，近撰《固庵文錄序》。②錢先生首先慨嘆近世學問與文章兼煲者幾稀，“此可知文質並茂之難也”。從而盛讚饒先生文質兼美。他指出：“余今讀選堂饒先生固庵文錄，乃喟然歎曰：此並世之容甫與觀堂也。”

"九州百世以觀之,得不謂非東洲鴻儒也哉!"錢仲聯先生又撰《選堂詩詞集序》,③高度評價宗頤先生的詩、詞造詣,指出: "學與詩合,隨所觸發,莫非靈境,而又鍛思冥茫,徑路絕而風雲通。選堂於此,掉臂遊行,得大自在……"。"就詩言詩,選堂先生之所承,亦至博矣。蓋嘗上溯典午,下逮天水,一法不捨,一法不取,而又上自嗣宗、康樂,下及昌黎、玉局,歷歷次其韻,借其體,瀾翻不窮,愈出愈奇"。

雅人深致的饒宗頤先生,實在是一位在國內外學術界有重大影響的博大精深的學者。冷靜地觀察,在當今嶺南學術史上,在今日研究中國傳統文化的粵籍學人中,選堂先生已經處於不爭的地位。因此,廣東學術界中人沒有理由不對固庵先生的學術成就的來龍去脈,進行科學的分析與認真的研究。

二、饒宗頤先生與晚清學術巨子沈曾植

研究晚清樸學向現代學術轉變時,人們經常提起的是王國維。

王國維於一九一五年初次見到沈曾植。從新近披露的《王國維書信集》④中得見,在王國維生命的最後十來年所取得的學術成就中,沈曾植有過重要的影響。因此,王國維在爲沈曾植所作的七十壽序⑤中,高度評價了沈曾植的學術地位。

沈曾植(一八五一至一九二二)在清末,以西北史地學派名家的身份廁身於外交界。一八八九年四十歲時任總理各國事務衙門俄國股章京。一九一二年,研究中國儒家及印度學的俄國卡依薩林伯爵曾與沈曾植論學,並在國外介紹沈氏的學術見解。一九一六年,沈曾植曾與法國學者伯希和討論摩尼教問題。⑥沈氏是清末民初與國際學術界進行了對話的少數前驅人物。

沈曾植不僅是晚清西北及南洋史地研究的中堅,亦是清末民初佛學研究新潮流的預流者,也是古典詩壇上的"同光派"的魁桀。沈曾植是一位百科全書式的學者,其涉獵的部門有經學、音

訓、輿地、佛學、道藏、詩學、樂律、帖學等，⑦亦是一位高度成就的書法家，在清末民初的中國學術界產生過重大的影響力。

饒宗頤先生嘗云：我的學問首先是受了沈寐叟先生的影響，我們循着這一綫索來搜讀饒先生的專著、論文、詩詞，初步的理解是：

同光派詩人沈曾植在詩學上的一大發明是所謂"三元說"或"三關說"，認爲作詩要通過三關。"吾嘗謂詩有元祐、元和、元嘉三關"。"元嘉關如何通法，但將右軍蘭亭詩與康樂（謝靈運）山水詩，打並一氣讀"。"須知以來書'意、筆、色'三語判之，山水即是色，莊老即是意；色即是境，意即是智，色即是事，意即是理……。"⑧

沈曾植揭示了謝靈運與莊老的關係。他說："康樂總山水，莊老之大成，支道林開其先。"此說訂正了《文心雕龍》中"莊老告退，山水方滋"的成說。

饒宗頤先生曾與法國戴密微教授討論靈謝靈運詩。戴氏從研究佛學而酷愛中國文學。及至讀了謝靈運詩，對中國文化的理解更上了一個境界。饒先生在與戴氏論詩過程中寫了《大謝詩跋》，略云：

　　劉彥和云："莊老告退，山水方滋"（文心明詩篇），
　　至沈寐叟遂有三元之論，以爲元嘉以來，盛山水詩，謝客乃
　　其不挑之祖。然支遁高唱，何不模山範水，非在謝之前
　　乎……乃謂莊老告退，非實情也。⑨

饒先生認爲謝靈運詩並非止於山水，其中尚有深刻的文化精神，"謝既湛玄言，又耽內典，情之與理，每交戰於胸，雖借山水慰情，以理自適……見道者深，其爲神趣，豈山水而已耶？"

沈氏的"三元說"對饒先生的詩歌創作也有一定影響。饒先生對元嘉之謝靈運，元和之韓愈、柳宗元，元祐之蘇東坡、黃庭堅，均再三致意。《選堂詩詞集》中之"大千居士六十壽詩用昌黎南山韻、哥多瓦歌次陸渾山火韻、阿含伯勒歌用昌黎岳陽樓韻，

楚繒書歌次東坡石鼓歌韻諸篇，在近世，惟沈寐叟《審言今年六十余欲爲壽言無緣以發審言忽以西城員外丞請如其意爲之》、《隘庵先生五十壽言用昌黎送侯參軍韻》二篇乃能爲之"。⑩

沈曾植對西城南海史地研究的開拓，到了饒先生手中，更是結成碩果。以一九八二年結集之《選堂集林·史林》一書爲例，其中有《論釋氏昆侖説》、《達嚫國考》、《穆護歌考——兼論火襖教入華之早期史料及其對文學、音樂、繪畫之影響》、《〈大清金液神丹經〉（卷下）與南海地理》、《蘇門答臘島北部發現漢錢古物記》及梵學有關多篇，均爲西域南海史地新研究的豐厚成績。

饒宗頤先生一方面十分重視沈曾植關於西域南海以及梵學的論斷，如《鄒衍書別考》一文引據沈氏《海日樓札叢》卷五《梨俱吠陀無有之歌》。⑪另一方面也對沈氏的若干斷語根據新知而加以訂正。如《蒲甘國史研零拾》一文中，指出《海日樓札叢》卷三《蒲甘國》條，"惟沈氏誤謂蒲甘即曼谷，不可不訂正"。饒先生訂正説，緬人宋初建國於蒲甘（Pagan），其地與大理毗鄰。饒先生曾親履其地寫《蒲甘賦》。⑫

晚清西北史地之學作爲一種思潮，在中國近代學術史上有不容抹煞的地位。陳寅恪先生《朱延豐突厥通考序》云：光緒朝，"其時學術風氣，治經頗尚公羊春秋，乙部之學，則喜談西北史地。""西北史地以較爲樸學之故，似不及今文經學流被之深廣。惟默察當今大勢，吾國將來必循漢唐之軌轍，傾其全力經營西北，則可以無疑。考自世局之轉移，往往起於前人一時學術趨向之細微"。⑬晚清西北史地學作爲一種思潮，是上世紀末中國邊疆危機在中國愛國知識界心中所激起的波瀾，並啟迪了其後的面向世界的新學的誕生。在學術風氣上，則打破了經學的一統天下、並促進了樸學向近現代學術的轉變。沈曾植在這方面的提倡之功不可沒。饒先生則更加發揚光大。

大凡一個民族在學術史上的轉折時期，都會出現一些帶有啟蒙學者氣象的百科全書式的人物。沈曾植正是以這種轉折時期的博大氣象，影響了從王國維直至饒宗頤先生等不止一代的學者。

王國維與饒先生雖然都受到沈曾植的影響，但有一點則大不相同。

沈曾植晚年的一大成就是精於佛學。⑭清末一些學人東遊日本，得見若干佚經，又受異國重視佛學研究的刺激，回國後遂發奮研究釋典。沈曾植、楊仁山等，均是如此。晚清的佛學研究潮流在中國學術上的地位，也不容忽視。例如，正是楊仁山、歐陽竟無創辦的支那內學院，對新儒家熊十力的學術思想起了催生作用。王國維多少也受到沈曾植研究佛學的影響，一九一九年七月二十九、三十日王國維《致羅振玉》函有云：“敦煌碑金，乙老（沈曾植）聞之即日取去。渠謂《大雲經流》內黑河女主之事，似見大積經中，而僞大雲經中取之。黑河女主西域自有此事，但一時不易考耳”。⑮在沈氏影響下，王國維撰《大雲經跋》。⑯但是，由於王國維早逝，因而還來不及在佛學上多用功夫。

饒先生則不同，他對梵學下了大功夫。錢仲聯先生在比較王、饒二家之學時，中肯地看到了這一點。錢先生說：“然觀堂之學，究不能謂其爲廣大教主……如釋藏道笈，即非其所措意矣。”⑰錢先生認爲，選堂先生既有王國維融貫歐亞之長，而其親履天竺以深究佛學，則不同於觀堂先生，在這方面達到了王氏未及做出的成就。

由此，我們又追尋到理解饒宗頤先生學術的另一個重要綫索，即饒先生學術與梵學的關係。

三、他山之石：饒宗頤先生與印度學術的因緣

饒宗頤先生的學術，又與印度學、悉曇學有不解之緣。

一九九〇年香港三聯書店出版饒著《中印文化關係史論集——悉曇學緒論》。是書分甲、乙二篇，甲篇爲語文篇（梵語影響下之中國語言與文學），附悉曇學年表。乙篇爲史地及佛教

篇，待刊。

一九九二年上海古籍出版社將出版饒著《梵學集》，共收錄論文二十四篇，凡二十九萬八千字，是作者佛學研究論文的結集。

先是一九六三年，饒宗頤先生任印度蒲那（ Poona ）班達伽（ Bhandaskar ）東方研究所研究員及永久會員，先後從 Paranjpe 父子攻治婆羅門經典。

饒先生在印度期間得讀 Kane 所著多卷本 History of Dharmasastrar 。 Kane 氏是一位律師，也是一位名望很高的大學者。該書涉及到印度的法、詩學、術數等多方面的學術歷史，該書講問題每從吠陀開始，講"法"的演變極精采，對佛教爲何不能流傳於印度的分析，令人折服。而其書橫的結構則涉及到衆多的部門及其在制度上的源起。

宗頤先生從 Kane 氏的這部著作中受到一種啟示：研究問題要窮其源，而溯源要追溯到最遠處。"本文"的原始亦即"源"清楚了，也就能清楚"流"的脈胳。從而闡明：一種發展中總是有多個層次。

窮其源的研究方法，貫徹在饒宗頤先生近年的許多重要研究中。

研究中國文化，要窮追到古禮的流變。最近發表的《歷史家對薩滿主義應重新作反思與檢討——"巫"的新認識》一文，⑱鄭重指出："西亞以占卜術影響各地，人神交往，但巫的觀念則絕迹"。"魔法決不等於宗教，殷周有他們立國的禮制，巫卜只是其龐大典禮機構中負責神事的官吏。巫，從殷以來成爲官名，復演變爲神名"。"巫咸是殷的名臣……在屈原心目中，巫咸應是一位代表眞理的古聖人，和巫術毫不相干"。

饒先生批評時下相當流行的一種觀點：昧於"巫"字在古代中國的眞相，使用巫術遺存在民間宗教的陳迹比附古代歷史，以所謂薩滿主義比附文明高度發展的古代中國歷史，"而把古人記錄下來的典章制度，一筆抹殺，把整個中國古代史看成巫術世界，以巫術宗教'作爲中國文化的精神支柱"。饒先生不同意這種觀念，他説："我認爲很值得歷史家再去作反思"。

饒先生認爲：目前不斷出現的地下文物，其本身已充分提供實證，説明了古代"禮制"的可靠性。饒先生主張從"禮"和有關的制度細心探索，代替時下那種以"巫"來解釋古史的看法。認爲"從制度史觀點來整理古史，或者比較合理"。

饒先生近年來正着手據甲骨文研討殷禮，這是一件具有"正本清源"意義的重要工作。

研究印度文化，則窮追到四種吠陀的流變。例如，饒先生在《中國文化》第五期發表《阿闥婆吠陀第一章三七釋義》。阿闥婆吠陀爲四吠陀中較重要的一部，而國人中介紹者鮮少，此文首次把第一章譯出，追溯到該書中"三"與"七"的概念的起源，討論阿闥婆吠陀與近東文明的關連。其中證明，該書中"七"的觀念來自四方加上、中、下的觀念。

《論印度河谷圖形文字》，⑲研究了雅利安人入侵印度以前久已被人遺忘的古文化，並與我國半坡、樂都二里頭陶文符號相比較。饒先生認爲，印度河谷圖形文字，跟印歐系統的語言結構完全相違背。在《説卍（Svastika）──從青海陶文試談遠古羌人文化──》⑳一文中，聯想到古代雅利安人的卍符號，以及美索不達米亞的同類符號。《絲綢之路引起的"文字起源"問題》、㉑《"羊"的聯想──青海彩陶、陰山岩畫的⊕號與西亞原始計數工具》㉒等文都反映了作者探討近東、中亞及中國遠古圖形文字、陶文符號的起源的新努力。

饒先生還研究了鳩摩羅什以後印度"悉曇"即語言音韻之學對中國文學的長達數百年的影響，如《印度波儞尼仙之圍陀三聲論略──四聲外來説評議》、《梵文四流音R R L L及其對漢文學的影響》、《鳩摩羅什通韻小箋》、《文心雕龍聲律篇與通韻》、《禪門悉曇章作者辨》，都是討論印度語言音韻之學對中國音韻學及文學的影響的作品。

　前述 Kane 氏的著作在縱的研究方面追溯到吠陀，在橫的方面則涵蓋文化史的衆多科目：法、宗教、天文、術數、詩學以及制度史的許多層面。饒宗頤先生的治學格局，也跨越了文、史、哲的多個學科部門，從中可以看到 Kane 的影響。

　承鄭煒明先生見告：饒宗頤先生迄今已發表專著四十餘部，論文三百餘篇。㉓據前引季羨林先生專論，曾將饒先生專著分爲八類，此種分類似亦契合選堂先生之原義，今試斟酌綜析如下：

1. 敦煌學

　一九八〇年前後，日本敦煌學界協力出版十多卷本的《敦煌講座》（大東出版社）。出書初，出版社約請國際敦煌學界六位名宿向讀者推薦此書。日本學者有榎一玄先生、山本達郎先生等四人，國外學者則有饒宗頤先生及法國謝和耐先生等二人，由此可見饒先生在國際敦煌學界備受尊崇的地位。

　先是一九五六年饒先生首次在香港出版《敦煌本老子想爾注校箋》。該書曾由巴黎大學中國學院道教史研究班列爲教材。一九九一年，上海古籍出版社又出版增訂本《老子想爾注校證》。

　一九七一年，饒宗頤先生與戴密微教授合作出版《敦煌曲》一書，是書內容有中文及法文對照。該書不僅在敦煌文獻學上有重要意義，而且在中國音樂史和音樂文學史上，清理了漢宋之間，從梵唄、法樂的源頭、以及由聲曲折、民謠的源頭，如何演變爲雜曲、曲子，又如何影響到後來之文人詞。對於佛經文學，研究了長行與短偈相間的文體。又據巴黎及俄國藏卷研究了佛教贊文，這是一部對國際敦煌文學研究有重要影響的巨著。

　一九七八年作爲法國遠東學院考古學叢刊，出版了《敦煌白畫》，不僅首創性地公佈了若干白畫，更在文字部分對中國畫史研究貢獻良多。一九八三年又在日本二玄社出版《敦煌書法叢刊》二十九册，該書不僅在書法史上提供了大批文獻，又因分類編輯，亦提供了一般敦煌學研究文獻。如《書儀》、《牒狀》分册即足資書儀研究參考。各卷有饒先生所撰解說，其考釋十分珍貴。

饒先生對敦煌學的研究涉及到佛教史、道教史、襖教史、文學史、天文史、書法史、畫史、經學史、文學史、中外關係史、音樂史等多個領域。以音樂史爲例，一九九〇年在台灣出版《敦煌琵琶譜》，一九九一年則於台灣出版所編《敦煌琵琶譜論文集》，都是體現當前學科前沿水平的著作。

2. 甲骨學

饒宗頤先生目前正在主編由沈之瑜先生及其女公子沈建華協力研究的多卷本《甲骨文通檢》，一九八九年已於香港出版第一册，是書亦按地名、天文等分類編輯，此爲一浩繁巨大之工程。

早在一九五九年，饒先生出版《殷代貞卜人物通考》，該書以貞人爲綱，卜事爲緯，凸出殷卜全貌，出版之時，使人耳目一新。

饒先生又對散在歐、美、亞的甲骨資料，辛勤搜集，並先後出版《巴黎所見甲骨錄》（一九五六，香港）及《歐美亞所見甲骨錄存》（一九七〇，新加坡）諸書，都是對我國甲骨學的新貢獻。

3. 詞學

先是一九三九年，饒宗頤先生佐葉恭綽先生選輯《清詞鈔》，是爲留心清詞之始。

一九六三年又於香港出版《詞籍考》一書，對明以前詞書，包括別集及有關資料，羅列具備。其後，值歐州學者以巴黎大學及高等研究院爲中心，以國際協作方式制定《宋史研究計劃》，遂邀請饒先生參與其列，任詞籍工作，因有《宋詞書錄解題》㉔之作。其後增補前作，加上總集詞評、詞樂各類改名《詞集考》共十二卷，北京中華書局即行出版。

饒先生又發凡起例，輯《全明詞》初稿，得九百人，此事頗得李一氓先生重視。

一九六九年，饒先生又刊佈《清詞年表（稿）》排比詞人生卒及詞集刊行年月。其間詞人之交往，及詞籍之發現與刊佈，按

年條列，有清二百餘年間，詞學演變之梗概，於焉可視。㉕

4. 史學

《選堂集林・史林》（香港中華書局，一九八二年）是饒先生的史學作品的結集。又，上海亦將出版饒先生自己編選之《饒宗頤史學論著選》。

饒先生之史學研究，涉及宗教史、中外關係史、金石史、地方史、斷代史（先秦史、新莽史等）、版本史、文學史、音樂史及若干專史。

以地方史爲例，饒先生撰《九龍與宋季史料》（香港，一九五九年），編纂《潮州志匯編》（香港，一九六三年），均極有盛名。

以專史爲例，一九七七年於香港出版《中國史學上之正統論》一書。集中歷代有關文獻，極便讀者。史學著作在饒先生著作中佔有重要地位。

5. 目錄學

一九三五年刊佈之《潮州藝文志》（見《嶺南學報專號》四卷四期，一九三五；六卷二至三期，一九三七），爲饒先生成名之作。

一九七〇年出版《香港大學馮平山圖書館善本書錄》，其中如《歐陽文忠集考異跋》略云：此洪武十九年歐集考辨，向來著錄有三誤，其一誤爲宋、元刊，其一誤與蔡玘本相混，又一誤爲明正統刊。饒先生重加訂正，其考證之精若此。

而後引之《楚辭書錄》及前引之《詞籍考》等，亦爲目錄學之要籍，目錄學爲饒先生少年時喜好之學。

6. 楚辭學

選堂先生青年時撰《楚辭地理考》，與錢穆先生論辯，一九四六年於上海商務印書館出版。一九五六年在香港出版之《楚辭書錄》，爲第一部楚辭書目。一九五八年復於香港出版《楚辭與詞曲音樂》一書，不斷擴展楚辭與相關學科的研究。

一九七八年在題爲《楚辭學及其相關問題》的講演中，進一步闡發了"楚辭學"建立的意義。略謂："中國文學重要總集，如詩經與文選，都已有人著書成爲專門之學，像詩經學、文選學之類，楚辭尚屬闕如。本人認爲今日治學方法的進步，如果配合新材料和新觀念，楚辭的研究，比較詩經更有它的重要性"。力主"楚辭應該成爲一專門之學"。

7. 考古學、金石學

固庵先生早年即已關注鄉邦金石、考古。一九五〇年在香港印行《韓江流域史前遺址與文化》。後又對海外金石之學開展研究，一九七二年在新加坡出版《星馬華文碑刻繫年》。一九八一年又主持出版法國遠東學院藏拓本《唐宋墓誌》。

饒先生對戰國楚文化考古尤其關注。一九五七、一九五八年在香港出版研究戰國楚簡及長沙出土戰國繒書的專著。近年來，與曾憲通先生合著專書二部，一爲《雲夢秦簡日書研究》（一九八三），另一爲《隨縣曾侯乙墓鐘磬銘辭研究》（一九八五）。其成果十分引人注目。

8. 書畫

宗頤先生是著名的藝術史家。一九七七年在香港出版《黃公望及其富春山居圖》。一九八三年於日本東京二玄社出版《虛白齋書畫錄》。

最近，選堂先生已編定美術史論文集《畫䫜》一書，收入論文四十餘篇，其中有論八大山人繪畫與禪宗關係者。近年來選堂先生以藝術史學聞名於國際學界。

以上是從八個獨立學科門類，來論述選堂先生的治學特色。然而，綜觀饒先生的全部學術，卻應是一種分割不開的整體。其中貫穿着對中華文化精神的探求，而正是在《選堂詩詞集》中，我們可以追尋到此種精神之探求。如饒先生詩集《西海集》中《哥多瓦歐》云："蒙莊博依等鵬鯤，長春亦復逾昆侖。莫思西狩戰塵昏，木司塔辛玉石焚"。此詩爲饒先生一九七六年遊西班牙哥多瓦（Cordoba）城所作。哥多瓦與報達（巴格達）及亞歷山大爲中古伊斯蘭三大中心。饒先生在哥多瓦城的殘壁廢壘之前，想起一二八五年蒙古之旭列兀（Hulagu Khan）西征，破報達，由是阻止了伊斯蘭勢力之東進。從而使十三世紀之中國與印度在保持舊有文化上有了不同命運。㉖饒先生的世界歷史眼界，其實就是要追蹤及確定中華文化在人類文明史上的位置。

一九九一年，饒宗頤先生在台灣學生書局出版《文轍》（文學史論集）上下二册，集中反映了先生追尋中華文化精神的努力。該書小引標明此論集爲"中國精神史探究之一"，略云：

> 一九七九年，余編次史學論文，命名曰《選堂集林·史林》。其它有關文學、書畫、音樂、宗教等論著，亦吾國精神史之重要對象，將次第整理，繼爲文林、藝林等之輯，而卒卒未暇。本書所收長短論文，統六十餘篇，皆文林一類之舊稿也。念平生爲學，喜以文化史方法，鈎沈探頤，原始要終，上下求索，而力圖其貫通；即文學方面，賞鑒評騭之餘，亦以治史之法處理之。

這一段文字對了解饒先生的學術十分重要。這裏把近年的研究工作概括爲《中國精神史探究》，此中又可分類爲：

文林：《文轍》上下册，一九九一年，台北。

史林：《選堂集林·史林》上、中、下三册，一九八二年，香港。

藝林（繪畫）：《畫頳》，台北待出。

藝林（音樂）：《樂綜》（即付印）《敦煌琵琶譜》，一九九○年，台北，等等。

宗教：《選堂選集》，《現代佛學大系》第五十三册，台北，彌勒出版社，一九八四年。《大藏經補編》（三十五），一九八七年，台北。《老子想爾注校證》上海古籍出版社，一九九一年。《梵學集》上海古籍出版社，一九九二年。

選堂先生從歷史、文學、書畫、音樂、宗教等五個方面來探討中國精神史的軌轍。其所採用的方法是文化史方法或制度史的方法。如在文學史研究中，既從審美的視角（賞鑒）和文學批評（評驚）的視角立論，更從治史的方法（文化史視角與制度史視角）立論。而所謂“鈎沈探頤，原始要終，上下求索，而力圖貫通”，則是在借鑒印度 Kane 氏之《法史》一書的博大氣象之餘，更上一層樓。

四、繼承、開拓與首創精神

宗頤先生幼承家學，然其治學襟懷，自少年時即未局促于南天一地。

宗頤先生尊翁饒鍔（一八九一至一九三二年）先生，尤長於考據之學，建天嘯樓藏書五六萬卷，著有《潮州藝文志》多卷，並《天嘯樓集》五卷（參見《廣東文徵續編》饒鍔小傳）。其學頗受孫詒讓影響。宗頤先生早歲整理饒鍔先生《潮州藝文志》，以此知名。

宗頤先生入中山大學通志館修纂地志，利用館藏方志撰古地辨，成《楚辭地理考》一書。其時學術，頗受顧頡剛先生及禹貢學派的影響。後曾應顧頡剛先生之約，爲齊大國學研究所編纂新莽史。抗戰爆發後，因病留居香港，爲王雲五氏《中山大辭典》撰古籍篇名提要稿，又佐葉恭綽先生編定《全清詞鈔》初稿，故有《詞籍考》之作。

宗頤先生青年時期的這段治學經歷，有兩個鮮明的特色：

一是饒先生有很强的自審精神。例如，饒先生青年時有一個時期功夫在兩漢，曾致力於《新莽史》。今日《選堂集林·史林》中收錄之《新莽職官考》及《西漢反抗王氏者列傳》即這一段工作的留痕。四川《責善半月刊》曾登載其用漢書體裁作新莽史之序言目錄。後因再讀《通鑒》，遂改變主張，並研究中國歷史上之正統問題。一方面，把新莽史舊稿壓下來不發表；另外，則於日後撰成《中國歷史上的正統論》一書。

又如，饒先生早期亦應邀編輯《古史辨》第八册地理部分（在留居香港期間），後亦未成。因不斷自省，亦改變觀點，認爲疑古辨僞的工作往往做得太過容易，蓋因大家喜新奇，而新的考古發現，往往證明古時記載的可靠和某些辨僞之並不存在。近年，在首屆全國地名考證研討會上，饒先生請中山大學曾憲通教授代爲宣讀了《古史地名學發凡——以〈夏本紀〉禹後以國分封諸姓爲例》，指出《史記》只有河渠書而沒有地理志。饒先生通過甲骨文通檢的編著，計得地名總數一千一百個。又運用史籍文物對勘方法，對《夏本紀》禹後以國分封諸姓之地名作了具體研究，並發現了復原其地名構成的規律。

另一點是，饒先生早在青年時期，其治學風格即已打破了南學、北學的疆界。

這裏不妨先説一下三、四十年代幾位名家對所謂"南學"，"北學"的一些論述。

一九三三年十二月二十七日，陳寅恪先生致陳垣先生函有云："岑君文讀訖，極佩（便中乞代致景慕之意）。此君想是粵人，中國將來恐只有南學"。㉗細審此信，得知陳先生所云南學，乃指江淮以南之學。此信雖不可泥解，但從中可以看出三十年代陳寅恪先生對南方學術興盛的樂觀估計。而此信也足以説明如饒宗頤先生這樣的大學問家於三十年代成長於南粵，決非偶然之事。

但是，粵籍大家陳垣先生對於所謂南學、北學，卻採取了一種超乎其上的豁達態度。陳垣先生一九三六年致陳述先生信中云："師法相承各主張，誰非誰是費評量，豈因東塾譏東壁，遂信南強勝北強。"㉘東塾爲廣東學者陳澧，東壁爲河北學者崔述。陳垣先生在本詩中表現出一種會通南北之學的博大氣概。

一九四二年，錢鍾書先生在《談藝錄》一書中寫道："東海西海，心理攸同；南學北學，道術未裂"。㉙在會通南方北方之學而外，更提出會通東海、西海。

宗頤先生尊翁饒鍔先生，心儀顧亭林、孫詒讓、丁謙，又曾撰爲佛國記疏證，其治學眼界已經十分闊大。宗頤先生習畫師傅楊先生，亦與任伯年頗有關涉。因而饒先生的治學襟懷自幼時已不局促於南粵一地。青年時見重於顧頡剛、葉恭綽、王雲五諸先生。如曾隨王氏編製查甲骨文、金文的八角號碼。葉、王二氏雖爲粵人，然其治學亦打破南北疆界。因此，饒先生的治學風格中，有一種跨越南學北學、跨越東海西海的宏大規模。

總括來說，饒宗頤先生治學特點，在能不斷創新，極具開拓本領。喜提出新問題、新看法。在數十年的研究中，饒先生在多個課題上率先研究，處處表現了一種首創精神。如：

——目錄學上，率先編詞的目錄，青年時著有《詞籍考》。

——率先編寫《楚辭書錄》。

——楚畫研究方面，爲先行者。

——研究敦煌本《老子想爾注》之第一人。

——率先把印度河谷圖形文字介紹到中國。

——在中國學人中，是第一位翻譯、介紹、研究《近東開闢史詩》的學者。

——第一個研究《日書》。

——是率先研究楚辭新資料唐勒所作賦的學者，一九八〇年首次發表於日本九州。

——率先編著殷代貞卜人物通考。

——治楚帛書先人着鞭。

——首次輯《全明詞》。

——首次編錄星馬華文碑刻，開海外金石學之先河。

——敦煌白畫爲前人未接觸之題目。

——在東京出版《敦煌書法叢刊》廿九册，亦爲首創。

——首論南詔禪燈系統。

——在比較文學研究中提出“發問文學”概念。

——率先以半坡等地陶符與中近東圖形符號比較。

——在漢字與詩學關係中研究形聲字美學作用。

——在日本書道史中發見受隸書影響的一個特別的階段。

饒宗頤先生多年以來一直保持着旺盛的創造力，不倦地從事前無古人的研究事業。最近的一個例子，是一九九○年在台灣新文豐出版公司出版《近東開闢史詩》一書。先是一九七六年在法京，暇日從 J·Bottero 習楔形文字及西亞文獻，近東開闢史詩，是阿克得人的天地開闢神話。全文用楔形文字刻於七大泥板之上。上半部記述天地開闢之初，諸神間之互相戰鬥，由於兩大勢力的爭奪，後來才產生出太陽神馬獨克（Marduk）。下半部叙述馬獨克安處宇宙間，三位最高神明 Anu，En－lil 及 Ea，興建巴比侖神廟的經過，以及它如何從反叛者身上瀝取血液來創造人類。

近東開闢史詩宣揚了近東宇宙論之二元論。饒先生第一次把它譯爲中文，並以其宇宙論與《淮南子》、彝族宇宙論、古代楚人説加以比較，從而討論近東與遠東兩個地區的開闢神話與造人神話的異同。㉚

環顧國內學術界，時下不少新俊熱心於神話學、神話哲學、比較神話學研究。宗頤先生是一位高齡的名宿，也參與這一勝流。這説明，饒先生雖然是一位資深的前輩學者，卻又酷好新事物，在學術上總是保持一顆"童心"，一種敏鋭的感覺，從而不斷煥發着學術生命的青春。

近世以來吾國許多著名學者和詩人，都有一種弘揚中華文化精神的强烈使命感。但由於歷史和個性的原因，一些近世大學問家的人生及其學術作品中，也時而籠罩着一層悲涼之霧。我們回顧饒宗頤先生近數十年來追尋中華文化精神的軌轍，除了同樣賦有弘揚中華文化的强烈使命感外，還有一種清明豁達的氣象。饒先生詩云："萬古不磨業，中流自在心"。在這兩句詩的多層涵意中，我們或許可以理解爲：宗頤先生以多年的探求找到了中華文化在人類文明中的位置，因而得"太自在"。最近的又一個例子是，選堂先生近來提倡禮——夏禮、殷禮等等——的研究，正在法國漢學家中引起反響；而前引大作曾批評以薩滿主義解釋中國古史，認爲對此風氣應予反省，且應提倡禮的研究，該論文正由美國中年漢學家組織翻譯中。我們深信，隨着時間的推移，人們會越來越深刻地認識到，饒宗頤先生爲在國際漢學界及海内海外弘揚中華文化，作出了不可磨滅的貢獻。

（刊《學術研究》一九九二年第四期。）

注：

① 季羨林：《談饒宗頤史學論著》（《饒宗頤史學論著選》序言）。

②⑰ 錢仲聯：《固庵文錄序》。

③⑩ 錢仲聯：《選堂詩詞集序》。

④⑮ 《王國維書信集》。

⑤ 王國維：《沈乙盦先生七十壽序》，見《觀堂集林》卷十九。

⑥ 王蘧常：《沈寐叟年譜》，台灣《人人文庫》版。

⑦ 參見王蘧常：《沈子培先生著述目》，同上書附；沈曾植：《海日樓札叢（外一種）》中華書局，上海，一九六二年，參見錢仲聯先生爲該書所寫《前言》。

⑧ 沈曾植：《與金潛廬太守論詩書》，參見：錢仲聯：《夢苕庵清代文學論集》第一二一頁，齊魯書社，一九八三年。

⑨ 饒宗頤：《白山集·附大謝詩跋》，《選堂詩詞集》第四十至四十一頁，香港，一九七八年。

⑪⑫⑲ 饒宗頤：《選堂集林·史林》上冊、中冊、下冊，香港中華，一九八二年。

⑬ 陳寅恪：《寒柳堂集》第一四四頁。

⑭ 王蘧常：《沈乙盦先生學案小識》，謂沈曾植學有三變，"壯歲由理學轉而治考據，此一變也"，"又由考據而求世用，此又一變也。晚年潛心儒、玄、道、釋之學，此又一變也"。

⑯ 參見《沙州文錄》。

⑱　《中華文化的過去現在和未來》，《中華書局八十周年紀念論文集》，香港，一九九二年。

⑳　收入《饒宗頤史學論著選》。參見：《明報月刊》，香港，一九九〇年十月號。

㉑㉒　《明報月刊》，香港，一九九〇年九月號、十一月號。

㉓　鄭煒明《饒宗頤教授在中國文學上之成就》；台灣中央研究院中國文哲研究所《中國文哲通訊》第一卷第四期；一九九一年十二月；第七十至九十八頁。

㉔㉕　饒宗頤：《文轍》下册，台灣，學生書局，一九九一年。

㉖　《選堂詩詞集·西海集》第二十二至二十三頁。

㉗㉘　《陳垣來往書信集》第三七七、六二二頁，上海，一九九〇年。

㉙　錢鍾書：《談藝錄》。

㉚　饒宗頤編譯：《近東開闢史詩》，台灣，新文豐出版公司，一九九一年。
（載《學術研究》一九九二年第四期。）

饒宗頤教授在中國文學上之成就

鄭煒明

生平簡歷

饒宗頤教授，字伯濂，①又字伯子、②固庵，號選堂。一九一七年六月生於廣東潮安。父親饒鍔先生，亦爲一大學者，藏書之富，爲潮州之冠，著作甚夥，有《佛國記疏證》、《漢儒學案》、《清儒學案》、《王右軍年譜》諸稿，《慈禧宮詞百首》、《天嘯樓文集》及《潮州西湖山志》（現有《天嘯樓集》七卷印本藏於新加坡大學圖書館，編號 3041.32　3311 ）等多種。饒教授之家學淵源，由此可見。饒教授於未冠時整理其父親遺著《潮州藝文志》，刊於《嶺南學報》。一九三五至三七年，應中山大學聘爲廣東通志館專任纂修。抗戰之初，中大遷雲南澂江，教授應聘前往，因病留滯香港。居港時期，並爲王雲五主編之《中山大詞典》撰稿。一九三九至四一年，協助葉恭綽先生編《全清詞鈔》。一九四三至四五年，任（廣西時期）無錫國專教授。一九四六年，被聘爲廣東文理學院教授。一九四七至四八年，出任汕頭華南大學文史系教授兼系主任，更兼《潮州志》總編纂。同年，被推選爲廣東省文獻委員會委員。一九四九年十月，教授遷居香港。自一九五二年起，至一九六八年，歷任香港大學中文系講師、高級講師及教授；其間於一九六二年，繼國人洪煨蓮先生、日本神田喜一郎

之後，獲法國法蘭西學院（ Institute de France ）頒漢學儒蓮獎
（ Prix Stanislas Julien ）；於一九六三年，曾至印度班達伽東
方 研 究 所 （ The Bhandarkar Oriental Institute in Poona,
India ）作學術研員，爲永久會員；一九六五至六六年，又曾在
法國國立科學中心（ Centre National de la Recherche Scien-
tifique, France ）研究敦煌寫卷。一九六八年，新加坡大學聘爲
中文系首任講座教授兼系主任，至一九七三年止；其間一九七〇
至七一年，曾任美國耶魯大學研究院客座教授，一九七二至七三
年，任中央研究院歷史語言研究所研究教授五個月。一九七三至
七八年，任香港中文大學中文系講座教授兼系主任；其間於一九
七 四 年， 爲 法 國 遠 東 學 院 （ École Française d'Extrême -
Orient, Paris ）院士。一九七八年，饒教授自香港中文大學中文
系退休；同年至七九年，爲法國高等研究院（ L'École Pratique
des Hautes Études, France ）宗教學部客座教授。一九八〇年，
任日本京都大學文學部及人文科學研究所客座，並於是年與印度
著名之學者 Dandekar 同被選爲歷史非常悠久之巴黎亞洲學會
（ Société Asiatique, Paris ）榮譽會員。一九七九至八六年，
饒教授任香港中文大學中國文化研究所榮譽高級研究員；其間於
一九八二年，獲香港大學頒授榮譽文學博士學位，復獲香港中文
大學授予中文系榮休講座教授銜，並獲該校藝術系委任爲榮譽講
座教授至今。一九八六年，兼任香港中文大學中國文化研究所榮
譽講座教授。一九八七年，香港大學中文系委爲該系之榮譽講座
教授。一九八一年，澳門東亞大學創立（一九九一年九月起易名
爲澳門大學），饒教授即成爲該校文學院中國語言與文學專業之
客座教授，更於一九八四年十一月，爲該校創辦研究院中國文史
學部，並出任該學部之主任，至一九八八年止。

文學研究方面之建樹

饒教授學問極爲淵博，涉獵方面甚廣，著作等身，本文只談其文學部分，其他從略。其於文學之研究而能自成系統者，約可歸納分爲下列幾個方面：

一、楚辭學

饒宗頤教授於這方面之專著有三種，計爲《楚辭地理考》（一九四六）、《楚辭書錄》（一九五六）及《楚辭與詞曲音樂》（一九五八）。《楚辭地理考》一書，成於一九四〇年，主要目的乃欲解決三十年代末有關《楚辭》地名討論之問題。此書主要反對錢穆先生《楚辭地名考》"屈原放居，地在漢北，《楚辭》所歌，……本在江北"之說，以考證古史地理"辨地名"、"審地望"之法，糾正自王船山以來之誤；錢穆先生認爲先秦時期楚國文化甚低，饒教授則力持異議。據吾人今日所能掌握之楚地出土資料以視之，益證饒教授半世紀前之所言爲不虛。更重要者爲饒教授以《楚辭》地望之考訂爲基礎，考論其中一些作品篇章之寫作時地，其對〈離騷〉、〈九章·抽思〉等篇之處理，皆屬此例，對治文學史之學者，至今仍極具參考價值。《楚辭書錄》成書於一九五五年，乃第一本出版之《楚辭》目錄學專著。此書除著錄《楚辭》書目版本館藏外，更搜羅《楚辭》研究資料多種，如晉郭璞《楚辭》遺說摭佚、唐陸善經《文選離騷注》之輯要等，後者更爲游國恩主編之《離騷纂義》所迻錄。是書更輯入饒教授《楚辭》研究之若干成果，力證晉、唐人皆稱〈離騷〉爲經，而以騷統稱《楚辭》，亦爲六朝以來之習慣等等；他如文字校勘方面，於"離騷"之異文"離慅"、"離㦮"，加以詳考，謂"慅"訓憂訓愁，與《離騷》之爲離憂義合，另對隋僧道騫《楚辭音》殘卷、唐寫本《文選集注·離騷》殘卷等作校箋，多所抉發。饒教授此書，雖於書目搜羅方面，不及姜亮夫後出之《楚辭書目五種》（一九六一）詳備，惟開創先路之功，不可抹殺，況且此書所錄，兼及台灣、香港及海外之有關專著、外文譯本以及館藏情況，爲姜書所無，故兩者正可互補。《楚辭與詞曲音樂》指出《楚辭》對後代文體之影響，論述文體與音樂之關係，爲此一研究範疇內之第一部專著。饒教授精通古樂琴學，復能按弦操縵，曾隨名師容心言學藝；更於中國音樂史有極深入之研究（請參考本文附錄之《饒宗頤教授著作目錄初編》），故能於《楚辭》與詞、曲關係之研究，樹一家之言。

　　饒教授於楚辭學方面，尚有重要論文多篇。其中如"Ch'u Tz'u and Archaeology"（一九五七），爲最早提出《楚辭》應與各種出土資料結合研究之學術論文，其後饒教授之〈唐勒及其佚文——楚辭新資料〉（一九八〇）以山東臨沂出土之《唐革賦》殘簡，結合文獻，爲《楚辭》研究貢獻新猷（亦爲最早研究唐勒佚文之學者），即屬此例。饒教授乃一極具開創性之學者，往往能以新資料、新角度及新理論貫注於其研究內。讀其〈騷言志說——楚辭學及其相關問題〉（一九八一），然後知其爲最早提出"騷言志"說及"楚辭學"一名之學者；一文之中，提出兩種新說，誠非易事。至於〈天問文體的源流——"發問"文學之探討〉（一九七六），以"發問文學"一詞，展示一個新概念；其引證《梨俱吠陀》、《阿闥婆吠陀》（Atharva Veda）、《奧義書》、古波斯之《火教經》（Avesta）及《舊約聖經》等與《天問》互爲比較，顯示"發問型態"之文學作品源遠流長，並指出"發問文學"於《天問》之後，歷代皆有摹擬之作；儼然已成一種獨立文體，是說甚堪重視。饒教授又向來重視文學與藝術之歷史關係，其〈楚辭與古西南夷之故事畫〉一文，即屬此例，於民族史、藝術史、人類學及比較文化學等等方面之研究，不無裨益；另〈長沙楚墓帛畫山鬼圖跋〉（一九五七）及〈山鬼圖後記〉（一九五七）兩篇短文，除可佐證饒教授一向重視實物與文獻結合之科學研究方法外，亦可列爲此類。

二、古文論之研究

　　饒教授於古文論之研究，以《文心雕龍》之學爲核心，曾於一九六三年主編出版香港大學中文學會慶祝金禧紀念特刊之《文心雕龍研究專號》，共收論文十二篇，附錄兩篇，其中五篇，即爲饒教授於一九五二至六三年期間研究《文心雕龍》之力作。饒教授此階段《文心雕龍》研究之主要貢獻有二：一、在於標出劉勰文學理論之淵源、文體分類之依據及《文心雕龍》各篇取材之所自，具見於〈文心雕龍探原〉（一九六三）一文；二、至於劉勰思想之骨幹爲佛教一點，亦於〈文心雕龍與佛教〉（一九五二）、〈劉勰文藝思想與佛教之關係〉（一九五六）、〈劉勰文藝思想與佛教〉（一九六三）等篇中詳加論述矣；《文心雕龍》之作曾受佛教影響一說，王利器先生於其《文心雕龍新書·引論》（一九五一）中早已提過，惟並未深入，直至饒教授諸篇面世，此說方興，對後來之研究者，影響頗大，其中如石壘、馬宏山等，皆爲踵武者。其他各篇如〈六朝文論摭佚〉（一九六二）、〈唐寫本文心雕龍景本跋〉（一九六二）等皆爲早着先鞭之作；而〈文心雕龍·原道集釋〉（一九六三）一篇，亦頗有饒教授一己之心得在，至今仍具參考之價值。饒教授主編之《文心雕龍研究專號》於某一程度上，可視爲六十年代中期前香港學者於此方面研究之總結，對研究中國古文論之後輩學人影響深遠，可以想見。

　　踏入八十年代，饒教授於《文心雕龍》，又有突破性之研究，其最重要之論文爲〈文心雕龍聲律篇與鳩摩羅什通韻——兼談王斌、劉善經、沈約有關諸問題〉（一九八五），指出沈約之反音，乃從印度悉曇之學悟得，並以《文心雕龍·聲律篇》之“凡聲有飛沈，響有雙疊”即《通韻》之雙聲疊韻等等，復細考史實，質疑陳寅恪先生〈四聲三問〉一文所謂善聲沙門與審音文士共創新聲之論說，爲中古聲律及《文心雕龍》之研究，別樹一塊里程碑。

他如〈文心與阿毗曇心〉（一九八八）抉發劉勰《文心雕龍》之作，或有竊比《阿毗曇心》之用心。〈元至正本文心雕龍跋〉（一九八五）文章雖短，惟仍有可補王國維《兩浙古刊本考》卷下嘉興府刻板條之不足處。

饒教授於陸機之〈文賦〉，亦有極重要之研究成果。其〈陸機文賦理論與音樂之關係〉一文，一九六一年四月發表於日本京都大學《中國文學報》第十四期，闡明〈文賦〉中之應、和、悲、雅、艷實爲音樂原理，與琴道合，但以此說明文律而已；"應"與"和"指音樂文章之聲律，"雅"指音樂與文章之品格，而"悲"與"艷"即後來劉勰之"情"與"采"。此文於〈文賦〉之文體論（包括體製、體性、體勢）、研究業績、寫作年代，以及〈文賦〉理論之淵源、時代背景乃至影響，皆有所論，並謂永明聲律說未萌芽以前之文論，皆以樂理爲基礎，此說尤具啓發性。饒教授此文，爲最早從音樂方面探究〈文賦〉之論著，蓋與其精通樂理琴道，兼能深入研究中國音樂史，不無關係。一九八四年一月，北京大學中文系之張少康先生發表其〈應、和、悲、雅、艷——陸機"文賦"美學思想瑣議〉一文③及出版《文賦集釋》一書，④始知再有中國學者從音樂之角度研究〈文賦〉，惟似乎未及見饒教授此文，殊爲可惜。

三、詞學

饒教授於詞學，爲一罕見之全才，幾乎與詞學有關之各個範圍，都曾有專門之研究，並且獲致纍纍之碩果；據統計，饒教授於詞學方面之專著至今已有六種、論文二十五篇。饒教授之詞學研究，乃由整理清詞開始，於一九三九至四一年兩年間，嘗繼楊鐵夫先生之後以協助葉恭綽先生編《全清詞鈔》爲其主要之工作，將原一百三十冊之詞鈔重新排次，精簡爲三十冊。晚近程千帆先生主持《全清詞》之匯輯，其中順治、康熙兩朝諸家詞，即以饒教授之〈全清詞順康卷序〉（一九八九）冠其首，於明代倚聲衰落之原因、清初倚聲之各種罕見總集，以至清初浙西派詞學之淵源，皆有所闡發，足爲治清初詞者之指要。饒教授之於清詞，重要論文尚有〈朱彊村論清詞望江南箋〉（一九六一）、〈清詞與東南亞諸國〉（一九六八）、〈清詞年表〉（一九七〇）等，皆爲發人之所未發之作，其中更有注意及域外詞者，於國人中實爲首位，可見饒教授於清詞，乃一既全面而又具開創性之學者。

於匯編輯集斷代詞方面，饒教授亦有極大之貢獻；其繼武進趙叔雍先生未竟之功，主持《全明詞》匯編之工作有年，詞家得九百人，目前稿本已交北京中華書局，待且補資料工作完畢，即可付印，此盛事早已爲學者所共知。

饒教授於詞樂研究，亦有提倡之功。一九五八年十月，饒教授與趙尊嶽教授、姚志伊先生合作出版《詞樂叢刊》第一集，内收饒教授於一九五六年前已完成之〈白石旁譜新詮〉、〈樂府渾成集殘譜小箋〉、〈玉田謳歌八首字詁〉、〈魏氏樂譜管窺〉諸篇及其後之〈追記〉兩篇，爲詞學中之詞樂研究，奠下起點甚高之基礎；彼以日本傳鈔之《魏氏樂譜》爲據，推論白石〈旁譜〉俗字之疑義，復提供《魏氏樂譜》此一極重要之資料，於後來從事白石〈旁譜〉之研究者，應具一定之啓發作用。由來研究詞學者，絕少留心詞樂；據筆者所知，以詞與音樂爲研究範圍者，先於《詞樂叢刊》者，有劉堯民教授之《詞與音樂》（一九四六），⑤後於《詞樂叢刊》者，有施議對教授之《詞與音樂關係研究》（一九八五），⑥然細按其内容，究只能視爲文學史上詞與音樂之關係研究，非真正之詞樂研究可知。而日本學者水原渭江曾從饒先生遊，以詞樂爲其研究領域，終於一九八一年十二月刊行《詞樂研究》上册，可具見饒教授之影響。饒教授嘗有《詞籍考》此一龐大之研究計劃，其於詞樂，另立爲一類，⑦足見其對詞樂研究之重視。

饒教授乃首位從事詞籍目錄學研究之學者，其事始自四十年代，一九四九年初版之《潮州志》内〈藝文志〉部分，已見其〈詞

籍考序例〉。現有《詞籍考》（第一册）（一九六三）行世。《詞
籍考》爲一詞籍目錄版本研究之巨構，計劃中之内容分爲六大類，
包括詞集（别集、總集）、詞譜、詞韻、詞評、詞史及詞樂，今
已面世者，僅詞集類中唐至元朝之别集部分而已。近聞將有增訂
本（已輯入總集部分）付排。饒教授另有《宋詞書錄解題·總集
類》（一九五八）一文。《詞籍考》雖云乃詞籍目錄版本之叙錄，
而其實書中於詞人生平之考據、詞派之淵源、詞之史話與評論、
詞作字句之異同，俱有涉及。Hans H. Frankel, David Hawkes
等西方漢學家之書評俱持上述意見；日本吉川幸次郎教授於〈詞
籍考序〉中，更將之比美朱竹垞之《詞綜》，謂"自此以後，讀
詞者必發軔於此"。由此可見，饒教授此書，實爲詞學研究者必
讀之書。而詞籍目錄版本之學，亦爲饒教授於詞學之兩大貢獻之
一。

　　饒教授於詞學之另一大貢獻，在於其對詞之起源問題之探索。
饒教授於此範圍最重要之專著乃《敦煌曲》（一九七一）（法國
戴密微教授 Professor Paul Demiéville 作法文之譯述）。此書
之貢獻良多，謹述下列數端，以略見其要：一、圖版部分甚爲精
美，爲後來之研究者供給上佳之原始材料，與此書出版前之諸家
著述只能輾轉鈔錄者不可同日而語；二、於詞之起源，包括《雲
謠集雜曲子》有關資料中之各種問題，有所闡發；三、於曲子年
代，提出一己之意見；四、於作者問題上，例如"御製"説及有
關可確知之作者等等，有所討論；五、於曲與詞之判別，特別關
於長調之興起等問題，皆有所論述。總之，是書堪稱代表饒教授
於詞之起源問題上之一家之言。其後饒教授尚有一系列之論文，
於《敦煌曲》問題上，進行不斷深入之探索，如〈曲子定西
蕃──敦煌曲拾補之一〉（一九七三）、〈長安詞、山花子及其
他──大英博物院藏 S.5540 敦煌文册之曲子詞〉（一九七四）、
〈敦煌曲訂補〉（一九八〇）、〈法曲子論──從敦煌本三皈依
談唱道詞與曲子詞關涉問題〉（一九八六）、〈敦煌曲與龜兹樂〉

（一九八六）等等，可見其所用力，已廣泛觸及與《敦煌曲》有關之各種問題。

任半塘先生於其三大册之《敦煌歌辭總編》⑧中，標榜《雲謠集》爲唐曲，反對王國維先生以來諸家（包括饒教授在内）之“曲子詞”或“唐詞”之説法。饒教授乃有一系列之論文，於任半塘先生所提出之各種問題，加以討論，如〈雲謠集一些問題的檢討〉（一九八八）解決任氏提出之所謂《雲謠集》“伴小娘”本之疑難，並重新説明其於《敦煌曲》中對曲子年代、“周”“州”二字之校勘、禮五台山偈《長安詞》之年代、“御製”乃至詞與曲之涵義等等問題之處理方法、論證與觀點；至於其後之〈唐末的皇帝、軍閥與曲子詞——關於唐昭宗御製的“楊柳枝”及敦煌所出他所寫的“菩薩蠻”與他人的和作〉（一九八九）、〈雲謠集的性質及其與歌筵樂舞的聯繫——論雲謠集與花間集〉（一九八九）、〈爲“唐詞”進一解〉（一九八九）及〈唐詞再辨——談印行“李衞公望江南”的旨趣和曲子詞的欣賞問題〉（一九九〇）等論文及《詞學秘笈之一——李衞公望江南》（一九九〇）一書之印行，足證其於曲子詞之作者及年代之歷史定點，《雲謠集》之性質及有關“唐詞”之概念等等問題之認識，俱有更爲深入之研究。綜而論之，饒教授於此領域之研究，可謂其中用力最深、貢獻最大之一位學者，於治詞史者當有難以磨滅之影響。

饒教授於詞學，尚有其他重要之專著，例如《人間詞話平議》（一九五五）此書，爲研究王國維先生詞學理論早着先鞭之作，於境界説起源之探討，尤爲深緻。於詞集版本校勘方面，則有《景宋乾道高郵軍學本淮海居士長短句》（一九六五）行世，取二宋本、嘉靖己亥、乙巳本、鄧漢章本校宋乾道癸巳高郵軍學本，並輯入黃彰健先生錄《詞苑英華》内少游詩餘四十九首，允稱爲秦觀詞最完備之本。至若重要之論文，則有〈詞與禪悟〉（一九六八）、〈詞與畫——論藝術的換位問題〉（一九七四）、〈張惠言“詞選”述評〉（一九八五）、〈説和聲的“囉哩嗹喻”與“哩囉連"〉（一九八六）及〈後周整理樂章與宋初詞學有關諸問題——由敦煌舞譜談後周之整理樂章兼論柳永"樂章集"之來歷〉（一九九一）等，不論詞與禪學思想、詞與繪畫藝術之關係、和聲之新資料及其源流、張惠言編《詞選》之方法及其所受之影響；並《詞選》編撰之時地以及柳永何以名其集曰〈樂章〉等等問題，咸以新資料、新觀點著文，皆能發前人之所未發。

要之，饒教授幾於詞學研究之各領域，皆有所建樹，開創啓後之功尤著，稱之為當代詞學大師之一，絕非過譽。

四、其他

饒教授於文學研究，尚有其他重要之建樹多項，茲簡述如下：

一、翻譯及研究世界最古老之巴比倫史詩 Enumāelis，為國人從事此領域研究之第一人，已出版《近東開闢史詩》（一九九一）一書。其〈近東開闢史詩前言——中、外史詩上天地開闢與造人神話之初步比較研究〉（一九九○）比較中外神話之異同，出入漢族、中國各少數民族、西亞、希伯來、希臘、腓尼斯以至《聖經》及《可蘭經》上之資料，為一難得之比較研究。

二、於賦學及《文選》之學，造詣極深，故自號曰選堂。⑨有專著《選堂賦話》（一九七五）行世及有關論文多篇。

三、提倡文學目錄學之研究，有專著《潮州藝文志》（一九三五、一九三七），於研究與潮州有關之文學史料者，必由此編入手；至於《新莽藝文志》（一九四六）一篇，於研究新莽一朝文學史料者亦屬不可或缺之參考資料。另有《中國文學在目錄學上之地位》（一九七一）一文，作出理論性之探討，足證其對此之重視程度。

四、饒教授於中國文學之研究，幾於每個朝代、每個領域，皆有重要之論著，其中不乏為其所率先探討者。茲舉其若干具原創性、拓展性、影響力、新資料、新角度或獨到見解者之論文篇目，以見其學之要旨：

1. 〈戰國文學〉（一九七七）
2. 〈出土資料から見た秦代の文學〉（一九七七）
3. 〈中國古代文學之比較研究〉（一九八〇）
4. "Caractères Chinois et Poétique"（一九八二）
5. 〈從"睞變"論變文與圖繪之關係〉（一九八〇）
6. "The Four Liquid Vowels R R L L of Sanskrit and their Influence on Chinese Literature（Note on Kumārajiva's 通韻, T. M. Stein 1344）"（一九六八）
7. 〈韓愈南山詩與曇無讖譯馬鳴佛所行讚〉（一九六三）
8. 〈虬髯客傳考〉（一九五七）
9. 〈孝順觀念與敦煌佛曲〉（一九七四）
10. 〈南戲戲神咒哩囉嗹問題〉（一九八五）
11. 〈潮劇溯源〉（一九七三）
12. 〈"明本潮州戲文五種"說略〉（一九八五）
13. 《穆護歌攷——兼論火祆教入華之早期史料及其對文學、音樂、繪畫之影響》（一九七八）

饒教授有文學史論文集行世，收文六十篇，名之曰《文轍》，已由台灣學生書局出版。

總結而言，饒教授之於文學研究，約具下列幾點特色：

一、善用出土資料，與紙上遺文結合研究。

二、善用異域與異族之資料，與本國及漢族之資料，作比較、結合之研究。

三、以新觀念、新方法探討中國古文學之內涵。

四、重視文學目錄學之研究。

五、重視文學與其他藝術範疇如音樂、繪畫等之內緣關係研究。

六、重視文學與宗教之關係，並有極重要之研究（其中以佛教文學及祆教文學爲其最要者）。

七、每多早着先鞭之作；研究之原創力甚高，而論證之啓發性甚
　　鉅。

八、重視文學於文化史上之意義。雖云乃文學之研究，實則往往
　　提高至文化史研究之層面。

吾人若詳細閱讀饒教授之著作目錄，當發現筆者所言之不虛，
彼實究心於中國文化史，故其以探索文化史之角度研究文學可以
明矣，蓋文化精神爲一民族之根本，而文學不過其一表達部分精
神元素之媒介而已。余自知限於學力，所述錯誤必多，惟冀能稍
得饒教授爲學問之一二用心而已。

文學創作

　　饒教授之父親饒鍔先生，亦爲一古文辭家，饒教授幼承庭訓，
根基極佳，益以過人之聰敏，超脫之才情，深厚之學養及足迹遍
天下之遊歷與見識，終使其於文學創作方面，亦獲致極大之成就。
饒教授於各體詩、詞、駢、散文章，皆所擅長，茲略爲簡介如下。

一、駢、散體文之創作

　　饒教授之駢、散體文章，多已編入其《固庵文錄》內。觀其
於抗日戰爭時所作之〈馬矢〉、〈斗室〉、〈囚城〉與〈燭〉等賦，
情真而辭麗，信爲必傳之佳構；至其儷體諸製，若〈法南獵士谷
（ Lauscaux ）史前洞窟壁畫頌〉、〈近東開闢史詩〉、〈汨羅弔屈
子文〉、〈長沙弔賈生文〉及〈常熟弔柳蘼蕪文〉等等，無不情采
並茂，文質彬彬，或爲別出機杼，或爲有所寄託之作。異日倘有
意治本世紀舊體文學史者，必當留心於上述諸篇。錢仲聯先生評
饒教授之賦，謂其“皆不作鮑照以後語，無論唐人”，又謂若汪
中得見，亦將瞠目云。⑩其說良信，蓋饒教授之儷體，乃由汪容
甫上溯《文選》，而直追秦漢。其散體諸篇，出入中外文化史之
各領域，其中〈稽古稽天說〉、〈王道帝道論〉等篇尤爲重要，其

他各篇，亦皆大有裨益於學術，實"兼學術文美文之長"⑪。

二、詩詞創作

饒教授於詩詞創作，早歲即負盛名，年十六有〈咏優曇花詩〉，詩壇耆宿，爭與唱和，一時傳爲佳話。抗戰之時，饒教授有《傜山詩草》，感觸至多，錢仲聯先生以爲"尤其獨出冠時者也"，並許之爲繼變風、變雅、靈均、浣花以迄南明嶺表屈翁山、陳獨漉、鄺湛若後之作者。⑫饒教授於詩，實與學結合，所承至博，若阮嗣宗、謝康樂、韓昌黎、蘇東坡等等，皆其所曾致力至深者，益以遊歷極廣，識見過於前人，故其詩格局能得一"大"字，若其〈大千居士六十壽詩用昌黎南山韻〉、〈楚繒書歌次東坡石鼓歌韻〉等等，皆爲當世之宏篇，至若咏域外風情之什，〈白山〉、〈黑湖〉、〈佛國〉、〈羈旅〉、〈西海〉、〈南征〉、〈冰炭〉及〈攬轡〉諸編，俱有名於時，其中《黑湖集》更有戴密微教授之法文翻譯，刊行於瑞士。錢仲聯先生以爲饒教授之詩，即黃公度、康南海、沈寐叟皆有所未及，更非觀堂、寒柳二家所能侔，蓋以饒教授不特才氣磅礴，兼以心性奧密，又能以性情出之。綜言之，饒教授於詩，大抵以古風及絕句爲其所長，又以長篇之歌行及七絕爲最優。

至於詩餘，亦饒教授之所長。小令有敦煌曲子、歐晏之風，清新自然；慢詞則得清真之麗密、白石之清空。《睎周》一集，遍和周邦彥詞百二十七章；羅忼烈教授〈略論五家和清真詞〉引韓退之〈答李翊書〉語，以"氣盛"一説譽之。⑬饒教授詞作佳篇甚多，若《睎周集》卷上之《蘭陵王》"初至榆城，聽充和撅笛"、〈六醜〉"睡"、〈蕙蘭芳引〉"影"、〈玉燭新〉"神"等皆爲獨出心裁者。至若咏域外風景之作，如《栟櫚詞》集内〈念奴嬌〉"覆舟山、印尼最高火山也。用半塘韻"一詞，論者以爲在呂碧城女士之上。⑭

饒教授於詞之創作，實亦與其詞學相結合，故其詞實亦由清諸名家入手，然後上溯五代、北宋諸大家。尚有關於饒教授文學創作之一段故事，因知者不多，故附述於此。饒教授平生，亦曾有新詩〈安哥窟哀歌〉之作，⑮氣魄恢宏，歷史感甚重。由此可證，文學只有優劣之判，應無新舊之分。若饒教授者以其學力才情，偶爾爲新詩，亦已聲勢奪人。

要之，饒教授於駢、散文、詩詞之創作，皆有所成就，堪稱爲當代之一大作者；文學者，自有其恒久之生命，不爲世移，不爲物轉，今讀饒教授諸編，信其必將傳諸異代，爲集部增光，而駢、散體文章及詩詞之作，其能香火不滅者，饒教授殆亦有功焉。

小　結

綜上所述，饒教授之於文學，研究與創作並重，既爲一大學者，又爲一大手筆，誠爲一難得之全才，允爲吾國之當代一大文學家，信非過譽。而饒教授之學問，又不止於文學；其創作亦不止於詩文，待日後再作論述，於茲從略。

（刊台灣中央研究院中國文哲研究所《中國文哲研究通訊》第一卷四期，一九九一年十二月。）

注：
① 參饒宗頤教授〈宗頤名說〉一文，見饒著《固庵文錄》散體篇（台北：新文豐出版公司，一九八九），頁三二三至三二四。
② 參葉恭綽《全清詞鈔》（北京：中華書局，一九八二），頁七，〈例言〉第十四條。
③ 見《文藝理論研究》（上海：華東師範大學出版社，一九八四），頁六九至七五。
④ 上海古籍出版社，一九八四年版。參考頁一二九至一五〇。
⑤ 雲南大學《文史叢書》本，一九四六年鉛印出版。雲南人民出版社，一九八二年重印第一版。
⑥ 中國社會科學出版社，一九八五年版。

⑦　參〈詞籍考總目〉，見《詞籍考》（第一册）（香港大學出版社，一九六三）。此蓋受趙尊嶽教授之影響，詳〈詞籍考例言〉末段（見頁五）。

⑧　上海古籍出版社，一九八七年版。

⑨　參饒宗頤教授〈選堂字説〉一文，《固庵文錄》頁三二五。

⑩　錢仲聯先生〈固庵文錄序〉，未刊手稿影本。

⑪　同上。

⑫　錢仲聯先生〈選堂詩詞集序〉，未刊手稿影本。

⑬　據手稿影本。

⑭　見劉宗漢〈學如富貴在博收——讀《選堂集林・史林》〉，《讀書》（一九八二年十月）頁五十六。

⑮　《文學家》雙月刊第三期（一九八七年十一月），頁二十至二十二。

饒宗頤教授學術專著目錄初編

（至一九九二年止）

鄭煒明

1. 潮州藝文志　嶺南大學嶺南學報專號　vol. IV（1935）、vol. VI（1937）

2. 潮州叢著初編　廣州市立中山圖書館　一九三八年；台灣文海出版社有限公司　一九七一年重印

3. 楚辭地理考　上海商務印書館　一九四六年；台北九思出版有限公司　一九七八年重印

4. 潮州志　汕頭潮州修志館　一九四九年

5. 韓江流域史前遺址及其文化　香港　一九五○年

6. 人間詞話平議　香港　一九五五年

7. 敦煌本老子想爾注校箋　選堂叢書之一　香港　一九五六年

8. 巴黎所見甲骨錄　香港　一九五六年

9. 楚辭書錄　選堂叢書之一　香港　一九五六年

10. 戰國楚簡箋證（長沙仰天湖戰國楚簡摹本）　香港上海出版社　一九五七年

11. 詞樂叢刊（與趙尊嶽、姚莘農合著）　香港南風出版社　一九五八年

12. 楚辭與詞曲音樂　選堂叢書之一　香港　一九五八年

13. 長沙出土戰國繪書　選堂叢書之一　香港　一九五八年

14. 九龍與宋季史料　選堂叢書之一　香港　一九五九年

15. 殷代貞卜人物通考　香港大學出版社　一九五九年

16. 詞籍考　香港大學出版社　一九六三年；又台灣重印

17. 景宋本淮海居士長短句　香港龍門書店　一九六五年

18. 潮州志匯編　香港龍門書店　一九六五年

19. 香港大學馮平山圖書館善本書錄　香港龍門書店　一九七〇年

20. 歐美亞所見甲骨錄存　新加坡　一九七〇年

21. 敦煌曲

Airs de Touen‐Houang (with an adaptation into French by Prof. Paul Demiéville); Centre National de la Recherche Scientifique, Paris; 1971.

22. 選堂賦話　香港萬有圖書公司　一九七五年

23. 黃公望及富春山居圖臨本　香港中文大學文物館專刊之一　一九七五年九月；一九七六年五月增訂再版

24. 中國史學上之正統論　香港龍門書店　一九七七年

25. 敦煌白畫　法國遠東學院考古學專刊　巴黎　一九七八年

26. 唐宋墓誌：遠東學院藏拓片圖錄　香港中文大學中國文化研究所（史料叢刊二）（與法國遠東學院共同出版，列該院期刊一二七號）　一九八一年

27. 選堂集林（史林）　香港中華書局　一九八二年；台灣明文書局重印

28. 雲夢秦簡日書研究（與曾憲通合著）　香港中文大學中國文化研究所中國考古藝術研究中心專刊之三　一九八二年

29. 虛白齋書畫錄　東京二玄社　一九八三年

30. （編）敦煌書法叢刊（共二十九冊）　東京二玄社　一九八三至八六年

31. 選堂選集　現代佛學大系第五十三冊；第二七三至五三八頁　台北彌勒出版社　一九八四年

32. 楚帛書　香港中華書局　一九八五年

33. 隨縣曾侯乙墓鐘磬銘辭研究（與曾憲通合著）香港中文大學中國文化研究所中國考古藝術研究中心專刊之四　一九八五年

34.（主編）甲骨文通檢（第一冊）　香港中文大學出版社　一九八九年

35. 固庵文錄　台北新文豐出版公司　一九八九年

36. 中印文化關係史論集——悉曇學緒論　香港中文大學中國文化研究所、香港三聯書店聯合出版　一九九〇年

37. 詞學秘笈之一——李衛公望江南　台北新文豐出版公司　一九九〇年

38.（編）敦煌琵琶譜　台北新文豐出版公司　一九九〇年

39.（編譯）近東開闢史詩　台北新文豐出版公司　一九九一年

40.（編）敦煌琵琶譜論文集　台北新文豐出版公司　一九九一年

41. 文轍（中國文學史論集）　台灣學生書局　一九九一年

42. 老子想爾注校證　上海古籍出版社　一九九一年

43. 詞集考——唐五代宋金元編　北京中華書局　一九九二年

饒宗頤教授論文目錄初編

（至一九九一・四止）

鄭煒明

1. 廣濟橋考　中山大學文科研究所史學專刊　廣州　一九三六年

2. 海陽山辨　禹貢六卷十一期　北平　一九三六年

3. 李德裕〈泊惡溪詩〉書後　中山大學文科研究所語言文學專刊一之二　廣州　一九三六年

4. 古海陽地考　禹貢（古代地理專號）七卷六、七期　北平　一九三七年

5. 惡溪考　禹貢　北平　一九三七年

6. 新書序目　責善一卷三期　齊魯大學國學研究所編　成都　一九四〇年

7. 廣東之易學　廣東文物（下冊）　香港　一九四一年

8. 編輯古史辨第八冊（古地辨）及論虞幕伯鯀等，附擬目——與顧頡剛書　責善二卷十二期　成都　一九四一年

9. 蕪城賦發微　東方雜誌四十一卷四號　重慶　一九四五年

10. 新莽藝文志　文教　廣州　一九四六年

11. 韓文編錄原始　東方雜誌四十二卷十二號　重慶　一九四六年

12. 明薛中離年譜　廣東文物特輯　廣州　一九四八年

13. 秦代初平南越辨　南洋學報六卷二期　新加坡　一九五〇

年

14. 海南島之石器　新加坡大學二一四八至一八四三　新加坡
　　　一九五一年

15. 殷代日至考　大陸雜誌五卷三期　台北　一九五三年

16. 中國明器略說（附英譯）　載明器圖錄　香港大學東方文
　　　化印　香港　一九五三年

17. 華南史前遺存與殷墟文化　大陸雜誌八卷三期　台北　一
　　　九五四年

18. 小屯乙編下輯書評　東方文化一卷二期　香港大學　一九
　　　五四年

19. 釋鑪　香港大學中文學會年刊　香港　一九五四年

20. 釋儒　東方文化一卷一期　香港　一九五四年

21. 長沙楚墓時占神物圖卷考釋　東方文化一卷一期　香港
　　　一九五四年

22. 戰國楚簡箋證　油印本　京都　一九五四年

23. 西漢節義傳　新亞學報一卷一期　香港　一九五五年

24. （傳）索紞寫本道德經殘卷考證　東方文化二卷一期　香
　　　港　一九五五年

25. 潮瓷說略（日文　長谷部樂爾譯）　陶說　東京　日本陶
　　　磁協會出版　一九五五年

26. 長沙出土戰國楚簡初釋　油印本　京都　一九五五年

27. 日本所見甲骨錄　東方文化三卷一期　香港　一九五六年

28. 戰國楚簡箋證（修訂本）　金匱論古綜合刊　香港　一九
　　　五七年

29. 長沙楚墓帛畫山鬼圖跋　金匱論古綜合刊　香港　一九五
　　　七年

30. 居延零簡　金匱論古綜合刊　香港　一九五七年

31. 者濕編鐘銘釋　金匱論古綜合刊　香港　一九五七年

32. 京都藤井氏有鄰館敦煌殘卷紀略　金匱論古綜合刊　香港

一九五七年

33. 金匱室藏楚戈圖案說略　金匱論古綜合刊　香港　一九五七年

34. 從考古學上論中國繪畫的起源　金匱論古綜合刊　香港　一九五七年

35. 楚簡續記　金匱論古綜合刊　香港　一九五七年

36. 山鬼圖後記　金匱論古綜合刊　香港　一九五七年

37. 居延漢簡目睭耳鳴解　大陸雜誌十三卷十二期　台北　一九五七年

38. 新莽職官考　東方學報一期　新加坡　一九五七年

39. 當前歐洲漢學研究的大勢　香港崇基校刊　一九五七年十二月十三日

40. Ch'u Tz'u and Archaeology, Akten des vierundzwanzigsten internationalen Orientalisten - Kongresses, München 1957

41. 日本古鈔文選五臣注殘卷　東方文化三卷二期　香港　一九五七年

42. 虬髯客傳考　大陸雜誌十三卷一期　台北　一九五七年

43. 敦煌本文選斠證　新亞學報三卷一期、二期（一九五八年）　香港　一九五七年

44. 秦箏小史　香港大學文學院年刊　香港　一九五八年四月十二日

45. 海外甲骨錄遺　東方文化四卷一、二期　香港　一九五八年

46. 宋詞書錄解題（總集類）　香港大學中文學會會刊　香港　一九五八年

47. 論花間集板本　東方一期　香港　一九五九年

48. 敦煌琵琶譜讀記　新亞學報四卷二期　香港　一九六〇年

49. 楊守齋在詞學及音樂上之貢獻　崇基校刊二十二期　香港

一九六〇年

50. 宋季金元琴史考述　清華學報新二卷一期（梅貽琦校長祝壽專號上冊）　台北　一九六〇年

51. 由卜辭論殷銅器伐人方之年代——答劍橋大學鄭德坤博士書　香港大學歷史學會年刊　香港　一九六〇年

52. 西洋番國志書後　香港大學中文學會年刊　香港　一九六〇年

53. 南佛堂門歷史考古的若干問題（饒氏演講吳銘森筆錄）　香港大學歷史學會年刊　香港　一九六〇年

54. 九龍與宋季史料補遺　香港大學中文學會年刊　香港　一九六〇年

55. 讀羅香林先生新著《唐代廣州光孝寺與中印交通之關係》兼論交廣道佛教之傳播問題　大陸雜誌二十一卷七期　台北　一九六〇年

56. 論明史外國傳記張璉逃往三佛齊之訛　香港大學中文學會年刊二期　香港　一九六一年

57. 龜卜象數論——由卜兆記數推究殷人對於數的觀念　中央研究院歷史語言研究所集刊外編　董作賓先生祝壽論文集下冊　台北　一九六一年

58. 敦煌寫卷之書法　東方文化五卷　香港　一九六一年

59. 朱彊村論清詞望江南箋　東方文化六卷（一、二期合刊）　香港　一九六一年

60. 陸機文賦理論與音樂之關係　京都大學中國文學報第十四號　京都　一九六一年

61. 顧亭林詩論　文學世界（清詩專號）　香港　一九六一年

62. 論姜白石詞　文學世界（宋詞專號）　香港　一九六一年

63. 敦煌舞譜校釋　香港大學學生會金禧紀念論文集　香港　一九六二年

64. 論杜甫夔州詩　京都大學中國文學報第十七號（杜甫專

500

號） 京都 一九六二年

65. 文心雕龍與佛教 新亞書院文化演講錄 香港 一九六二
年

66. 六朝文論摭佚 大陸雜誌二十五卷三期 台北 一九六二
年

67. 敦煌寫本登樓賦重研 大陸雜誌特刊第二輯 台北 一九
六二年

68. 唐寫本文心雕龍景本跋 香港大學中文學會年刊 香港
一九六二年

69. 韓愈南山詩與曇無讖譯馬鳴佛所行讚 京都大學中國文學
報第十九號 京都 一九六三年

70. 文心雕龍探原 香港大學中文學會慶祝金禧紀念特刊（文
心雕龍研究專刊） 香港 一九六三年

71. 文心雕龍原道篇注 香港大學中文學會慶祝金禧紀念特刊
（文心雕龍研究專刊） 香港 一九六三年

72. 論岳武穆滿江紅詞 斑苔學報二期 馬來亞大學華文學會
編 吉隆坡 一九六四年

73. 想爾九戒與三合義 清華學報新四卷二期（哲學論文集）
台北 一九六四年

74. 神會門下摩訶衍之入藏兼論禪門南北宗之調和問題 香港
大學五十週年紀念論文集（上冊） 香港 一九六四年

75. Chinese Sources on Brāhmī and Kharosthī, Annals of
Bhandarkar O.R. Institute, Vol. XIV Poona, India 1964

76. 楚繒書十二月名覈論 大陸雜誌三十卷一期 台北 一九
六五年

77. 論龍宿郊民圖（與楊聯陞教授書） 清華學報新五卷一期
台北 一九六五年

78. 選堂論畫 香港大學中文學會年刊 香港 一九六五年

79. 安荼論（ Anda ）與吳晉間之宇宙觀 清華學報專號（慶

祝李濟先生七十歲論文集）　台北　一九六五年

80. 華梵經疏體例同異析疑　新亞學報七卷二期　香港　一九六六年

81. Un Inédit du Chouo‐fou （説郛新考）‐ Le Manuscrit de Chen Hau de la Periode Kia‐tsing （1522 — 1566）, Mélanges de Sinologie (offerte à Monsieur Paul Demiéville), Bibliothèque de L'Institut des Hautes Études Chinoises, Vol. XX, Paris.

82. The Shê Settlements in the Han River Basin, Kwang Tung（韓江流域之畬民）

83. Some Place‐Names in the South Seas in the Yung-lo-ta‐tien（永樂大典中之南海地名）Proceeding of the Symposium on Historical Archaeological & Linguistic Studies on Southern China, S. E. Asia & The Hong Kong Region. University of Hong Kong, with Plate, XII 1966.

84. 後漢書論贊之文學價值　中國學誌三期　東京　一九六六年

85. 陳白沙在明代詩史上的地位　東方雜誌一卷二號　台北商務　一九六七年（又見廣東文獻季刊一卷二期；6/1971）

86. The Chū Silk Manuscript Calendar and Astrology, Proceeding of the Symposium on Early Chinese Art, New York 1967

87. 説蟹　香港中文大學聯合書院學報五期　香港　一九六七年

88. 楬齋所藏甲骨簡介　香港中文大學聯合書院特刊　香港　一九六七年

89. 三教論與宋金學術　東西文化十一期　台北　一九六八年

90. 繒書之摹本及圖像　故宮季刊三卷二期　台北　一九六八年

91. 李鄭屋村古墓磚文考釋　中央研究院歷史語言研究所第三十九冊（《李方桂先生六十五祝壽集》）　台北　一九六八年

92. 說蘭 Isl. Soc. Q. 1:2　新加坡　一九六八年

93. 詞與禪悟　清華學報新七卷一期（文學專號）　台北　一九六八年

94. 敦煌本謾語話跋　東方（中國小說戲曲研究專號）　香港　一九六八年

95. The Four Liquid Vowels R, R̄, L, L̄ of Sanskrit and their Influence on Chinese Literature (Note on Kumāra-jiva's 通韻 T. M. Stein 1344) The Adyar Library Bulletin, Vol. 31 − 32 (Prof. Brahmavidyā. 頌壽集) Madras, India 1968

96. 清詞與東南亞諸國　莊澤宣教授七十祝壽論文集　香港　一九六八年

97. 三教論與宋金學術（Summary）　第一屆華學會議論文提要　台北　一九六九年

98. 楚繒書疏證（陳槃跋）　中央研究院歷史語言研究所集刊第四十本上冊（四十週年紀念號）　台北　一九六九年

99. 老子想爾注續論　福井博士頌壽紀念東洋文化論叢　早稻田大學　東京　一九六九年

100. 維州在唐代蕃漢交涉史上之地位　中央研究院歷史語言研究所集刊第三十九本下冊（慶祝李方桂先生六十五歲論文集）　台北　一九六九年

101. 跋敦煌本白澤精恠圖兩殘卷（P.2682, S.6261）　中央研究院歷史語言研究所集刊第四十一本第四分　台北　一九六九年

102. 星馬華文碑刻繫年　新加坡大學中文學會會刊十期　（初次發表於台灣書目季刊）　新加坡　一九六九年

103. 安陽王與日南傳　慶應大學　史學　42:3　東京　一九六九年

104. "太清金液神丹經"（卷下）與南海地理　香港中文大學中國文化研究所學報三卷一期　香港　一九七〇年

105. 說郛新考　國立中央圖書館館刊三卷一期　台北　一九七〇年

106. 新加坡古地名辨正　南洋文摘十一卷四期　新加坡　一九七〇年

107. 荊楚文化　中央研究院歷史語言研究所集刊第四十一本第二分　台北　一九七〇年

108. 王錫頓悟大乘正理決序說並校記　崇基學報九卷二期　香港　一九七〇年；另收入大藏經補

109. 清詞年表　新社學報四期　新加坡　一九七〇年

110. 中國文學在目錄學上之地位　新加坡大學中文學會會刊十一期　新加坡　一九七一年

111. 吳越文化　中央研究院歷史語言研究所集刊第四十一本第四分（史語所《中國上古史稿》）　台北　一九七一年

112. 論敦煌陷於吐蕃之年代——依頓悟大乘正理決考證　東方文化九卷一期　香港　一九七一年

113. 文選序"畫像則贊興"說　南洋大學文物彙刊創刊號　李光前文物館印　新加坡　一九七二年

114. 楚辭與古西南夷之故事畫　故宮博物院季刊六卷四期　台北　一九七二年

115. 汶萊發見宋代華文墓碑跋　Isl. Soc. Q.　5:1　新加坡　一九七二年

116. 太平經與說文解字　大陸雜誌四十五卷六期　台北　一九七二年

117. 宋元間人所記海上行朝史料評述　廣東文獻季刊二卷三期　台北　一九七二年

118. 曲子定西蕃——敦煌曲拾補之一　新社學報　新加坡　一九七三年

119. 潮劇溯源　潮僑通鑑一九六九至一九七三　四至五期　香港潮商互助社社刊　香港　一九七三年

120. 釋七　香港大學中文學會年刊　香港　一九七四年

121. 長安詞、山花子及其他——大英博物院藏 S.5540 敦煌大册之曲子詞　新亞學報十一卷上（慶祝錢穆先生八十歲專號）　香港　一九七四年

122. 詞與畫——論藝術的換位問題　故宮季刊八卷三期　台北　一九七四年

123. Note sur le Tch'ang‑Ngan Ts'eu（論長安詞），D. Hélène Vetch 譯 T'oung Pao, Vol. LX 1‑3, Paris 1974

124. 從石刻論武后之宗教信仰　中央研究院歷史語言研究所集刊第四十五本第三分　台北　一九七四年

125. 金趙城藏本法顯傳題記　中央研究院歷史語言研究所集刊第四十五本第三分　台北　一九七四年

126. 蜀布與 Cinapatta ——論早期中、印、緬之交通　中央研究院歷史語言研究所集刊第四十五本第四分　台北　一九七四年

127. 西南文化　中央研究院歷史語言研究所集刊第四十六本第一分　台北　一九七四年

128. 銅鼓續論　東吳大學藝術史集刊三　台灣　一九七四年

129. 李白出生地——碎葉　香港大學東方文化十二卷一、二期　香港　一九七四年

130. 墨竹刻石兼論墨竹源流　故宮季刊八卷一期　台北　一九七四年

131. 方以智與陳子升　清華學報新十卷二期　台北　一九七四年

132. 古琴的哲學　華岡學報八期（慶祝錢穆先生八十論文集）　台北　一九七四年

133. 孝順觀念與敦煌佛曲　敦煌學第一輯　香港　一九七四年

134. 蘇門答臘北部發現漢錢古物　明報月刊　香港　一九七四年

135. 富春山居圖卷釋疑　明報月刊　香港　一九七四年

136. 再談富春山居圖卷　明報月刊　香港　一九七四年

137. 富春山卷有關人物小記　明報月刊　香港　一九七四年

138. 吳縣玄妙觀石礎畫迹　中央研究院歷史語言研究所集刊第四十五本第二分　台北　一九七四年

139. 方以智之畫論　香港中文大學中國文化研究所學報七卷一期　香港　一九七四年

140. 《至樂樓藏明遺民書畫》簡介　中大文物館叢書十　香港　一九七五年

141. The Character tê in Bronze Inscriptions, The Proceedings of a Symposium on Scientific Methods of Research in the Study of Ancient Chinese Bronzes and South East Asian Metal and Other Archaeological Artifacts, National Gallery of Victoria, Melbourne, Australia, 1975

142. 宋拓韓刻羣玉堂懷素千文——附黃山谷松風閣卷跋向氏即向冰考　香港中文大學學報三卷一期　香港　一九七五年

143. 八大山人"世說詩"解——兼記其甲子花鳥册　新亞學術集刊十七期　香港　一九七五年

144. 蒲甘國史事零拾—— Gordon H. Luce's Old Burma — Early Pagán 書後，東南アジア歷史と文化5（日本）東南亞細亞史學會　山本達郎提要　一九七五年

145. 張大風及其家世　香港中文大學中國文化研究所學報八卷
　　　二期　香港　一九七六年

146. 明季文人與繪畫　香港中文大學中國文化研究所學報八卷
　　　二期　香港　一九七六年

147. 至樂樓藏八大山人山水畫及其相關問題　香港中文大學中
　　　國文化研究所學報八卷二期　香港　一九七六年

148. 八大山人世說詩解兼記其甲子花鳥冊　香港中文大學中國
　　　文化研究所學報八卷二期　香港　一九七六年

149. 夢溪筆談校證一則　香港中文大學學報四卷一期　香港
　　　一九七六年

150. 天問文體的源流──"發問"文學之探討　國立台灣大學
　　　考古人類學刊三十九、四十期合刊　台北　一九七六年

151. 戰國文學　中央研究院歷史語言研究所集刊第四十八本第
　　　一分　台北　一九七七年

152. 出土資料から見た秦代の文學　東方學第五十四輯　東京
　　　一九七七年

153. 鄒衍書別考──阮廷焯先秦諸子考佚題辭　新亞學術集刊
　　　十九期　香港　一九七七年

154. 記"李氏紀傳"──李贄藏書未刊稿的發見　新亞學術集
　　　刊十九期　香港　一九七七年

155. 晚明畫家與畫論（一）　香港中文大學中國文化研究所學
　　　報九卷上冊　香港　一九七八年

156. 供春壺考略　見饒編《香雪莊藏砂壺》代序　新加坡　一
　　　九七八年

157. 天神觀與道德思想　中央研究院歷史語言研究所集刊第
　　　四十九本第一分　台北　一九七八年

158. 神道思想與理性主義　中央研究院歷史語言研究所集刊第
　　　四十九本第三分　台北　一九七八年

159. 論敦煌殘本登真隱訣（P.2732）　敦煌學第四輯　台北

一九七九年

160. 論七曜與十一曜——敦煌開寶七年（974）康遵批命課簡介 Contributions aux Études sur Touen Houang, Librairie Droz,Geneve‐Paris, 1979

161. 北魏馮熙與敦煌寫經——魏太和寫雜阿毘曇心經跋 Contributions aux Études sur Touen Houang, Librairie Droz, Geneve‐Paris, 1979

162. 鈔本劉龍圖戲文跋, Occasional Papers, European Association of Chinese Studies, No. 2, Paris, 1979

163. 中國古代文學之比較研究　中國文學報第三十一冊　京都　一九八〇年

164. 唐勒及其佚文——楚辭新資料　九州大學中國文學論集第九號　九州　一九八〇年

165. 從"睒變"論變文與圖繪之關係　池田末利博士古稀紀念東洋學論集　東京　一九八〇年

166. 中國書法二三問題——從文字史看書道（日文），タイジエスト第九七八號　東京　一九八〇年

167. 早期中日書法之交流（日文）　青山杉雨編"書つ本"第二冊卷首　東京　一九八〇年

168. 阮荷亭《往津日記》鈔本跋　見陳荊和編注《阮述〈往津日記〉》　香港中文大學出版社　一九八〇年

169. 信陽長台關編鐘銘の跋　東方學第六十輯　東京　一九八〇年

170. 越南出土歸義叟王印跋　大公報　藝林新一〇六期　香港　一九八〇年

171. "Le plus Ancien Manuscrit date 471 de la Collection Pelliot Chinois de Dun‐Huang P.4506"（une copie du jinguanming jing 金光明經），Journal Asiatique, Tome CCLXIX, Fascicules l et 2, Paris 1981

508

172. 陸淳とその判詩　法帖大系月報二　東京　一九八一年

173. 騒言志説——附"楚辭學及其相關問題" Bulletin de l'École Française D'Extrême‐Orient, Tome LXIX — À La Mémoire de Paul Demiéville（1894—1979）（戴密微教授紀念論文集）Paris 1981

174. 中山君罍考略　古文字研究第五輯　北京　一九八一年

175. Caractères chinois et poètique（漢字與詩學），"Ecritures" le Sycomore, Paris 1982（一九八〇年四月，在法京舉行"文字——觀念體系與實踐經驗會議"論文）

176. 梵文四流音RRLL與其對中國文學之影響——論鳩摩羅什通韻（S.1344）　許章真譯　侯健編　國外學者看中國文學　台北　一九八二年

177. 明嘉靖本史記殷本紀跋　香港大學馮平山圖書館金禧紀念論文集　香港　一九八二年

178. 談"十干"與"立主"——殷因夏禮的一二例證　文匯報筆匯版　香港　一九八二年五月十一日

179. 缶翁の沈石友に與そた信片册に跋す（林宏作譯）　見吳昌碩信片册　東京二玄社印　一九八二年

180. 略論馬王堆《易經》寫本　古文字研究第七輯　北京　一九八二年

181. 个山癸年畫册跋　文物　北京　一九八三年

182. 殷代易卦及有關占卜諸問題　文史二十期　北京　一九八三年

183. 秦簡日書中夕（栾）字含義的商榷　中國語言學報創刊號　北京　一九八三年

184. 從秦戈皋月談《爾雅》月名問題　文物一九八三年第一期　北京　一九八三年

185. 曾侯乙墓匿器漆書文字初釋　古文字研究第十輯　北京　一九八三年

186. 玉田謳歌八首字詁　詞學第二輯　上海　一九八三年

187. 說鍮石　北京大學敦煌吐魯番古文書研究論集Ⅱ　北京
一九八四年

188. 馬王堆醫書所見陵陽子明經佚說　湖南考古輯刊二（一九
八三曾發表於文史二十）　湖南　一九八四年

189. 關於中國書法的二三問題　澳門東亞大學中國語文學刊創
刊號　澳門　一九八四年

190. 跋唐拓溫泉銘　書譜　香港　一九八四年

191. 論也里可溫　語文雜誌趙元任紀念號　香港　一九八四年

192. 卟字說　明報月刊總二一九期　香港　一九八四年三月

193. 談馬王堆帛書周易　明報月刊總二二三期　香港　一九八
四年七月

194. 港九前代考古雜錄　新亞學術集刊四（中國藝術專號）
香港　一九八四年

195. 清初廣東指畫家吳韋與鐵嶺高氏　新亞學術集刊四（中國
藝術專號）　香港　一九八四年

196. Le “voeu de la capitale de l'Est”（東都發願文）de
L'Empereur Wu des Liang（梁武帝）, Contributions
aux Études de Touen Houang, Vol. Ⅲ, Paris 1984

197. 讀阜陽漢簡詩經　明報月刊總二二八期　香港　一九八四
年十二月

198. 卍考（Svastika）（日文，太田有子譯）　三上次男七
十七歲頌壽集歷史篇　東京　一九八五年

199. 道教與楚俗關係新證　明報月刊總二三三期　香港　一九
八五年五月

200. 茶經注序　明報月刊總二三八期　香港　一九八五年十月

201. 曾侯乙墓編鐘與中國古代文化　大公報中華文化版　香港
一九八五年四月二十五日

202. 尼律致（Niruta）與劉熙釋名　日本川口久雄教授頌壽

集　東京　一九八五年

203.　黃河圖跋　二玄社印　東京　一九八五年

204.　婦好墓銅器玉器所見氏姓方國小考　古文字研究第十二輯
　　　北京　一九八五年

205.　論盛君簠　江漢考古一九八五年第一期　湖北　一九八五
　　　年

206.　敦煌浣溪沙殘譜研究　中國音樂　北京　一九八五年

207.　吳韋與錢嶺高氏　美術史論一九八五年第二期　北京　一
　　　九八五年

208.　港九前代考古雜錄　嶺南文史總第六期　廣州　一九八五
　　　年

209.　尼盧致論（ Nirukta ）與劉熙的《釋名》　中國語言學報
　　　第二期　北京　一九八五年

210.　《明本潮州戲文五種》説略　見明本潮州戲文五種　廣東
　　　人民出版社　一九八五年

211.　談龍錄跋　文藝理論研究　上海　一九八五年三月

212.　文心雕龍聲律篇與鳩摩羅什通韻　中華文史論叢　上海
　　　一九八五年三月

213.　張惠言《詞選》述評　詞學第三輯　上海　一九八五年

214.　元至正本《文心雕龍》跋　中華文史論叢　上海　一九八
　　　五年二月

215.　敦煌曲子中的藥名詞　明報月刊總二三七期　香港　一九
　　　八五年九月

216.　秦簡中之五行説及納音説　中國語文研究七期　香港　一
　　　九八五年

217.　南戲戲神咒哩囉嗹問題　明報月刊總二四〇期　香港　一
　　　九八五年十二月（又見《國際道教科儀及音樂研討會論文
　　　集》　中大音樂資料館及 Society of Ethnomusicological
　　　Research in Hong Kong 〔SERHK〕出版　一九八九

年十月第一版）

218. 非常之人、非常之事及非常之文　澳門社會科學學會學報
創刊號　澳門　一九八六年

219. 法曲子論——從敦煌本《三皈依》談"唱道詞"與曲子詞
關涉問題　中華文史論叢一九八六年第一輯　上海　一九
八六年

220. 敦煌曲與龜茲樂　新疆藝術一九八六年第一期　新疆　一
九八六年

221. 盤古圖考　研究生院學報　北京　一九八六年

222. 秦簡中的五行説與納音説　古文字研究第十四輯　北京
一九八六年

223. 南越王墓墓主及相關問題　明報月刊總二四四期　香港
一九八六年四月

224. 論疏密二體　明報　當代中國繪畫研討會特刊　香港　一
九八六年

225. 傅縶寫生册題句索隱　大公報　藝林新三三一期　香港
一九八六年十月十三日

226. 敦煌與吐魯番寫本孫盛晉春秋及其"傳之外國"考　漢學
研究四卷二期（總號第八號）　台北　一九八六年

227. 清初僧道忞及其布水台集　神田喜一郎博士追悼中國學論
集　東京　一九八六年

228. 白鳥芳郎"傜人文書"讀記　東方學第七十三輯（百田彌
榮子譯）　東京　一九八六年

229. Death — Part of Life, South China Morning Post，香
港　一九八六年九月五日

230. 吳韋指頭畫説補　大公報　藝林　香港　一九八六年九月
二十二日

231. 説和聲的"囉哩唻喻"與"哩囉連"　詞學第五輯　上海
一九八六年

232. 寫經別錄　敦煌吐魯番文物　香港中文大學文物館出版　一九八七年

233. 《吐蕃時期的占卜研究——敦煌藏文寫卷譯釋》序　香港　一九八七年

234. 印度波儞尼仙之圍陀三聲論略——四聲外來說平議　香港中文大學中國語文研究第九期　一九八七年

235. 甲骨文通檢前言——貞人問題與坑位　香港中文大學中國語文研究第九期　一九八七年

236. 粵畫萃珍序　大公報　藝林　香港　一九八七年一月十二日

237. 个山（八大山人）自題像贊試釋　蔣慰堂先生九秩榮慶論文集　台北　一九八七年

238. The Calligraphic Art of the Chu Silk Manuscript, Orientations，香港，1987　September

239. 早期中日書法之關係　書譜　一九八七年第六期　香港　一九八七年

240. 歷代名畫記札迻　大公報　藝林　香港　一九八七年八月十日、十九日

241. 元大德本永樂大典　大公報　藝林　香港　一九八七年四月二十日

242. 淮安明墓張天師繪畫　大公報　藝林新一七五期　香港　一九八七年

243. 說琴徽——答馬蒙教授書　敩學集——中大教育學院二十週年紀念專刊　香港　一九八七年

244. 畬瑤關係新證　畬族研究論文集　北京　民族出版社　一九八七年

245. 禪僧傳繁前後期名號之解說　朵雲　第十五期　上海　一九八七年

246. 青雲譜《个山小像》之"新吳"與饒宇朴題語　文物　北

京　一九八七年九月

247.　説琴徽——答馬順之教授書　中國音樂學（季刊）一九八七年第三期　一九八七年

248.　泰國《瑶人文書》讀記　南方民族考古　一九八七年 Vol. 1　成都　四川大學博物館　中國古代銅鼓研究學會編　一九八七年

又見《瑶族研究論文集》　喬健、謝劍、胡起望編　民族出版社　一九八八年七月第一版

249.　唐以前十四音的遺説考　中華文史論叢一九八七年第一期　總四十一期　上海　一九八七年

250.　敦煌琵琶譜史事的來龍去脈　音樂研究一九八七年第三期　北京　一九八七年

251.　讀漸江大師畫隨記　黃山諸畫派文集（安徽省文學藝術研究所編）　上海　人民美術出版社　一九八七年

252.　秦簡中“稗官”及如淳稱魏時謂“偶語爲稗”説——論小説與稗官　王力先生紀念論文集　香港中國語文學會編　一九八七年

253.　雲謠集一些問題的檢討　明報月刊　香港　一九八八年六月

254.　劉薩訶事迹與瑞像圖　敦煌研究一九八八年第二期　甘肅　一九八八年

255.　曾侯乙鐘律與巴比倫天文學　音樂藝術一九八八年第二期　上海　一九八八年

256.　軺軒説　文史知識　敦煌專號　北京　中華書局　一九八八年八月

257.　論□■與音樂上之“句投”（逗）　中國音樂一九八八年第三期　北京　一九八八年九月

258.　四方風新義　中山大學學報一九八八年第四期　廣州　一九八八年

514

259. 鳩摩羅什通韻箋　敦煌語言文學論文集　浙江古籍出版社
　　　杭州　一九八八年十月　第一版

260. 法京吉美博物館（ Musée Guimet ）甲背（七〇八號）
　　　釋文正誤　文史第二十九期　北京　一九八八年

261. 宋代潮州之韓學　韓愈學術討論會組織委員會編　韓愈研
　　　究論文集　廣東人民出版社　廣州　一九八八年十月　第
　　　一版

262. 文心與阿毗曇心　中國文藝思想史論叢（三）　北京大學
　　　出版社　一九八八年六月

263. 讀文選序　昭明文選論文集　吉林大學　一九八八年

264. 敦煌石窟中的譏尼沙　明報月刊　香港　一九八八年六月

265. 忍與捨　大公報　香港　一九八八年九月二日　及 S. C.
　　　M. P.　一九八八年九月三日

266. Some Notes on the Pig in Early Chinese Myths & Art,
　　　Orientations　香港　一九八八年十二月

267. The Vedas and the Murals of Dunhuang, Orientation,
　　　香港　一九八九年三月

268. 潮州展品小識　廣東出土五代至清文物　香港　中大文物
　　　館　一九八九年

269. 談甲骨文（一）　中國語文通訊第二期　一九八九年五月
　　　中大 ICS　吳多泰中國語文研究中心　一九八九年

270. 未有文字以前表示“方位”與“數理關係”的玉版──含
　　　山出土玉版小論　中國語文通訊第三期　一九八九年七月

271. 談甲骨文（二）　中國語文通訊第四期　一九八九年九月

272. 《春秋左傳》中之“禮經”及重要禮論　聯合書院三十週
　　　年紀念論文集　一九八九年十月　又法文本

273. 宋代涖潮官師與蜀學及閩學──韓公在潮州受高度崇敬之
　　　原因　劉子健博士頌壽紀念宋史研究論集　衣川強編　日
　　　本同朋舍一九八九年十一月第一版

274. 文心與阿毗曇心　暨南大學學報第三十八期（一九八九）
廣州　一九八九年三月

275. 全清詞順康卷序　南京大學學報一九八九年第一期　南京
一九八九年

276. 述唐宋人所見東漢蜀地繪的盤古的壁畫　北京中央民族學
院中央民族學報第二號　北京　一九八九年三月十五日

277. 敦煌石窟中的譏尼沙　紀念陳寅恪教授國際學術討論會文
集　廣東　中山大學出版社　一九八九年六月第一版

278. 說的兼論琴徽　中國音樂學　北京　一九八九年三月

279. 談六祖出生地（新州）及其傳法偈　紀念陳寅恪先生誕辰
百年學術論文集（北大中國中古史研究中心編）．北京大
學出版社　一九八九年

280. 紅山玉器豬龍與觽韋、陳寶　遼海文物學刊（遼寧博物館
建館四十周年紀念刊）　遼寧　一九八九年七月

281. 銅鼓三題——蛙鼓、土鼓與軍鼓　南方民族考古（四川）
四川大學博物館中國古代銅鼓研究學會編　一九八九年
二月

282. 由《尚書》“余弗子”論殷代爲婦子卜命名之禮俗　古文
字研究第十六輯　北京　中華書局　一九八九年第一期

283. 唐末的皇帝、軍閥與曲子詞——關於唐昭宗御製的《楊柳
枝》及敦煌所出他所寫的《菩薩蠻》與他人的和作　明報
月刊　香港　一九八九年八月

284. 論庾信哀江南賦　中研院第二屆國際漢學會議論文集　台
北　一九八九年六月

285. 雲謠集的性質及其與歌筵樂舞的聯繫——論雲謠集與花間
集　明報月刊　香港　一九八九年十月

286. 爲“唐詞”進一解　明報月刊　香港　一九八九年十一月

287. Comment on prof. Qiu Xigui's paper 'An Examination
of whether the charges in Shang Oracle - Bone Inscrip-

tions are questions', Early China (issue 14) Berkeley, USA, 1989

288. 唐詞再辨——談印行《李衛公望江南》的旨趣和曲子詞的欣賞問題 明報月刊 香港 一九九〇年十二月

289. 陳凡壯歲集序 見壯歲集 何氏至樂樓叢書三十四 香港 一九九〇年 仲秋穀旦印

290. 談章太炎對印度的嚮往 明報月刊 香港 一九九〇年一月

291. 談甲骨文（三） 中國語文通訊第六期 中大 ICS 吳多泰中國語文研究中心

292. 陸機"平復帖"の復刻——三希に匹敵すろ墨寶（林宏作譯） 見出版ダイジエスト第一三三三號 一九九〇年四月一日

293. 西川寧先生を追憶しその著作集に寄せる（林宏作譯） 見出版ダイジエスト第一三三三號 一九九〇四月一日

294. 絲綢之路引起的"文字起源"問題 明報月刊 香港 一九九〇年九月

295. 説卍——青海陶符試譯之一 明報月刊 香港 一九九〇年十月

296. "羊"的聯想——青海彩陶，陰山岩畫的⊕號與西亞原始計數工具 明報月刊 香港 一九九〇年十一月

297. 古琴名家匯香江（ Guqin Masters — A Chat about Guqin ） 第十三屆亞洲藝術節 香港市政局 一九九〇年

298. 瑜伽安心法 百姓半月刊二一五期 香港 一九九〇年五月

299. 近東開闢史詩前言——中、外史詩上天地開闢與造人神話之初步比較研究 漢學研究八卷一期 台北 漢學研究中心 一九九〇年六月

300. 談甲骨文（四） 中國語文通訊第八期 中大 ICS 吳多泰中國語文研究中心 一九九〇年五月

301. 大汶口明神記號與後代禮制——論遠古之日月崇拜 中國文化第二期 香港中華書局 一九九〇年六月

302. 書法藝術的形象性與韻律性 明報月刊 香港 一九九〇年七月

303. The Formal & Rythmic Elements in Chinese Calligraphy, Orientations (H.K.) issue 21 一九九〇年七月

304. 楚帛書天象再議 中國文化第三期 香港中華書局 一九九〇年十二月

305. 巫的新識 見鄭志明編宗教與文化 台北 台灣學生書局 一九九〇年十二月第一版

306. 龔賢"墨氣說"與董思白之關係 朵雲 上海 一九九〇年三月

307. 敦煌琵琶譜寫卷原本之考察 音樂藝術 一九九〇年第四期（總第四十三期） 上海 一九九〇年十二月

308. 關於"斬春風"的出典 明報月刊總三〇二期 香港 一九九一年二月

309. 從釋彥琮《辯正論》談譯經問題 法言三卷一期 香港 一九九一年二月

310. 從賈湖遺物談先民音樂智慧的早熟 明報月刊 香港 一九九一年四月

311. Forward, Speaking of "Sages": The Bronze Figures of San‑hsing tui, edited by Julia Ching & R.W.L. Guisso, "Sages and Filial, Sons — Mythology & Archaeology in Ancient China", The Chinese University Press (H.K.), 1991

312. 後周整理樂章與宋初詞學有關諸問題——由敦煌舞譜談後周之整理樂章兼論柳永《樂章集》之來歷 中國文哲研

跋

　　門人鄭君煒明搜集中、外新知舊好，談論我的文章，合成一編，循覽一遍，五十年間事，真如一夢！自問學無所成，何足掛齒！只有一顆敢於縋幽鑿險的童心和勇氣，雖逾古稀之年，一談起學問來，仍然興致勃勃，可能是"不認老"的表現。我一向喜歡用哲學的心態，深入考索，而從上向下來看問題。所謂"問題點"基本是給周遭的因緣網交織圍繞着，必須像剝繭一般逐層加以解開，蘊藏在底面的核心纔有呈現的機會。超出問題以外，蠡測管窺來幹尋寶的傻事，往往勞而無功，但有時亦會談言微中。在治學上我主張要用"忍"的工夫，借佛家的語言來說，六波羅都可派上用場，沒有"安忍"，便不能"精進"，"知慧"也許在這知識的苗圃苗長，這樣逐漸培養出精神上的"自在"。不管別人的訕笑或稱譽，獨來獨往，我行我素。有些人問我如何去做學問？何以對學問死纏不放？我謹以上述數句作爲回答。

　　鄭君之爲此編，據說是準備爲後來做點方便，我的研究工作，是否值得後人去研究？我根本沒有信心。從學問的積累層次來說，自然是"後來居上"，一說出來便已失算了！我歷年來不斷提出許多仍待解決的問題，後浪推前浪，有無窮的新領域，正等待後人去耕墾、拓殖。學問要"接"着做，而不是"照"着做，接着便有所繼承，照着僅是沿襲而已，何足道哉！許多朋友對我的揄揚，我拿鏡兒自照，不免"愧"形於色。哈佛大學楊聯陞教授譽我爲才子，將我和戴密微先生相提並論，絕不敢當。在《敦煌曲》書評，他説："這部書的中文部分全由撰者手寫，書法意在歐褚之間，極爲悦目。"其實這部書是門人陳君錦新所書寫和標點，我萬不敢攘善掠美，《敦煌白畫》纔是我的親筆，附帶在此，敬誌謝意。

　　本書能够出版，友人陳偉南先生惠予極大的助力。陳先生對地方的文化事業，出錢出力，做出許多別人不肯做的貢獻，更令人欽佩。三聯書店願意出版這樣一類的書，尤爲難得。

一九九三年二月，饒宗頤於香港。

編後記

　　這部書其實自構思至今，前後已近六年。我自一九八七年十二月離開澳門東亞大學的澳門研究所，至香港中文大學中國文化研究所當饒師的助手時起，就已想編一部這樣的書——一部收集了所有談論過饒師的文章匯編，以便將來想研究饒師的人有些資料可參考。在隨後近三年的工作裏，我有幸可以更深入地閱讀了饒師的許多新舊著作，這個念頭就更堅定了。

　　現在書終於初步編好了，但總覺得還不夠完美。雖然，集中已收有九十多篇有關的文章，包括中、韓、日、法和英文五種文字，但遺珠佳作相信還有很多，例如談錫永先生就曾有一篇評論饒師畫藝的文章，因截稿時間的關係，本書來不及向其索取和收入，十分可惜。

　　最近因編書的緣故重讀諸家論饒師的文章，獲益良多。不過，我也留意到在饒師眾多的學術成就中尚有若干領域，似乎能認識到的人還是比較少。如他的甲骨學與上古史研究，不論在方法、理論和實證研究方面，都有超越前人的地方，我們對其鉅著《殷代貞卜人物通考》（此書一九五九年初出版時，全世界共有十三國語文的書評文章）的先驅性和重要性的認識，至今仍嫌不足；又如他在中外文化關係史方面的貢獻，真正了解的人也不多，其實他的《中印文化關係史論集・語文篇——悉曇學緒論》，可說是中國第一部較有系統地研究悉曇學對中國文化影響的學術專著，可補王力先生《中國語言學史》的不足；饒師亦寫了許多與中印佛教關係史以至與圍陀文化有關的論文，可惜尚未得到應該享有的重視；此外，他更是第一位將古巴比倫創世史詩《近東開闢史詩》譯成中文的學者，將中國各族上古神話與古巴比倫文化加以比較，對人類文明起源和發展過程的進一步探討，極具啟發性。至於他的中國繪畫藝術研究，同樣地有卓越的成就，可惜現在知道的人還是很少。希望本書將來有機會增訂再版的時候，上述幾個方面可以有所補充吧。

近年學術界興起一股研究學人的熱潮，這對學術發展是有益的。饒師乃當世奇人，學術研究、文學創作、書、畫、古琴藝術皆所擅長，其實志在闡明與宏揚我國優秀的人文精神。相信將來一定會有人系統地研究他的。我想，在二十世紀裏，像他這樣子全面的文化人並沒有多少個。相信將來一定會有人系統地研究他的。

最後，我想藉此機會向陳偉南先生致謝，沒有他的慷慨支持，本集肯定不會像如今這般順產。此外，郭偉川先生、林楓林兄為此書的各種事務，多番奔走，出力至多，胡從經教授為此書的編輯工作，提供了許多寶貴的意見和協助，都使我銘感難忘，在此一併致意。啓功教授撥冗題耑，謹致謝忱。

鄭煒明

於澳門青洲寓所

一九九三年三月二十五日